19세기 경상우도 학자들 上

최석기 · 김현진 · 구경아 · 강현진
공광성 · 강지옥 · 구진성

보고사

책머리에

이 책은 19세기 전반 경상우도 출신 주요 학자들의 전기 자료를 번역하고 간단한 인물해제를 붙여 편찬한 것이다. 경상우도 지역은 남명학파의 본거지로서 17세기 중반까지는 그 학맥이 지속되었으나, 인조반정 이후 남명학파 인물들이 정치적으로 몰락함으로써 학파가 와해되었다. 17세기 후반 이후 이 지역 학자들은 정치적으로 남인이나 서인에 속하고, 학맥상으로는 율곡학파와 퇴계학파에 속하여 자기 정체성을 뚜렷하게 확립하지 못하였다. 그럼으로써 약 2세기 가까이 학술이 매우 침체하였다.

그러다 19세기 후반 퇴계학파 한주(寒洲) 이진상(李震相)의 문하에 한주학단이 형성되어 곽종석(郭鍾錫) 등 걸출한 학자들이 배출되었고, 성호학통을 계승한 성재(性齋) 허전(許傳)이 김해부사로 내려오자 이 지역 학자들이 대거 그의 문하에 나아감으로써 성재학단이 형성되어 박치복(朴致馥) 등 걸출한 학자들이 배출되었다. 한편 노론계 학자들은 전라도 장성 출신 노사(蘆沙) 기정진(奇正鎭)의 문하에 나아가 수학하여 조성가(趙性家)·정재규(鄭載圭) 등 걸출한 학자들이 배출되었다. 이들은 당색을 초월하여 교유하였으며, 이 지역에 뿌리깊이 전해진 남명사상을 기반으로 하면서 자신들의 학설을 전개하였다.

경상우도 지역은 19세기 후반 다양한 성향의 학문집단이 공존하면서

활발하게 학술토론을 하던 곳이다. 특히 한주학단이나 노사학단의 학자들은 비록 사상적 근저가 다르기는 했지만 리(理)의 주재성을 강조하는 측면에서 일정한 공감대를 형성하였다. 또한 성호학맥이 허전을 통해 이 지역에 전파됨으로써 현실세계에서의 실제적인 일에 중점을 둔 학문정신이 새롭게 고취되었다.

이런 점에서 19세기 후반 경상우도 지역은 다른 지역에서 자기 학통의 설만을 고수하고 있던 분위기와는 달리 매우 역동적으로 움직이고 있었으며, 다양한 사상을 융합하고 통섭하는 분위기가 형성되었다. 예컨대 이 시기 경상우도 지역 남인계 학자들은 이 지역의 남명학과 그들 학문연원인 퇴계학을 접목하여 양자를 겸하여 존숭하는 독특한 학풍을 전개하였다. 이는 우리 학술사에서 매우 주목할 만한 사안이며, 조선 성리학이 말기에 경상우도 지역에서 다시 한번 꽃피며 대미를 장식하는 데 크게 기여했다. 따라서 19세기 이 지역 학자들의 사상이 비록 개화를 주장하는 쪽으로 나아가지는 못했지만, 성리학적 내부에서 현실세계의 변화에 대응하며 자기 사상 체계를 새롭게 구축하려 한 측면은 눈여겨볼 필요가 있다.

경상대학교 남명학연구소에서는 한국고전번역원 협동번역사업의 하나로 남명학파 문집을 번역하고 있는데, 특히 19세기 학자들의 문집이 다수를 차지하고 있다. 따라서 우리 고전강독클러스터에서는 이들 문집을 번역하는 데 기초자료로 활용할 수 있는 19세기 경상우도 출신 주요 학자들의 전기 자료를 강독 번역하기로 기획하였다. 그리하여 2011년 한국고전번역원 고전강독클러스터 사업의 일환으로 10개월 동안 강독하고 번역하여 그 결과물을 한데 묶어 이번에 출간하게 된 것이다.

19세기 경상우도 출신 학자로서 문집을 남긴 인물은 수백 명에 달한다. 그 가운데 학술적으로 중요하다고 판단되는 인물을 선정하여 19세기 중반에 출생한 인물까지 이 책에 수록하였다. 수록된 인물은 이우빈(李佑贇) 등 42인이며, 학맥은 성재학단·한주학단·노사학단에 속한 학자들이 모두 포함되어 있다. 이 책에 수록된 42인은 19세기 경상우도 지역의 학문을 선도한 인물들로 사상사나 문학사에서 중요한 위치에 있는 학자들이기 때문에 그들의 생애를 이해하는 데 중요한 정보를 제공할 것이다. 또한 이 지역 학자들의 생애를 기록한 전기 자료를 한데 모아 놓았기 때문에 관련 인물들의 교유나 활동사항을 비교해 고찰할 수도 있을 것이다.

아쉽게도 한국고전번역원 고전강독클러스터가 2년 만에 중단되었다. 따라서 우리가 당초 기획했던 19세기 경상우도 지역 학자들의 전기 자료 번역도 장벽에 부딪혔다. 강독클러스터에 각별한 애정을 갖고 2년 동안 한 주도 빠짐없이 동학들과 강독을 한 나로서는 착잡한 마음을 금할 수 없다. 정책을 수시로 바꾸는 당국자들에게 서운한 마음을 숨길 수 없다. 번역자를 양성하는 것이 얼마나 중요한 일인데, 그 정도 예산을 깎는지 이해가 되지 않는다. 그러나 예산 지원이 없다고 공부를 하지 않을 수 없으니, 다시 일어나 후속 작업을 추진해 볼 생각이다.

어려운 출판환경 속에서도 이 책을 내 주신 보고사 김홍국 사장님과 직원 여러분께 깊이 감사를 드린다. 그리고 강독에 적극 참여하여 열심히 번역하고 토론한 동학들에게 감사한 마음을 전한다. 아무쪼록 어려운 현실 속에서도 묵묵히 정진하여 훌륭한 번역가로 성장하길 바랄 뿐이다.

2012년 10월 1일

경상대학교 남명학관 산해실에서

최석기가 삼가 쓰다

19세기 慶尙右道 학자들 傳記資料 目錄

【 범례 】

1. 이 표는 19세기 경상우도 학자들의 전기 자료이다.

2. 해당 항목에 저자명을 기록하되 경우에 따라 제목도 함께 기록했다.

3. 번역 대상은 **진하게** 표시하였다.

연번	저자(년도)	문집명	墓碣銘	行狀	墓誌銘	기타
1	李佑贇 (1792-1855)	月浦集	**許　愈**			
2	河範運 (1792-1858)	竹塢集	**金　棍**			
3	許　傳 (1797-1886)	性齋集		**金麟燮**		
4	柳厚祚 (1798-1875)	洛坡集	**張炳逵**			
5	河達弘 (1809-1877)	月村集				行狀略-**宋浚弼**
6	成采奎 (1812-1891)	悔山集	**金鎭祜**			
7	梁湜永 (1816-1870)	竹坡集		**金在植**		
8	鄭奎元 (1818-1877)	芝窩集		**鄭誾教**		
9	李震相 (1818-1886)	寒州集			**張錫英**	
10	金琦浩 (1822-1902)	小山集				墓表-**盧相稷**

연번	저자(년도)	문집명	墓碣銘	行狀	墓誌銘	기타
11	河夾運 (1823-1906)	未惺遺稿				墓表-**河謙鎭**
12	朴致馥 (1824-1894)	晩醒集	**盲兢燮**			
13	趙性家 (1824-1904)	月皐遺稿		**權載奎**		
14	李根玉 (1824-1909)	吃窩集	**張升澤**			
15	河兼洛 (1825-1904)	思軒遺集				壙誌-**郭鍾錫**
16	文鎭英 (1826-1879)	囂囂齋集	**金　榥**			
17	趙性宅 (1827-1890)	横溝集	**奇宇萬**			
18	金麟燮 (1827-1903)	端磎集				敍述-**成在祺**
19	許元栻 (1828-1891)	三元堂集			**河謙鎭**	
20	朴東奕 (1829-1889)	病窩遺稿	**李教宇**			
21	權章煥 (1830-1892)	西洲遺稿	**崔益鉉**			
22	河載文 (1830-1894)	東寮遺稿	**趙性家**			
23	河仁壽 (1830-1904)	梨谷集	**宋浚弼**			
24	崔植民 (1831-1891)	橘下遺稿				家狀-**崔埱民**
25	許　愈 (1833-1904)	后山集	**郭鍾錫**			
26	權憲璣 (1835-1893)	石帆集		**權奎集**		
27	趙性濂 (1836-1886)	心齋集	**李熏浩**			
28	許薰 (1836-1907)	舫山集	**金道和**			

연번	저자(년도)	문집명	墓碣銘	行狀	墓誌銘	기타
29	崔琡民 (1837-1905)	溪南集			**奇宇萬**	
30	朴尙台 (1838-1900)	鶴山集		**許 愈**		
31	張升澤 (1838-1916)	農山集	**李晩煃**			
32	姜柄周 (1839-1909)	斗山集	**郭鍾錫**			
33	趙性宙 (1821-1919)	月山遺稿		**河謙鎭**		
34	張錫藎 (1841-1923)	果齋集				墓表-**張錫英**
35	鄭載圭 (1843-1911)	老柏軒集	**奇宇萬**			
36	李道默 (1843-1916)	南川集	**張東翰**			
37	姜永墀 (1844-1915)	睡齋集			**李宅煥**	
38	金鎭祜 (1845-1908)	勿川集	**河謙鎭**			
39	金麟洛 (1845-1915)	前川遺藁	**河謙鎭**			
40	李正模 (1846-1875)	紫東集	**李種杞**			
41	尹胄夏 (1846-1906)	膠宇集				壙誌-**郭鍾錫**
42	李祥奎 (1846-1921)	惠山集	**盧相稷**			

차 례

주자와 퇴계의 적결(的訣)을 얻다

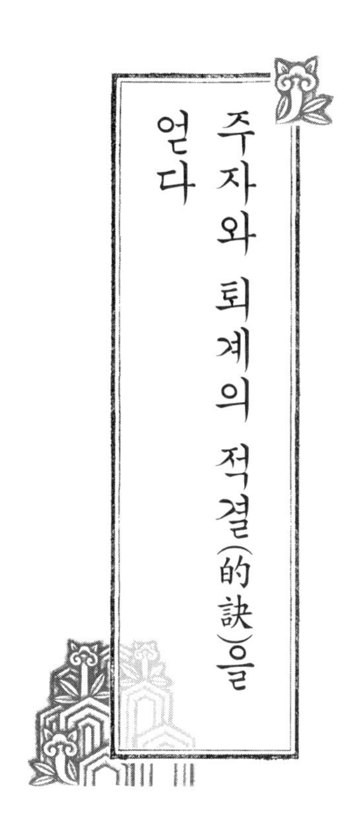

이우빈(李佑贇) : 1792-1855. 자는 우이(禹爾), 호는 월포(月浦), 본관은 성주(星州)이며, 현 경상남도 산청군 단성면 남사리 남사 마을에 거주하였다. 이지용(李志容)에게 수학하였다. 1822년 사마시에 합격하였다. 1833년 학행으로 병마절도사 안광찬(安光贊)의 추천을 받기도 하였다.
저술로 5권 2책의 『월포집』이 있다.

월포(月浦) 이우빈(李佑贇)의 묘갈명 병서

허유(許愈)[1] 지음

월포(月浦) 이공(李公)이 세상을 떠난 지 43년이 지났다. 나는 일찍이 공의 문하에 나아가 배우지 못한 것을 한스러워하였다. 금년 봄 공의 재종손 도용(道容)이 공의 유문을 교정해달라고 나에게 요청하였다. 이윽고 사손(嗣孫) 도욱(道郁)이 또 한주(寒洲) 이 선생(李先生)[2]이 지은 공의 행장을 가지고 와서 비석에 새길 글을 청하면서 "은혜를 끝까지 베풀어 주시기를 원합니다."라고 하는지라, 내가 감히 사양하지 못하였다.

공의 휘는 우빈(佑贇), 자는 우이(禹爾), 본관은 성주(星州)이다. 중시조 농서공(隴西公) 장경(長庚)은 인덕(仁德)이 있어 후손들에게 음덕을 드리웠고, 문열공 조년(兆年)이 창대함을 더하였다. 본조에 이르러 경무공(景武公) 제(濟)는 좌명개국 공신(佐命開國功臣)으로 태조의 사당에 배향되었다.[3] 그의 손자 부사과(副司果) 숙순(叔淳)이 처음으로 단성(丹城)에 거주

1 허유(許愈) : 1833-1904. 자는 퇴이(退而), 호는 후산(后山)·남려(南黎), 본관은 김해(金海)이다. 현 경상남도 합천군 가회면 오도리(吾道里)에서 출생하였다. 이진상(李震相)에게 수학하였다. 저술로 21권 10책의 『후산집』이 있다.

2 이 선생(李先生) : 이진상(李震相, 1818-1886)이다. 자는 여뢰(汝雷), 호는 한주, 본관은 성산(星山)이다. 현 경상북도 성주군 월항면 대산리 한개[大浦] 마을 출신이다. 1849년 소과에 합격하였다. 문인으로 곽종석(郭鍾錫)·허유 등 주문팔현(洲門八賢)이 있다. 저술로 45권 22책의 『한주집』과 22편 10책의 『이학종요(理學綜要)』가 있다.

3 태조의 사당에 배향되었다 : 이제(李濟)는 태조 이성계의 사위로, 태조의 이방석 세자 책봉을 지지하였다. 그러나 제1차 왕자의 난 때 태조를 시립(侍立)하고 있다가 이방원의 무사들에게 죽임을 당하였다. 세종 3년(1421) 경무(景武)라는 시호를 내리고 부조묘(不祧廟)를 세웠으며, 태조의 묘정에 배향하였다.

하였다. 이후 대대로 훌륭한 명성이 있었는데 습독(習讀)[4] 수(樹)[5]와 매월당(梅月堂) 하생(賀生)[6]이 더욱 명성을 드러내었다. 고조부 영모당(永慕堂) 윤현(胤玄)은 효성으로 정려가 내려졌다. 증조부 선(瑄), 조부 담룡(聃龍), 부친 경렬(敬烈)은 모두 덕을 숨기고 벼슬하지 않았다. 모친 성주 이씨(星州李氏)는 한포(寒浦) 숙(潚)의 따님으로, 공과 본관은 같지만 조상은 다르다. 건릉(健陵:正祖) 임자년(1792) 4월 9일 진주 남사리(南泗里)[7] 집에서 공을 낳았다.

공은 어려서부터 자질이 남달라 일의 두서를 곧바로 알았다. 6세 때 모친상을 당해서는 가슴을 치며 통곡하는 것이 마치 어른과 같았다. 『소학』을 읽을 적에는 지도편달을 기다리지 않고 부지런히 힘썼으며, 손님이 와서 말을 전달할 적에는 주선하는 것이 매우 신중하였고, 형수와 직접 물건을 주고받지 않았다. 이는 모두 7, 8세 때의 일로, 사람들마다 기이하게 여겼다. 10세 때 재종조부(再從祖父) 남고공(南皐公)[8]에게 나아가 수학하였다. 공의 총명함이 날로 발전하니, 남고공이 그 국량을 몹시 소중하게 여겼다.

을해년(1815) 부친이 병에 걸리자, 공은 지성으로 조섭하며 변을 맛보아서 병이 낫는지 심해지는지를 살폈다. 부친이 돌아가시자 공은 문득

---

4 습독(習讀) : 조선 시대 훈련원 종9품 무관직인 습독관(習讀官)의 준말이다.

5 수(樹) : 이수(李樹, 1500-1567)이다. 자는 무숙(武叔), 본관은 성주로, 이제(李濟)의 현손이다. 현 경상북도 고령군 소야면 고탄동(高呑洞)에 거주하였다.

6 하생(賀生) : 이하생(李賀生, 1553-1619)으로 매월당은 그의 호이다. 자는 극윤(克胤), 본관은 성주이다. 오건(吳健)·최영경(崔永慶)에게 수학하였다.

7 남사리(南泗里) : 현 경상남도 산청군 단성면 남사리 남사 마을이다. 남사(南沙)라고도 쓴다.

8 남고공(南皐公) : 이지용(李志容, 1753-1831)이다. 자는 자옥(子玉), 호는 남고, 본관은 성주이다. 현 경상남도 산청군 단성에 거주하였다. 1789년 문과에 급제한 뒤 사간원 정언, 봉상시 판관 등을 역임하였다.

기절하였다가 겨우 정신을 차리고서 장례를 치렀고, 삼년상을 성심껏 치르다가 거의 목숨을 잃을 뻔하였다. 삼년상을 마치자 부친의 유언에 따라 과거공부를 하였다.

신사년(1821) 향시에 합격하였고, 임오년(1822) 성균관 상사생으로 선발되어 들어갔다. 병조 판서를 지내던 병산(甹山) 한치응(韓致應)[9]이 공을 보니 속된 놀이로 유희를 삼지 않는지라, 물러나 사람들에게 말씀하기를 "이 사람은 장중하니 함부로 대해서는 안 될 것이다."라고 하였다. 사마시에 합격하자, 공은 기쁜 소식을 부모님 생전에 전하지 못한 것을 지극히 애통하게 여겨 사당에 고하고 묘소에 참배할 때 목놓아 울부짖었다. 이를 보는 사람들 또한 감동하여 눈물을 흘렸다.

이로부터 공은 공명을 이루는 데에 뜻을 두지 않고 사서와 육경에 더욱 매진하였다. 염락관건(濂洛關建)[10]의 설을 두루 통달하여 도산(陶山: 李滉)의 지결에까지 이르렀다. 여러 설을 서로 참조하고 연역하여 마음에서 터득하면 행동으로 체험하지 않음이 없었다. 남포(南浦) 박천동(朴天東)[11]이 일찍이 편지를 보내 무극태극(無極太極)에 대해 논하고, 또 '심(心)이 발하는 것에는 사물이 없을 때에도 감응하는 것이 있다'고 말했는데, 공이 거듭 편지를 보내 논변하였다.

정해년(1827) 남명(南冥) 선생의 문묘종사를 청하는 일로 소를 받들고

9 한치응(韓致應): 1760-1824. 자는 혜보(徯甫), 호는 병산, 본관은 청주이다. 1784년 문과에 급제한 뒤 병조 판서, 함경도 관찰사 등을 역임하였다. 이유수(李儒修)·홍시제(洪時濟)·윤지눌(尹持訥)·정약전(丁若銓)·채홍원(蔡弘遠) 등과 교유하였다. 저술로 『병산집』이 있다.

10 염락관건(濂洛關建): 염은 염계(濂溪) 주돈이(周敦頤), 낙은 낙양(洛陽)의 정호(程顥)와 정이(程頤), 관은 관중(關中)의 장재(張載), 건은 건양(建陽)의 주희(朱熹)를 가리키는 것으로, 송대(宋代) 이학(理學)의 대표적인 인물이다.

11 박천동(朴天東): 자는 유청(幼青), 호는 남포, 본관은 태안(泰安)이다. 성리학에 깊이 몰두하여 도설(圖說)을 많이 저술했다.

도성에 들어갔다. 당시 익종(翼宗)[12]이 처음 대리청정을 하게 되어 성상[純祖]께서 운자(韻字)를 내려 제술을 명한 것이 성균관 유생에게까지 미쳤다. 그때 공이 지은 시가 성균관 유생들에게 전송(傳誦)되었다.

조정의 관원들 중에 성균관에 머물러 있기를 요청한 사람이 많았지만, 공은 성균관의 규율이 해이해진 것을 보고, 또 문묘종사의 일이 이루어지지 않았기 때문에 바로 미련 없이 남쪽으로 내려왔다. 성현의 글을 익히고 닦으며, 니구산(尼丘山)[13] 아래에 집을 짓고 '월포농사(月浦農舍)'라고 편액하였다. 그리고 성(誠)·경(敬) 두 글자를 걸어 놓고 좌우에 책을 쌓아 두고서, 정(靜)할 때는 존양하고 동(動)할 때는 성찰하는 것을 식사하고 휴식할 적에도 해이하지 않았다.

배우러 찾아오는 유생들을 대할 적에는 과정을 엄격하게 하고 가르치는 것을 게을리하지 않았다. 일찍이 말씀하기를 "학문을 할 적에는 먼저 의지를 확립해야 한다. 의지가 확립되지 않으면 온갖 일이 이루어지는 것이 없게 된다."라고 하였다. 또 말씀하기를 "후대의 학자들은 모두 성인을 별난 사람으로 여겨 '배워서 미칠 수 없다'고 말하는데, 이것이 바로 자포자기하는 것이다. 우리가 성인과 같은 까닭은 타고난 본성이 보존되어 있기 때문이니, 학자들이 마땅히 힘을 다해야 할 점이다."라고 하였다.

계사년(1833) 병마절도사 안광찬(安光贊)이 학행으로 공을 조정에 천거하였지만 관직이 내려지지 않았다. 을미년(1835) 안산원(安山院)[14]을 배알

---

12 익종(翼宗) : 1809-1830. 순조(純祖)의 세자로, 자는 덕인(德寅), 호는 경헌(敬軒)이다. 1827년 부왕 순조의 명령으로 대리청정을 수행하였고, 그로부터 4년 만에 세상을 떠났다. 그의 아들 헌종(憲宗)이 즉위한 뒤 익종으로 추존하였다.

13 니구산 : 현 경상남도 산청군 단성면 남사리 북쪽에 있다.

14 안산원(安山院) : 이진상(李震相)이 지은 「성균진사 월포 이공 행장(成均進士月浦李公行狀)」에 의하면 안산원은 성주 이씨 중시조 농서공 이하 제공들의 신주를 모셔 놓은 곳이다.

하고, 집안의 사우(士友)들과 동곡(桐谷)[15]·일재(一齋)[16]·고은(孤隱)[17] 세 분 선생을 추념하고 배향하는 일을 의논하였다.

임인년(1842) 종질(宗姪) 상범(象範)이 장수하지 못하고 세상을 떠나자, 공이 종택에 들어가 머물며 그의 처자식을 위무하고 구휼하면서 집안일을 두루 보살폈다. 일찍이 말씀하기를 "종통을 중하게 여기는 것은 조상을 존중하는 것이다. 사람으로서 이를 소홀히 하면 이는 근본을 잊는 것이다."라고 하였다.

계축년(1853) 단성 현감 이휘부(李彙溥)가 고을의 선비들을 모아 향음주례를 행할 적에 공에게 빈(賓)이 되어 줄 것을 청하고 예의와 절차를 정하게 하였다. 또 여씨향약(呂氏鄕約)[18]을 간추려 고을 내에 반포하여 해마다 항규(恒規)로 삼게 하였다.

을묘년(1855) 3월 22일 미질(微疾)로 침소에서 세상을 떠났다. 죽음에 임박하자 문하의 자제들을 불러 학문의 도에 대해 말씀하였다. 또 말씀하기를 "내가 어버이 상을 당했을 적에 가난하여 스스로 극진히 하지 못한 것이 평생의 한이로구나. 내가 죽거든 후하게 장사지내지 말라."고 하였다. 이해 5월 13일(갑술) 진주 서쪽 파지리(巴只里)[19]에 장사지냈다.

---

15 동곡(桐谷) : 이조(李晁, 1530-1580)의 호이다. 자는 경승(景升), 본관은 성주이며, 산청에 거주하였다. 조식에게 수학하였고, 오건·최영경 등과 교유하였다. 1567년 문과에 급제한 뒤 성균관 학정, 사헌부 감찰 등을 지냈다. 저술로 1권 1책의 『동곡실기』가 있다.

16 일재(一齋) : 이항(李恒, 1499-1576)의 호이다. 자는 항지(恒之), 본관은 성주이다. 저술로 불분권 1책의 『일재집』이 있다.

17 고은(孤隱) : 이지활(李智活)의 호이다. 본관은 성주이다. 세종 때 사마시에 합격하였고, 운봉 현감(雲峯縣監)을 역임하였다. 단종이 손위(遜位)할 때 벼슬을 버리고 은거하였고, 순조 때 이조 판서에 추증되었다.

18 여씨향약(呂氏鄕約) : 1076년 북송 산시성[陝西城]의 여대균(呂大鈞)·여대충(呂大忠)·여대방(呂大防)·여대림(呂大臨) 4형제가 향약을 조직하고 그 규약을 기술한 것이다. 남송의 주희(朱熹)가 내용을 수정하여 『주자증손여씨향약(朱子增損呂氏鄕約)』을 완성했다. 1518년 김안국(金安國)이 『여씨향약언해』를 간행하였다.

19 파지리(巴只里) : 현 경상남도 산청군 단성면 관정리와 소남리 일대를 가리킨다.

그 뒤 아미산(峨嵋山) 남쪽 감좌(坎坐) 언덕에 이장하였다.

부인 진양 강씨(晉陽姜氏)는 재성(載成)의 따님이고, 재취 부인 남평 문씨(南平文氏)는 상락(尙洛)의 따님이다. 장남 관범(觀範)은 강씨 소생이다. 차남은 태범(泰範), 삼남은 진범(晉範), 사남은 항범(恒範), 막내는 수범(琇範)이다. 딸은 함양 박씨(咸陽朴氏) 민(敏)의 맏아들에게 시집갔다. 도욱은 수범의 아들인데 관범의 후사가 되었다. 나머지 손자와 증손은 기록하지 않는다.

아! 공은 경상우도의 문풍이 침체된 뒤에 태어났다. 당시 선배 장로들은 모두 자질을 순후하게 하고 행실을 법도 있게 하는 것으로 선무를 삼았으나, 후진들은 경서를 암송하고 글을 짓는 데 진력하는 것을 능사로 여겼다. 공은 결연히 거경(居敬)과 궁리(窮理)로써 학문을 하는 근본으로 삼았다. 비록 그 시대에 불행하여 온축한 바를 시행할 수 없었으나, 그 순수한 말과 아름다운 행실이 사람들의 이목에 새겨져 있으니, 속일 수 없을 것이다.

공은 부모를 섬길 적에는 효도하고, 형제간에는 우애하였으며, 자손들을 가르칠 적에는 법도를 따르게 하고, 부녀자들을 경계할 적에는 비단옷을 가까이하지 못하게 하였다. 종족을 대할 적에는 비록 촌수가 멀어졌지만 소(昭)·목(穆)을 엄격히 하고, 나이가 많다는 것으로 자신을 내세우지 않았다.

몸가짐은 예(禮)를 신중히 하는 것으로 편안함을 삼았고, 말을 하면 반드시 몸으로 실천하였으며, 일을 하면 반드시 순리를 따랐다. 평소 심한 병이 아니면 반드시 의관을 바르게 하고 단정히 앉았다. 사람을 사귈 적에는 마음을 열어 성의를 보이고 마음속의 경계를 품지 않았다. 배우는 자를 가르칠 적에는 반드시 『효경』과 『소학』을 먼저하고, 그 다음에 사서와 육경으로 넘어갔으며, 의리의 실상을 명확히 안 뒤에야 역사서와 제자백가를 두루 고찰하게 하였다.

예를 논할 경우에는 『주자가례』로써 종주를 삼되 시의(時宜)에 맞게 참작하였다. 이웃 마을에 상기(喪期)를 마치기도 전에 딸을 시집보내려고 하는 자가 있었는데, 공은 그에게 예법은 범할 수 없고 오랑캐 풍속은 따를 수 없다는 말로써 타일렀다. 또 혼례 일을 잡고 난 뒤 세속에서 꺼리는 것을 핑계 삼아 제사를 지내지 않는 자가 있었는데, 공은 자손을 중히 여기고 조상을 소홀히 한다는 것으로 그의 미혹됨을 책망하였다.

리(理)를 논할 경우에는, 세상의 학자들이 바야흐로 태극의 동정(動靜)을 기(氣)라고 생각했다. 그러나 공은 말씀하기를 "동(動)도 없고 정(靜)도 없지만 동과 정을 아우르고 있는 것은 리의 체(體)이고, 한차례 동하고 한차례 정하면서 능히 동하고 정하는 것은 리의 용(用)이다."라고 하였다. 군자들은 공의 이 말씀이 진실로 주자와 이퇴계의 적결(的訣)이라고 생각했다. 아! 주자와 이퇴계의 뒤에 태어나 능히 주자와 이퇴계의 적결을 얻은 사람이 몇이나 되겠는가.

공이 남긴 글은 모두 10권인데, 줄이고 이정(釐正)해서 4편을 만들었으니 장차 세상에 전해질 것이다.

명(銘)은 다음과 같다.

말하되 조리가 있음은	言而理
말이 정밀한 것이요	言之精也
행하되 과감함은	行而果
행실이 완성된 것이요	行之成也
작은 것을 쌓아 큰 것에 이름은	積小而至大
학문이 굉박(宏博)한 것이네	學之閎也
태극의 동정에 대한 논변은	動靜之辨
한주(寒洲)[20]의 설과 심히 합치되었으니[21]	深契於洲上堯夫

자신의 소견을 드러낸 바가 있었던 것이다	有所呈也
후세 현인이 다시 일어나더라도	後賢更作
백세 뒤에까지 공의 명성을 전하리라	百世而垂公之名也
아!	嗚呼
공의 넉자 봉분[22] 우뚝하니	四尺之罣如
누가 감히 짓밟을 수 있겠나	疇敢躙蹂
군자가 천명에 순응하여 편히 잠들도다	君子之順而寧也

月浦 李公 墓碣銘 幷序

許愈 撰

月浦 李公沒, 且四十有三年。愈嘗恨未及供灑掃之役於門下。今年春, 公再從孫道容, 要愈訂公遺文。既其嗣孫道郁, 又持寒洲 李先生所撰狀德文, 請墓道之刻曰: “願有以終惠也。”, 愈不敢辭。

公諱佑贇, 字禹爾, 星州人。上祖隴西公 長庚, 有仁德, 훅于後昆, 文烈公 兆年, 益昌大。至本朝景武公 濟, 佐命開國, 配聖祖廟。孫副司果叔淳, 始居丹城。世有令望, 習讀樹、梅月堂 賀生尤著。高祖永慕堂 胤玄, 以孝旌。曾祖瑄, 祖聃龍, 考敬烈, 幷隱德。妣星山 李氏, 寒浦 潚女, 同貫異祖也。以健陵壬子四月九日, 生公于晉州 南泗里第。

幼少質異, 卽見端序。六歲, 遭內艱, 哭擗若成人。讀《小學》, 不竢鞭策, 能刻勵, 客至將命, 周折甚謹, 凡於嫂叔, 不親授受。皆七八歲時事也,

---

20 한주(寒洲) : 이진상(李震相, 1818-1886)의 호이다.

21 한주의……합치되었으니 : 원문의 요부(堯夫)는 소옹(邵雍)을 가리키는 말인데, 주상요부(洲上堯夫)는 이진상을 가리킨다.

22 넉자 봉분 : 『예기』「단궁 상(檀弓上)」에 의하면 공자가 어버이를 방(防) 땅에 합장(合葬)하고서 4척의 높이로 봉분을 쌓았다고 한다.

人皆異之。十歲, 就學于族祖南皐公。聰睿日發, 南皐公甚器重之。

乙亥, 先公嬰疾, 公至誠將攝, 嘗糞以審歇劇。及纊, 頓絶僅甦, 庀終事, 服勤幾滅性。制闋, 以遺命業公車。辛巳, 鄕解, 壬午, 入國子選。粤山 韓尙書 致應見之, 不以俗戲戲之, 退語人曰: “此人莊重, 不可褻也。” 聞喜, 公以不逮親爲至痛, 告廟拜墓, 失聲號泣。見者亦感涕。

自是無意進取, 益劬四書、六經。博極濂、洛、關、建, 以及陶山詮訣。靡不參互演繹, 得之於心, 而驗之於爲。朴南浦 天東, 嘗有書論無極太極, 又言“心之發有無物而感。”, 公反復辯訂。

丁亥, 以南冥請廡事, 奉疏入都。時翼廟初代理, 自上命嗣, 延及舘儒。公所作, 學中傳誦。薦紳多請留舘, 公見泮規弛, 且以廡事不諧, 卽浩然南下。溫理舊業, 築室於尼丘山下, 扁之曰 “月浦農舍”。揭誠敬二字, 左右圖書, 靜存動察, 食息不弛。引接來學, 嚴課程, 惠訓不倦。嘗曰: “爲學, 先須立志。志不立, 百事無成。” 又曰: “後之學者, 皆以聖人爲別様人, 謂不可學而及之, 是乃自棄也。吾之所以與聖人同者, 所性存焉, 學者所當盡力也。”

癸巳, 安兵使 光贊, 薦公學行于朝, 不報。乙未, 謁安山院, 與宗族士友, 議追隮桐谷、一齋、孤隱三先生。壬寅, 宗姪象範不年, 公入處宗宅, 撫孤恤嫠, 綜核幹務。嘗曰: “重宗, 所以尊祖。人而忽此, 是忘本。” 癸丑, 丹倅李侯 彙溥, 會一縣之士, 行鄕飮, 戒公賓, 俾定儀節。又增損呂約, 頒境內, 歲爲恒規。

乙卯三月二十二日, 以微疾, 易簀于寢。臨化呼門生子弟, 言學問之道。又曰: “吾於親喪, 寠無以自盡, 平生之恨。我死, 附身勿厚。” 五月甲戌, 葬于晉西巴只里。後改厝于峨嵋陽枕坎之原。配晉陽 姜氏, 載成女, 繼配南平 文氏, 尙洛女。長子觀範, 姜出。次泰範、晉範、恒範、琇範。女適咸陽 朴敏冑。道郁, 以琇範子, 繼觀範。餘孫曾不錄。

嗚呼! 公起嶠右文否之後。時則先進長老, 擧以醇質矜行爲先務, 下焉者寄命於記問工令, 以爲能事。公乃斷然以居敬窮理爲爲學根本。雖厄於時, 不能施所蘊, 而其粹言美行之塗人耳目, 不可誣也。

事父母孝、處兄弟友, 訓子姪循蹈矩繩、戒婦女無近紋繡。宗族雖疏, 嚴昭穆, 不以年尊自加。持己則以謹禮爲安地, 言必逮躬、事必循理。平居非甚病, 必正衣冠端坐。及其接人, 開心見誠, 不設町畦。教學者, 必先以《孝經》、《小學》, 次及四書、六經, 的見義理之實, 然後博考史傳諸家。

論禮則以《家禮》爲宗, 斟酌得宜。隣里, 有不卒喪欲嫁女者, 公諭之以禮閑不可踰、夷俗不可蹈。又有定婚而諉俗忌不祭者, 公以重子孫忽先祖, 責其迷。論理則世方以太極動靜爲氣。而公則曰: "無動無靜, 而涵動靜者, 理之體也; 一動一靜, 而能動靜者, 理之用也。" 君子以爲此實朱、李之的訣也。嗚呼! 生於朱、李之後, 能得朱、李之的訣者, 幾人哉。

遺文凡十卷, 從省略釐, 爲四編, 將行于世云。

銘曰: "言而理, 言之精也, 行而果, 行之成也, 積小而至大, 學之閎也。動靜之辨, 深契於洲上堯夫, 有所呈也。後賢更作, 百世而垂公之名也。嗚呼! 四尺之睪如, 疇敢躙蹂。君子之順而寧也。"

❖ **원문출전**

許愈,『后山集』卷16 墓碣,「月浦李公墓碣銘幷序」(한국문집총간 제327집)

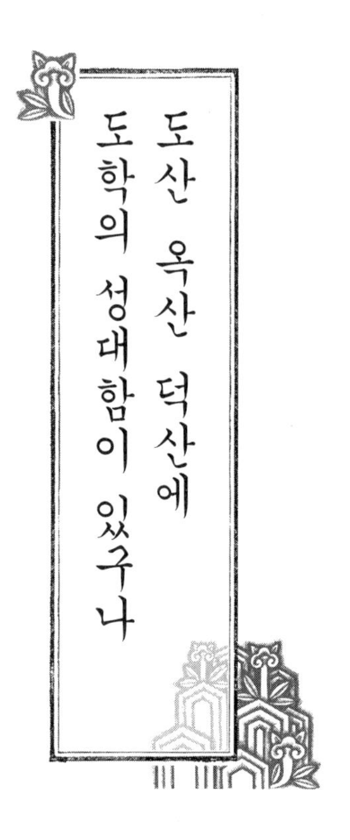

도산 옥산 덕산에 도학의 성대함이 있구나

하범운(河範運) : 1792-1858. 자는 희여(熙汝), 호는 죽오(竹塢)·관고야인(鸛皐野人), 본관은 진주(晉州)이다. 현 경상남도 진주에 세거하였으며, 하진(河溍)의 후손이다. 어려서는 마을의 경운재(景雲齋)에서 독서하였다. 1823년 『태계집(台溪集)』 교감을 위해 상주(尙州)로 가서 류심춘(柳尋春)을 뵙고 그의 제자가 되었다. 그해 경상북도 예안으로 가서 이야순(李野淳)을 만나고, 안동 금계(金溪)의 김성일(金誠一) 고택을 방문하고, 안동 송파(松坡)의 하위지(河緯地)를 제향한 창렬사(彰烈祠)를 참배하면서 안동권 사림들과 교분을 맺었다. 1841년 덕천서원 원임(院任)을 역임하였다. 저술로 4권 2책의 『죽오집』이 있다.

죽오(竹塢) 하범운(河範運)의 묘갈명 병서

김황(金榥)[1] 지음

사군자가 한 지역의 중망을 지고, 한 시대의 공의를 돈독히 하여, 살아 있을 때는 그를 사모하는 사람이 있고, 죽어서는 그를 칭송하는 사람이 있는 것은, 반드시 평생의 학문과 행의(行誼)의 실정에 충분히 드러내줄 만한 것이 있어서이다. 맹자가 말씀하기를 "이 때문에 그의 당세를 논하는 것이다."[2]라고 하였는데, 진강 처사(晉康處士) 죽오(竹塢) 하공(河公)의 행적과 같은 경우, 나는 삼가 그 증거를 댈 수 있을 듯하다.

공은 젊어서 과거공부를 일삼아 과장에서 명성이 있었다. 한 번 과거에 응시해 보았으나 회시에는 합격하지 못하자, 곧장 그만두고서 다시는 일삼지 않고 개연히 위기지학에 뜻을 두었다. 공이 사우로 종유한 분 중에 강고(江皐) 류심춘(柳尋春)[3]과 광뢰(廣瀨) 이야순(李野淳)[4] 선생 같

---

1 김황(金榥) : 1896-1978. 자는 이회(而晦), 호는 중재(重齋), 본관은 의성(義城)이고, 현 경상남도 산청(山淸)에 거주하였다. 김우옹(金宇顒)의 12대손이다. 곽종석(郭鍾錫)에게 수학하였다. 독립운동과 관련하여 1·2차 유림단사건에 연루되어 옥고를 치른 뒤 1928년 산청군 신등면 내당촌으로 옮겨 50년 동안 1천여 명의 문도를 길러냈다. 저술로 100권 48책의 『중재집』이 있다.

2 이 때문에……것이다 : 『맹자』 「만장 하(萬章下)」에 나온다.

3 류심춘(柳尋春) : 1762-1834. 자는 상원(象遠), 호는 강고, 본관은 풍산(豊山)이다. 현 경상북도 상주(尙州)에 거주하였다. 1786년 생원시에 합격하였고, 1795년 학행으로 천거되어 세자익위사 익찬이 되었다. 이후 의성 현령(義城縣令) 등을 역임했다. 저술로 19권 11책의 『강고집』이 있다.

4 이야순(李野淳) : 1755-1831. 자는 건지(健之), 호는 광뢰, 본관은 진보(眞寶)이며, 이황(李滉)의 9세손이다. 이상정(李象靖)·김종덕(金宗德)에게 수학하였다. 이우재(李愚在)의 추천으로 경기전 참봉에 제수되었다. 저술로 13권 7책의 『광뢰집』 등이 있다.

은 분이 계셨는데 모두 고가(古家)의 원로학자들이다. 그러니 공이 스승의 문하에서 연마하며 덕성과 기량을 도야하고 이룩한 데에는 진실로 이미 유래한 바가 있었던 것이다. 공이 학문을 할 적에는 한결같이 마음을 보존하고 이치를 밝히는 것을 위주로 하였다. 멀게는 정자·주자의 지결을 종주로 여겼고, 가깝게는 퇴계 선생과 남명 선생의 가르침을 지켰다. 그래서 널리 듣고, 힘써 기억하며, 문장을 잘 짓고, 논의를 잘하는 것들은 대수롭지 않은 일일 뿐이었다.

만년에 이르러서는 명망과 실덕이 융숭하였다. 그래서 향교와 서원에 일이 있으면 공이 제창해 주기를 기다렸고, 고을의 법도에 부족한 점이 있으면 공에게 의뢰하여 수선하고 거행하였다. 무릇 주장하고 힘을 다한 것은 모두 유가의 학문을 진흥시키고 풍화를 장려시키는 뜻이었으니, 온 고을의 사림들이 공을 보고 사표로 여기지 않음이 없었다.

류 선생의 아들 낙파 상공(洛坡相公)[5]이 공과 평생의 교분을 맺었는데, 공에게 과거시험에 응하도록 권해 보았다. 그러나 공은 사양하며 말하기를 "다 늙은 여자가 춤을 배운다고 조롱할까 두렵습니다."라고 하였다. 고을 사람들이 누차 방백과 어사에게 공의 행의를 추천하였고, 공이 세상을 떠난 뒤에 다시 실상을 갖추어 조정에 포상해 줄 것을 요청하였지만 모두 채택된 적은 없었다. 그러나 공론이 성대했었던 것은 지금까지도 상상해 볼 수 있다. 『시경』에 "덕스러운 소리 매우 밝아서, 백성들에게 경박하지 않음을 보여주네."[6]라고 하였는데, 공은 참으로 경박하지 않음을 백성들에게 보여준 분이로구나! 또 『시경』에 "화락한 군자여, 덕

---

5 낙파 상공(洛坡相公) : 류후조(柳厚祚, 1798-1876)이다. 자는 재가(載可), 호는 낙파·매산(梅山)·영매(嶺梅), 본관은 풍산(豊山)이며, 류심춘의 아들이다. 1858년 문과에 급제한 뒤 이조 참판, 공조 판서, 우의정, 좌의정을 지냈다. 시호는 문헌(文憲)이다.

6 덕스러운…… 보여주네 : 『시경』 소아 「녹명(鹿鳴)」에 보인다.

스러운 말씀이 그치지 않네."[7]라고 하였으니, 참으로 공의 덕음(德音)이 지금까지도 그치지 않는구나!

대저 하씨는 진주의 유서 깊은 명문가이다. 원정공(元正公) 집(楫), 진산군(晉山君) 윤원(允源), 대사간 결(潔), 태계 선생(台溪先生) 진(溍)은 모두 공의 조상 중 현달한 분들이다. 태계 선생의 증손 덕창(德昌)은 첨지중추부사를 지냈고, 이분이 대식(大湜)을 낳았는데, 공의 증조부와 조부이다. 부친의 휘는 흠(欽)이고, 모친 전의 이씨(全義李氏)는 방식(邦式)의 따님이다. 생부의 휘는 급(級)[8]이고, 생모 전주 최씨(全州崔氏)는 광규(光奎)의 따님이다.

공의 휘는 범운(範運), 자는 희여(熙汝)이고, 죽오(竹塢)는 자호이다. 건릉(健陵:正祖) 임자년(1792)에 태어나 향년 67세로 세상을 떠났다. 부인 함안 조씨(咸安趙氏)는 사인 여우(如愚)의 따님이고, 대소헌(大笑軒) 충의공(忠毅公)[9]의 후손이다. 두 아들은 인명(寅明)과 성명(晟明)이고, 딸은 조덕규(趙德奎)와 강성길(姜聖吉)에게 각각 시집갔다. 손자 한경(漢璟)과 한량(漢亮)은 모두 인명의 소생인데, 한량은 성명의 후사가 되었다. 외손은 조모(趙某)와 강모(姜某)이고, 증손 이하는 다 기록하지 않는다.

한량 씨가 그 집안사람 제남(濟南) 하경락(河經洛) 씨가 지은 공의 행장을 가지고 나를 찾아와 보여주면서, 집현산(集賢山)[10] 남쪽 주곡(柱谷) 해좌(亥坐) 언덕에 있는 부인과 합장한 묘에 묘갈명을 지어달라고 하였다.

---

7 화락한……않네 : 『시경』 소아 「남산유대(南山有臺)」에 보인다.

8 급(級) : 흠과 급은 모두 하대식(河大湜)과 재취 부인 파평 윤씨(坡平尹氏)의 소생이다. 흠이 맏이고, 급은 삼남이다.

9 충의공(忠毅公) : 조종도(趙宗道, 1537-1597)이다. 자는 백유(伯由), 호는 대소헌, 시호는 충의공이며, 본관은 함안이다. 임진왜란 때 단성 현감, 함양 군수를 역임하였고, 황석산성 전투에서 전사하였다.

10 집현산(集賢山) : 경상남도 진주시 집현면에 있다.

나는 적임자가 아니라고 굳이 사양하였지만 어쩔 수 없어서 삼가 그 대략을 발췌하여 이와 같이 엮었다.

명은 다음과 같다.

옥산[11]과 도산[12]에다	玉山陶山
덕산[13]까지 세 곳에	德山三之
아홉 굽이 노래 있으니	九曲有歌
무이구곡[14]을 본뜬 것이네[15]	仿于武夷
공의 학문 연원의 분명함을	淵源準的
여기에서 알 수 있네	卽此可知
경운재에서 공부할 적에	景雲之齋
책상에서 떠나지 않았으며	棐几不移
서책을 가득 쌓아놓고	盈盈書帙
독서와 사색을 반복했네	俯讀仰思
이치가 아니면 종주로 여겼겠으며	匪理曷宗
심법 아니면 스승으로 삼았겠는가	匪心曷師
법도대로 수레를 모는 자는	有範者驅
사통팔달 큰 길을 달려야 하건만	交衢是宜
알아주는 이[16]를 만나지 못하여	不遇九方

11 옥산 : 경상북도 경주시 안강읍 옥산리 옥산서원으로, 이언적(李彦迪)을 제향하였다.

12 도산 : 경상북도 안동시 도산면 토계리 도산서원으로, 이황을 제향하였다.

13 덕산 : 경상남도 산청군 시천면 원리 덕천서원으로, 조식을 제향하였다.

14 무이구곡 : 중국 남송의 주희(朱熹)가 복건성(福建省) 무이산(武夷山) 계곡을 아홉 굽이로 나누어 명명한 것인데, 주희가 이에 대하여 「무이구곡가(武夷九曲歌)」를 지었다.

15 옥산과……것이네 : 1823년 하범운이 선조인 하진(河溍)의 문집 교감을 위해 경상북도 예안에 갔을 때, 이야순이 주희의 「무이구곡가」에 차운하여 「도산구곡」과 「옥산구곡」을 지어 주면서 화답을 청하였다. 이에 하범운은 덕산(德山)을 포함시켜 세 산의 구곡시를 지어서 '도학 연원의 성대함이 우리 영남에 있다'는 의미를 보여주었다. (『竹塢集)』 卷1, 「謹步武夷櫂歌韻 作三山九曲 奉呈漱亭參奉李丈野淳案下 以備吾嶺故事幷小序」)

16 알아주는 이 : 원문의 '구방(九方)'은 춘추시대 진(秦)나라의 마상(馬相)을 잘 본 구방고(九方皐)를 가리킨다. (『列子』 「說符」)

평범하게 떠났으니 누가 슬퍼하리	駢死誰悲
집현산의 한 언덕	集賢之原
가을 풀 시든 곳에	秋草離披
군자가 잠들어 있으니	君子之藏
나의 묘갈명 이를 징험하리	徵我銘詩

문소(聞韶:義城) 김황(金榥)이 삼가 지음.

墓碣銘 幷序

金榥 撰

士君子, 負一方之重名、篤一時之公議, 生而有所慕、沒而有所誦者, 必其平生問學行誼之實, 有足以藉之。孟子曰: "是以論其世也。", 若晉康處士 竹塢 河公之行, 余竊有徵焉。

公少治學業, 有聲場屋間。旣一試, 而不獲售於禮闈, 卽棄不復事, 慨然有志乎爲己之學。其所從以師友者, 有若柳江皐 尋春、李廣瀨 野淳兩先生, 皆古家之耆宿也。其涵濡法門陶成德器者, 固已有所自矣。其爲學, 一以存心明理爲主。遠宗洛·建之旨、近守退陶·南冥之訓。至其博聞、强記、宏詞、偉論, 乃其餘事耳。

迨其晩年, 望與實隆。黌院有事, 待其提倡; 鄕憲有闕, 賴以修擧。凡所主張而致力者, 類皆振興儒門、奬厲風化之意, 而一鄕士林, 莫不視以爲表儀。

柳先生之子洛坡相公, 與公結平生交, 嘗勸以應擧。公謝曰: "恐人嘲老婦之學舞也。" 鄕人累薦公行誼于棠營及繡使, 公歿後, 仍復具狀, 請褒于朝, 而幷無所采。然物議之殷, 至今猶可想也。《詩》曰: "德音孔昭, 示民不佻。", 信乎其能示民不佻者矣! 又曰: "樂只君子, 德音不已。", 信乎其德音之不已也!

夫河氏, 晉之世望。 元正公 楫、晉山君 允源、大司諫 潔、台溪先生 溍, 皆爲公顯祖。台溪之曾孫德昌, 僉樞, 僉樞生大湜, 公之曾祖祖也。考諱欽, 妣全義 李氏 邦式女。本生考諱鈒, 妣全州 崔氏 光奎女。

公諱範運, 字熙汝, 竹塢其自號也。生于健陵壬子, 享壽六十七而終。配趙氏 咸安士人如愚女, 大笑軒 忠毅公之後也。二男:寅明、晟明, 女:趙德奎、姜聖吉。孫漢璟、漢亮, 幷長房出, 而漢亮爲二房嗣。外孫:趙某、姜某, 曾孫以下, 錄不盡。

漢亮氏, 以其族人濟南 經洛氏所爲公狀來示余, 而使書公墓之在集賢山南柱谷亥原與夫人合封者。固辭非人而不獲, 謹最其大槪而系之。

銘曰: "玉山、陶山, 德山三之, 九曲有歌, 仿于武夷。淵源準的, 卽此可知。景雲之齋, 棐几不移, 盈盈書帙, 俯讀仰思。匪理曷宗, 匪心曷師。有範者驅, 交衢是宜, 不遇九方, 駢死誰悲。集賢之原, 秋草離披, 君子之藏, 徵我銘詩。"

聞韶 金棍 謹撰。

❖ 원문출전

河範運, 『竹塢集』 卷4, 金棍 撰, 「墓碣銘幷序」(경상대학교 문천각 古(아천) D3B 하43ㅈ)

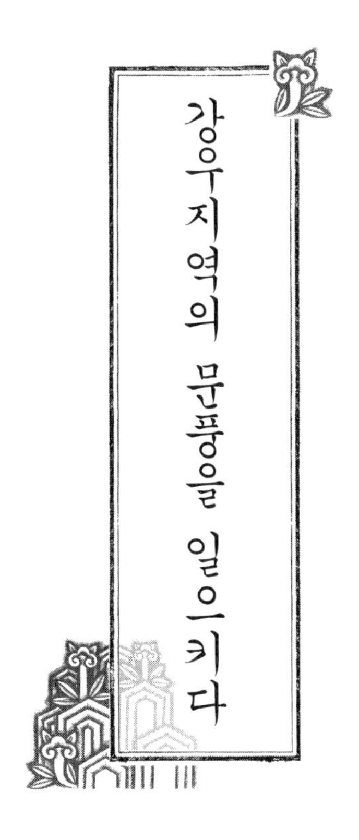

강우지역의 문풍을 일으키다

허전(許傳) : 1797-1886. 자는 이로(而老), 호는 성재(性齋), 본관은 양천(陽川)이다. 현 경기도 포천시 출신이다. 1835년(39세) 문과에 급제하여 홍문관 대제학 등 여러 관직을 두루 지냈다.
허전은 이익(李瀷)-안정복(安鼎福)-황덕길(黃德吉)로 전해지는 학통을 이은 근기 남인이다. 1864년 김해 부사로 부임하여 학문적으로 침체되어있던 강우지역의 문풍을 크게 진작시켰다. 문하에 김인섭(金麟燮)·박치복(朴致馥)·노상직(盧相稷)·허훈(許薰)·조병규(趙昺奎)·조성렴(趙性濂) 등이 있다.
허전은 경의(經義)와 관련해 항상 실심(實心)과 실정(實政)을 강조하였으며, 전국이 민란으로 들끓을 때 해결 방안으로 삼정책(三政策) 등을 제시하였다.
저술로 45권 23책의 『성재집』 및 『종요록(宗堯錄)』·『철명편(哲命編)』·『사의(士儀)』 등이 있다.

성재(性齋) 허전(許傳)의 행장

김인섭(金麟燮)[1] 지음

선생의 휘는 전(傳), 자는 이로(而老), 성은 허씨(許氏)이다. 허씨는 본래 가락국(駕洛國) 시조 김수로왕(金首露王)의 후예로 태후 허황옥(許黃玉)의 성을 따랐다. 신라 말 허선문(許宣文)은 아흔의 고령으로 고려 태조를 도와 견훤을 정벌하였는데, 군량을 공급한 공이 많아 양천(陽川)을 식읍으로 하사받고 양천 허씨가 되었다. 이후 대대로 큰 인물들을 배출하여 우리나라에서 이름난 성씨가 되었다.

20대를 내려와 부제학 허엽(許曄)에 이르러서는 본조의 소경왕(昭敬王: 宣祖)을 섬겼다. 관직에 있는 30년 동안 성균관 대사성을 지냈는데, 문장과 경술은 당대 대사성 중에 가장 뛰어났다. 또 10대를 내려와 선생의 고조부 허연(許演)은 은거하여 행실을 닦으며 벼슬하지 않았다. 증조부 허병(許秉)은 이조 판서에 추증되었으며, 조부 허곤(許崙)은 좌찬성에 추증되었다. 부친 허형(許珩)은 사간원 정언을 지냈으며, 문장과 기개와 절조를 지니고 있어 당대에 명망이 높았다. 호는 일천(一川)이며, 좌의정에 추증되었다. 모친 연안 이씨(延安李氏)는 정경부인(貞敬夫人)에 추증되었다.

선생은 정종(正宗) 21년 정사년(1797) 12월 29일(갑자) 묘시에 포천현(抱川縣) 해룡산(海龍山)[2] 아래 목동리(木洞里) 집에서 태어났다. 5세에 공부

1 김인섭(金麟燮) : 1827-1903. 자는 성부(聖夫), 호는 단계(端磎), 본관은 상산(商山)이다. 허전의 수제자로 『성재집』을 교정하였으며, 현 경상남도 진주시 집현면에 대암정사(大嵒精舍)를 짓고 후학을 양성하였다. 저술로 18권 10책의 『단계집』 등이 있다.

2 해룡산(海龍山) : 경기도 동두천시의 불현동과 포천시 선단동의 경계에 위치한 산이다.

를 시작하였으며, 가정에서 『효경』을 배웠다. 문장을 이해하는 힘이 날로 늘어나자 이로부터 여러 경서 · 제자서 · 역사서를 두루 읽었으며, 과거공부도 함께 하였다. 인릉(仁陵)[3] 경오년(1810) 14세 때 부친 의정공(議政公)이 어버이가 늙고 집안이 빈한해서 봉록을 위한 벼슬을 하여 한양에 들어가게 되자, 선생은 부친을 따라가 성 밖의 약현(藥峴)[4]에서 집을 빌려 우거하였다. 21세에 하려(下廬) 황덕길(黃德吉)[5] 공의 문하에 나아가 가르침을 청하였는데, 이때부터 성현의 학문에 뜻을 돈독히 하였다. 황공은 선생을 자주 칭찬하며 "우리 고을에 인물이 났구나."라고 하였다.

경진년(1820) 6월 부친상을 당했다. 11월에 연이어 승중복을 입어야 하는 조모 김씨의 상을 당하였는데, 모두 예제를 따라 상을 치렀다. 장례를 치르고 가세가 더욱 기울자, 선생은 청성현(青城縣)[6]에 있는 척박한 밭 수십 무(畝)에 농사를 짓겠다고 모친께 아뢰었다. 모친께서 탄식하며 말씀하기를 "네 아버지는 생업을 힘쓰지 않았고, 오직 학문에만 뜻을 쏟았다. 네가 지금 농사를 지으려는 것은 내가 배고프고 추울까 근심한 것에 지나지 않는다. 배고픔과 추위는 내 두렵지 않지만, 가문의 명성이 혹 실추될까 두려워할 뿐이다. 또 너는 기질이 맑고 유약한데 무슨 수로 밭을 갈면서 책을 읽겠느냐."라고 하였다. 이에 선생은 마음을 돌리고 「경성문(警省文)」을 지었는데, 그 내용은 다음과 같다.

---

3 인릉(仁陵) : 순조(1790-1834)와 그의 비 순원왕후(純元王后)를 합장한 무덤으로, 여기서는 순조가 재위한 시기를 말한다.

4 약현(藥峴) : 현 서울특별시 중구 중림동이다.

5 황덕길(黃德吉) : 1750-1827. 자는 이길(耳吉), 호는 하려(下廬), 본관은 창원(昌原)이다. 안정복(安鼎福)의 문인으로, 이익(李瀷)-안정복으로 내려오는 학통을 계승한 인물이다. 저술로 19권 10책의 『하려집』이 있다.

6 청성현(青城縣) : 현 경기도 포천시의 고호이다.

> 맹자는 "큰 효자는 종신토록 부모를 사모한다."[7]라고 하였고, 공자는 "입신양명하여 부모를 현양해야 하니, 이러한 뒤에야 자식의 도리를 한 것에 가깝다."[8]라고 하였다. <중략> 도덕과 문장에 힘쓰는 일은 우리 집안 대대로 내려온 사업이다. 선인(先人)이 뜻한 바를 지향하고 선인이 행한 바를 행하여, 종신토록 고치지 않아서 남들로 하여금 '아무개의 자식이 능히 이와 같구나'라고 칭송하게 한다면, 이것이 이른바 '부모를 명예롭게 하는 것'이다. <중략> 요임금·순임금·공자·안자와 같은 성현도 일반 사람과 같은 부류였다. <중략> 의당 문을 닫고 성현의 글을 읽어 품부받은 본성을 극진히 할 뿐이다.[9]

선생이 뜻을 세운 것은 참으로 세상에서 제일가는 사람이 되기로 기약한 것이다. 일심으로 정진하며 그만두지 않은 것이 이와 같았다.

계미년(1823) 삼년상을 마쳤다. 헌종 원년 을미년(1835) 선생은 39세로, 9월에 별시 문과에 급제하여 관례대로 승문원 부정자에 보임되었다. 병신년(1836) 9월 모친상을 당하였다. 상례의 격식과 슬퍼하는 마음을 모두 지극히 하였으며, 정성과 예법을 극진히 하여 부친상을 지낼 때와 한결 같았다. 무술년(1838) 12월 삼년상을 마쳤다. 벼슬에 나아가는 데 더욱 뜻이 없어졌고, 오직 내면을 성찰하는 공부에 힘을 쏟았다.

경자년(1840) 5월 외직으로 기린도[10] 찰방(麒麟道察訪)에 제수되었다. 당시 큰 기근이 들어 백성들이 모두 굶어 죽을 듯하였다. 게다가 범이 여기저기 나타나 집집마다 그물을 설치하였는데, 선생은 곧 그물을 걷게 하고 타이르기를 "정치의 사나움이 범보다 심한데, 범이 어찌 해가

7 큰……사모한다 : 『맹자』「만장」에 나온다.

8 입신양명하여……가깝다 : 『효경』에 나온다.

9 맹자는……뿐이다 : 이 글은 『성재집』 권10에 실려 있는 「경성문」으로, 여기서는 원문을 간추려 놓았기 때문에 '<중략>'을 넣어 표시하였다. 이하 인용문에서도 원문을 간추려 놓은 것은 '<중략>'으로 표시하였다.

10 기린도 : 조선 시대 황해도 평산(平山)의 기린역을 중심으로 한 역도(驛道)이다.

될 수 있겠는가!"라고 하였다. 이에 한결같은 마음으로 백성을 안정시켜 불러 모으니, 유민들이 다시 돌아왔으며 호환도 영원히 사라졌다. 방백이 와서 고과(考課)할 적에 '기린도에 기린은 없지만 기린과도 같은 인물이 있구나.'라고 하였다. 이듬해 봄 동지사의 행차가 지나갈 적에 역마를 사사로이 부리는 폐단이 거듭되자, 선생은 법을 굳게 지키며 따르지 않았다. 이에 관직을 버리고 돌아왔으나 중한 법으로 무함을 받아 직첩을 빼앗겼다.

임인년(1842) 12월 숭릉 별검(崇陵別檢)으로 서용되었으나 사직하고 물러났다. 갑진년(1844) 정월 6품으로 승진하여 부사과가 되었으며, 2월 전적에 제수되었고, 12월 지평에 제수되었다. 병오년(1846) 정언으로 옮겨졌으며, 7월 이조 좌랑으로 옮겨졌으나 사직하고 물러났다. 정미년(1847) 4월 종묘(宗廟) 하향(夏享) 때 축사(祝史)로서 치재(致齋)하지 못하여 심리를 받게 되었는데, 어명으로 곧바로 풀려났다. 그해 7월 지평으로 복직하였으며, 12월 함평 현감(咸平縣監)에 제수되었다.

이해 가을장마에 집이 무너지자 다음과 같은 시[11] 한 수를 지었다.

공리에 서툴고 재능도 졸렬한데	疎於功利拙於才
무릎 붙일 모옥조차 절로 무너졌네	著膝茅廬任自頹
<중략>	
어느 곳인들 몸 붙이면 내 즐거움 없겠나	何處寄身無我樂
마음속에 호화로운 누대를 생각하지 말자	心中休起好樓臺

당시 재상이 선생의 일을 듣고 놀라 탄식하기를 "이처럼 고상한 선비

11 시 : 이 시는 『성재집』 권1에 「추림옥퇴(秋霖屋頹)」란 시제로 실려 있는데, 전문은 다음과 같다. "疎於功利拙於才 着膝茅廬任自頹 床雨十年常蹙蹙 幕天今日便恢恢 溪因村曠三分近 山爲庭虛四面來 何處寄身無我樂 心中休起好樓臺"

가 곤궁에 처해 굶주려 죽는다면 조정의 큰 수치가 될 것이다."라고 하며 조정에 건의하였다. 그래서 선생이 함평 현감에 제수되었다.

무신년(1848) 정월 선생은 비로소 임소에 나아갔다. 교화를 펴는 일을 급선무로 여기고 형벌을 숭상하지 않았다. 곤장을 치는 형구(刑具)를 모두 치우고 가죽채찍 하나로 그것을 대신하였다. 송사하는 자가 관아로 찾아오면 먼저 부모와 형제에 관해 묻고 효도하고 우애하는 도리로써 거듭 당부하였는데, 간혹 스스로 뉘우쳐 물러가기도 하였다. 학도들을 선발해서 향교로 불러들여 경서와 역사서를 강론하였는데, 일 년 사이에 풍속이 크게 변하였다.

기유년(1849) 6월 헌종이 승하하여 철종이 왕위를 이었다. 7월에 선생은 관직을 버리고 돌아갔다. 당시 안찰사(按察使)의 집안사람이 위도[12] 진장(蝟島鎭將)이었는데 조운선(漕運船)을 파선시켰다. 선생이 그 일을 사실대로 조사하자, 안찰사가 분노하여 선생의 고과를 중고(中考)[13]에 두었다. 이 일로 선생은 결국 관직을 버리고 돌아간 것이었는데, 떠날 때의 차림이 매우 간소하여 『주자대전』 한 부만 지니고 있을 뿐이었다. 11월 홍문관에 뽑혀 들어갔다.

경술년(1850) 2월 교리로서 경연에 입시하여 주상[哲宗]을 지성으로 깨우치고 인도하였다. 주상께선 오래도록 외부에 거주하여 스승을 두고 배울 기회를 놓쳤다. 그래서 먼저 쉽게 이해할 수 있는 것을 말하였다. 어느 날 『소학』 「명륜(明倫)」을 진강하며 "의롭지 못한 일이 생기면 자식은 부모에게 쟁론하지 않을 수 없고, 신하는 임금에게 간쟁하지 않을

12 위도 : 전라북도 부안군 위도면에 딸린 섬이다.

13 중고(中考) : 관원의 근무 성적을 상·중·하로 나누어 고과하는데, 중에 해당함을 이른다. 이조나 병조에서 매년 두 차례 관원의 공과(功過)를 조사하여 벼슬을 올리기도 하고 내리기도 하는데, 고과에서 중고를 받으면 승진하지 못하였다.

수 없다."라는 구절을 반복해서 아뢰었다. 이로부터 계속 경연(經筵)에 있으면서 삼년상에는 예제를 다해야 하고, 기뻐하고 노여워함은 절도에 맞아야 하며, 관원을 뽑을 때는 어진 이를 발탁해야 하며, 형제들과 우애가 있어야 하며, 권신이 권력을 농단하는 일, 적통을 바로세우고 총애하는 신하를 멀리하며, 구용(九容)[14]과 사물(四勿)[15] 및 임금 덕의 득실 등을 아뢰었다. 책을 펴고 강의할 적에는 은미한 뜻을 힘써 밝혀 그 충성스런 마음을 극진히 하지 않음이 없었다.

어느 날 주상께서 직접 '용(龍)' 자를 써서 하사하자, 선생은 재배한 뒤 받고서 다음과 같이 진계(進戒)하였다. "정자(程子)가 일찍이 말씀하기를 '글자를 쓸 적에는 매우 공경해야하니, 이는 글씨를 잘 쓰려고 하는 것이 아니라 이것이 바로 학문입니다.'라고 하였으며, 또 '편지를 쓰는 일은 유자의 일상사에 가장 가까운 것이지만, 한결같이 그 일에 빠지면 이 역시 완물상지(玩物喪志)하는 것이다.'라고 하였습니다. 이러한 일에 힘을 쏟을 필요가 없으니, 무익한 글쓰기는 유익한 학문만 못합니다. 전하께서 최근 오래도록 소대(召對)를 하지 않으시니, 신은 실로 그 이유를 모르겠습니다. 제왕의 학문은 유생들의 학문과는 같지 않으며, 국가를 경륜하는 일은 장구(章句)나 익히는 공부와는 다른 점이 있습니다. 자주 유사(儒士) 접견하고 여러 선비들에게 가르침을 청하여 치란의 득실에 대해 물으신다면, 성덕은 날로 새로워지며 왕업은 날로 융성해질 것입

14 구용(九容) : 군자가 항상 지켜야 할 신체 아홉 부분의 몸가짐을 말하는 것으로, 발 모양은 신중하고, 손 모양은 공손하고, 눈 모양은 단정하고, 입 모양은 다물어져 있고, 목소리는 고요하고, 머리는 곧게 세우고, 기운은 엄숙하고, 서 있는 모양은 덕스럽고, 얼굴빛 모양은 씩씩하게 하는 것을 말한다.

15 사물(四勿) : 네 가지 경계해야 할 것을 가리키는 말로, 안연(顔淵)이 공자에게 극기복례(克己復禮)의 상세한 조목을 물었을 때, 공자가 "예가 아니면 보지 말며, 예가 아니면 듣지 말며, 예가 아니면 말하지 말며, 예가 아니면 움직이지 말라."라고 하였다.

니다." 주상께서 대신들을 돌아보며 이르기를 "유신(儒臣)의 말이 충성스럽고 애틋하며 간절하고 공경스럽구나. 나는 앞으로 소대를 하겠다."라고 하였다.

갑인년(1854) 9월 입시하여 또 진언하기를 "무릇 예는 존비·귀천, 등급·차례가 질서정연하여 어지럽힐 수 없습니다. 지금 나라의 기강이 해이해지고, 명분이 문란하며, 법식이 어그러져 사치하고 참람하는 풍속이 생겨나고 법도도 없습니다. 나라가 어떻게 나라꼴이 되며 백성은 무슨 수로 백성노릇을 하겠습니까. 바라건대 예전(禮典)을 정비하고 백성들을 인도하여 다스린다면, 지극한 순리대로 다스려질 것을 기대할 수 있을 것입니다."라고 하였다.

또 상주하기를 "순임금은 성인의 덕을 가지셨지만 홀로 나라를 다스릴 수 없어서 사방의 문을 활짝 열고 천하 사람들의 견문을 거두어 자신의 견문으로 삼았습니다. 근래 언론을 책임진 관원은 입 다문 까마귀나 의장용 말과 같이 아무 말도 안하고 있으니, 전하께서는 무슨 방도로 외간의 시비를 아시겠습니까."라고 하였다. 또 아뢰기를 "전하께서는 위대한 순임금의 자질을 지니셨지만 아직 순임금이 분발하여 힘쓴 공부에 대해서는 부족한 점이 있습니다. 분발하는 것은 용기입니다. 바라건대 전하께서는 '용(勇)' 자에 더욱 힘을 쏟으십시오."라고 하였다. 또 선생이 『서경』「익직」의 '만유(慢遊)'[16] 두 글자로 경계한 것은 임금에게 바라는 바가 간절해서였다.

10월 또 입시하여 차대(次對)[17]하고서 마음속에 품은 생각을 아뢰었는데, 그 내용은 대략 아래와 같다.

16 만유(慢遊) : 태만하게 노니는 것을 말함.

17 차대(次對) : 의정(議政)·대간(臺諫)·옥당(玉堂)의 관원들이 매달 여섯 차례씩 임금 앞에 나아가 정무를 보고하던 일.

신이 전하께 바라는 것은 요·순과 같은 성군이 되는 것입니다. 전하께서는 요·순의 자질과 요·순의 지위와 요·순의 백성을 소유하셨는데, 요·순의 은택이 나라 안에 미치지 못하는 것은 요·순의 정치를 행하지 않기 때문입니다. 그 정치를 행하려면 우선 그 심법을 구해야 합니다. 이른바 심법이란 '도심이 주가 되고 인심이 거기에서 명을 듣는다.'라는 것에 불과할 뿐입니다.

이어서 치도십조(治道十條)를 진달하였는데, 그 내용은 다음과 같다.

중정의 법도를 세워 조정을 바로잡으십시오. 도덕을 전일하게 하여 교화를 숭상해야 합니다. 간언하는 이들을 불러들여 보고 듣는 것을 넓히십시오. 요행으로 벼슬에 진출하는 길을 막아 다투듯 청탁하는 일을 막으십시오. 천거로 선발함을 공정히 하여 준걸스런 인재를 등용하십시오. 염치를 면려하여 뇌물 쓰는 일을 막아야 합니다. 절약하고 검소함을 힘써서 사치를 억제해야 합니다. 지방관을 가려 뽑아 오래도록 직무를 맡기십시오. 고과를 엄격히 하여 출척(黜陟)[18]을 명확히 하십시오. 사면을 신중히 하여 뉘우치지 않는 자를 징계하십시오. 이렇게 한다면 기강이 확립되기를 기약하지 않아도 저절로 확립될 것이며, 나라의 근본은 굳건해지기를 기약하지 않아도 절로 견고해질 것입니다.

이에 대해 주상께서 말씀하기를 "뇌물을 쓴다는 것은 무엇을 이르는 것인가?"라고 하자, 대답하기를 "근래 사적인 인정이 성행하여 청탁을 일삼고 있습니다. 책을 읽지 않고 과거에 합격을 구하며, 행실을 닦지 않고 벼슬을 바라는 자들이 넘쳐나는 것이 이 경우입니다."라고 하였다. 주상께서 말씀하기를 "책을 읽지 않고서 과거에 합격하기를 바라는 자가 있는가?"라고 하자, 대답하기를 "올가을 감시(監試)에서 일어난 일로 말하자면, 향시에 응시한 자가 미리 한양에 모여 널리 연줄을 대고 있었

18 출척(黜陟) : 출은 좌천 또는 파면하는 것이고, 척은 승진시키는 것을 말함.

습니다. 이 일로 시험관 또한 원망하고 비난하는 말을 들었으며 안 좋은 소문이 거리에 퍼졌습니다."라고 하였다. 일을 꾸미는 자들은 이 때문에 선생을 꺼려하여 몇 번이나 중상모략하였다.

11월 어떤 일로 인해 당차(堂箚)[19]에 참여하지 않아서[20] 맹산(孟山)[21]으로 유배되었다. 가다가 고양(高陽)[22]에 이르렀을 때 주상께서 죄가 없음을 알고서 특별히 지평에 제수하여 소환하였다. 선생은 모두 아홉 차례나 홍문관 관원에 제수되어 그곳에 소장된 서적을 모두 읽었는데, 병서·음양서와 우리나라 유자들의 문집에 이르기까지 빠뜨린 것이 없었다.

을묘년(1855) 정월 장헌세자(莊獻世子:思悼世子)가 탄생한 지 재회갑(再回甲:120년)이 되어 존호를 추존해 올릴 적에, 선생이 독금인관(讀金印官)을 맡음으로써 통정대부에 가자되었다. 병진년(1856) 6월 우부승지에 제수되었다. 경신년(1860)년 9월 병조 참지에 제수되었다가 참의로 승진되었다.

임술년(1862) 봄 민란[23]이 크게 일어났는데, 모두 세금을 가혹하게 징수하여 백성들이 삶을 감당할 수 없었기 때문이었다. 6월 주상께서 백성들의 고통을 애통해 하는 교서를 내리고, 친히 삼정(三政)을 바로잡는 방법을 책문(策問)하였다. 선생은 3만여 언의 대책을 올려 그 득실에 대해 상세히 거론하고 맨 뒤에 '치도(治道) 9조'를 붙였는데, 그 조목은 민

---

19 당차(堂箚) : 홍문관에서 올리는 차자.

20 어떤 일로…… 않아서 : 삼사(三司)가 조하망(曺夏望)을 탄핵할 때 연명차자에 참여하지 않았다는 이유로 맹산에 귀양 가게 되었는데, 『성재집』「연보」에 의하면 허전은 홍문관에서 숙직을 서느라 참여하지 못하였다.

21 맹산(孟山) : 현 평안남도 맹산군이다.

22 고양(高陽) : 현 경기도 고양시이다.

23 민란 : 1862년 2월에 발생한 진주민란을 가리킨다.

목(民牧)·용인(用人)·교민(教民)·반록(頒祿)·장전(藏錢)·금도(禁盜)·신사(愼赦)·내간(來諫)·전학(典學) 등이었다. 위로는 수천 년간 이어온 역대 제왕들의 치도로부터 아래로 당대 정치의 본말과 대소에 이르기까지 상세하게 남김없이 거론하였다. 재상 조두순(趙斗淳)이 그 내용을 보고서 "왕을 보좌할 만한 인재로구나."라고 하였다. 그러나 근신 중에 어떤 사람은 선생의 직절하고 거리낌 없는 언사를 꺼려하여 취하지 않았다.

계해년(1863) 12월 철종이 승하하고 금상(고종)께서 등극하였다. 원년 갑자년(1864) 선생은 우부승지로 입시하여 『효경』을 진강하였다. 주상께서는 어린 나이에 학문을 시작했기 때문에 먼저 글자의 뜻을 아뢰어 쉽게 이해시키려 하였으며, 소리 내어 읽는 것을 매우 또렷이 하고 구절을 해석하는 것을 분명히 하였다. 대왕대비가 발을 드리운 채 그 소리를 듣고서, 가상히 여기며 감탄하기를 "참으로 어린 왕의 스승이다."라고 하였다.

얼마 지나지 않아 김해 부사(金海府使)에 제수되어, 3월에 부임하였다. 김해부가 비록 바닷가 외진 곳에 떨어져 있지만 가락국의 옛 도읍으로 여전히 순박하고 고풍스러운 풍습이 남아 있었다. 선생은 노인들을 위문하고 고아나 과부 같이 의지할 곳 없는 사람에게 은혜를 베풀었는데, 정사를 행한 지 겨우 석 달 만에 교화가 온 경내에 퍼졌다. 여러 유생들을 이끌고 향음주례를 행하였으며, 향약오강(鄕約五綱)을 정비하였다. 그리고 「거관십잠(居官十箴)」을 지어 관아에 걸어두었고, 공여당(公餘堂)을 열어 사방에서 배우러 오는 자들을 거처하게 하였다.

10월 차사원(差使員)으로 뽑혀 상경하였다. 체직을 청하였으나 조정에서 허락하지 않았다. 11월 김해 관부로 돌아왔는데, 사람들이 선생의 덕을 칭송하여 구리로 주조한 송덕비를 세웠다. 선생이 그 소문을 듣고서 일을 주도한 자를 논핵하고, 송덕비를 관아 마당으로 끌어와 깨부수며 말하기를 "아첨하는 풍속을 길러서는 안 된다."라고 하였다.

병인년(1866) 여름 관아가 한가해져 일이 없자 감사에게 아뢰고 영남의 원우(院宇)를 두루 방문하였다. 이에 합강(合江)[24]에서 배를 띄워 단계(丹溪)[25]를 거쳐 덕산사(德山祠)를 참배하고, 바닷길을 통해 돌아왔다. 6월 임기가 만료되자 백성들이 다투어 유임을 청하였다. 주상께서 새서(璽書)를 내려 표창하고 구마(廐馬) 한 필과 표리(表裏) 한 벌을 하사하였다. 7월 체차되어 중추부(中樞府)에 배속되었으며, 9월 특별히 가선대부로 승진되자 소를 올려 사양하였으나 윤허하지 않았다. 당시 서양 오랑캐가 강화도를 침범하여[26] 나라 안팎이 소란스러웠는데, 선생은 사양하는 소를 올려 아뢰기를 "지금 외부의 오랑캐가 침범하여 온 나라가 공허하니 종묘사직의 안위에 관계됨이 매우 절박합니다. 지금은 실로 어진 이를 임용하고 인재를 가려 뽑아야 할 때입니다. 신이 어찌 감히 편안한 마음으로 염치를 무릅쓰고 자리를 차지하고 있겠습니까."라고 하였다.

10월 동지의금부사 겸 부총관을 역임하였으며, 12월 한성부 좌윤으로 옮겼다. 정묘년(1867) 6월 형조 참판에 제수되었다. 8월 의금부에 나아가 심리를 받았으나 바로 사면되었다. 어사 박선수(朴瑄壽)[27]는 선생이 위학(僞學)을 한다고 무함하여 속수(束脩)[28]로 받은 물건을 뇌물이라고까지

24 합강(合江) : 경상남도 함안에 있는 강으로, 남강과 낙동강이 합류하는 지점의 강을 말한다.

25 단계(丹溪) : 경상남도 산청군 지역의 옛 지명이다.

26 서양……침범하여 : 대원군의 천주교도 탄압에 대항하여 프랑스함대가 1866년 강화도에 침범한 사건으로, 이른바 병인양요이다.

27 박선수(朴瑄壽) : 1821-1899. 자는 온경(溫卿), 호는 온재(溫齋)이며, 본관은 반남(潘南)이다. 연암(燕巖) 박지원(朴趾源)의 손자이다. 1864년 문과에 장원급제한 이후 여러 관직을 역임하였는데, 1867년 암행어사로 임명되어 경상도 지방관들의 탐학을 규찰하였다. 저술로 14권 6책의 『설문해자익징(說文解字翼徵)』이 있다.

28 속수(束脩) : 속수는 열 조각의 육포 한 묶음을 뜻하는 말로, 제자가 스승을 처음 뵐 때

하였으나, 조정에서는 죄를 묻지 않았다. 무진년(1868) 6월 다시 동지의금부사로 서용되었는데, 선생은 소를 올려 사양하며 다음과 같이 말하였다.

> 신은 오명을 뒤집어쓴 뒤로 두렵고 불안한 마음이 더해져 잘못을 따지고 허물을 자책하기에 겨를이 없었습니다. <중략> 신의 몸이 오명을 입고 멸시받는 것은 분명 불쌍히 여길 것이 못됩니다. 그러나 영남의 자중자애하는 선비들이 신 때문에 경박하고 방탕하다는 오명을 입게 되었으니 어찌 개탄스럽고 안타까운 일이 아니겠습니까.
>
> 영남은 추로지향(鄒魯之鄕)[29]으로 중후한 군자의 풍속이 많은 곳이어서, 신이 평소 추향하던 바입니다. 선비들 또한 소문을 듣고 찾아와 결국 공무를 보고 난 여가에 함께 부지런히 강론하였을 뿐입니다. 속수의 예물이 도리어 뇌물의 바탕이 되고, 강론하는 자리가 오히려 시장처럼 난만한 자리가 되며, 유자의 이름을 가지고 묵자의 도를 행한다고[30] 어찌 생각이나 했겠습니까.
>
> 탐관오리가 계책을 꾸며 남의 재물을 빼앗는 경우는 그 방법이 한두 가지가 아니지만, 위학(僞學)의 이름으로 좌우를 살피며 자신의 이익으로 농단하는 경우는 고금에 없었습니다. <중략> 신이 어찌 감히 구신(舊臣)인 이유로 주상께서 거두어 주신 은혜를 다행으로 여겨 큰길에서 고개를 꼿꼿이 들고 당당하게 대부들의 뒤를 따를 수 있겠습니까.

갖추는 약소한 예물을 뜻한다.

29 추로지향(鄒魯之鄕) : 추는 맹자의 출생지이며 노는 공자의 출생지로, 예와 학문이 융성한 곳을 추로지향(鄒魯之鄕)이라 한다.

30 유자의……행한다고 : 겉으로는 유자의 행색을 하고 있지만 속으로는 묵자의 도를 따른다는 말이다. 한유(韓愈)의 「송부도문창사서(送浮屠文暢師序)」에 "사람 중에는 본디 이름은 유자이지만 묵자의 도를 행하는 자가 있다. 이름을 물어보면 유자이지만 행동을 따져 보면 유자가 아니다. 이런 자와는 어울려 노닐 수가 없다. 반대로 이름은 묵자이지만 유자의 도를 행하는 자가 있다. 이름을 물어보면 유자가 아니지만 행동을 따져 보면 유자이다. 이런 자와는 어울려 노닐 수가 있다."라는 말이 나온다.

기사년(1869) 4월 동지경연사에 제수되었으며, 10월 병조 참판으로 옮겨졌다. 경오년(1870) 연이어 동지경연사로 입시하여 『맹자』「이루(離婁)」의 존심장(存心章)을 진강하며 아뢰기를 "마음[心]은 일신(一身)을 주재하며 만화(萬化)의 근본이 됩니다. 마음을 보존하는 방법으로는 '인(仁)'과 '예(禮)'가 있습니다. '인'은 사덕(四德) 가운데 으뜸으로 애(愛)가 그 작용이고, '예'는 천리의 절문(節文)으로 경(敬)이 그 주체입니다. 그러므로 군자는 위급한 때나 어려운 상황에도 인이 아니면 거처하지 않으며, 보고 듣고 말하고 움직일 때에도 예가 아니면 행하지 않습니다. 이제삼왕(二帝三王)[31]의 도는 이 마음을 보존하는 것일 뿐입니다. 전하께서 지난 여름 『맹자』「공손추(公孫丑)」의 부동심장(不動心章)을 강론하시고, 오늘 또 이 존심장을 배웠습니다. 이제 거의 1년이 되어가니 성학(聖學)은 밝고 빛나는 경지에 이르러야 하는데, 아직도 지극히 선하지 못한 점이 있습니다. 삼가 생각건대, 전하께선 마음을 보존하는 공부에 미진한 바가 있는 것 같습니다."라고 하였다.

또 『맹자』「만장」의 호읍민천장(號泣旻天章)을 강론하며 아뢰기를 "어버이가 비록 자애롭지 못하더라도 자식은 불효해선 안 된다는 것이 이 장의 대의입니다. 그러나 어버이가 자애하고 자식이 효도하는 것이 인도(人道)의 본연입니다."라고 하였다.

주상께서 이르기를 "직언은 일반인이 듣기 싫어하는 것이나 성인은 그렇게 여기지 않는다."라고 하자, 대답하기를 "거슬리는 말은 충직한 신하의 말이며, 공손한 말은 아첨하는 사람들의 말입니다. 전하께서는 언로를 넓게 열어 직언을 수용하는 법도로 삼으십시오."라고 하였다.

---

31 이제삼왕(二帝三王) : 당요(唐堯)·우순(虞舜) 두 임금과, 하나라의 우왕, 은나라의 탕왕, 주나라의 문왕과 무왕을 아울러 이르는 말이다. 문왕과 무왕은 부자이므로 한 사람으로 친다.

주상께서 묻기를 "곤궁하면 홀로 자기 자신을 선하게 하고, 현달하면 천하 사람을 함께 선하게 하는 것이 참된 현인이다. 오늘날에도 이러한 사람이 있는가?"라고 하자, 대답하기를 "옛사람은 도로써 자중하여 경솔하게 자신을 잃지 않아, 세상이 도를 행할 만하면 출사하였습니다. 지금은 비록 옛날의 성대한 때만 못하지만, 깊은 산림 사이에 어찌 그와 같은 인물이 없겠습니까. 전하께서 공경히 하고 예를 극진히 하여 성심으로 대우한다면 현자가 이를 것입니다."라고 하였다.

주상께서 "우물을 파다 샘물이 솟는 곳에 미치지 못하는 것은 아홉 길 높이의 산을 쌓다가 한 삼태기의 흙을 못 채워 완성하지 못하는 경우와 같다."라고 하자, 대답하기를 "중도에 그만두게 되면 어떤 일이든 그렇지 않음이 없습니다. 배워도 공자와 같은 인물이 되지 못하고, 나라를 다스려도 요·순처럼 되지 못하는 경우가 이런 것입니다."라고 하였다.

주상께서 또 묻기를 "인군이 위엄을 앞세우면 신하는 어떻게 말을 다 하겠는가?"라고 하자, 대답하기를 "군주의 우레 같은 위엄 아래서는 굴복하지 않는 것이 없습니다. 비록 귀를 거스르는 말이 있더라도 안색을 온화하게 하여 받아들인 뒤에라야 거리낌 없이 직간하게 하는 문을 열 수 있습니다."라고 하였다.

윤 10월 이조 참판에 제수되었다. 신미년(1871) 3월 입시하여 『중용』을 진강하였다. 주상께서 묻기를 "정사를 펴는 것은 참으로 어려운데 포로(蒲盧)[32]로써 비유하니, 어째서 그와 같이 쉽게 여기는 것인가?"라고 하여, 대답하기를 "『서경』에 '임금이 임금됨을 어렵게 여기고, 신하가 신하됨을 어렵게 여겨야 정사가 비로소 다스려진다.'하였고, 『논어』에는 '임금 노릇 하기 어렵고, 신하 노릇 하기도 쉽지 않다.'라고 하였으니, 이는

32 포로(蒲盧) : 포로는 부들과 갈대를 말한다. 『중용』에서 정치의 속효성을 부들과 갈대가 생장하는 것에 비유하였다.

모두 그 직분의 어려움을 생각하여 그 직임을 잘하기를 도모하라는 말입니다."라고 하였다.

주상께서 "인재를 얻은 뒤에야 정사를 펼 수 있으니 만약 도로써 수신(修身)하지 않는다면, 비록 그런 인재가 있더라도 맹자가 말한 것처럼 설거주(薛居州)[33] 한 사람이 송나라 왕을 어떻게 인도하겠는가."라고 하자, 대답하기를 "아래 문장의 '존현(尊賢)'[34] 두 글자는 실로 인재를 얻는 중요한 방법입니다."라고 하였다.

계유년(1873) 정월 첨서(添書)[35]로 도총관에 제수되었고, 자헌대부로 승진되어 한성부 판윤을 지냈으며, 기로소(耆老所)에 들어갔다. 그해 3월 지경연사(知經筵事)가 되었으며, 5월 입시하여 『시경』 소아(小雅) 소반장(小弁章)을 진강하였다. 주상께서 말씀하기를 "소반에 '군자는 말을 쉽게 하지 말라, 귀가 담장에도 붙어 있다네.'라고 하였다. 인군이 된 자는 그 말을 쉽게 해서는 안 되니, 이것은 군주된 자가 본받고 경계해야 할 것이다."라고 하자, 대답하기를 "담장에 귀를 대고 몰래 살펴보는 태도는 매우 은밀하니, 자신의 폐와 간을 들여다보는 것과 같습니다."라고 하였다. 주상께서 말씀하기를 "이는 소인배들의 정상(情狀)이다."라고 하자, 대답하기를 "전하의 곁에는 올바르지 않은 사람이 없으니, 어진 사대부와 매일 함께 만나 치란(治亂)에 대해 토론하고 충사(忠邪)를 변별하신다면 소인은 절로 없어질 것입니다."라고 하였다.

주상께서 정전(井田)의 흥폐에 대해 묻자, 대답하기를 "후세의 임금과

---

33 설거주(薛居州) : 『맹자』 「등문공 하(滕文公下)」에 나오는 인물이다. 맹자는 설거주 같은 선한 사람이 조정에 있다 하더라도 다른 사람들이 모두 선하지 않다면, 한 사람의 힘만 가지고는 왕을 선한 쪽으로 인도할 수 없다고 하였다.

34 존현(尊賢) : 어진이를 높인다는 뜻으로, 『중용』 제20장에 나온다.

35 첨서(添書) : 관원 임명과 관련된 용어로, 이조나 병조에서 올린 망단자(望單子)에 임금의 마음에 드는 자가 없을 때 임금이 그 외의 사람을 직접 써서 낙점(落點)하는 것을 말한다.

신하 중에 삼대와 같은 임금과 신하가 있지 않았습니다. 그러므로 진(秦)나라의 풍속을 따르기만 하고 바꿀 수 없었습니다."라고 하였다. 주상께서 또 녹봉을 주는 것이 부족하다는 것에 대해 묻자, 대답하기를 "마땅히 사용해야 할 곳에 사용하지 않고서 혹 궁실과 의복과 거마를 사치스럽게 한다면, 부역을 날로 더하더라도 녹봉을 지급하는 것이 오히려 부족할 것입니다."라고 하였다. 이에 대해 주상께서 "강관(講官)의 말이 참으로 옳도다."라고 하였다.

6월 지춘추관사(知春秋館事)로 입시하였다. 주상께서 말씀하기를 "문교(文教)는 참으로 예를 근본으로 삼으니, 모든 일에 있어 어찌 예를 버리고 실행할 수 있겠는가."라고 하자, 대답하기를 "예는 이치입니다. 천하의 온갖 일들은 나아가보면 이치가 아님이 없습니다."라고 하였다. 주상께서 말씀하기를 "강관의 나이가 올해 몇인가?"라고 묻자, 대답하기를 "신의 나이는 77세이옵니다."라고 하였다. 주상께서 말씀하기를 "근력이 이처럼 강건하니 수고롭다고 사양하지 말고 자주 강연에 참석하는 것이 좋겠다."라고 하자, 대답하기를 "신은 본래 어리석고 노둔한 데다 학식이 없습니다. 비록 젊다고 하더라도 오히려 감당하지 못할까 두려워하는 자리인데, 하물며 지금처럼 늙어 정신이 흐릿한 때야 어떠하겠습니까."라고 하였다.

주상께서 말씀하기를 "강관의 문장과 학식은 내가 이미 들었는데, 늙어서도 학문을 게을리하지 않고 손에서 책을 놓지 않는다고 하였다."라고 하자, 대답하기를 "신은 실상이 없는데 전하의 은혜로운 말씀이 여기에 미치니 황공하고 감격스러워 몸둘 바를 모르겠습니다."라고 하였다. 주상께서 말씀하기를 "실상이 없는데 어떻게 이러한 명성과 중망이 있겠는가."라고 하였다. 또 하교하기를 "집이 도성안에 있는가?"라고 하자, 대답하기를 "돈의문(敦義門:西大門) 밖에 있습니다."라고 하였다. 이에 주상께서 말씀하기를 "지금 궁궐이 예전 궁궐보다 좀 더 가까워졌으니, 입궐하는 데 심히 어렵지는 않을 듯하다."라고 하였다.

윤 6월 다시 한성부 판윤이 되었다가, 형조 판서로 옮겼다. 7월 동지성균관사에 제수되어 8월에 입시하였다. 주상께서 말씀하기를 "병이 없을 때면 자주 강연에 참석하라는 뜻을 일렀는데, 과연 사직하지 않고 입시했구나."라고 하자, 대답하기를 "외람되이 융숭한 전하의 은혜를 입어 지금까지 염치를 무릅쓰고 자리를 차지하고 있습니다."라고 하였다. 주상께서 "경은 이른 아침에 입궐했는가?"라고 하자, 대답하기를 "그러하옵니다."라고 하였다. 주상께서 말씀하기를 "빈대(賓對)[36]를 하느라 날이 벌써 저물었다. 그대의 집이 비록 대궐에서 가까우나 노인이 어찌 허기지지 않겠는가."라고 하며 두세 차례 위로하였다.

9월 입시하여 『시경』 소아(小雅) 청승장(靑蠅章)을 강론하였다. 주상께서 말씀하기를 "군자는 성심으로 소인을 인도하지만 소인은 기필코 군자를 해치려 하니, 그 마음이 가증스럽구나."라고 하자, 대답하기를 "전하께서 군자와 소인을 변별함이 이처럼 엄정하고 명확하시니 종묘사직과 백성들의 복입니다."라고 하였다. 주상께서 말씀하기를 "소인은 사욕이 앞을 가려 덕이 있는 사람을 시기하고 질투하며, 자기보다 나은 자를 싫어하여 반드시 헐뜯은 뒤에야 그만둔다."라고 하자, 대답하기를 "군자가 조정에 있으면 소인은 물러나고, 소인이 조정에 있으면 군자가 물러납니다. 그러나 군자는 나아가기를 어렵게 하지만 쉽게 물러나며, 소인은 나아가길 탐하여 만족함이 없습니다. 밝으신 성상께서 자리에 계시는 동안 어진 이를 임용한 후에는 의혹을 품지 말고 간사한 사람을 제거한 후에는 의심하지 않는다면, 아무리 간사한 자라도 두려울 바가 없을

36 빈대(賓對) : 매월 여섯 차례씩 의정대신(議政大臣)과 대간 및 옥당의 관리들이 임금 앞에 나아가 중요한 정무(政務)를 아뢰는 일로, 차대(次對)라고도 한다.

것입니다."라고 하였다.

주상께서 말씀하기를 "술이라는 물건은 입을 즐겁게 하므로 사람들이 즐기지만, 그 해로움은 개인과 집안과 국가에 화를 입히니 경계하지 않을 수 있겠는가. 위대한 우임금의 밝은 지혜로 그 폐해가 심한 것을 알았기 때문에 맛있는 술을 미워하였던 것[37]이다."라고 하자, 대답하기를 "우임금이 '맛있는 술을 미워한다.'라고 한 공은 물과 땅을 평정한 공보다 크고, 전하의 이 교시는 위대한 우임금보다 더욱 큽니다."라고 하였다.

또 『시경』 소아(小雅) 습상장(隰桑章)을 진강하였는데, 주상께서 말씀하기를 "이 시는 『시경』 소아 청아장(菁莪章)과 서로 비슷하니, 군자의 용모와 위의를 상상해 볼 수 있다."라고 하자, 대답하기를 "덕성이 안에 쌓이면 광휘가 밖으로 나타나는 것입니다. 이 시의 마지막 장에 성심으로 사랑하는 뜻을 말하였으니, 사랑하는 것으로도 부족하여 가슴속에 품고, 가슴속에 품는 것으로도 부족하여 오래도록 잊지 못한다는 것입니다. 이 시는 『시경』 정풍(鄭風) 치의장(緇衣章)의 어진 이를 좋아하여 노래한 내용과도 서로 비슷합니다. 전하께서는 이 시처럼 군자를 사랑하여 인재를 등용할 때 반드시 군자를 선택해 보좌로 삼으신다면 삼대(三代)와 같은 치세를 이룩할 수 있을 것입니다."라고 하였다. 주상께서 말씀하기를 "강관의 말이 매우 좋구나. 강관의 문장은 사람들이 모두 알고 있다. 매번 입대할 때마다 문의(文義)를 상세히 설명하여, 이치가 분명하고 이해하기 쉬우니 마음이 확 트이는 듯하다. 이것이 바로 그대가 박학한 소치이다."라고 하였다.

10월 입시하여 『시경』 대아(大雅) 대명장(大明章)을 진강하였다. 주상

---

37 우임금의……것 : 의적(儀狄)이란 사람이 처음으로 술을 만들었는데, 우임금이 이 술을 마셔보고 "후세에 반드시 이 술 때문에 나라를 망칠 자가 있을 것이다."라고 말하며 술을 마시지 않고 의적을 멀리했다는 고사가 있다.

께서 "'유(遺)' 자와 '덕(德)' 자는 태종의 자인데, '유(維)' 자와 '유(遺)' 자의 음이 비슷하니 대명장의 '유덕지행(維德之行)'을 읽을 적에 미안함이 없겠는가?"라고 하자, 대답하기를 "『예기』 곡례(曲禮)에 '『시경』과 『서경』에 나오는 문자는 휘하지 않으며, 글을 지을 적에도 휘하지 않으며, 사당에 들어가 제사 지낼 때에도 휘하지 않으며, 혐명(嫌名)[38]은 휘하지 않으며, 두 글자로 된 이름은 그 중 한 글자는 휘하지 않는다.'고 하였습니다. 그리고 정자(程子)는 강연(講筵)에서 『논어』 「선진(先秦)」의 '남용(南容)이 하루에 세 번씩 백규시(白圭詩)를 반복하여 읽었다.'라고 한 대목에 이르자, 내신(內臣)이 '용(容)' 자를 가리며 '이 글자는 황상의 옛 이름자이다.'라고 하자, 정자는 정명(正名)만 휘하고 혐명과 구명(舊名)은 휘하지 말자고 청하였습니다. 자(字)의 경우는 원래부터 휘하는 법이 없었으므로 『중용』에서 자사(子思)는 공자를 '중니(仲尼)'라 일컬었고, 한(漢)나라 때에는 여후(呂后)의 이름 '치(雉)' 자만 휘하고 '치(治)' 자를 휘하지 않았습니다. 그리고 당나라 때 이하(李賀)는 아버지의 이름이 진숙(晉肅)이었는데, 이하가 진사(進士)가 되었다는 이유로 당시 사람들이 비방하자,[39] 한유(韓愈)는 「휘변(諱辨)」을 지어 명확하게 변론해 주었습니다."라고 하였다. 주상께서 말씀하기를 "참으로 의심스러웠는데 지금 강관의 말을 들으니 깨우치는 바가 크다. 강관이 세상 사람들에게 추앙을 받는 이유가 실로 학문과 견식의 넓음에서 말미암는 것이다."라고 하였다.

주상께서 이어서 묻기를 "'마음을 작게하여 공경히 한다.[小心翼翼]'는 구절은 덕 있는 이를 공경하는 요점이다."라고 하자, 대답하기를 "'경

38 혐명(嫌名) : 휘하여야 할 자와 음이 같거나 비슷한 글자를 말한다.

39 진사(進士)가……비방하자 : 이하가 부친 진숙(晉肅 : jìn sù)의 이름을 휘하지 않고 진사(進士 : jìn shì)가 되었다고 사람들이 비방한 것을 말한다.

(敬)'은 덕을 쌓는 바탕입니다. 한 마음을 주로 하여 다른 데로 흐트러짐이 없이 처음부터 끝까지 그 마음을 이루는 것은 경일 뿐입니다."라고 하였다. 주상께서 말씀하기를 "경이 주대(奏對)할 적에는 문의가 상세하고 명확하여 분변하기 쉽기 때문에, 매번 경이 경연에 오르는 것을 보면 내 마음이 충만해진다."라고 하였다.

또 주상께서 말씀하기를 "성(誠)·경(敬) 두 자는 덕을 닦는 근본으로, 성이 아니면 무엇으로도 경할 길이 없고, 경이 아니면 무엇으로도 성할 수 없다. 내가 '성헌(誠軒)'으로 호를 삼는 것은 경계하고 성찰하려는 뜻을 드러낸 것인데, 그것을 지키는 것이 어려우니 독실하게 실천해야 할 바이다."라고 하자, 대답하기를 "아는 것이 어려운 게 아니라 행하기가 어렵습니다. 전하께서는 이미 알고 있으며 또 행하고 계십니다. 현판에 글을 적어 걸어두고 늘 눈앞에 두고 보고 계십니다. 성상께서 공부하실 적에 이처럼 스스로 면려하시니, 신은 공경하는 마음 그지없습니다."라고 하였다.

주상께서 말씀하기를 "경의 문장과 학식으로 아직도 문임(文任)[40]을 못했는가?"라고 하며, 특별히 홍문관 제학에 제수하였다. 그리고 겸하여 일강관(日講官)[41]에 차임하고, 하교하기를 "특별히 일강관으로 차임한 것은 늘 경을 보고자 함이다."라고 하였다. 이달 예문관 제학에 제수되었다.

갑술년(1874) 3월 주상의 뜻을 부연하고 드러내 「성헌잠(誠軒箴)」을 지어 올렸다. 4월 중희당(重熙堂)에 입시하여 주상께 아뢰기를 "제왕의 학

40 문임(文任): 홍문관·예문관의 제학(提學)을 이르는 말로, 임금의 교서나 외교문서를 맡아보던 관직을 말한다.

41 일강관(日講官): 조선 후기 시강원(侍講院)에 속한 칙임(勅任) 벼슬로, 매일 경사(經史)에 관하여 진강하는 일을 맡았다.

문은 세속의 사류와는 다름이 있으니, 글자마다 기억하고 외울 필요는 없습니다. 다만 한 편의 종지(宗旨)를 이해하는 것이 치도에 유익함이 있을 것입니다. 또 제왕의 정무는 지극히 번다하지만 한 사람의 총명함에는 한계가 있습니다. 신의 어리석은 견해로는, 주상께서 여가가 있을 때 역사서를 보거나 경연의 신하들을 자주 접하시고 그들로 하여금 강론하고 토론하게 하고서 주상께서 귀담아 들으신다면 견문을 넓히는 방도에 보탬이 되는 바가 크게 있을 것입니다."라고 하였다.

주상께서 말씀하기를 "강관은 근래 어떤 책을 읽고 있는가?"라고 하자, 대답하기를 "늙고 정신이 혼미하여 책을 보지 못하고 있습니다."라고 하였다. 주상께서 말씀하기를 "반드시 읽는 책이 있을 것이니, 읽고 나면 능히 기억하는가?"라고 하자, 대답하기를 "간혹 책을 펼쳐보긴 하지만 책을 덮으면 바로 잊어버립니다. 지금 능히 기억하고 있는 것은 모두 20세 이전에 독서한 효과입니다. 전하께서는 지금 춘추가 한창 젊으시니 더욱 진덕(進德)·수업(修業)의 공부에 힘쓰기를 바랍니다."라고 하였다. 주상께서 말씀하기를 "최근에도 저술하는 것이 있는가?"라고 하자, 대답하기를 "이처럼 흐릿한 정신으로 어찌 능히 저술하는 것이 있겠습니까."라고 하였다. 주상께서 말씀하시기를 "경은 비록 연로하였지만 온축된 학식이 풍부하니, 반드시 넉넉한 회포가 있을 것이다."라고 하였다.

5월 입시하여 주상께 아뢰기를 "주나라 사람이 후직(后稷)의 공덕을 칭송하였는데,[42] 그 공덕은 다른 것이 아니라 농사에 힘쓰고 백성을 길러 나라의 기틀을 열었기 때문입니다. 임금이 된 사람은 반드시 농사의 어려움을 알고서 재용을 절약하며 검소함을 숭상해야 합니다. 그런 뒤

42 주나라…… 칭송하였는데:『시경』 대아(大雅) 생민장(生民章)에서 주나라 사람들이 후직의 공덕을 노래한 것을 말한다.

에 백성을 보호하여 왕도를 펼 수 있을 것입니다. 지금 가장 시급히 힘써야 할 것은 백성들이 항산(恒産)이 없는 점입니다. 부호들이 토지를 겸병하기 때문에 이른바 농부는 모두 부호가의 소작인으로 전락하였습니다. 그래서 한 번 흉년을 만나면 굶어 죽는 시체가 구렁텅이에 나뒹굽니다." 라고 하였다.

주상께서 말씀하기를 "우리나라는 지형이 불편하여 정전제(井田制)를 시행할 수 없는가?"라고 하자, 대답하기를 "일일이 정전을 구획할 수 없지만, 지형에 따라 측량하고 절장보단(折長補短)하여, 옛날 한 집에 1백무(畝)씩 나누어주던 제도를 따라 백성들에게 균등히 분배하고 10분의 1의 세금을 정한다면 정전법의 취지가 그 안에 들어있을 것입니다."라고 하였다. 이에 선생은 명을 받들어 「기전도설(箕田圖說)」[43]을 지어 올렸다.

11월 희정당(熙政堂)에 입시하였다. 주상께서 말씀하기를 "하늘은 공경하지 않을 수 없으니, 하늘의 변화를 공경히 한다면 최근 겨울에 우레가 친 변고에 대해서는 더욱 경계하고 살펴야하지 않겠는가."라고 하자, 대답하기를 "기후가 질서를 잃고 음(陰)이 양(陽)을 부리는 일은 변고 가운데 큰 것입니다. 하늘은 인애하여 먼저 재이(災異)로 경고해 알려주니, 임금은 의당 두려워하며 수신하고 정사를 닦아, 빈말과 허튼 문서로 대하지 말며 실심(實心)으로 실정(實政)을 한 뒤에만 바야흐로 하늘을 공경하는 실체라 이를 수 있습니다."라고 하였다. 주상께서 말씀하기를 "강관의 말이 좋다. 나도 실정에 힘쓰고자 한다."라고 하자, 대답하기를 "전하께서 비록 실정에 힘쓰고자 하지만 주변에 올바른 사람이 없다면 뭇 신하들의 현부(賢否)와 백성들의 고통은 무슨 수로 얻어듣겠습니까.

43 기전도설(箕田圖說) : 기전은 중국의 은나라가 멸망한 뒤 기자(箕子)가 우리나라로 건너와 평양에 시행했다는 정전법을 말한다. 허전의 9대조 허성(許筬)이 「기전도설」을 지었는데, 허전은 이를 필사하여 왕에게 올렸다.

소인은 시비를 가리지 않고 아부하여 사악한 자를 어질다 하며, 위태로운 것을 평안하다 하며, 어지러운 것을 잘 다스려진다고 하여 짐짓 임금의 마음을 기쁘게 할 따름입니다."라고 하였다.

『시경』 대아 증민장(烝民章)[44]을 진강하였다. 선생이 주상께 아뢰기를 "제1장에서는 중산보(仲山甫)[45]의 덕을 칭송하였습니다. 덕의 근본으로는 이륜(彛倫)이 중요합니다. 이륜의 중요한 것으로는 부자유친과 군신유의가 가장 큽니다."라고 하였다. 그때 내시가 원자(元子)[46]를 안고 왔는데, 주상께서 말씀하기를 "강관은 원자를 살펴보아라."라고 하였다. 내시가 원자를 안고 자리에 앉자, 선생은 고개를 들고 우러러보며 아뢰기를 "원자의 모습이 제왕의 상을 타고났으며, 총명하고 지혜로워 보이니 신민의 경사입니다."라고 하였다.

주상께서 말씀하기를 "원자를 직접 만져 보아라."라고 하자, 선생이 손을 들어 원자의 이마, 귓바퀴, 두 손을 어루만지고서 아뢰기를 "이제 겨우 10달이 지났는데, 몸이 장대하고 튼실하며 이처럼 발육이 빠르니 과연 일반인과 다릅니다."라고 하였다. 주상께서 말씀하기를 "잠시라도 방안에 있으려 하지 않아, 매번 안고 밖에 나가는데, 서책을 보기라도 하면 마치 그것을 좋아하는 마음이 있는 듯하다."라고 하였다.

이어서 하교하기를 "강관의 관복이 이처럼 거칠고 해어졌는데도 계속 입고 있는 것은 반드시 단벌이라 그럴 것이다."라고 하자, 대답하기를 "의복은 몸을 가리면 된다는 것은 옛사람의 가르침입니다."라고 하였다. 주상께서 말씀하기를 "관복의 비용은 이미 생각해 두고 있었다. 지금

---

44 증민장(烝民章) : 이 장은 선왕(宣王)의 명으로 재상 중산보(仲山甫)가 제(齊)나라로 성을 쌓으러 갈 때, 길보(吉甫)라는 신하가 전송하며 노래한 것이다.

45 중산보(仲山甫) : 노나라 헌왕(獻王)의 둘째 아들로, 주 선왕(周宣王)을 보좌하면서 혁혁한 공을 세운 인물이다.

46 원자(元子) : 순종(純宗)이다.

비용을 보낼 테니 의복을 지어 입고 자주 등대(登對)하도록 하라."라고 하였다.

또 하교하기를 "이른 아침에 입궐하여 날이 이미 저물었으니, 노인이 어찌 허기지지 않겠는가."라고 하고, 비단 5필을 하사하였으며, 또 음식을 하사하고서 사알(司謁)[47]에게 명하여 선생이 음식을 드는 것을 보고 나서 들어와 보고하게 하였다. 이로부터 선생이 입궐하면 매번 음식이 내려졌다. 선생은 검소하고 절약하는 성품으로 의복을 화려하게 꾸며 입지 않았으나, 이때에 이르러 비단으로 만든 저고리와 바지를 입었다. 그리고 말하기를 "이것은 늙은이를 우대하는 전하의 성은이다."라고 하였다.

을해년(1875) 12월 수정당(修政堂)에 입시하였다. 주상께서 '사무사(思無邪)'의 뜻을 물었는데, 대답하기를 "사무사는 성정의 바름으로 조금도 치우침이 없는 것을 말합니다. 순임금이 우임금에게 전수한 심법에서는 '오직 정밀하고 전일하게 하여 진실로 그 중도를 잡아라.'[48]라고 하였으며, 기자(箕子)가 무왕(武王)에게 고한 말로는 '편당을 짓지 않고 치우침이 없으면 왕도는 넓고 넓어지며, 상도(常道)에 어긋남이 없고 기울어짐이 없으면 왕도가 정직해질 것이다.'[49]라고 하였습니다. 『예기』「공자한거(孔子閒居)」에는 '하늘은 사사로이 덮어 줌이 없고, 땅은 사사로이 실어 줌이 없으며, 일월은 사사로이 비추어 줌이 없다. 왕이 된 자는 이 세 가지 사사로움이 없는 것을 받들어야 한다.'라고 하였습니다. 이는 모두 사무사의 도이니 전하께서 체념(體念)하신다면 마음을 바르게 하고, 백관을 바르게 하며, 만백성을 바르게 하는 공효를 이루기 어렵지

---

47 사알(司謁) : 조선 시대 임금의 명령 전달을 맡아보던 정6품의 잡직.
48 오직……잡아라 : 『서경』「대우모(大禹謨)」에 나온다.
49 편당을……것이다 : 『서경』「홍범(洪範)」에 나온다.

않을 것입니다."라고 하였다.

병자년(1876) 정월 정헌대부로 승진되었다. 무인년(1878) 겨울 상소하면서 『종요록(宗堯錄)』·『철명편(哲命篇)』 두 책을 올렸다. 경진년(1880) 「안택명(安宅銘)」을 지었는데, 그 내용은 대략 다음과 같다.

도가 하늘로부터 나와	道出于天
리가 사람에게 품부되었네	理賦於人
본성대로하여 편안히 하면	性焉安焉
그 인(仁)이 지극하고 지극하리	肫肫其仁
<중략>	
상제의 명은 환히 드러나니	帝命赫然
또한 귀신의 덕 갖추었다네	亦有鬼神

신사년(1881) 11월 특별히 이조판서 겸 지경연사에 제수되었다. 소를 올려 사양하였으나 윤허하지 않았다. 12월 또 소를 올려 사직을 청하였는데, 소의 내용은 대략 다음과 같다.

옛 사람은 70세가 되어서도 자리를 차지하고 있는 것에 대해, 늦은 시간을 알리는 종이 울렸고 물시계의 물이 다하였는데도 밤길을 쉬지 않고 다니는 것과 같다고 하며 기롱하였습니다. 지금 신은 이미 『예기』에서 이른바 치사(致仕)할 해[50]를 15년이나 더 지났습니다. 억지로 정석(政席)에 나아가봤자 흙이나 나무로 만든 인형과 같아 일이 어떻게 돌아가는지 살피지도 못하고 관례에 따라 수행하니, 허물이 성상의 눈앞에 다 드러날 것입니다. <중략> 신은 고루하기 짝이 없으며 세상일에 능통하지 못합니다. 평소 약통에 준비해둔 처방약이나 포대 속에 넣어둔 대책이 되기에 부족합니다. 게다가 늙고 병들었습니다. 인물을 논하고 인재를 천거하며, 사람

50 치사(致仕)할 해 : 『예기』 「곡례 상」에 "대부는 나이 칠십이 되면 벼슬을 사양한다.[大夫七十而致事]"라는 말이 나온다.

을 진퇴시키는 일에 귀머거리나 소경처럼 매우 어두운데, 갑자기 특별한 임무를 맡게 되니 근심스럽고 두려운 마음 지극하여 어떻게 처신해야 할지를 모르겠습니다. <중략> 대개 국가의 치란은 오직 인재를 등용하는 데 달려 있습니다. 인물을 알아보지 못하면 어진 이가 가려지며, 어진 이가 가려지면 직무가 거행되지 않으며, 직무가 거행되지 않으면 일신의 죄가 될 뿐 아니라 장차 국사를 그르치게 될 것이니, 어찌 크게 두려워할 만하지 않겠습니까.

임오년(1882) 7월 한양이 소란스러워 과천 청계산(淸溪山) 아래 맥계동(麥溪洞)[51] 최씨(崔氏)의 전장을 빌려 우거하였다. 계미년(1883) 여름 야동(冶洞)[52]으로 돌아와 머물렀다. 9월 냉천동(冷泉洞)[53]으로 옮겨 집터를 잡았다. 갑신년(1884) 설날 아침 자신을 책망하는 내용의 시를 지었는데, 그 내용은 대략 다음과 같다.

임금의 은덕 갚지 못했으니 산들 무슨 보탬이 되나 君恩未報生何補
우리의 도를 전할 곳 없으니 죽어서도 근심하리 吾道無傳死且憂
<중략>
살얼음 밟듯 두려워하고 못에 임한 듯 조심해야 兢兢履薄臨深戒
이 남은 생을 마칠 때 후회와 허물이 적으리라 畢此餘生寡悔尤

도를 자임하여 자중하면서 죽은 뒤에야 그만두려는 생각을 이 시에서 볼 수 있다.

10월 김옥균(金玉均)[54] 등이 난을 일으키자, 북경(北京) 예부(禮部)로 보

51 맥계동(麥溪洞) : 맥계는 경기도 과천시 막계동으로, 전주 최씨가 세거하였다.
52 야동(冶洞) : 현 서울특별시 중구 순화동이다.
53 냉천동(冷泉洞) : 현 서울특별시 서대문구 냉천동이다.
54 김옥균(金玉均) : 1851-1894. 자는 백온(伯溫), 호는 고우(古遇), 본관은 안동이다. 급진개화파로서 1884년 갑신정변을 주도하였다.

낸 자문(咨文)[55]에 변란의 연유를 적어 올렸다. 을유년(1885) 숭정대부에 가자되었다. 병술년(1886) 정월 숭록대부에 올랐다. 얼마 뒤 특별히 대광보국 숭록대부 겸 판의금부사에 제수되었다. 6월 22일 처음 설사 증세를 보였다. 병세가 점점 위독해졌으나 오히려 글짓기를 멈추지 않고 밤낮을 가리지 않았다. 아들과 조카 및 문인들이 곁에서 번갈아 만류하였지만 선생은 웃으며 말씀하기를 "어찌 책을 보다가 죽는 사람이 있겠는가."라고 하였다. 혹 남이 부탁한 미처 짓지 못한 글을 짓기도 하고, 예설(禮說)과 경의(經義)에 대해 찾아와 질문하는 이에게 답하기도 하였는데, 그 정밀함과 상세함을 극진히 하였다. 또 「양심명(養心銘)」을 지었는데, 그 내용은 다음과 같다.

상제께서 충심을 내리시니	惟皇降衷
본성은 마음에 통섭된다네	性統於心
마음을 보존하면 담박해지고	心存則澹
마음을 놓치면 음란해진다네	心放則淫
육신의 부림을 받으면 위태로워	形役斯危
물욕이 번갈아 침범한다네	物慾交侵
추위에 얼거나 불에 타지 않아도	不氷不火
그 추위와 열기는 더욱 깊어지네	寒熱益深
애처롭구나, 저 어리석은 무리들	哀彼衆蚩
하류에서 부침(浮沈)을 하는 구나	下流浮沈
마음을 바르게 하는 요체는	正心之要
단지 흠(欽) 한 글자에 달렸네	只一箇欽
과욕(寡慾) 두 글자는	寡慾二字
또한 정문일침(頂門一針)이 되리	抑爲頂針
두려워하고 경계하고 삼가면	恐懼戒愼

55 자문(咨文) : 조선 시대 중국과의 외교·통보·조회 때 주고받던 공식문서를 말한다.

상제가 이에 임하리라	上帝是臨
동틀 무렵에 일어나	昧爽而興
반드시 촌음을 아까워하라	必惜分陰
한밤중 홀로 처할 때는	中夜獨處
이불에게도 부끄러움 없어야하리	不愧于衾

8월 판돈녕부사(判敦寧府事)에 제수되었다. 9월 15일 아들과 조카들로 하여금 먼저 돌아가신 정경부인(貞敬夫人)의 기일에 제사를 지내게 하였다. 선생은 비록 여러 달 동안 병을 앓는 중이더라도 제사에 관한 일은 반드시 몸소 행하였는데, 이때에 이르러 제사 일을 행할 수 없었다. 이로부터 약과 죽을 자주 올리지 못하게 하였다. 22일 제생들을 불러 간소한 주연을 열었으며, 고금의 일을 논하며 예법의 의문점을 강론하기를 평소와 같이하였다.

선생은 23일 진시(辰時) 정침에서 돌아가셨다. 부고가 전해지자, 주상께서 몹시 슬퍼하여 3일 동안 조정과 시장의 업무를 중지시켰으며, 예를 더하여 조문하고 부의를 내렸다. 11월 8일(정유)에 과천현 상초리(霜草里)[56] 해좌(亥坐) 언덕에 장사지냈다. 정해년(1887) 3월 17일 주상께서 예조의 관원을 보내어 치제(致祭)하였다. 무자년(1888) '문헌(文憲)'으로 시호가 내려졌다.

부인 정경부인 조씨는 현감 관기(觀基)의 따님으로 문간공(文簡公) 경(絅)의 후손이다. 어진 행실이 있었으며, 시부모를 섬길 적에는 효도를 극진히 하였고, 남편을 섬길 적에는 살림이 가난한 것으로 근심하지 않았다. 선생보다 34년 앞서 졸하였다. 처음 광주(廣州) 언주리(彦洲里)에 장사지냈는데, 선생이 돌아가시자 옮겨와 합장하였다. 불행히 후사가 없

---

56 상초리(霜草里) : 현 서울특별시 서초구이다.

어 족인의 아들 익(瀷)을 데려다 자식으로 삼았는데, 익은 군수를 지냈다. 익의 장남 칭(秤)은 문행이 있었으나 27세로 요절하였다. 차남은 준(焌)이다.

선생은 태어나면서 특이한 자질이 있었는데, 말을 배울 때부터 문득 문자를 외웠으며, 의심나는 점이 있으면 자세히 물어 분명히 깨달은 뒤에 그만두었다. 7세 때 모친을 따라 외조모 신씨(申氏)의 상에 갔었는데, 돌아와서 조모에게 묻기를 "외가 사람들이 흰옷을 입고 있는데 무슨 이유입니까?"라고 하여, 답하기를 "상을 당하면 친척들은 흰옷을 입는 것이 예이다."라고 하자, 선생이 대답하기를 "그렇다면 제가 푸른 옷에 붉은 띠를 두른 것도 입지 말았어야 할 것입니다."라고 하니, 어른들이 그 말을 듣고서 기특하게 여겼다.

11세 때 부친 의정공이 승중손(承重孫)으로서 삼년상을 지냈는데, 선생은 의정공을 곁에서 모시며 자리를 떠나지 않고서 뜻을 받들기를 더욱 삼가며 다른 일에는 겨를이 없었다. 의정공의 상을 당해서는 죽만 먹고 고기를 먹지 않았으며, 따뜻한 구들방에 거처하지 않았다. 너무 슬퍼하여 몸이 상하고 병이 생길 지경이었는데, 모친이 울면서 애원하자 억지로 음식을 들었다.

선생은 형제간에 우애가 더욱 돈독하였는데, 하나뿐인 동생 주(儔)와 함께 지낼 때에는 자신의 수족처럼 여겨, 밥 먹을 적에는 밥상을 따로 쓰지 않았고, 잠잘 적에도 이불을 따로 덮지 않았다. 항상 동생이 일찍 죽어 자식이 없는 것을 애통해하였다. 그래서 그를 위해 후사를 세워 가르치고 양육하여 성취시키기를 한결같이 자기 자식을 돌보듯이 하였다.

의정공이 자인 현감(慈仁縣監)으로 있을 때 천출의 딸 하나를 두었다. 선생은 그 여동생이 조금 성장했다는 소식을 듣고서, 걸어서 고개를 넘어가 그 고을의 전부터 알던 사람에게 소 한 마리를 빌렸다. 그리고 선생이 몸소 수레를 몰아 그녀를 데리고 와 한씨(韓氏)에게 시집보냈다. 그를 애지중지하는 마음이 특별하여, 사람들이 물어보면 곧바로 “우리 매제라네.”라고 하였다. 이는 비록 대수롭지 않은 행실이나 또한 사람이 능히 하기 어려운 바이다.

매번 기일 때마다 양친을 그리워하는 마음은 종신토록 변함이 없었는데, 기일에는 죄인으로 자처하는 시를 지어 그것을 읽으며 눈물을 흘렸다. 정사년(1857) 회갑을 맞이한 해에는 술상을 들이지 못하게 하고서 더욱 비통해 하였다. 매일 반드시 새벽에 일어나 세수하고 양치하고 의관을 정제하고서 가묘에 배알하였으며, 바람이 불거나 비가 내리는 이유로 그만두지 않았다. 이는 모두 후세의 자식 된 자들이 보고 느끼며 취하여 법으로 삼을 만한 것이 될 수 있다.

선생은 속된 학문과 명리(名利)가 판을 치는 도성 안에 거처하면서도 부귀영화에 대한 생각을 끊었다. 심지를 세우고 학업을 시작할 때부터 이미 고인이 말한 위기지학을 알고서 학문을 하였다. 집안에서는 부형의 가르침을 잇고 밖으로는 사우의 도움에 힘입어, 부지런히 힘쓰며 터득하지 못한 것은 그냥 넘어가지 않았다. 사욕을 극복하는 엄정함과 도를 향해 나아가는 용맹함은 맹분(孟賁)과 하육(夏育)[57] 같은 용사라 할지라도 선생의 뜻을 빼앗을 수 없었다.

출입에 더욱 삼가서 평소 교유할 적에 한 사람이라도 함부로 만나지 않았다. 중년에 관직에 나아간 이후로는 모든 요직과 이익을 위한 길을 뭇사람들이 함께 추향하였으나, 선생은 나아가야 할 목표가 이미 정해져 한 걸음도 옮겨가거나 진퇴하는 바가 없었다. 비록 예전부터 알던

---

57 맹분(孟賁)과 하육(夏育) : 맹분과 하육은 전국시대 용력(勇力)으로 이름난 사람이다.

사이라도 분주하게 왕래한 적이 없었다. 몇 해 전 어떤 한 권신이 죽었는데, 장사를 치르고 반곡(反哭)[58]과 우제(虞祭)[59] 지낼 적에 온 조정의 관료들이 강가로 나와 참석하였다. 이름난 재상인 어떤 벗이 그곳에 참석했다가 돌아가는 길에 선생을 방문하였는데, 문을 닫고 홀로 옛사람이 남긴 책을 마주하여 부단히 독서하는 선생의 모습을 보고서 감탄하며 말하기를 "오늘에야 그대가 어떤 사람인지 알겠네."라고 하였다.

대개 선생은 학문할 적에 차라리 성인의 경지를 배우다 미치지 못하는 바가 있더라도, 한 가지 선행으로 이름이 나는 것은 바라지 않았다. 선생의 도는 평이하여 명백하고 막힘없이 두루 통하여 푸른 하늘에 밝게 비치는 해와 같아서, 사람들이 모두 바라볼 수 있었다. 평소 볼 수 있는 행실로는 금석을 뚫을 듯한 충성심과 신명을 통할 듯한 효성을 들 수 있으며, 시행한 사업 중 일컬을 만한 것으로는 고을에 부임하여 선정을 펼친 치적과 조정에서의 기풍과 절개를 들 수 있다. 이러한 일들은 또한 일시에 모두 밝게 드러났으니 참으로 가릴 수 없는 점이 있다. 선생의 문장은 대개 학문을 두텁게 쌓은 데서 나온 것으로, 글이 유창하고 기세가 거침없어서 어려워하거나 괴로워한 흔적이 없었다.

만년에는 주상의 지우를 입어 대우가 날이 갈수록 융성해졌으며, 돌보아주는 은혜가 날로 더해졌다. 주상께서 경연에서 자주 하교하기를 "내가 오늘날 필요한 것은 허 강관의 힘이다."라고 하였으며, 또 이르기를 "허모의 문장은 오늘날 조정에서 제일이다. 90여 년 동안 경전을 전일하게 연구하여 전혀 외물에 마음이 이끌리지 않으니 다른 사람이 비할 바가 아니다."라고 하였으니, 주상께서 선생을 칭찬함이 이와 같았다.

---

58 반곡(反哭) : 장사를 지낸 뒤 신주를 모시고 집으로 돌아오면서 하는 곡이다.

59 우제(虞祭) : 장사를 지낸 뒤 망자의 혼백을 평안하게 하기 위하여 지내는 제사로, 장사 당일 지내는 초우(初虞), 다음날 지내는 재우(再虞), 그 다음날 지내는 삼우(三虞)가 있다.

또 선생이 늙어서도 학문을 게을리하지 않고 손에서 책을 놓지 않아 눈이 이미 침침해지자, 주상께서 경연에 참석하는 날에는 안경을 쓰도록 하였다. 이에 선생은 표전을 올려 사은하였다.

주상께서는 선생을 하루에 세 차례나 접견하고 자주 물품을 하사하였으며, 품계를 올려 총애하고 높은 직위를 더해 주었다. 선생의 아들을 근기 지방의 세 고을에 제수하여 선생을 편안히 봉양하게 하였으며, 유현(儒賢)을 대우하는 고사로써 대우하여 시장(諡狀)이 올라오길 기다리지 않고 아름다운 시호를 내려 명호(名號)를 바꾸었다. 주상께서 은총과 예우가 모두 극진하여 선생의 삶은 살아서는 영예롭고 죽어서는 애도를 받았으니, 근래 군주와 신하 사이에 드물었던 일이다.

선생의 기질은 강직하고 굳세며 호방하고 얽매이지 않았으며, 인품은 안정되고 중후하며 순박하고 돈후하였다. 사람들을 대할 적에는 현우(賢愚)와 귀천을 가리지 않고 그들의 환심을 얻었으며, 종족 가운데 소원한 사이일지라도 의탁할 곳이 없는 자는 모두 머물러 살게 하여 가르치고 성취시켜 각자 살아갈 방편을 얻도록 하였다.

선생은 세상의 배우는 자들이 가까운 것을 소홀히 하고 고원한 것을 힘쓰며, 낮은 것을 버리고 높은 것을 좇는 것을 병통으로 여겨, 독서의 차례에 관한 도설(圖說)을 지었다. 그리고 "천하의 근심은 혼자만 소유하는 것에서 생겨난다. 성(性)은 사람마다 지니고 있는데 사람마다 잃어버린다. 인류가 생겨난 이래로 공자보다 더 훌륭한 분은 없었으니, 이 성을 오랜 세월 수많은 사람들 중에 공자만이 홀로 간직하고 계셨다. 나도 그 성을 간직하길 원한다."라고 하고서, 「성재기(性齋記)」를 지었다. 또 맹자가 "아랫사람이 배움이 없으면 난을 일으키는 백성이 일어나 오래지 않아 나라가 망할 것이다."[60]라고 한 것을 인해 「하학잠(下學箴)」을 지었다.

선생은 예학에 더욱 조예가 깊었는데, 고금의 예설을 두루 연구하되 경전의 뜻과 부합되기를 힘써 『사의(士儀)』를 편찬하였다. 국조의 군정(軍政)을 기술하여 『하관지(夏官志)』를 편찬하였다. 선생은 "선왕의 도는 균전과 양민을 급선무로 하고, 교민(敎民)을 그 다음으로 하고, 양민과 교민은 현인을 맞이해야 성립되므로 관인(官人)을 그 다음으로 서술한다. 예악은 왕도정치가 이루어지는 것과 관련되므로 끝에다 두었다."라고 생각하여, 『수전록(受廛錄)』을 지었다.

선생은 "육경의 연구는 모두 도에 귀결되는데 도의 전체와 대용(大用)은 『서경』에 제일 잘 갖추어져 있으며, 그 다음은 『대학』에 잘 갖추어져 있다. 『서경』과 『대학』에서 문구를 뽑아 표장하여 「천민경덕도설(天民敬德圖說)」을 만들고, 여러 경전에서 수기치인에 유익함이 있는 문구를 수집하여 엮는다."라고 하며 『종요록(宗堯錄)』을 저술하였다. 선생은 "삼대 이후 세자의 예와 우리 역대 조정에서 세자를 가르친 전적을 가려 뽑아 이 책을 지었습니다."라고 하며 『철명편(哲命篇)』을 지어 올렸다. 또 선생은 우리나라 운서(韻書)의 음(音)·의(義)에 잘못된 점이 많다고 여겨, 『자훈(字訓)』을 지었다. 또 선생의 기타 저술은 사설을 물리치고 음란한 말을 막아 천리를 밝히고 인심을 바르게 하는 대도가 아닌 것이 없었다.

본조에 북방(北方)의 학술연원이 전해진 것에는 분명히 근거할 만한 점이 있다. 처음 문정공(文正公) 정암(靜庵) 조광조(趙光祖)가 문경공(文敬公) 한훤당(寒暄堂) 김굉필(金宏弼)을 희천(熙川)[61]에서 사사하여 홀로 그 종지를 얻어 우뚝하게 기묘명현(己卯名賢)의 으뜸이 되었다. 120년 뒤에 문정공(文正公) 미수(眉叟) 허목(許穆)이 문목공(文穆公) 한강(寒岡) 정구(鄭逑)를 성주(星州)에서 사사하여 퇴계로부터 전해온 학통을 접하게 되

60 아랫사람이……것이다 : 『맹자』 「이루 상」에 나온다.

61 희천(熙川) : 평안북도 희천군이다.

었다. 문정공으로부터 100여 년 뒤에 선생이 또 태어나 문정공 미수 선생을 사숙하여 학문을 계속해 열어서 확대하였으니, 참으로 주자가 이른바 '남방의 학문은 별도로 한 가지가 나와 정화(精華)가 되었다.'라고 한 것이 이런 경우이다.

삼가 생각건대, 도의 체용은 비록 지극히 심오하고 은미하지만 성현이 말씀하신 것은 매우 명백하다. 학자가 진실로 마음을 비우고 생각을 고요히 하여 차근차근 일상에서 몸소 행하는 실상을 구한다면, 그 규모의 광대함과 곡절의 상세함을 진실로 한가로이 고요하고 전일하게 지내는 가운데에서 터득함이 있을 것이다. 그 맛은 비록 담박하지만 그 실체는 기름지며, 그 뜻은 비록 얕지만 그 실상은 깊을 것이다. 그러나 도를 구하는 방법은 추구하는 것이 어려운 게 아니라, 기르는 데에 어려움이 있다. 그러므로 정자(程子)의 말씀에 "학문은 치지(致知)보다 먼저 할 것이 없다. 그러나 치지하면서도 마음이 경(敬)에 있지 않는 경우는 없다."라고 하였다.

그리고 소강절(邵康節)[62]이 장자후(張子厚)[63]에게 이르기를 "그대의 자질로 나의 학문에 이르기는 한순간이면 다할 수 있을 것이오. 다만 초야에서 1, 20년간 서로 상종하며 세속의 생각을 다 씻어버려 가슴속에 한 가지 일도 없이 확 트여야 나의 학문을 전해줄 수 있을 것이오."라고

62 소강절(邵康節) : 소옹(邵雍, 1011-1077)이다. 자는 요부(堯夫), 호는 안락와(安樂窩), 시호는 강절이다. 송나라 때 현인으로 상수학(象數學)에 밝았다. 저술로 『격양집(擊壤集)』·『황극경세서(皇極經世書)』 등이 있다.

63 장자후(張子厚) : 장재(張載, 1077-1020)이다. 자는 자후, 호는 횡거(橫渠)이며, 장안(長安) 출신이다. 젊어서 범중엄(范仲淹)을 만나 『중용』을 읽도록 권유받았으나 만족하지 못하고, 다시 불교와 노장(老莊)에서 깊은 뜻을 찾고자 하였다. 그 뒤 정호(程顥)·정이(程頤)와 함께 『역경』을 논하면서 그 학문의 깊이에 감복하여, 모든 이학(異學)을 버리고 『역경』·『중용』에 따라 송나라 유학(儒學)의 기초를 세웠다. 저술로 『경학이굴(經學理窟)』·『정몽(正蒙)』·『서명(西銘)』 등이 있다.

하였는데, 선생은 90년 동안 한 곳에 조용히 머물러 수양이 심원하고 구도함이 절실했으며, 마음을 경에 두고 그 앎을 극진히 하였으며, 힘써 행하여 그 실상을 실천하였다. 처음에는 비록 동학들이 왕래하더라도 그들이 능히 선생을 아는 자가 드물었으나, 나중에는 아름다운 명성이 사방으로 퍼져 막혔던 강물을 터트린 듯하여 아무도 그 형세를 막을 수 없었다. 후세의 학자들은 얕은 마음으로 도를 구하니, 선생의 지위에 이를 수 없고 선생의 경지에 나아갈 수 없으며, 그 도의 고하를 말하기 어렵고 그 학문의 천심(淺深)을 의논하기 어렵다.

이제 선생의 유집을 간행하려 할 적에 선생의 아들 군수 익(瀷)이 천리나 되는 먼 길을 찾아와 이 일을 도왔다. 어느 날 저녁 나에게 조용히 말하기를 "우리 선친의 행장은 아직 누구에게도 부탁한 적이 없습니다. 감히 이 일을 청합니다."라고 하였다. 나는 선생보다 서른 살이 적은데, 을사년(1845) 가을 19세 때 처음으로 도성 서쪽 성곽 아래의 댁에서 선생을 뵈었었다. 선생이 사시던 집은 몇 칸의 초가로 비바람도 막아주지 못하였다. 누추한 동네에서 종일토록 지내며 끼니를 자주 걸렀지만 사시는 모습은 태연하였다. 당시 선생의 모습에 참으로 탄복했었다.

나는 다음 해(1846) 봄 문과에 급제하였다. 때때로 선생 댁에 왕래하였으나 한양에 오래 머물지 못했고, 머물더라도 나의 몽매함으로 의심스러웠던 것을 질정할 수 없었다. 병인년(1866) 여름 시골에서 부친의 삼년상을 지내고 있을 때 선생이 김해(金海)로부터 여묘살이하던 곳으로 나를 찾아와 조문한 뒤, 나의 어린 아들 형제를 불러서 만나보고 손으로 어루만지며 위로해주셨다. 이후로 서찰을 자주 보내, 장려하고 경계하며 신칙하여 기대한 것이 오래되었으나 나는 그 말씀을 어기고 어려워한 점이 있었다. 다만 평소 경서를 가지고 학업을 청하여 선생님 앞에 앉아 제자라 칭하지 못하였지만, 선생에게 은혜를 받은 것이 많고 돌보아 주신 것이 두터운 점에 있어서는 나보다 더한 사람이 있지 않을 것이다. 지금 군수 익의 부탁에 대해서는 의리상 한사코 사양할 수 없다.

다만 생각건대 이 일은 사체(事體)가 중대하여 선생의 성대한 덕과 큰 업적을 갑자기 형용하기 어려울 뿐만 아니라, 일이 국론과 관계되어 장차 사관이 근거하여 만세토록 전할 것이 여기에 달려있다. 그래서 이 일을 감당하기 부족하다고 스스로 판단하여 두려워하고 주저한 지가 오래되었다. 이에 평소 사람들에게 추앙되고 알려진 것을 근거로 하고, 선생이 경연에서 강의한 내용과 세계(世系)·작리(爵里)[64]·출처(出處)·행치(行治)의 대략을 거론한 것을 참고하여 간추려 한 통의 글로 만들어 공경히 군수의 청에 답한다. 아울러 훗날 훌륭한 말을 남길 군자가 참고하여 채택하는 바가 있기를 기다린다. 삼가 행장을 지음.

금상 27년 경인년(1890) 늦가을 입동일(立冬日)에 통훈대부 전행 사헌부 장령 상산(商山) 김인섭(金麟燮)이 지음.

내가 이 글을 짓고 나서 미비한 점이 있었다.

선생이 정헌대부에 올랐을 적에 손자 칭(秤)이 조용히 말씀드리기를 "조부님의 춘추가 80세인데다 관작이 정헌대부에 올랐습니다. 노쇠함을 이유로 사직하고 물러나 산야에 거처하는 것이 또한 좋지 않겠습니까." 라고 하였다.

선생이 웃으며 말씀하기를 "너는 치사(致仕)의 본의를 모르는구나. 옛날에 치사하는 사람은 관직이 크고 임무가 막중하였으니, 상(商)나라의 이윤(伊尹)[65]과 주나라의 소공(召公)[66]과 같은 분이 그런 분들이다. 나는

64 작리(爵里) : 벼슬살이와 향리에서의 처신을 말한다.

65 이윤(伊尹) : 상나라의 재상으로, 탕왕(湯王)이 세 번이나 초청한 후에 재상이 되어 천하를 통일하는 데 큰 도움을 주었다.

관작이 큰 것도 아니고, 중임을 맡은 것도 아니다. 그리고 나의 작명(爵命)은 모두 주상이 간택한 것에서 나와 밀어주거나 이끌어주는 사람이 없었다. 그러므로 3, 4년 이내에 한 번도 도목정사(都目政事)에 의망(擬望)되지 않았다. 내가 벼슬을 구하지 않는 것은 온 조정 사람들이 알고 있으니, 비록 치사하지 않아도 치사한 것과 같다. 지금 만약 갑자기 사직을 청한다면 사람들이 반드시 기롱하며 말하기를 '저 사람이 봉조하(奉朝賀)[67] 세 자의 칭호를 얻으려 하는구나.'라고 할 것이니, 어찌 부끄럽지 않겠느냐. 대저 군자의 학문은 마음을 극진히 하여 본성을 알며, 마음을 보존하여 본성을 기르며, 일찍 죽고 오래 사는 것에 의혹을 품지 않고서 수신하며 천명을 기다리는 것이다. 공명과 부귀에 관해서는 구름이 하늘에 떠있는 것과 같이 여겨, 내게 오면 오는 대로 맡겨두고 떠나가면 가는 대로 놔두어 나는 거기에 관여함이 없는 것이다."라고 하였다.

선생의 지위와 작록, 명성과 수명은 하늘이 거듭 복을 내려준 것이다. 주상께서 선생에게 '온축된 학식이 풍부하다.', '주대(奏對)함이 상세하고 명확하다.'라고 하며 자주 칭찬한 것을 보면, 경연에서 군신 간에 답문한 것이 요순시대의 군신 간에 정사를 논하던 모습과 닮았다. 혹자는 당시에 조금이라도 더 큰일을 하지 못한 것을 한으로 여긴다. 그러나 주상께서는 끝내 국력을 기울일 정도로 그 말을 들어주지 않았다. 비록 국력을 기울일 정도로 들어주었더라도 유자의 도는 주나라 이후로 세상에 행해지지 않은 지가 오래되었으니, 나는 반드시 당시에 큰일을 이루지는 못했을 것이라고 생각한다. 공자가 말씀하기를 "도가 장차 행해지는 것도

---

66 소공(召公) : 주나라 무왕의 아우로, 성왕(成王)을 도와 주나라의 기초를 만들었다.

67 봉조하(奉朝賀) : 조선 시대 전직 관원을 예우하여 종2품의 관원이 퇴직한 뒤에 특별히 내린 벼슬로, 종신토록 신분에 맞는 녹봉을 받으나 실무는 보지 않고 다만 국가의 의식이 있을 때에만 조복(朝服)을 입고 참여하였다.

천명이며 도가 장차 폐해지는 것도 천명이니, 그가 명을 어찌하겠는가?" 라고 하였으며, 또 맹자가 말씀하기를 "마음을 보존하여 본성을 기르며, 수신하며 천명을 기다린다."라고 하였다. 도가 폐해지거나 행해지는 것은 오직 천명에 달려 있을 뿐이니, 우리가 어찌 그 사이에서 지혜와 능력을 발휘하겠는가. 그렇다면 치사하거나 치사하지 못한 것, 큰일을 하거나 큰일을 하지 못한 것은 굳이 말할 필요가 없다. 특별히 이 한 조목에 대해 또한 상세히 기록하여 행장의 미비한 부분을 보충한다.

행장을 적은 날 김인섭이 다시 기록함.

行狀

金麟燮 撰

先生諱傳, 字而老, 姓許氏。本駕洛國始祖王之裔, 從太后之姓。新羅之末, 有許宣文, 年九十餘, 佐麗 太祖, 伐甄萱, 以饋餉功多, 食采於陽川, 遂爲陽川之許。代有偉人, 爲東國著姓。歷二十世, 至副提學許曄, 事我昭敬王。長國子三十年, 文章經術, 爲一代師儒之最。又歷十世, 至先生高祖演, 隱居修行, 不仕。曾祖秉, 贈吏曹判書, 祖崘, 贈左贊成。考珩正言, 有文章氣節, 爲時所重。號一川, 贈左議政。妣延安 李氏, 贈貞敬夫人。

正宗二十一年丁巳, 十二月二十九日甲子卯時, 先生生于抱川縣 海龍山下木洞里第。五歲上學, 受《孝經》於家庭。知解日進, 自是遍讀群經子史, 兼治公車業。仁陵庚午, 先生年十四, 從議政公以親老家貧爲祿仕, 入漢陽, 僦居城外之藥峴。二十一, 請業於下廬先生 黃公之門, 始厲志聖賢之學。黃公亟稱之曰: "吾道有人。"

庚辰六月, 丁外艱。十一月, 荐遭承重祖母金氏憂, 咸克遵以禮。樹襄纔畢, 家業益濩落, 青城縣有薄田數十畝, 以歸耕之意稟母氏。歎曰: "爾先公不治產業, 專意學問。今欲歸耕, 不過悶吾飢寒。飢寒吾不怕, 而惟懼爾家聲之或墜也。且爾氣質淸弱, 何能且耕且讀乎。"乃止, 作《警省文》, 有曰: "孟子云: '大孝終身慕父母。'、孔子言: '立身揚名, 以顯父母, 夫然後, 庶幾爲子之職也。' 道德文章, 吾家世業也。志先人之所志、行先人之所行, 終身無改, 使人稱之曰: '某之子, 能如是。', 此所謂'貽父母之令名也。' 堯、舜、孔、顔, 於人亦類也。惟當杜門, 讀聖賢書, 以盡所性而已矣。" 先生立志, 固已以第一等人自期。其一心上達不已如此。

癸未, 服闋。憲宗元年乙未, 先生年三十九, 九月中別試文科及第, 例付承文副正字。丙申九月, 丁內艱。易戚備至, 誠禮殫盡, 一如前喪。戊戌十二月, 終制。益無意進取, 專務向裏之工。庚子五月, 出爲麒麟道察訪。時値大饑, 民無孑遺。虎又縱橫, 家家設網, 先生卽禁之, 諭曰: "政之爲猛, 甚於虎, 虎安能爲害哉!" 於是, 一意安集, 流民復歸, 虎患永絶焉。方伯至, 課以"無麟有麟。" 翌年春, 冬至使行過, 把驛滋弊, 甚執不從。乃棄歸, 誣以重律, 奪告身。

壬寅十二月, 敍復爲崇陵別檢, 辭遞。甲辰正月, 陞六品, 付副司果, 二月, 除典籍, 十二月, 除持平。丙午, 移正言, 七月, 轉吏曹佐郎, 辭遞。丁未四月, 以宗廟夏享祝史, 不及致齋, 就理旋宥。七月, 復還持平, 十二月, 除咸平縣監。是歲, 秋霖屋頹, 題一詩曰: "踈於功利拙於才, 著膝茅廬任自頹。何處寄身無我樂, 心中休起好樓臺。" 時相聞之, 驚歎曰: "如此高尙之士, 窮餓而死, 爲朝廷羞大矣。", 議于朝。有是命。

戊申正月, 始之任。先以敎化爲務, 不尙刑罰。悉去箠楚, 作一革鞭以待之。訟者至庭, 先問其父母兄弟, 申之以孝悌之道, 或自悔而退。選文士, 聚校宮, 講習經史, 期月之間, 風俗一變。己酉六月, 憲宗登遐, 哲宗嗣位。七月, 棄官歸。時按使家人, 爲蝟島鎭將, 臭載漕船。査以實, 按使怒, 置中考。遂歸, 歸裝蕭然, 惟《朱子大全》一部而已。十一月, 選入瀛館錄。

庚戌二月, 以校理入侍經筵, 至誠開導。上久居外, 失甘盤之學。故先自易曉者言之。日講《小學》, "當不義, 則子不可以不爭於父、臣不可以不爭於君。", 反復敷奏。自是連在經筵, 凡居喪盡禮、喜怒中節、爲官擇賢、友于兄弟、柄臣弄權、正嫡遠孼、九容四勿、君德得失。靡不臨文講義, 悉盡底蘊, 極其忠讜。

一日上親書龍字賜之, 先生再拜而受, 因進戒曰: "程子'作字時甚敬, 非是要字好, 卽此是學。', 又'以書札, 於儒者事最近, 一向好著, 亦自喪志。'不必以此致力, 無益之書, 不若有益之學。殿下近日, 久停召對, 臣實未知其故。帝王之學, 與韋布不同; 經綸之業, 與章句有異。頻接儒士, 延訪群彦, 問以治亂得失, 則聖德日新、王業日隆矣。" 上顧謂大臣曰: "儒臣之言, 忠愛懇摯。予將召對矣。"

甲寅九月, 入侍又進言曰: "夫禮者, 尊卑·貴賤、等級·隆殺之秩然, 不可亂者也。今紀綱之弛、名分之紊、品式之乖, 侈濫成風, 奢僭無度。國何以爲國、民何以爲民哉。願修禮典以導率, 則大順之治, 可庶幾也。"

又奏曰: "舜德爲聖人, 猶不能獨治, 洞開四方之門、收天下之視聽, 爲吾視聽。近日言責之官, 無非噤烏仗馬, 殿下何由知外間是非哉。" 又曰: "殿下有大舜之姿, 而尙有遜於大舜奮發之工。奮發者, 勇也。願殿下於勇字益致力焉。" 又以《益稷》"慢遊"二字戒之, 所望於君父者, 切矣。

十月, 又入侍次對, 進所懷, 略曰: "臣望之於殿下者, 堯、舜之聖也。殿下有堯·舜之姿、堯·舜之位、堯·舜之民, 而堯、舜之澤, 猶未洽於方內者, 不行堯、舜之政故也。欲行其政, 先求其心法。所謂心法, 不過曰: '道心爲主, 人心聽命也。'" 仍陳治道十條曰: "建中極以正朝廷。一道德以崇教化。來諫諍以廣聰明。杜僥倖以鎭奔競。公薦選以登俊良。礪廉恥以遏貨賄。務節儉以抑奢侈。揀牧守以久任使。嚴考課以明黜陟。愼赦宥以懲怙終。則紀綱不期立而自立、邦本不期固而自固。" 上曰: "貨賄者, 何謂也?", 對曰: "近來私情盛行, 惟以請托爲主。不讀書而求科、不修行而求仕者, 滔滔是也。" 上曰: "不讀書而求科者, 有之乎?", 對曰: "以今秋監試言之, 應赴鄕試者, 預聚京中, 旁穿蹊逕。試官亦被譏謗, 而臭聲載路矣。" 用事者, 以此嗛之, 幾被中傷。

十一月, 因事不參堂箚, 謫孟山。行至高陽, 上知其無罪, 特敍以持平召還。先生前後凡九入瀛閣, 盡讀所儲書, 下至兵家陰陽及東儒文集, 無所遺漏。乙卯正月, 莊獻世子誕生之年再回甲, 追上尊號, 以讀金印官, 加通政階。丙辰六月, 授右副承旨。庚申九月, 除兵曹參知, 陞參議。

壬戌春, 民擾大起, 皆由於掊克聚斂, 不能堪命故也。六月, 上下哀痛之敎, 親策問三政矯捄之方。進三萬餘言以對, 詳擧得失, 尾附治道九條, 曰"民牧"、曰"用人"、曰"敎民"、曰"頒祿"、曰"藏錢"、曰"禁盜"、曰"愼赦"、曰"來諫"、曰"典學"。上下數千年歷代帝王, 下及當今爲治, 本末鉅細, 纖悉無遺。趙相國 斗淳見之曰: "王佐才也。" 有近臣嫌其直切觸犯, 不取之。

癸亥十二月, 哲宗昇遐, 今上登極。元年甲子, 以右副承旨入侍, 進講《孝經》。上冲年始學, 故先陳字義, 冀其易曉, 音讀甚亮, 句解甚哲。大王大妃垂簾聽之, 嘉歎曰: "眞冲子師也。"

未久, 除金海府使, 三月之任。府雖濱海僻遠, 駕洛故都, 猶有淳古之風。存問耆老, 惠鮮孤寡, 政纔三月, 化已一境。率諸生, 行鄕飮禮, 修鄕約五綱。作《居官十箴》, 開公餘堂, 處四方來學者。十月, 以差員入京。乞遞, 朝廷不許。十一月, 還官府, 人頌德, 鑄銅爲之碑。先生聞之, 覈首事者, 曳碑入官庭, 打碎之曰: "不可長諂諛之風也。"

丙寅夏, 官閒無事, 告于監司, 歷遍嶠南院宇。於是, 泛合江, 由丹溪, 謁德山祠, 遵海以歸。六月, 秩滿, 民爭願留。上降璽書以褒之, 賜廐馬一匹、表裏一襲。七月, 遞付西樞, 九月, 特陞嘉善, 上疏辭, 不允。時洋夷侵犯江都, 中外騷擾, 疏略曰: "今外夷侵陵, 一國空虛, 宗社安危, 所係甚切。此實任賢擇才之時。臣何敢偃然冒當而已乎。"

十月, 歷同義禁兼副摠管, 十二月, 移漢城左尹。丁卯六月, 乃除拜刑曹參判。八月, 就理卽宥。御史朴瑄壽誣先生以僞學, 至以束脩爲苞苴, 朝廷不問。戊辰六月, 還敍同義禁, 先生上疏辭曰: “臣自遭罹以來, 跼高蹐厚, 數殃訟愆之不暇。臣身汙衊, 固不足恤。而半嶺自好之士, 緣臣而被浮浪之名, 寧不慨惜哉。嶠以南鄒、魯之鄕, 重厚多君子之風, 臣平日所嚮往者。而士亦聞風而至, 遂於簿牒之暇, 與之講論刮劘而已。豈意束脩反爲苞苴之資、函席翻成場市之鬧、有同儒名而墨行也哉。汚吏之設計騙財, 不一其門, 而以僞學之名, 爲左右顧望之龍斷, 古今所未有也。臣何敢以簪履之見收爲幸, 抗顔周行, 揚揚隨諸大夫之後哉。”

己巳四月, 除同經筵, 十月, 移兵曹參判。庚午, 連以同經筵入侍, 進講《孟子》存心章, 奏曰: “心者, 一身之主宰, 萬化之根本。存心之道, 仁與禮。仁者, 四德之元, 而愛其用也; 禮者, 天理之節文, 而敬其主也。故君子造次顚沛, 非仁不居; 視聽言動, 非禮不行。二帝、三王之道, 存此心而已。殿下昨夏, 講不動心章, 今日, 又講此章。今幾一周, 聖學宜臻緝熙光明之域, 而猶有未盡善處。竊恐殿下存心之工, 有所未盡也。” 又講號泣旻天章曰: “父雖不慈, 子不可以不孝, 卽此章之大義。然父慈子孝, 乃人道之本然也。”

上曰: “直言常人所厭聞, 而聖人則不然。”, 對曰: “蓋言之逆者, 忠直之言也; 遜者, 諂諛之人也。願殿下廣開言路, 爲容受之道。” 上問: “窮則獨善其身、達則兼善天下, 眞賢人也。今亦有之乎?”, 對曰: “古人以道自重, 不輕以失身, 世可以行道則出。今雖不如古昔盛時, 山野巖林之間, 豈無其人。致敬盡禮, 誠心以待之, 則賢者至矣。” 上曰: “掘井不及泉, 猶爲山九仞, 功虧一簣。”, 對曰: “半塗而廢, 靡事不然。爲學而未至於孔子、爲治而未至於堯·舜, 是也。” 上又問: “人君爲嚴威, 則臣下何以盡言乎?”, 對曰: “雷霆之下, 靡不摧折。雖有逆耳之言, 和顔色受之, 然後可以開不諱之門。”

閏十月, 拜吏曹參判。辛未三月, 入侍講《中庸》。上問: “爲政固難矣, 而以蒲盧譬之, 何以則若是其易也?”, 對曰: “《書》曰: ‘后克艱厥后、臣克艱厥臣, 政乃乂。', 《語》曰: '爲君難, 爲臣不易。', 此皆思其艱以圖其易之謂也。" 上曰: "得人然後可以爲政, 若不修身以道, 雖有其人, 一薛居州, 獨如宋王何?", 對曰: "下文'尊賢'二字, 實得人之要道也。"

癸酉正月, 添書除都摠管, 陞資憲, 判漢城尹, 入耆社。三月, 知經筵, 五月, 入侍講《詩·小弁》章。上曰: "'君子無易由言, 耳屬于垣。' 爲人君者, 不可易其言, 此人主之鑑戒也。", 對曰: "窺伺觀望之態, 極爲陰秘, 如見其肺肝然。" 上曰: "小人情狀也。", 對曰: "左右前後無非正人, 而賢士大夫日與之相接, 討論治亂、辨別忠邪, 則小人自除矣。"

上問井田興廢, 對曰: "後世君臣, 無有如三代之君臣。故因循秦俗, 不能改也。" 上又問頒祿之不敷, 對曰: "若不用於當用之處, 而或有宮室衣服輿馬之侈汰, 則賦役日加, 而頒祿猶不足也。" 上曰: "講官之言, 誠是也。"

六月, 以知春秋入侍。上曰: "文敎固以禮爲本, 凡百事爲, 何可捨禮而行乎。", 對曰: "禮者, 理也。天下萬事, 無適而非理也。"上曰: "講官年, 今幾何?", 對曰: "犬馬之齒, 七十七歲。"上曰: "筋力如是强健, 勿以勞辭, 頻登講筵, 可也。", 對曰: "臣本愚魯, 且無學術。雖少壯之年, 猶懼不堪, 況今昏耄之時乎。" 上曰: "講官文學, 予已聞之矣, 老而不倦, 手不釋卷。", 對曰: "臣無其實, 而恩諭及此, 惶隕感激, 罔知所措。" 上曰: "無其實, 豈有此聞望乎?" 又敎曰: "家在城中乎?", 對曰: "敦義門外。" 上曰: "比舊闕稍近, 詣闕似不甚難。"

閏六月, 復判漢城, 移刑曹判書。七月, 拜同成均, 八月入侍。上曰: "無病之時, 則頻登講筵之意, 言之矣, 果不辭遞而入來矣。", 對曰: "猥承隆眷, 冒居至今。"上曰: "卿早朝入來耶?", 對曰: "然。"上曰: "以賓對之故, 日已晩矣。家雖近, 老人, 得無飢乎。", 加勞再三。九月, 入侍講《詩·青蠅》章。上曰: "君子以誠心導小人, 而小人則必欲陷君子, 心腸可惡。", 對曰: "殿下辨別君子小人, 若是嚴明, 宗社生民之福也。" 上曰: "小人私慾交蔽, 忌嫉有德之人, 勝己者厭之, 必譖乃已。", 對曰: "君子在朝, 則小人退; 小人在朝, 則君子退。然君子難進而易退、小人貪進而無厭。聖明在上, 任賢勿貳、去邪勿疑, 則孔壬無足畏也。"

上曰: "酒之爲物悅口, 故人或嗜之, 其害至於禍人家國, 可不戒哉。以大禹之聖明, 知其害之甚, 故惡旨酒也。", 對曰: "古人謂'惡旨酒'之功, 大於平水土, 殿下此敎, 尤大於大禹矣。" 又講《隰桑》章, 上曰: "此詩與《菁莪》相類, 可以想見君子之容儀。", 對曰: "德性蘊乎中, 則光輝發乎外。此詩末章, 言誠心愛之之意, 愛之不足而懷之, 懷之不足而愈久不忘。此與 《緇衣》之好賢, 亦相類也。殿下愛君子如此詩, 用人之際, 必擇君子以爲輔佐, 則三代之治, 可致矣。" 上曰: "講官之言甚善。講官之文章, 人皆知之。而每於入對之時, 詳說文義, 理明而易曉, 心甚豁然矣。此博學之致也。"

十月, 入侍講《大明》章。上曰: "遺字、德字, 是太宗表德, 而維與遺音相似, 讀之得無未安乎?", 對曰: "《禮》云: '《詩》、《書》不諱、臨文不諱、入廟不諱、嫌名不諱、二名不偏諱。' 程子在講筵, 至三復白圭處, 內臣貼却容字云: '是上舊名。', 先生請只諱正名, 不諱嫌名及舊名。至於表德, 則元無諱法, 故《中庸》子思稱仲尼, 漢諱呂后名雉而不諱治字。唐 李賀父名晉肅, 而賀擧進士, 時人譏謗, 韓愈作《諱辨》以明之。" 上曰: "予固疑之, 今聞講官之言, 予甚開悟矣。講官之爲世推譽, 實由於文學見識之宏博也。"

仍問曰: "'小心翼翼', 是敬德之要。", 對曰: "敬者, 德之輿也。主一無適, 成始成終者, 敬而已。" 上曰: "卿之奏對, 文義詳明易辨, 故每見卿之登筵, 予心充然矣。" 又曰: "誠、敬二字, 是修德之本, 非誠無以敬、非敬無以誠。予之以'誠軒'爲號者, 用寓警省之意, 守之則難, 是所慥慥也。", 對曰: "非知之艱, 行之惟艱。而殿下旣知之, 又行之。書諸軒楣, 常目在之。聖工以是自勉, 欽誦萬萬矣。" 上曰: "以卿文學, 尙未得通文任耶?", 因特授弘文館提學。兼差日講官, 敎曰: "特差講官者, 欲常常見卿也。" 是月, 拜藝文提學。

甲戌三月, 敷暢聖旨, 製進《誠軒箴》。四月, 入侍重熙堂, 奏曰: "帝王之學, 與俗士有異, 不必字字記誦。只宜領會一篇宗旨之有益於治道者而已。且萬機至繁, 聰明有限。以臣愚見, 淸燕之暇, 或覽史策, 頻接筵臣, 使之講討而垂聽焉, 則大有所補於廣聰之道矣。"上曰: "講官近讀何書?", 對曰: "昏耄, 不能讀書矣。"上曰: "必有所讀, 讀能記憶否?", 對曰: "雖或有所披閱, 掩卷輒忘。今日能記者, 皆是二十前所讀之效也。願殿下迨此春秋鼎盛之時, 益勉進修之工。"上曰: "近亦有著述乎?", 對曰: "以若昏憒, 何能有所作乎。" 上曰: "年雖老, 蘊抱贍富, 必當沛然有裕矣。"

五月, 入侍奏曰: "周頌后稷之功德, 其功德則無他, 務農養民, 以肇基也。爲人主者, 必知稼穡之艱難, 節用崇儉。然後可以保民而王矣。今日最急之務, 則民無恒産。而豪富兼幷, 故所謂農者, 皆豪富之佃客也。一遇饑歲, 則顚于溝壑矣。"上曰: "我國地形不便, 井制不可行乎?", 對曰: "縱不能一一畫井, 苟能因地量度, 折長補短, 準古百畝之數, 均分於民, 而定爲什一之稅, 則井法在其中矣。" 仍承命進《箕田圖說》。

十一月, 入侍熙政堂。上曰: "天不可不敬, 敬天之渝, 則如近日冬雷之變, 尤敢不警省哉。", 對曰: "時氣失節, 陰用陽事, 變之大者。上天仁愛, 先以災異戒告之, 人主正當恐懼修政, 勿以空言文具視之, 而以實心行實政, 然後方可謂敬天之實矣。"上曰: "講官之言, 善矣。予欲務實矣。", 對曰: "殿下雖欲務實, 左右前後無正人, 則群臣賢否、小民疾苦, 何由得聞乎。小人則詭隨夸毗, 以邪爲賢、以危爲安、以亂爲治, 姑以悅人主之心也。"

進講《詩·烝民》章。奏曰: "首章稱其德。德之本, 彝倫爲重。彝倫之重, 則父子之親、君臣之義, 最大。" 時內侍抱元子至, 上曰: "講官顧視。" 內侍抱元子坐, 先生擧首仰瞻曰: "天表日角, 克岐克嶷, 臣民之慶。" 上曰: "撫視之。", 先生擧手撫天庭及耳輪兩手而告曰: "今纔十朔, 壯大充實, 如此夙成, 果與常人殊矣。" 上曰: "暫時不在房內, 每抱出外, 而見書冊, 則如有好之之意。" 仍敎曰: "官服如是麤弊, 而長時見着, 必是單件而然矣。", 對曰: "衣取蔽體, 古人所訓。"上曰: "官服之資, 已有留念。今當出送, 製以服之, 頻頻登對。" 又敎曰: "早朝詣闕, 日已至昃, 老人安得無飢。", 仍賜紬緞五疋, 又賜饌, 命司謁監食入告。自是先生詣闕, 每賜饌。

先生性儉約, 衣服不用文飾, 至是始着紬襦袴曰: "此聖主優老之盛恩也。"

乙亥十二月, 入侍修政堂。上問思無邪之義, 對曰: "思無邪者, 情性之正, 而無一毫偏頗之謂也。舜、禹授受之心法, 則曰: '惟精惟一, 允執厥中。', 箕子之告武王曰: '無黨無偏, 王道蕩蕩; 無反無側, 王道正直。' 《戴記》曰: '天無私覆、地無私載、日月無私照。王者, 奉三無私。' 此皆思無邪之道也, 殿下體念焉, 則正心、正百官、正萬民之效, 不難致矣。"

丙子正月, 陞正憲大夫。戊寅冬, 疏進《宗堯錄》、《哲命篇》二部書。庚辰, 作《安宅銘》曰: "道出于天, 理賦於人。性焉安焉, 肫肫其仁。帝命赫然, 亦有鬼神。" 辛巳十一月, 特拜吏曹判書兼知經筵。疏辭, 不許。十二月, 又上疏乞免, 疏略曰: "古人以七十而居位, 猶鍾鳴漏盡, 夜行不休, 譏之。今臣已過禮經致仕之年加十有五。强赴政席, 有同泥塑木偶, 慢不省事, 循例隨行, 疵纇畢露於聖鑑之下矣。臣孤陋寡儔, 不通世務。素乏藥籠之所備、布帒之所記。加之以老敗。其於論人、薦人、進退人, 有甚聾瞽, 而猝當非常之任, 憂畏并至, 不知所以處之也。蓋有國治亂, 專係於用人。不知人則蔽賢, 蔽賢則不擧職, 不擧職則不但一身之罪, 將至於誤國敗事, 豈不大可懼哉。"

壬午七月, 都下騷擾, 賃寓果川 淸溪山下麥溪 崔氏庄。癸未夏, 還留冶洞。九月, 移卜於冷泉。甲申元朝, 作責己詩, 有曰: "君恩未報生何補, 吾道無傳死且憂。兢兢履薄臨深戒, 畢此餘生寡悔尤。" 其任道自重, 死而後已之意, 可見於此矣。

十月, 玉均等作亂, 製進變亂緣由北京禮部咨。乙酉, 加崇政大夫。丙戌正月, 陞崇祿。尋特授輔國兼判義禁。六月二十二日, 始患瀉利證。漸危谻, 而猶不廢硏墨, 不擇晝夜。子姪門人左右交諫, 先生笑曰: "豈有看書而死者乎。" 或副人家文字之未卒業者、或答禮說經義之來質者, 極其精詳。作《養心銘》曰: "惟皇降衷, 性統於心。心存則澹, 心放則淫。形役斯危, 物慾交侵。不氷不火, 寒熱益深。哀彼衆蚩, 下流浮沈。正心之要, 只一箇欽。寡慾二字, 抑爲頂針。恐懼戒愼, 上帝是臨。昧爽而興, 必惜分陰。中夜獨處, 不愧于衾。"

八月, 拜判敦寧府事。九月十五日, 使子姪奠獻先貞敬夫人諱辰。先生雖在積月彌留之中, 祀事必躬行, 至是, 不能行事。自是, 不許數進藥糜。二十二日, 招諸生, 設小酌, 論古今, 講禮疑, 如平常。二十三日辰時, 終于正寢。訃聞, 上震悼, 命停朝市三日, 弔賻加例。十一月八日丁酉, 葬于果川 霜草里枕亥之原。丁亥三月十七日, 上遣官致祭。戊子, 賜謚文憲。

配貞敬夫人趙氏縣監觀基女, 文簡公 絅之後。賢有行, 事舅姑, 克盡孝道; 事君子, 不以貧寠爲累。先先生三十四年卒。初葬廣州 彦洲里, 至是遷祔。不幸無嗣, 取族子還子之, 郡守。男秤, 有文行, 二十七早折。男焌。

先生生有異質, 自學語時, 輒誦文字, 有疑則詳問曉達, 乃已。七歲, 陪母夫人, 赴外王母申氏喪, 歸而問于祖母曰: "外黨人服素, 何也?", 答曰: "有喪則親戚服素, 禮也。", 曰: "然則吾之青衣紅帶, 亦當去之。", 長老聞而奇之。十一歲, 議政公承重居憂, 先生侍側不離, 左右奉持惟謹, 不遑他事。及遭議政公喪, 啜粥食素, 不處煖堗。毁瘠生病, 大夫人泣, 而强之食。

友于彌篤, 一弟儔與之, 如手如足, 食不貳卓、寢不貳被。常痛其早死無子。爲立其后, 教養成就, 一視己子。議政公宰慈仁日, 遺賤息一女。先生聞其年稍長, 徒步踰嶺, 邑中前日有舊者, 資以一牛。先生躬駕率來, 嫁遣韓姓人。愛之踰常, 人有問者, 輒曰: "吾妹壻。" 此雖細行, 亦人所難能也。每値忌日, 終身孺慕, 有忌日, 著罪詩, 讀之隕淚。丁巳生朝, 不設酒盤, 尤倍悲痛焉。日必晨起, 盥漱整衣冠, 謁家廟, 不以風雨而或廢。皆可以爲後世爲人子之觀感取法焉。

處都城俗學聲利場中, 絶意外慕。自其立心之始、發軔之初, 已知其古人所謂爲已之學, 而學之。入承父兄之教、出資師友之益, 孶孶勉勉, 不得不措。其克己之嚴、嚮道之勇, 雖自謂賁、育, 莫之奪矣。尤謹於出入, 其平日交遊之際, 不妄見一人。中歲釋褐以後, 凡要津利塗, 衆所共騖, 而脚跟已定, 一步不可有所移易進退。雖於知舊間, 未嘗僕僕往來。年前嘗有一柄臣死, 其葬而反虞, 傾朝出江上。親友一名宰, 亦自彼歸過先生, 見閉戶, 獨對古人遺編, 讀不輟, 嘆曰: "今日方知子矣。"

蓋其爲學也, 寧學聖人而未至, 不欲以一善自名。其爲道也, 坦然明白, 疏暢通達, 如靑天白日, 人皆可睹。其日用可見之行, 則忠貫金石、孝通神明, 其事業施措之可言者, 則州縣之治行、立朝之風節。又皆彰著一時, 有不可得而掩者矣。其爲文章, 大抵積厚而發, 紆餘滂沛, 無艱難辛苦之態。

及其莫年, 受知聖主, 際遇日隆、眷注日加。上屢於筵中敎曰: "予之今日需用, 許講官之力。", 又曰: "許某文章, 當朝第一。九十年窮經專一, 都絶外騖, 非餘人可比。", 天褒如此。又以其老而不倦, 手不釋卷, 眼精已耗, 登筵之日, 使著眼鏡。先生上箋謝之。晝日三接, 賜賚便蕃, 寵以峻秩、加以高位。官子三邑近甸, 以遂便養, 待之以儒賢故事, 不待狀, 美謚易名。恩禮具卒, 始終哀榮, 亦近古君臣之間, 所未有也。

先生氣質, 剛毅豪邁, 爲人安重純厚。接人無賢愚、貴賤, 胥得其懽心, 宗族疎遠, 無可托者, 皆使住接, 敎誘成就, 各得其方。病世之學者, 忽近而騖遠、捨卑而趨高, 讀書次第有圖說。天下之患, 生於獨有。惟性者, 人人有之, 人人失之。自生民以來, 未有盛於夫子, 是性也, 歲百千人兆兆, 而夫子獨有之。我則願有之, 作≪性齋記≫。下無學賊民興, 喪無日矣, 作≪下學箴≫。

尤邃禮學, 博究古今禮說, 務合經旨, ≪士儀≫有編。述國朝軍政, ≪夏官≫有志。先王之道, 均田養民爲先, 敎次之, 養與敎, 待賢而立, 故官人次之。終以禮樂王道之成故, ≪受廛≫有錄。六經之治, 同歸于道, 而其全體大用, 則備於≪書≫, 其次≪大學≫是已。提挈而表章之, 爲≪天民敬德圖說≫, 蒐輯經傳凡有益於修己治人者, ≪宗堯≫著錄。採摭三代以來世子之禮, 及我列聖朝敎胄之典, ≪哲命≫進篇。以我東韻書音義多僞謬, ≪字訓≫垂成。又其佗闢邪說距詖淫, 無非明天理、正人心之大者。

本朝北方學術淵源之授受, 的有可據。初靜庵 趙文正公, 師事寒暄 金文敬公於熙川, 獨得其宗, 蔚爲己卯諸儒之首。後百二十年, 眉叟 許文正公, 師事寒岡 鄭文穆公于星州, 得接陶山之緖餘。文正後百餘年, 先生又私淑文正, 紹開而大之, 信朱夫子所謂'南方之學, 別出一枝, 爲精華者', 是也。

竊嘗以爲道之體用, 雖極淵微, 而聖賢言之甚明白。學者誠能虛心靜慮, 而徐以求之日用躬行之實, 則其規模之廣大、曲折之詳細, 固當有以得之燕閒靜一之中。其味雖淡而實腴、其旨雖淺而實深矣。然其所以求之者, 不難於求, 而難於養。故程夫子之言曰: "學莫先於致知。然未有能致知而不在敬者。"

邵康節之告張子厚曰: "以君之材, 於吾之學, 頃刻可盡。但須相從林下一二十年, 使塵慮銷散, 胸中豁豁無一事, 乃可相授。", 先生九十年, 靜居一室, 養之深、求之切, 居敬以致其知、力行以踐其實。其初, 雖同學往來, 人鮮能知之, 其終, 乃令聞四達, 如決江河, 莫之能禦。後之學者, 以淺心求之, 不到先生之地位、不造先生之閫域, 難以語其道之高下、難以議其學之淺深也。

今方剞劂遺文於此, 先生之嗣子郡守選, 跋涉千里來, 相是役。一夕從容語麟燮曰: "吾先人行狀, 未有所屬筆。敢以此爲托。" 麟燮於先生少三十歲, 歲乙巳秋, 年十九, 始見先生于西郭下。茅屋數椽, 風雨不蔽。陋巷終日, 簞瓢屢空, 處之晏如也。固嘗嘆伏。

翌年春, 通籍南下。雖或以時來往, 京中未曾久留, 留亦昧陋懵然, 未能質所疑也。丙寅夏, 守制田間, 先生自金官臨弔先人喪次, 召見幼子兄弟, 以手加撫。自是之後, 書疏笱束, 獎勵警飭, 期待久遠, 有謬難承當者。顧平昔縱未能執經請業, 北面稱弟子, 而其受賜多蒙眷厚, 則未有踰如麟燮焉。今於郡守之托, 義不忍終辭。但念此事, 事體重大, 不惟先生盛德大業, 難遽形容, 而事關國論, 將來史官所據, 以垂萬世者, 將在於此。自度不足以辦此, 恐悚踧踖久之。仍以平日所尊所聞於人者, 參以先生經筵講義, 及概擧世系、爵里、出處、行治之大者, 撮爲一通, 敬以塞郡守之請。幷以竢他日立言君子有所考據, 而採擇焉。謹狀。

上之二十七年庚寅抄秋立冬日，通訓大夫前行司憲府掌令 商山 金麟燮 狀。

麟燮旣爲此，猶有所未備者。先生之陞正憲也，孫男秤從容言曰: “祖父春秋八十，爵至正憲。告老而退，處山野，不亦善乎。” 先生笑曰: “爾不知致仕之本意也。古之致仕者，官大任重，如商之於伊尹、周之於召公，是也。我非大官、我無重任也。且吾之爵命，皆出於聖簡，而無相先相引之人。故三四年來，一不擬望於政目。其無干進，通朝所知，雖不致仕，猶致仕也。今若卒然乞骸，人必譏之曰: ‘彼要得奉朝賀三字之名也’，豈不恥哉。夫君子之學，盡心知性、存心養性，殀壽不貳，修身以俟之。其於功名富貴，如浮雲之繫於太虛，來則寄來、去則違去，吾無與焉。”

先生之位祿名壽，自天申之。觀上之於先生謂“蘊抱贍富”、“奏對詳明”，動輒稱善，一堂之間，君臣答問，髣髴唐、虞都兪氣象矣。或者，以不得少有爲於時爲恨矣。然上終不傾國而聽之。雖傾國而聽之，儒者之道，自周以來，不行於世，久矣，吾見其未必有爲於時。子曰: “道之將行也與，命也; 道之將廢也與，命也，其如命何哉?”，亦曰: “存心養性，修身以竢之。” 其廢其行，一聽於命而已，吾何容智力於其間哉。然則致仕不致仕、有爲不有爲，不必言也。特於此一條，又詳書之，以備行狀之未備者。是日，麟燮再題。

❖ **원문출전**

許傳，『性齋集』附錄，金麟燮 撰，「行狀」(경상대학교 문천각 古 D3B 허73ㅅ)

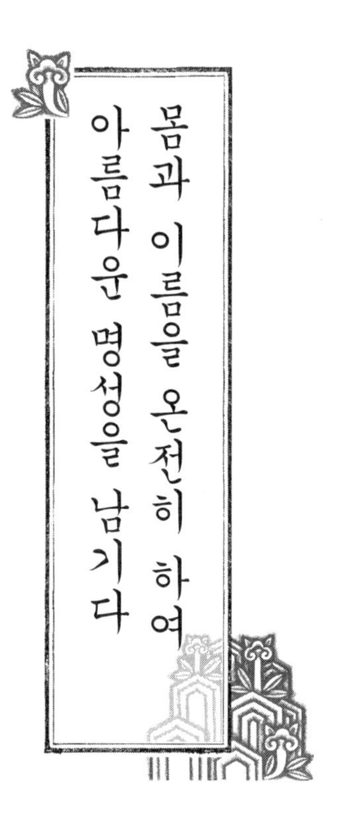

류후조(柳厚祚) : 1798-1876. 자는 재가(載可), 호는 매산(梅山)·낙파(洛坡), 본관은 풍산(豊山)이며, 현 경상북도 상주(尙州)에 거주하였다. 1837년 사마시에 급제하여 성균관에 들어가 수학한 뒤 후릉 참봉, 장흥 부사 등을 지냈다. 1858년 문과에 급제한 뒤 병조 참판, 좌의정 등을 역임하였다. 병인양요(1866)가 일어났을 때 상주에 살던 아들 류주목(柳疇睦)에게 의병을 일으키게 하였다.
저술로 『낙파집』이 있다.

낙파(洛坡) 류후조(柳厚祚)의 묘갈명 병서

장병규(張炳逵)[1] 지음

선생의 휘는 후조(厚祚), 자는 재가(載可), 호는 낙파(洛坡), 시호는 문헌(文憲)이며, 풍산 류씨(豊山柳氏)이다. 선계는 고려 때 은사급제(恩賜及第)[2]한 휘 백(伯)으로부터 나왔다. 이로부터 삼대를 내려와 휘 종혜(從惠)는 본조에 들어와 공조 전서(工曹典書)를 지냈다. 여러 대를 내려와 휘 공작(公綽)은 군수를 지냈다. 이분이 휘 중영(仲郢)을 낳았는데, 호는 입암(立巖)이며 황해도 관찰사를 지냈다. 이분이 휘 성룡(成龍)을 낳았는데, 영의정을 지냈으며 시호는 문충(文忠)이다. 퇴계 문하의 적전이고, 도학과 공훈으로 백세의 종사가 되었으며, 사람들이 '서애 선생(西厓先生)'이라 일컫는다.

이분이 휘 진(袗)을 낳았는데, 유일로 천거되어 사헌부 지평을 지냈으며 이조 참판에 추증되었다. 우리 선조인 여헌 선생(旅軒先生)[3]의 문하에서 수학하였고, 안동에서 이주하여 처음으로 상주(尙州) 시리(柴里)[4]에

1 장병규(張炳逵) : 1910-1993. 초명은 지술(志述), 자는 효언(孝彦), 호는 오야(午野), 본관은 인동(仁同)이다. 현 경상북도 상주시 화동면 이소리 마평에 거주하였다. 만년에 류시완(柳時浣)과 함께 상주서당을 세워 유학 교육에 힘썼다.

2 은사급제(恩賜及第) : 특명에 의하여 거행되는 은사과(恩賜科)의 은전으로 급제함을 말한다. 세종 때 정식으로 폐지되었다.

3 여헌 선생(旅軒先生) : 장현광(張顯光, 1554-1637)이다. 자는 덕회(德晦), 호는 여헌, 본관은 인동이다. 14세 때부터 장순(張峋)에게 배웠고, 여러 번의 천거로 내외의 관직을 받았지만 나아가지 않았다. 일생을 학문과 교육에 종사하였고 정치에 뜻을 두지 않았으나 당대 산림의 한 사람으로 왕과 대신들에게 도덕정치의 구현을 강조하였다. 저술로 24권 12책의 『여헌집』이 있다.

4 시리(柴里) : 현 경상북도 상주시 중동면 우물리에 있는 마을이다. 가시리 혹은 가사리(佳

우거하였다. 이분이 수암 선생(修巖先生)으로, 부자가 병산서원(屛山書院)[5]에 함께 제향되었다. 이분이 휘 천지(千之)를 낳았는데, 유일로 천거되어 사헌부 장령을 지냈으며 호는 어은(漁隱)이다. 이분이 휘 명하(命河)를 낳았다. 휘 천지는 선생의 6대조이고, 휘 명하는 선생의 5대조이다.

고조부는 휘 후겸(後謙)이다. 증조부 휘 성로(聖魯)는 이조 판서에 추증되었고, 조부 휘 발(潑)은 좌찬성에 추증되었다. 부친 휘 심춘(尋春)은 후학들이 '강고 선생(江皐先生)'이라 존모하였으며, 경행(經行)과 도학(道學)으로 천거되어 세 조정에 걸쳐 세자익위사의 관원을 지냈다. 관직은 좌장사(左長史)[6] 겸 돈녕부도정(敦寧府都正)에 이르렀으며 영의정에 추증되었다. 증조부 이하가 추증된 것은 선생이 현달했기 때문이다. 사인들이 전라도 장수(長水)의 도암서원(道巖書院)에 제향하였다. 모친 고성 이씨(固城李氏)는 통덕랑 의수(宜秀)의 따님이며, 상산 김씨(商山金氏)는 상엽(相燁)의 따님이다. 건릉(健陵:正祖) 무오년(1798) 12월 15일 아우 통덕랑공 효조(孝祚)와 우천(愚川)[7] 옛집에서 쌍둥이로 태어났다.

경릉(景陵:憲宗) 정유년(1837) 성균관에 들어갔고, 12월 후릉 참봉(厚陵參奉)에 제수되었다. 경자년(1840) 선공감 부봉사로 옮겼다. 신축년(1841) 상서원 부직장으로 승진하였으며, 이윽고 상서원 직장으로 승진되었다가 형조 좌랑으로 옮겼다. 임인년(1842) 형조 정랑으로 승진하였다가 장수 현감(長水縣監)에 제수되었는데, 그곳에 유애비(遺愛碑)가 있다. 을사년(1845) 창평 군수(昌平郡守)가 되었고, 기유년(1849)에 다시 장홍 부사(長

士里)라고도 한다.

5 병산서원(屛山書院) : 현 경상북도 안동시 풍천면 병산리에 있다. 1613년 정경세 등이 류성룡의 학문과 덕행을 추모하기 위해 존덕사를 창건했는데, 1614년 병산서원으로 개칭하였다. 류성룡과 그의 삼남 류진을 제향하고 있다.

6 좌장사(左長史) : 세손위종사(世孫衛從司)에 소속된 관직으로, 종6품의 무관직이다.

7 우천(愚川) : 현 경상북도 상주시 중동면 우물리이다.

興府使)가 되었다. 예릉(睿陵:哲宗) 신해년(1851) 관직을 그만두고 집으로 돌아왔다.

갑인년(1854) 복직하여 와서 별제(瓦署別提)에 제수되었고,[8] 곧 장악원 주부, 광흥창 영(廣興倉令)이 되었다. 을묘년(1855) 강릉 부사에 제수되었다. 무오년(1858) 문과 정시(庭試)에 발탁되어 사헌부 지평에 제수되었다. 영의정 김좌근(金左根)[9]이 경연에서 아뢰기를 "지평 류 아무개는 일찍이 대도호부사를 지냈는데 그 품계가 목사보다 위이니, 이 사람은 품계가 이미 자궁(資窮)에 이르렀습니다. 또 그의 부친은 세 조정에서 세자익위사의 관원을 지냈으며 문충공의 후예이니, 의당 한 품계를 올려야 할 것입니다."라고 하자, 주상께서 그렇게 하라고 하여 통정대부에 가자하고 부호군을 제수하였다.

기미년(1859) 동부승지에 제수되었고, 신유년(1861) 우부승지에 제수되었다. 임술년(1862) 대사간에 제수되었고, 계해년(1863) 우부승지에 제수되었다. 영의정 정원용(鄭元容)[10]의 상주로 특별히 가선대부에 올랐으며, 부총관에 제수되었다가 곧 병조 참판에 제수되었다. 갑자년(1864) 동지의금부사, 동지경연사, 동지춘추관사, 홍문관 제학에 제수되었다.

병인년(1866) 의정부 우의정에 제수되었다. 3월 가례주청 정사(嘉禮奏請正使)로 연경(燕京)에 갔다가 8월에 복명하자,[11] 주상께서 선생의 자제

---

8 제수되었고 : 원문의 '陵'은 '除'의 오자이므로 수정하였다.

9 김좌근(金左根) : 1797-1869. 자는 경은(景隱), 호는 하옥(荷屋)으로, 본관은 안동이다. 김조순(金祖淳)의 아들이자 순조비 순원왕후(純元王后)의 동생이다. 1838년 문과에 급제하였다. 영의정에 세 번이나 올라 안동 김씨의 중심인물로서 세도정치를 폈다. 흥선대원군이 집권하자, 영의정에서 물러나 『철종실록』 편찬에 참여하였다.

10 정원용(鄭元容) : 1783-1873. 자는 선지(善之), 호는 경산(經山)으로, 본관은 동래이다. 1802년 문과에 급제하여, 영의정까지 올랐다. 1849년 철종을 영립한 뒤 정치에서 물러났다가, 임술민란(1862) 때 복귀하였다. 저술로 『경산집』이 있다.

11 3월……복명하자 : 고종의 혼례를 알리기 위해 중국에 파견된 일을 가리킨다.

(子弟)·질서(姪壻)를 등용하게 하고 전답 20결과 노비 7명을 하사하셨다. 선생이 차자를 올려 사양하였으나, 허락하지 않았다. 정묘년(1867) 기로소(耆老所)에 들어갔다. 좌의정으로 승진하였으며 판중추부사가 되었다.

무진년(1868) 봄 고향으로 돌아왔다. 신미년(1871) 나라의 경사[12]로 인해 조정으로 돌아갔다. 임신년(1872) 치사하기를 청하여 윤허를 얻었다. 을해년(1875) 12월 25일 침소에서 돌아가시니, 향년 78세였다.

부고가 전해지자 주상께서는 몹시 슬퍼하며 3일간 조회를 멈추고 시장을 닫게 하고서 전교하기를 "류 봉조하(奉朝賀)가 물러난 지 몇 해 만에 세상을 떠났다는 소식이 갑자기 이르렀다. 자질이 돈후하였던 모습을 이제 다시는 볼 수 없으니, 나의 마음이 매우 슬프다. 상례와 장례의 절차는 호조에서 거행하고, 도내에 거주하는 승지를 지냈던 자를 보내어 치제하라."라고 하니, 모든 은전과 예우가 극진하였다. 병자년(1876) 3월 25일 개령(開寧)의 동부(東部)[13] 해좌(亥坐) 언덕에 장사지냈다.

정경부인 연안 이씨(延安李氏)는 부사 재연(載延)의 따님으로, 선생보다 10년 앞인 을축년(1865) 윤5월 26일 별세하여, 문경(聞慶)의 유곡(幽谷)[14] 태좌(兌坐) 언덕에 장사지냈다. 이때 이장하여 선생의 묘 오른쪽에 합장하였으니, 선생의 유명에 따른 것이다.

슬하에 3남 3녀를 두었다. 장남 주목(疇睦)은 외직으로 나가 공충도 도사(公忠道都事:忠淸道都事)를 지냈다. 차남 경목(畊睦)은 교관을 지냈는데, 출계하여 중부(仲父) 통덕랑공의 후사가 되었다. 삼남은 전목(田睦)이다. 장녀는 이재백(李在白)에게, 차녀는 의금부 도사 한진태(韓鎭泰)에게, 삼녀는 정대필(丁大弼)에게 시집갔다.

12 나라의 경사 : 고종의 원자가 탄생한 일을 가리킨다.
13 동부(東部) : 현 경상북도 김천시 개령면 동부리이다.
14 유곡(幽谷) : 현 경상북도 문경시 유곡동이다.

주목은 3남을 두었는데, 장남은 현감 도석(道奭), 차남은 도설(道卨), 삼남은 생원 도상(道尙)이다. 경목은 2남 3녀를 두었는데, 장남은 도훈(道勛)이며, 차남은 도화(道華)이다. 사위는 이만현(李晩賢) · 정돈묵(鄭敦默)이다. 이재백은 4남 4녀를 두었는데, 아들은 능하(能夏) · 능전(能銓) · 능욱(能旭) · 능병(能炳)이며, 사위는 정국진(鄭國鎭) · 손태현(孫台鉉) · 정심원(鄭尋源) · 이장혁(李章赫)이다. 한진태는 5남 1녀를 두었는데, 아들은 진사 두원(斗源) 및 규원(奎源) · 기원(箕源) · 익원(益源) · 정원(井源)이며, 사위는 진사 이철화(李哲和)이다. 정대필은 일찍 세상을 떠나 후사가 없다. 나머지는 기록하지 않는다.

아! 선생은 태산 교악이 내린 인재로 대대로 벼슬한 가문에서 태어났으며, 또한 국가가 어려운 때를 만나 40여 년간 조정에 있으면서 지위는 총재에 이르렀다. 몸과 이름을 모두 온전히 하여 아름다운 명성을 마쳤으니, 옛날의 명철하여 자신을 잘 보전한 군자라 하더라도 이보다 더 낫지는 않을 것이다. 그러니 누가 선생의 덕을 사모하지 않으며, 그 의리에 감복하지 않겠는가.

지금 상주(尙州) 남산(南山) 위에는 삼정교구비(三政矯救碑)가 있다. 당시 군정(軍政) · 전정(田政) · 환곡(還穀)의 불공평함이 고을의 병폐였다. 영의정 정원용, 관찰사 이돈영(李敦榮), 목사 조영화(趙永和)가 그 폐단을 바로잡아 구제할 것을 계청하였고, 백성들은 그 은택을 입었다. 이에 선생은 음기(陰記)를 지어 비석을 세웠다. 그러나 그 방책과 지략은 실로 선생이 정한 데에서 나온 것이다. 그래서 선생이 별세한 10년 뒤인 을유년(1885)에 고을 인사들이 또한 비석을 세워 선생을 기렸고, 백성들은 지금까지도 칭송하기를 그치지 않고 있다.

선생의 봉사손 시완(時浣)이 선대의 정의가 막중하고 나와의 교분이 친밀함을 논설하며, 나의 미미한 인품과 보잘것없는 언사를 따지지 않고 묘갈명을 청하였다. 생각건대 나 같은 백면서생이 어찌 감히 정승을 지낸 분을 현양하는 글을 지을 수 있겠는가. 이에 사양하였지만 어쩔 수 없었다. 그리하여 삼가 선생의 손자 현감공이 지은 묘지명을 가지고 약간 가감하였으니, 혹 '조술하기만 하고 창작하지 않는다[述而不作]'는 뜻에서 벗어날지라도 참람하다는 죄는 면할 수 있을 것이다.

명은 다음과 같다.

상제가 우리나라 굽어보시어	帝眷東方
선생이 이 땅에 태어나셨네	先生乃作
재상의 자리에 오르게 했으니	使宅百揆
꿈꾸고 점친 일[15]과 같았네	有似夢卜
강고 같은 훌륭한 아버지 계셨고	有父江皐
계당 같은 준걸한 아들을 두었네	有子溪堂
문채나는 군자이시여	有斐君子
끝내 잊지 못하리	終不可諼
세 길 높이 하얀 비석은	白碑三丈
영원토록 없어지지 않으리	永世不泐
후인들은 선생을 우러를 것이며	後人宗仰
지나는 이는 반드시 예를 표하리	過者必式

15 꿈꾸고 점친 일 : 어진 재상을 얻는다는 말. 옛날 은(殷)나라 고종(高宗)이 꿈으로 인하여 부열(傅說)을 얻고, 주(周)나라 문왕(文王)이 점으로 여상(呂尙)을 얻었다는 고사에서 나온 말이다.

洛坡先生 柳相公 墓碣銘 幷序

張炳逵 撰

先生諱厚祚, 字載可, 號洛坡, 諡文憲, 豊山 柳氏。系出於高麗恩賜及第諱伯。三傳有諱從惠, 入李朝, 工曹典書。屢傳至諱公綽郡守。生諱仲郢, 號立巖, 海西觀察使。生諱成龍, 領議政, 諡文忠公。爲溪門嫡傳, 道學勳業, 爲百世宗師, 世稱"西厓先生"。生諱袗, 逸持平, 贈吏曹參判。遊我旅軒先祖門, 自安東, 始居于尙州之柴里。是爲修巖先生, 父子幷享于屛山書院。生諱千之, 逸掌令, 號漁隱。生諱命河。於先生間六世五世也。

高祖諱後謙。曾祖諱聖魯, 贈吏曹判書, 祖諱潑, 贈左贊成。考諱尋春, 後學尊之曰"江皐先生", 以經行道學薦, 歷三朝桂坊。官至左長史兼敦寧府都正, 贈上相。以先生貴也。士子俎豆於長水之道巖書院。妣固城 李氏, 通德郞宜秀女, 妣商山 金氏, 相燁女。健陵戊午十二月十五日, 與弟通德郞公 孝祚, 孿生於愚川舊第。

景陵丁酉, 上庠, 十二月, 除厚陵參奉。庚子, 遷繕工監副奉事。辛丑, 陞尙瑞副直長, 尋陞本院直長, 仍遷刑曹佐郞。壬寅, 陞本曹正郞, 除長水縣監, 有遺愛碑。乙巳, 移昌平郡守, 己酉, 又移長興府使。睿陵辛亥, 罷官歸家。甲寅, 甄復, 除瓦署別提, 尋遷掌樂院主簿、廣興倉令。乙卯, 除江陵府使。戊午, 擢文科庭試, 除司憲府持平。領相金左根筵奏曰: "持平柳某, 曾經大都護府使, 階在牧使以上, 則資已高矣。且其父爲三朝桂坊, 而爲文忠公後裔, 宜陞一資。", 上可之, 仍特陞通政副護軍。

己未, 除同副承旨, 辛酉, 除右副承旨。壬戌, 除大司諫, 癸亥, 除右副承旨。因領相鄭元容之奏, 特授嘉善, 除副總管, 尋除兵曹參判。甲子, 除義禁, 除經筵春秋館、弘文館提學。丙寅, 拜議政府右議政。三月, 以嘉禮奏請正使, 如燕, 八月, 復命, 上命之以調用子壻弟姪, 賜之以田二十結奴婢七口。先生上箚辭之, 不許。丁卯, 入耆社。陞左議政, 判中樞府使。

戊辰春, 還鄕。辛未, 因邦慶, 還朝。壬申, 乞致仕, 蒙允。乙亥十二月二十五日, 考終于寢, 享年七十八。訃聞, 上震悼, 輟朝市三日, 敎曰: "柳奉朝賀, 休退幾年, 逝單遽至。質厚之儀, 今不復見, 予心愴盡。喪葬等節, 度支擧行, 遣道內曾經承旨人致祭。", 終始恩遇, 備極矣。丙子三月二十五日, 窆于開寧 東部亥坐原。

配貞敬夫人延安 李氏, 府使載延之女, 先先生十年乙丑閏五月二十六日沒, 始葬于聞慶 幽谷負兌原。今遷厝合祔于右, 乃先生遺命也。生三男三女: 男長疇睦, 外臺公忠道都事。次畊睦敎官, 出爲仲氏通德郞公后。次田睦。女長適李在白, 次適韓鎭泰禁府都事, 次適丁大弼。疇睦, 三男: 道奭縣監、次道禼、次道尙生員。畊睦, 二男三女: 男道勛、道華。女李晩賢、鄭敦默。李在白, 四男四女: 男能夏、能銓、能旭、能炳, 女鄭國鎭、孫台鉉、鄭尋源、李章赫。韓鎭泰, 五男一女: 男斗源進士、奎源、箕源、釜源、井源, 女李哲和進士。丁大弼, 早夭無嗣。餘不錄。

嗚呼! 先生以嶽降之才, 生於世臣之家, 又値國家艱虞之日, 立朝四十餘年, 位至冢宰。身名俱完, 以終令譽, 雖古之明哲善保之君子, 莫過於此。孰不慕其德而服其義也。今尙邑 南山之上, 有三政矯救碑。時軍田糴之不均, 乃爲州之弊瘼也。領相鄭元容、觀察使李敦榮、牧使趙永和, 啓請矯救, 民賴其澤。先生作陰記而勒立。然其方略, 則實出於先生所定。故歿後十年乙酉, 州之人士, 亦伐石而頌之, 民到于今, 稱之不已者也。

主鬯孫時浣, 與講其先誼之重、論其交道之密, 不許人微言淺, 而請之以隧道之銘。顧此白面後生, 何敢操觚於卿宰相揄揚之文也。辭而不獲。故謹以賢孫縣監公所撰墓誌, 略加增損焉, 倘或出於"述而不作"之義, 而庶免僭踰之罪耶。

銘曰: "帝眷東方, 先生乃作。使宅百揆, 有似夢卜。有父江皐, 有子溪堂。有斐君子, 終不可諼。白碑三丈, 永世不泐。後人宗仰, 過者必式。"

❖ **원문출전**

張炳逵, 『午野文集』 墓碣銘, 「洛坡先生柳相公墓碣銘幷序」(경상대학교 도서관 810.81 장44)

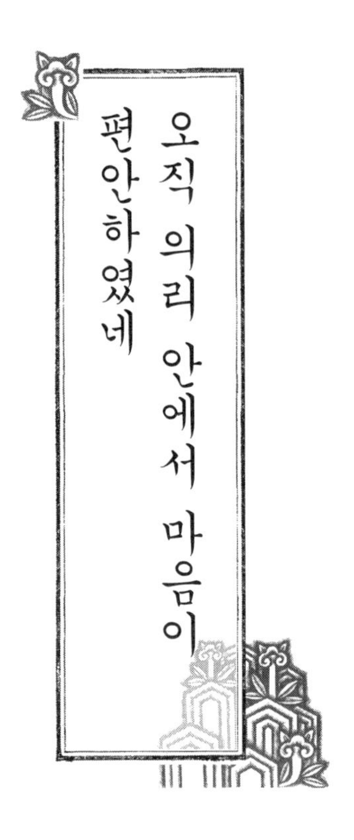

오직 의리 안에서 마음이 편안하였네

하달홍(河達弘) : 1809-1877. 자는 윤여(潤汝), 호는 월촌(月村) · 무명정(無名亭), 본관은 진양(晉陽)이며, 현 경상남도 하동군 옥종면 종화리에 거주하였다. 7세에 진사 최중집(崔重集)에게 글을 배웠고, 12세 무렵 덕천서원에서 시행한 백일장에서 뛰어난 실력을 드러내 사류들로부터 칭찬을 받았다.

하홍도(河弘度)를 사숙하였으며, 그의 문집 발간을 주도하였다. 또한 하홍도를 모신 모한재(慕寒齋)에서 하재문(河載文) · 조성가(趙性家) · 강병주(姜柄周) · 하응로(河應魯) 등과 학문을 강론하였다.

병인양요(1866)로 나라가 어수선해지자 외국과 통상하는 것을 막아야 한다고 주장하였다.

저술로 11권 5책의 『월촌집』이 있다.

월촌(月村) 하달홍(河達弘)의 행장략

송준필(宋浚弼)[1] 지음

공의 휘는 달홍(達弘), 자는 윤여(潤汝), 성은 하씨, 본관은 진양이다. 고려 시대 평장사(平章事)에 추증된 휘 공진(拱辰)은 거란에 사신으로 갔다가 볼모로 잡혔지만 끝내 지조를 굽히지 않고 생을 마감하였다. 이분이 진양 하씨의 시조이다.

몇 대 뒤에 의정부 찬성 휘 경복(敬復)은 세종(世宗)을 보좌하여 육진(六鎭)[2]을 개척한 공훈을 세웠다. 시호는 양정(襄靖)이다. 양정공은 판중추부사 강장공(剛莊公) 휘 한(漢)을 낳았고, 강장공은 사헌부 장령 휘 계부(季溥)를 낳았다. 장령공의 5세손으로 문과에 급제한 찰방 휘 준해(遵海)가 공의 6대조이다.

증조부의 휘는 의일(義一), 조부의 휘는 덕광(德廣), 부친의 휘는 석홍(錫興)으로, 모두 벼슬하지 않았지만 효성과 우애, 문장과 행실로써 능히 가문의 전통을 이었다. 초취 부인 문화 유씨(文化柳氏)는 조계(潮溪) 유종지(柳宗智)의 후손 문하(文河)의 따님이며, 재취 부인 진양 강씨(晉陽姜氏)는 수헌(守軒) 강숙경(姜叔卿)의 후손 주우(周祐)의 따님으로, 공은 강씨

---

1 송준필(宋浚弼) : 1869-1943. 자는 순좌(舜佐), 호는 공산(恭山), 본관은 야성(冶城)으로, 현 경상북도 성주 출신이다. 장복추(張福樞)·김흥락(金興洛) 등의 문하에서 배웠다. 저술로 『대산서절요(大山書節要)』·『속속자치통감강목(續續資治通鑑綱目)』 등이 있으며, 저술로 32권 17책의 『공산집』이 있다.

2 육진(六鎭) : 조선 세종 때 동북 방면의 여진족에 대비해 두만강 하류 남안에 설치한 국방상의 요충지로, 종성(鐘城)·온성(穩城)·회령(會寧)·경원(慶源)·경흥(慶興)·부령(富寧)의 여섯 진을 말한다.

소생이다.

공은 순조(純祖) 기사년(1809) 4월 28일 태어났다. 어려서부터 총명하고 뛰어나 7세에 『십구사략(十九史略)』을 배웠는데, 두서너 권을 읽자 문리가 통했다. 12, 3세 무렵에는 문장이 자못 능하다는 명성이 있었다. 그러자 부친은 공이 장차 큰 재목이 되기를 기대하였다. 어떤 사람이 전원(田園)을 구매하라고 권하자 부친은 "자식에게 전답이나 동산을 물려주는 것은 경서를 가르치는 것만 못합니다. 서적을 널리 구입하여 아들이 강습하는 데 도움을 주고자 합니다."라고 하였다.

일찍이 부친은 공이 도랑에서 물고기를 잡으며 노는 것을 보고서, 어구(漁具)를 가져오게 하고는 모두 도랑에 던진 뒤 "독서하는 자가 어찌 감히 여가를 내어 노닌단 말이냐!"라고 꾸짖었다. 강씨 부인은 현숙하고 어진 행실이 있었는데, 역시 자식을 자애롭게 대한다는 이유로 가르침을 해이하게 하지 않았다. 공은 가정의 교훈을 공경히 받들어, 어린 나이에 성취한 것이 이미 남들과 크게 달랐다.

정해년(1827) 부친이 병으로 몸져눕자 공은 갓을 벗거나 허리띠를 풀지도 않은 채 봉양하였고, 상을 당해서는 예제(禮制)에 지나치도록 슬퍼하였다. 모친을 섬길 적에도 정성을 지극히 하였다. 겨울과 여름이면 으레 두더지[土蔘]를 달여 올려 모친의 원기를 보양하였는데, 값이 비싸고 마련하기 어렵다는 이유로 그만두지 않았다.

공은 어버이의 뜻에 따라 감히 과거공부를 폐하지 않았다. 그렇지만 시험장이 먼 곳에 있으면, 문득 시험을 포기하고 길을 나서지 않으며 말하기를 "달포 동안이나 모친의 곁을 떠나서는 안 된다."라고 하였다. 정미년(1847) 모친상을 당했는데, 상례를 거행하며 슬픔을 극진히 함이 부친상 때와 같았다.

네 명의 누이들과 우애가 매우 지극하여, 빈곤하거나 과부가 된 누이들을 구휼해서 믿고 의지하는 바가 있도록 하였다. 선조를 받드는 일에도 정성스러워 기일이 되면 재계하고 공경하는 마음을 살아계실 때와 같이 극진히 했다. 양정공의 묘비석이 오래되어 마멸되었는데, 공은 정재(定齋) 류치명(柳致明)[3] 선생에게 명문(銘文)을 청하여 비석을 다시 세웠다.

공은 집안을 다스릴 적에 법도가 있었는데, 내외의 구별을 더욱 엄하게 하였다. 비록 생질간이라도 남녀는 반드시 좌석을 구분해 앉게 하고서 말하기를 "예법이 망하면 가정도 반드시 망하게 된다."라고 하였다.

아들 넷을 두었는데, 의방(義方)[4]으로써 가르쳤다. 그리고 기질의 병폐에 따라 자사(字辭)를 지어 주기도 하고, 잠언(箴言)을 내리기도 하여, 자식들에게 병폐를 바로 잡는 방도를 보여주었다. 종족 중에 연로한데 의탁할 곳이 없는 사람은 집으로 맞이하여 의복과 음식을 나누었다. 흉년에는 종족을 모아 취사를 함께하여, 생활을 보전한 자가 매우 많았다. 이 때문에 가세가 더욱 기울었지만 태연히 마음에 담아 두지 않았다.

손님과 벗의 방문이 하루도 비는 날이 없었지만, 공은 예로써 접대하여 사람들마다 환심을 가졌다. 그들 중 문학(文學)과 행의(行誼)를 갖춘 자가 있으면 선을 권면하고 의리를 강론하여 인편을 통해 서간을 주고받았는데, 지절을 지키자고 서로 기약한 것이 더욱 정성스러웠다.

공은 젊어서 제자백가의 서적을 두루 섭렵하였는데, 특히 사마천(司馬遷)의 『사기』 및 한유(韓愈)·유종원(柳宗元)·구양수(歐陽脩)·소식(蘇軾)의 문장을 더욱 좋아하였다. 그 중에서 좋은 작품을 초록하여 7책의 『팔

3 류치명(柳致明) : 1777-1861. 자는 성백(誠伯), 호는 정재, 본관은 전주(全州)이다. 저술로 53권 27책의 『정재집』이 있다.

4 의방(義方) : 의방은 의리와 법도를 말하는데, 자식을 가르치는 정도(正道)나 집안의 가르침을 의미한다. 『춘추좌씨전』에 "자식을 사랑한다면 의방으로써 가르쳐서 삿된 것에 들이지 않게 해야 한다.[愛子 教之以義方 弗納於邪]"라는 내용에서 나왔다.

가영선(八家英選)』[5]을 만들고, 그 책을 숙독하면서 문체를 본받아 터득하지 않음이 없었다. 그래서 문장을 지으면 부화한 말과 군더더기 말이 없었고, 전쟁터에서 말이 치달리는 듯한 기세가 있었다. 시는 두보(杜甫)와 육유(陸游)를 배워, 시체가 굳세고 강건하여 기품이 있으면서도 화려하게 빛났다.

당시의 사대부들 중 공을 만나 본 사람들은, 모두 공이 조정에 올라 임금을 보필할 것으로 기대했다. 그러나 공은 한 번도 공명(功名)으로 자부한 적이 없었다. 양친의 상을 치르고서 개연히 탄식하며 말하기를 "과거시험장은 결국 선비가 입신할 곳이 아니다. 부모님이 이미 돌아가셨는데, 내가 어찌 다시 벼슬에 오르기 위한 과거공부를 하겠는가."라고 하였다. 이윽고 외적인 공명에 마음을 끊고서 방 한 칸을 마련하여 고요히 앉아 「태극도설(太極圖說)」·『근사록(近思錄)』·『주자서절요(朱子書節要)』 등의 책을 읽었다. 이 책들을 반복하여 숙독하고 생각을 크고 깊게 하면서, 실제로 몸소 그것을 행하였다.

공은 남쪽 지방의 학자들이 경(敬)·의(義)가 유가의 진결(眞訣)이고 염치와 절개를 힘써야 함을 알게 된 것은, 남명과 겸재(謙齋)[6] 두 노선생에게서 전해진 가르침이라고 말하였다. 그리고 지결을 존숭하고 보위하는 도리에 있어서 정성을 기울이지 않음이 없었다.

학문의 길을 논함에 있어서는, 반드시 퇴계 선생을 귀의처로 삼고서 말하기를 "선생의 사단칠정에 대한 논변은 주자 문하의 정론이다. 이 설만을 따라 들어가더라도 성인이 될 수 있고 현인이 될 수 있으니, 오직

---

5 팔가영선(八家英選) : 이 책은 현재 전하지 않으며, 다만 『월촌집』에 발문이 남아 있다. 발문에 의하면 중국 명나라 모곤(茅坤, 1512-1601)이 편집한 『당송팔대가문초』를 초략한 것이라고 한다.

6 겸재(謙齋) : 하홍도(河弘度, 1593-1666)를 말한다. 겸재는 그의 호로, 자는 중원(重遠), 본관은 진양이다. 저술로 12권 6책의 『겸재집』이 있다.

스스로 공부하는 데 달려있을 따름이다."라고 하였다.

노사(蘆沙) 기정진(奇正鎭)[7] 공이 중망을 받고 있다는 소식을 듣고서 마음속으로 존모하다가 또한 한 번 찾아가 뵈었다. 노사의 심설(心說)과 리설(理說)을 보고서 자기가 들은 것과 다른 점이 있으면 누차 편지를 보내 변론하였다. 노사는 비록 그 설이 명확하다고 허여하지는 않았지만, 또한 공의 고명한 견해에 대해서는 탄복하였다.

공은 평소에 집안일이나 세속의 일로써 자신의 마음을 옭아매지 않았다. 항상 산속을 홀로 유람하는 지취가 있었는데, 멀리는 가야산·덕유산을 가까이는 두류산·금산(錦山)을 유람하였다. 처음으로 가건 두 번째 유람하건 간에 도착하면 마음을 극진히 하여 곳곳을 찾아다녔고, 마음껏 시를 읊조리며 아득히 천고를 그리워하는 생각이 있었다.

모한재(慕寒齋)[8]는 겸재(謙齋) 하홍도(河弘度) 선생을 모신 사당으로, 가사산(佳士山) 속에 있는데, 또한 빼어난 숲과 천석이 있다. 매번 봄이 무르익고 가을날이 쾌청해지면 사류를 모아 강학하였다. 피곤함도 잊은 채 끝없이 강론하여 사람들을 흥기시키기에 충분함이 있었다.

동호(桐湖) 정우현(鄭禹鉉),[9] 죽파(竹坡) 양식영(梁湜永)[10] 같은 이들은 정의와 지향이 서로 부합하여 유람할 때마다 함께하지 않은 적이 없었다. 하재문(河載文)[11]·조성가(趙性家)[12]·강병주(姜柄周)[13]·하응로(河應魯)[14]·

7 기정진(奇正鎭) : 1798-1879. 자는 대중(大中), 호는 노사, 본관은 행주(幸州)로, 현 전라북도 순창 출신이다. 저술로 30권 17책의 『노사집』이 있다.

8 모한재(慕寒齋) : 하홍도의 위패를 모신 사당으로, 현 경상남도 하동군 옥종면 안계리에 위치하고 있다.

9 정우현(鄭禹鉉) : 자는 하서(夏瑞), 호는 동호·초객(樵客), 본관은 오천(烏川)이다.

10 양식영(梁湜永) : 1816-1870. 자는 연노(淵老), 호는 죽파, 본관은 남원(南原)으로, 초명은 양의영(梁宜永)이다. 저술로 4권 2책의 『죽파집』이 있다.

11 하재문(河載文) : 1830-1894. 자는 희윤(羲允), 호는 동료(東寮), 본관은 진양이다. 저술로 2권 1책의 『동료집』이 있다.

최이병(崔彛秉) 등 여러 공들은 공의 교화를 가장 많이 받은 사람들로, 행실과 학문이 잘 조화되었다고 일컬어졌다.

진주 목사 정현석(鄭顯奭)[15]은 학문을 숭상하고자 하는 생각이 있어 고을의 사인(士人)들을 모아 향교에서 향음주례를 시행하였는데, 공에게 빈(賓)을 맡겨 유숙하게 하였다. 이에 공이 말하기를 "예법이 사라져 가는 시절에 이와 같이 성대한 의식이 있으니, 즐겁지 않을 수 없습니다." 라고 하였다. 공이 예법을 시행할 적에 계단을 오르내리고 주선하는 절도가 모두 예법에 합치되었다. 구경하는 이들이 담장을 두른 듯 둘러서서, 그 풍채를 앙모하지 않는 이가 없었다.

일찍이 진주 목사가 예우를 극진히 하면서 편지를 보내 고을을 다스리는 잘잘못에 대해 질문했다. 공은 정사를 하는 근본이 백성을 길러주는 데 있는데, 오늘날 환곡의 정사는 하나의 큰 민폐가 되고 있다는 내용으로 답하였다. 그리고 그것을 바로잡는 구제책을 진술하였는데, 매우 조리가 있었다. 진주 목사는 마음을 기울여 그 구제책을 받아들였다.

병인년(1866) 이래로 조정에서는 비록 양이(洋夷)를 배척하는 논의를 주장했지만, 통상과 교역은 오히려 금지할 수 없었다. 공은 "서리를 밟으면 머지않아 단단한 얼음이 언다."라고 말하고서, 시[16]를 지어 개인의 처지보다 나라의 안위를 먼저 걱정하는 마음을 드러냈다.

---

12 조성가(趙性家) : 1824-1904. 자는 직교(直教), 호는 월고(月皐), 본관은 함안(咸安)으로, 현 경상남도 하동 출신이다. 저술로 20권 10책의 『월고집』이 있다.

13 강병주(姜柄周) : 1839-1909. 자는 학수(學叟), 호는 옥촌(玉村) · 두산(斗山), 본관은 진양으로, 현 경상남도 사천시 곤명 출신이다. 저술로 7권 2책의 『두산집』이 있다.

14 하응로(河應魯) : 1848-1916. 자는 학부(學夫), 호는 니곡(尼谷), 본관은 진양으로, 진주 출신이다. 저술로 4권 2책의 『니곡집』이 있다.

15 정현석(鄭顯奭) : 1817-?. 자는 보여(保汝)이며, 한양 출신이다. 『팔도총록(八道總錄)』에 의하면 1867년 진주 목사로 부임한 사실을 알 수 있다.

16 시 : 『월촌집』 권3에 수록된 「칠실탄(漆室歎)」을 말한다.

강화도의 패배[17]로 화의가 공공연히 행해졌다. 공은 이때 병으로 몸져 누워 있었는데, 그 소식을 듣고 갑자기 일어나 말하기를 "강화(講和)가 남의 가정과 국가에 화를 끼친 지 오래되었는데, 더구나 서양 오랑캐의 풍속으로 우리 중화의 문명을 바꾸는 데 있어서이겠는가? 나는 도끼를 들고 대궐로 나아가 죽음으로써 완고하게 간쟁하고 싶지만, 병 때문에 그렇게 할 수 없구나."라고 하면서, 한없이 슬퍼하였다.

정축년(1877) 12월 15일 침소에서 돌아가셨으니, 향년 69세였다. 이듬해 2월 모일 삼기촌(三岐村) 좌도동(左道洞)[18] 【일명 후곡(後谷)이라고도 하고, 재동(齋洞)이라고도 한다.】 선영 우측 유좌(酉坐) 언덕에 장사지냈다.

부인 파평 윤씨(坡平尹氏)는 처사 택귀(宅龜)의 따님으로 외동아들 인수(仁壽)를 낳았다. 인수는 사림의 중망이 있었고, 호는 이곡(梨谷)이다. 재취 부인 안동 권씨(安東權氏)는 사인 창하(彰夏)의 따님으로, 3남 2녀를 두었다. 아들은 문수(文壽)·귀수(龜壽)·용수(龍壽)이고, 딸은 성대기(成大錡)와 이종기(李種基)에게 시집갔다.

인수의 아들은 상열(相烈)이고, 딸은 정붕석(鄭朋錫)·정종호(鄭宗鎬)에게 시집갔다. 문수의 아들은 상락(相洛), 출계한 상광(相洸), 상수(相洙)가 있다. 귀수는 상광을 양자로 삼았다. 용수의 아들은 상태(相泰)·상화(相華)·상숭(相嵩)·상형(相衡)·상항(相恒)이고, 딸은 정창용(鄭昌容)과 양기식(梁基植)[19]에게 시집갔다. 성대기의 아들은 의주(毅柱)이고, 딸은 하영

---

17 강화도의 패배 : 1876년 강화도 조약이 체결된 것을 말한다. 강화도 조약은 일본이 운요호 사건을 기회로 군사력을 동원하여 강력한 교섭을 요구해, 마침내 강화도에서 12조로 된 조일수호조규를 체결하게 된 사건이다. 조약의 체결로 조선은 개항 정책을 취하게 되어 점차 세계무대에 등장하는 계기가 되기도 하였으나, 불평등 조약이었기에 일본의 식민주의적 침략의 시발점이 되었다.

18 삼기촌(三岐村) 좌도동(左道洞) : 현 경상남도 하동군 옥종면 궁항리 후곡골을 말한다.

19 양기식(梁基植) : 원문은 '양모(梁謀)'로 되어 있어 이름을 알 수 없는데, 『월촌집』 권9 「가장」의 내용을 근거로 보충 번역하였다.

수(河永秀)에게 시집갔다. 이종기의 아들은 현만(鉉萬)이다. 증손 이하는 너무 많아 다 기록하지 않는다.

아! 공은 문헌의 세가에서 태어났고, 순수하고 아름다운 자질을 품부받았다. 의지는 강직하였으나 주위 사람들을 구제할 적에는 화평(和平)으로써 대하였고, 마음가짐은 고원하였지만 자신을 단속함은 평실(平實)로써 처신했다. 그리고 지조를 지키는 엄격함은 맑은 얼음처럼 깨끗했고, 학식의 넉넉함은 큰 연못처럼 깊었다.

공은 젊어서 문학에 종사하여 명망이 떠들썩했다. 이윽고 고개를 돌려 방향을 선회한 뒤로는, 실지에서 공부하기를 좋아하였으니, 수고로이 스승에게 학업을 질문하는 일에 구애되지 않고, 홀로 경전과 제자서·문집 속에서 깨달았다. 마음을 침잠하여 사색하고 의지를 돈독히 하여 미루어 나가면서, 의리의 동이의 구분을 논변하고 선후 경중의 순서를 고찰하였다. 그리고 한결같이 선유의 완성된 법도를 따르며 신기한 논설을 추구하지 않았다.

공은 일찍이 말씀하기를 "헛된 이름만 있고 실행이 없는 것은 부끄러워할 만한 일이 되고, 논변을 귀하게 여기고 실천을 소홀하게 하는 것은 미워할 만한 일이 된다."라고 하였다. 또 말씀하기를 "천도가 한 차례 음하고 한 차례 양하는 것이 쌓여 한 해가 이루어지고, 배우는 자가 한 가지를 알고 한 가지를 행하는 것이 축적되어 덕이 온전해진다."라고 하였다. 또 말씀하기를 "'세월은 따라가기 힘들고, 공부는 중단되기가 쉽다.[歲月難追尋, 工夫易間斷]'[20]고 주 선생(朱先生:朱熹)이 이미 탄식을 하셨으니, 후생들은 이에 대해 두려운 생각을 하지 않을 수 있겠는가."라

20 세월은……쉽다:『회암집』 권33 「답여백공(答呂伯公)」에서 나온 말로 "공부는 중단하기 쉽고 의리는 미루어 찾기가 어렵네. 세월은 강물과 같이 빨리 흘러가니 매우 걱정할 만하네.[功夫易間斷 義理難推尋 而歲月如流 甚可憂]"라는 시구를 변형해서 쓴 말이다.

고 하였다.

이런 마음가짐으로 70년을 부지런히 노력하여, 마음을 다스림이 정밀했고 행동을 절제함이 방정했다. 그 의리가 아니면 지푸라기 하나도 남에게서 취하거나 주지 않았다. 먹고 마실 적에는 상도(常道)가 있었고, 책상에는 티끌 하나도 없었다. 계단 밑의 화초 중 하나라도 기울어진 것이 있으면, 반드시 바로 세우라고 명하고 말씀하기를 "이와 같이 하지 않으면, 마음을 편안히 할 수 없다."라고 하였다.

다른 사람의 선한 점을 들으면 반드시 칭찬하였다. 다른 사람에게 옳지 못한 점이 있는 것을 보고서 큰 의리에 관계된 바가 아니면 묵묵히 포용하였다. 비록 술에 취해 복종하지 않는 노복일지라도, 비와 눈이 적셔주는 것이 서리와 눈처럼 엄하게 하는 것보다 나은 이치로 타일러 그들로 하여금 감격하게 하였다.

공은 "우리가 초야에서 해야 할 일은 오직 후진을 가르치는 데 있을 뿐이니, 그들의 자질에 따라 성취시켜 주어야 한다."라고 말했으니, 반드시 용모를 바르게 하고 지절을 삼가며 기질을 변화시키는 것으로써 일을 삼은 것이다. 심성(心性)·리기(理氣)의 심오한 내용에 이르러서는, 그 대체를 열어 보이지 않은 적이 없었지만 또한 드물게 말씀하였다.

공의 아들 인수(仁壽)가 여러 학자들과 분분하게 학설을 논변하자, 공이 불러서 타이르기를 "성현이 사람을 가르칠 적에는, 먼저 일상생활 속에서 의거할 바가 있는 점을 따라 힘을 쓰게 하였다. 오늘날 사람들은 입을 열면 명리(名理)를 말하지만, 자신의 본분에 대해서는 허술하다. 이는 말학(末學)의 폐단이니, 너희들은 절실히 이점을 경계해야 한다."라고 하였다.

공의 저술은 축적된 것이 두텁고 드러낸 것이 넓어서 세세하게 표현하여 남은 맛이 있었다. 지금은 『자오집(自娛集)』 약간 권을 집에서 소장하고 있다.

공의 증손 종헌(琮憲)이 이곡공(梨谷公:仁壽)이 지은 가전(家傳)을 가지고 나를 찾아와 말하기를 "저의 선조의 사적과 행실이 세월이 지나 드러나지 않을까 염려됩니다. 귀중한 말씀을 내려서 후세 사람들에게 밝게 알려지도록 해주십시오."라고 하였다.

다만 나는 궁벽한 시골에서 후세에 태어나 이미 공의 풍모를 보고 듣지 못하였으니, 어찌 갖추어 기술할 수 있겠는가? 그 덕의 아름다움은 가전의 문장에 상세한데, 사실적이어서 과장되지 않았다. 그래서 가전을 따라 순서를 정해 그로써 효성스런 자손의 청에 보답한다.

공은 월봉(月峯)의 아래에서 세거했기 때문에, 배우는 이들이 '월촌 선생(月村先生)'이라고 불렀다.

계유년(1933) 중양절 야성(冶城) 송준필(宋浚弼)이 지음.

行狀略

宋浚弼 撰

公諱達弘, 字潤汝, 河氏, 系出晉陽。高麗時, 有贈平章事諱拱辰, 奉使契丹被拘, 不屈而死。是爲上祖。屢傳至議政府贊成諱敬復, 佐理我世宗, 有開拓六鎭之勳。諡襄靖。襄靖生判中樞剛莊公諱漢, 剛莊生司憲府掌令諱季溥。掌令五世, 有文科察訪諱遵海, 於公間六世。曾祖諱義一, 祖諱德廣, 考諱錫興, 俱不顯, 而以孝友、文行, 克世其家。妣文化 柳氏, 潮溪 宗智之後文河女, 晉陽 姜氏, 守軒 叔卿之後周祐女, 公姜氏出也。

純廟己巳四月二十八日公生。生而聰穎絶人, 七歲授《十九史》, 讀了數卷, 文理貫穿。十二三業時, 文頗有能聲。父公期以遠大。人有勸置田園, 則曰: "遺子田園, 不如教子經業。廣貿書籍, 以資其講習。" 嘗見公獵魚溝中, 命取其漁具, 投水曰: "讀書者, 豈敢作閒遊弄!" 姜夫人賢有行, 亦不以慈愛而弛教。公恪承家庭之訓, 幼年造詣, 已大異於人矣。

丁亥, 父公寢疾, 公不脫冠帶而養, 及喪, 哀毁逾制。事母夫人至誠。冬夏例用土蔘滋補, 不以價高難辦而不繼。以親意, 不敢廢擧業。然若試所遠, 則輒止不行曰: "不可離側於旬月之間。" 丁未, 遭內艱, 執禮致哀如前喪。與四姊妹, 友愛深至, 賙貧恤孀, 俾有所資賴。誠於奉先, 遇先忌, 齊敬致如在。襄靖公墓石, 歲久昧泐, 謁銘於柳定齋先生, 而改竪之。

治家有法度, 而尤謹於內外之別。雖諸甥, 男女必分席而坐曰: "禮亡, 家必亡。" 有子四人, 教以義方。因其氣質之病, 而或作字辭、或賜箴語, 以示其矯揉之方。宗族之年老無托者, 邀於家, 共其衣食。遇饑歲, 則合族同爨, 全活甚多。以是, 家力益敗, 而曠然不以爲意。

賓友之參尋, 無虛日, 而接之以禮, 各得其懽心。其有文學、行誼者, 則責善、講義, 因便筍束, 所以相期於歲寒者, 益眷眷也。公少嘗汎濫百家, 而尤好馬《史》及韓、柳、歐、蘇之文。節其佳作, 爲《英選》七冊, 讀之熟而效之, 無不得。爲文章, 無浮辭剩語, 而有陣馬馳驟之勢。詩則學杜、陸, 體勁健有氣格, 而華采燁然。

一時大夫士, 所嘗傾蓋者, 咸期公以躋顯塗贊皇猷。而公亦未嘗不以功名自負也。及喪二親, 慨然歎曰: "場屋, 終非士子立身之地。今又風樹莫逮, 吾豈復爲彭纓之擧哉。" 遂絶意外慕, 闢一室, 靜坐讀書, 如《太極圖說》、《近思錄》、《朱子書節要》。循環熟複, 大覃思而實體行之。

嘗言南中學者, 知敬義之爲吾道眞詮, 而廉恥風節之不可不勵者, 南冥、謙齋二老先生之餘教也。其於尊衛之道, 靡不用其誠。至論學問門路, 則必以退陶先生爲歸曰: "先生四七之論, 朱門正藏也。但從此入, 可聖可賢, 惟在自家用工夫。" 聞蘆沙 奇公正鎭負重望, 傾心嚮慕, 亦一往見之。及見其心理之說, 與己所聞有異, 則屢書辨論。蘆沙雖不能許以爛熳, 而亦服其高明也。

平居, 不以家務世故, 縈其懷。常有山林獨往之趣, 遠而伽倻、德裕, 近而頭流、錦山。或一至焉, 或再至焉, 至則極意搜討, 嘯傲風詠, 悠然有千古之想。慕寒齋者, 謙翁之畏壘也, 在佳士山中, 亦有園林泉石之勝。每春闌秋晴, 聚士講學。娓娓忘倦, 有足興起人者。如鄭桐湖 禹鉉、梁竹坡 湜永, 情志相孚, 凡有遊衍, 未嘗不與之偕。如河載文、趙性家、姜柄周、河應魯、崔彝秉諸公, 最被陶鎔之化, 彬彬以行學稱焉。

鄭侯 顯奭, 有意右文, 會鄕士子, 行飮禮於校宮, 宿公以賓。公曰: "禮廢之日, 有是盛擧, 不可不樂。" 成升降周旋, 動合禮度。觀者如堵, 莫不想望其風采。侯嘗遣書致禮, 問以邑政得失。公答爲政之本, 在於養民, 而今日還政, 爲一大民瘼。因陳矯捄之策, 極有條理。侯傾心聽納焉。

丙寅以還, 朝廷雖主斥洋之議, 而通商交易, 猶不能禁也。公曰: "履霜堅氷至.", 作詩以寓嫠緯之憂。及江都之敗, 和議公行。公時已寢疾, 聞之蹶然曰: "媾和之禍人家國, 久矣, 況復以西蘭之鱗介, 而易我衣裳乎? 吾欲持斧詣闕, 以死固爭, 而病不可爲矣.", 悲惋不已。丁丑十二月十五日, 終于寢, 享年六十九。翌年二月日, 葬于三歧村 左道洞【一名後谷, 一名齋洞】先兆右負酉之原。

配坡平 尹氏, 處士宅龜女, 生一男:仁壽。有士望, 號梨谷。繼配安東權氏, 士人彰夏女, 生三男二女:男文壽、龜壽、龍壽; 女適成大錡、李種基。仁男相烈, 女鄭朋錫、鄭宗鎬。文男相洛、相洸出、相洙。龜繼男相洸。龍男相泰、相華、相嵩、相衡、相恒, 女鄭昌容、梁某。成男毅柱, 女河永秀。李男鉉萬。曾孫以下, 極繁衍不盡錄。

嗚呼! 公挺文獻之世、稟粹美之姿。秉志剛正而濟之以和平、宅心高遠而約之以平實。操守之嚴, 皎乎如淸氷; 文識之富, 淵乎如巨泓。早游詞垣, 聲望大噪。旣而回頭轉脚, 好向實地上做工, 則未嘗屑屑於從師問業, 獨自契悟於經傳子集之中。潛心玩索、篤意推行, 辨之於義理同異之分, 而審之於先後輕重之序。一遵先儒成法、不要新奇立說。

嘗曰: “有虛名而無實行, 爲可羞; 貴談辯而忽踐履, 爲可惡。” 又曰: “天道之一陰一陽, 積而歲成; 學者之一知一行, 積而德全。” 又曰: ‘歲月難追尋、工夫易間斷’, 朱先生已有此歎, 後生可不惕念。” 以是, 孶孶七十年, 治心密而制行方。苟非其義, 一介不以取予人。飮食有常度、几案無一塵。階戺花卉, 一有欹衺, 必命之正曰: “不如此, 心不能安。” 聞人之善, 必揚之。見人有不是處, 非大義所關, 則默以容之。雖賤隷之使酒不率者, 亦以雨露勝霜雪, 俾之感戢焉。

嘗曰: “吾輩閒界事功, 惟有訓誨後進而已, 隨其材而成就之。”, 必以正容謹節、變化氣質爲務。至於心性、理氣之奧, 未嘗不開示大體, 而亦罕言之。胤子仁壽, 嘗與諸學者, 辨說紛紛, 公招而諭之曰: “聖賢敎人, 先從日用動靜有據依處, 用功。今之人飜騰口舌, 出入名理, 而却於本分上疎了。此末學之弊, 汝輩切宜戒之。” 公著述, 皆積厚發博, 紆衍有餘味。今有《自娛集》若干卷, 藏于家。

公曾孫琮憲齋梨谷公所撰家傳, 而謁余曰: “吾祖事行, 恐久而不章。願有一言之重, 以昭諸後也。” 顧玆窮鄕晚出, 旣非耳目所逮, 何能備述? 其德媺, 竊詳家傳之文, 實而不濫。因之而略加第次, 以塞慈孫之請。公世居月峯之下, 學者稱 “月村先生”。

癸酉重陽節, 冶城 宋浚弼 撰。

❖ **원문출전**

河達弘, 『月村集』 附錄, 宋浚弼 撰, 「行狀略」(경상대학교 문천각 古(아천) D3B 하22)

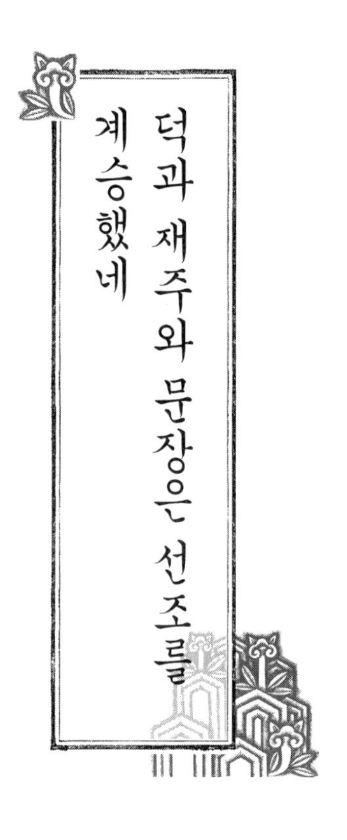

덕과 재주와 문장은 선조를 계승했네

성채규(成采奎) : 1812-1891. 자는 천거(天擧), 호는 회산(悔山), 본관은 창녕이며, 현 경상남도 산청군 덕산에 거주하였다. 평생 조식(曺植)을 깊이 존모하였고, 강학 활동에 힘썼다. 성여신(成汝信)의 9세손이다.
저술로 5권 2책의 『회산집』이 있다.

회산(悔山) 성채규(成采奎)의 묘갈명 병서

김진호(金鎭祜)[1] 지음

회산 처사(悔山處士)의 성은 성(成)이고, 휘는 채규(采奎), 자는 천거(天擧)이며, 본관은 창산(昌山)[2]이다. 태어나면서 뛰어난 재주가 있었고 총명하였다. 12, 3세에 이미 『자치통감』을 섭렵하고, 사서(四書)를 외웠으며, 남보다 두드러지게 뛰어났다. 정자(程子)의 사물잠(四勿箴)을 책상 옆에 써두고 사모하며 본받으니, 공의 부친이 말씀하기를 "이 아이가 능히 현인이 되기를 바랄 줄 안다."라고 하였다.

장성해서는 더욱 침잠하여 여러 서적을 두루 보았으며, 예리하게 분석하고 명확히 이해하였다. 또 부친의 명으로 과거공부를 두루하여 뛰어나다는 명성이 있었다. 여러 번 과거시험을 보았으나 급제하지 못하였으니 천명이었다. 양친의 상을 치를 적에는 슬픔과 예법을 모두 극진히 하였는데, 예제에 어긋나지 않았다.

배우는 자들을 가르칠 때에는 본말을 아울러 거론하였고, 반드시 법도가 있었다. 진주 목사(晉州牧使) 이태진(李泰鎭)은 공이 어질다는 소문을 듣고 향교에 과정을 개설하고 강좌(講座)를 맡아 줄 것을 청하여, 공은 주자의 '백록동학규(白鹿洞學規)'를 본떠 20개 조항을 만들어 가르쳤다.

또 학생들을 위하여 동산강회(東山講會)를 개설하고서 제생들에게 말하기를 "화려하게 문장을 수식하거나 공명과 이익만을 추구하여 우리의

1 김진호(金鎭祜) : 1845-1908. 자는 치수(致受), 호는 물천(勿川), 본관은 상산(商山)이다. 허전(許傳)과 이진상(李震相)에게 배웠다. 저술로 16권 9책의 『물천집』이 있다.

2 창산(昌山) : 경상남도 창녕군의 옛 이름이다.

순후한 풍속을 상실하고, 우리의 양심을 잃어버렸으니 과거공부의 폐단이 심합니다. 그대들은 하늘이 부여한 것을 품부받았으니 어찌 본분을 따라 인(仁)을 구하지 않겠습니까? 구함은 곧 나에게 있는 것이니, 인이 어찌 멀리 있는 것이겠습니까?"라고 하니, 사류들이 추향하며 점점 떨쳐 일어났다.

공은 평생 남명 선생을 존모하는 것이 특별히 깊었다. 혹 다른 사람의 글을 보다가 남명 선생에 대해 부족하게 서술한 점이 있으면 반드시 편지를 써서 힘껏 분변하였다.

공의 성품은 고고하고 개결하여 남과 어울리는 경우가 적었다. 곤궁하여 매우 어려운 처지에 이르러도 지조를 변치 않았다. 나이가 들어 늙고 쇠하여도 수신과 성찰을 게을리하지 않았다. 항상 산수 속에서 자락하였고, 보잘것없는 음식을 먹고 살더라도 개의치 않았다.

공은 읽지 않은 책이 없었고, 짓지 않은 글이 없었다. 그러나 풍아(風雅)[3]의 유지(遺旨)에 뛰어나 울적하고 감개한 마음을 노래한 것과 홀로 깨어 노래하며 마음껏 노닐며 지은 시들은 모두 그의 시에서 크게 볼만한 것들이다. 고루한 시어를 쓰지 않아 마치 숫돌에서 금방 갈아낸 것과 같았다. 그래서 기미(氣味)가 매우 맑아 안팎이 모두 조화로웠는데, 거의 옛날 사람들이 내면의 성정을 드러내 시로 표현한 것 같았다.

공은 인릉(仁陵) 임신년(1812)에 태어나 지금 황제[高宗] 신묘년(1891) 8월 8일 세상을 떠났다. 공전(公田)[4]의 임좌(壬坐) 언덕에 장사지냈다. 향년 80세였다.

공의 세계는 고려 문하시중(門下侍中) 송국(松國)이 시조이다. 7대를 연달아 귀하고 현달하였다. 본조에 들어와서는 휘 자량(自諒)이 좌사간

3 풍아(風雅) : 『시경』을 가리키는 말이다.
4 공전(公田) : 현 경상남도 산청군 시천면 중산리이다.

(左司諫)을 지냈다. 자량의 아들 우(祐)는 장흥고 부사(長興庫副使)를 지냈는데, 이분이 처음 진주에 거주하였다. 우의 아들 안중(安重)은 승문원 교리를 지냈다. 안중의 증손 여신(汝信)은 진사로 세상에서 '부사 선생(浮査先生)'으로 일컬어졌는데, 공의 9세조이다. 증조부 동윤(東潤)은 효행이 있었다. 조부는 사검(師儉)이다. 부친 치정(致貞)은 청렴하고 근신함으로 자신을 지키고 자질(子姪)들을 잘 가르쳤다.

모친 안동 권씨(安東權氏)는 퇴암(退菴) 중도(重道)의 증손 병추(秉樞)의 따님으로 부녀자의 규범이 있었다. 부인 또한 안동 권씨로 이록(以祿)의 따님인데 성품이 온화하여 효부로 일컬어졌다. 아들 하나를 두었는데 효(涍)이다. 부인의 묘소는 공의 무덤 왼쪽 기슭 자좌(子坐) 언덕에 있다.

아! 공은 부사공이 돌아가신 지 180년 뒤에 태어났지만, 품부받은 덕은 굳세고 방정하여 의를 좋아하였고, 재주와 기국은 뛰어나고 훌륭하였으며, 문장은 넓고 풍부하였으니 마치 부사공과 유사하였다. 백발로 생을 마쳤는데 불우하게 일명(一命)도 받지 못하고서 길이 방장산 속에서 떠나셨으니 슬프구나.

안순암(安順菴)[5] 문숙공(文肅公)이 부사 선생의 묘갈명에 이르기를 "뛰어난 재능과 훌륭한 기량으로, 자취를 산림에 묻었네. 시운인가, 천명인가."라고 하였으니, 시운과 명운이 불행한 것이 또한 부사공과 흡사한 점이 있구나.

공이 돌아가신 지 16년이 되었다. 일찍이 종유했던 문사들 중 정제용(鄭濟鎔)[6]이 그 초고를 모으고, 이도용(李道容)[7]이 그 행장을 기술하여 바

5 안순암(安順菴) : 순암(順菴) 안정복(安鼎福, 1712-1791)이다. 자는 백순(百順), 본관은 광주(廣州)로, 이익(李瀷)의 문인이다. 저술로 27권 15책의 『순암집』 및 『동사강목(東史綱目)』 등이 있다.

6 정제용(鄭濟鎔) : 1865-1907. 자는 형로(亨櫓), 호는 계재(溪齋), 본관은 연일(延日)이다. 허유(許愈)와 곽종석(郭鍾錫)의 문하에서 수학하였다. 저술로 8권 4책의 『계재집』이 있다.

야흐로 문집을 간행하게 되었으니, 또한 공이 남긴 덕을 볼 수 있다. 공의 아들 효(涍)가 나의 글재주 없음을 헤아리지 않고, 친척의 후의로써 책임을 지워 무덤 앞에 비명을 쓰게 하였다. 나는 지난 일에 감격하여 감히 사양하지 못하고 명을 짓는다.

명은 다음과 같다.

사당에 울리는 붉은 비파 소리	朱瑟之音
선조의 훌륭한 영향을 받았으니	胚于前光
꽃다운 이름 어찌 전하지 않으리	曷不傳芳
저 남과 공리를 다투려고 하는 것	彼哉博投
애초 덕과는 상관이 없으니	初不在德
그것을 얻지 못한들 또 어찌 슬퍼하리	失亦何戚
뛰어난 행실을 살피고자 하면	有考行最
이 묘지석을 살펴보시게	視此竁刻

병오년(1906) 춘분일 상산(商山) 김진호(金鎭祜)가 삼가 지음.

墓碣銘 幷序

金鎭祜 撰

悔山處士, 成姓, 諱采奎, 字天擧, 昌山人也。生有儁才聰明。十二三, 已涉通史, 誦四子, 嶄然自異。書程子四勿箴於座右, 慕效之, 父公曰: "兒能知希賢。" 長益涵濇, 博觀群籍, 迎刃族解。又以親命旁通十日之業,

7 이도용(李道容) : 1860-1928. 자는 공유(孔維), 호는 용재(庸齋), 본관은 성산(星山)이다. 허유(許愈)에게 수학하였다.

有能聲。屢擧不中, 命也。居二喪, 戚易自盡, 不踰禮制。

教學者, 本末兼擧, 必有法度。知州李泰鎭聞其賢, 設學黌堂, 請升講座, 公倣白鹿洞學規, 爲二十條以訓之。又爲設東山講會, 語諸生曰: “葩藻功利, 淪喪我淳風、梏亡我良心, 擧業之弊極矣。諸君受天畀付, 盍亦從本分上求仁? 求便在我, 仁遠乎哉?”, 士趨稍稍振。

生平慕南冥先生特深。或見人文字, 有不足於先生者, 必以書力辨之。性孤介寡諧。窮到極處, 而操執不變。年至癃耋, 而修省靡懈。常以山水自娛, 不以簞瓢爲累也。

公書無不讀, 文無不作。然長於風雅遺旨, 拂鬱感慨、寤歌優遊, 皆大玩於詩。淘洗腐熟, 若新發諸硎。氣味淸瀏, 皮裏俱好, 殆古之掐擢胃腎, 以昌于詩者也。

公生于仁陵壬申, 歿于今皇帝辛卯八月八日。葬于公田負壬原。享年八十。

公之世高麗門下侍中松國, 其上祖也。連七世貴顯。本朝有自諒左司諫。祜長興庫副使, 始居晉州。安重承文校理。曾孫汝信進士, 世稱“浮查先生”, 爲公九世祖也。曾大父東潤, 有孝行。王父師儉。父致貞, 淸謹自持, 善教子姪。母安東 權氏, 退菴 重道曾孫秉樞之女, 有梱範。配亦安東 權氏 以祿女, 性溫以孝稱。生一子曰:滐。墓在公塋左麓子坐。

嗚呼! 公之生浮查易簀三周之年, 而德賦剛方好義, 才器奇偉、文章浩瀚, 其尙類者也。卒之白首, 坎軻不獲一命, 長逝於方丈山中, 悲夫。安順菴 文肅公銘浮查曰: “長材偉器, 屈跡山林。時耶命耶。”, 時命不幸, 抑亦有尙類歟。

公歿十六年。所嘗從遊之士, 鄭濟鎔集其稿, 李道容狀其行, 方付繡棗, 亦可見遺德也。公之孤滐, 不揆祜不文, 責以戚厚, 俾銘塋門。余感疇昔, 不敢辭而銘之。

銘曰: “朱瑟之音, 胚于前光, 曷不傳芳。彼哉博投, 初不在德, 失亦何戚。有考行最, 視此寚刻。”

歲丙午春分日, 商山 金鎭祜 謹撰。

❖ **원문출전**

成采奎,『悔山集』卷5 墓碣, 金鎭祜 撰,「墓碣銘幷序」(경상대학교 남명학연구소 소장번호 2182)

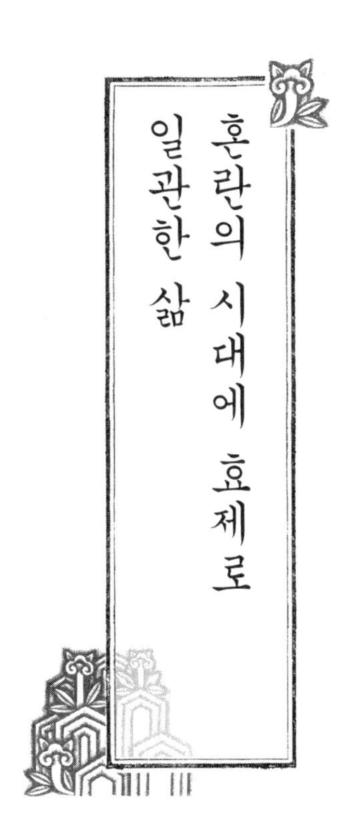

혼란의 시대에 효제로 일관한 삶

양식영(梁湜永) : 1816-1870. 초명은 의영(宜永)이고, 자는 연로(淵老), 호는 죽파(竹坡), 본관은 남원이다. 진주 문암(文巖 : 현 경상남도 하동군 옥종면 문암리)에서 출생하여 덕산(德山) 살천(薩川 : 현 경상남도 산청군 시천면 중산리 부근)에서 세상을 떠났다. 하달홍(河達弘) · 조성가(趙性家) 등과 교유했고, 문인으로 조용(曺鏞)이 있다. 조용은 스승 죽파의 일생과 문장을 다음과 같이 평가했다.

> 죽파 양공은 영특하고 뛰어난 자질로, 우리 선조 남명 선생이 사시던 고을에서 태어나 일찍 경의의 학문을 들었지만 당시에 유행하던 학술의 병폐를 면할 수 없었다. 다만 재주와 지혜가 높아서 만년에는 정학에 돌아와 귀의하였다. 공의 시문을 살펴보니, 시대를 슬퍼하고 시속을 애도하는 마음에서 발원하였고, 웅장하고 심오하며 강건하고 고아해서 전혀 유행하던 시풍에 구차히 얽매임이 없었다. 여기에서 공이 덕으로 나아간 단서를 볼 수 있다.

저술로 2권 1책의 『죽파유집』이 있다.

죽파(竹坡) 양식영(梁湜永)의 행장

김재식(金在植)[1] 지음

죽파 처사(竹坡處士) 양공(梁公)이 돌아가신 지 62년 뒤에, 공의 손자 재환(宰煥)[2]은 그의 선친이 공의 일과 행실을 기록한 한 통의 글[3]을 가지고 와서 나에게 차례를 정해 행장을 지어달라고 청하였다. 나는 글재주가 없다고 사양했지만 그가 들어주지 않았다. 다만 효성스런 자손들의 요청을 저버릴 수 없어서 그 글을 받아 살펴보았다.

공의 휘는 의영(宜永)이었는데, 뒤에 식영(湜永)으로 고쳤다. 자는 연로(淵老)이다. 남원 양씨는 남원부원군 수정(水精)을 시조로 삼는다. 고려 때 상서를 지낸 변(汴)과 감찰을 지낸 우룡(友龍)은 함께 문장으로 이름을 떨쳤다. 감찰공의 아들 사귀(思貴)는 본조에 들어와 대사간을 지냈는데, 남원에서 단성(丹城)으로 옮겨왔다. 지금의 창안동(倉安洞)[4]에 사간공의 무덤이 있고, 원산리(圓山里)[5]에 사간정(司諫井)[6]이 있다. 사간공의 아들 현감 역(嶧)은 단성에서 또 진주로 이주했다. 진주에 양씨가 살게 된

1 김재식(金在植) : 1873-1940. 자는 중연(仲衍), 호는 수재(修齋), 본관은 상산(商山)이다. 현 경상남도 산청군 신등면 법물(法勿)에서 태어났다. 집안 어른 김진호(金鎭祜)에게 수학했다. 저술로 『수재집』이 있다.

2 재환(宰煥) : 양재환(梁宰煥, 1884-1942)이다. 자는 경약(景約), 호는 옥와(玉窩)이다.

3 한 통의 글 : 양식영의 아들 양주형(梁柱泂)이 지은 「선고부군행록(先考府君行錄)」을 말한다. 이 글은 양주형의 문집인 『청계유집(聽溪遺集)』에 실려 있다.

4 창안동(倉安洞) : 현 경상남도 산청군 신안면 중촌리 창안 마을이다.

5 원산리(圓山里) : 현 경상남도 산청군 신안면 장죽리 원산 마을이다.

6 사간정(司諫井) : 양사귀는 단성 원산리로 이거하였다. 이 마을에는 지금도 '사간정'이라 불리는 우물이 있다.

것은 이로부터 시작된다.

그 뒤로 진사 륙(陸), 만호 순인(舜仁), 습독(習讀) 수해(受海), 직장(直長) 자택(自澤)이 이어져 내려왔다. 그리고 동지중추부사 개(漑)는 호가 성암(醒菴)인데, 임진왜란 때 창의하여 녹훈되었다. 그는 동향에서 도의로 사귄 하송정(河松亭)[7]·유조계(柳潮溪)[8]·이남계(李南溪)[9] 등 24인과 함께 진주 서쪽 운곡리(雲谷里) 공옥대(拱玉臺)[10]에서 계모임을 하였는데, 공옥대 위에는 당시 남긴 비석이 있다. 이분이 우재(禹載)를 낳았는데, 음직으로 별검(別檢)을 지냈고 병조 참판에 추증되었다. 이분이 응화(應華)[11]를 낳았는데, 참봉을 지냈으며 겸재(謙齋) 하 선생(河先生)[12]을 사사하였다. 효성스럽고 우애가 돈독했으며 문학이 있었다. 호는 한포재(寒浦齋)이다.

고조부의 휘는 현(鉉)이고, 증조부의 휘는 희연(希淵)이며 호는 모운재(慕雲齋)이다. 조부의 휘는 형도(亨道), 호는 문호(文湖)이다. 부친의 휘는

7 하송정(河松亭) : 하수일(河受一, 1553-1612)이다. 자는 태역(太易), 호는 송정, 본관은 진양(晉陽)이며, 현 경상남도 진주시 수곡면 정곡리 우무실에서 태어났다. 조식의 문인 하항(河沆)과 최영경(崔永慶)에게 배웠다. 진주 대각서원(大覺書院)에 제향되었다. 저술로 『송정집』이 있다.

8 유조계(柳潮溪) : 유종지(柳宗智, 1546-1589)이다. 자는 명중(明仲), 호는 조계, 본관은 문화(文化)이며, 현 경상남도 진주시 수곡면에 살았다. 조계는 수곡면 창촌리(昌村里)에 있는 마을 이름이다. 조식에게 배웠다. 기축옥사에 연루되어 세상을 떠났다. 진주 대각서원에 제향되었다. 저술로 『조계실기』가 있다.

9 이남계(李南溪) : 이번(李蕃)으로, 초명은 순훈(純勛)이다.

10 공옥대(拱玉臺) : 현 경상남도 하동군 옥종면 병천리에 있다. 하수일(河受一)의 「공옥대기(拱玉臺記)」가 전한다.

11 응화(應華) : 양응화(梁應華, 1632-1694)이다. 자는 백종(伯宗)이다. 어려서 하홍도에게 수학했다. 1683년 남부 참봉(南部參奉)에 제수되었다. 하철(河澈)이 지은 묘갈명이 『설창실기』에 수록되어 있다.

12 하 선생(河先生) : 하홍도(河弘度, 1593-1666)이다. 자는 중원(重遠), 호는 겸재, 본관은 진주이며, 현 경상남도 하동군 옥종면 종화리 안계 마을에서 일생을 보냈다. 여러 차례 유일로 천거되었으나 평생 벼슬하지 않고 학문과 교육에 힘썼다. 저술로 『겸재집』이 있다.

정익(挺翼), 호는 묵와(默窩)이다. 모친 밀양 박씨는 계인(啓仁)의 따님으로, 순조 병자년(1816)에 공을 낳았다.

공은 본성이 영특하여 겨우 말을 할 무렵에 이미 글자를 식별했다. 7세에 모친상을 당했는데, 부여잡고 가슴을 치며 통곡하고 울부짖으니 그 광경을 보는 사람들이 눈물을 흘렸다. 당시 공의 누이들은 아직 계례를 하지 않았고 또 밥해 줄 사람도 없었다. 공은 부친 곁을 지키며, 이부자리를 보고 식사를 올릴 때마다 그 마음을 극진히 하였다. 부친이 병석에 눕자 변을 맛보아 병세를 살폈고, 입었던 속옷을 남에게 맡기지 않고 몸소 세탁하였다. 그리고 밤이면 하늘에 기도하였다. 마침내 병이 낫자 마을 사람들이 공의 효성에 감동하여 칭찬했다. 뒤에 부친상을 당하자, 예전 모친상 때 어려서 예를 극진히 행하지 못한 점을 한스럽게 여겨, 한결같이 예법을 준수하여 반드시 흡족하게 치르기로 마음을 먹었다.

형님[13]을 섬길 때는 그 뜻을 받들어 순종하며, 조금도 어김이 없었다. 돌아가시자 시신을 염습하고 관곽을 장만하는 일을 반드시 몸소 주관하여 유감이 없게 하였다. 형수를 섬기고 아버지 잃은 조카들을 돌보았다. 한 척의 베나 한 말의 곡식이라도 나누어 입고 나누어 먹으니 남들이 헐뜯는 말을 하지 않았다.

공의 성품은 학문을 즐겼고 강론을 게을리하지 않았다. 촛불을 밝히며 한 공부는 늙어서도 더욱 독실했다. 원근에서 배우러 오는 사람들을 자상하게 가르치되 게을리하지 않았다. 어려서부터 과거공부를 일삼았으나 여러 번 낙방했다. 어떤 사람이 말하기를 "권세가 아무개를 만나보면 과거시험에 합격할 수 있습니다."라고 하니, 공이 답하기를 "합격 여부는 천명이니, 어찌 그 사이에 사심을 용납하겠습니까?"라고 하였다.

13 형님 : 양호영(梁灝永, 1814-1852)이다. 1남 1녀를 두었다.

마침내 과거공부를 포기하고 월촌(月村) 하달홍(河達弘),[14] 월고(月皐) 조성가(趙性家)[15] 등 여러 공들과 산수가 좋은 정자를 찾아다니며 시를 읊조리고, 기이한 장관을 끝까지 찾아다니며 시문으로 표현하여 성정을 드러냈다. 그 시문은 유창하면서도 매우 우아하여 훌쩍 속세를 벗어난 상상력이 있었다. 만년에 덕성은 더욱 진보하고 학문은 더욱 깊어졌다. 어질고 온후한 풍모와 성실하고 신실한 도리는 남들에게 신뢰를 얻어 어진 이나 어리석은 사람이 모두 환심을 가졌다.

고종 경오년(1870) 2월 3일에 돌아가셨으니, 향년 55세였다. 묘소는 산음현 신천리(新川里)[16] 광석정(廣石亭) 갑좌(甲坐)의 언덕에 있다. 부인 파산(巴山:咸安) 조씨는 조태효(趙台孝)의 따님으로, 현명하고 덕이 있었다. 네 자녀를 두었는데, 아들은 주원(柱轅)·주형(柱泂)·주민(柱民)이고, 딸은 사인(士人) 강영하(姜永夏)에게 시집갔다. 주원의 아들은 성환(誠煥)이며, 주형의 아들은 재환(宰煥)인데 양자로 갔고, 옥환(沃煥)이 대를 이었다. 주민의 아들은 무환(武煥)·옥환(沃煥)인데, 옥환은 양자로 갔다. 나머지는 다 기록하지 않는다.

아! 효성스럽고 청렴한 사람을 등용하는 제도가 폐지된 이후로, 사류 중에서 뛰어난 이들이 명성으로 조정에 등용되어 국가의 성대한 치세를 드러내지 못했다. 이들은 다만 산천에 은거하거나 산속 깊은 골짜기에 숨어 살았는데도 나라의 권력을 쥔 자들은 그들을 살필 줄 몰랐다. 결국

---

14 하달홍(河達弘) : 1809-1877. 자는 윤여(潤汝), 호는 월촌·무명정(無名亭), 본관은 진양이다. 현 경상남도 하동군 옥종면 종화리(宗化里)에 거주했다. 하경복(河敬復)의 후손이다. 저술로 『월촌집』이 있다.

15 조성가(趙性家) : 1824-1904. 자는 직교(直敎), 호는 월고, 본관은 함안(咸安)이다. 현 경상남도 하동군 옥종면 회신리(檜新里)에서 태어났다. 하달홍의 권유로 전라도 장성에 살던 기정진(奇正鎭)을 찾아가 제자가 되었다. 저술로 『월고집』이 있다.

16 신천리(新川里) : 현 경상남도 산청군 시천면 신천리이다.

나라가 망하게 되었으니 슬픔을 금할 수 있겠는가. 삼가 생애의 대강을 뽑아 위와 같이 짓는다.

신미년(1931년) 가평절(嘉平節)[17]에 상산(商山) 김재식(金在植)이 삼가 지음.

行狀

金在植 撰

竹坡處士 梁公, 既沒之六十有二載, 其孫宰煥奉其先人所撰事行一通, 請在植論次爲狀。以不文辭, 不得聽。第孝子慈孫之請, 有不可孤受, 以按其狀。

公諱宜永, 后改湜永。字淵老。梁氏以南原府院君 水精, 爲得貫之祖。至勝國尚書汴, 監察友龍, 并以文章鳴。監察公之子思貴, 入本朝爲大司諫, 自南原遷于丹。今倉安洞有司諫塚, 圓山里有司諫井。大諫子縣監嶧, 自丹又遷于晉。晉之梁, 始此。歷進士陸, 萬戶舜仁, 習讀受海, 直長自澤。至中樞澱, 號醒菴, 壬燹倡義錄勳。與同鄉道義交, 河松亭、柳潮溪、李南溪, 凡二十四人, 修契于州西雲谷里 拱玉臺, 臺上有遺碑焉。是生禹載, 蔭別檢, 贈兵判。生應華, 參奉, 師事謙齋 河先生。有孝友文學。號寒浦齋。

高祖諱鉉, 曾祖諱希淵, 號慕雲齋。祖諱亨道, 號文湖。考諱挺翼, 號默窩。妣密陽 朴氏 啓仁女, 純祖丙子生公。性穎悟, 甫能言已識字。七歲, 喪母, 攀擗哭泣, 見者爲之流涕。時公之姊妹皆未笄, 又無主饋。公左右親側, 枕席飮食之節, 各極其心。及親病, 嘗糞以驗劇歇, 襯身褻衣, 躬自

17 가평절(嘉平節) : 납일(臘日). 동지 후 셋째 미일(未日).

澣, 不以人。夜則禱天。竟得瘳, 里人以孝感稱。后丁憂, 以前喪之幼穉, 未盡禮爲恨, 一遵禮制, 期以必效爲心。

事伯公, 承順其志, 無少咈。及沒, 附身附棺之物, 必親自辦, 毋有憾。事丘嫂、撫孤姪。尺布斗粟, 分以縫舂, 人無間言。

性嗜學, 講論不怠。炳燭之工, 老而尤篤。遠近來學者, 諄諄敎誨, 不倦。早業擧子而屢屈。人曰: "見某權貴, 則科第可得。", 公曰: "得不得, 命也, 豈容私於其間哉?" 遂棄其功令之學, 與河月村 達弘、趙月皐 性家諸公, 遊詠於山亭水榭之巓, 窮搜奇壯, 發之於詩文, 淘瀉情性。渢渢大雅, 飄然有出塵之想。晩年, 德益進、學益邃。仁厚之風, 誠信之道, 交孚於人, 賢愚皆得其歡心焉。

高宗庚午二月三日卒, 享年五十五。墓在山陰縣 新川里 廣石亭負甲之阡。配巴山 趙台孝之女, 賢有德。生四子: 男柱轅、柱泂、柱民, 女適士人姜永夏。柱轅男誠煥, 柱泂男宰煥, 出系, 系子沃煥。柱民男武煥、沃煥, 沃煥出系。餘不盡錄。

嗚乎! 自孝廉之擧廢, 而士之懷瑾握瑜者, 名聲不登於朝廷, 以鳴國家之盛。顧乃低回山澤, 枯死巖穴而秉國者不知察焉。卒乃國隨而亡, 可勝悲哉。謹撮其大者, 撰次如右。

歲重光協洽之嘉平節, 商山 金在植 謹撰。

❖ **원문출전**

梁湜永, 『竹坡遺集』 附錄, 金在植 撰, 「行狀」(경상대학교 문천각 古(오림) D3B 양77ㅈ)

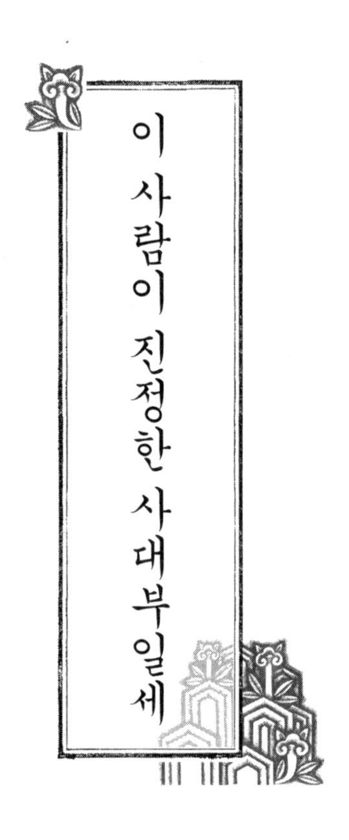

이 사람이 진정한 사대부일세

정규원(鄭奎元) : 1818-1877. 자는 국교(國喬), 호는 지와(芝窩), 본관은 해주(海州)이다. 정문부(鄭文孚)의 9대손이다. 강태중(姜泰重)과 홍직필(洪直弼)에게 수학하였고, 조성가(趙性家)·김인섭(金麟燮)·정재규(鄭載圭)·조원순(曺垣淳) 등과 당파를 초월한 교유를 하였다. 향시에 여러 번 합격하고도 대과에는 급제하지 못했다.
남강통문(南岡通文)을 지어 세도가에 아부하려는 사람들의 계획을 막았다. 그리고 만동묘(萬東廟)의 복원을 주장하는 소장을 작성하였고, 만동묘의 건립과 훼철의 전말에 관한 『감은창의록(感恩彰義錄)』을 저술하였다.
조식(曺植)의 학문에 관심을 가져, 조식의 후손에게 보낸 편지에서 "성성에 관한 가르침은 영원히 참된 학문의 요점이 될 것입니다.[惺惺之訓 永世眞詮]"라고 하였다.
저술로 2권 2책의 『지와집』이 있다.

지와(芝窩) 정규원(鄭奎元)의 행장

정은교(鄭誾敎)[1] 지음

공의 휘는 규원(奎元), 자는 국교(國喬)이며, 본관은 해주(海州)이다. 세대가 내려온 것이 먼데, 고려 시대 문과에 급제하여 중서문하성 시중으로 치사한 휘 숙(肅)이 시조이다. 이로부터 대대로 고관이 나왔다. 휘 역(易)은 본조에 들어와 의정부 좌찬성, 집현전 대제학을 지냈다. 이분의 시호는 정도(貞度)이고, 개국을 도와 국초의 명신이 되었다. 휘 연경(延慶)은 음직으로 철원 부사에 보임되었는데, 청렴과 근신으로 칭송받았다. 이분이 아들 다섯을 두었다. 장남 희량(希良)은 예문관 검열을 지냈는데, 호는 허암(虛庵)이다. 차남 희검(希儉)은 진사이고, 이조 판서에 추증되었으며, 호는 계양(桂陽)·어은(漁隱)이다. 연산군(燕山君)의 난정(亂政)에 허암공이 은둔하자, 공도 과거공부를 그만두고 벼슬하지 않았는데 맑고 고상한 절개가 있었다.

희검의 증손 휘 문부(文孚)는 병조 참판을 지냈고, 좌찬성에 추증되었으며, 시호는 충의(忠毅)이다. 임진년(1592) 관북 지방에 침입한 왜군을 평정하여 원종공신에 녹권되었다. 광해조 때 세상에 나아가지 않고 은거하여 인륜을 부지한 큰 절개가 있어서 세상 사람들이 '농포 선생(農圃先生)'이라 일컬었다. 아들 휘 대영(大榮)은 생원이고, 사헌부 집의에 추증되었다. 그는 부친이 시화(詩禍)를 당한 것[2]을 애통해하다 남쪽으로

1 정은교(鄭誾敎) : 1850-1933. 자는 치학(致學), 호는 죽성재(竹醒齋), 본관은 해주이다. 1900년 진주에 낙육재(樂育齋)를 지어 후학들을 교육하였다.

2 시화(詩禍)를 당한 것 : 정문부의 『농포집』 권1에 실린 영사시(詠史詩) 「초회왕(楚懷王)」

멀리 내려와 진주(晉州)에 은거하였다. 진주에 우리 해주 정씨가 살게 된 것은 이로부터 시작되었다.

이분이 아들 넷을 두었다. 장남 휘 유정(有禎)은 승정원 좌승지에 추증되었고, 호는 봉강(鳳岡)이며, 가학을 계승하고 조술하여 대대로 사람들에게 명성이 있었다. 막내 휘 유기(有祺)는 호가 징질와(懲窒窩)인데, 4형제가 한 집에서 같이 살았다. 집안이 수백 년을 내려왔지만 가정에 불화가 없었다. 우재(尤齋) 송 문정(宋文正)[3] 선생이 그 일을 듣고서 칭찬하였다. 이 사실은 『진양지(晉陽誌)』에도 실려 있다.[4]

징질와의 아들 휘 환(桓)은 사복시 정을 지냈는데, 진실하고 꾸밈이 없어 장자(長者)라는 칭송이 있었다. 이분이 처음으로 기곡(基谷)[5]에 거주하였으니, 공의 6대조이다. 5대조 휘 상첨(相詹)은 성균 진사, 고조부 휘 학신(學臣)은 통덕랑, 증조부 휘 광의(光毅)는 경릉 참봉(敬陵參奉)을 지냈는데, 모두 아름다운 덕과 뛰어난 행실이 있었다. 매산(梅山) 홍직필(洪直弼)[6] 선생이 이 3대의 묘명(墓銘)을 실제로 지었다. 조부 휘 양선(養善)은 성균 진사였는데, 후사가 없어 충의공(忠毅公:鄭文孚)의 적장손 형선(亨善)의 둘째 아들을 후사로 삼았다. 이분이 곧 공의 부친으로, 휘는 가인(可人)이고, 호는 죽은와(竹隱窩)이다. 효행이 뛰어나 고을의 유림들이 정려를 내려달라고 누차 요청하였다. 모친 안동 권씨는 모(某)의 따님으로, 순조 무인년(1818) 8월 6일 기곡의 집에서 공을 낳았다.

과 「악무목(岳武穆)」으로 인해 1624년 역모로 처형당한 일을 가리킨다.

3 송 문정(宋文正) : 송시열(宋時烈, 1607-1689)이다. 자는 영보(英甫), 호는 우암(尤菴)·우재, 본관은 은진이며, 시호는 문정이다.

4 진양지에도……있다 : 『진양지』 속집 권1 「유행(儒行)」에 나온다.

5 기곡(基谷) : 기동(基洞)으로, 현 경상남도 진주시 금산면 가방리를 가리킨다.

6 홍직필(洪直弼) : 1776-1852. 자는 백응(伯應)·백림(伯臨), 호는 매산, 본관은 남양(南陽)이며, 시호는 문경(文敬)이다. 저술로 53권 28책의 『매산집』이 있다.

공은 태어나면서부터 재주와 국량이 남보다 뛰어나 영특하고 총명하였다. 6, 7세 때 능히 문장을 짓고 시를 읊었다. 겨우 10세를 넘겼는데 경사(經史)와 제자백가에 두루 통달하지 않음이 없으니, 당시 사람들이 모두 신동이라 일컬었다. 15세 때 부친의 명으로 고모부 유하(柳下) 강참판(姜參判)[7]의 문하에 나아가 의리의 학문을 질정하고 강습하였다.

16세 때 수수(洙水)[8] 가의 사인 최제묵(崔濟默)[9]의 따님에게 장가들었다. 초례(醮禮)를 치르려 처가로 갈 적에 미처 다 읽지 못한 성리서·경전 몇 책을 가마 안에서 읽었다. 한밤중에 새신랑이 처소에서 없어지자 온 집안사람들이 깜짝 놀라 사방으로 찾아다니다 깊숙한 방에서 공을 발견하였다. 그런데 공은 촛불 밑에서 책을 읽으며 음미하느라 사람들이 소란을 피우는지도 몰랐다. 대개 공이 의지를 굳세게 하여 돈독하고 고달프게 공부한 것이 모두 이와 같았다.

공이 일찍이 청곡사(青谷寺)[10]에서 독서할 적에, 모친이 긴 밤에 배고프기 쉬울 것을 걱정하여 엿과 떡을 베개와 이불 속에 싸서 넣어 둔 것은, 글을 강독하고 외다가 쉬거나 잠자려 할 때 배고픔을 달래주고자 해서였다. 공이 섣달그믐에 행장을 꾸려 돌아오니, 모친이 놀라며 말씀하기를 "침구가 모두 엿과 떡으로 더럽혀졌구나."라고 하였다. 이는 대

7 강 참판(姜參判) : 강태중(姜泰重, 1778-1862)이다. 자는 성등(聖登), 호는 유하이다. 유한(柳澣)에게서 수학하였다. 1809년 문과에 합격하였고, 한성부 우윤, 병조 참판 등을 역임하였다.

8 수수(洙水) : 현 경상남도 산청군 단성면 남사리 남사 마을 옆에 흐르는 사수(泗水)를 가리킨다.

9 최제묵(崔濟默) : 호는 가암(可庵)이며, 본관은 삭녕(朔寧)이다. 초년에는 송치규(宋穉圭)에게 수학하였다. 만년에는 홍직필에게 수학하였는데, 홍직필이 '사수[남사 마을]에서 예(禮)를 아는 인사'라고 칭찬하였다.

10 청곡사(青谷寺) : 현 경상남도 진주시 금산면(琴山面) 갈전리(葛田里)에 있는 해인사의 말사이다.

개 공이 마음을 쏟아 책을 읽느라 잠자리에서 편하게 먹을 겨를이 없었기 때문이니, 삼동(三冬)에 글을 읽어 문사가 넉넉해졌다는 고인의 공부[11]를 대강 상상할 수 있겠다. 또 과문(科文)에 정밀하여 과거장에 나아가서는 동년배들을 압도하지 않음이 없었다.

효성과 우애가 더욱 돈독하여 사람들의 이간하는 말이 없었다. 기해년(1839) 모친상을 당하자, 한 모금의 물도 입에 대지 않은 채 땅을 치며 울부짖고 부여잡고 가슴 치며 통곡하여 거의 목숨을 잃을 뻔하였다. 문득 부친이 병으로 오래 고생하여 몸이 쇠약해진 것을 걱정해 억지로 미음을 올렸다. 여묘살이를 하며 예제와 절차는 모두 고례(古禮)를 따랐다.

정미년(1847) 부친의 명으로 매산 홍 선생의 문하에 나아가 집지하였다. 매산 선생은 자주 공의 준걸한 재주를 인정하였다. 무신년(1848) 봄 다시 매산 선생을 찾아뵙고 3대 선조의 묘비문을 얻어서 드러나지 않은 덕과 행실을 표창하였다. 기유년(1849) 또 부친의 명으로 매산 선생의 문하에서 기거하였는데, 5개월을 지내고서 돌아왔다. 이해에 복시에 나갈 자격을 얻은 것과 경술년(1850) 향시에 합격한 것은 모두 부친을 영광스럽게 해드리기 위한 계책이었다.

신해년(1851) 정월 공은 우연히 병에 걸려 사경을 헤맨 것이 여러 번이었다. 당시 백모 이 부인(李夫人)의 상을 당한 뒤여서 집안 일이 처량하였는데, 부친마저 피로하고 기력이 쇠해 억지로 거동하였다. 공은 의원이 처방한 약과 맛있는 음식을 올리며 몸소 수발을 했는데, 끝내 그해 3월 21일 부친상을 당했다. 공은 허둥대고 애달파하며 매우 슬퍼하였고, 거친 음식을 먹으며 예제를 마쳤다.

11 삼동(三冬)에……공부 : 한 무제(漢武帝) 때 동방삭(東方朔)이 임금에게 아뢰기를 "신(臣)은 나이 12세 때 삼동(三冬)에 글을 읽어 문사(文史)가 쓰이기에 넉넉했습니다."라고 한 데서 온 말이다.

몇 년 뒤, 종가의 후사로 출계한 아우 기원(基元)이 요절하였는데, 아버지를 잃은 조카 호석(顥錫)을 위로하며 양육하였다. 유모로 하여금 질녀를 가르치게 하고, 예전 사람들은 시집갈 적에 제때를 놓치지 않았다는 말로써 혼수를 갖추어 교리 권봉희(權鳳熙)에게 시집보냈다. 공이 평생 들인 정성과 노력은 집안사람을 돕는 일에 있었는데, 이는 부친의 가르침 때문이었다. 공은 아들 셋을 두었는데, 장남은 희석(曦錫), 차남은 기석(驥錫)이다. 이들의 재주와 학문이 뛰어나 당시 사람들이 모두 소씨(蘇氏) 집안의 삼부자[12]에 견주었다.

공은 사교(四敎)[13]로써 집안을 다스렸고, 사례(四禮)[14]로써 집안을 바로잡아 엄숙하게 법도가 있었다. 공의 성품은 술을 좋아하여 매양 친척이나 친구를 만나면 정답게 술잔을 주고받았다. 향음주례(鄕飮酒禮)와 사상견례(士相見禮)를 행할 때 번번이 빈(賓)이 되었는데, 종일토록 술을 마셔도 행동이 흐트러지지 않았다.

공은 사람들을 접대하거나 세상사에 대처할 경우에는 한결같이 온화하고 후덕함을 주로 해서 화기애애하여 모남이 없는 듯하였다. 그러나 대사(大事)에 임하거나 대의(大義)를 결정할 경우에는 지주석처럼 우뚝 서서 세파를 바른 길로 되돌렸으니, 늘 수많은 사람들이 반드시 귀의하려는 생각이 있었다.

신유년(1861) 남강통문(南岡通文)을 돌리는 일[15]이 있었다. 당시 온 도

---

12 소씨(蘇氏) 집안의 삼부자 : 중국 북송(北宋) 때 시인으로 이름난 아버지 소순(蘇洵), 장남 소식(蘇軾), 차남 소철(蘇轍) 삼부자를 가리킨다.

13 사교(四敎) : 공자가 말한 문(文)·행(行)·충(忠)·신(信)을 가리킨다.(『논어』「술이」)

14 사례(四禮) : 유교적 원리에 바탕을 둔 네 가지 의례로, 관례·혼례·상례·제례이다.

15 남강통문(南岡通文)을…… 일 : 권력에 아첨하는 일부 진주 사람들이 진주와 아무 관련이 없는 안동 김씨 세도가의 중심 인물인 김수근(金洙根)의 서원을 진주 성내에 세우려고 계획한 것에 대해 정규원이 남강통문을 지어 비판하였다. 이 통문은 『지와집』 권2에 실려 있다.

내의 호사가들이 세도가에게 빌붙어 진주에 서원을 세워 아첨할 계획이었다. 그들의 불꽃같은 기세와 서슬에 누가 감히 대항하겠는가. 그런데 공이 이치로써 배척하여 마침내 그 일을 막았다. 어떤 사람의 시에 "진양의 호걸스러운 선비 정규원은, 농포 집안의 훌륭한 후손일세."라고 한 것을 들었으니, 참으로 이유가 있었다.

임술년(1862) 봄 민란[16]은 또 운수에 관계되었는데, 흰 두건을 쓴 수천 명의 사람들이 공이 거처하는 마을을 지나가며 경의를 표하기를 "훌륭한 군자가 계신 곳이니 침범할 수 없다."라고 하였다. 장남 희석이 부친의 성대한 명성만으로는 오랫동안 이곳에 살 수 없다는 이유로 세상을 피할 계책을 청하자, 공이 말씀하기를 "산수가 빼어난 곳으로는 안음(安陰)[17]보다 더 나은 곳이 없다."라고 하였다. 계해년(1863) 봄 드디어 덕유산(德裕山) 아래 노천동(蘆川洞)[18]으로 이주하였다. 이곳은 대개 동춘당(同春堂) 송준길(宋浚吉)[19]이 병자호란 이후 세상을 피해 머물렀던 곳과 가까운 곳이었다.

이에 앞서, 공과 이웃한 사대부 한두 집이 백성을 토색질하고 가렴주구하여 주민들이 감당하지 못할 점이 있었다. 공이 이주해 와서는 부자가 문을 닫고 글만 읽자, 마을 사람들이 의아해하며 말하기를 "저기 새로 들어온 자는 사족(士族)이 아닌가? 어찌 오히려 우리들에게 요구하는 것이 없는가?"라고 하였다. 얼마 뒤 연로한 사람이 차츰 찾아왔는데 공이 매우 정성스럽게 접대했고, 더불어 말하는 것은 모두 효성과 우애,

16 민란 : 1862년 국가의 과도한 조세 수탈과 양반 토호들의 농민들에 대한 부당한 사적 지배가 원인이 되어 발생하였는데, 전국적 농민항쟁의 도화선이 되었다.

17 안음(安陰) : 현 경상남도 함양군 안의면의 옛 이름이다.

18 노천동(蘆川洞) : 현 경상남도 거창군 월성리 사선대 인근의 분설담(濆雪潭) 근처이다.

19 송준길(宋浚吉) : 1606-1627. 자는 명보(明甫), 호는 동춘당, 본관은 은진(恩津)이며, 시호는 문정(文正)이다. 김장생(金長生)에게 수학하였다. 1756년 문묘에 제향되었다.

공손과 검소에 관한 이야기였다. 그러자 사람들이 모두 크게 기뻐하며 말하기를 "이 사람이 진정한 사대부일세."라고 하였다. 온 고을사람들이 감동하고 흡족해하여 인륜을 아는 풍속이 있게 되었다. 매양 흥이 일어나면 부자가 협곡의 반석 위에 마주앉아 풍월을 노래하고 농사일을 이야기했다.

갑자년(1864) 봄 또 오천(梧川)으로 이주하였는데, 노천동과는 지척의 거리이다. 노복들을 시켜 부지런히 농사짓게 하고, 물을 대고 꽃을 심었다. 을축년(1865) 큰 바람이 분 뒤 천재(天災)가 연이어 나타나고 서구열강의 소란이 더욱 불어나자 산속으로 피한 것이 깊숙하지 않을까 두려워하였다. 그런데 우거하는 곳이 비록 깊고 궁벽한 곳이지만 호남과 영남의 경계에 접해 있어서 인심이 사납고 거칠어 심원한 계책은 전혀 아니었다. 드디어 그곳을 떠나 안음의 옛집으로 돌아가는데, 노천동·오천동의 사람들이 말하기를 "무슨 까닭으로 우리를 버리고 떠나십니까?"라고 하며 화림동(花林洞) 입구[20]에서 길을 막으려 하였다. 부자가 모두 그들을 온후하게 타이르고, 떠나올 적에 각자 쌀과 돈을 가난한 사람들에게 나누어 주었다.

병인년(1866) 봄 비로소 기곡(基谷)의 옛집에 식구들이 다 모였다. 당시 만동묘(萬東廟)[21]가 훼철되자 영남 유생들의 상소가 다시 일어났다. 그때 공이 소장을 지었는데, 영남 유생들은 그 소를 받들고 한양에 들어갔다. 공은 이어서 또 『감은창의록(感恩彰義錄)』을 저술했는데, 대개 만동묘의

20 화림동(花林洞) 입구 : 화림동은 현 경상남도 함양군 안의면 월림리에서 남덕유산 밑의 영각사(靈覺寺)로 이어지는 계곡을 말하는데, 여기서 말하는 입구는 영각사 근처를 가리키는 듯하다.

21 만동묘(萬東廟) : 임진왜란 때 조선을 도와준 데 대한 보답으로 명나라 신종(神宗)과 의종(毅宗)을 제사지내기 위해, 1704년 충청북도 괴산군 청천면(青川面) 화양동(華陽洞)에 지은 사당을 가리킨다.

건립과 훼철의 전말에 근거하여 찬집한 것이다.

이해 가을 서구 열강의 침입이 그치지 않았다. 비도(沁都)가 점령당해[22] 안팎으로 경계가 삼엄하였다. 공은 장남 희석의 간언을 듣고 호석(灝錫)과 다시 전장(田莊)이 있는 선영 밑으로 돌아갈 계획을 세웠다. 그리고 준석(駿錫)과 고손(孤孫) 태연(泰淵) 등은 안양(安養)[23]의 별채에서 독서하게 하였다. 이는 대개 전쟁 중이었지만 학업을 그만둘 수 없었기 때문이었다.

정묘년(1867) 프랑스 군대가 철수한 뒤에 비로소 온가족이 한데 모였다. 무진년(1868) 스승의 『매산문집(梅山文集)』이 완성되어 여러 자제들과 몇 차례 열람하였다. 기사년(1869) 이른 봄에 서제(庶弟) 익원(翼元)이 호남에서 병에 걸려 돌아왔다. 음식과 약물로 부자가 부지런히 간호하여 사람들을 감동시키기에 충분하였다. 공의 아우가 세 차례나 파산하였는데, 공이 토지와 기물을 부족한 대로 채워주었다. 선영에 세운 석물은 모두 정해진 법식이 있었는데, 증조모·조부의 묘만은 석물을 세우지 못하였다. 이에 유하(柳下) 강공(姜公)에게 비문을 청하고, 또 명강(明剛) 임 선생(任先生)[24]에게 명(銘)을 청하였다. 이해 6월 황조(皇朝)의 일[25]에 통분하여 우암(尤庵)의 기일에 양정서숙(養正書塾)에다 우암의 위패를 설

---

22 비도(沁都)가 점령당해 : 비도는 현 인천광역시 강화군을 가리킨다. 1866년 8월 3일 프랑스 군함이 침입으로 인한 병인양요(丙寅洋擾)가 시작되었고, 9월 8일 프랑스 군대는 강화부(江華府)를 점령하고 방화와 약탈을 자행하였다.

23 안양(安養) : 현 경상남도 하동군 횡천면 전대리의 윗 안양과 아래 안양을 포함하는 전대마을이다.

24 임 선생(任先生) : 임헌회(任憲晦, 1811-1876)이다. 자는 명노(明老), 호는 명강(明剛)·전재(全齋)이며, 시호는 문경(文敬)이다. 호조 참판, 대사헌 등을 역임하였다. 송치규·홍직필에게 수학하였다. 노론 낙론의 학통을 전우(田愚)에게 전수하였다. 저술로 20권의 『전재집』이 있다.

25 황조(皇朝)의 일 : 충청북도 괴산군 청천면 화양동에 있는 화양서원 만동묘 훼철사건을 가리킨다. 명나라 황제의 신위를 모셔두었기 때문에 그렇게 말한 것이다.

치하고 제문을 지어 곡하였다. 경오년(1870) 봄 호석(顥錫)이 우암의 위패를 봉안하여 옛집으로 돌아오자, 공은 더욱 잘 받들라고 훈계를 하였다.

공은 항상 희석이 어려서부터 병든 것 때문에 마음을 쓰고 있었는데, 기석 또한 병에 걸렸다고 하였다. 두 아들 모두 뼈를 깎는 고통을 이겨내다 병이 심해져 마침내 임신년(1872) 8월 21일 장남 희석이 원통하게 생을 마쳤고, 계유년(1873) 9월 5일 차남 기석이 뒤를 이어 운명하였다. 최씨 부인은 상심에 쌓여 아들 잃은 것을 원통해하다가 그해 10월 5일 세상을 떠났다. 공은 자식을 사랑하는 마음과 부인에 대한 정 때문에 그들을 떠나보내기가 어려울 듯하였지만, 오히려 사리로써 자신을 억제하였다.

매양 선조의 뜻을 받들어 후손에게 전해줄 것을 생각하여 조심하고 두려워하였는데, 장래의 희망은 단지 어린 아들과 아비를 잃은 손자뿐이었으므로 가르치고 인도함을 더욱 부지런히 하였다. 병자년(1876) 큰 흉년을 만나 온 세상이 시끄러웠는데도, 공은 오히려 원근에서 배우러 온 자들 및 자손들과 함께 여름에는 시를 읊고 겨울에는 예(禮)를 강론하기를 부지런히 하였다.

차례대로 태연과 준석의 관례를 행할 적에 쌍주(雙洲)[26]를 청하여 빈(賓)을 삼고 나에게 명하여 찬(贊)을 삼았는데, 함께 시를 주고받은 것이 있다. 신미년(1871) 이후로 나는 매양 경서와 예서의 의문점을 공에게 질문하였다. 정축년(1877) 겨울 공은 뜻밖의 재앙을 만나게 되자 태연과 준석을 나에게 부탁하며 말씀하기를 "이 아이들의 학문적 성취는 오로지 그대에게 달려있네."라고 하였다. 또 말씀하기를 "사람이 죽으면 문

26 쌍주(雙洲) : 정태원(鄭泰元, 1824-1880)이다. 현 경상남도 진주시 판문동 가곡리(佳谷里: 까꼬실)에서 태어났다. 정문부의 9대손이다. 홍직필에게 수학하였다. 56세 때 사마시에 합격하였다.

학도 함께 없어지겠지."라고 하였다. 이는 대개 평생 동안 포부를 시행할 수 없었음을 안타까워한 것이다. 그해 12월 21일 기곡의 집에서 졸하였으니, 향년 60세였다. 모산 모언덕에 장사지냈다.

태연은 조상의 업적을 잘 계승하여 대대로 내려온 문헌을 모아서 깊숙이 간직하였다. 경진년(1880) 진주 서쪽 대야천(大也川) 화정(花亭)[27]에 이주하여 우거하였는데, 모년 모월 모일에 요절한 이후, 집안에 가득하던 유고들이 모두 손실되어 남은 것이 없었다. 준석 또한 원통하게 생을 마쳤다.

아! 선을 쌓은 집안에는 반드시 경사가 있다는 말을 어디서 증명하고 질정할 수 있겠는가. 아! 공의 학식과 지조는 고금의 어떤 사람의 발자취보다 적겠는가. 권세가의 문에 발걸음을 끊어 그 당시 초시에 합격한 것이 15차례나 되었지만 끝내 대과에 급제하지 못하였으니, 개탄할 만하다. 그러나 구차하게 과거에 선발되는 것이 또한 어찌 공의 지향을 일컫기에 충분하겠는가. 수령이 천거하지 못한 것도 더욱 세도(世道)를 위해 개탄할 만하다.

파보(派譜)를 만들 적에 종족들은 족손 태병(泰柄)의 차남 정근(貞根)을 양자로 들여 공의 제사를 받들기로 의결하였다. 그리고 모두 말하기를 "지옹(芝翁)의 전후 사적(事蹟)을 자세히 아는 사람은 은교만한 이가 없습니다."라고 하면서 공의 행력에 대해 차례차례 글을 지어 달라고 부탁하였다.

삼가 생각건대 나의 옛집은 공이 살던 곳과 동서로 조금 떨어져 있었고, 또 조금 자란 뒤로는 호남과 영남으로 멀리 떨어져 자주 만나지 못하였다. 그러다 갑술년(1874) 봄 내가 단구(丹邱:丹城)에 우거한 이후 강을

27 화정(花亭) : 현 경상남도 하동군 북천면 화정리이다.

사이에 두고 끊임없이 왕래하며 직접 가르침을 받은 것이 어제의 일처럼 완연하다.

공의 어릴 적 일은 품평이 될 만한 것을 대략 모았다. 그러나 효우와 개제(愷悌), 실심(實心)과 대지(大志), 가언(嘉言)과 선행 같은 중년의 크고 작은 일은 어찌 감히 "그 만분의 일을 주워 모은 것이다."라고 하겠는가. 공의 유문을 간행하기로 오랫동안 도모하여 곳곳에서 수습하였는데, 그에 앞서 내가 약간의 이 글을 지어 붓을 잡은 여러 군자들의 채택을 공손히 기다린다.

芝窩 鄭公 行狀

鄭誾敎 撰

公諱奎元, 字國喬, 海州之鄭。遠有代序, 高麗文科, 侍中致仕, 諱肅爲始祖。自是世襲簪組。至諱易, 入本朝, 左贊成, 集賢殿大提學。謚貞度, 翊贊新化, 爲國初名臣。至諱延慶, 蔭補鐵原府使, 以廉謹稱。有五子。長諱希良, 翰林, 號虛庵。次諱希儉, 進士, 贈吏曹判書, 號桂陽、漁隱。燕山政亂, 虛庵公遯世, 公亦廢擧不仕, 有淸高節。

至諱文孚, 兵曹參判, 贈左贊成, 謚忠毅。壬辰, 掃淸北關, 錄原從功。昏朝自靖, 有扶倫大節, 世稱"農圃先生"。子諱大榮, 生員, 贈執義。痛先考詩禍, 奔迸南下, 隱於晉州。晉之有吾鄭, 自此始。有四子。長諱有禎, 贈左承旨, 號鳳岡, 承述家學, 爲世聞人。季諱有祺, 號懲窒窩, 兄弟四人, 同居一室。家累數百而庭無間焉。尤齋 宋文正先生聞而稱尙。載在邑誌。

子諱桓, 司僕寺正, 悃愊無華, 有長者稱。始卜居于基谷, 是公之六世祖也。五代祖諱相詹, 成均進士, 高祖諱學臣, 通德郎, 曾祖諱光毅, 敬陵參奉, 幷有懿德卓行。梅山 洪先生 直弼, 實銘三世墓。祖考諱養善, 成均進士, 無嗣, 取忠毅公嫡長孫亨善第二子, 子之。卽公之考, 諱可人, 號竹隱窩。孝行卓絶, 鄕道儒累請旌典。妣安東 權氏某女, 以純祖戊寅八月六日, 擧公于基谷之第。

公生而才器過人, 穎悟聰明。六七歲, 能屬文言詩。纔過十歲, 經史百家語, 無不通博, 時人皆稱神童。十五, 以親命, 出拜姑夫柳下 姜參判門下, 質習理義之學。十六, 娶于洙上 崔士人 濟默女。而醮行時, 性理經傳所讀未畢者幾冊, 抱閱轎車中。及甥館夜失其所, 擧家瞠駭, 四探得於奧室。幽燭抱書咀嚼, 不覺人之攪攪。蓋其刻志篤苦, 皆類此也。

嘗讀靑谷寺, 母夫人戀其永夜易飢, 飴糖餠饅之物, 包裹於枕衾之中者, 爲其講誦, 歇就睡時, 資療故也。迨歲除掇裝還, 母夫人驚語曰: “寢具盡爲飴餠濃汚。” 蓋其着意看讀, 靡遑於寢啖之安逸, 而古人三冬足之工, 槪可想矣。又精於功令之文, 出遊場屋, 莫不壓倒儕流。

孝友尤篤, 人無間言。己亥, 遭內艱, 勺水不入口, 叩叫攀擗, 幾至滅性。旋思大人疚壞, 强進粥飮。居廬制節, 盡從古禮。丁未, 以親命, 贄拜梅山 洪先生門下。梅翁亟許以儁才。戊申春, 又拜梅門, 得三世墓文, 以章隱德潛光。己酉, 又以庭訓居梅門, 五朔而返。是歲之獲覆選、庚戌之發鄕解, 皆爲榮親計也。

辛亥正月, 偶嬰疾病, 濱危者累矣。時際伯母李夫人喪後, 宗事廓落之餘, 大人公因勞悴澌敗, 强力動作。刀圭瀡滫, 躬自檢攝, 竟以是歲之三月二十一日, 遭大人公喪。皇皇望望, 哀毁甚至, 疏食終制。未幾年, 出系宗嗣弟基元夭逝, 撫育孤姪顒錫。使姆敎侄女, 用前輩嫁不失時語, 備資裝, 歸于權校理 鳳熙。一生誠力, 在於補宗, 爲先敎訓。三子而長男曦錫, 次子驥錫。才學超凡, 時人皆以蘇家之三父子擬之。

御家以四敎、正家以四禮, 斬斬有法度。性嗜酒, 每逢親戚知舊, 款洽唱酬。凡於鄕飮禮、士相見禮, 輒爲介賓, 終日無量, 不及其亂。至於接人處世, 一主和厚, 渾渾焉若無崖角。而至若臨大事、決大義, 砥柱屹立, 狂瀾回倒, 每有千萬人必往之意。

至發辛西南岡通文之事。于時, 全省內好事者, 爲趨附世路, 設院逞媚計也。氣焰風稜, 疇敢抗觸。而公以理折之, 竟遏其事。聞人詩曰: "晉陽豪士鄭奎元, 農圃家中克肖孫."者, 良以此也。壬戌春, 負樵之變, 亦關氣數, 白巾數千黨, 歷拜居巷曰: "君子所芋, 不可以犯也。" 曦錫以盛名之下, 不可久居, 請爲遯世計, 公曰: "山佳水麗, 莫過於安陰。" 癸亥春, 遂搬移於德裕山下蘆川洞。蓋取近同春翁丙丁後避世之所也。

先是, 一二士夫家居是隣, 討索誅求, 民有不堪者。公至則父子杜門誦讀, 村人疑之曰: "彼來者, 非士族乎? 何尙無求也?" 旣而年老者, 稍稍來見, 待之甚款, 所與言者, 皆孝友恭儉語。人皆大喜曰: "此眞士夫也。" 一村感洽, 至有男女異路之風。每到興發, 則父子相對於流峙中盤石上, 談風月說桑痲。

甲子春, 又移於梧川, 距蘆川爲一武地。課僕勤農, 灌水蒔花。乙丑, 大風後, 天災累見, 海騷益漲, 惟恐入山之不深。而以所寓地, 雖深僻, 係是湖、嶺接界, 人心狠玃, 切非深遠之計也。遂作撤還之行, 蘆、梧居人曰: "何故舍我而去也。" 將遮路於花林洞口。父子皆厚諭之, 臨還, 各以米錢, 分與貧寒者。

丙寅春, 始得團會於基谷舊莊。時皇廟見掇, 嶺疏再起。公以製疏, 儒生捧疏入洛。 繼又著《感恩彰義錄》, 蓋據其建掇顚末纂輯者也。 是秋, 洋擾不止。沁都失守, 中外戒嚴。聽曦錫諫, 與灝錫更謀田坐先墓下依歸之計。而使駿錫與孤孫泰淵輩, 就讀于安養別第。蓋雖在干戈槍攘中, 不可廢學故也。

丁卯, 海寇掇逋後, 始爲團會。戊辰, 《梅山文集》成, 與諸子披覽熟復。己巳早春, 庶弟翼元, 自湖南, 舁疾而還。食飮藥餌, 父子看飭, 足令人感動。其弟三度破産, 田土器物, 隨乏隨補。先墓儀物, 俱有成式, 而惟曾祖妣、祖考墓闕焉。丐文於柳下 姜公, 又請銘於明剛 任先生。是歲之六月,慟念皇朝事, 用尤翁諱日, 設位養正書塾, 爲文以哭之。庚午春, 顯錫奉板還舊第, 彌加訓導。

公常以曦錫夙病關心, 而驥錫亦告病。皆以刻苦成祟, 而竟以壬申八月二十一日, 長子冤逝, 癸酉九月五日, 次子踵逝。崔夫人積傷冤禍, 以是歲十月五日捐世。公以慈愛友誼, 似難堪遣, 而猶以理自抑。

每念承先貽後, 惴惴懍懍, 來頭所望, 祇是稺子孤孫, 益勤學導。因値丙子大無, 擧世嗷嗷, 而公猶與遠近從學者及兒孫輩, 夏詩冬禮, 克勤無怠。第次行泰淵、駿錫三加禮, 請雙洲爲賓, 戒誾敎爲贊, 并有唱酬詩。自辛未後, 誾敎每就質經義及疑禮。至丁丑冬, 公得無妄, 以泰淵、駿錫, 托於誾敎曰: “兒輩造詣, 專在於君。” 又曰: “人死則文學亦同死乎。” 蓋恨平生負抱未得施用也。以是歲之十二月二十一日, 歿于基湖舊第, 享年六十。葬于某山某原。泰淵能繩祖武, 世世文獻, 裒聚深弆。歲庚辰, 移寓晉西 大也川 花亭, 以某年月日夭逝後, 充棟之遺稿, 盡失無餘。駿錫亦未免冤逝。

嗚呼! 積善家慶, 從何證質。嗚呼! 公之學識、志操, 今古寡疇足跡。牢絶於權貴門, 發解鄕漢, 至於十有五榜, 而竟未得大闡, 是可慨也。雖然區區科第之選, 亦豈足稱公之志。剌史之不能薦, 尤可爲世道慨也。

方鋟派譜, 宗議以族孫泰柄之第二子貞根奉公之祀。咸曰: “詳知芝翁前後事蹟者, 莫如誾敎。” 屬以撰次第。竊念誾之舊居, 東西稍隔, 且成童後, 則湖、嶺落落, 未得數拜。甲戌春, 掇寓丹邱後, 隔江源源, 面命耳提, 宛如昨日。而公之髫齔時事, 略撮月評攸登者。至若中間巨細委曲, 孝友·豈弟、實心·大志、嘉言·善行, 詎敢曰: “捃摭其萬一哉。” 積營公遺文之刊行, 隨處收拾, 而先此撰略干錄, 恭俟秉筆諸君子采擇焉。

❖ 원문출전

鄭誾敎, 『竹醒集』 卷5, 「芝窩鄭公行狀」(경상대학교 남명학연구소 소장번호 1548-1550)

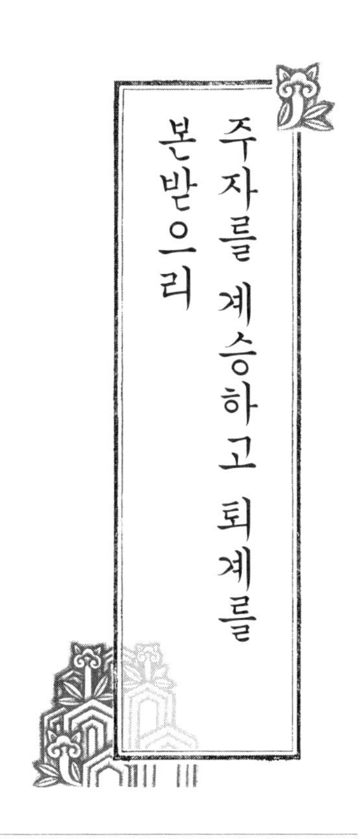

주자를 계승하고 퇴계를 본받으리

이진상(李震相) : 1818-1886. 자는 여뢰(汝雷), 호는 한주(寒洲), 본관은 성주(星州)이며, 현 경상북도 성주군 월항면 대산리 한개 마을에 거주하였다. 숙부 이원조(李源祚)에게 수학하였고, 이황을 사숙하였다. 1844년 생원시에 합격하였으나, 1850년 이원조가 경상좌도 암행어사 김세호(金世鎬)의 탄핵을 받고 이조에 소환을 받은 사건을 계기로 과거를 단념하고 귀향하였다.

1840년 「이단설」을 저술하여 이단은 주기설(主氣說)을 공통으로 하고 있다고 지적하고, 선학(禪學)·양명학·노장학 등을 공격하면서 자신의 주리론적 입장을 밝혔다. 또 1861년 「심즉리설」을 저술하여, 당시 분분했던 '심즉기설', '심합이기설'에 대해 심의 주재성을 강조하였다. 1895년 『한주집』을 간행하여 도산서원에 보냈는데, 이황의 학설과 다르다고 비판을 받았다. 문인으로 허유(許愈)·곽종석(郭鍾錫)·이정모(李正模)·윤주하(尹冑夏)·장석영(張錫英)·이두훈(李斗勳)·김진호(金鎭祜)·이승희(李承熙) 등 '주문팔현(洲門八賢)'이 있다.

저술로 45권 22책의 『한주집』 등이 있다.

한주(寒洲) 이진상(李震相)의 묘지명

장석영(張錫英)[1] 지음

한주(寒洲) 이 선생(李先生)이 세상을 떠난 지 23년이 지났다. 선생의 아들 승희(承熙)[2]가 옛날 선생에게 배운 나에게 찾아와 말하기를 "선군의 무덤에 장례를 치른 뒤 묘지명을 짓지 못했으니 후대에 징험할 것이 없을까 매우 두렵습니다. 그대가 묘지명을 짓지 않으면 안 됩니다."라고 하였다. 내가 삼가 생각해 보니, 선생과 같은 학덕이 있은 뒤에야 선생의 묘소에 묻을 묘지명을 지을 수 있다. 그러나 선생 같은 학덕을 가진 이가 세상에 없다고 하여 묘소에 묻을 묘지명을 짓지 않을 수 있겠는가? 비록 나 같이 어리석은 사람으로서도 감히 사양할 수는 없는 일이다.

삼가 살펴보건대, 선생의 휘는 진상(震相), 자는 여뢰(汝雷), 호는 한주(寒洲)이다. 순조 무인년(1818) 7월 29일에 태어났다. 어렸을 때부터 지극한 성품이 있어서, 어울려 놀 때나 의복·음식에 대해서 어버이의 뜻을 어긴 적이 없었다. 자라서는 일을 할 때마다 순종하여 어버이의 뜻을 봉양하였다. 어버이가 돌아가신 뒤에 매번 「육아(蓼莪)」[3]를 읽을 때면 그

1 장석영(張錫英) : 1851-1929. 자는 순화(舜華), 호는 추관(秋觀)·회당(晦堂), 본관은 인동(仁同)이며, 현 경상북도 칠곡군 약목면 각산리 출신이다. 이진상에게 수학하였다. 1919년 3·1운동 때, 파리장서(巴里長書)를 초안하였다. 저술로 43권 21책의 『회당집』이 있다.

2 승희(承熙) : 이승희(李承熙, 1847-1916)로, 자는 계도(啓道), 호는 대계(大溪), 본관은 성산이며, 현 경상북도 성주 출신이다. 1905년 을사조약이 체결되자 유림의 서명을 받아 매국 5적신의 참형과 조약의 파기를 상소하고, 일본군 사령부에 항의문을 보냈다. 1907년 국채보상운동에 가담했다. 1908년 블라디보스토크에서 이상설과 동포자녀의 교육 및 독립운동에 전념했다. 저술로 42권 20책의 『대계집』이 있다.

3 육아(蓼莪) : 『시경』의 편명으로, 효자가 부모의 봉양을 뜻대로 하지 못함을 슬퍼하여

때마다 눈물을 흘리며 말을 잇지 못하니, 문인들은 감히 이 시를 선생 앞에서 입에 올리지 못하였다.

공은 하나뿐인 아우[4]와 우애하여 화기애애하였다. 일찍이 성난 말이나 노한 얼굴빛으로 서로 대하지 않았고, 한 방에서 잠을 자며 굶주림과 배부름을 함께 하였다. 규문 안의 법도는 엄숙하게 하여, 형수와 시동생이 아무리 어려도 반드시 떨어져 앉게 하였고, 자매들과 있을 적에도 자리를 함께 하여 가깝게 앉지 못하게 하였다. 종족을 대할 적에는 은의(恩義)를 극진히 하기를 힘썼고, 부모를 잃거나 가난하여 의지할 데가 없는 아이를 거두어 길러서 시집보내거나 장가를 보내주었다. 이는 선생이 집안에서 처신한 소소한 절개인데, 집안에서의 행실이 순수하게 갖추어진 것이 이와 같았다.

7세에 배우기 시작하였고, 8세에 문리를 통했다. 13, 4세 때 이미 여러 서적을 두루 읽어 성대하게 강을 기울이고 바다를 뒤엎을 기상이 있어서,[5] 장차 당대를 능가하고 천고를 뛰어넘어 천하의 일에 대해 하지 못할 것이 없다고 여기는 듯하였다. 경사(經史)로부터 천문·역법·산수·의약·복서 등에 이르기까지 일마다 배우기를 구하여 각각 그 지취를 지극히 하였다. 숙부 정헌공(定憲公)[6]이 훈계하시기를 "의리는 학문의 본

읊은 시이다.

4 아우 : 이운상(李雲相, 1829-1891)이다. 자는 여림(汝霖), 호는 담와(澹窩)이다. 1881년 영남의 인사들과 함께 만인소를 올려 사교(邪敎)를 축출할 것을 논하였다. 저술로 4권 2책의 『담와집』이 있다.

5 강을……있어서 : 『주자서절요』 권3 「여장흠부별지(與張欽夫別紙)」에, "곧바로 근원까지 들어가서 강을 기울이고 바다를 뒤엎을 기상을 보았을 따름이었습니다.[蓋只見得箇直截根源傾湫倒海底氣象]"라고 하였다.

6 정헌공(定憲公) : 이원조(李源祚, 1792-1872)이다. 자는 주현(周賢), 호는 응와(凝窩), 본관은 성산(星山)이며, 현 경상북도 성주에 거주하였다. 18세에 문과에 급제하여 한성판윤 및 공조 판서 등을 역임하였고, 숭정대부에 올랐다. 저술로 22권 12책의 『응와집』이 있다.

령이니, 어찌 성리학을 전공하지 않느냐?"라고 하였다. 선생은 이때부터 발분하여 성리학을 정밀히 연구하고, 그 지엽적인 공부를 거들떠보지 않아서, 학문이 순수하게 되었다.

20세에 도산서원의 사당을 배알하고서 개연히 퇴계 선생을 사숙하려는 마음을 지녔다. 드디어 주자(朱子)와 퇴도(退陶)의 글에 힘을 쏟았다. 그래서 30세 이후 자기 집 처마에 '조운헌도(祖雲憲陶)'라고 편액하였으니, 대체로 운곡(雲谷)[7]을 근본하여 기술하고, 도산(陶山:退溪)을 본받아 드러내어, 위로는 옛 성인의 경지로 거슬러 올라가고 아래로는 우리나라 현인을 따르고자 한 것이니, 비로소 스승을 얻은 것이다.

평소 거처할 적에는 새벽에 일어나서 세수하고 머리 빗고 갓을 쓰고 띠를 두르고서 사당에 배알한 뒤, 물러나 학도들을 가르쳤다. 경서는 문득 손으로 쓰고 입으로 읽으며 고개 숙여 살피고 우러러 생각하기를 종일토록 게을리하지 않았다. 밤이면 고요히 그 뜻을 생각하여, 밤이 깊어서야 잠자리에 들었다. 때로는 옷을 갈아입고 소상(塑像)처럼 가만히 앉아서 새벽까지 또렷하게 깨어 있었다.

일이 있지 않으면 출입하는 것이 비록 한 시진이라도 시간을 허비한 적이 없었다. 앉은 자리 곁에 '성(誠)은 온갖 거짓을 소멸시키고, 경(敬)은 모든 간사함을 대적한다.[誠消百僞 敬敵千邪]'는 여덟 자를 써 두고 늘 눈여겨보면서 체험하였다. 대개 그가 마음속에 보존한 것은 지극히 정성스럽고 인자하였으며, 외부에 시행하는 것은 평이하고 솔직하여, 저절로 털끝만큼의 허위나 거짓의 생각이 없었다. 그리고 마음가짐이 바르고 몸가짐이 방정한 데 이르러서는 그 뜻을 뺏아버릴 수 없이 확고하였으며, 범할 수 없이 꿋꿋하였다.

7 운곡(雲谷) : 주자(朱子)의 호이다. 중국 복건성 건양현(建陽縣) 서쪽에 있는 산으로, 주자가 그곳에서 초당을 짓고 공부하였다. (『朱子大全』 卷78 「雲谷記」)

선생이 학문을 할 적에는 폭넓게 독서하고 정밀하게 연구하여 알지 못하는 것이 없었고, 아는 것은 분명하지 않음이 없었다. 묻는 사람이 있으면 반드시 근원부터 지엽까지 자세하게 설명해 주었는데, 듣는 사람들이 그 때문에 속이 시원하게 여겼다. 비록 혹 여러 편의 글과 여러 통의 편지가 책상 위에 쌓여 있어서 손에 닿는 대로 재량하여 답하더라도 마치 깊이 생각하지 않은 것 같았지만, 또한 모두 통쾌하게 조리가 분명하여 각각 그 이치에 합당하였다.

비유하자면 홍종(洪鍾)과 대려(大呂)는 그것을 치면 그에 따라 응답을 하는 것과 같고, 또 장강(長江)과 큰 바다[鉅海]가 넘실넘실 흘러 마르지 않는 것 같으며, 태산(泰山)과 교악(喬嶽)이 그 움직임을 드러내지는 않지만 그 공리(功利)가 미치는 것을 헤아릴 수 없는 것과 같다.

중년 이후로 배우려는 사람들이 몰려들어 학도들이 문하에 꽉 찼으며, 모든 사람들이 기량에 따라 배워, 마음으로 기뻐하고 진심으로 감복하지 않는 사람이 없었다. 젊었을 적에 과문(科文)을 배워 과거시험장에서 명성을 떨쳤는데, 책문(策問)에 더욱 뛰어났다. 대책으로 모두 일곱 번 장원을 했는데 시험관들이 매번 무릎을 치며 감탄하면서 말하기를 “나라를 경영하고 백성을 구제할 인재로다!”라고 하였다. 학자들이 모두 그 글을 돌려가며 외웠다.

기유년(1849) 증광시 생원시에 합격하였다. 갑신년(1884) 의금부 도사에 제수되었는데 이조의 관리가 편지를 보내 벼슬길에 나아가기를 재촉했지만 부임하지 않았다. 병술년(1886) 10월 병을 얻었다. 병이 위독해지자 말씀하기를 “얼마 전에 듣건대, 전선(電線)이 바다를 건너왔다고 하니, 더 살아본들 무슨 즐거움이 있겠는가? 지금 지하에 묻히는 것이 만족스럽다.”라고 하였다. 그 달 15일에 세상을 떠났다. 정해년(1887) 2월에 소통령(小通嶺)[8] 계좌(癸坐) 언덕에 장사지냈다.

선생의 시조 능일(能一)은 고려 태조를 도와 책훈되어 성산군(星山君)에 봉해져 후대에 성산을 관향으로 삼았다. 고려 말 사간원 좌정언 여량(汝良)이 우왕(禑王)의 무도함을 간언하고는 물러나 초야에서 농사지으며 살았는데, 본조가 개국한 뒤에도 망복(罔僕)의 충절[9]을 지켰다. 6대를 내려와 정자(正字) 정현(廷賢)은 호가 월봉(月峯)인데, 문목공(文穆公) 정 선생[10]을 스승으로 섬겼다. 또 3대를 내려와 참판에 추증된 훈련원 주부 석문(碩文)[11]은 융릉(隆陵:思悼世子) 임오년(1762)의 화[12]를 당하자 선전관으로서 간신(諫臣)들을 이끌고 궐문을 밀치고 들어가 대의로써 항거하였으니, 세상에서 '북비옹(北扉翁)'이라고 부르는 분이 이분이다.

증조부 민검(敏儉)은 승지에 추증되었다. 조부 형진(亨鎭)은 성균관 생원이었는데 참판에 추증되었으며, 정입재(鄭立齋)[13]에게 수학하였다. 부친 원호(源祜)는 진사이며, 호는 한고(寒皐)이다. 모친은 풍산 류씨(豐山柳氏) 응조(應祚)의 따님과 의성 김씨(義城金氏) 종옥(宗沃)의 따님인데, 선

---

8 소통령(小通嶺) : 현 경상북도 성주군 월항면 대산리에 있다.

9 망복(罔僕)의 충절 : 망국의 신하로서 의리를 지켜 새 왕조의 신복이 되지 않으려는 절조를 말한다. 은(殷)나라가 장차 망하려 할 무렵 기자(箕子)가 "은나라가 망하더라도 나는 남의 신복이 되지 않으리라.[商其淪喪 我罔爲臣僕]"라고 한 말에서 유래한다. (『書經』「微子」)

10 정 선생 : 정구(鄭逑, 1543-1620)이다. 자는 도가(道可), 호는 한강(寒岡), 본관은 청주이다. 조식과 이황의 문하에서 수학하였다. 저술로 27권 11책의 『한강집』이 있다.

11 석문(碩文) : 이석문(李碩文, 1713-1773)이다. 자는 사실(士實), 호는 돈재(遯齋)이다. 영조가 장헌세자를 뒤주에 가두어 죽일 때 장헌세자의 호위무관이었던 이석문이 왕명을 어기고 왕의 부당함을 간하였다. 이에 파직되어 고향으로 돌아가 장헌세자를 그리워하며 북쪽으로 사립문을 내고 평생을 은거하였다.

12 임오년의 화 : 1762년 5월 사도세자가 부왕인 영조에 의해 뒤주 속에 갇혀 질식사한 사건이다. 임오년에 일어났기 때문에 임오옥(壬午獄)이라고도 한다.

13 정입재(鄭立齋) : 정종로(鄭宗魯, 1738-1816)이다. 자는 사앙(士仰), 호는 입재, 본관은 진주이다. 현 경상북도 문경시 영순면에서 출생하여, 경상북도 상주에 거주하였다. 정경세(鄭經世)의 6대손이고, 이상정(李象靖)에게 수학하였다. 강령 현감, 함창 현감 등을 지냈다. 저술로 59권 28책의 『입재집』이 있다.

생은 김씨의 소생이다.

초취 부인 순천 박씨(順天朴氏)는 박기진(朴基晉)의 따님이다. 재취 부인 홍양 이씨(興陽李氏)는 호군 이기항(李起恒)의 따님으로, 부녀자의 법도가 있었다. 1남 5녀를 낳았다. 아들이 바로 승희(承熙)로 참봉을 지냈다. 딸은 류인영(柳仁榮)·최성우(崔性宇)·허숙(許壩)·성우영(成瑀永)·송진형(宋鎭炯)에게 시집갔다.

승희의 아들은 기원(基元)과 기인(基仁)이고, 딸은 장시원(張是遠)에게 시집갔다. 류인영의 아들은 형우(馨佑)와 성우(聲佑)이다. 최성우의 아들은 우곤(旴坤)이고, 허숙의 아들은 종진(鍾鎭), 성우영의 아들은 낙성(樂聖), 송진형의 아들은 두호(斗浩)이다.

선생의 논저는 매우 많다. 벗이나 문인들과 주고받은 시문 및 잡저는 원집에 실려 있다. 『역학관규(易學管窺)』·『춘추집전(春秋集傳)』·『춘추익전(春秋翼傳)』·『구지록(求志錄)』·『변지록(辨志錄)』·『묘충록(畝忠錄)』·『사례집요(四禮輯要)』·『이학종요(理學綜要)』 등 모두 수백 권은 대체로 성인의 경을 해석하고 현인의 전을 발휘한 것인데, 평생토록 고심하여 전인들이 발명하지 못한 부분을 드러내 무궁한 경지로 후학들을 인도한 것이니, 그 귀결점을 요약하면 '심(心)'과 '리(理)'이다.

요·순이 심법을 주고받은 뒤로 여러 성인들이 서로 전한 것은 단지 이 심(心)·리(理)뿐이었다. 주자(朱子)에 이르러 그 의리가 크게 밝혀졌고, 퇴도(退陶) 이자(李子)에 이르러 주자의 지결이 더욱 드러났다. 후대로 내려오면서 도가 피폐해지고 기자기(氣自機)의 설[14]이 더욱 치성하여 주리(主理)의 지결은 거의 사라지게 되었다. 선생은 수백 년 뒤에 태어났지만 실로 이 주리설이 전해진 것을 얻어서 주자와 이자의 글을 독실하

14 기자기(氣自機)의 설 : 기(氣) 자체의 운동성을 중요시하는 학설이다.

게 믿고 그 의리를 발명하고 발휘하였다. 이는 진실로 성현의 문하에 공이 있는 것이니, 백세 뒤의 성인을 기다리더라도 의심이 없을 것이다.

나는 늦게 태어났으나 뒤늦게 가르침을 받아 외람되이 품어주고 적셔주며 감싸주고 더해주는 은혜를 입었지만, 나이가 들었는데도 성취한 것이 없으니, 평생의 가르침을 저버린 것이다. 그러나 오히려 자중자애(自重自愛)할 줄 알아서 거의 큰 잘못에 이르지 않았으니, 이는 선생이 내려주신 은혜이다. 이제 징군(徵君)[15] 곽종석(郭鍾錫)[16]의 행장을 통해 대략 한두 가지를 발췌하고, 평소 보고 기록해 둔 것으로 질정하여 차례를 정해 묘지명을 완성하여 묘소 밑에 받들어 모신다. 그러나 선생의 은미한 말씀과 자세한 행실은 모두 다 기록할 수 없으니, 훗날 군자들은 곽 징군의 행장에서 거의 징험할 수 있을 것이다. 감히 선생을 위하여 명을 짓노라.

거룩하신 상제께서 인륜의 도리를 내려주시니	皇皇后帝降民彝
한 이치가 허령하고 밝아서 만 가지 변화 유추하네	一理虛明萬化推
복희씨는 하늘의 뜻 이어 하도를 보여주었고	昊羲繼天馬圖窺
순임금은 요임금 이어 미위(微危)[17]를 더하셨네	帝俊紹堯益微危
삼왕(三王)은 이것을 심법으로 간직하였고	三王以是心法持
주공(周公)은 부지런히 앉아서 날이 새길 기다렸네[18]	元聖孜孜待朝思

15 징군(徵君) : 임금의 부름을 받은 덕행과 학문이 겸비된 선비를 가리키는 말인데, 징사(徵士)라고도 한다. 후한(後漢) 때의 황헌(黃憲)을 징사라 부른 데서부터 유래되었다. (『後漢書』 卷53 「黃憲列傳」)

16 곽종석(郭鍾錫) : 1846-1919. 자는 명원(鳴遠), 호는 면우(俛宇), 본관은 현풍(玄風)이다. 이진상에게 수학하였다. 저술로 177권 63책의 『면우집』 등이 있다.

17 미위(微危) : 『서경』 「대우모(大禹謨)」에 "인심은 위태하고 도심은 은미하니, 오직 정밀하고 일관되게 하여, 진실로 그 중도(中道)를 잡아야 한다.[人心惟危 道心惟微 惟精惟一 允執厥中]"라는 16자를 줄여서 말한 것이다.

18 앉아서…… 기다렸네 : 『맹자』 「이루 하(離婁下)」에 "주공은 삼왕을 겸하여 네 가지 일을

공자가 앞에서 말씀하고 주자가 뒤에서 말씀하여	尼父晦父前後之
중천에 크게 밝혀져서 영원토록 드리웠네	大明中天萬古垂
아, 주기설이 여기저기 널리 퍼지니	噫嘻氣說謾參差
천왕은 정나라로 출분하고[19] 망조(莽操)[20]가 치달렸네	天王出鄭莽操馳
선생께서 떨쳐 일어나 실을 뽑듯 연역하여	先生奮挺繹蠶絲
성인들의 미묘한 말씀을 환히 알게 되었네	千聖微言煥可知
융회관통하여 온갖 의문을 풀었는데	融通貫穿折羣疑
주자와 퇴계의 설을 근거로 하였도다	雲谷陶山是蓍龜
선각자가 있지 않았다면 그 누가 깨우쳐주랴	不有先覺孰開台
사방의 학자들이 찾아와 종사로 삼았네	四方學者來宗師
산이 무너지고 들보 꺾인 것이 어느 때던가	山頹樑折今幾時
묘소를 우러러 바라보며 후인이 슬퍼하네	瞻望斧堂後人悲
천지간에 길이 남을 묘지명을 바치노니	天長地久納隧辭
성대한 덕 고매한 명성 영원토록 전하리	盛德高名山可夷

墓誌銘

張錫英 撰

寒洲 李先生沒二十有三年。其子承熙，爲故學者張錫英言"先君之隧，

시행하기를 생각하되 부합하지 않는 것이 있으면 우러러 생각하여 밤으로써 낮을 이었고 다행히 터득하게 되면 앉아서 새벽이 되기를 기다렸다.[周公 思兼三王 以施四事 其有不合者 仰而思之 夜以繼日 幸而得之 坐以待旦]"라고 하였다.

19 천왕은……출분하고 : 『춘추좌씨전』 희공(僖公) 24년에 주(周)나라 혜왕(惠王)이 친동생인 왕자 대(帶)에게 죄를 지어 겨울에 천왕이 정나라로 가서 거처하였다.[冬 天王出居于鄭] 이는 주리설이 주기설에 의해 정종(正宗)의 자리에서 밀려 위축되었음을 말한다.

20 망조(莽操) : 전한(前漢)의 왕망(王莽)과 위(魏)의 조조(曹操)를 가리킨다. 왕망과 조조는 신하로서 천자를 무시하고 전횡을 하였다. 이는 주리설이 주가 되어야 하는데 주기설이 세상에 횡행함을 말한다.

葬不及銘, 大懼無以徵諸後。子不可以不誌也。” 錫英竊伏原念, 有先生之文, 而後可以銘先生之墓。而先生不世出, 墓可以不誌乎? 雖以錫英之愚, 而固不敢辭也。

謹按, 先生諱震相, 字汝雷, 寒洲其號也。純廟戊寅七月二十九日生。自幼, 有至性, 遊嬉服食, 未嘗咈親之意。及長, 逐事承順, 以養其志。親歿之後, 每讀《蓼莪》詩, 輒涕泣不能語, 門人受讀者, 不敢以是詩進焉。

友一弟, 怡怡也。未嘗以慍語色相加, 寢處一室, 飢飽共之。閨門之內, 肅如也, 嫂叔雖幼少, 必絶席, 姊妹相處, 亦不同席而狎坐。處宗族, 務盡恩義, 而孤貧無歸者, 收育而嫁娶之。此其處家之疏節, 而內行之純備, 類此也。

七歲上學, 八歲通文理。十三四歲, 已淹博羣籍, 沛然有傾湫倒海之氣, 若將凌駕一世、跨越千古, 而以爲天下之事, 無不可爲。自經史以外, 星、曆、算、數、醫、卜等, 事事要學, 各極其趣。叔父定憲公誨之曰: “義理, 本領也, 盍專性理之學?” 自是發憤研精, 刊落其支葉, 粹如也。

年二十, 謁陶山廟, 慨然有私淑艾之志。遂肆力於朱子、退陶之書。三十而後, 扁其楣曰: “祖雲憲陶”, 蓋欲其祖述雲谷、憲章陶山, 而上溯前聖、下沿東賢, 始得師也。

平居, 黎明而起, 盥櫛冠帶, 謁于廟, 退授學徒。經籍, 輒手寫口讀, 俯察仰思, 終日不倦。夜則靜以思之, 夜久就枕。時或更衣塑坐, 達曙惺惺。

非有事, 或出入雖一時辰, 未嘗閒費光陰。座右書“誠消百僞、敬敵千邪”八字, 常目而體驗之。蓋其存諸中者, 至誠惻怛, 而施於外者, 平易白直, 自無一毫虛僞假借之意。而至若持心之正、制行之方, 則確乎其不可拔, 而毅然乎其不可犯也。

其爲學也, 泛博精切, 無所不知, 知無不明。人有問者, 必連根帶枝, 滾滾說將去, 聽者爲之灑然。雖或連編累牘, 積滯几案, 信手裁答, 若不經思, 而亦皆痛快條暢, 各當其理。譬如洪鍾大呂, 叩之則應 ; 又如長江鉅海, 汪汪而不窮 ; 泰山喬嶽, 不見其運動, 而功利之及, 不可以數計也。

中歲以後, 學者坌集, 鼓篋盈門, 而羣飮各充, 莫不心悅而誠服之。少時學功令文, 擅名場屋, 而尤長於策。凡七魁對策, 而考官每擊節歎賞曰: "經濟才也!" 學者皆傳誦之。

己酉, 中增廣司馬。甲申, 除義禁府都事, 政吏馳書促就仕, 不赴。丙戌十月得疾。疾將革曰: "俄聞電線渡海, 生亦何樂? 及今埋於地下, 足矣。" 十五日皐復。丁亥二月, 葬小通嶺負癸之原。

先生上祖能一, 佐麗 祖, 策功封星山, 後世爲氏。麗季左正言汝良, 諫王無道, 退耕于野, 聖祖興罔僕。六傳至正字廷賢, 號月峯, 師事鄭文穆先生。又三傳而訓鍊主簿贈參判碩文, 當隆陵壬午之禍, 以宣傳官, 引諫臣, 排閤抗義, 世稱北扉翁, 是也。

曾大父敏儉, 贈承旨。大父亨鎭, 成均生員贈參判, 從鄭立齋學。父源祜, 進士, 號寒皐。母豐山 柳應祚女, 義城 金宗沃女, 先生金出也。

配順天 朴基晉女。繼興陽 李護軍 起恒女, 有壼範。生一男五女。男卽承熙, 參奉。女適柳仁榮、崔性宇、許壩、成瑀永、宋鎭炯。承熙男基元、基仁, 女適張是遠。柳男馨佑、聲佑。崔男旴坤, 許男鍾鎭, 成男樂聖, 宋男斗浩。

先生論著甚富。朋友門人往復詩文雜著, 載元集。《易學管窺》、《春秋集傳》、《翼傳》、《求志錄》、《辨志錄》、《畒忠錄》、《四禮輯要》、《理學綜要》, 幷數百卷, 蓋其羽翼聖經、發揮賢傳, 而平生苦心, 發前人之未發、牖後學於無窮者, 要其歸則心與理也。

自堯、舜授受, 千聖相傳, 只是心理而已。至朱夫子而大明, 至退陶 李子, 而朱子之旨, 益著矣。世降道弊, 氣機益熾, 而主理之旨, 或幾乎熄矣。先生生數百年之後, 實見得此理之傳, 而篤信朱、李之書, 發明而闡揮之。是誠有功於聖賢之門, 而質之百世, 而可以無疑也。

錫英生晩, 晩而承誨, 謬蒙煦濡涵益之恩, 年老無成, 辜負平生之訓。而尙知自好, 庶不至於大惡, 此先生賜也。今因郭徵君 鍾錫之狀, 略最一二, 質以平日之所睹記, 序次成文, 奉納于宰下。而微言、細行, 無以盡錄, 後之君子, 庶有徵於徵君之狀矣。

敢爲銘曰: “皇皇后帝降民彝, 一理虛明萬化推。昊羲繼天馬圖窺, 帝俊紹堯益微危。三王以是心法持, 元聖孜孜待朝思。尼父、晦父前後之, 大明中天萬古垂。噫嘻氣說謾參差, 天王出鄭 莽、操馳。先生奮挺繹蠶絲, 千聖微言煥可知。融通貫穿折群疑, 雲谷、陶山是蓍龜。不有先覺孰開台, 四方學者來宗師。山頹樑折今幾時, 瞻望斧堂後人悲。天長地久納隧辭, 盛德高名山可夷。”

❖ **원문출전**

李震相, 『寒洲集』 附錄 卷3, 張錫英 撰, 「墓誌銘」(한국문집총간 제318책)

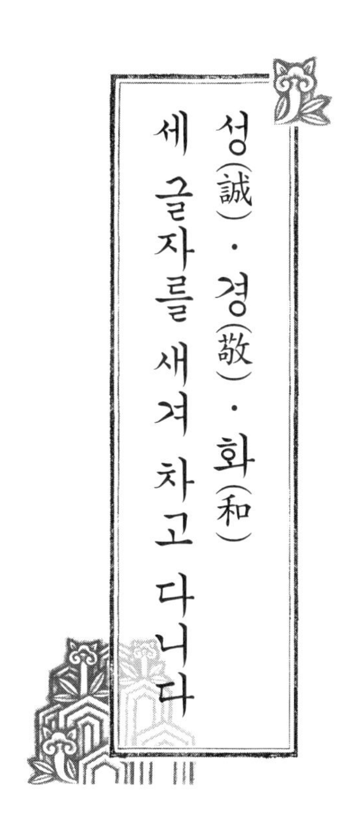

성(誠)·경(敬)·화(和) 세 글자를 새겨 차고 다니다

김기호(金琦浩) : 1822-1902. 자는 문범(文範), 호는 소산(小山), 본관은 김녕(金寧)이며, 현 경상남도 창원에 거주하였다. 1865년 허전(許傳)의 문하에 나아가 배웠다. 김만현(金萬鉉)·허유(許愈)·조병규(趙昺奎) 등과 교유하였으며, 소산재(小山齋)를 지어 수많은 제자들을 가르쳤다.
저술로 4권 2책의 『소산집』이 있다.

소산(小山) 김기호(金琦浩)의 묘표

노상직(盧相稷)[1] 지음

회산(檜山)[2]의 인사들은 그 고을의 행실이 돈독한 사람을 일컬을 때, 반드시 소산(小山) 김 처사(金處士)를 꼽는다. 그리고 공이 의관을 갖추고 여러 날 동안 육경을 강론할 때 사람들은 그분이 게을리하는 기색을 보지 못하였다고 말하는데, 나는 일찍이 목을 빼고 그리워하며 탄식하지 않은 적이 없었다.

계묘년(1903) 가을 유생 한 명이 초췌한 모습으로 노봉(蘆峯)[3]에 와서 선사(先師) 문헌공(文憲公)[4]의 속집을 간행하는 일에 대해 물었다. 그 사람의 이름은 용복(溶馥)으로, 소산(小山)의 장남 하정(夏鼎)의 아들이었다. 그는 바야흐로 승중복(承重服)[5]을 입고 궤연(几筵)을 지키고 있었지만, 조부가 성심으로 스승을 존모한 뜻을 잊지 못해 상제를 지키는 것에 얽매이지 않는 사람이었다.

그의 봇짐 속에 서첩이 있었는데, 소산이 일찍이 스승과 주고받은 편

---

1 노상직(盧相稷) : 1855-1931. 자는 치팔(致八), 호는 소눌(小訥), 본관은 광주(光州)이며, 현 경상남도 창녕에 거주하였다. 허전(許傳)에게 수학하였으며, 저술로 48권 25책의 『소눌집』이 있다.

2 회산(檜山) : 현 경상남도 창원시 마산 회원구의 옛 이름이다.

3 노봉(蘆峯) : 현 경상남도 밀양시 단장면 무릉리 노곡 마을이다.

4 문헌공(文憲公) : 허전(許傳, 1797-1886)의 시호이다. 자는 이로(而老), 호는 성재(性齋), 본관은 양천(陽川)이다. 이익(李瀷)·안정복(安鼎福)·황덕길(黃德吉)을 이은 근기 남인 학자로서 퇴계학파를 계승한 류치명(柳致明)과 더불어 학문적으로 쌍벽을 이루었으며, 1864년 김해 부사에 부임하여 영남 지역의 유도를 크게 일으켰다. 저술로는 45권 23책의 『성재집』 및 『사의(士儀)』 등이 있다.

5 승중복(承重服) : 부친을 여읜 맏아들이 조부모의 상을 당하여 입는 복을 말한다.

지와 글이 실려 있었고, 또 한 시대의 어진 군자들이 공에게 준 기문·서문·시첩 등이 실려 있었다. 그 글 중에 만성(晩醒) 박공(朴公)[6]은 공에 대해 "돈후하고 박실하며, 집안에 거처할 때 법도가 있었다."라고 하였고, 만휴(晩休) 김공(金公)[7]은 "움직이거나 고요할 때, 말하거나 침묵할 때에 절로 법도에 합치되었다."라고 하였고, 허남려(許南黎)[8]는 "소산옹은 제생들과 강학할 때 물 뿌리며 비질하고 응대하는 것으로부터 시작하여 격물·치지·성의·정심으로 미루어나갔다."라고 하였다. 이만구(李晩求)[9]는 공이 리·기를 겸한 것이 치우치지 않은 것이 된다는 내용의 편지를 보냈고, 일산(一山) 조 상사(趙上舍)[10]는 공의 학문하는 공부와 겸허하게 덕에 나아가는 점을 인정하였다. 또 그 고을에서 이름난 정재건(鄭在建)·노종락(盧鍾洛)·조경환(曺璟煥)·안두형(安斗馨) 공들은 동문의 동지로, 성대하게 종유한 일들이 종종 서첩 가운데 환히 드러나 있다. 이를 통해 볼 때 전에 공에 대해 들은 것이 헛소문이 아님을 믿게 되었다.

갑진년(1904) 봄 용복이 공의 가장(家狀)을 가지고 와서 묘도문을 지어 달라고 청하였다. 나는 함허정(涵虛亭)[11]의 옛일을 생각하자 의리상 사양

---

6 박공(朴公) : 박치복(朴致馥, 1824-1894)이다. 자는 훈경(薰卿), 호는 만성, 본관은 밀양이며, 현 경상남도 함안에 거주하였다. 류치명과 허전에게 수학하였으며, 저술로 16권 9책의 『만성집』이 있다.

7 김공(金公) : 김만현(金萬鉉, 1820-1902)이다. 자는 내문(乃聞), 호는 만휴, 본관은 분성(盆城)이며, 현 경상남도 창원에 거주하였다. 허전에게 수학하였으며, 저술로 5권 2책의 『만휴당집』이 있다.

8 허남려(許南黎) : 허유(許愈, 1833-1904)이다. 자는 퇴이(退而), 호는 후산(后山)·남려, 본관은 김해이며, 현 경상남도 합천군 삼가에 거주하였다. 허전·이진상(李震相)에게 수학하였으며, 저술로 21권 10책의 『후산집』이 있다.

9 이만구(李晩求) : 이종기(李種杞, 1837-1902)이다. 자는 기여(器汝), 호는 만구·다원거사(茶園居士), 본관은 전의(全義)로, 현 경상북도 고령에 거주하였다. 저술로 25권 14책의 『만구집』이 있다.

10 조 상사(趙上舍) : 조병규(趙昺奎, 1849-1931)이다. 자는 응장(應章), 호는 일산, 본관은 함안이며, 현 경상남도 함안에 거주하였다. 저술로 16권 9책의 『일산집』이 있다.

할 수 없었다. 을축년(1865) 가을 선사께서 함허정에서 강론하실 적에 공과 나의 선친[12]은 그 자리에 참석하여 경전을 가지고 함께 질문하고, 운자를 뽑아 함께 시를 지으셨다. 그날의 일이 눈앞에 생생하여 비록 백세가 지날지라도 마땅히 한 방 안의 일처럼 보일 것인데, 하물며 나와 그대에게 있어서랴.

가장을 살펴보니 김씨는 신라 경순왕(敬順王)의 후예로서, 고려 때 평장사를 지낸 휘 시흥(時興)이 김녕군(金寧君)에 봉해지면서 후손들이 김녕을 본관으로 하였다. 본조 단종(端宗) 때 순절한 충의공(忠毅公) 백촌(白村) 선생 휘 문기(文起)가 공의 13세조이다. 증조부 휘 서기(瑞起)는 수직(壽職)으로 가선대부에 제수되었다. 조부 휘 윤보(潤輔)는 일찍 졸하였다. 부친 휘 성철(聖哲)은 용모가 훤칠하고 기개가 높아 장자의 풍모가 있었다. 모친 김해 김씨(金海金氏)는 학생 하윤(夏潤)의 따님이다.

공의 휘는 기호(琦浩), 자는 문범(文範)으로, 순조 임오년(1822)에 태어났다. 7, 8세 때 향선생에게 나아가『효경』·『소학』을 배워 대의에 통달하였다. 조금 자라서는 과거시험장에서 명성이 났다. 경술년(1850) 부친상을 당하자 소식(素食)을 하면서 삼년상을 마쳤다. 병든 모친을 정성으로 섬겨, 모친이 음식을 드시지 않으면 공도 먹지 않았다. 모친이 돌아가시자, 삼년 동안 상복을 벗지 않았다. 모친을 부친의 묘소에 합장하였는데, 집에서 5리쯤 떨어진 곳이었다. 공은 하루도 빠뜨리지 않고 성묘하였다. 삼년상이 끝나자 과거시험에 나아가지 않고『성리대전』과『퇴계언행록』을 읽고서 위기지학에 전념하였다.

---

11 함허정(涵虛亭) : 김해도호부 객사 내에 있던 정자이다. 1497년 김해 부사 최윤신이 초창하였고, 1800년대 이전에 읍성 밖 북쪽으로 이건되었다고 한다. 1865년 가을 허전이 이곳에서 제생들과 강학하였다.

12 선친 : 생부는 극재(克齋) 노필연(盧佖淵)이며, 후에 숙부인 우당(愚堂) 노호연(盧滈淵)의 양자가 되었다.

을축년(1865) 도보로 금릉(金陵)[13]에 이르러 관아에서 성재(性齋) 선생에게 집지하고 배알하였다. 『사의(士儀)』를 받고서 심의(深衣) 제도에 대해 강구하였다. 후에 여러 차례 불권당(不倦堂)으로 찾아가 예(禮)에 관한 의문점을 질문하고 경전의 본지를 토론하였다. 물러나서는 김해 취정사(就正社)[14]에서 성재 선생의 「삼정책(三政策)」을 판각할 것을 논의하였다.

공은 일찍이 서실을 지어 생도들을 가르치며 육예(六藝)를 강론하였다. 봄가을로 강회를 결성하였는데, 강회일에는 정읍례(庭揖禮)를 행하고 선성향약(宣城鄕約)[15]의 벌목(罰目)을 읽었다. 그때 제생들은 감히 떠들지 못하고 몸가짐이 삼가 엄숙하였다. 지켜보는 사람들은 선한 풍속이라고 칭찬해 마지않았다.

공은 새벽에 일어나 세수하고 머리를 빗은 후 의관을 갖추고서 종일토록 앉아있었는데, 밤이 되어도 게을리하지 않고 『중용』과 『대학』 및 고인의 잠명(箴銘)을 암송하였다. 작은 패자(牌子)에 '성(誠) · 경(敬) · 화(和)' 세 글자를 새겨서 차고 다니며 말씀하기를 "마음을 보존하는 것은 '성(誠)' 자를 위주로 하고, 남과 만날 때는 '경(敬)' 자를 위주로 하고, 집안을 다스리는 것은 '화(和)' 자를 위주로 한다."라고 하였다. 또한 「경천잠(敬天箴)」을 지어 자신을 반성하였고, 성현의 도서(圖書)를 손수 베껴 좌우에 걸어 두고서 항상 바라보며 경계하였다.

61세 때 구로(劬勞)의 은혜[16]를 느끼고, 아버지 사당에 제사지내는 『가

---

13 금릉(金陵) : 현 경상남도 김해시이다.

14 취정사(就正社) : 현 경상남도 김해시 대성동에 있는 취정재(就正齋)이다.

15 선성향약(宣城鄕約) : 1556년 이황(李滉)이 경북 안동 예안지방에서 시행하기 위해 여씨향약을 본떠 만든 예안향약(禮安鄕約)을 가리킨다. 이 향약은 여씨향약의 4대 덕목 가운데 과실상규(過失相規)를 특히 중요시하였다.

16 구로(劬勞)의 은혜 : 자기를 낳아 기른 부모의 은혜를 말한다. 『시경』 소아(小雅) 「육아(蓼莪)」의 "슬프고 슬프도다, 부모여! 나를 낳으시느라 수고로우셨도다.[哀哀父母 生我劬勞]"에서 나온 말이다.

례』의 뜻을 본받아, 선친의 생신인 늦가을에 성대한 제수로 제사를 지내고서 그 제사음식으로 빈객을 대접하였다. 선사께서 시를 지어 위로하고 공의 천성이 지극히 효성스러움에 감탄하였다.

공은 임인년(1902) 5월 28일 축시에 졸하였으며, 회산군 남쪽 가음산(加音山)[17] 서채동(鋤采洞) 선영 미좌(未坐) 언덕에 장사지냈다. 참봉 남려(南黎) 허유(許愈)의 만시에 이르기를 "온 집안 식구들 모두 예를 알았고, 온 고을 사람들이 모두 어질다 말했네."라고 하였으니, 군자들은 이를 공의 실록으로 여긴다. 공의 저술로 『도설집록(圖說集錄)』과 『용학보주(庸學補註)』 등 몇 권이 있는데, 또한 공의 학문을 살펴볼 수 있다.

부인 안동 권씨(安東權氏)는 사인(士人) 명봉(命鳳)의 따님으로, 5남을 길렀다. 장남은 하정(夏鼎), 차남은 우정(禹鼎), 삼남은 세정(世鼎), 사남은 재정(載鼎), 오남은 신정(信鼎)이다. 서녀는 백락휘(白樂輝)에게 시집갔다. 손자 중 가장 위는 용복(溶馥)이며, 그 다음은 용갑(溶甲), 용봉(溶琫), 용인(溶寅), 용학(溶鶴), 용집(溶執), 용원(溶元)이다. 증손자는 7명으로 장증손은 재근(載根)이며, 나머지는 어리다.

갑진년(1904) 4월 초하루 익양(翼陽)[18] 노상직(盧相稷)이 삼가 지음.

墓表

盧相稷 撰

檜山人士, 稱其鄕篤行, 必以小山 金處士, 僂焉。仍道其冠帶累日講討

17 가음산(加音山) : 현 경상남도 창원시 가음정동이다.
18 익양(翼陽) : 현 광주광역시의 옛 이름이다.

六經, 人不見其懈色, 相稷未嘗不引領歎賞。癸卯秋, 有儒一生, 纍然至蘆峯, 問先師文憲公續集之役。其名曰:溶馥, 卽小山長子之子。方承重守几筵, 而不忘其王考誠心尊師之意, 不以持制而拘焉者也。

槖有帖, 載小山所嘗往復於師門者, 又載一時賢君子所持贈記序詩箚。晩醒 朴公則曰: "敦厚朴實, 居家有法", 晩休 金公則曰: "動靜語默, 自合繩規", 許南黎則曰: "翁與諸生講學, 自灑掃應對, 推之格致誠正"。李晩求則示之以兼理氣之爲不偏, 一山 趙上舍則許之以學問工夫謙虛進德。又其鄕里拇擘鄭在建、盧鍾洛、曺璟煥、安斗馨諸公, 同師同志, 遊從之盛, 往往昭載帖中。以是而信前所聞不虛。

甲辰春, 溶馥以家狀至, 乞有以衛隧道者。相稷念涵亭古事, 義不敢辭。蓋乙丑秋, 先師設講于亭, 公與吾先子與焉, 執經共質, 拈韻共賦。當日事, 歷歷如覩, 雖百世, 當以一室視, 況吾與子乎。

按狀, 金氏出新羅 敬順王之後, 高麗時, 平章事諱時興, 封金寧君, 子姓因籍焉。我莊陵殉節臣忠毅公 白村先生諱文起, 寔公十三世祖也。曾祖諱瑞起, 以高年, 秩嘉善。祖諱潤輔, 早卒。禰諱聖哲, 貌偉氣軒, 有長者風。妣金海 金氏, 學生夏潤之女。

公諱琦浩, 字文範, 以純廟壬午生。七八歲, 就塾師, 受《孝經》、《小學》, 通大義。稍長, 有場屋雋聲。庚戌, 遭外艱, 食素終制。事病母至誠, 母不食, 亦不食。母沒, 三年不脫絰帶。祔葬考墓, 距家五里。省掃無虛日。制闋, 不赴擧, 讀《性理大全》、《退溪言行錄》, 專意爲己。

乙丑, 徒步至金陵, 贄謁性齋先生于衙舍。受《士儀》, 講究深衣制度。後又屢負笈于不倦堂, 質禮疑討經旨。退而議本鄕就正社刻《三政策》。嘗築書室, 授徒講藝。約春秋會, 會日行庭揖禮, 讀宣城鄕約罰目。諸生毋敢喧譁, 容止謹嚴。見者嘖嘖道善俗。

晨起盥櫛, 衣服冠而坐終日, 至夜猶不懈, 誦《庸》、《學》及古人箴銘。作小牌刻誠、敬、和三字而佩之曰: "存心, 主一誠字 ; 接人, 主一敬字 ; 齊家, 主一和字。" 又作《敬天箴》以自省, 手模聖賢圖書, 揭左右, 常目而警。六十一歲，感劬勞之恩，倣《家禮》祭禰之義，而以先公生朝在季秋，享用殷奠，仍以餕餘饗賓。先師以詩慰之，歎其天性至孝。

壬寅五月二十八日丑時終，葬郡南加音山 鋤采洞先塋枕未之原。南黎許寢郎 愈有挽曰："一室皆知禮，全鄕共說賢。"，君子以此謂公之實錄也。公所著有《圖說集錄》、《庸學補註》數卷，亦可見公之所以爲學也。配安東 權氏，士人命鳳女，育五男。夏鼎、禹鼎、世鼎、載鼎、信鼎。庶女適白樂輝。孫男最者，溶馥，其次，溶甲、溶琫、溶寅、溶鶴、溶執、溶元。曾孫男七人，長載根，餘幼。

甲辰四月初吉日，翼陽 盧相稷 謹撰。

❖ 원문출전

金琦浩，『小山集』 卷4，盧相稷 撰，「墓表」(국립중앙도서관 BA-3648-10-364)

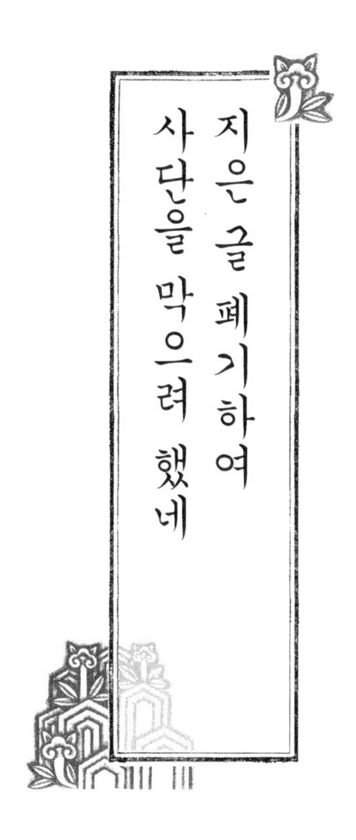

지은 글 폐기하여 사단을 막으려 했네

하협운(河夾運) : 1823-1906. 자는 한서(漢瑞), 호는 미성(未惺), 본관은 진양(晉陽)이며, 현 경상남도 진주시 수곡면 사곡 마을에 거주하였다. 백형 하학운(河學運)에게 수학하였다. 시문에 능하였으며, 문인으로 하겸진(河謙鎭)이 있다.
저술로 2권 1책의 『미성유고』가 있다.

미성(未惺) 하협운(河夾運)의 묘표

하겸진(河謙鎭)[1] 지음

부군의 휘는 협운(夾運), 자는 한서(漢瑞), 호는 미성(未惺)이다. 우리 하씨(河氏)는 진주에 대대로 살면서 명문가가 되었다. 그 선대의 덕행은 모두 백형 만취공(晩翠公:河學運)의 묘갈문에 실려 있다. 부군은 순조 계미년(1823) 모월 모일에 태어나 고종 병오년(1906) 1월 16일에 졸하였으니, 향년 84세였다. 사림산(士林山)[2] 북쪽 산기슭 경좌(庚坐) 언덕에 장사지냈다.

처음에 부군은 백형에게 가르침을 받았다. 조부 함와공(涵窩公)[3]이 어느 날 '춘(春)' 자 운으로 시를 지으라고 명하였다. 부군이 운자를 듣자마자 "개는 천 집 위에 뜬 달을 향해 짖고, 개구리는 사방 연못의 봄물에서 운다.[犬吠千家月, 蛙鳴四澤春]"라고 지었다. 부군은 그때 8세였는데, 당시 사람들이 너도나도 전송하며 기이하게 여겼다.

부군이 장성해서는 경사(經史)와 제자백가에 박식하였다. 시는 소식(蘇軾)[4]과 육유(陸游)[5]를 본떠서 청아하고 경책하고 기이하고 빼어났다.

---

1 하겸진(河謙鎭) : 1870-1946. 자는 숙형(叔亨), 호는 회봉(晦峯), 본관은 진양(晉陽)이다. 곽종석(郭鍾錫)에게 수학하였고, 이승희(李承熙)·장석영(張錫英)·송준필(宋浚弼) 등과 교유하였다. 저술로 50권 26책의 『회봉집』과 30권의 『동유학안』이 있다.

2 사림산(士林山) : 현 경상남도 진주시 수곡면 사곡리에 있다.

3 함와공(涵窩公) : 하이태(河以泰, 1751-1830)이다. 자는 오겸(五兼), 호는 함청헌(涵淸軒)이다.

4 소식(蘇軾) : 1036-1011. 중국 북송(北宋)의 문인으로, 자는 자첨(子瞻), 호는 동파(東坡), 시호는 문충(文忠)이다. 아버지 소순(蘇洵), 동생 소철(蘇轍)과 더불어 '삼소(三蘇)'라 불린다. 당송 팔대가이다.

국가의 전례(典禮)와 고사(故事)를 환히 습득하고 과거시험 문체에 두루 통달하여 능하다는 명성이 있었다. 그러나 천성이 간결하고 고상하여 대중을 따라 과거시험장에 들어가는 것을 기뻐하지 않았고, 산수 속에 은거하여 노년에 이르기까지 명성을 이룩한 바가 없었다. 거친 음식을 먹으며 빈한하게 살았는데 더욱 곤궁해져도 후회하는 기색이 없었다.

부군은 평소 자신을 단속하는 것이 매우 엄하여 출입을 드물게 하고, 말과 웃음을 적게 하였다. 큰 갓을 쓰고 소매가 넓은 옷을 입고 허리띠를 묶고서 낡은 자리에 앉아 있었는데, 혹 날이 저물도록 자리를 옮기지 않고 한 곳에서 근엄하게 지냈다. 그래서 바라보면 경외할 만하였다. 집안사람들을 처우할 적에 한결같이 은혜로써 대하였다. 그러나 일찍이 한 마디 말도 함부로 한 적이 없었다.

중년에 부군은 가족을 이끌고 대(臺) 위쪽 깊은 골짜기에 우거하였다. 당시 백형 만취공이 아직 살아 계셨다. 부군은 날마다 일찍 일어나 골짜기를 내려와 백형에게 문안하고, 물러나 여러 종형제들과 책상을 마주하고서 고도(古道)를 강론하다가 밤이 되어서야 돌아갔다. 이와 같이 한 것이 수십 년이 되었는데, 비나 눈이 심하게 내리는 경우가 아니면 그만두지 않았다.

부군은 진양 강씨(晉陽姜氏) 택주(宅周)의 따님에게 장가들었다. 아들은 재규(載奎)이고, 딸 셋은 강낙섭(姜洛燮)·강득환(姜得煥)·민정호(閔正鎬) 에게 시집갔다. 재규는 후사가 없어 재종형 재연(載淵)의 아들 명진(溟鎭)을 데려다 아들로 삼았다. 사위가 셋인데 박헌량(朴憲亮)·김홍림(金弘林)·조행규(趙行奎)이다. 강낙섭의 아들은 재천(在千)이고, 사위는 이호영(李浩榮)·유의순(柳義淳)이다. 강득환의 아들은 휘설(彙說)·휘문

5 육유(陸游) : 1125-1210. 중국 남송(南宋)의 시인으로, 자는 무관(務觀), 호는 방옹(放翁), 절강성 소흥사람이다. 나라의 상황을 개탄한 시가 많다.

(彙文)이다. 민정호의 아들은 영숙(泳潚)·영택(泳澤)이고, 사위는 하영만(河泳萬)이다. 명진의 자녀는 모두 10명이다.

부군은 처음에 동몽교관에 제수되었는데, 후에 수직(壽職)으로 정3품 품계에 올랐다. 부군이 말씀하기를 "동몽교관은 명성이 없이 내려진 것이고, 수직은 조정이 노인을 우대하는 법전이다. 내가 죽으면 반드시 명정(銘旌)에 통정대부로 써라."고 하였다.

부군이 지은 시문이 매우 많지만 모두 폐기하여 수습하지 않고 말씀하기를 "나는 죽은 뒤에 사단이 일어나는 것을 바라지 않는다."라고 하였다. 증손 영기(永箕)가 최근 부군의 남은 시문을 찾아 기록하여 겨우 약간 편을 집에 소장하고 있다.

종손(從孫) 겸진(謙鎭)이 삼가 지음.

墓表

河謙鎭 撰

府君諱夾運, 字漢瑞, 號未惺。吾河世居晉州, 爲名族。其世德俱載伯兄晩翠公碣。府君以純祖癸未月日生, 卒高宗丙午正月十六日, 壽八十四。葬士林山北麓坐庚之阡。

始府君隨伯兄受讀。祖考涵窩公, 一日命以春字韻賦詩。府君應聲對曰: "犬吠千家月, 蛙鳴四澤春。" 府君時年八歲, 一時多傳誦奇之。

旣長, 博極經史、諸子。爲詩倣蘇、陸, 淸警奇逸。明習國家典故, 傍通擧子文, 有能名。然天性簡亢, 不喜隨衆入場屋, 隱山澤間, 至老, 無所成名。疏食飮水, 益困無悔色。

平居持己甚嚴, 罕出入、寡言笑。偉冠廣袖束帶, 坐弊氈, 或日昃不移, 一處儼然。望而可畏。處家人, 一以恩勝。然亦未嘗有見其一言狎也。

中歲, 挈家寓臺上深峽。時晚翠公尙在堂。府君逐日早起, 下峽省兄, 退與群從兄弟, 對牀講說古道, 乘夜乃歸。如是者, 積數十年, 非甚雨雪, 未或變焉。

府君娶晉陽 姜宅周女。一男載奎, 三女嫁姜洛燮、姜得煥、閔正鎬。載奎無嗣, 取再從兄載淵子溟鎭, 子之。壻三人朴憲亮、金弘林、趙行奎。姜洛燮子在千, 女壻李浩榮、柳義淳。姜得煥子彙說、彙文。閔正鎬子泳潚、泳澤, 女壻河泳萬。溟鎭子女, 幷十人。

府君初授童蒙教官, 銜後大壽, 陞正三品。府君曰: "教官是無名而至者, 壽爵朝廷所以優老者也。我死必以通政題銘旌。" 所作詩文甚多, 皆棄而不收曰: "吾不欲生事於身後也。" 曾孫永箕, 近方搜錄斷爛, 僅若干藏于家。

從孫 謙鎭 謹撰。

❖ **원문출전**

河夾運, 『未惺遺稿』 附錄, 河謙鎭 撰, 「墓表」(경상대학교 문천각 古 D3B H하94ㅁ)

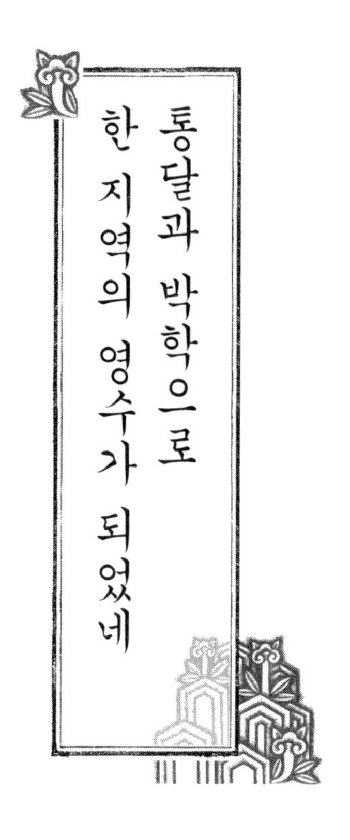

박치복(朴致馥) : 1824-1894. 자는 훈경(薰卿), 호는 만성(晩醒), 본관은 밀양이다. 본래 함안 사람으로, 중년 이후 현 경상남도 합천군 삼가(三嘉)에 이주하여 살았다. 류치명(柳致明)의 문하에서 수학하였으며, 1864년 허전(許傳)이 김해 부사(金海府使)로 부임했을 때 나아가 집지하였다. 1860년 삼가현 황매산(黃梅山) 기슭에 백련재(百鍊齋)를 짓고 학문에 정진하며 후진을 양성하였다. 1882년 진사시에 합격하였다. 저술로 16권 9책의 『만성집』이 있다.

만성(晩醒) 박치복(朴致馥)의 묘갈명

조긍섭(曺兢燮)[1] 지음

만성(晩醒) 선생 박공(朴公)께서 돌아가신 지 32년 되던 해 그의 조카 정선(正善)이 나에게 행장을 주면서 말하기를 "처음에 저의 종형(從兄)[2]이 일찍이 '우리 아버지의 묘갈명을 지으실 분은 반드시 서산(西山) 김 징군(金徵君)[3]이어야 한다.'라고 하시면서 집안사람들로 하여금 해마다 예물을 준비하게 하여 장차 폐백을 드려 묘갈명을 청하려고 했습니다. 그런데 얼마 뒤 징군께서 돌아가시고, 종형마저 세상을 떠나 집안이 드디어 기울게 되었습니다. 지금 제가 유집(遺集)의 중간(重刊)을 힘써 도모하고, 장차 돌 하나를 다듬어 묘소 가는 길에 행적을 드러내 새기려고 합니다. 생각해 보니 지금 세상에서 능히 돌아가신 중부(仲父)의 뜻을 알고, 징군이 해야 할 일을 잘 기술할 수 있는 사람으로는 그대만한 사람이 없으니 감히 지어주시기를 청합니다."라고 하였다.

내가 감히 이 일을 맡을 수 없다고 사양한 것이 여러 번이었으나, 그는 청하기를 더욱 부지런히 하였다. 그래서 스스로 생각해 보니 나는 약관의 나이에 일찍이 선생을 두 번 뵌 적이 있는데, 선생께서는 알아주고 장려해 주기를 매우 두터이 하셨다. 나는 지금 노쇠하여 이룬 것이

---

1 조긍섭(曺兢燮) : 1873-1933. 자는 중근(仲謹), 호는 심재(深齋)·암서(巖棲), 본관은 창녕(昌寧)이다. 저술로 『심재집』이 있다.

2 종형(從兄) : 만성의 외아들 박호선(朴祜善)이다.

3 김 징군(金徵君) : 김흥락(金興洛, 1827-1899)이다. 자는 계맹(繼孟), 호는 서산(西山)이다. 저술로 『서산집』이 있다.

없지만, 선생의 일에 있어서 스스로 외면해서는 안 되는 것이 있다. 이에 그 행장을 살피고 또 들은 바를 참고하여 아래와 같이 쓴다.

대개 퇴계 이후로 퇴계를 으뜸으로 여겨 배우는 자들에는 영남학파(嶺南學派)와 근기학파(近畿學派)의 두 학파가 있다. 영남학파의 학문은 정밀하고 엄격하여 항상 경도(經道)를 지켜 약례(約禮)로 돌이키는 것을 위주로 하고, 근기학파의 학문은 크고 넓어서 실용에 응하고 시대를 구제하는 것을 급선무로 한다. 영남학파의 학문은 금양(錦陽)[4]·소호(蘇湖)[5]를 거쳐 정재 류씨(定齋柳氏)[6]에 이르렀고, 근기학파의 학문은 성호(星湖)[7]·순암(順菴)[8]으로부터 성재 허씨(性齋許氏)[9]에 이르렀으니, 유파가 더욱 퍼져나갔고 문호가 점점 넓어졌다.

그러나 추종하여 믿는 것이 이미 분별되어 각기 전해들은 바를 숭상할 뿐, 혹 그 경계를 터서 하나로 합하는 자가 있지 않았다. 유독 만성 선생이 멀리 정재(定齋)와 성재(性齋) 두 선생의 문하로 나아가, 골고루 두 학파에서 전해진 통서(統緖)를 계승하고 요지를 지켜 성대하게 일어나 한 지역의 영수가 되었다. 그러니 어찌 '저곳에 있어도 싫어하는 사람이 없고, 이곳에 있어도 싫어하는 사람이 없네. 거의 아침 일찍부터 밤늦

4 금양(錦陽) : 현 경상북도 안동시 임하면 금소리로 이현일이 만년에 거주하던 곳인데, 여기서는 이현일을 가리킨다.

5 소호(蘇湖) : 현 경상북도 안동시 소호리로 이상정이 거주하던 곳인데, 여기서는 이상정을 가리킨다.

6 정재 류씨(定齋柳氏) : 류치명(柳致明, 1777-1681)이다. 자는 성백(誠伯), 본관은 전주이다. 저술로 『정재집』이 있다.

7 성호(星湖) : 이익(李瀷, 1681-1763)의 호이다. 자는 자신(自新), 본관은 여주(驪州)이다. 저술로 『성호사설(星湖僿說)』 등이 있다.

8 순암(順菴) : 안정복(安鼎福, 1712-1791)의 호이다. 자는 백순(百順), 본관은 광주(廣州)이다. 저술로 『순암집』 등이 있다.

9 성재 허씨(性齋許氏) : 허전(許傳, 1797-886)이다. 자는 이로(而老), 본관은 양천(陽川)이다. 저술로 『성재집』 등이 있다.

게까지 부지런히 보살펴서, 영원히 아름다운 명예를 마쳤네.'[10]라고 한 경우가 아니겠는가.

선생의 휘는 치복(致馥), 자는 훈경(薰卿)이다. 어려서부터 영민하다는 명성이 있었다. 관례를 하기도 전에 대평(大坪)[11]으로 류 선생(柳先生:柳致明)을 찾아뵈었는데, 류 선생은 그 재주를 기특하게 여겼으나 준걸함을 근심하여 오로지 사서(四書)에 힘을 쏟고 용모와 말투에 공력을 더하도록 하였다. 서산공(西山公:金興洛)이 당시 동문의 벗으로서 또한 선생을 존중하여 '함양자수(涵養自守)'의 네 자를 써주며 면려하였다.

선생은 돌아와서 스스로 더욱 노력하고 연마하여 사우의 뜻을 저버리지 않으려고 다짐하였다. 그러나 선생은 재주와 기상이 크고 빼어나, 활기가 없고 담박한 생활에 안주하려 하지 않았다. 제자백가에 더욱 힘을 쏟아 그 온축을 넉넉하게 하고, 실용을 이롭게 하고자 힘썼다. 일찍이 교지에 응대하여 「삼정책(三政策)」을 올렸는데, 논지가 정연하였다. 사람들이 그 국량과 식견에 탄복하여, 만성 선생이 백련재(百鍊齋)[12]에 계실 때 왕래하면서 공부하는 사람들이 늘 수백 명이었다.

만성 선생은 공령문(功令文)을 짓고 경서를 암송하는 것 외에 마땅히 실무가 있는 것을 알게 해야 한다고 생각하였다. 이에 소학강규(小學講規)를 개설하여 그들을 진작시키고 가지런히 하자, 모두 순순히 법도에 맞게 되었다. 고을의 수령 중에 어진 사람들은 이런 사람을 일찍이 본 적이 없다고 여기며 번갈아 가면서 권장하였다.

선생은 얼마 뒤 성재(性齋) 허 선생(許先生)이 김해 부사(金海府使)로

---

10 저곳에……마쳤네 : 『시경』「주송(周頌)」에 보인다.

11 대평(大坪) : 현 경상북도 안동시 임동면 수곡리 무실 마을이다.

12 백련재(百鍊齋) : 현 경상남도 합천군 가회면(佳會面) 황매산(黃梅山) 아래로, 박치복이 강학하던 곳이다.

부임하여 공여당(公餘堂)을 열어 배우는 사람들을 거처하게 한다는 소식을 듣고, 아우 매옥공(梅屋公)[13]과 함께 가서 배알하였다. 허 선생께서 선생을 한 번 보고는 국사(國士)로 허여하였다. 선생은 이때부터 종신토록 의지하고 귀의할 곳으로 삼았다. 허 선생이 세상을 떠날 때 선생의 손을 잡고 부탁한 바가 있었는데, 대체로 연원(淵源)을 전하는 것에 대해 자신의 마음을 심원하게 부탁한 것이라 한다.

선생은 학문이 이루어진 이후로 성균관에서 유학한 적이 많았는데, 성균관의 유생들이 추대하여 상석에 앉히고서 말하기를 "선생은 조만간 크게 명성이 드러날 것입니다."라고 하였으나, 선생은 조금이라도 마음을 굽혀서 시대에 맞추려고 하지 않았다. 일찍이 충량과(忠良科)에 응시하러 간 적이 있었는데, 당시 바야흐로 서양 오랑캐와 통상을 일삼고 있었고, 예조의 시험관도 시무로써 문제를 내었다. 선생은 시험 제목을 비판하는 글을 지어 답안을 제출하고 나왔다. 선생은 결국 낙방하였으나 근심하지 않았다.

그 당시 재상이나 권귀들이 그 이름을 흠모하고 다투어 자기 집으로 초청하려 하였다. 그러나 선생은 당당히 자신을 지켜 꼭 찾아가야 할 곳이나 꼭 만나야 할 사람이 아니면, 한 번 가서 만나는 것도 달갑게 여기지 않았다. 이로 인하여 나라 안에 명성이 자자하였으나 불우한 처지에서 오랫동안 곤궁하게 지냈다. 간혹 선생을 위해 천거해 주는 자가 있었지만 조정에는 알았다는 비답만 내렸을 뿐이었다.

50세 때 비로소 진사가 되었다. 몇 년 뒤 의금부 도사의 품계에 제수되었고, 얼마 뒤 서연(書筵)의 사부(師傅) 등의 직책에 의망하는 사람이 있었으나, 끝내 어떤 사람의 방해를 받아 제수되지 못하였다. 선생은 불

---

13 매옥공(梅屋公) : 박치복의 아우 박치회(朴致晦, 1829-1893)이다. 자는 계장(季章), 호는 매옥이다. 저술로 3권 2책의 『매옥집』이 있다.

우하여 쓰이지 못했지만, 한결같은 마음으로 당시 세상을 잊지 않았다. 성균관에 있을 때 일찍이 서양 사교(邪敎)를 배척하는 글을 짓고, 또 사류들을 창도하여 소(疏)를 올려 복식 제도를 쟁론하였다. 그 후 다시 한 번 상소를 올려 당시 정치의 잘못을 극렬히 논했는데, 모두 사람들이 말하기 어려워하는 것이었으나 시정에 반영된 것이 아무것도 없었다.

선생은 당시 시사는 어찌 할 수 없음을 더욱 잘 알았다. 돌아와서는 옛날의 학문을 닦아 밝히고, 후학들을 인도하는 것으로 자신의 임무를 삼았다. 당시 한주 이씨(寒洲李氏)[14]의 심즉리설(心卽理說)이 바야흐로 유행하였는데, 남쪽 지방의 사류들이 그 설을 종주로 하는 자가 많았다. 그들의 설에 만약 선생이 평소 들은 바와 어긋나는 것이 있으면, 선생은 논리를 갖추어 분변하였다. 한결같이 주자·퇴계 및 정재(定齋)의 설을 따라 준거로 삼았는데, 모두 명확하여 귀결점이 있었다.

병이 위독하였을 때에도 오히려 글을 지어 배우는 사람들에게 간곡하게 전해 주면서 내용도 없이 두루뭉술한 설에 그르치지 말라고 경계하였는데, 말씀하시는 의중이 확고하였다. 대개 선생의 평소 조예를 추적해 보면 대부분 통달(通達)과 박학(博學)을 위주로 하였다. 대체로 근기학파의 규범에 가깝지만 이 점으로 살펴보면 정밀하고 요약한 취지는 분명 영남학파에서 대대로 지켜온 것을 잃지 않았다고 말할 수 있다.

선생께서 세상을 떠난 뒤로 세변(世變)과 도술(道術) 모두 기강이 없어져서 백성들의 생활은 위태하여 멸망하는 데 가까워졌고, 사류들의 추향은 날로 들뜨고 분열되었다. 이에 식견 있는 학자들은 선생을 생각하지 않을 수 없었다. 그 누가 저승에 계신 선생에게도 남은 슬픔이 있는

14 한주 이씨(寒洲李氏): 이진상(李震相, 1818-1886)이다. 자는 여뢰(汝雷), 본관은 성산(星山)이다. 류치명(柳致明)의 제자로, 심즉리설(心卽理說)을 주장했다. 저술로 『한주집』이 있다.

줄을 알겠는가. 아! 슬프다.

선생의 사람됨은 타고난 자질이 평탄하여 남과 서로 거슬림이 없었다. 효성과 우애는 가정에서 이루어졌으며, 어질고 자애로움은 남들에게서 인정받았다. 평소 거처할 적에 법도를 지키려고 심히 노력하지 않았지만 몸가짐이 꼿꼿하고 정돈되어 종일토록 용모를 고치는 일이 없었다. 다른 사람과 이야기를 나눌 때는 진솔함을 드러내고 거리를 두지 않아서, 선생의 덕을 엿본 자는 심취하지 않음이 없었다.

글을 지을 때는 가슴 속에 축적된 것을 드러내어 아무리 퍼내도 마르지 않았고, 정신은 냉철하고 문체는 순정하여 마침내 이치가 합당한 데로 귀결되었다. 선생이 지은 악부시(樂府詩)를 보면 빼어나게 매우 방정하여 한 시대를 들여다 볼 수 있다.

선생은 순조(純祖) 갑신년(1824) 9월 3일 태어나 고종(高宗) 갑오년(1894) 6월 4일 세상을 떠났으니, 향년 71세였다. 그 해 9월 모일 삼가(三嘉) 연동(淵洞)[15]에 안장하였다. 20년이 지난 계축년(1913)에 함안(咸安 : 咸州) 용화산(龍華山)[16] 선영 아래 해좌(亥坐) 언덕에 이장하였다.

박씨의 세계(世系)는 밀양(密陽)에서 나왔다. 중간에 함안으로 와서 살다가 선생 때에 이르러 삼가로 이거하였다. 선생의 7대조는 무숙공(武肅公) 진영(震英)[17]으로 병조 참판을 지냈고, 대보단(大報壇)[18]에 배향되었다. 그 뒤로는 유술(儒術)이 집안에 전해졌다. 증조부의 휘는 인혁(仁赫),

---

15 연동(淵洞) : 현 경상남도 합천군 가회면(佳會面) 연동 마을이다.

16 용화산(龍華山) : 현 경상남도 함안군 대산면 장암리에 있다.

17 진영(震英) : 박진영(朴震英, 1569-1641)이다. 자는 실재(實哉), 호는 광서(匡西), 본관은 밀양이다. 정구(鄭逑)의 문인이다. 저술로 『광서집』이 있다.

18 대보단(大報壇) : 조선 후기 임진왜란 때 원군을 보낸 명(明)나라 신종(神宗)의 은의(恩義)를 기리기 위해 1704년 창덕궁(昌德宮) 금원(禁苑) 옆에 설치한 제단(祭壇)이다. 명나라 태조·신종·의종(毅宗)을 제사지낸다.

호는 안재(安齋)이다. 조부의 휘는 형천(馨天)이고, 성균 진사이다. 부친의 휘는 준번(俊蕃), 호는 오려(吾廬)이다. 양대에 걸쳐 모두 천거 명단에 올랐다. 모친은 전주 최씨(全州崔氏) 규찬(奎燦)의 따님과 현풍 곽씨(玄風郭氏) 심춘(心春)의 따님이다. 곽씨는 어진 행실이 있었는데, 이분이 선생을 낳았다.

선생의 부인은 두 명인데, 고성 이씨(固城李氏) 현빈(賢賓)의 따님은 자식이 없고, 진양 강씨(晉陽姜氏) 창범(昌範)의 따님은 1남 2녀를 두었다. 아들 호선(祜善)은 효도하고 우애하며 지극한 행실이 있었다. 사위는 정용석(鄭龍錫)과 김영귀(金永龜)이다. 호선은 아들이 없어 집안 조카 영철(永喆)을 데려다 자식으로 삼았다. 정용석의 아들은 태윤(泰潤)이고, 딸은 김모(金某)에게 시집갔다. 김영귀의 아들은 상우(相佑)와 상윤(相胤)이고, 딸은 정연조(鄭然助)에게 시집갔다.

명은 다음과 같다.

선비 중에 그 누가 학문하면서	士孰爲學
천인(天人)을 담론하지 않으랴	不譚天人
선비 중에 그 누가 뜻을 품고서	孰有其志
경륜(經綸)을 말하지 않으랴	不曰經綸
혹자는 새롭고 기이한 데로 달려가	或騁新奇
고원한 이론에만 천착을 하고	抗高鑿竅
혹자는 지엽의 말단만 드러내고	或標枝條
그 기강과 체요를 빠뜨리네	遺其綱要
훌륭하도다! 선생이시여	猗歟先生
거의 대도(大道)를 아셨구나	庶幾識大
여러 설을 보고 두루 회통하여	觀乎會通
체용(體用)이 모두 갖추어졌네	體用則該
늙어서도 학문을 좋아한 선생의 집엔	炳燭者室

악사(樂師) 광(曠)의 설[19]을 걸어 두었네 師說是揭
도를 걱정하며 하시던 말씀 憂道有言
눈 감을 때까지 그만두지 않으셨네 與目同閉
한 세대가 지난 뒤 一世之後
그 명성 점점 사라져가네 聲寖響微
선생의 뜻을 이어 펼 사람 없으니 紹述無人
우리 고을 유림들 탄식만 할 뿐 吾黨所欷
선생이 남긴 글 세상에 있으니 遺文在世
선생의 정신이 그 속에 들어 있네 精魄在玆
이것을 새기고 이것을 드러내면 是刊是表
후진들이 여기서 감복하리라 來者之詒

朴晩醒先生 墓碣銘

曺兢燮 撰

晩醒先生 朴公, 沒三十有二年, 從子正善, 以狀授兢燮而言曰: "始吾從兄嘗謂 '銘吾父, 必須西山 金徵君。' 令家人歲治帛, 若將以爲幣者。未幾, 而徵君卒, 從兄又不淑, 家遂旁落。今者正善, 旣力圖重刊遺集, 且將治一石, 顯刻于墓道。念當世能知先仲父之志, 而足述徵君之業者, 莫如子, 宜敢以請。"

余辭謝不敢當者屢, 而其請益勤。因自惟弱冠時, 嘗再承先生之眄, 辱知奬甚厚。今雖衰晩無成, 而於先生有不宜自外者。乃按其狀辭, 復叅以

19 악사(樂師) 광(曠)의 설 : 진(晉)나라의 이름난 맹인 악사 광(曠)이 평공(平公)에게 한 말인데, 늙어서 학문을 좋아함은 촛불을 밝히는 것과 같다는 뜻으로 『설원(說苑)』「건본(建本)」에 보인다.

所聞而書之曰。

蓋自陶山以後, 宗而學者, 有嶺、畿之二派。嶺學精嚴, 常主於守經反約; 畿學閎博, 多急於應用救時。嶺學歷錦陽、蘇湖, 以至於定齋 柳氏; 畿學從星湖、順庵, 以及於性齋 許氏, 則波流益漫、門庭寖廣。然趍信旣別, 各部所聞, 未或有決其藩而一之者。獨先生遨遊二氏間, 均能承緖餘而守指要, 蔚爲一方之領袖。豈所謂"在彼無惡, 在此無射。庶幾夙夜, 以永終譽。" 者非耶。

先生諱致馥, 字薰卿。少有英聲。自未冠而謁柳先生於坪上, 柳先生奇其才而憂其俊, 使專力四子書, 加功於容貌辭氣間。而西山公時以同門友, 亦重先生, 以"涵養自守"四字爲勉。

先生歸則益自淬礪, 期以不負師友之意。然先生旣才氣閎拔, 不欲安於枯淡。益肆力於諸子百家, 務贍其蘊蓄而利其施用。嘗應旨對≪三政策≫, 布置井井。人已服其器識, 其齋居也, 往來攻業者, 動數百人。

先生謂功令記誦之外, 當使知有實務。於是, 設小學講規, 以振齊之, 擧循循就法度。郡宰之賢者, 以爲未始見也, 而迭勸奬之。

旣而, 聞許先生莅金海, 闢公餘堂以處學者, 與弟梅屋公往拜之。許先生一見, 則許以國士。自是終身以爲依歸。許先生之沒也, 執先生手而有所托, 蓋深屬意於淵源之傳云。

先生自業成之後, 多遊泮宮, 泮中人推爲前茅謂, "先生朝夕大闡矣。", 而先生不少枉以適時。嘗赴忠良科, 時方事通夷, 主司以時務爲問。先生罵題爲文, 投券而出。竟下第而不恤。時宰貴人慕其名, 爭欲致諸其門。而先生亢亢自持, 非其地與人, 不肯一跡而面焉。以是, 聲譽噪國中, 而久困於蹭蹬。間有爲之推轂者, 則報聞而已。

年五十, 始補國子生。後數年, 得授金吾郎銜, 旣而, 有以師傅書筵等職擬之者, 而卒亦爲人所枳。然先生雖流落不偶, 而一念不忘當世。在泮, 嘗爲文斥洋邪, 又倡群士, 疏爭衣制。後復上一疏, 極論時政之失, 皆人所難言者, 然無所補矣。

先生益知時事不可爲。歸則以修明舊學，導率後學，爲己任。當是時，有寒洲 李氏心理之論方行，南方之士，多宗之。其說若有與先生平日所聞相筳楹者，先生具爲論以辨之。一禀雲、陶及坪上成說，以爲準據，皆鑿鑿有歸。宿疾革而猶爲書，丁寧以授學者，戒毋爲鶻圇無間架之說所誤，意炯炯也。蓋蹟先生平日之所造，多主通博。槪近於畿學規範，而至是則其精約之趣，可謂端然不失嶺中之世守矣。

自先生沒後，世變道術，兩無紀極，民生阽於危亡，而士趍日以浮裂。於是，有識之士，不能不以先生爲思。夫孰知九原之有餘悲耶。嗚乎！唏矣。

先生爲人，天賦坦蕩，與物無忤。孝友成於家，而仁愛孚於人。平居，不甚事檢押，而儀表峻整，或終日無改容。與人言，披露眞率，不設畦畛，而覿其德者，無不心醉。爲文，抒發所積，挹之不竭，而芒寒色正，卒歸於理勝。至於樂府之撰，則裒然大方，可以俯視一代矣。

先生以純廟甲申九月三日生，以高宗甲午六月四日卒，享年七十一。以其年九月某日，葬于三嘉之淵洞。後二十年癸丑，移窆于咸安 龍華山先兆下負亥之原。朴氏系出密陽。中世家咸安，至先生，又移于三嘉。先生七世祖曰:武肅公 震英，官兵曹叅判，配食大報壇。後以儒術傳家。曾大父曰:仁赫，號安齋。大父曰:馨天，成均進士。考曰:俊蕃，號吾廬。兩世皆登薦剡。妣全州 崔氏，奎燦女，玄風 郭氏，心春女，郭氏有賢行，寔生先生。先生有二配，曰:固城 李氏，賢賓女，無育，晉陽 姜氏，昌範女，有一男二女。男祜善，有孝友至行。女婿鄭龍錫、金永龜。祜善無嗣，取族子永喆，子之。鄭龍錫男泰潤，女適金。金永龜男相佑、相胤，女適鄭然助。

銘曰:"士孰爲學，不譚天人。孰有其志，不曰經綸。或騁新奇，抗高鑿竅。或標枝條，遺其綱要。猗歟先生，庶幾識大。觀乎會通，體用則該。炳燭者室，師說是揭。憂道有言，與目同閉。一世之後，聲寢響微。紹述無人，吾黨所欷。遺文在世，精魄在玆。是刋是表，來者之詒。"

❖ **원문출전**

曺兢燮, 『深齋集』 卷27 墓碣銘, 「朴晩醒先生墓碣銘」(경상대학교 문천각 古(아천) D3B 조18ㅅ)

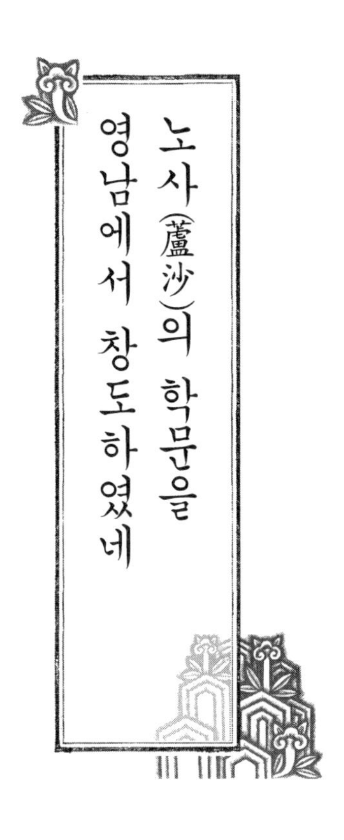

노사(蘆沙)의 학문을 영남에서 창도하였네

조성가(趙性家) : 1824-1904. 자는 직교(直敎), 호는 월고(月皐), 본관은 함안이며, 현 경상남도 하동군 옥종면 회신리(檜新里)에서 태어났다. 이괄(李适)의 난에 공을 세운 조익도(趙益道)의 후손이다. 28세 때 하달홍(河達弘)의 권유로 기정진(奇正鎭)을 찾아가 제자가 되었고, 이후 기정진에게 「외필(猥筆)」을 전해 받을 정도로 신임을 받았다. 전라남도 장성의 고산서원(高山書院)에 배향되었다.
교유 인물로는 최숙민(崔琡民)·정재규(鄭載圭)·기우만(奇宇萬)·이최선(李最善)·김녹휴(金祿休) 등 동문이 있고, 정규원(鄭奎元)·정태원(鄭泰元)·박치복(朴致馥)·권병태(權秉太) 등 지역 내 학자들과도 막역하였다. 또한 송병선(宋秉璿)·최익현(崔益鉉)·송병순(宋秉珣) 등 지역 외 인사들과도 교유했다. 이진상(李震相)과는 함께 경상우도 지역을 유람한 적이 있다.
저술로 20권 10책의 『월고집』이 있다.

월고(月皐) 조성가(趙性家)의 행장

권재규(權載奎)[1] 지음

선생의 성은 조씨(趙氏), 휘는 성가(性家), 자는 직교(直敎)이다. 월봉(月峯)[2] 아래에 거처했기 때문에 월고(月皐)를 호로 삼았다. 함안 조씨는 고려 때의 대장군인 휘 정(鼎)이 시조이다. 그 뒤에 공조 전서(工曹典書)를 지낸 휘 열(悅)이 있는데, 고려의 국운이 다하는 것을 보고는 곧 고향으로 돌아와 동지들과 함께 시를 읊조리며 자락하다 생을 마쳤다. 이분의 손자 어계(漁溪) 선생 휘 려(旅)는 이조 판서에 추증되었고, 시호는 정절(貞節)이며, 단종조 생육신 중 한 분이다.

이로부터 5대를 내려와 휘 익도(益道)[3]는 인조 때 이괄(李适)의 난을 평정한 공으로 재차 공신에 책훈[4]되었고, 뒤에 참의에 추증되었으며, 도계사(道溪祠)[5]에 제향되었다. 다시 2대를 내려와 휘 련(璉)은 학행으로 여

---

1 권재규(權載奎) : 1870-1952. 자는 군오(君五), 호는 송산(松山)·이당(而堂), 본관은 안동이다. 권규(權逵)의 후손이며, 경상남도 산청군 단성면 강루리(江樓里) 교동(校洞)에서 태어났다. 조카 권봉현(權鳳鉉)이 조성가의 손녀에게 장가갔다. 저술로 46권 23책의 『이당집』이 있다.

2 월봉(月峯) : 경상남도 하동군 옥종면 월횡리에 있는 산이다.

3 익도(益道) : 조익도(趙益道, 1575-1647)이다. 자는 여행(汝行), 호는 도곡(道谷), 본관은 함안이다. 조종도(趙宗道)와는 10촌, 조임도(趙任道)와는 8촌간이다.

4 재차 공신에 책훈 : 조익도가 받은 공신녹권 가운데 하나는 1613년 대북파가 소북파를 없애기 위해 김직재 등을 모반혐의로 처형시킨 데 대해 그 이듬해 내린 '형난원종공신녹권(亨難原從功臣錄券)'이고, 두 번째는 1624년 이괄의 난을 평정한 데 대해 1625년에 내린 '진무원정공신녹권(振武原從功臣錄券)'이다.

5 도계사(道溪祠) : 경상남도 함안군에 있던 도계서원을 말한다. 도계서원의 건물은 현재 남아있지 않고 '도계서원유허비'만 남아 있다. 이숙(李潚), 박진영(朴震英), 조익도(趙益道)의 위패가 봉안되었다. 현 경상남도 함안군 함안면 파수리에 있다.

러 번 증직되어 좌승지에 이르렀다. 이분이 휘 릉(棱)을 낳았는데, 호가 송암(松菴)으로 학식이 풍부하고 시와 글씨에 능했다. 이분이 선생의 6대조이다.

고조부의 휘는 원기(元耆)이다. 증조부의 휘는 경진(經鎭)인데, 처음으로 진주 월횡리(月橫里)[6]에 우거하였다. 성품이 담박하고 독서를 하며 자락하였으나 일찍 세상을 떠났다. 재취 부인 문씨(文氏)가 순절하자 조정에서 정려(旌閭)와 복호(復戶)를 내렸다. 조부의 휘는 오(澳)이다. 부친의 휘는 광식(匡植)인데, 동몽교관에 추증되었다. 은혜롭고 근검하여 가업을 일으켰다. 모친은 영인(令人)에 추증된 김해 김씨로, 김석신(金錫信)의 따님이다. 순조 갑신년(1824) 2월 16일에 회산(檜山)[7]의 자택에서 선생을 낳았다.

선생은 어려서부터 총명과 지혜가 남달랐으며, 식견과 주장이 종종 어른을 능가하였다. 서당에 다닐 적에는 스스로 책읽기를 즐겨 스승의 감독이 필요 없었고, 부지런히 외고 읽다가 더러는 잠자거나 밥 먹는 일을 잊기도 했다. 부친 교관공 또한 선생을 크게 진취시키고자 하여 자질구레한 집안일을 조금도 시키지 않아 오로지 학문만을 정밀히 연마할 수 있었다. 이 때문에 약관에 경전과 역사서 및 제자백가를 이미 섭렵하였다. 문장을 지을 때는 옛 작가들의 문장 궤범을 따랐고, 또한 공령문(功令文)을 잘 지어 과거시험장에서 이름을 떨쳤다. 여러 차례 초시에 합격했으나 이윽고 말하기를, "내가 어찌 이런 데서 머물겠는가?"라고 하였다.

노사(蘆沙) 기 선생(奇先生)[8]이 호남 지역에서 우뚝 일어나 성현의 지

6 월횡리(月橫里) : 현 경상남도 하동군 옥종면 월횡리이다.
7 회산(檜山) : 현 경상남도 하동군 옥종면 회신리(檜信里)이다.
8 기 선생(奇先生) : 기정진(奇正鎭, 1798-1879)이다. 자는 대중(大中), 호는 노사, 본관은

결을 얻었다는 소식을 듣고, 곧장 3백 리 길을 걸어가 글 한 편을 올리고 알현하였다. 이때는 철종 신해년(1851)으로 선생의 나이 28세였다. 기 선생은 선생의 천성이 얽매이지 않고 포부가 깊고 넓음을 사랑하여, 참된 유학자가 되게 하기 위해 자상하게 깨우쳐 주었다. 선생은 깊은 잠에서 깨어난 것 같아서 마침내 신명을 다해 노사 선생을 섬겼다. 이때부터 배움에 힘쓰기를 더욱 독실히 하였다.

찾아오는 사우들과 배우러 오는 사람들이 많아져, 거처하는 곳이 궁벽하고 누추한 것을 근심해서 임자년(1852)에 교관공을 모시고 월횡리로 돌아왔다. 아침 저녁으로 문안인사 드리는 일 외에는 서당을 떠나지 않았다. 관을 쓰고 띠를 두른 채로 손님과 벗을 맞이하였고, 강론하는 말씀 외에는 다른 말이 없었다. 자제와 학생들이 모두 선생의 가르침을 따라 혹시라도 감히 평상복을 입고 찾아오지 않았으며, 감히 잡담으로 시간을 보내지도 못했다.

고종 계미년(1883)에 천거하는 사람이 있어 선공감 가감역(繕工監假監役)에 제수되었다. 선생은 일찍이 학규가 세워지지 않아 사류들이 지향할 곳이 정해지지 않은 점을 병통으로 여겨 문중의 소년들 및 마을의 수재들과 함께 강회의 규칙을 제정했는데, 그 대략은 다음과 같다.

> 봄가을 두 차례 강회를 여는데 강회를 열 적에는 먼저 상읍례(相揖禮)를 거행하고 독서한 것을 강하며, 의심스러운 점을 질의하고 난해한 점에 대해 논변한다. 그리고 강회가 끝나면 도음례(導飮禮)[9]를 거행하기로 한다.

행주이다. 현 전라남도 장성군 진원면 진원리에 담대헌(澹對軒)을 지어 많은 문인을 길렀다. 1927년에 고산서원(高山書院)이 건립되어 조성가 등 문인 6인과 함께 봉안되었다. 저술로 30권 17책의 『노사집』이 있다.

9 도음례(導飮禮) : 향음주례(鄕飮酒禮)인 듯 하다.

그리고 이 강규를 '분서강약(汾西講約)'이라고 이름 지었다. 정자를 집의 동쪽 시냇가에 지어놓고 '취수정(取水亭)'이라 편액하여 제생들을 거처하게 했다.

이때 둘째 동생 횡구공(橫溝公) 성택(性宅)[10]이 그 곁에 정자를 지어 형제가 함께 거처했다. 문미(門楣)에 손수 '강호를 좋아하는 성품과 기상, 광풍제월 같은 마음 속 회포[江湖性氣 風月情懷]'라고 8자를 써서 걸어두었으니, 이는 대개 스스로 그러한 삶을 자처한 것이다. 또한 가는 해서(楷書)로 주자가 문인들에게 했던 가장 절실하고 요긴한 말씀을 사방의 벽에 써 붙이고서 제생을 가르쳤다. 이때 원근의 노숙한 학자와 젊은 사류가 찾아와 날마다 문하에 가득했다. 경학과 예학을 강론하고 고금의 일을 평론하였다. 지란(芝蘭)·옥수(玉樹)와 같은 훌륭한 자식과 조카들이 좌우에서 빙둘러 받들어 모시니, 당대의 문학과 풍류가 남쪽 지방에서 찬란히 빛났다.

정해년(1887)에 문충공 연재(淵齋) 송병선(宋秉璿)[11] 공이 남쪽 바닷가를 구경하러 가던 길에 선생의 처소를 방문해서 이틀 밤을 묵었는데, 마음을 주는 것이 매우 은근했다. 얼굴을 마주한 것은 비록 처음이었지만 명성은 평소에 들었기 때문이었다.

계사년(1893)에 진주 목사가 방백의 뜻에 따라 지휘하여 강약을 설치하였는데, 선생에게 도약장(都約長)[12]이 되어주기를 간청했다. 진주 고을

---

10 성택(性宅) : 조성택(趙性宅, 1827-1890)이다. 월고의 동생이다. 자는 인수(仁叟), 호는 횡구(橫溝)이다. 기정진(奇正鎭)의 문하에서 수학하였다. 저술로 4권 2책의 『횡구집』이 있다.

11 송병선(宋秉璿) : 1836-1905. 자는 화옥(華玉), 호는 동방일사(東方一士)·연재(淵齋), 본관은 은진(恩津)이며, 충청남도 회덕(懷德) 출신이다. 송시열의 9세손으로, 송병순(宋秉珣)의 형이다. 1905년 12월 30일에 국권피탈에 통분하여 자결하였다. 저술로 53권 24책 『연재집』이 있다.

12 도약장(都約長) : 도약정(都約正)이라고도 한다. 향약의 최고 직임이다.

내의 학행이 있는 학자를 뽑아 강규를 주어 각 마을의 자제들을 나누어 가르치게 했다. 그리고 봄가을로 진주 향교에서 합동으로 강회를 열고, 도약장이 그 모임을 주도하게 했다. 또 많은 유자들이 자신이 사는 동네 서당에 선생을 초청하였는데, 강의를 들으러 오는 사람들이 많았다. 그중에 단성(丹城)의 신안사(新安社)와 삼가(三嘉)의 관선당(觀善堂)이 가장 성대하였다. 고을 수령이 부임해 오면 먼저 아전을 보내 안부를 묻고 술과 고기를 보냈는데, 때로는 몸소 방문하여 정사를 묻기도 했다.

을미년(1895) 국가에 망극한 변고[13]가 일어난 뒤로 국운이 점점 쇠해지고 있었다. 선생은 드디어 식구들을 데리고 지리산의 가장 깊은 곳인 중산리(中山里)에 우거하였다. 날마다 초동목부와 더불어 벗하며 자신을 잊고, 시를 읊조리며 홍취를 부치는 것으로 자신의 덕을 숨기고 은거할 계책으로 삼았다. 그러나 선생은 연세가 많고 덕이 높아 당세에 인망이 무거운 데다 지리산 또한 삼한의 명승인지라, 사방에서 산속에 깃들고 현인에게 의지하기를 원하는 사람들이 계속해서 찾아왔다. 선생은 또한 피치 못해, 찾아오는 사람들을 접견하면 환대하는 마음은 극진히 하였다.

그중에 명성이 두드러진 사람으로는 면암(勉菴) 최익현(崔益鉉),[14] 심석(心石) 송병순(宋秉珣),[15] 소아(小雅) 조성희(趙性憙),[16] 계남(溪南) 최숙민(崔琡民),[17] 노백헌(老柏軒) 정재규(鄭載圭),[18] 송사(松沙) 기우만(奇宇萬)[19] 등

13 망극한 변고 : 을미사변(乙未事變)으로, 1895년 10월 8일 일어난 명성황후 시해 사건이다.

14 최익현(崔益鉉) : 1833-1906. 자는 찬겸(贊謙), 호는 면암, 본관은 경주(慶州)이며, 경기도 포천 출신이다. 이항로의 문인이다. 저술로 48권 24책의 『면암집』이 있다.

15 송병순(宋秉珣) : 1839-1912. 자는 동옥(東玉), 호는 심석, 본관은 은진(恩津)이며, 충청남도 회덕 출신으로 송시열의 9세손이다. 저술로는 15권의 『심석재집』이 있다.

16 조성희(趙性憙) : 1838-1898. 자는 여회(汝晦), 호는 소아이며, 본관은 함안이다.

17 최숙민(崔琡民) : 1837-1905. 자는 원칙(元則), 호는 계남, 본관은 전주이며, 진주 옥종에 거주하였다. 기정진의 문인이다. 저술로 30권 10책의 『계남집』이 있다.

이다. 이때 이미 계남·노백헌·송사와는 동문으로서의 우의가 지속되어 그들의 나이가 적었지만 예우하는 태도는 매우 공손하였다. 그 외에 글을 지어 와서 배움을 요청하는 무리들은 모두 사양하여 보냈다.

임인년(1902), 기로소에 들어가는 은혜를 입고 정3품 통정대부에 올랐다. 갑진년(1904) 6월 6일 침소에서 운명하였으니, 향년 81세였다. 예제에 따라 다음 달에 처소 곁의 산기슭에 장사지냈다가, 뒤에 다시 옮겨서 회산(檜山)의 을좌(乙坐) 언덕에 있는 부인의 무덤에 합장했는데, 지형을 감안하여 왼쪽에 안장하였다.

부인 성산 이씨(星山李氏)는 이경범(李敬範)의 따님이다. 단정하고 한결 같았으며 곧고 맑아 부덕을 어김이 없었다. 선생보다 40년 먼저 세상을 떠났다.

선생은 훤칠하지는 않았지만 깨끗했고, 수염은 성글었으나 길었으며, 목소리는 크고 맑았다. 기호와 물욕을 담박하게 하고 천기를 두터이 했으며, 온축하기를 넉넉하게 했고 담론을 잘했다. 선생의 정갈함은 청정무구한 연꽃과 같았고, 호연함은 끝없이 흐르는 강물과 같았다.

부모를 봉양한 것이 60년에 이르렀는데,[20] 기쁘게 해 드리고 마음을 헤아려 공경하기를 하루 같이 했다. 상례를 치를 적에는 노쇠함을 핑계로 조금도 게으르지 않았다. 복상 기간이 끝났어도 산소에 올라가면 반드시 곡했으며, 초하루 날 가묘(家廟)에 반드시 참배했다. 새로 장만한

---

18 정재규(鄭載圭) : 1843-1911. 자는 영오(英五)·후윤(厚允), 호는 노백헌·애산(艾山), 본관은 초계(草溪)이며. 경상남도 합천에 거주하였다. 기정진의 문인이다. 저술로 49권 25책의 『노백헌집』이 있다.

19 기우만(奇宇萬) : 1846-1916. 자는 회일(會一), 호는 송사, 본관은 행주(幸州)이다. 기정진의 손자이다. 저술로 54권 26책의 『송사집』이 있다.

20 부모를……이르렀는데 : 조성가의 부친 조광식(1804-1879)은 조성가가 56세 때, 모친 김해 김씨(1805-1883)는 조성가가 60세 때 세상을 떠났다.

음식은 가묘에 바치지 않으면 먼저 입에 대지 않았다. 제사 지낼 적에는 술과 고기를 금지하고 몸소 제수를 살폈는데, 마음가짐을 성실히 하여 사람들을 감동시켰다. 몸소 제사를 받드는 증조부 이하의 산소에 모두 석물을 갖추고 비석을 세워 행적을 기록해 놓았다.

세 아우[21]와의 우애가 돈독했다. 집에 거처할 적에는 침구를 함께 썼고, 외출할 적에는 짚신과 지팡이[22]를 함께 썼다. 삼년상을 치르면서 맏이인 선생은 궤연(几筵)을 지키고, 둘째는 여묘살이를 했다. 혹 과거시험에 응시하면 나란히 합격하였고, 한 스승에게 배워 동문이 되었다. 덕도 비슷한 데다 모두 장수하여 세상 사람들의 부러움을 샀다.

누이 하나가 있었는데 정희선(鄭熹善)에게 시집갔다가 과부가 되었다. 딸만 셋을 길렀는데 가난하여 제대로 키울 수 없자, 선생은 한결같은 마음으로 구휼해 주고 또 후사도 세워주었다.

집안을 다스릴 적에는, 말로 구구절절 설명하지 않고 몸소 실천하여 보여주었다. 부부간에도 가까이서 소곤소곤 담소를 나눈 적이 없었고 남녀 간에는 직접 물건을 주고받지 않았다. 자손들이 순순히 따라 아름다운 행실이 자연스레 생겼으며, 하인들도 남녀 간에 감히 시끄럽게 떠들고 웃거나 문란한 행실을 하는 자가 없었다. 바깥채에서 사용하던 집기들을 안으로 들이지 않았고, 부인의 의복을 바깥의 뜰에다 널어 말리지도 않았다. 집안의 법도가 항상 엄정했다.

스승을 섬기는 정성은 다른 동문들보다 훨씬 극진했다. 먼 길을 가서 문안을 여쭈는 일이 해마다 두 번씩은 있었다. 스승이 돌아가셨을 때, 복상 중에 있었으나 사복(師服)[23]을 지어입고 달려갔다.[24] 행장을 짓고

21 세 아우 : 조성택(趙性宅)·조성우(趙性宇)·조성주(趙性宙)이다.
22 짚신과 지팡이 : 이 구절의 원문은 '비책(扉策)'이지만, 의미상 '배책(屝策)'으로 풀이했다.
23 사복(師服) : 정현(鄭玄)은 '스승의 상에는 조복(弔服)에 마(麻)를 더한다.'고 하였다.

연보를 편찬할 적에는 여러 해 동안 정력을 들여[25] 미진함이 없기를 기약했다. 스승의 기일에는 해마다 제수 비용을 보냈는데 정해진 수량이 있었으며 종신토록 빠뜨리지 않았다.

『노사집(蘆沙集)』을 전후로 세 번 간행할 적에,[26] 선생의 노력이 유독 컸다. 그런데 한 편의 의론이 문집 가운데 도에 관한 저술은 선현의 학설과 차이가 있다는 이유로 통문을 돌리고 선동을 하는 등, 노사 선생을 헐뜯는 말이 마구 일어나 화를 예측할 수 없었다. 선생은 변론하지 않는 것이 비방을 잠재울 방법이라고 일관되게 생각했으며, 선동하는 사람이 평소에 친하던 사람일 경우에는 절교할 뿐이었다. 그리고 말씀하기를 "예로부터 성현들은 역경이 없을 수 없었으니, 우리 선생님만 유독 화를 면하시겠는가. 우리가 해야 할 일은 오직 남기신 글을 더욱 강론하고 선생이 남기신 실마리를 더욱 확장하며 천도가 회복되기를 기다릴 뿐이다."라고 하였다.

사문의 사업 중에, 진실로 자신의 힘을 다할 수 있는 일에 대해서는 혹시라도 사양한 적이 없었다. 예를 들면 남명(南冥) 조 선생(曺先生)의 문집을 중간한 일,[27] 우암(尤庵)이 지은 신도비문을 돌에 새겨 세우려 한 일,[28] 환성재(喚醒齋) 하공(河公)의 유집[29]을 간행한 일과 같은 경우, 혹

24 스승이……달려갔다 : 조성가의 부친은 기묘년(1879) 4월 8일, 기정진은 같은 해 12월 29일에 세상을 떠났다.

25 행장을……들여 : 조성가는 기정진의 행장을 1892년에 썼다.

26 노사집을……적에 : 『노사집』은 1883년에 목활자로 처음 간행되었고, 1898년 연보·행장을 추가하여 목활자로 중간 되었는데 초간본의 체제를 따랐다. 이 두 판본은 기정진의 손자 기우만의 주도로 이루어진 것이다. 1902년에는 단성의 신안정사(新安精舍)에서 목판으로 간행하였다.

27 남명(南冥)……일 : 『남명집』은 1894-1897년 사이에 세 번째로 이정하여 간행되었다.

28 우암(尤庵)이……세운 일 : 송시열이 지은 조식의 신도비문이 비석으로 세워진 때는 1926년으로 알려져 있다. 1904년에 작고한 조성가는 당시 세워져 있던 허목의 신도비문을 송시열의 신도비문으로 대체해야 한다는 의견을 피력했다.

그 일을 위해 교정에 참여하기도 하고, 혹 그 일을 위해 의견을 내고 완성을 돕기도 했다.

어진 사우들에 대해 성심으로 그들을 좋아하여 툭 트인 듯한 마음으로 대하며 경계가 없었다. 한주(寒洲) 이진상(李震相)[30] 공이 남쪽으로 유람하다가 여사(餘沙) 마을[31]에 이르렀을 때, 사류들이 향음례를 행하고 이어서 강좌를 개설하려 하면서 선생에게 왕림해 주기를 청하자, 선생이 곧 그 자리로 나아갔다. 그리고 한주 등 여러 공들과 함께 남쪽으로 1백여 리를 유람하며 금산(錦山)에 오르고 남해를 구경했다. 두 분이 헤어질 때에 서로 시를 주고받았으니, 그 시에 은근히 오랜 동안 원했던 만남임이 드러났다.[32]

지와(芝窩) 정규원(鄭奎元),[33] 쌍주(雙洲) 정태원(鄭泰元)[34] 두 공과 석전(石田) 이최선(李最善)[35] 공, 신촌(莘村) 김녹휴(金祿休)[36] 공, 만성(晩醒) 박치복(朴致馥)[37] 공, 취련(醉蓮) 권병태(權秉太)[38] 공 등과 모두 막역했다.

---

29 유집 : 하락(河洛)의 『환성재집』을 말한다. 하락은 조식의 제자 하항(河沆)의 동생이다.

30 이진상(李震相) : 1818-1886. 자는 여뢰(汝雷), 호는 한주, 본관은 성산(星山)이다. 현 경상북도 성주군 월항면 대산리 한개[大浦] 마을에서 출생하였다. 숙부 이원조(李源祚)에게 배웠다. 저술로 45권 22책의 『한주집』이 있다.

31 여사(餘沙) 마을 : 현 경상남도 산청군 단성면 남사리 남사 마을의 다른 이름이다.

32 두 분이……드러났다 : 『월고집』 권3에 「증별한주(贈別寒洲)」라는 시가 있다. 이 시에서 조성가는 이진상을 만나기를 10년 동안 바랐다고 하였다.

33 정규원(鄭奎元) : 1818-1877. 자는 국교(國喬), 호는 지와, 본관은 해주(海州)이다. 정문부(鄭文孚)의 후손이다. 홍직필(洪直弼)의 문인이다. 저술로 2권 2책의 『지와집』이 있다.

34 정태원(鄭泰元) : 1824-1880. 자는 순문(舜文), 호는 쌍주, 본관은 해주이다. 정문부의 후손이다. 홍직필의 문인이다. 저술로 『쌍주집』이 있다.

35 이최선(李最善) : 1825-1883. 자는 낙유(樂裕), 호는 석전경인(石田耕人), 본관은 전주이며 양녕대군의 후손이다. 출신지는 전라남도 담양이며, 기정진의 문인이다. 전라남도 장성 고산서원에 배향되었다. 저술로 『석전집』이 있다.

36 김녹휴(金祿休) : 1827-1899. 자는 치경(穉敬), 호는 신호, 본관은 울산(蔚山)이다. 전라남도 장성에서 출생하였다. 기정진의 문인이며, 고산서원에 배향되었다. 저술로 『신호집』이 있다.

모이면 부지런히 강론하고 틈틈이 시도 주고받았는데, 해가 지고 밤이 새는 줄도 몰랐다.

선생은 중화[華]와 오랑캐[夷]에 대한 구분을 신중히 하였다. 갑신년(1884) 의복 제도에 변화[39]가 생겼으나 항상 큰 소매 도포를 입고서 말씀하기를 "의복 제도를 바꾸는 것은 오랑캐가 되는 시발점이다. 임금의 명령 또한 감히 따를 수 없는 경우가 있으니, 이 때문에 내가 죄를 받는 것은 사양하지 않겠다."라고 하였다. 병신년(1896)에 이르러 단발령(斷髮令)과 변복령(變服令)[40]이 있자 말씀하기를 "내 의지는 이미 정해졌으니, 차라리 죽을지언정 어찌 이를 차마 따르겠는가."라고 하였다. 비록 평범한 의복과 기물일지라도 외국에서 들어온 것이면 가까이 하지 않았다. 섬 오랑캐들이 백성을 유린하고 도탄에 빠뜨린다는 소식을 들으면 근심스런 표정으로 상심하고 탄식했으며, 종종 시구에 드러내기도 했다.

이를테면 선생의 학문은, 총명한 자질로써 전일한 공부를 하였고 게다가 바른 연원을 얻었다. 대개 선생은 일생동안 다른 취미가 없이 오직 경전만을 탐독했다. 위로는 어진 아버지와 아래로는 어진 자식이 있어서, 선생에게 입으로는 재물을 말하지 못하게 했고, 발은 농토에 들이지 못하게 했다. 마음을 전일하게 하여 빈틈없이 차근차근 독서해서 땅과 바다가 모든 만물을 받아들이듯 온갖 학문에 정통하게 되었다. 그리고

---

37 박치복(朴致馥) : 1824-1894. 자는 동경(董卿), 호는 만성, 본관은 밀양이다. 경상남도 함안군 안인(安仁)에서 태어났다. 류치명(柳致明)·허전(許傳)의 문인이다. 저술로 16권 9책의 『만성집』이 있다.

38 권병태(權秉太) : 자는 경유(景由), 호는 취련이다.

39 의복 제도에 변화 : 1884년 5월과 6월에 발표한 관복·사복의 개정법령인 '갑신 의복 개혁령'을 말한다.

40 단발령(斷髮令)과 변복령(變服令) : 1896년 1월 1일부터 일반 백성에 대한 단발이 강요되었다. 1894년 6월 28일 갑오개화파는 사회신분제의 폐지와 함께 복제개혁을 단행하며 넓은 소매의 옷을 금지했고, 1895년 2월엔 흑색의 서양식 복제를 채용하도록 했다.

노사 문하에 출입한 뒤로는 취미가 서로 부합하여 30년간 종유하였는데, 천하의 서적과 천하의 일에 대해 강론하고 질의하여 바른 이치를 얻지 않음이 없었다.

사문(師門)의 가르침은 지극히 차서가 있었다. 노사 선생은 처음 가르칠 적에 안목을 높게 하고 지향을 크게 하도록 유도하였다. 중간에는 지엽을 추려내어 한 근원으로 공력을 수렴시키라고 훈계하셨다. 끝으로 공에게만 「외필(猥筆)」 한 책을 전해 주며 '성(性)'과 '천도(天道)'를 들을 수 있게 하셨다. 이를 통해 선생이 학문한 처음과 끝을 대강 엿볼 수 있다.

그러나 경서와 예서에 대해서는 다만 숙독하며 그 의미를 곱씹을 뿐, 설을 세워 저술하려 하지는 않았다. 그러면서 말씀하기를, "말을 많이 하면 도를 해치고 또한 논쟁의 빌미가 된다."고 했다. 또 말씀하기를, "주자 이후로 경술(經術)이 크게 밝혀졌으니, 말하기가 어려운 것이 아니고 알기가 어려운 것이며, 알기가 어려운 것이 아니고 실천하기가 어려운 것이다. 또한 도는 내 몸이 마땅히 가야 할 길이고 내 마음 속에 갖추어진 이치이다. 만약 몸소 행하고 마음에 터득하는 일에 힘쓰지 않고서 다만 입에만 올리며 지식과 능력을 자랑하는 밑천으로 여긴다면 위기지학이 아니다."라고 하였다.

그러므로 그 온축되어 이루어진 덕은 진순하고 온화하여 가설하거나 각박한 의도가 없었고, 맑게 통하고 청신하여 비루한 사심이 없었다. 그 위의와 거동 및 일상의 응대하는 사이에서 드러난 것은, 명백하고 정직하여 심하게 단속함이 없어도 법도를 넘어서지 않았다.

세상에서 변석하고 훈고하는 데만 마음을 두고 있는 입장에서 살펴본다면, 선생의 학문이 혼륜(渾淪)한 것은 아닌가 의심할 것이다. 세상에서 말단의 구절을 번다하게 꾸미는 데에 힘쓰는 자들의 입장에서 살펴본다면, 선생의 학문이 지나치게 간이(簡易)한 것은 아닌가 의심할 것이다. 그러나 이들은 모두 선생을 깊이 아는 자가 아니다. 선생이 타고난 마음을 보전하고 조작하지 않아서 마치 물이 흐르고 꽃이 피는 것과 같이 자연스러웠던 것은, 바로 이러한 혼륜과 간이가 있었기 때문일 것이다.

연세가 많이 들었어도 오히려 스스로 한가히 지내지 않으셨다. 매일 날이 밝으면 의관을 정제하고 육경과 사서를 암송하고 연역했다. 날이 저물어 등불을 켠 뒤에도 정해진 과업이 있어서 항상 책을 펼쳐 읽고 침잠해서 익혔다. 그러므로 서책이 항상 좌우에 있었는데, 병이 심해졌을 때라야 비로소 책을 덮었다. 아! 이른바 '서책과 더불어 생사를 함께할지언정 한 숨이라도 아직 남아 있다면 조금도 게으름을 용납하지 않았다는 사람'[41]이 아니겠는가.

선생은 책 모으기를 좋아해 5천여 권을 수집했다. 매양 독서할 적에 반드시 마음에 와 닿는 대목을 초록하여 한 책을 만들었다. 또 독서하면서 기록해 놓은 약간 권과 시문·잡저는 모두 20권이 된다.

선생의 문장은 굳세고 강건하여 골격이 있었고, 풍격이 자유로웠지만 유약한 점은 없어서 당시 사람들의 시문과는 전혀 같지 않았다. 말씀이나 글씨도 그러하였는데, 집집마다 보배처럼 여기며 소장하였다. 금년(1928) 가을, 사림의 논의가 일제히 일어나 노사 선생을 모신 고산사(高山祠)에 선생을 배향하였다.

외아들 종규(宗奎)는 도사를 지냈는데, 선생보다 한 달 먼저 졸하여 손자 용숙(鏞肅)이 조부의 가업을 이었다. 용우(鏞禹)는 생원이다. 손녀는 권봉현(權鳳鉉)[42]에게 시집갔다. 증손은 호제(虎濟)·준제(駿濟)·익제(益

41 서책과……사람:『논어』「태백」 제7장 주자의 주석에 '한 숨이라도 아직 붙어 있는 한 그 뜻은 조금의 나태함도 용납하지 않으니, 가히 멀다고 하겠다.[一息尙存 此志不容少懈 可謂遠矣]'라고 하였는데, 이것을 변용하여 표현한 듯하다.

濟)・학제(鶴濟)인데 용숙의 소생이다.

용숙이 선생의 평소 사적과 행실을 기록한 한 편의 글을 지어 가지고 와서, 나에게 행장을 부탁했다. 나는 사람됨도 문장도 모두 하류인지라 참으로 이 일을 감당할 수 없었다. 다만 통혼한 가문의 자식으로서 선생의 은혜와 가르침을 받은 기간이 거의 20년이다. 그런데 나는 선생 사후에 구구하나마 정성을 바칠 수 있기를 생각하는 사람이니 어찌 이 일을 그만둘 수 있겠는가. 그래서 감히 본래 기록에 의거하고 내가 본 것을 참고해서 위와 같이 차례대로 글을 지었다.

삼가 생각하건대, 선생은 말세에 태어나 세상에 뜻을 펼칠 수 없어서 초야에 묻혀 생을 마쳤으니, 천명에 의문을 품지 않을 수 없다. 그러나 선생이 사문(斯文)에 끼친 공적으로 말한다면 위대하다고 할 만하다.

노사 선생은 성인을 바라는 학문으로 자신이 하늘의 도에 합치되고자 하여 은거해서 담박하게 살고 계셨다. 그래서 선생의 덕을 아는 자가 드물었다. 선생은 3백 리나 떨어진 다른 도에 사는 사람으로서 제일 먼저 노사 선생의 문하에 급문하였고, 그곳에서 얻어들은 것을 우리 영남에 창도하셨다. 우리 영남의 사류들은 이로 말미암아 조금씩 노사 선생의 문하에 입문하기 시작해서 노사 선생의 도가 우리 영남 지역에 크게 행해지게 되었다. 또한 노사 선생은 선생에게만 홀로 「외필」 한 편을 전하여 천명의 전체(全體)와 대용(大用)을 해나 별처럼 밝게 하였다. 그러니 지위를 얻어 구구하게 일시의 공적을 일삼는 자들과 비교하면 과연 어느 것이 잘한 일이고, 어느 것이 못한 일이겠는가. 그러나 이 어렵고 알 수 없는 것은 도이다. 감히 이 글을 가지고 세상의 훌륭한 군자에게

42 권봉현(權鳳鉉) : 1872-1936. 자는 응소(應韶), 호는 오강(梧岡), 본관은 안동이다. 권재규의 형 권재두(權載斗)의 아들이다. 최숙민의 문하에서 수학했고, 17세 때 조성가의 손녀에게 장가들면서부터 그에게 수학했다. 저술로 10권 5책의 『오강집』이 있다.

물어보아 옳고 그름을 듣고자 한다. 삼가 행장을 짓는다.

무진년(1928) 9월 안동 권재규가 삼가 지음.

行狀

權載奎 撰

先生姓趙氏, 諱性家, 字直敎。以其居月峯下, 故號月皐。趙氏本出咸安, 高麗大將軍諱鼎爲始祖。其後有工曹典書諱悅, 見麗運將訖, 卽還鄕, 與同志, 嘯詠以終。至孫漁溪先生諱旅, 贈吏判, 諡貞節, 端廟朝, 生六臣之一也。五傳而有諱益道, 仁祖 适亂, 再策勳券, 後贈參議, 享道溪祠。二傳而有諱璉, 以學行, 累贈至左承旨。生諱棱, 號松菴, 富學識、善詩書, 寔先生六世祖也。

高祖諱元耆。曾祖諱經鎭, 始寓晉之月橫里。性澹泊, 以文籍自娛, 早世。繼配文氏下從, 朝廷命旌復。祖諱澳。考諱匡植, 贈童蒙敎官, 仁惠勤儉, 以創家業。妣贈令人金海 金氏, 父錫信。以純祖甲申 二月十六日, 生先生于檜山寓第。

幼而聰慧絶倫, 見解發言, 往往屈長老。上學, 自能嗜書, 不假師督, 矻矻誦讀, 或忘寢食。敎官公亦欲大就之, 不使一涉家冗, 而得以專精。以故弱冠而經、史、百家涉獵已過。爲文章, 追古作家軌範, 又善功令業, 大噪場屋。屢捷鄕解, 旣而曰: “吾豈止於是而已耶?”

聞蘆沙 奇先生, 崛起湖南, 得聖賢之傳, 卽徒步三百里, 文贄謁見。時哲宗辛亥, 而先生年二十有八矣。奇先生愛其天資之疏通、負抱之淵博, 而欲納之於眞儒之科, 諄諄開諭。先生脫然如大寐之得醒, 遂委身而事之。自是務學尤篤。

士友之過從者益衆, 患所居之僻陋, 壬子, 陪敎官公, 還月里。非定省則不離書堂。冠帶以延賓友, 講論文字外, 無它語。子弟學生咸遵敎, 不敢以褻服或前, 亦不敢以閒話浪度也。

高宗癸未, 有薦者, 授繕工監假監役。先生嘗病學規不立、士趨靡定, 與門內少年, 及隣閈秀才, 定講規。"春秋二會, 而會日先行相揖禮, 乃講所讀書, 質疑辨難。講罷, 行導飮禮。" 名曰: "汾西講約"。置亭家東之溪上, 扁以"取水", 以居諸生。

時仲弟横溝公 性宅, 爲亭於其傍, 而兄弟同處焉。楣間, 手書揭"江湖性氣、風月情懷"八字, 蓋自命。而又以細楷寫朱語訓門人最切要者於四壁, 以詔諸生。於是, 遠近老宿新進之來者, 日以塡門。講論經禮、商略古今。而子姪之如芝蘭、玉樹者, 環侍左右以供使令, 一時文學、風流, 照耀南服。

丁亥, 淵齋 宋文忠公 秉璿, 因觀海行, 委訪信宿, 致意甚慇懃。蓋面分雖始, 而聲聞有素也。癸巳, 州牧因方伯指揮, 設講約, 敦請先生爲都約長。選州內之有學行者, 授以講規, 分敎各里。以春秋, 合講於州學, 而使都約長主之。又以多士之請庠塾, 臨講者多。丹城之新安社、三嘉之觀善堂, 最盛。侯伯來莅, 必先遣吏存問, 饋以酒肉, 或躬訪諏以政事焉。

乙未, 國家有罔極之變, 而寖寖然將爲淪胥矣。先生遂挈家, 入方丈山最深處, 所謂"中山"者, 居之。日與樵牧忘形, 詩律遣興, 爲潛光滅影計。而先生以高年宿德, 望重當世, 方丈亦三韓名勝也, 四方抱於山於人之願者, 絡繹踵門。先生又不得已隨遇引接, 各盡其歡。名位顯著者, 則如崔勉菴 益鉉、宋心石 秉珣、趙小雅 性憙、崔溪南 琡民、鄭老柏 載圭、奇松沙 宇萬諸公, 是已。溪南、老柏、松沙, 以同門誼尤源源, 而年輩差後, 執禮惟恭。其佗謁文請業之徒, 皆謝遣之。

壬寅, 以耆社覃恩, 陞正三品通政大夫。甲辰, 六月六日, 考終于寢, 享年八十一。以禮月葬于所居之旁麓, 後又遷而合封于檜山負乙原淑夫人之藏, 因地形居左焉。夫人星山 李敬範女。端一貞淑, 配德無違。先先生四十年而卒。

先生, 形貌不大而淨灑、鬚髯疏而長、聲音洪而亮。薄嗜欲、厚天機、富蘊蓄、善談論。皭然如芙蓉之無滓也、浩然如江河之不窮也。

奉二親, 至六十年, 婉愉洞屬如一日。居喪執禮, 不以衰老少懈。服除, 上墓必哭, 廟必朔參。新物未薦, 不先口。將祭, 屛酒肉, 躬檢饌品, 誠意動人。所奉祀曾祖以下墓, 皆具石儀, 而竪碑記蹟。

篤友三弟。處同枕被、出共厞策。居憂而伯奉筵、仲廬墓。或試而聯榜、或學而同門; 幷德齊壽, 爲世所豔。有一妹, 適鄭氏而寡。秖育三女, 而貧不能存, 一心賙恤, 又爲之立後。

御家, 不屑屑於口語, 而躬行以示之。夫婦未嘗有昵語、男女不得親授受。子孫循循有雅飭, 童僕女奚, 無敢喧笑胡亂。外用什物, 不入于中門; 內間衣服, 不曬于外庭。斬斬如也。

事師之誠, 逈出等夷。遠程候問, 歲必二焉。及其葬也, 方居憂中, 而製師服以赴。狀文譜編, 皆費積年精力, 期無未盡。忌日助需錢, 歲有定數, 終身無闕。

前後三刊集, 出力獨高。一邊議論, 以文集中, 論道之作, 與先賢有異, 飛文鼓扇, 禍將不測。先生一以無辨爲止謗之道, 其人在素親者, 則相絶而已。乃曰: "從古聖賢, 不能無屈伸, 在吾師而獨免哉。吾輩之道, 惟當益講遺書、益張遺緖, 以俟皓天之復而已。"

凡於斯文事, 苟在吾力之可致者, 則未嘗或辭。如南冥 曺先生文集之重刊、及其尤翁所撰神道碑文之刻立、如喚醒齋 河公遺集之印行, 或爲之參訂而更定、或爲之發論而助成。

于賢士友, 誠心好之, 洞然無畦畛。寒洲 李公震相南遊, 至餘沙, 多士將行鄕飮禮, 繼開講座, 請先生臨之, 卽赴焉。因與寒洲諸公, 南走百餘里, 陟錦山, 窺滄海。及其分手, 相贈以言, 隱然有千載之期。

如芝窩 奎元、雙洲 泰元, 二鄭公, 石田 李公最善、莘村 金公祿休、晩醒 朴公致馥、醉蓮 權公秉太, 皆爲莫逆。會輒亹亹講說, 間以唱酬, 不知日之夕而夜之午也。

謹華夷之辨。甲申, 變服, 恒著大袖而曰: “此夷之始也。君命亦有不敢從者, 以此獲罪, 所不辭也。” 至丙申, 剃緇, 則曰: “吾志已定, 寧死, 豈忍此乎。” 雖尋常服色器用, 出自異域, 則不近。聞島人蹂躪, 生民塗炭, 則蘁然傷歎, 往往發於詩句之間。

若夫先生之學問, 則以聰慧之資, 而用專一之工, 又得淵源之正矣。蓋其一生, 無他嗜好, 惟棗歜於經籍。而上有賢父, 下有賢子, 使先生口不道泉穀、足不及稼圃。專心致志, 摑血棒痕, 以致地海之負涵。而及登湖門, 臭味相符, 從遊三十年, 天下之書、天下之事, 無不講質而得正焉。

師門引進, 極有次序。始焉, 誘之以高著眼、大著肚 ; 中焉, 戒之以刊落枝葉, 收功一原 ; 末乃有單傳之《猥筆》一篇, 而得聞性與天道。其爲學始終, 概可見矣。然於經禮, 但循環熟復, 咀嚼其意味, 而不肯立說著書曰: “多言害道, 且起爭端。” 又曰: “朱子以後經術大明, 非言之艱而知之艱、非知之艱而行之艱。且夫道者, 吾身當行之路, 而吾心所具之理。若不務躬行心得, 而徒騰諸口舌, 以爲誇智眩能之資, 則非爲己之學也。”

是以, 其蘊而爲德也, 眞醇和厚, 而無機械慘刻之意 ; 淸通灑落, 而無係累鄙吝之私。其著於威儀容止之間、日用應酬之際者, 坦然白直, 無甚檢押, 而亦不踰閑。

自世之屑屑於辨析訓詁者而觀之, 則疑先生或渾淪 ; 自世之役役於繁文末節者而觀之, 則疑先生太簡易。然皆未能深知先生者也。先生之所以保得天然靈襟而不犯造作, 如水流花開之自在者, 其在斯歟。

至于大耋, 猶不自暇豫。每日明牕, 整攝衣冠, 六經、四子, 暗誦紬繹。夕後點燈, 亦有定課, 有時披閱潛玩。是以, 書冊常在左右, 至疾革時, 始撤去。嗚呼! 非所謂“與之俱死生, 而一息尙存, 不容少懈者”歟。

先生好蓄書, 至五千餘卷。每看書, 必抄其會心處, 爲一冊。又觀書剳錄若干, 詩文、雜著, 總二十卷。其文章遒健有骨骼, 蕭散無纖膩, 絶不類時人。口氣筆劃亦如之, 在在爲人家珍藏。今年秋, 士論齊發, 以先生配享蘆翁之高山祠。

一子宗奎都事, 先先生一月而卒, 孫鏞肅能紹祖業。鏞禹生員。孫女壻權鳳鉉。曾孫虎濟、駿濟、益濟、鶴濟, 鏞肅出。

鏞肅錄先生平日事行爲一通, 囑載奎以狀之。載奎人文俱下, 固不敢當是役。而第以通家子, 得蒙先生眷誨, 殆近二十載矣。思欲區區效悃於後事之萬一者, 詎有已哉。乃敢依原錄, 而參以瞽見, 纂次之, 如右。

因竊惟念, 先生生丁叔季, 不得有爲於世, 嵌巖以終, 不能無致疑於天。然以其有功於斯文者, 言之, 則可謂大矣。

蘆沙先生, 以希聖之學、契天之道, 潛居枯淡。知德者希。先生在異省十舍之外, 而首先及門, 以其所得, 來唱吾嶺。吾嶺之士, 由是而稍稍亦及門, 使蘆翁之道, 大行吾嶺。又因先生而有單傳一篇, 使天命之全體大用, 昭晰如日星。其視得位而致區區事功於一時者, 果孰優而孰劣哉。然此難與不知者, 道也。敢以此奉質于世之立言君子, 以聽其可否云。謹狀。

戊辰九月日, 安東 權載奎 謹狀。

❖ **원문출전**

趙性家, 『月皐集』 卷20 附錄, 權載奎 撰, 「行狀」(경상대학교 문천각 古(우천) D3B 조53ㅇ)

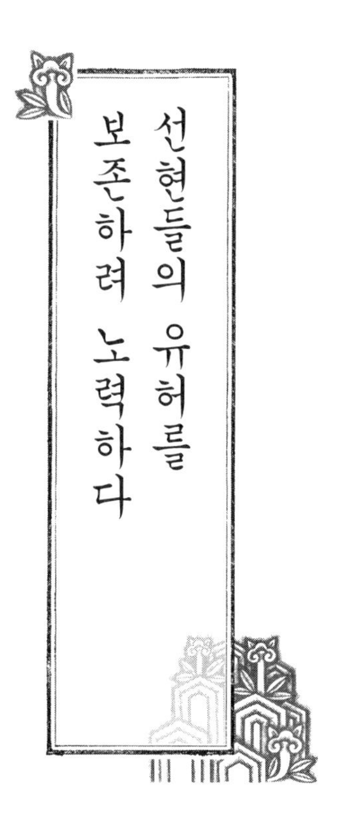

선현들의 유허를 보존하려 노력하다

이근옥(李根玉) : 1824-1909. 자는 성함(聖涵), 호는 흘와(吃窩), 본관은 전의(全義)이다. 현 경상남도 의령군 유곡면(柳谷面) 세간리(世干里) 출신이다. 어려서는 조부 이용규(李龍奎)에게 배웠고, 자라서는 허전(許傳)에게 수학하였다. 정래석(鄭來錫)·장복추(張福樞)·이종기(李種杞) 등과 교유하였다. 이황과 허목을 기려 존덕재(尊德齋)와 미연재(嵋淵齋)를 중건하는 데 앞장섰으며, 후진양성에 노력하였다. 1896년 경상남도 의령군 두곡(杜谷) 강가로 옮겨와 은거하다 생을 마감하였다.
저술로 5권 2책의 『흘와집』이 있다.

흘와(吃窩) 이근옥(李根玉)의 묘갈명 병서

장승택(張升澤)[1] 지음

융희(隆熙) 기유년(1909) 2월 5일 고 성균 생원 흘와 이공(李公)이 인후한 덕행으로 86세를 누리고서 졸하였다. 이에 다음달 16일(을축) 선영이 있는 의령군 동쪽 삼거리(三巨里) 축좌(丑坐) 언덕에 장사지냈다. 사손(嗣孫) 민세(民世)가 조부의 아름다운 덕행을 추모하여 비석에 새겨 그 덕을 전하고자 하였다. 그래서 아우 광세(光世)를 시켜 행장 한 통을 보내 나에게 묘갈명을 청하였다. 다만 나는 늙고 병들어 이 일을 감당하지 못하지만, 공의 일이기 때문에 의리상 끝까지 사양하기 어려웠다.

삼가 살펴보건대, 공의 휘는 근옥(根玉), 자는 성함(聖涵), 본관은 전의(全義)이다. 선계는 고려 태사 도(棹)로부터 나왔는데, 벼슬이 높아 대대로 가문이 혁혁하였다. 우리 장헌왕(莊憲王:世宗) 때에 이르러 의정부 참찬 휘 구직(丘直)이 도관찰사(都觀察使) 휘 정간(貞幹)을 낳았다. 이분이 효성으로 봉양하여 모친을 장수하게 한다는 소문이 조정에 알려지자, 임금이 가상히 여겨 '집안에 전해지는 것은 충과 효이고, 대대로 지키는 것은 인(仁)과 경(敬)이로다.[家傳忠孝 世守仁敬]'라는 여덟 자를 써서 하사하였다. 시호는 효정(孝靖)이다. 이분이 영의정 전성군(全城君) 휘 사관(士寬)을 낳았다. 6대를 내려와 경조소윤(京兆少尹) 휘 산립(山立)이 혼란한 조정을 만나 남쪽으로 내려와 의령의 세간리(世干里)[2]에 은거하였다. 이

1 장승택(張升澤) : 1838-1916. 자는 희백(羲伯), 호는 농산(農山), 본관은 인동(仁同)이다. 장복추(張福樞)에게 수학하였다. 1912년 경상북도 칠곡(漆谷)에 뇌양정사(磊陽精舍)를 짓고 제자를 양성하였다. 저술로 15권 8책의 『농산집』이 있다.

로 인해 후손들이 그곳에 거주하게 되었다.

증조부의 휘는 방탁(邦鐸)이고, 호는 농와(聾窩)이다. 조부의 휘는 용규(龍奎)인데 학문과 행실로 명망이 있었으며, 호는 돈암(遯庵)이다. 부친의 휘는 현상(鉉祥)이고, 호는 가슬헌(歌瑟軒)이다. 모친 은진 송씨(恩津宋氏)는 요명(堯明)의 따님이다. 순조 갑신년(1824) 9월 30일 공을 낳았다.

공은 학문이 있는 가정에서 성장하여 예의와 용모가 단정하였고, 어려서부터 인자한 성품과 영민한 재주가 있었다. 품에 안겨 젖을 먹던 시절에도 모친이 질병에 걸리면 절대로 젖을 먹지 않았다. 하나의 과일이나 한 가지 맛있는 음식을 얻으면 자신이 먹지 않고 부모님께 바쳤다. 나뒹구는 낙엽, 묶어둔 땔나무, 나무의 가장귀, 담장 모퉁이를 보면 문득 하나하나 가리켜 비유하며 말씀하기를 "이것은 어떤 글자와 같고, 저것은 어떤 글자와 같다."고 하였다.

공이 조부 돈암공(遯庵公)에게 배울 적에 행동은 가르침을 어김이 없었으며, 문리와 사고가 정밀하고 민첩하여 이미 사람들을 경동시킬 만한 말을 하였다. 아이들이 철없이 노는 것을 보면 문득 경계하여 말하기를 "너희들은 『사략』을 읽을 적에 공자께서 유년시절 항상 제기(祭器)를 진설하며 노셨던 일을 보지 못했느냐?"라고 하였다. 대개 효성으로 순종한 것과 문학적 재능은 공이 절로 타고난 것이었다.

어버이를 섬길 적에는 안팎으로 살피고 경계하였다. 맛있는 음식을 봉양하되 부모님의 기쁨을 극진히 하고, 혼정신성하되 예(禮)에 근거하여 몸과 마음을 아울러 봉양하였다.

제사를 받들 적에는 재계하고 음식을 가리며 정성을 극진히 하였는데, 노쇠해져서도 근력이 쇠약하다는 이유로 해이하지 않았다. 손님을 접대

2 세간리(世干里) : 현 경상남도 의령군 유곡면 세간리이다.

할 적에는 모두 친애하였는데 채마밭의 채소와 과일 같은 소박한 음식으로 대접했지만, 성의는 돈후하였다.

네 명의 아우들과는 매우 화락하고 틈이 없어 마치 사지가 몸에서 서로 떨어지지 않는 것과 같았다. 큰 흉년을 만나 굶주리거나 굶어죽는 사람이 연이어 나타나자 장남 귀로(龜魯)로 하여금 집안 식구가 먹을 식량만을 남겨두고 그 나머지를 모두 이웃에 나누어 주게 하였다. 이로 인해 목숨을 구제받은 사람들이 매우 많았다.

성재(性齋) 허 선생(許先生)[3]의 문하에 나아가 심의(深衣)의 지결을 전수받았다. 경서와 예서의 의문점에 대해 다달이 서신을 왕래하며 질정하였다. 시속을 따라 어울려 과거공부에 부지런히 힘써 갑술년(1874) 성균관에 들어갔다. 2년 만에 부친상을 당했는데, 당시 공은 몸을 상하지 않도록 해야 할 나이[4]에도 불구하고 상례의 절차와 슬픔을 모두 지극히 하여 몸이 야윈 채 예제를 마쳤다.

이후로 공은 세상에 뜻을 두지 않고 산수 속에 은거하여 경사(經史)를 읽으며 손에서 책을 놓지 않았다. 고을의 후생들을 가르칠 적에는 그들의 재주에 따라 학업을 전수했는데, 학문과 덕행을 겸비한 사람들이 그의 문하에서 많이 나왔다. 고헌(顧軒) 정래석(鄭來錫),[5] 사미헌(四未軒) 장복추(張福樞),[6] 만구(晩求) 이종기(李種杞)[7] 등 제현들과 편지를 주고받으

3 허 선생(許先生) : 허전(許傳, 1797-1886)이다. 자는 이로(而老), 호는 성재, 시호는 문헌(文憲), 본관은 양천(陽川)이며, 경기도 포천 출신이다. 1835년 문과에 급제한 뒤 우부승지, 병조 참의 등을 역임하였고, 숭록대부(崇祿大夫)에 가자되었다. 저술로 45권 23책의 『성재집』 등이 있다.

4 몸을……나이 : 일반적으로 60세가 되면 아무리 부모의 상이라 할지라도 슬픔을 자제하여 몸을 상하지 않도록 해야 한다. 당시 공의 나이는 52세였다.

5 정래석(鄭來錫) : 1808-1893. 자는 치인(致仁), 호는 고헌, 본관은 청주(淸州)이며, 현 경상북도 성주(星州) 출신이다. 정구(鄭逑)의 후손이다. 조정에 천거되어 돈령부 도정 등을 역임하였다. 저술로 4권 2책의 『고헌집』이 있다.

며 절차탁마한 것이 많았다.

불행하게도 사문의 재앙[8]을 만나자, 공은 선현들을 제향했던 유허를 보존하는 데에 더욱 힘을 쏟았다. 예컨대 미연재(嵋淵齋), 낙산재(洛山齋), 존덕재(尊德齋)와 같은 곳에 강회를 개설하여 해마다 모이거나 건물을 복원하고 중수기를 지었다. 만년에 화류동(花柳洞)에 몇 칸의 집을 지어 '과천(過川)'이라 편액하였다. 이곳저곳 소요하며 시를 읊조리고 자적하면서 태연자약한 마음으로 세상사를 잊었다.

아! 나는 일찍이 열흘이 넘도록 공을 종유한 적이 있는데, 공이 낙동강 가 경치 좋은 합강정(合江亭)[9]에 올라서 연회를 베푼 적이 있었다. 그때 나는 공이 지닌 덕을 살펴보았는데 예절은 익숙하며 언행은 간결하고 중후하여, 정성을 다하는 고인의 풍모가 있었다. 그래서 나도 모르게 그 덕행을 보고서 흠뻑 취했다.

지금 공의 행장을 읽어보니, 향기로운 덕과 아름다운 행적을 통해 숙연히 공을 다시 접하는 듯하다. 대개 도에 가까운 자태와 남들보다 훌륭한 재주는, 안으로는 가정에서 길들여진 것이고 밖으로는 사우를 통해 본받아서 실지의 학문으로 성취한 것이다.

공은 집안을 편안히 다스리고, 90세[10] 천수를 누렸다. 『예기』에 이르

6 장복추(張福樞) : 1815-1900. 자는 경하(景遐), 호는 사미헌, 본관은 인동(仁同)이다. 어릴 때부터 조부 장주(張儔)에게 수학하였다. 1890년 향리에 녹리서당(甪里書堂)을 세워 학문과 후진 양성에 전념하였다. 저술로 11권 6책의 『사미헌집』이 있다.

7 이종기(李種杞) : 1837-1902. 자는 기여(器汝), 호는 만구, 본관은 전의(全義)이다. 현 경상북도 고령군 다산면(茶山面) 상곡(上谷) 출신이다. 가학의 연원으로 인해 류치명(柳致明)과 이상정(李象靖)을 사숙하였다. 허전(許傳)과 교유하였다. 저술로 14책(본집 17권 9책, 목록 1책, 속집 8권 4책)의 『만구집』이 있다.

8 사문의 재앙 : 당시 의령군 내에 이황(李滉)을 제향한 덕곡서원(德谷書院)과 허목(許穆)을 제향한 미연서원(嵋淵書院)이 있었는데, 조정의 명에 의해 훼철된 것을 가리킨다.

9 합강정(合江亭) : 현 경상남도 함안군 대산면 장암리 용화산(龍華山) 기슭의 강변에 있다. 남강과 낙동강이 합류하는 곳이다.

기를 "군자는 천명을 따라 살다 생을 마친다."[11]라고 하였으니, 공이 아마도 이 말에 가까울 듯하다.

부인 밀양 박씨(密陽朴氏)는 치식(致植)의 따님으로, 부녀자의 법도가 있었다. 아들은 귀로(龜魯)·인로(寅魯)·의로(義魯)·석로(奭魯) 넷이며, 두 딸은 심덕기(沈德基), 감역 이수구(李壽九)에게 시집갔다. 장남 귀로는 아들이 여섯으로 민세(民世)·춘세(春世)·용세(龍世)·광세(光世)·우세(佑世)·응세(應世)이며, 딸은 조규승(曺珪承)에게 시집갔다. 차남 인로는 자식이 없어 조카 춘세를 데려다 후사로 삼았다. 삼남 의로는 아들이 셋인데 영세(永世)·현세(玄世)·임세(壬世)이며, 딸은 강복순(姜復淳)에게 시집갔다. 막내 석로 또한 자식이 없어 조카 광세를 데려다 후사로 삼았다. 민세의 후사는 종렬(鍾烈)이다. 춘세의 아들은 종호(鍾鎬)·종렬(鍾烈)인데, 종렬은 출계하였다. 나머지는 어리다.

명은 다음과 같다.

가정에서 비롯된 자질과 행실	家庭質行
온 고을의 본보기가 되었네	鄕閭矜式
장수하고 집안을 잘 다스린 것	而壽而康
덕을 좋아한 데에서 근본했네	本諸好德
사마시에 합격해 성균관에 들어갔으나	搴蓮璧沼
마침내 재주를 거두게 되었네	遂斂鋒鍔
부친상 당한 뒤 더욱 뜻을 굳게 하여	孑剩采莊
근사(近思)와 약례(約禮)에 힘을 쏟았네	實著近約
단단한 이 돌에 공의 행적 새기니	頑頑斲石

10 90세 : 원문의 '육두(六豆)'는 90세를 가리킨다. 향음주례시 90세 노인일 경우 차린 음식의 그릇 수가 6두(豆)이기 때문이다. 이근옥이 86세를 살았으므로, 원문에서 큰 수를 들어 90세로 말한 듯하다.

11 군자는…… 마친다 : 『예기』「단궁(檀弓)」에 보인다.

아, 세상에 길이 전해질	嗚乎永世
썩지 않을[12] 묘갈명이라네	不朽之托

옥산(玉山) 장승택(張升澤)이 삼가 지음.

墓碣銘 幷序

張升澤 撰

隆熙己酉二月五日, 故成均生員吃窩 李公, 以厚德, 享八十六年而卒。粤一月乙丑, 從先兆而葬郡東三巨里丑原之山。嗣孫民世, 追感先徽, 將斲貞珉而壽幽光。使弟光世, 齎狀行一通, 索銘於不佞。顧余癃疾, 不堪是役, 以公之事, 義難終辭。

謹按, 公諱根玉, 字聖涵, 全城氏。系出高麗太師棹, 珪組世赫。逮我莊憲王時, 議政府參贊諱丘直, 生都觀察使諱貞幹。以孝養壽母聞, 上嘉之, 書賜"家傳忠孝、世守仁敬"八字。諡孝靖。生領議政全城君諱士寬。六傳, 至京兆少尹諱山立, 値昏朝南下, 隱於宜春之世干。後孫因居焉。曾祖諱邦鐸, 號聾窩。祖諱龍奎, 以文行聞, 號遯庵。考諱鉉祥, 號歌瑟軒。妣恩津 宋氏 堯明女。以純廟甲申九月三十日生公。

公胚光詩禮之庭, 儀容端正, 幼有慈諒之性、穎敏之才。孩提在抱, 値母夫人有疾, 絶不吮乳。得一果一味, 忘其口而獻之。見亂葉、束薪、牙槎、墻角, 輒一一指擬曰: "此如某字某字。" 及上學于遯庵公, 動無違敎, 文思精敏, 已有警語。見群兒慢戱, 輒戒曰: "爾讀≪史略≫, 不見孔子幼時

12 썩지 않을 : 『춘추좌씨전』의 '삼불후(三不朽)'를 가리키는 것으로, 입덕(立德)·입공(立功)·입언(立言)을 말한다.

常陳俎豆之事乎。" 蓋孝順文學, 自其良能也。

其事親也, 外內胥戒。瀡瀡而盡歡、定省而據禮, 備養志體。奉祭也, 齊素致慤, 至于癃衰, 不以筋力而自懈。接賓也, 汎愛而親, 園蔬圃果, 物薄而意厚。與弟四人, 湛樂無間, 如肢體之不相離。值歲大無, 餓殍相望, 命子龜魯, 計口節糧, 而盡散其餘。濟活甚多。

束脩於性齋 許先生之門, 受深衣旨訣。經疑禮卞, 遞月鱗翔。隨俗和光, 黽勉公車, 甲戌登上庠。二年遭先公喪, 時已不毁之年, 易慼備至, 柴血而終制。自後無意於世, 卷藏林泉, 佔畢經史, 手不釋卷。鄕里後生, 隨才授學, 彬彬者多出門下。與鄭顧軒、張四未、李晩求諸賢, 書疏相繼, 資益爲多。不幸値斯文毁撤之厄, 益致力於先賢畏壘之墟。如嵋淵、洛山、尊德之齋, 或設講而歲會、或樑頌而楣記之。晩築數椽於花柳 古洞, 扁以"過川"。杖履逍遙, 嘯詠自適, 怡然而忘世。

嗚乎! 予嘗躡公後塵過旬, 盤礴於洛瀬合江之勝, 周旋樽俎。竊覸所存, 禮數嫺熟, 言行簡重, 肫肫有古人風。不覺覿德而醉。今而讀公之狀, 芳徽懿躅, 愀然若復接焉。蓋其近道之姿、出群之才, 內而濡染家庭、外而觀輔師友, 濟以實地之學。康濟一家, 天餉六豆。《禮》云: "君子曰終。", 公其庶矣夫。

配密陽 朴氏 致植女, 有壼。則四男 : 龜魯、寅魯、義魯、奭魯, 二女 : 沈德基、監役李壽九。龜魯六男 : 民世、春世、龍世、光世、佑世、應世, 一女曺珪承。寅魯無育, 取春世爲嗣。義魯三男 : 永世、玄世、壬世, 一女姜復淳。奭魯亦無子, 取光世爲嗣。民世嗣男鍾烈。春世二男 : 鍾鎬、鍾烈, 鍾烈出。餘幼。

銘曰: "家庭質行, 鄕閭矜式。而壽而康, 本諸好德。搴蓮璧沼, 遂斂鋒鍔。孑剩采莊, 實著近約。頑頑斲石, 嗚乎永世, 不朽之托。"

玉山 張升澤, 謹撰。

❖ 원문출전

李根玉,『吃窩集』卷5 附錄, 張升澤 撰,「墓碣銘幷序」(경상대학교 문천각 古 D3B H이18ㅎ)

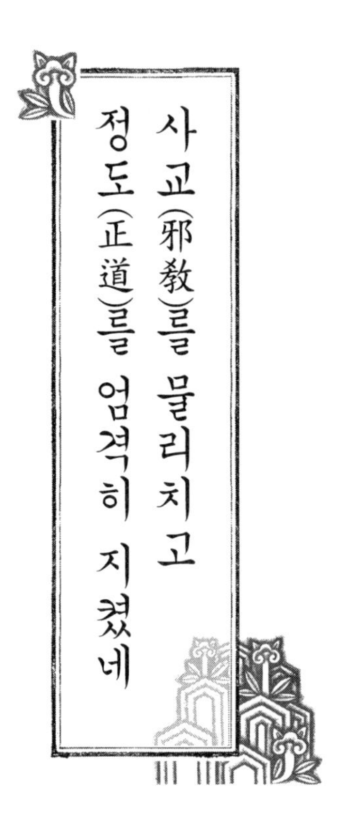

하겸락(河兼洛) : 1825-1904. 자는 우석(禹碩), 호는 사헌(思軒), 본관은 진양(晉陽)이며, 현 경상남도 산청군 단성면 남사리 남사 마을에 거주하였다. 이우빈(李佑贇)에게 수학하였다.

1853년 무과에 급제하여, 1862년 거제 도호부사를 지냈다. 1866년 병인양요 때 순무사 중군(巡撫使中軍) 이용희(李容熙)의 종사관이 되어 난리를 수습하였다. 1870년 신도진 절제사, 1871년 강계도호부사 겸 청북병마우방어사로 활약하였다.

저술로 4권 2책의 『사헌유집』이 있다.

사헌(思軒) 하겸락(河兼洛)의 광지

곽종석(郭鍾錫)[1] 지음

아! 이곳은 고 조선 통정대부 행 강계도호부사 청북병마우방어사(淸北兵馬右防禦使)[2]를 지내고 가선대부에 가자된 진양(晉陽) 하공(河公)의 묘소이다. 공의 품계는 2품이고, 천수는 여든을 넘었으며, 자손들은 효도하고 순종하며 집안은 넉넉하였다. 벼슬에서 물러난 지 30여 년 동안 편안하게 지내며 세속의 일을 마음에 두지 않았다.

세상을 떠나던 날에도 여전히 평상시처럼 아무런 병환이 없었다. 그러니 이제 세월의 흐름에 따라 죽음을 면치 못하는 사람들이 어찌 굳이 슬퍼하며 죽은 이를 애도하겠는가? 그러나 공이 처음 쇠약해져서 바깥 출입을 못하게 되자 식자들은 이미 그의 노쇠함을 안타깝게 여겼다. 그런데 이제 공이 세상을 떠났으니, 어찌 시대를 걱정하여 길이 통곡하지 않겠는가?

공은 타고난 체격이 크고 건장하며, 의지와 기상이 우뚝하였다. 일찍 문학에 종사했지만, 젊었을 때 그만두고 무과에 응시하였다. 하위관직을 두루 역임하면서 직무를 잘 처리하였다. 상관을 섬길 적에는 자기 뜻을 굽혀가면서 상관의 뜻을 따르지 않고 이치에 의거하여 주장하였다. 그래서 중신들은 대부분 그를 옳다고 여겼지만, 달가워하지 않는 자들은

---

1 곽종석(郭鍾錫) : 1846-1919. 자는 명원(鳴遠), 호는 면우(俛宇), 본관은 현풍(玄風)이다. 이진상(李震相)에게 수학하였다. 저술로 177권 63책의 『면우집』 등이 있다.

2 청북병마우방어사(淸北兵馬右防禦使) : 강계도호부사로서 평안도 청천강 이북 지역의 방어를 책임졌다.

또한 그점을 지목하였다.

공은 몸에만 군복을 걸치고서 흉중에 병법이 없이 임금의 녹을 바라는 것은 충성이 아니라고 생각하였다. 그래서 오로지 육도삼략(六韜三略)[3]의 병법서를 정밀히 공부하여, 모든 책략을 주도면밀하게 하고, 절제를 신축성 있게 하며, 군진을 편성할 때 기습과 정공을 적절히 하고, 무기를 운용하는 것 및 길흉을 점치는 등의 일까지 깊이 탐구하여 묵묵히 시험해보지 않은 것이 없었다.

얼마 뒤 말씀하기를 "병법[4]을 말하는 자들은 들먹이는 책들이 방대하지만, 유독 '충(忠)' 한 글자에 대해서만 대개 빠뜨리는 듯하다. 이는 근본을 버려두고 말단에만 상세한 것이다."라고 하였다. 이에 고금의 충신과 의사(義士)들이 제 몸을 잊고 나라를 위해 목숨을 바친 행적을 모아서 한 책을 만들어 말씀하기를 "이는 장수가 가장 먼저 해야 할 공부이다."라고 하였다.

철종 말년에 외직으로 나아가 거제 도호부사가 되었다.[5] 거제부는 바다에 둘러싸여 있어 어업의 이익이 넉넉했는데, 전 순찰사 때부터 사인(私人)을 파견하여 그 이익을 강제로 차지해 백성들 중에 생업을 잃은 자가 많았다. 공이 부임해서는 그것을 금지하여 허락하지 않고, 권세를 믿고 말을 듣지 않는 자들은 매를 쳐서 쫓아냈다. 이 때문에 고과(考課)에 결국 하위성적을 받았다.

금상[高宗] 병인년(1866) 가을에 해구(海寇)가 경기 연안[강화도]을 침범하자[6] 주상이 방어하라고 명령하였다. 공경들이 번갈아가며 공을 추천

---

3 육도삼략(六韜三略) : 중국의 오래된 병서로, 태공망(太公望)이 지은 『육도(六韜)』와 황석공(黃石公)이 지은 『삼략(三略)』을 아울러 이르는 말이다.

4 병법 : 원문에는 '兵兵'으로 되어 있는데, 『사헌유집』 속 「광지」에는 뒤의 '兵'자가 없다.

5 철종……되었다 : 『사헌유집』 권4 「사장(事狀)」을 살펴보면 하겸락은 1862년에 거제도호부사가 되었다.

하여 순무종사(巡撫從事)가 되었다. 공은 순무중군(巡撫中軍) 이용희(李容熙)[7] 공을 보좌하였는데, 이공이 양화진(楊花津)에 나아가 진을 치게 하자, 동료들은 두려워하며 피하는 자가 많았지만 공은 분연히 먼저 나아갔다. 이공은 공을 의지하며 중하게 여기고 일이 있으면 반드시 자문하였다. 파발꾼·순라꾼들도 모두 기강이 있게 되었다. 해구들이 범할 수 없다는 것을 알아차리고 드디어 물러갔다.

이때부터 조정에서는 공에게 장수의 재능이 있다는 것을 알고 발탁하여 함경도 병영중군에 보임하였다. 얼마 뒤 신도진[8] 절제사(薪島鎭節制使)가 되었다. 장수와 아전들을 통솔하며 위엄과 포상을 함께 행하였다. 적을 정찰하고 추포하는 데 특출하였으며, 지휘할 적에 버려지는 계책이 없어서 공의 신명함에 모두 감복하였다.

강계 부사(江界府使)가 되었을 적에 큰 흉년을 만났다. 공은 순영(巡營)과 병영(兵營)에서 공금을 빌려 곡식 수천 섬을 사들여 굶주린 백성과 강계로 넘어 온 유민들을 구제해 주어 마침내 굶어죽는 사람이 없게 되었다.

향마적(響馬賊)[9]이 요동(遼東) 경계에서 마구 노략질을 하고 있었는데 장차 방향을 바꿔 압록강을 건너려고 하였다. 공이 방략(方略)을 세워 위엄을 보이니 도적이 멀리 달아났다. 임기가 다 찼을 적에, 직지사(直指使)[10]가 군졸 및 백성들이 임기를 연장해 주기를 원하는 것으로 인해 조

6 해구(海寇)가……침범하자 : 1866년에 일어난 병인양요를 말한다.

7 이용희(李容熙) : 1811- ?. 자는 공습(公習), 호는 기원(淇園)이다. 1866년 병인양요가 일어나자 선봉이 되어 프랑스함대를 물리쳐 프랑스 함대가 퇴각하는 데 결정적인 공을 세웠다. 이로 인해 형조 판서에 발탁되었다. 이후 어영대장, 훈련대장, 한성부 판윤 등을 지냈다.

8 신도진 : 평안도 수영(水營)에 속한다.

9 향마적(響馬賊) : 만주 지방에서 방울을 단 말을 타고 다니며 도둑질하던 무리이다.

10 직지사(直指使) : 조선 시대 왕명을 받아 지방의 정치 실태와 민생을 살필 목적으로 비밀

정에 장계를 올려, 공이 떠나는 것을 받아들이지 않게 하였다. 이 때문에 강계부에 있던 기간이 모두 4년이었는데, 공을 달가워하지 않는 자가 감사에게 날조함으로써 고과에서 최하등을 받았다. 그러나 공은 내색을 않고 태연히 돌아갔다.

벼슬길이 험난하다는 것을 더욱 알게 되어 드디어 다시는 출사하지 않았다. 날마다 경적(經籍)을 보면서 스스로 즐거워하였고, 어진 사대부들과 교제하면서 그들에게 미치지 못할까 두려운 듯이 하였다. 늘그막에 주자(朱子)의 책을 좋아하여 손수 깊은 뜻과 핵심을 초록했는데, 밤이 깊도록 촛불을 밝혀가며 가는 해서(楷書)로 쓰면서 즐거워하며 피곤함도 잊어버렸다. 일찍이 나에게 말씀하기를 "요즘 학자들은 문호(門戶)가 많지만, 시험 삼아 주자의 설로 준거를 하면 주리설(主理說)이 필경 옳을 것이다."라고 하며, 사교(邪教)를 물리치고 정도를 지키는 데 엄격하였다.

갑오년(1894) 동학(東學)의 비도(匪徒)들이 요사스런 설로 우매한 백성들을 속이고 미혹시켜 성읍을 함락시키고 약탈하였다. 공이 살던 마을에 그런 짓을 한 자가 있어서 공이 그의 집을 무너뜨리고 그를 쫓아내자 비도들이 매우 원망하였다. 그 일 때문에 대대로 살았던 여사(餘沙)[11] 마을의 공의 집이 동학란 때 불탔는데, 공은 그래도 후회하지 않았다.

국가에서 외국과의 교류를 개방하고 난 뒤로 조정에서는 뾰족한 수가 없었고, 나라의 수치는 날로 심하였다. 공은 항상 비분강개하여 살고 싶지 않는 듯하였다. 일찍이 정강이를 걷어 올리고 나에게 보여주며 말씀하기를 "이 정강이가 살진 것은 임금의 은택이니, 보답하지 않을 수 있겠는가?"라고 하였다.

아! 공의 안색은 불그레하고 윤기가 나는 듯하며, 눈빛은 새벽별처럼

리에 파견되던 특사이다. 암행어사이다.

11 여사(餘沙) : 현 경상남도 산청군 단성면 남사리 남사 마을의 다른 이름이다.

초롱초롱하고, 정신은 팔뚝에 앉은 매와 같았으며, 목소리는 종소리처럼 쩌렁쩌렁하여 바라만 봐도 이미 위인호걸다운 인물임을 알 수 있었다. 우스갯소리를 잘하고 감정을 잘 조절하여 사람들로 하여금 애모하면서도 두려워하게 하였다. 어려운 일을 만나면 그 자리에서 담론해 분석하였는데, 남들은 생각지 못한 점도 있었다. 아! 이제는 그런 점을 모두 볼 수 없구나. 공과 같은 분을 인물이 드문 세상에서 다시 얻을 수 있겠는가. 나는 공에 대해 평생 지기(知己)의 감정을 가지고 있었다. 이제 그가 세상을 떠남에 대략 그의 행적을 모아 무덤 속에 넣어 천고의 슬픔을 부치고, 또한 후인들이 공의 행적 중 만에 하나를 쓴 이 글에서 영원토록 상고함이 있기를 기대한다.

공의 휘는 겸락(兼洛)이고, 자는 우석(禹碩)이다. 공의 선세는 고려 사직 휘 진(珍)이 시조이다. 고려 말 진천부원군(晉川府院君) 원정공(元正公) 휘 집(楫), 진산군(晉山君) 휘 윤원(允源), 병조 판서 휘 자종(自宗)에 이르기까지 여러 대 동안 공훈과 업적, 절개와 행실로 명성을 드러냈다. 판서의 아들 휘 결(潔)은 우리 세종을 섬겨 대사간이 되었다. 6대를 내려와 집의를 지낸 휘 진(溍)이 바로 '태계 선생(台溪先生)'[12]이다. 강직한 도로써 한 시대에 명성을 떨쳤고, 문학과 도의는 유림의 모범이 되었다. 공은 선생의 주손으로 9세손이다.

조부 휘 시명(始明)이 처음으로 무관을 지내 관직이 영장(營將)에 이르렀는데, 부임하는 곳마다 명성과 치적이 있었다. 부친 휘 한조(漢祖)는 무과에 급제하였다. 성품이 굳세고 정직하며 맑고 곧아서 청탁을 하려고 하지 않았다. 결국 이 때문에 임용되지 못했다. 모친 밀양 박씨(密陽朴

12 태계 선생(台溪先生) : 하진(河溍, 1597-1658)이다. 자는 진백(晉伯), 호는 태계, 본관은 진주이며, 현 경상남도 진주시 명석면 관지리 출신이다. 하응도(河應圖)에게 수학하였으며, 저술로 8권 4책의 『태계집』이 있다.

氏)는 사인 기찬(基瓚)의 따님이다.

순조 을유년(1825) 10월 26일 공은 여사 마을의 대대로 살던 집에서 태어났고, 올해 갑진년(1904) 2월 9일 백곡(柏谷)[13]의 우거에서 세상을 떠났다. 부인 정부인 문화 류씨(文化柳氏)는 병두(炳斗)의 따님인데, 공보다 먼저 세상을 떠났다. 1남 1녀를 낳았는데, 아들 용제(龍濟)는 첨사(僉使)이고, 딸은 이병하(李炳夏)에게 시집갔다. 서자가 둘인데, 용덕(龍德)과 용찬(龍撰)이다.

첨사 용제는 2남 1녀를 낳았는데, 장남은 홍규(弘逵)이고 차남은 어리다. 딸은 조현용(趙顯瑢)에게 시집갔다. 용덕의 장남은 원규(元逵)이고, 차남은 어리다. 용찬의 장남은 상규(常逵)이고, 차남은 어리다. 아! 여기는 진주 북쪽 집현산(集賢山)[14]의 남쪽, 구돈담(久遯潭)[15]의 위쪽 임좌(壬坐) 언덕으로, 태계 선생의 선영이 있는 곳이다.

嘉善大夫 河公 壙誌 【甲辰】

郭鍾錫 撰

嗚呼! 此故朝鮮通政大夫 行江界都護府使 淸北兵馬右防禦使, 陞嘉善大夫, 晉陽 河公之藏也。公爵列二品, 壽躋八耋, 子姓孝順而家肥。退閒三十餘年, 怡然不以世累經心。至皐呼之日, 而尙無恙如平時。今於其晝夜之相代而人之所不免者, 夫何必戚戚以怛化也? 然而, 自公之始衰而家

13 백곡(柏谷) : 현 경상남도 산청군 단성면 백곡리이다.

14 집현산(集賢山) : 현 경상남도 진주시 집현면에 있다.

15 구돈담(久遯潭) : 현 경상남도 진주시 명석면 덕곡리에 있다.

食也, 識者已以其老爲惜。今也則亡矣, 如之何其不爲之撫時而長慟也?

公天姿魁梧, 志氣犖犖。早從事於文學, 壯歲投筆, 應武擧。歷仕丞簿, 能辨職。事上官, 不曲從, 據理爭執。宰紳多韙之, 不豫者, 亦已目矣。以爲身靺跗而胸無片甲, 以徼君祿, 非忠也。遂專精於《韜》、《略》, 凡籌謨纖紆、節制伸縮、陣伍奇正、機器使運, 以至祥祲占候之類, 無不深究而默驗之。旣而曰: "談兵兵者, 其書動汗牛, 獨於"忠"之一字, 蓋闕如也。是遺其本, 而詳於末也。"乃集合古今忠臣義士忘身殉國之蹟, 爲一編曰: "此爲將者第一工夫。"

哲宗末年, 出知巨濟府。府環海, 饒漁利, 自前爲巡使者, 派私人, 勒占其腴, 民多失業。公至則禁不許, 其恃勢而梗者, 杖逐之。以此課遂殿。

今上丙寅秋, 海寇犯畿沿, 上命禦之。公卿交口薦公, 爲從事。跟巡撫中軍李公 容熙, 出陣楊花渡, 同僚多畏避, 公奮然先赴。李公倚爲重, 每事必咨之。其擺布、邏候, 幷有紀。寇知不可犯, 遂退。自是朝廷知公有將才, 擢補咸鏡中軍。轉薪島鎭節制使。駕馭將吏, 威賞幷行。詗捕非常, 指揮無遺策, 咸服其神明。

及知江界, 値歲大饑。爲乞貸官鈔于巡兵二營, 糴粟數千斛, 以濟餓戶及流民至者, 卒以無僵殍。有嚮馬賊大掠于遼界, 將轉而渡江。公爲設方略以威之, 賊遠遁。及瓜滿, 直指使因軍民願借, 啓于朝, 不聽去。以此在府凡四載, 有不豫者, 揑于監司, 考下下。公無幾微色, 浩然而歸。

益知世路之巇, 遂不復出。日以經籍自娛, 接賢士大夫, 如恐不及。晩而喜朱子書, 手抄其要奧肯綮, 深燈細楷, 樂而忘倦。嘗語余曰: "今學者多門, 試以朱子準之, 主理者畢竟是。", 嚴於闢邪衛正。

歲甲午, 有東匪者, 以妖術誑惑愚民, 陷掠城邑。里有犯者, 公壞其家而黜之, 匪徒大憾。公之餘沙世第, 以此燬於燹, 公猶不悔。自國家之外港不扃也, 廟筭無長, 邦恥日深。公常悲憤慨吒, 如不欲生。嘗解脛指示余曰: "此肥之澤, 君恩也。獨不得報乎?"

嗚乎! 公顔如渥赭、眼如曙星、神如韝鷹、聲若鏗鍾, 望之已知其爲偉人豪傑流也。善笑語、能喜怒, 令人愛慕而畏憚之。遇難事, 立談以析之, 出人意表。嗚乎! 今皆不可見矣。如公者, 可更得於人物眇然之世哉。余於公, 有一生知己之感。今於其大歸也, 略爲之最其蹟而納之壙, 以寓千古之悲, 且以冀來者之永有考於公之萬一也。

公諱秉洛, 字禹碩。公之世, 以高麗司直諱珍爲始祖。迨麗季有晉川府院君 元正公諱楫, 晉山君諱允源, 兵曹判書諱自宗, 奕世以勳業節行著聞。判書之子諱潔, 事我世宗, 官大司諫。六傳而有執義諱溍, 是曰: "台溪先生"。以直道聲於一時, 文學道義, 爲儒林矜式。公則先生之冑而九世也。

祖諱始明, 始業武, 官至營將, 所至有聲績。考諱漢祖, 武科。伉直淸介, 不肯干謁。竟以是不調。妣密陽 朴氏, 士人基纘女。純廟乙酉十月二十六日, 公生餘沙之世第也, 今甲辰二月九日, 卒柏谷寓居也。配貞夫人, 文化 柳炳斗之女, 先公沒。生一男, 龍濟, 僉使, 一女, 嫁李炳夏。餘男二: 龍德、龍撰。僉使二男, 長弘逵, 次幼。一女趙顯瑢。龍德二男, 元逵, 其一幼。龍撰二男, 常逵, 其一幼。嗚乎! 此晉之治北集賢山南久遯潭之上負壬之原也, 從台溪先生之兆也。

❖ **원문출전**

郭鍾錫, 『俛宇集』 卷151 壙誌, 「嘉善大夫河公壙誌甲辰」(한국문집총간 제344책)

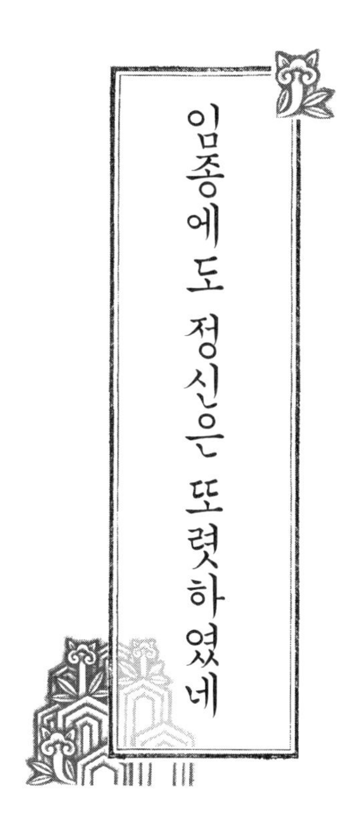

임종에도 정신은 또렷하였네

문진영(文鎭英) : 1826-1879. 자는 성중(聖仲), 호는 효효재(囂囂齋), 본관은 남평(南平)이다. 세거지인 현 경상남도 합천군 대병면 역평리에서 살았다. 류치명(柳致明)과 허전(許傳)의 문인이다. 이진상(李震相) · 김흥락(金興洛) · 박치복(朴致馥) · 김인섭(金麟燮) 등과 교유하였으며, 특히 허유(許愈)와 친했다.
저술로 3권 1책의 『효효재집』이 있다.

효효재(囂囂齋) 문진영(文鎭英)의 묘갈명 병서

김황(金榥)[1] 지음

효효재(囂囂齋) 문공(文公)이 돌아가신 지 60여 년 뒤에, 손자 상필(相弼)이 남은 시문을 비로소 수습하여, 찢어지고 빛바랜 오래된 종이에서 유문 몇 편을 겨우 구해 간행하여 세상에 유포하려 하였다. 그리고 조카 충호(忠浩)는 그의 친족 존호(存浩)가 지은 공의 행장을 가지고 내게 찾아와 묘갈명을 청하였다.

나는 일찍이 후산(后山) 허유(許愈) 선생의 『후산집(后山集)』을 읽다가 공의 제문을 보았는데, "침묵하는 가운데 고상한 지취가 절로 있었다. 평상시의 상황에서 지조를 지키는 것이 저절로 구별되었네. 공과 같은 분은 마땅히 고인에서나 찾아보리."[2]라는 이 몇 마디 말로 충분히 공의 사람됨을 상상해 볼 수 있었다. 그리고 "병이 들어 바야흐로 임종할 무렵에도 정신은 또렷하여 어지럽지 않았다."[3]라고 한 데에서 학문을 통해 득력한 것이 있었음을 더욱 징험할 수 있었다. 품부 받은 자질이 고요한데다 학문을 통해 수양하지 않은 사람이라면, 어찌 이와 같이 할 수 있었겠는가.

공의 스승은 정재(定齋) 류 선생(柳先生)[4]과 성재(性齋) 허 선생(許先生)[5]

---

1 김황(金榥) : 1896-1978. 자는 이회(而晦), 호는 중재(重齋), 본관은 의성(義城)이다. 김우옹(金宇顒)의 후손이며 곽종석(郭鍾錫)의 문인이다. 경상남도 의령, 산청 등지에 거주했다. 저술로 『중재집』이 있다.

2 침묵하는……찾아보리 : 『후산집』 권15 「제문성중진영문(祭文聖仲鎭英文)」에 있는 구절을 줄여 쓴 것이다.

3 병이……않았다 : 『후산집』 권15 「제문성중진영문」에 관련 일화가 있다.

이고, 공의 벗은 이한주(李寒洲)[6] · 김서산(金西山)[7] · 이신암(李愼庵)[8] · 박만성(朴晩醒)[9] · 김단계(金端磎)[10] · 곽면우(郭俛宇)[11] 제현인데, 모두 도의로써 서로를 인정하였으며 우뚝하게 한 시대의 중망이 있었던 분들이다. 그리고 후산옹과는 같은 고을에 사는 오랜 인연으로 인해 교유가 매우 은근하였다. 후산옹이 공을 칭찬한 말들은 하나하나 시험해 보고 한 말이지, 구차하게 그런 말을 한 것이 아니다. 아! 이런데도 공의 묘에 비명을 세울 수 없겠는가.

공의 휘는 진영(鎭英), 자는 성중(聖仲), 본관은 남평(南平)이다. 고려 개국공신 무성공(武成公) 다성(多省)이 시조이다. 고려조에 대대로 이름난 분들이 있었다. 고려 말에 판서 근(瑾)은 개경에서 합천(陜川)으로 은거하였다. 그 후손들이 또 합천에서 삼가(三嘉)로 이주하여, 오늘날 삼

4 류 선생(柳先生) : 류치명(柳致明, 1777-1861)이다. 자는 성백(誠伯), 호는 정재, 본관은 전주이다. 안동에 거주하였다. 남한조(南漢朝)의 문인이다. 저술로 『정재집』이 있다.

5 허 선생(許先生) : 허전(許傳, 1797-1886)이다. 자는 이로(而老), 호는 성재(性齋), 본관은 양천이다. 허엽(許曄)의 후손이고 황덕길(黃德吉)의 문인이다. 경기도 포천에 거주했다. 저술로 『성재집』이 있다.

6 이한주(李寒洲) : 이진상(李震相, 1818-1886)이다. 자는 여뢰(汝雷), 호는 한주, 본관은 성산이다. 숙부 이원조(李源祚)에게 수학했다. 경상북도 성주에 거주했다. 저술로 『한주집』이 있다.

7 김서산(金西山) : 김흥락(金興洛, 1827-1899)이다. 자는 계맹(繼孟), 호는 서산, 본관은 의성이다. 김성일(金誠一)의 주손(胄孫)이며 안동에 거주했다. 류치명의 문인이다. 저술로 『서산집』이 있다.

8 이신암(李愼庵) : 이만각(李晩慤, 1815-1874)이다. 자는 근휴(謹休), 호는 신암, 본관은 진성(眞城)이다. 경상북도 안동 예안에서 태어났다. 류치명의 문인이자 생질이다. 저술로 『신암집』이 있다.

9 박만성(朴晩醒) : 박치복(朴致馥, 1824-1894)이다. 자는 훈경(薰卿), 호는 만성, 본관은 밀양이다. 류치명과 허전의 문인이다. 삼가에 거주했다. 저술로 『만성집』이 있다.

10 김단계(金端磎) : 김인섭(金麟燮, 1827-1903)이다. 자는 성부(聖夫), 호는 단계, 본관은 상산이다. 산청 법평(法坪)에 거주했다. 허전의 문인이다. 저술로 『단계집』이 있다.

11 곽면우(郭俛宇) : 곽종석(郭鍾錫, 1846-1919)이다. 자는 명원(鳴遠), 호는 면우, 본관은 현풍이다. 이진상의 문인이다. 저술로 177권 63책의 『면우집』이 있다.

가·합천의 명문가를 말할 경우 공의 가문이 그에 해당한다.

중시조 사미정(四美亭) 경충(敬忠)은 남명(南冥)과 수우당(守愚堂)[12]을 종유하였다. 또한 그의 증손 휘 률(慄)은 노파(蘆坡)[13] 문하에서 수학하여 학술의 연원이 대대로 집안에 전해졌다. 증조부는 상언(尙彦)이고, 조부는 열광(烈光)이다. 부친 환규(煥奎)는 호가 성재(省齋)이다. 모친 죽산 박씨(竹山朴氏)는 수채(秀采)의 따님이다.

공은 나면서 단정하고 영특함이 남달랐으며, 독실한 지향이 변하지 않았다. 약관에 공령문으로 동료들의 추중을 받았으나, 과거시험에 응시해서는 번번이 낙방하였다. 그러자 말씀하기를 "당락에는 천명이 있는 것이니 노력한다고 되는 것이 아니다."라고 하고서, 마침내 두문불출하여 사람들과 내왕하지 않고 고인의 학문을 돌이켜 구하고 종사하였다. 마음으로 터득해 나가다가 의심나고 어려운 점이 생기면, 곧장 사우(師友)에게 찾아가 질의하여 바로잡고 강론하여 변정했다. 때때로 수백 리 길을 걸어가는 노고도 마다하지 않았으며, 혹은 손수 차록하여 편지로 토론하기도 하였다. 비록 견해에 차이가 있을 지라도, 자신의 주장을 굽혀 가며 터득하지 못한 점을 그대로 내버려 두는 일은 차마하지 못했다.

예로써 자신을 신칙하고, 효우로써 집안을 다스렸다. 남을 대할 적에는 충성과 신의로써 하여 조금도 실정을 숨기는 일이 없었다. 일상의 소소한 절도에서 드러나는 모습들은 하나라도 고인의 도를 따르지 않는 것이 없었다. 차라리 졸렬할지언정 교묘하지 말며, 세련된 것보다 질박한 데 이르렀으니, 또한 내면을 중시하고 외면을 경시한 마음씀이 그렇

12 수우당(守愚堂) : 최영경(崔永慶, 1529-1590)이다. 자는 효원(孝元), 호는 수우당, 본관은 화순이다. 조식의 문인이다. 저술로 『수우당실기』가 있다.

13 노파(蘆坡) : 이흘(李屹, 1557-1627)이다. 자는 산립(山立), 호는 노파, 본관은 벽진(碧珍)이다. 정인홍의 문인이다. 저술로 『노파집』이 있다.

게 만든 것이다.

공은 중년에 두 자식과 동생 하나를 잃었다. 그러나 부모님이 살아 계셨기 때문에 슬픈 기색을 드러낼 수 없었다. 몸소 수고로운 일을 하고 부모님 말씀에 순응하면서 양친을 위로했다. 부모가 차례로 세상을 떠나시고, 두 분의 상을 마쳤을 때는 공의 나이 어느덧 50세였다.

유학에만 마음을 기울여 생계가 넉넉지 않았다. 이어서 또 아내를 잃었는데, 자식은 겨우 10여 세였다. 이곳저곳 떠돌아다니며 살자니 거의 집안을 운영할 수 없었다. 곤궁하고 고단한 삶은 사람으로서 견딜 수 없는 것이지만 천명으로 자처하며 더욱 스스로 의지를 확고히 곧추세웠다. 지향과 기절이 함께 연마되어 백 번 꺾일지라도 조금도 동요되지 않을 듯했다. 이점은 바로 후산옹이 공의 절조를 자주 칭송하고 죽음에 임해서도 정신이 혼란하지 않았다고 한 까닭이니, 또한 어찌 자신을 수양하여 그런 경지를 이룩한 것이 아니겠는가?

공은 고종 기묘년(1879) 7월 10일, 역평(嶧坪)[14]의 대대로 살던 집에서 세상을 떠났다. 공이 태어난 해는 순조 병술년(1826)이니, 향년 54세이다. 역평 오동(吾東)의 평송전(平松田) 간좌(艮坐) 언덕에 장사지냈다.

부인 상산 김씨(商山金氏)는 이욱(履郁)의 따님인데, 공과 합장하였다. 하나있는 장성한 아들은 회질(繪質)이다. 회질의 아들은 상필(相弼)이다.

명은 다음과 같다.

고인이여	古之人
고인이여	古之人
내가 그 지향이 있지 않으면	不有其志
나는 누구와 고인을 따르리	吾誰與因古人

14 역평(嶧坪) : 현 경상남도 합천군 대병면 역평리이다.

고인의 경지 바랄 수는 없더라도	雖若不可望
힘을 다해 구하고 따랐으니	竭力以求從之
이 또한 고인의 무리이리	是亦古人之倫也
명리에 이끌리지 않고	不役于名利
빈천에 괴로워하지 않으며	不疚于窮貧
자나깨나 일념으로	寤寐一念
세상을 잊고 자신도 잊었네	忘世與身
후산옹 말씀 믿을 만하니	允矣后老
덕의 진면목을 아셨네	知德之眞
내가 그의 말을 기술하여	我述其言
이 비석에다 전하노라	詔玆貞珉

문소(聞韶:義城) 김황(金榥)이 지음.

墓碣銘 幷序

金榥 撰

囂囂齋 文公, 歿六十餘年, 其孫相弼, 始克收拾遺詩文, 斷爛故紙, 僅得若干篇, 將謀印行于世。而族子忠浩, 以其族人存浩所爲公行狀者, 來屬余, 請銘其墓前之石。

余嘗讀許先生《后山集》, 有祭公文, 若曰: “泯默之中, 雅趣自在。尋常之地, 操執自別。如公者, 當求之古人。”, 此數語足以想見公爲人之實。而至其所稱“疾病方死, 神精了然不亂。”, 尤可驗定力之有在。夫非稟受之專靜, 而從之學問之充養, 其何能與此。

蓋公其師, 則定齋 柳先生, 性齋 許先生, 其友, 則李寒洲、金西山、李愼菴、朴晩醒、金端溪、郭俛宇諸賢, 幷皆道義相詡, 蔚然有一時之望。而后山翁, 尤以同鄕宿契, 徵逐甚殷。其所稱道, 一一要有所試, 而非苟然爾也。於虖! 此不可以銘公乎哉。

公諱鎭英, 字聖仲。其先系出南平。高麗開國功臣武成公 多省爲上祖。在麗, 代代有名公。至其季世, 有曰:判書瑾, 自京遯居于陜川。其後, 又自陜而分徙三嘉, 至今嘉、陜之語族望者, 匹焉。

中祖四美亭 敬忠, 從遊南冥、守愚之間。其曾孫諱慄, 受業蘆坡門, 學術淵源, 世傳于家。曾祖尙彦, 祖烈光。考煥奎, 號省齋。妣竹山 朴秀采女。

公生而端慧, 穎悟過人, 而篤志不移。弱冠, 以時文見推儕流, 及出試於有司, 而屢被冤屈。則曰: "是有命焉, 不可力以致也。", 遂自杜門掃軌, 反求從事於古人之學。其有心得及疑難, 輒就諸師友, 而稟正講辨。往往不憚徒步累數百里, 或手自箚錄, 爲書以往復。雖或所見之有異同, 而不忍曲從以措其不得也。

飭身以禮, 爲家以孝友。與人忠信, 而無少隱情。其諸見於日用疏節者, 無一不以古道率之。而至其寧拙而毋巧、與史而寧野, 則又用心之重內輕外者, 然也。

公中年, 喪二子一弟。而猶以親在, 故不自見戚戚色。躬自服勞, 承順以慰堂闈。及二親次第違逝, 而重哀旣闋, 公年且五十。幷心儒業, 計活索然。繼又喪耦, 而有子纔十餘歲。流離棲屑, 幾不能爲家。窮苦困頓, 人所不堪, 而處之以命, 益自確然扶竪。志氣俱厲, 若將蹈百折, 而不少回撓。此后山翁, 所以亟稱於操執, 而其卒之臨死不亂者, 亦豈無所馴而致之哉。

公以太上己卯七月十日, 終于嶧坪世莊。距其生純廟丙戌, 享年五十四。葬同坊吾東 平松田艮原。配商山 金氏, 履郁女, 葬合堋。一子之成者, 曰 "繪質"。繪質之子, 相弼其名。

銘曰: "古之人, 古之人。不有其志, 吾誰與因古人。雖若不可望, 竭力以求從之, 是亦古人之倫也。不役于名利, 不疚于窮貧, 寤寐一念, 忘世與身。允矣后老, 知德之眞。我述其言, 詔玆貞珉。"

聞韶 金槐 撰。

❖ 원문출전

文鎭英,『嚚嚚齋集』卷3 附錄, 金槐 撰,「墓碣銘幷序」(경상대학교 문천각 古(오림) D3B 문79ㅎ)

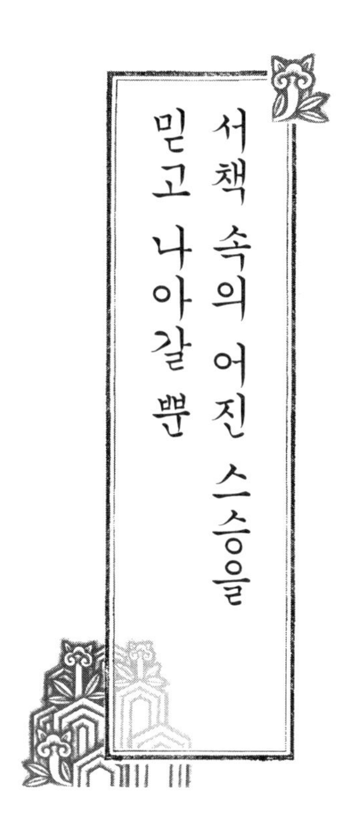

서책 속의 어진 스승을 믿고 나아갈 뿐

조성택(趙性宅) : 1827-1890. 자는 인수(仁叟), 호는 횡구(橫溝), 본관은 함안(咸安)이며, 현 경상남도 하동군 옥종면 회신리(檜信里)에서 태어나 그곳에서 살았다. 향시에서 장원을 하였으나 회시에 급제하지 못하였다. 이후 과거에 뜻을 두지 않고 학문에만 힘썼다.

저술로 4권 2책의 『횡구집』이 있다.

횡구(橫溝) 조성택(趙性宅)의 묘갈명 병서

기우만(奇宇萬)[1] 지음

정숙자(程叔子)[2]가 정백자(程伯子)[3]의 언행을 기록하고, 또 말씀하기를 "이 글을 통해 나를 알 수 있을 것이다."라고 하였다. 생각건대, 월고(月皐) 선생[4]의 언행은 수많은 사람들에게 알려져 있으니, 월고 선생의 훌륭한 아우 횡구공의 언행은 월고 선생을 통해 거의 알 수 있을 것이다. 공의 행장 또한 월고 선생의 글로 공을 영원히 전하게 할 내용이 거기에 실려 있으니, 다른 사람의 글이 무슨 쓸모가 있으랴.

공의 휘는 성택(性宅), 자는 인수(仁叟)이다. 평소 호를 부르는 것을 좋아하지 않았는데, 공의 종숙 담인고사(澹人高士)[5]가 공을 보고서 독실함이 횡거(橫渠)[6]와 닮았고 월횡(月橫)[7]에 살고 있으니 '횡구(橫溝)'라고 부

1 기우만(奇宇萬) : 1846-1916. 자는 회일(會一), 호는 송사(松沙), 본관은 행주(幸州)이며, 전라남도 화순 출신이다. 기정진(奇正鎭)의 손자이다. 1881년 김평묵(金平默) 등과 함께 유생을 이끌고 조정에 행정개혁을 요구하는 만인소(萬人疏)를 올렸다. 1895년 명성황후가 시해되자 의병을 일으켰다. 고종이 강제로 퇴위 당하자 해산하고 은둔하였다. 저술로 54권 26책의 『송사집』이 있다.

2 정숙자(程叔子) : 정이(程頤, 1033-1107)이다. 자는 정숙(正叔), 호는 이천(伊川)으로, 하남성(河南省) 낙양(洛陽) 출신이다. 형 정호(程顥)와 함께 주돈이(周敦頤)에게 배웠고, 형과 아울러 '이정자(二程子)'라 불리며 정주학(程朱學)의 창시자이다.

3 정백자(程伯子) : 정호(程顥, 1032-1085)이다. 자는 백순(伯淳), 호는 명도(明道)이다.

4 월고(月皐) 선생 : 조성가(趙性家, 1824-1904)이다. 자는 직교(直敎), 호는 월고, 본관은 함안이다. 조성택의 맏형이다. 기정진에게 수학하였다. 저술로 20권 10책의 『월고집』이 있다.

5 담인고사(澹人高士) : 조민식(趙敏植)이다.

6 횡거(橫渠) : 북송시대의 학자 장재(張載, 1020-1077)의 호이다. 자는 자후(子厚)로, 섬서성(陝西省) 미현(郿縣) 횡거진(橫渠鎭) 출신이다. 범중엄(范仲淹)을 만나서 『중용』을 받

르는 것이 좋겠다고 하였기 때문이다.

함안 조씨(咸安趙氏)는 고려 때 크게 현달하였다. 본조에 들어와 어계(漁溪) 조려(趙旅)[8] 선생은 단종(端宗) 때에 절개를 보전하여 생육신 중 한 명으로 일컬어졌다. 이분이 참판에 추증된 군수 휘 동호(銅虎)를 낳았는데, 덕망이 있었다. 일곱 명의 아들이 모두 삼반(三班)[9]에 올라 세상 사람들이 영화롭게 여겼다. 휘 익도(益道)는 호가 도곡(道谷)인데, 계책을 내어 이괄(李适)을 토벌한 공으로 『정충록(精忠錄)』을 하사받았다. 후에 병조 참의에 추증되었고, 도계사(道溪祠)에 제향되었다.

휘 경진(經鎭)은 문행(文行)이 있었다. 부인 문씨(文氏)는 공을 따라 순절하여 정려가 내려지고 복호(復戶)되었다. 휘 오(澳)는 은덕이 있었다. 휘 광식(匡植)은 효행으로 교관에 추증되었다. 이분들이 공의 증조부, 조부 및 부친이다. 모친 김해 김씨(金海金氏)는 석신(錫信)의 따님이다.

공은 순조 정해년(1827)에 태어났다. 부친의 명으로 숙부 상식(相植)의 후사가 되었다. 소후모(所後母)[10] 이씨(李氏)는 종식(宗式)의 따님이다. 공은 어렸을 때 어른처럼 차분하여 아이들과 노는 것을 좋아하지 않았다. 스스로 능히 독서하여 애써 가르칠 필요가 없었다. 과문(科文)을 익히고 제자백가의 책을 두루 읽어 일찍이 과거시험장에서 이름이 났다. 향시

은 후부터 학문에 정진하였으며, 정치가로서도 상당한 치적을 쌓았는데, 왕안석과 맞지 않아 말년에는 독서와 사색에 몰두했다.

7 월횡(月横) : 현 경상남도 하동군 옥종면 월횡리이다.

8 조려(趙旅) : 1420-1489. 자는 주옹(主翁), 호는 어계, 본관은 함안이다. 세조가 왕위를 찬탈하자 이에 항거하여 벼슬을 단념하고 함안으로 돌아가 독서와 낚시로 세월을 보냈다. 1698년 단종의 왕위가 복위되자 이조 참판에 추증되고, 정조 때에는 이조 판서에 추증되었다. 저술로 2권 1책의 『어계집』이 있다.

9 삼반(三班) : 문관, 무관, 음관을 가리킨다. 조성택의 「행장」에 문관 3명, 무관 3명, 음관 1명으로 되어있다.

10 소후모(所後母) : 양어머니.

에서 두 차례 장원을 하였지만, 회시에는 급제하지 못하였다.

마침내 경서와 제자서 및 정자(程子)·주자(朱子)의 글을 보고 침잠하여 익숙히 반복하여 읽고서 말씀하기를 "즐거움이 여기에 있구나. 명리를 추구하는 일은 거의 사람을 그르치게 한다."라고 하였다. 거경(居敬)·궁리(窮理)의 공부를 오랫동안 하여 깊은 경지에 나아갔다. 또한 예학(禮學) 공부를 겸하였는데, 『의례(儀禮)』를 근본으로 하고 제가(諸家)의 설을 참고하였으며, 선유의 설 중에 세세한 언급까지 모두 모아서 분류하고 편람을 만들었다. 복잡한 복제(服制)에 대한 공부 또한 모두 자세히 살펴 복식이 화려하지 않게 하였다. 책 모으기를 좋아하였으나 이단이나 정학(正學)이 아닌 책은 가까이 하지 않았다.

공의 효성과 우애는 대개 하늘이 내린 것으로, 평생 젊은이들이 저지르는 실수를 하지 않았고 하루도 부모님께 걱정을 끼치지 않았다. 부모님을 곁에서 모실 때는 삼가고 조심하며 부모님의 마음을 기쁘게 하였다. 병환이 있을 때는 마음을 다해 간호하며 약을 올렸고, 병환이 낫지 않았을 때는 눈을 붙이거나 띠를 풀고 쉬지 않았다.

낳아주신 양친의 상을 거듭 당한 것은 공의 연세가 쉰이 넘었을 때이다. 슬픔으로 인해 목숨이 위태로울 정도였지만 더욱 상례를 극진히 하였다. 빈례(殯禮)를 할 때는 죽만 먹었고, 기년(期年)이 되자 나물과 과일을 먹었으며, 담제(禫祭)[11]를 마칠 때까지 고기를 먹지 않았다. 부친상과 모친상 모두 여묘살이를 하였는데, 땔나무를 하고 물 긷는 것을 몸소 하였다. 또한 말씀하기를 "내가 비록 출계하여 복제(服制)가 줄어들었지만 예서에서는 심상(心喪) 지내는 것을 허락하니, 이에 내 마음을 펼 수 있다."라고 하였다.

---

11 담제(禫祭) : 삼년상이 끝난 뒤 상주가 평상으로 되돌아감을 고하는 제사이다.

매달 초하루에는 집으로 돌아와 제사를 지냈는데, 사실(私室)에는 들어가지 않았다. 집으로 돌아가는 길에 물을 건너야 하는 곳이 있었는데, 마을 사람들이 돌을 쌓아 건널 수 있게 하고는 '효자다리[孝子渡]'라고 불렀다. 삼년상을 마친 후에도 날마다 성묘하였고, 상이 끝난 후 한 달은 소식(素食)을 하였다. 묘소의 석물을 갖추고 선친의 사적을 모아 간직하는 일은 모두 공의 심력(心力)으로 이루어졌다.

여러 아우들과는 다투는 일이 없었고, 아우들이 역병에 걸려 세상을 뜨자 손수 염습을 하고 장례를 치렀으며, 조카들은 자기 자식처럼 길러 시집 장가를 보내주었다. 처제가 일찍 세상을 뜨자 그 집안을 돌보는 데 온힘을 쏟았다. 흉년이 들면 가산을 내어 한 말의 곡식이나 한 그릇의 죽이라도 내어주었다. 보리가 익을 때까지 계속하여 무수한 사람을 구휼하였는데, 사람들은 공이 싫어하거나 게을리하는 기색을 보지 못하였다. 공이 가정에서 효성스럽고 남들에게 베푸는 것이 이와 같았다.

공은 천성적으로 과묵하여 사람들은 공이 웃으며 다정하게 말하는 모습을 보지 못하였다. 서로 말하기를 "포희인(包希仁)[12]의 웃는 모습 보기가 탁한 황하 맑아지는 것만큼 힘들다더니, 횡구공이 말하는 것 또한 그렇구나."라고 하였다. 그러나 공은 옳고 그름에 대한 분별이 매우 명백하여 말을 하면 반드시 이치에 맞았다.

공은 항상 말씀하기를 "서책 속에 어진 스승이 있는데, 사람들의 병통은 그것을 믿지 못하는 것이다. 그것을 믿는다면 죽음을 마다않고 앞으로 나아갈 뿐이니, 다른 사람들에게 물을 필요가 전혀 없다."라고 하였

12 포희인(包希仁) : 송나라 때의 관료인 포증(包拯, 999-1062)이다. 희인은 그의 자이다. 포청천(包青天)이라고도 한다. 공평하고 사사로움이 없는 정치를 펼친 것으로 유명하다. 높은 벼슬에 오른 뒤에도 소박하고 검소한 생활을 하여 청백리로 칭송되었다. 저술로 『포증집』이 있다.

다. 그러므로 우리 선친[13]께서는 공자(孔子)의 70명의 제자처럼 공을 심복하였다. 공은 일찍이 조부의 문하에 찾아와 배움을 청한 적이 없었지만 "나의 형님과 막내아우[14]가 앞뒤로 제자가 되었으니, 그들의 말을 듣고 그들의 책을 읽으면 소득이 같을 것이다."라고 말하였다. 나의 선친께서 일찍이 월고 선생에게 말씀하기를 "재상이 하사(下士)의 이름을 가지고 있으면 진사(眞士)를 만날 수 없고, 경사(經師)가 강학의 과정을 개설하고 있으면 실학자를 만날 수 없습니다."라고 하였는데, 이는 대개 공을 만나지 못한 것을 우의적으로 말한 것이다.

공을 깊이 알아주었던 이는 하동료(河東寮)[15]였는데, 그는 "열흘 동안 횡구의 얼굴을 보지 못하면 마음이 답답하다."라고 하였다. 진실로 공에게 심복한 이는 권취련(權醉蓮)[16]이었는데, 그는 "삼일 동안 횡구의 글을 보지 못하면 눈이 침침하다."라고 하였다. 공이 사우들에게 추중받은 것이 이와 같았다.

공은 만년에 『근사록』·『대학혹문』 읽는 것을 좋아하였는데, 소주(小註)의 글자가 작아 노안에 잘 보이지 않는 것을 병통으로 여겨, 소주를 크게 써서 읽었다. 일찍이 『춘추공양전』과 『춘추곡량전』을 손수 베껴 썼는데, 그 일을 마치기도 전에 갑자기 후배들을 버리고 세상을 떠나셨다. 이에 또한 공이 서적에 부지런히 힘쓰느라 여생이 얼마 남지 않았음을 깨닫지 못하셨던 것을 알 수 있다.

13 선친 : 기만연(奇晩衍, 1819-1876)이다. 자는 노희(魯喜), 호는 오서(鰲西)·사상거사(沙上居士)이다.

14 막내아우 : 조성주(趙性宙, 1841-1919)이다. 자는 계호(季豪), 호는 월산(月山)이다. 맏형 조성가를 따라 기정진의 문하에서 수학하였다. 저술로 6권 3책의 『월산유고』가 있다.

15 하동료(河東寮) : 하재문(河載文, 1830-1894)이다. 자는 의윤(義允), 호는 동료, 본관은 진주이다. 하달홍(河達弘, 1809-1877)에게 수학하였다.

16 권취련(權醉蓮) : 권병태(權秉太)이다.

공은 금상[高宗] 경인년(1890)에 세상을 떠나셨다. 염습할 때 토산물을 사용한 것은 공이 뜻한 바를 따른 것이다. 함월정(涵月亭)[17] 뒤편 간좌(艮坐) 언덕에 장사지냈다. 【후에 괴정(槐亭) 사좌(巳坐) 언덕에 이장하였다.】 함월정은 공이 지은 것으로 정자 아래에는 물이 깊고 물결이 잔잔하며 별과 달이 그 속에 떠 있는데, 공이 월고 선생과 함께 거처하던 곳이다. 공에게는 거문고 하나가 있었는데, 월고 선생은 그 거문고를 어루만지며 차마 타지 못하고 눈물을 닦으며 말씀하시기를 "사람과 거문고가 함께 죽었구나."라고 하였으니, 이는 대개 그지없이 애통해 한 것이다.

향천(鄕薦)과 도천(道薦)으로 공의 행의(行義)를 상주하여 동몽교관에 추증되었다. 사람들이 말하기를 "근래에 정려를 내리고 추증하는 일은 실상과 어긋남이 많은데, 오직 공에게만은 부끄러움이 없다."라고 하였다.

공의 부인 영인 강씨(令人姜氏)는 재홍(載興)의 따님으로, 2남을 두었다. 재규(在奎)·응규(應奎)는 함께 가학을 계승하였는데, 송 좨주(宋祭酒)[18]의 문하에 나아가 자주 칭찬을 들었다. 응규는 공보다 먼저 세상을 떠났는데, 부인 이씨도 동시에 그를 따라 세상을 떠났다. 손자와 손녀 약간 명은 모두 어리다.

월고 선생께서 편지를 보내 나에게 명하시기를 "내 아우의 학문의 재주가 비록 세상에 쓰이지 못했지만, 몸을 닦고 집안을 다스린 것은 전할 만하네. 대개 아우가 평소 모나고 구차한 행실이 없이 윤리에 독실하고 은의(恩義)를 바르게 하여 일상에서 매우 삼갔던 것은, 그의 마음이 담담

---

17 함월정(涵月亭) : 경상남도 하동군 옥종면 월횡리 도덕천 가에 있는 정자이다.

18 송 좨주(宋祭酒) : 송병선(宋秉璿, 1836-1905)이다. 자는 화옥(華玉), 호는 연재(淵齋), 본관은 은진(恩津)이며, 충청남도 회덕(懷德) 출신이다. 학행으로 천거 받아 좨주에 기용된 뒤 서연관·경연관·대사헌을 지냈다. 망국의 울분을 참지 못하고 음독 자결했다. 저술로 53권 24책의 『연재집』이 있다.

하게 때가 없어서 실로 아무리 뛰어난 화공이라도 그려낼 수 없는 오묘함이 있었기 때문일세. 나는 마음이 슬프고 노쇠하여 정력이 부족하니 끝내 그것을 드러낼 힘이 없네. 아우의 말을 듣고 아우의 덕을 본 것은 오직 자네만이 상세하니, 어찌 아우의 묘갈명을 쓰는 일을 아니할 수 있겠는가."라고 하셨다. 내가 어찌 선생의 명을 감히 사양할 수 있겠는가.

이에 공의 명은 다음과 같다.

말에 무슨 병통이 있기에	言有何病
어리석은 듯 어눌한 듯하셨나	若愚若訥
책 속에 무슨 즐거움 있기에	書有何嗜
굶주린 듯 목마른 듯하셨나	若飢若渴
형제간에 날마다 진보했으니	日邁月征
공의 학문을 볼 수 있겠고	言觀其學
형제간에 서로 화목했으니	塤唱篪和
공의 덕을 알 수 있겠네	言覿其德
빼어난 공의 재주는	挺然其材
세모의 송백과 같고	寒後松柏
드높은 공의 기상은	昂然其氣
뭇새 중 난새와 고니 같네	衆中鸞鵠
책 속에 어진 스승 있어	卷中有師
공은 홀로 그것을 믿었네	公獨信及
형은 스승에게 나아갔고	伯也負笈
공은 홀로 사숙하였다네	公則私淑
연잎 옷에 난초 띠를 매고	荷衣蕙帶
초연히 함월정에 머물렀네	超然涵月
함월정 뒤 간좌 언덕	亭背枕艮
바로 공이 잠든 곳이라네	實公幽宅

경자년(1900) 10월 16일 행주(幸州) 기우만(奇宇萬)이 지음.

墓碣銘 幷序

奇宇萬 撰

程叔子識伯子言行, 且曰: "求余於此。" 竊惟月皐先生言行, 在人如日星, 難弟有橫溝, 求公於先生, 殆庶乎。而狀行又先生筆, 不朽公在此, 餘人何足爲有無。

公諱性宅, 字仁叟。雅不喜稱號, 其宗叔澹人高士, 見公謂篤實似橫渠, 居月橫, 可橫溝。趙系咸安, 奕于麗。逮我, 漁溪先生 旅, 端廟完節, 稱一於生六臣。生郡守贈參判諱銅虎, 有德望。七子同立三班, 世榮之。至諱益道, 號道谷, 策討适勳, 賜《精忠錄》。後贈兵議, 院享。諱經鎭, 有文行。夫人文氏, 同公逝, 旌復。諱澳, 有隱德。諱匡植, 孝贈敎官。曾祖祖若禰。妣金海 金氏, 考錫信。

公以純祖丁亥生。父命後叔父相植。所後妣李氏, 考宗式。幼凝定如老成, 不與群兒嬉。自能劬書, 不煩程督。習時文, 泛博百家, 早有場屋譽。魁連式, 屈於造士。遂取經子洛 建文, 沈潛熟複曰: "樂處在此。名場事幾誤人。" 居敬、窮理, 積久深造。兼治禮學, 本於《儀禮》, 沿流諸家, 至先儒文有及於委瑣, 皆彙錄便覽。襍服之學, 亦皆考訂, 使不涉於服妖。好蓄書, 而異端不正, 不近於案。

孝友蓋天植, 一生不作子弟過、一日不貽父母憂。側侍洞屬, 得其歡心。癠則殫心藥餌, 未疾止, 不交睫解帶。疊遭本生喪, 公年逾始衰。毁幾滅性, 尤盡於禮。殯而粥, 期而菜果, 不食旨以終禫月之期。前後皆廬墓, 薪水自給。且曰: “吾雖移天屈降, 禮許心伸, 此可以伸吾情事。” 月朔歸奠於家, 不入私室。道經有濟處, 里人築石便渡, 題曰“孝子渡”。服闋, 逐日哀省, 喪餘旣月啖素。先墓儀物畢具, 先蹟收錄完藏, 皆公心力。

庶弟無間言, 遘癘而歿, 自手斂葬, 遺息撫養, 嫁娶如己子。婦弟早歿, 擔恤其家, 不遺力。饑歲傾槖, 斗粟椀粥。延至麥熟, 濟活無筭, 而人不見厭倦色。孝之施於家而及於人者, 如此。

公天默, 人未見笑語款洽。相謂曰: “包希仁笑比河淸, 橫溝言亦然”云。而涇渭甚明, 言必有中。常曰: “黃卷中有賢師, 人病信不及。及則祇舍死向前, 都了不用問人。” 是以, 吾先子心服如七十子。而未嘗及門請益曰: “吾兄與季後先摳衣, 聞其言、讀其書, 所得均矣。” 先子嘗語月皐曰: “宰相有下士之名, 而眞士不可見; 經師設講學之科, 而實學不可見”, 蓋寓意於不見公也。

知公深, 有河東寮而曰: “十日不見橫溝面, 心竇窒。”; 服公誠, 有權醉蓮而曰: “三日不見橫溝書, 眼孔塞。” 見推於士友, 有如此。晩年喜讀≪近思錄≫、≪大學或問≫, 病小註字細, 不另衰眼, 麤書而讀之。嘗手抄≪春秋公·穀傳≫, 未卒業而遽棄後輩。亦見公孜矻於書籍, 不知年數之不足。

公觀化在今上庚寅。斂用土物, 成公志也。葬涵月亭後枕艮【後移葬于槐亭負巳之原】。亭卽公所築, 亭下水渟泓漣漪, 星月涵泳, 與伯先生寢處焉。公有琴一張, 先生撫摩不忍彈, 抆涕謂“人琴俱亡”, 蓋痛惜之無已。鄕道擧其行義, 贈童蒙敎官。人謂“近日旌贈多失實, 惟此公無愧。” 令人姜氏, 父載輿, 二男。在奎、應奎, 幷世其學, 及宋祭酒門, 亟被奬詡。應奎先公歿, 妻李氏同時下從。孫男女若干人, 皆幼。

先生以書命宇萬曰: “吾弟之學之才, 雖不見用於世, 而修身施家者, 可以擧措。蓋其平日無崖異苟難之行, 而篤倫理正恩義, 致謹於日用者, 惟其靈臺一片淡然無累, 實有丹靑莫狀之妙。余悲苦添衰, 精力昏短, 竟無所發揮。聞其言而覿其德, 惟子爲詳, 盍有以識其墓也。" 先生命敢辭諸。

銘曰: "言有何病, 若愚若訥。書有何嗜, 若飢若渴。日邁月征, 言觀其學, 塤唱篪和, 言覿其德。挺然其材, 寒後松柏。昂然其氣, 衆中鸞鵠。卷中有師, 公獨信及。伯也負笈, 公則私淑。荷衣蕙帶, 超然涵月。亭背枕艮, 實公幽宅。"

歲庚子陽月旣望, 幸州 奇宇萬 撰。

❖ **원문출전**

奇宇萬,『橫溝集』卷4 附錄,「墓碣銘幷序」(경상대학교 문천각 古(우산) D3B 조53ㅎ)

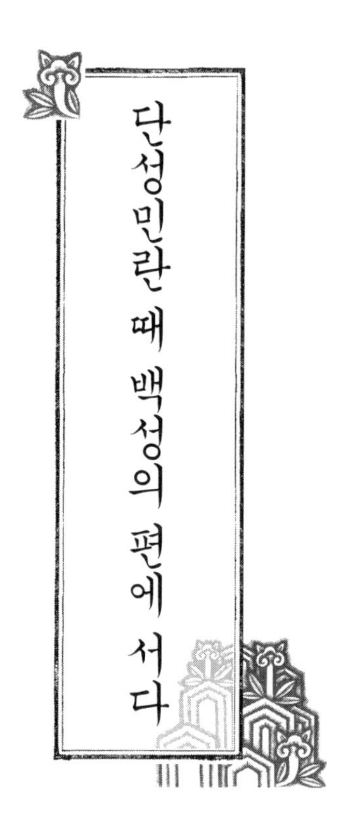

단성민란 때 백성의 편에 서다

김인섭(金麟燮) : 1827-1903. 자는 성부(聖夫), 호는 단계(端磎), 본관은 상산(商山: 尙州)이다. 현 경상남도 함양군 휴천면 목현리에서 태어나, 현 경상남도 산청군 신등면 단계리(丹溪里)에 거주하였다. 류치명(柳致明)·허전(許傳)에게 수학하였다. 1846년 문과에 급제하여 승문원 정자, 사간원 정언 등을 역임했다.
1889년 박치복(朴致馥)·허훈(許薰) 등과 『성재집(性齋集)』을 교정하였다. 1893년 일부 사람들이 『남명집(南冥集)』과 『학기류편(學記類篇)』을 수정하려고 하자 이에 반대하였다. 1898년 「심즉리설변(心卽理說辨)」을 지어 이진상(李震相)의 심즉리설(心卽理說)을 반박하였다.
저술로 18권 10책의 『단계집』과 65년간의 일기인 『단계일기』 등이 있다.

단계(端磎) 김인섭(金麟燮)의 서술

성재기(成在祺)[1] 지음

선생의 휘는 인섭(麟燮), 자는 성부(聖夫), 호는 단계(端磎)이며, 상산 김씨(商山金氏)이다. 시조 휘 알지(閼智)는 신라 시대에 성을 얻었고 대대로 위대한 인물이 배출되었다. 몇 대를 내려와 고려 중엽 보윤(甫尹)[2]을 지낸 휘 수(需)가 처음으로 상산군(商山君)에 봉해졌는데, 자손들이 이를 계기로 상산을 관향으로 삼았다. 조선에 들어와 직제학을 지낸 단구재(丹邱齋) 휘 후(後)는 태종을 섬겼고 문장과 덕행으로 당시에 이름을 떨쳤다. 이분이 휘 장(張)을 낳았는데 좌정언을 지냈고, 이분이 휘 정용(貞用)을 낳았는데 박사를 지냈다.

여러 대를 지나 삼족재(三足齋) 휘 준(浚)은 성균관에 들어갔다. 그의 형제 8인이 함께 문장과 학문으로 세상에 알려졌다. 이분이 휘 경인(景訒)을 낳았는데 훈련원 판관을 지냈고, 이분이 휘 응두(應斗)를 낳았는데 호는 부암(傅巖)이다. 이분이 휘 탕(宕)을 낳았는데 호는 은암(隱庵)이고, 선생의 6세조이다.

고조부 휘 패(壩)는 은덕이 있었고, 증조부의 휘는 광현(光鉉)이다. 조부 휘 문한(文漢)은 자상하고 선량하며 화락하였으며, 의로운 방향으로 자손들을 가르쳤다. 부친 휘 령(欞)은 호가 해기옹(海寄翁)이며, 문장과

1 성재기(成在祺) : 1912-1979. 자는 백경(伯景), 호는 정헌(定軒), 본관은 창녕(昌寧)이며, 현 경상남도 진주시 금산면에 거주하였다. 김인섭의 외증손이다. 권도용(權道溶)에게 수학하였다. 저술로 4권 2책의 『정헌집』이 있다.

2 보윤(甫尹) : 고려 시대 향직의 하나이다.

기절(氣節)로 당대 사람들에게 추중을 받았다. 모친 죽산 박씨(竹山朴氏)는 종혁(宗赫)의 따님이며, 충현공(忠顯公) 문수(門壽)의 후손이다. 순조(純祖) 정해년(1827) 2월 29일 술시에 함양군 목동(木洞)[3] 우거에서 선생을 낳았다.

태어나면서 남다른 자질이 있었는데, 넓은 이마에 미목(眉目)이 형형하였다. 어떤 술사가 보고서 기이하게 여기며, "이 아이는 약관이 되기도 전에 온 나라에 이름을 떨칠 것이다."라고 하였다. 7세에 조부에게 『효경』을 배웠는데, 이해하는 것이 날마다 진보하였다. 아이들과 어울러 다니며 장난을 치지 않았다. 9세에 소나무와 대나무에 대해 '날씨가 추워 얼음이 녹지 않았는데, 두 나무만은 유독 푸르네.[天寒氷不開 二物獨也靑]'라고 읊었다. 그러자 장로들이 혀를 내두르며 칭찬하였다.

기해년(1839) 부모님을 모시고 고향으로 돌아와 단계(丹溪)[4]에 거처를 정하였다. 비로소 일기를 써서 일상에서의 공부를 징험하였다. 이때부터 힘써 배우는 데 뜻을 두고서 사서삼경을 두루 읽으며, 일념으로 각고의 노력을 기울이면서 밤낮으로 게을리하지 않았다. 조부의 명에 따라 과거공부를 해서, 17세에 향시 및 진사시 복시에 합격하였다.

18세 갑진년(1844) 봄에 「천군지서(天君之誓)」를 지었는데, 그 내용은 아래와 같다.

> 18세 봄 영대(靈臺)[5]에 맹세하였다. 천군께서 말씀하시기를 "아! 나의 이목의 기관과 팔 다리의 신하들 및 아홉 개의 구멍과 수백 개의 뼈마디 보좌들은 이 맹세를 분명히 들으라. 내 들으니, 길한 사람은 선을 하는 데 날이 부족하고, 흉한 사람은 선하지 않은 것을 행하는 데 또한 날이 부족하다고

3 목동(木洞) : 현 경상남도 함양군 휴천면 목현리이다.
4 단계(丹溪) : 현 경상남도 산청군 신등면 단계리이다.
5 영대(靈臺) : 마음을 가리킨다.

한다. 지금 부덕한 내가 높은 자리에 잘못 앉아서, 일신의 주인이 되고 만물의 영장이 되었다. 그런데도 능히 생각하여 그 이치를 터득하지 않고서, 오상(五常)의 덕을 업신여기고 백씨(百氏)의 가르침을 포기하고 있다. 그래서 혼이 의필(意必)하는[6] 위로 달아나고, 신(神)이 물욕의 사이에 방탕하며, 안택(安宅)을 비워두고 거처하지 않고, 정도(正道)를 버리고 경유하지 않으며,[7] 띠풀이 인의(仁義)의 문을 막아버리고, 먼지가 신명(神明)의 집에 넘쳐나고 있다."고 하였다. 이에 소자는 밤낮으로 공경하고 두려워하면서 몸 둘 바를 몰랐다. 이에 한 마디 말을 얻어 여러 사류들에게 다음과 같이 크게 맹세하기를 "마음을 광대하고 만물을 포함하되, 한 마음 위주로 해 달아남이 없게 하리. 처음부터 끝까지 자신을 완성하는 것은, 이 경(敬)처럼 분명한 표적은 없다. 이 경을 가지고 내면을 곧게 하면, 온갖 사악함을 대적할 수 있으리. 엄정하고 위중하고 재계하고 장중하면, 내 마음도 따라서 공경하리라."라고 하였다. 아! 진실로 여기에 마음을 두고서 능히 생각하고 능히 이것을 지키면 모든 신체의 기관이 천군의 명령을 순조롭게 따를 수 있을 것이다.[8]

대체로 선생의 평생의 근기(根基)가 이때에 이미 세워졌던 것이다.

을사년(1845) 가을에 문과 한성시 초시에 합격하였고, 겨울에는 성균관에 유학하였다. 병오년(1846)에 급제하여 출신(出身)[9]하였는데, 당시 선생의 나이 20세였다. 동향의 응시자들이 13인이었는데, 선생만이 어린 나이로 급제하니, 사람들이 모두 영광으로 여겼다. 그러나 선생은 장부

6 의필(意必)하는 : 『논어』 「자한」에 '선생께서는 네 가지를 끊으신다. 뜻함이 없으시며[毋意], 기필함이 없으시며[毋必], 고집함이 없으시며[毋固], 나라함이 없으시다[毋我].'라고 하였다.

7 안택(安宅)을……않으며 : 안택은 인(仁)을 가리키고 정도는 의(義)를 말한다. 맹자가 "인은 사람의 편안한 집이고 의는 사람의 바른 길이다. 편안한 집을 비워두고 거처하지 않으며 바른 길을 버려두고 가지 않으니, 슬프다! [仁人之安宅也 義人之正路也 曠安宅而弗居 舍正路而不由 哀哉]"라고 하였다. (『孟子』 「離婁上」)

8 18세……것이다 : 『단계집』 권16 「천군지서(天君之誓)」에 보인다.

9 출신(出身) : 과거에 합격하고 아직 출사(出仕)하지 않은 사람을 말한다.

의 사업은 오로지 여기에 있지 않다고 여기며, 뜻을 세우기를 더욱 확고하게 하고 학문에 나아가기를 더욱 독실하게 하였다.

얼마 뒤 승문원 권지부정자에 선발되어 보임되었다. 정미년(1847) 승문원 정자로 승진하였고, 신해년(1851) 성균관 전적에 제수되었다. 임자년(1852) 사간원 정언에 임명되었다. 이로부터 여러 해 동안 한양에 있으면서 직무를 담당하였는데, 강직하게 곧은 도로써 처신하여 세도가에게 청탁하려고 하지 않으니, 동료들이 모두 경외하였다.

병진년(1876)에 안동의 대평(大坪)[10]으로 가서 정재(定齋) 류 선생(柳先生)[11]을 찾아뵈었다. 지난해에 이미 편지를 써서 출처와 몸가짐의 방법을 여쭈었는데, 이때서야 마침내 가서 제자의 예를 행하고 학문하는 방법에 대해 물은 것이다. 류 선생은 더욱 더 공경하고 존중하면서 『대학』 읽기를 권하였다. 이때부터 선생은 귀의할 곳을 얻은 것에 기뻐하며 번잡한 것을 끊어버리고 핵심에 나아가서 오로지 위기지학에 힘썼다.

한양에 있었을 적에 몹시 곤궁하여 여러 날 끼니를 거르기까지 한 적도 있었지만 그래도 경서를 외고 읽기를 그만두지 않고서 편안하게 대처하였다. 당시 외척과 총애 받는 신하들이 멋대로 권세를 부려 국시(國是)가 날로 그릇되었다.[12] 그러자 선생은 「봉사십조(封事十條)」[13]를 초

---

10 대평(大坪) : 현 경상북도 안동시 임동면 수곡리이다. 속칭 '한들'이다.

11 류 선생 : 류치명(柳致明, 1777-1861)이다. 자는 성백(誠伯), 호는 정재, 본관은 전주(全州)이다. 현 경상북도 안동시 임동면 수곡리에 거주하였다. 이상정(李象靖)의 외증손으로, 이상정의 문인인 남한조(南漢朝)·류범휴(柳範休)·정종로(鄭宗魯)·이우(李瑀) 등에게 수학하여, 성리설에 있어서 이상정의 학설을 계승하였다. 1805년 문과에 급제하여 병조참판 등을 역임하였다. 저술로 53권 27책의 『정재집』 등이 있다.

12 외척과……그릇되었다 : 순조가 죽고 철종이 즉위하면서 대왕대비가 약 3년 동안 수렴청정하였고, 김문근의 딸 안동 김씨를 왕비로 삼아 안동 김씨 세도가 시작된 것을 말한다.

13 봉사십조(封事十條) : 『단계집』 권6 「정사의상십조봉사(丁巳擬上十條封事)」에 보인다. 인용문은 10조의 각 제목만 열거해 놓은 것이다.

안하여 올렸는데, 그 요지는 '지극한 정성을 미루어서 근본을 세우소서. 성학을 강론하여 심술을 바르게 하소서. 안팎을 엄히 하여 화란을 막으소서. 보상(輔相)을 가려서 책임을 무겁게 지우소서. 근신(近臣)을 선발하여 세자를 교육하소서. 아첨하는 이를 멀리하여 충성스럽고 곧은 신하를 가까이 하소서. 기강을 진작시켜 풍속을 면려하소서. 학교를 권장하여 교화를 밝히소서. 절의 있는 이를 표창하여 은거한 인재를 찾으소서. 간언을 받아들여서 주상의 귀와 눈을 넓히소서.'라는 내용이었다. 그 간절히 세상을 걱정하는 마음을 가슴 속에 잠시도 잊지 않았다.

이로부터 다시는 벼슬길에 나아가는 것에 마음을 두지 않고 미련 없이 고향으로 돌아가서 자기 집을 '태허루(太虛樓)'라 이름 붙였다. 스스로 지은 기문에 "짧은 갈옷은 몸을 가리지 못하고, 띠풀로 이은 지붕은 비바람을 가려주지 못하며, 죽과 미음도 계속 먹지 못하지만, 도를 즐기며 일생을 마치려니 살 날이 부족한 줄도 모른다. 흉중이 넓고 넓어 천사(千駟)와 만종(萬鍾)[14]으로도 바꾸지 않으리라."[15]라고 하였다.

임술년(1862) 고을 사람이 못된 아전에게 재물을 약탈당하는 것을 보고 분노와 원통함을 금치 못하였다. 부친 해기공(海寄公)이 사람을 시켜 관찰사에게 송서(訟書)를 보내어 바로잡아 구제해 주기를 요청했으나, 도리어 무고를 당하였다. 선생은 부친이 체포되어 의금부[16]에 갇혔어도 신원할 방법이 없었고, 해기공은 책임을 면하지 못하여 영광(靈光)의 임자도(荏子島)[17]로 유배되었다. 선생은 부친을 모시고 가면서 곁을 떠나지

---

14 천사(千駟)와 만종(萬鍾) : 사(駟)는 말 4필로, 천사는 말 4천 필이다. 종은 용량의 단위로서 6곡(斛) 4승(升)이니, 만종은 많은 양의 녹봉을 말한다. 즉, 천사와 만종은 부귀함을 뜻한다. (『論語』「公冶長」)

15 짧은 갈옷……않으리라 : 『단계집』 권19 「태허루기」에 보인다.

16 의금부 : 원문의 '嶽'은 '獄'의 오자인 듯하다.

17 임자도(荏子島) : 현 전라남도 신안군 임자면에 속한 섬이다.

않았다. 정성을 다해 원통함을 송사하자 끝내 해배되어 고향으로 돌아갈 수 있었다.

그러나 몇 년 지나지 않아 부친상을 당하였다.[18] 선생은 가슴을 치고 발을 구르며 관을 부여잡고 울부짖었는데 거의 목숨을 잃을 지경까지 이르렀다. 장사지내고 나서 초하루와 보름날이면 반드시 산소에 가서 성묘하였는데, 춥거나 덥다고 해서 그만두지 않았다. 곧장 가장(家狀)을 지어 허성재(許性齋)[19] 선생에게 묘갈명을 지어달라고 요청하였다. 허 선생은 김해(金海) 관아에서 특별히 찾아와 조문하고 위로해 주었고, 또 「태허루기」[20]를 지어서 주었다. 이때부터 인연이 되어 가르침을 청하였고, 편지가 끊임없이 이어져 거의 거르는 달이 없었다.

정묘년(1867) 어사 박선수(朴瑄壽)[21]가 그의 형 박규수(朴珪壽)[22]의 사주로 선생을 토호로 지목해서 쇠약한 백성에게 해를 끼쳤다고 날조하여, 선생은 강원도 고성(高城)으로 유배되었다. 그러자 당시 사대부들이 원통해 하지 않은 이가 없었다. 선생이 머물던 집은 지극히 황량하여 아침

---

18 부친상을 당하였다 : 1865년에 김령이 세상을 떠났다.

19 허성재(許性齋) : 허전(許傳, 1797-1886)이다. 자는 이로(而老), 호는 성재, 본관은 양천이다. 이익(李瀷)·안정복(安鼎福)·황덕길(黃德吉)을 이은 기호(畿湖)의 남인학자로서 퇴계학파를 계승한 류치명(柳致明)과 더불어 학문적으로 쌍벽을 이루었으며, 1864년 김해부사에 부임하여 영남 지역의 학풍을 진작시켰다. 저술로 45권 23책의 『성재집』과 『사의(士儀)』 등이 있다.

20 태허루기 : 『성재집(性齋集)』 권15에 허전이 지은 기문이 실려 있다.

21 박선수(朴瑄壽) : 1823-1899. 자는 온경(溫卿), 호는 온재(溫齋), 본관은 반남(潘南)이다. 박지원(朴趾源)의 손자며, 박규수(朴珪壽)의 아우이다. 1864년 문과에 급제하여, 1867년 경상도 암행어사 등 여러 관직을 역임하고 공조 판서에 이르렀다. 저술로 14권 6책의 『설문해자익징(說文解字翼徵)』이 있다.

22 박규수(朴珪壽) : 1807-1876. 자는 환경(桓卿), 예동(禮東)이고, 호는 환재(桓齋)이다. 1848년 문과에 급제하였다. 1862년 진주민란이 일어나자 조정에서는 박규수를 보내 사태를 파악하도록 했다. 박규수는 민란의 근본적인 원인이 지방관의 수탈이라 파악하고 탐관오리들을 엄중 처벌할 것을 요청하였다.

저녁으로 올리는 음식도 단지 메밀가루와 보릿가루로 지은 밥일 뿐이었다. 그러나 선생은 아무렇지 않은 듯 편안하게 여겼다. 매번 벗들에게 답장하는 편지에도 허물을 자신에게 돌려 스스로를 책망할 뿐이었다. 유배에서 풀려났을 때 수염이 예전보다 더 덥수룩하였다.

계유년(1873) 모친상을 당하였다. 이에 앞서 모부인이 한 달 동안 감기를 앓자 선생이 끊임없이 걱정하며 마음을 졸였다. 선잠을 자면서 밤새 지켰으며, 약을 달이는 일도 반드시 직접 하였다. 모부인이 생선을 드시고 싶다고 하니, 선생은 친히 냇가에서 물고기를 잡아 회를 뜨고 국을 끓여서 바쳤다. 모친상을 당하자 장례의 의식절차를 부친상 때와 같이 하였다.

삼년상을 마친 뒤에 이한주(李寒洲)[23]·박만성(朴晩醒)[24]·곽면우(郭俛宇)[25]와 함께 지리산 천왕봉에 올라서 일출을 구경하였다. 또 허남려(許南黎)[26]·권위재(權蔚齋)[27]와 함께 수석이 아름다운 월계(月溪)[28]를 유람하여 소요하면서 시를 읊조렸는데, 매우 마음에 맞았다.

무자년(1888) 사헌부 장령에 제수되었고, 다시 사간원 헌납에 제수되었다. 그러나 모두 의례적인 선발이었지, 현자를 구하는 성의에서 나온

23 이한주(李寒洲) : 이진상(李震相, 1818-1886)이다. 자는 여뢰(汝雷), 호는 한주, 본관은 성산(星山)이다. 현 경상북도 성주군 월항면 대산리 한개 마을에서 출생하였다. 숙부 이원조(李源祚)에게 수학하였다. 저술로 45권 22책의 『한주집』이 있다.

24 박만성(朴晩醒) : 박치복(朴致馥, 1824-1894)이다. 자는 훈경(薰卿), 호는 만성, 본관은 밀양이다. 현 경상남도 함안에 거주하였다. 류치명과 허전에게 수학하였으며, 저술로 16권 9책의 『만성집』이 있다.

25 곽면우(郭俛宇) : 곽종석(郭鍾錫, 1846-1919)이다. 자는 명원(鳴遠), 호는 면우, 본관은 현풍(玄風)이다. 이진상에게 수학하였다. 저술로 177권 63책의 『면우집』 등이 있다.

26 허남려(許南黎) : 허유(許愈, 1833-1904)이다. 자는 퇴이(退而), 호는 후산(后山)·남려, 본관은 김해(金海)이다. 현 경상남도 합천군 삼가면 오도리(吾道里)에 출생하였다. 이진상에게 수학하였다. 저술로 21권 10책의 『후산집』이 있다.

27 권위재(權蔚齋) : 권용성(權龍成)이다. 호는 위재이고, 저술로 5권의 『위재집』이 있다.

28 월계(月溪) : 현 경상남도 산청군 신안면 수월리 일대이다.

것은 아니었다. 선생 또한 세상 돌아가는 이치로 볼 때 할 수 있는 것이 없다는 것을 알고서 산림에 자취를 숨기고 전혀 시정의 득실에 간여하지 않았다.

만년에 집현산(集賢山) 대암동(大嵒洞)[29] 골짜기의 깊숙하고 그윽함을 사랑하여 그 속에 정사를 지어 그곳에서 생을 마칠 계획을 하였다. 골짜기 물을 끌어다가 못을 만들고 대나무와 매화를 심었다. 자취를 감춘 채 고요하게 거처하며 완상하기를 그만두지 않았다. 당시 문하의 제자들과 경전의 의미를 강론하였는데, 게을리하지 않고 정성스럽게 하였다. 「산거오잠(山居五箴)」[30]을 지어서 자신의 의지를 드러내었다.

경자년(1900) 통정대부에 올랐다. 당시 기로소에 들어간 사람 중에 품계가 4품 이상이고 나이 70세 이상인 사람에게 특별히 한 품계씩 올려준 것이다.

계묘년(1903) 77세 생신 아침에 손수 벽에 글을 쓰기를 '내가 정해년(1827)에 태어나 어느덧 77세가 되었다. 조만간 죽겠지만 어버이 생각에 마음이 애통하다.'고 하면서 슬픈 표정을 지으며 즐거워하지 않았다. 6월 대암정사에서 돌아왔는데 기력이 점점 쇠하여, 7월 7일에는 일기 쓰던 것도 그만두었다. 선생은 13세부터 일기를 쓰기 시작하여 이해에 이르기까지 65년 동안 하루도 거른 적이 없었으니, 심력이 독실한 사람이 아니면 이처럼 할 수 있겠는가.

족손 상욱(相頊)에게 보낸 짧은 편지에 "내 병은 일어나지 못할 것 같구나. 원시반종(原始返終)[31]의 이치에 이르렀으니 누군들 죽음을 면할 수

---

29 대암동(大嵒洞) : 현 경상남도 진주시 집현면 대암리를 가리키는 듯하다.

30 산거오잠(山居五箴) : 『단계집』 권22 「경자동지산거오잠(庚子冬至山居五箴)」이다. 오잠은 '입대(立大)'·'기미(冀微)'·'시습(時習)'·'일신(日新)'·'독실(篤實)'이다.

31 원시반종(原始返終) : 만물의 시초를 고찰하여 삶의 원리를 알고, 만물의 마지막을 궁구하여 죽음의 원리를 안다[原始反終 故知死生之說]'는 뜻이다.(『周易』 「繫辭傳上」)

있겠느냐? 나의 지취와 사업을 네가 기록하여라."라고 하였다. 병이 심해지자 손자 창석(昌錫)을 불러 말씀하기를 "내가 바른 도리를 얻고 죽게 되었으니[32] 남은 한이 없다. '정(正)' 한 글자를 써서 벽에 붙여두는 것이 좋겠다."라고 하고, 집안일에 대해서는 일체 언급하지 않았다. 8월 14일 태허루에서 세상을 떠났다. 10월 22일 운문산(雲門山) 임좌(壬坐) 언덕에 장사지냈다.[33] 만시·뇌문을 지어 곡을 한 사우들이 수백 인이었다.

숙부인 의성 김씨(義城金氏)는 처사 언기(彦耆)의 따님이고, 문정공(文貞公) 동강 선생(東岡先生)[34]의 10대손이다. 행실이 어질고 남편을 잘 보필하며 법도를 어김이 없었다. 선생보다 먼저 세상을 떠나 이미 운문산에 묘를 썼는데, 선생을 장사지낼 때 합장하였다.

3남 2녀를 낳았다. 아들 수로(壽老)·기로(基老)·인로(仁老)는 모두 음직으로 낭관직에 제수되었다. 두 딸은 이기호(李基浩)·최병모(崔丙模)에게 시집갔다. 수로는 창석(昌錫)을 양자로 들였다. 기로의 장남 창석은 양자로 나갔고, 차남은 창수(昌銖)이며, 사위는 성환귀(成煥龜)이다. 인로의 아들은 창호(昌鎬)·창조(昌祚)·창현(昌鉉)이고, 최병모의 아들은 규환(奎煥)이다. 창석의 아들은 천수(千洙)·재수(再洙)·범수(範洙)이고, 창수의 아들은 인순(仁洵)·문수(文洙)·삼수(三洙)이다. 성환귀의 아들은 재기(在祺)·재위(在渭)·재록(在祿)이다. 나머지는 다 기록하지 않는다.

선생은 타고난 자질이 출중한 데다, 영민하고 비범함이 세상에 으뜸

32 바른……되었으니 : 『예기』 「단궁 상(檀弓上)」에 증자가 말하기를 "군자는 덕으로써 사람을 아끼고, 소인은 임시변통으로써 사람을 아끼는 법이다. 내가 어떤 것을 구하겠느냐? 나는 바른 도리로써 죽는다면, 그뿐이다.[曾子曰 君子之愛人也以德 細人之愛人也以姑息 吾何求哉 吾得正而斃焉斯已矣]"라고 하였다는 말이 있다.

33 운문산……장사지냈다 : 현 경상남도 산청군 생비량면 화현 마을에 묘소가 있다.

34 동강 선생(東岡先生) : 김우옹(金宇顒, 1540-1603)이다. 자는 숙부(肅夫), 호는 동강, 본관은 의성(義城)이다. 조식에게 수학하였다. 저술로 21권 11책의 『동강집』 등이 있다.

이었다. 세간의 영욕과 화복에 대해 담박하여 마음을 동요시킨 적이 없었다. 젊었을 적에는 개연히 문장과 명예 및 지절(志節)을 스스로 힘썼지만, 30세 이후에는 다시 벼슬길에 나아가지 않고 오로지 성현의 학문에 힘써 순수하게 되었다.

대평(大坪)으로 류정재(柳定齋) 선생을 찾아가 배알하고서 퇴계와 대산(大山)[35]이 전한 종지를 얻어들었다. 천인(天人)·성명(性命)의 이치를 강구할 적에는 터득하지 않으면 그냥 넘어가려 하지 않았다. 그 심성(心性)·리기(理氣)를 논한 설은 다음과 같다.

> 사람은 오행의 빼어난 기를 얻어서 태어난다. 사람은 천지가 만물을 낳아 기르는 마음을 얻어서 마음으로 삼으니, 품부받은 점으로 말하면 '성(性)'이라 하고, 사람에게 보존된 점으로 말하면 '심(心)'이라고 하니, 심이 성정(性情)을 통솔한다. 심이 아직 발하지 않았을 때는 오성(五性)이 거기에 갖추어져 있으니, '인·의·예·지·신'이라 한다. 이미 발한 뒤에는 사단(四端)이 드러나니 '측은·수오·사양·시비'라고 한다. 아직 발하지 않은 것은 성(性)이니 심의 체(體)가 되고, 이미 발한 것은 정(情)이니 심의 용(用)이 된다. 정자(程子)는 말씀하기를 "성(性)이 곧 리(理)이다."[36]라고 하였고, 주자(朱子)는 말씀하기를 "정자의 이 말씀은 요지부동하여 깨뜨릴 수 없다."라고 하였으니, 심과 성은 저절로 분별이 있는 것이다. 그런데 지금 '심이 곧 리이다.[心卽理]'[37]라고 한다면 이는 리로써 리를 통솔하는 것이니 심(心)과 성(性)의 분별을 미혹시킬 뿐 아니라, 문리(文理)도 되지 않고 의리(義理)도 이루어지지 않는다. 이와 같은 설이 어찌 옳겠는가? 심

35 대산(大山) : 이상정(李象靖, 1711-1781)의 호이다. 자는 경문(景文), 본관은 한산(韓山)이며, 현 경상북도 안동시 일직면 소호리(蘇湖里)에서 태어났다. 외조부 이재(李栽)에게 수학하였으며, 1735년 문과에 급제하여 예조 참의 등을 역임하였다. 저술로 54권 27책의 『대산집』이 있다.

36 성이 곧 리이다 : 『이정유서(二程遺書)』 권22 상에 '본성이 곧 이치이니, 이치와 본성이라고 하는 것이 그것이다.[性卽理也 所謂理性是也]'라고 하였다.

37 심이 곧 리이다 : 이진상의 「심즉리설」을 말한다.(『寒洲全書』 卷32 「心卽理說」)

의 체를 성이라고 하는 것은 괜찮지만, 심의 본체를 리라고 하면 이는 리로써 리를 본체로 삼는 것이다. 또 다만 "심이 본체이다."라고 하니, 이는 체만 거론하고 용은 거론하지 않은 것이다. 체와 용이 한 근원이라고 핑계하여 그 설을 힘써 주장하니, '회피하는 말에서 곤궁함을 안다[遁辭知窮]'[38]는 점을 볼 수 있다. 심은 리기를 합하고, 성정을 통섭하며, 일신을 주재(主宰)하고, 만물의 이치를 갖추고 있다. 심의 허령지각(虛靈知覺)이 신명불측(神明不測)을 운용하여 일신의 주재가 된다. 그런데 지금 '심의 주재는 리이다.'라고 하니, 이는 리로써 리를 주재하는 것이다.

정자께서 또 "성을 논하면서 기를 논하지 않으면 설이 갖추어지지 않고, 기를 논하면서 성을 논하지 않으면 설이 분명해지지 않으니, 이를 두 가지로 하는 것은 옳지 않다."라고 하였다. 장자(張子)는 말하기를 "형체가 있은 뒤에 기질지성이 있다. 그것을 잘 회복하면 천지지성이 거기에 보존된다. 그러므로 기질지성은 군자는 성이 아니라고 여기는 바가 있다."[39]라고 하였다. 천지의 성은 인의예지가 순수하고 지극히 선하니, 맹자가 "성은 선하다."라고 말씀하신 것이 그것이다. 기질지성에는 청탁(淸濁)·수박(粹駁)·편전(偏全)의 다른 점이 있으니, 정자가 "성은 곧 기이고, 기는 곧 성이다."[40]라고 하신 것이 그것이다. 맹자는 성에서 발한 것만을 오로지 지적하여 말씀했기 때문에 '재질에는 불선함이 없다.'[41]고 말한 것이다. 그렇지만 정자는 기에 품부받은 점을 겸하여 말씀했기 때문에 사람의 재질에는 참으로 밝고 어두운 점, 강하고 약한 점의 차이가 있다고 한 것이니, 장자가 말한 기질의 성이 바로 그것이다. 장자가 '돌이킨다[反之]'라고 한 것은 기질을 변화하여 그 이치[42]로 돌아간다는 것이다. 심이라는 것은 지극히 허령하고 신명불측하다. 바야흐로 정(靜)할 적에는 적연부동(寂然不動)하여 온갖 이치가 모두 구비되어 있고, 동(動)함에 이르러서는 감이수통(感而

---

38 회피하는……안다 : 『맹자』 「공손추 상」에 보인다.

39 정자께서……있다 : 『맹자집주』 「고자 상」 제6장의 주자의 주에 보인다.

40 성은……성이다 : 『이정유서』 권1에 '타고난 것이 성이다. 성은 곧 기이고, 기는 곧 성이니 타고난 것이다.[生之謂性 性卽氣 氣卽性 生之謂也]'라고 하였다.

41 재질에는 불선함이 없다 : 『맹자집주』 「고자 상」 제6장 주자의 주에 보인다.

42 이치 : 원문의 '理'는 『단계집』 「심즉리설변」에 '異' 자로 되어 있다.

> 遂通)하여 일신을 주재하고 만물을 제재한다. 고요하면서도 항상 감응하고 감응하면서도 항상 고요하다. 동정(動靜)이 항상 함유하고, 체용(體用)이 서로 기다린다. 그런데 공부를 하는 방법에 이르면 또 경(敬)이 일심(一心)의 주재가 되니, 성학에 있어서 처음부터 끝까지를 완성하는 것이다.[43]

그 설은 모두 조리가 있으면서 근거한 바가 있다.

또 냉천 선생(冷泉先生)[44]에게 가르침을 청하였다. 냉천의 학문은 한강(寒岡)[45]·성호(星湖)[46]를 조술하였는데, 평상 선생(坪上先生)[47]과 서로 합치되었다. 선생은 이 두 선생의 문하에서 넉넉히 배워 그 바른 지결을 얻었다. 또한 선배 대현 가운데는 퇴도(退陶)·남명(南冥) 두 선생이 성(誠)·경(敬) 공부를 지극히 한 것을 존모하여 종종 꿈속에서 뵙고 가르침을 받았는데, 시를 지어서 그 느낌을 기록하기도 하였다. 『남명집』을 중간할 적에 여러 학자들이 『학기류편(學記類編)』을 멋대로 개정한다는 말을 듣고 선현의 본래 취지가 훼손될 수 있기에 편지를 써서 통렬하게 논변하였다.

만년에 『주자어류(朱子語類)』 읽는 것을 좋아하여 말씀하기를 "유학자의 사업이 모두 이 책에 들어있다."라고 하였다. 면우공(俛宇公)이 편지로 이 책의 의심나는 대목을 질문하였는데, 선생은 조목조목 분변하여 답하면서 그 정밀하고 은미한 뜻을 극진히 하였다.[48] 그러자 면우공이

---

43 사람은……것이다 : 『단계집』 권15 「심즉리설변」에 보인다.

44 냉천 선생(冷泉先生) : 허전이다. 현 서울시 서대문구 냉천동에 살았기 때문에 호를 냉천이라 한다.

45 한강(寒岡) : 정구(鄭逑, 1543-1620)의 호이다. 자는 도가(道可), 본관은 청주(淸州)이다. 이황·조식 등에게 수학하였고, 저술로 27권 11책의 『한강집』 등이 있다.

46 성호(星湖) : 이익(李瀷, 1681-1763)의 호이다. 자는 자신(子新), 본관은 여주(驪州)이다. 저술로 72권 36책의 『성호전집』, 『성호사설』 등이 있다.

47 평상 선생(坪上先生) : 류치명이다. 현 경상북도 안동시 임동면 대평(大坪)에서 살았기 때문이다.

선생의 식견에 매우 감복하였다. 문장을 지을 적에는 마음속에 축적된 것을 펴서 드러냈는데, 뜻을 전달하기를 힘쓰는 데에서 그쳤다. 그러나 문장이 창연하고 굳세며 고상하고 예스러워 일반 문장가들이 쉽게 미칠 수 없는 점이 있었다.

젊은 시절 한양에 있을 적에 북청문(北淸門)[49] 밖에 귀신이 대낮에 나타나자 사람들이 모두 놀라 피신했다. 선생이 글을 지어 귀신에게 효유하니, 귀신이 다시는 나타나지 않았다고 한다. 서법은 지극히 단정하여 아름답거나 익숙하기를 구하지 않아 자획이 마치 철사줄처럼 반듯하였으며, 한 글자도 함부로 쓰지 않았다. 이는 비록 소소한 행동이지만, 선생의 심법을 엿볼 수 있다.

선생의 효성과 우애는 타고난 것이었다. 부친 해기공을 섬길 적에 정성을 지극히 하였다. 부친이 한양에 계실 때든 유배지에 계실 때든 모시고 다니지 않은 적이 없어서, 곤궁하고 고달픔을 모두 다 겪었다. 남들은 견디기 어려운 점이 있었지만 능히 부친의 마음에 맞게 하고 뜻을 따르면서도 걱정하는 기색을 보이지 않았다. 아우로는 귀섭(龜燮)만 있었다. 재능이 있었지만 어려서 특이한 병에 걸렸다. 선생께서 친히 약을 달여 먹이면서 몇 년 동안 구완하고 보살폈지만 끝내 세상을 떠나고 말았다. 이것을 평생토록 애통해 하여 아우 이야기만 나오면 반드시 눈물을 흘리니, 사람들이 모두 감탄하였다.

집안에 거처할 적에는 엄숙하였고 내외의 구분에 엄격하였다. 자손들이 모시고 서 있을 때 종일토록 선생이 앉으라 명하지 않으면 감히 앉지 못하였다. 손자 창석(昌錫)은 어렸을 때부터 재주가 뛰어나 큰 임무를

48 면우공이…… 하였다 : 『단계집』 권11 「답곽명원종석(答郭鳴遠鍾錫)」에 실려 있다.

49 북청문(北淸門) : 서울 사대문 가운데 하나인 북대문의 별칭이다. 현재 북대문의 공식명칭은 숙정문(肅靖門)이다.

감당할 수 있었다. 그래서 선생이 매우 사랑을 쏟았지만 말이나 안색에 드러내지는 않았다.

평소 거처할 적에는 의복치장을 전혀 일삼지 않아 의관이 검소하여 촌부처럼 초라했다. 그러나 선생을 바라보는 사람들은 자신도 모르게 공경심을 일으켰다. 간사한 무리들에 대해서는 이치에 의거하여 바로잡고 꾸짖어, 단호히 너그럽게 용서하지 않았다. 남의 집안 글을 지어줄 적에는 과장을 좋아하지 않아 단지 사실만을 썼다. 이 때문에 혹 남들의 말이 없지는 않았다. 그러나 의리를 따지는 데 이르러서는 평소의 생각이 한결같이 정해져 있어서 맹분(孟賁)과 하육(夏育) 같이 힘센 사람일지라도 선생의 뜻을 빼앗을 수 없었다.

나이가 많아질수록 덕이 더욱 융성하여 우뚝하게 유림의 맹주가 되었다. 문하에 찾아와 수업하는 자들이 날로 많아진 뒤에는 기상이 점차 변하여 평이해지고, 의론은 한결같이 자상하였다. 학생들의 재질에 따라 가르치고 인도하였다. 이로 말미암아 남쪽 지방의 학자들은 점차 추향할 곳을 알게 되었다. 그래서 완악한 자들은 겸손해지고 나약한 자들은 뜻을 세우게 되어, 허위로 빠지지 않게 된 것은 선생이 가르친 힘에 근본한 것이다.

아! 선생은 진실로 세상에 보기 드문 호걸이다. 된 서릿발이나 한여름 뙤약볕 같은 기상을 가지고 있으면서도 화순(和順)함으로써 처신하였으며, 남들보다 빼어난 재주를 갖고 있으면서도 간결하고 요약하는 것으로써 실천하였으며, 의지를 꼿꼿하게 하여 세속을 무턱대고 따르지 않았고, 의리에 통달하여 시류를 따르지 않았다.

젊은 나이에 과거에 급제해 청요직을 역임하여 장차 큰일을 할 수 있을 것 같았는데, 양구(陽九)의 험난한 액운[50]이 자주 닥치는 때를 만나 그 가슴속에 온축된 바를 펼 수 없었으니, 어찌 매우 불행한 일이 아니겠는가? 그러나 그 불우함 때문에 삼분(三墳)·오전(五典)[51]에 잠심하여 힘을 쏟아서 여러 성인들의 본지를 발명하여 사문에 공을 세울 수 있었으니, 어찌 저 벼슬길에는 인색하고 이 사문에는 넉넉한 경우가 아니겠는가? 그러니 선생의 불행은 곧 사문의 다행인 것이다.

저술로는 『곤지록(困知錄)』[52]·『춘추대강(春秋大綱)』[53]과 시문·잡저 수십여 권이 있는데, 모두 정학을 숭상하고 사교를 배척하며, 인심을 착하게 하고 세교를 부지하는 것들이니, 백 대를 전하더라도 의심하는 사람이 없을 것이다.

소자는 뒤늦게 태어난 데다 학문 또한 몽매하니, 어찌 감히 선생의 덕을 드러내는 행장을 짓는 데 붓을 적실 수 있겠는가? 그러나 당시 문하에서 배운 제현들이 지금은 모두 세상을 떠나 살아 있는 분이 없으니, 누가 이 일을 감당하겠는가? 이에 감히 분수에 넘치는 일임을 헤아리지 않고 평소 보고 들은 바를 따라 기록한 뒤 연보에 실린 것을 참고해 삼가 위와 같이 찬술하여 선생을 높이 우러르는 정성을 붙이노라.

50 양구(陽九)의 험난한 액운 : 양구는 음양도(陰陽道)에서 수리(數理)에 입각하여 추출해 낸 말로, 4천5백 년 되는 1원(元) 중에 양액(陽厄)이 다섯 번 음액(陰厄)이 네 번 발생한다고 하는데, 1백6년 되는 해에 양액이 발생하기 때문에 그런 이름이 붙여졌다고 한다. 일반적으로 엄청난 재액을 말할 때 쓰는 용어이다. (『漢書』「律歷志上」)

51 삼분(三墳)·오전(五典) : 삼황(三皇)·오제(五帝)의 전적으로 여기에서는 경서를 뜻한다.

52 곤지록(困知錄) : 김인섭이 1868년 역학(易學)의 성현들이 때에 맞게 처신한 의리를 읽고 정자(程子)의 전 속의 긴밀하고 중요한 말을 취해서 한 책으로 초록한 글이다.

53 춘추대강(春秋大綱) : 김인섭이 75세(1901년)에 만든 책으로, 공자의 『춘추』 242년간의 기록과 『자치강목』 1362년간의 기록과 『속강목』 409년간의 기록을 합쳐서 모두 2013년간의 기록을 『춘추』-『속강목』-『강목』의 순서로 편성하였다.

端磎 金先生 敍述

成在祺 撰

先生諱麟燮, 字聖夫, 號端磎, 姓金氏, 貫商山。始祖諱閼智, 得姓鷄林, 代有偉人。傳至高麗中葉, 諱需甫尹, 始封商山君, 子孫因以爲貫。入李氏朝, 直提學諱後, 號丹邱齋, 事太宗朝, 文章德行, 名一時。生諱張, 左正言, 是生諱貞用, 博士。

累傳至諱浚, 號三足齋, 登上庠。兄弟八人, 幷以文章學問鳴于世。生諱景訒, 訓鍊判官, 是生諱應斗, 號傅巖。是生諱宕, 號隱庵, 於先生, 爲六世祖也。高祖諱壩, 有隱德, 曾祖諱光鉉。祖諱文漢, 慈良愷悌, 訓誨子孫, 以義方。考諱櫨, 號海寄翁, 文章氣節, 爲世推重。妣竹山 朴氏, 宗赫女, 忠顯公 門壽后。以純祖丁亥二月二十九日戌時, 生先生于咸陽郡 木洞寓第。

生而有異質, 廣顙額, 炯眉目。有一術士, 見而奇之曰: "此兒, 未弱冠, 當擅名一國。"云。七歲, 受≪孝經≫于王考, 知解日進。不逐群兒戱嬉。九歲, 詠松竹曰: "天寒氷不開, 二物獨也靑。" 長老, 嘖嘖稱賞。

己亥, 陪重庭, 撤還故里, 卜居丹溪。始修日記, 以驗日用之工。自是, 有志力學, 淹貫七書, 一念刻苦, 焚膏繼晷。以王考命, 治明經業, 十七歲, 中鄕解進士覆試。

十八歲甲辰春, 作≪天君之誓≫曰: "唯十有八年春, 大誓于靈臺。天君若曰: '嗚呼! 我耳目之官、股肱之臣, 越我九竅、百骸之佐, 明聽誓。我聞吉人爲善, 唯日不足; 凶人爲不善, 亦唯日不足。今余否德, 誤忝高位, 作一身之主、爲萬物之靈。 而不能思而得之, 狎侮五常之德、暴棄百氏之訓。 魂淫于意必之上、神蕩乎物欲之間, 曠安宅而不居、舍正路而不由, 茅塞乎仁義之門、塵溢於神明之舍。' 小子夙夜祗懼, 罔知所措矣。乃得一言, 誕誓爾衆士曰: '廣大包含, 主一無適。成始成終, 莫此端的。以之直內, 萬邪可敵。嚴重齊莊, 我心則惕。' 嗚呼! 允若玆, 克念克持, 可以泰然百體從令矣。" 蓋先生之一生根基, 已立於此矣。

乙巳秋, 中文科漢城初試, 冬遊學泮宮。丙午, 及第出身, 時先生年二十矣。同鄕計偕者十三人, 而先生獨以童蒙登第, 人皆榮之。然先生以爲丈夫事業不專在此, 立志愈固、進學愈篤。旣而, 選補承文院權知副正字。丁未, 陞正字, 辛亥, 拜成均館典籍。壬子, 拜司諫院正言。自是連年, 在京供職, 謇謇以直道自持, 不肯干謁於權貴, 同儕皆畏敬焉。

丙辰, 拜定齋 柳先生于安東之大坪。前年, 已修書, 問出處行已之方, 至是, 遂往納贄, 問爲學之方。柳先生深加敬重, 而勸讀《大學》焉。自是, 喜得依歸, 刋繁就要, 專務爲己之學。

其在京師也, 甚窮困, 或至累日絶食, 而猶誦讀不綴, 處之晏如也。時戚倖用事, 國是日非。先生擬草上《封事十條》: "曰: '推至誠以立根本'、曰: '講聖學以正心術'、曰: '嚴內外以防禍亂'、曰: '擇輔相以重責任'、曰: '選左右以敎儲貳'、曰: '遠便嬖以近忠直'、曰: '振紀綱以勵風俗'、曰: '勸學校以明敎化'、曰: '旌節義以訪隱淪'、曰: '納規諫以廣聰明。'" 其眷眷憂世之意, 不暫忘于中也。

自是, 無復有意於仕進, 浩然歸鄕, 名其樓曰: "太虛"。自作記曰: "短褐不掩、茅茨不蔽、餰粥不給, 樂以終身, 不知年數之不足。胸中浩浩, 千駟萬鍾, 不以易也。"

壬戌, 見縣人爲豪惡吏所侵掠, 不勝忿冤。海寄公遣人訟書棠營, 矯救之, 反爲所誣。先生被逮王獄, 無何得伸, 海寄公不免責, 配于靈光 荏子島。先生陪行, 不離左右。竭誠訟冤, 竟得解歸。未幾年, 遭故。擗踊攀號, 幾至滅性。旣葬, 朔望, 必往省墓, 不以寒暑廢焉。卽抄家狀, 求銘于許性齋先生。許先生自金官特來, 弔慰, 又作《太虛樓記》, 以贈之。自是, 寅緣求教, 書辭陸續, 殆無虛月。

丁卯, 御史朴瑄壽, 以其兄珪壽所嗾囑, 構誣先生指爲土豪, 貽害殘民, 竄配于江原道 高城。一時士大夫, 無不冤之。所居館舍, 極荒凉, 朝夕進供, 只以蕎麥屑作飯。先生怡然安之。每答知舊書辭, 引咎自責而已。及宥還, 髭髮尤勝昔焉。

癸酉, 丁內艱。先是, 母夫人感寒彌留, 先生憂焦不歇。假寐以終夜, 湯藥必躬執。母夫人思食生鮮, 先生親自獵魚川澤, 作膾羹以供之。及遭故, 喪葬儀節, 一如前喪。制闋, 與李寒洲、朴晩醒、郭俛宇, 登天王峰, 觀日出。又與許南黎、權蔚齋, 遊月溪水石, 徜徉吟嘯, 甚適意也。

戊子, 除司憲府掌令, 尋復除獻納。然皆例遷也, 非出於求賢之誠意。先生亦知世道不可以有爲也, 歛跡山林, 絶不干時政得失。

晩愛集賢山 大岳洞壑之幽邃, 築精舍其中, 以爲終焉之計。引流鑿沼, 種竹植梅。掃軌靜處, 觀玩不休。時與門生弟子, 講論經義, 亹亹不倦。作《山居五箴》, 以見志。

庚子, 陞通政階。時上入耆社, 朝官四品, 年七十以上, 特加一資。癸卯, 七十七歲生朝, 手書壁上曰: "余生丁亥, 忽忽七十七年矣。朝暮且死, 劬勞痛切云。" 因悄然不樂。六月出山, 氣力漸至澌耗, 七月七日, 日曆絶筆。先生自年十三始修日記, 至是, 六十五年之間, 無一日闕之, 非心力之篤至, 能如是乎。

寄族孫相頊小札曰: "我病似不起也。而達原始返終之理, 則誰能免乎? 吾之志事, 汝其記之也。" 病革, 呼孫昌錫曰: "我得正而斃死, 無餘恨焉。書一正字付壁, 可也。", 一不及家間事。以八月十四日, 考終于太虛樓。以十月二十二日, 葬于雲門山壬坐之原。士友以挽誄哭者, 數百人。

配淑夫人義城 金氏, 處士彦耈女, 文貞公 東岡先生十代孫也。賢有行, 克配夫子, 無違。先先生歿, 已葬于雲門山, 及葬先生, 因與合祔焉。生三男二女。壽老、基老、仁老, 皆蔭授郎啣。女適李基浩、崔丙模。壽老嗣男昌錫。基老男, 昌錫出系, 昌銖, 女成煥龜。仁老男, 昌鎬、昌祚、昌鉉, 崔丙模男, 奎煥。昌錫男, 千洙、再洙、範洙, 昌銖男, 仁洵、文洙、三洙。成煥龜男, 在祺、在渭、在祿。餘不盡錄。

先生天稟旣異, 英邁蓋世。於世間榮辱禍福, 泊然無所動心。少時, 慨然以文章名節自勵, 三十以後, 不復出仕, 專力於聖賢之學, 乃醇如也。摳衣於坪上, 得聞溪、湖相傳宗旨。講究天人、性命之理, 期以不得不措也。其論心性理氣則曰:

人得五行之秀氣以生。人得天地生物之心以爲心, 自稟受而言謂“性”; 自存諸人而言謂之“心”, 心統性情。其未發也, 五性具焉, 曰: “仁、義、禮、智、信”; 已發也, 四端著焉, 曰: “惻隱、羞惡、辭讓、是非”。未發是性, 爲心之體; 已發是情, 爲心之用。程子曰: “性卽理也。”, 朱子謂“程子此訓, 攧撲不破。”, 心與性, 自有分別。今以爲心卽理也, 則是以理統理也, 非但昧心、性之別, 不成文理、不成義理。若是奚可哉? 謂心之體爲性, 可, 謂心之本體爲理, 則是以理體理也。且止曰: “心之本體也云。”, 則是擧體而不擧用矣。諉之於體用一源, 力主其說, 可見其遁辭知窮矣。心者, 合理氣、統性情、主一身、該萬物。虛靈知覺, 運用神明不測, 爲一身主宰。今曰: “心之主宰, 是理也云。”, 則是以理宰理也。

且論性不論氣, 不備; 論氣不論性, 不明, 二之則不是。張子曰: “形而後, 有氣質之性。善反之, 則天地之性存焉。故氣質之性, 君子有不性者焉。” 天地之性, 仁、義、禮、智, 純粹至善, 孟子所云: “性善”, 是也。氣質之性, 淸濁、粹駁、偏全, 有異, 程子所謂: “性卽氣, 氣卽性”, 是也。孟子專指其發於性者言之, 故以爲才無不善。程子兼指其稟於氣者言之, 則人之才, 固有昏明、强弱之不同, 張子所云: “氣質之性”, 是也。“反之”云者, 所以變化氣質而變其理也。心之爲物, 至虛至靈, 神明不測。方其靜也, 寂然不動, 萬理咸具; 及其動也, 感而遂通, 主乎一身, 宰制萬物。寂而常感、感而常寂。動靜常涵、體用相須。至其所以用工之方, 則又敬者, 一心之主宰, 聖學所以成始而成終者也。” 其爲說, 皆鑿鑿有依據。

又請益于冷泉。冷泉之學, 祖述寒岡、星湖, 與坪上相契合。先生優遊二門, 得其正詮。且於前輩大賢, 則尊慕退陶、南冥兩先生極其誠敬, 往往承謁夢寐, 有詩以記之。《南冥集》重刊時, 聞諸儒擅改《學記》, 不有先賢之舊, 爲書痛辨之。

晩年, 好讀《朱子語類》曰: “儒者事業, 盡在此書。” 俛宇公, 書問疑義, 先生逐條辨答, 極其精微。俛宇多服其見識。爲文章, 抒發所積, 務取達意而止。然蒼勍高古, 有非一般操觚家所易及也。少時在京, 北淸門外, 有鬼晝見, 人皆驚避。先生作文諭之, 鬼不復見云。書法極楷正, 不求姸熟, 而畫若鐵索, 一字不放過。此雖細行, 可見其心法也。

先生孝友出天。事海寄公至誠。凡在京在謫, 無不陪隨, 備經困苦。有人所難堪者, 而能適意承順, 不見其有戚戚色。有一弟龜燮, 有才而早嬰奇疾。先生親煎藥餌, 數年救護, 竟至不淑。平生慟惜, 語及必涕下, 人皆感歎。

處家庭, 肅而嚴, 斬斬於內外之分。子孫侍立, 終日不命之坐, 不敢坐也。孫昌錫, 自幼才堪大受。先生雖甚鍾愛之, 然不假之以辭色。平居, 不甚事檢押, 衣冠儉率, 蕭然若野夫。而望之者, 自不覺起敬。其於憸士之輩, 據理正責, 斷不容貸。至於應酬人家文字, 不喜誇張, 而直書事實。以是, 或不無人言。然至於參酌義理, 素算一定, 雖賁、育, 莫能奪也。

及至年彌卲德彌隆, 巍然爲儒林之盟主。而踵門受業者日衆, 則氣像漸變平夷, 論議一以諄諄。因其材之所近而敎導之。由是, 南方學者, 漸知趨向。頑者廉而懦者立, 不涉於虛僞者, 本先生之力也。

嗚呼! 先生誠間世之人豪也。有嚴霜烈日之氣, 而濟之以和順; 有出類拔萃之才, 而反之以簡約, 貞不詭俗、通不徇時。早年釋褐, 歷敭淸要, 若將大有爲也, 而値時陽九屢瀕艱險, 不得展布其所蘊, 豈非不幸之甚哉? 然以其不遇也, 故得以潛居肆力於墳、典, 發明千聖之旨, 有功斯文, 豈非嗇於彼而豊於此者歟? 然則先生之不幸, 乃是斯文之幸也。

所著有《困知錄》、《春秋大綱》, 及詩文雜著數十餘卷, 皆崇正學、黜邪敎、淑人心、扶世敎, 傳之百代, 而無疑者也。

小子生也晩, 學又蒙昧, 何敢泚筆於先生狀德之文也? 然當時及門諸賢, 今皆零落無存, 誰堪爲此役乎? 玆敢不揆僭, 率竭平生之耳目, 參以年譜所載, 謹纂次如右, 以寓高仰之忱云爾。

❖ **원문출전**

成在祺,『定軒集』卷3,「端磎金先生敍述」(한국역대문집총서 제2063책)

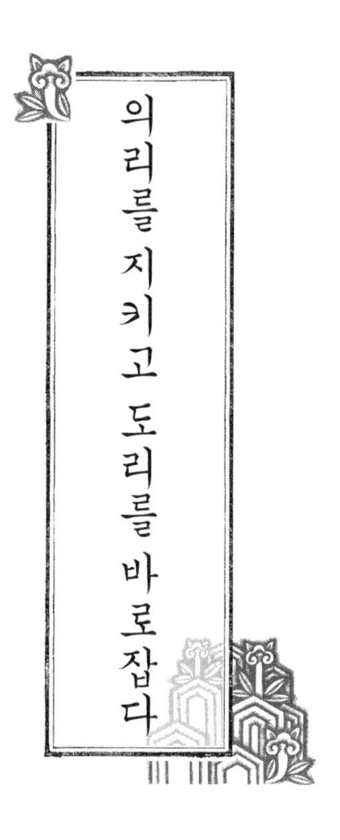

의리를 지키고 도리를 바로잡다

허원식(許元栻) : 1828-1891. 자는 순필(舜弼), 호는 삼원당(三元堂), 본관은 하양(河陽)이며, 현 경상남도 함양에 거주하였다. 허조(許稠)의 후손이다. 허전(許傳)의 문하에서 수학하였다. 1864년 문과에 장원 급제하여 고종으로부터 '삼원(三元)'이라는 호를 하사받았다.
저술로 4권 3책의 『삼원당집』이 있다.

삼원당(三元堂) 허원식(許元栻)의 묘지명

하겸진(河謙鎭)[1] 지음

안의(安義) 북쪽 심진동(尋眞洞) 산기슭의 경좌(庚坐) 언덕에 있는 우뚝한 봉분이 옛 함양군 출신 간의 대부(諫議大夫) 고 허공(許公)의 묘소이다. 그의 아들 용두(容斗) 씨가 곽 징군(郭徵君)[2]이 지은 묘표를 가지고 찾아와 나에게 묘지명을 부탁하였는데, 나는 감히 사양할 수 없었다.

공의 휘는 원식(元栻), 자는 순필(舜弼), 본관은 하양(河陽)[3]이다. 국조 명신 문경공(文敬公) 조(稠)의 후손이다. 문경공의 아들 정간공(貞簡公) 후(詡)와 손자 응천공(凝川公) 조(慥)는 단종이 손위한 뒤 영월에 유배되었을 때 부자가 모두 대절을 지켜 충신단(忠臣壇)[4]에 배향되었다. 여러 대를 내려와 첨지중추부사 휘 회(淮)가 풍천 노씨(豐川盧氏) 사인 석충(錫忠)의 따님에게 장가들었는데, 이분들이 공의 부친과 모친이다.

공은 젊어서 문사(文詞)로 이름이 났다. 얼마 뒤 한양으로 가 문헌공(文憲公) 허전(許傳) 선생에게 배알하고서 학문을 하는 큰 방도를 들었다. 우리 태황제[고종] 즉위 원년(1864) 정시(庭試)에서 책문을 내어 시험할 적에 공을 장원으로 뽑았는데, 이때가 갑자년(1864) 상원이었다. 고종황

---

1 하겸진(河謙鎭): 1870-1946. 자는 숙형(叔亨), 호는 회봉(晦峯), 본관은 진주이다. 현 경상남도 진주시 수곡면 사곡에 거주하였다. 곽종석(郭鍾錫)에게 수학하였다. 저술로 3권 3책의 『동유학안(東儒學案)』 등이 있다.

2 곽 징군(郭徵君): 곽종석(郭鍾錫, 1846-1919)을 말한다.

3 하양(河陽): 현 경상북도 경산시 하양읍이다.

4 충신단(忠臣壇): 조선 정조 때 강원도 영월의 장릉(莊陵) 충신각(忠臣閣)에 설치한 제단이다. 1781년에 어명으로 충신들의 위패를 봉안한 제단을 설치하였는데, 충신위(忠臣位)·조사위(朝士位)·환관위(宦官位)·여인위(女人位) 등 4단으로 구성되어 있다.

제가 대신에게 명하여 공의 등에 '삼원(三元)'[5]이라는 글자를 크게 쓰게 하였다. 공은 감격하여 이에 보답하고자 해서 '삼원당(三元堂)'이라고 자호하였다.

그 해 관례에 따라 성균관 전적에 제수되었고, 다시 사헌부 지평, 사간원 정언을 거쳐 이조 좌랑으로 옮겼다. 그 사이 노부모 봉양을 이유로 자여도[6] 찰방(自如道察訪)으로 부임하였다. 신미년(1871) 중시(重試)에 을과로 뽑혔다.

계유년(1873) 공은 정사를 논하다가 임금의 뜻을 거슬러 관서지방[7]으로 유배 되었는데, 오래지 않아 용서를 받고 돌아왔다. 경진년(1880) 도성으로 들어가 성덕(聖德)에 힘쓰고, 정학(正學)을 숭상하고, 간쟁을 받아들이고, 사치를 억제하기를 청하는 상소를 올렸다. 또 외교실책[8]에 대해 극언하는 상소를 올렸으나 받아들여지지 않았다.

계미년(1883) 사헌부 장령에 제수되었다. 이듬해 조정에서 모두 좁은 소매 옷을 입으라는 복식제도의 명을 내리자, 공은 "이는 이천(伊川)의 조짐[9]이다."라고 하고서, 바로 그날 벼슬을 버리고 고향으로 돌아갔다.

---

5 삼원(三元) : 고종이 즉위한 원년(元年)이고, 책력으로 상원갑자(上元甲子)이며, 과거에 장원(壯元)을 하였기 때문에 '삼원'이라 하였다.

6 자여도 : 현 경상남도 창원시이다.

7 관서지방 : 「행장」에는 평안도 중화군(中和郡)으로 되어 있다.

8 외교실책 : 1880년 수신사로 일본을 다녀온 김홍집(金弘集)이 황준헌(黃遵憲)의 저술 『조선책략(朝鮮策略)』을 국왕에게 바친 뒤 이 책의 사본이 널리 유포되었다. 그러자 이미 1876년 개항 이래 개화 정책에 반대하고 전통적인 성리학적 세계관을 유지하고 있던 위정척사계열의 유생들은 『조선책략』의 내용이 성현을 모독하고 있다고 주장하면서, 김홍집을 탄핵하고 정권의 실정을 맹렬히 공박하였다. 이때 벼슬에서 물러나 있던 허원식도 전 정언으로서 1880년 11월과 12월 두 차례에 걸쳐 상소를 올렸다.

9 이천(伊川)의 조짐 : 장차 오랑캐 나라가 될 징조를 말한다. 주(周)나라 대부인 신유(辛有)가 이천(伊川)을 지나다가 머리를 풀어헤치고 들에서 제사 지내는 자를 보고서 말하기를, "1백 년이 못 가서 이곳이 오랑캐 땅이 될 것이다. 그 예가 먼저 없어지는구나."라고 하였다. (『春秋左氏傳』 僖公 22年)

홍문관 교리로 불렀으나 나아가지 않았다.

신묘년(1891) 집에서 돌아가셨으니, 향년 64세였다. 부인은 진양 강씨(晉陽姜氏) 복(鍑)의 따님으로, 용두(容斗)·선두(璿斗)·문두(文斗)를 낳았다. 용두와 문두는 모두 사마시에 합격하였다. 딸은 임동규(林東奎)에게 시집갔다. 용두는 아들 둘을 두었는데 봉헌(鳳憲)과 조헌(肇憲)이다. 선두는 아들 셋을 두었는데, 국헌(國憲)·재헌(載憲)[10]·상헌(常憲)이다. 문두(文斗)는 아들 둘을 두었는데, 기헌(璣憲)·횡헌(鐄憲)이다.

관동 열사(關東烈士) 여지당(厲志堂) 홍재학(洪在鶴)[11] 군이 늘 공의 소를 논평하기를 "그의 말을 따르면 나라가 의복의 옛 제도를 보전할 것이고, 그의 말을 버리면 인류가 금수의 추함에 빠질 것이다."라고 하였으니, 대체로 이점을 상심한 것이다.

명은 다음과 같다.

임금이 '삼원(三元)' 두 자를 내려	天褒二字
화려한 예복보다 영화로웠으니	榮於華袞
찬란한 구름 같은 글씨였네	爛雲墨也
독수리처럼 가을 하늘에 우뚝 서서[12]	鶚立秋天
피눈물 흘리며 상소했으니	瀝血叫閽
옛 사람의 곧은 풍도였네	古遺直也

10 재헌(載憲): 원문에는 용두의 아들 이름과 같이 '조헌(肇憲)'이라고 되어 있어 「행장」을 참고하여 수정하였다.

11 홍재학(洪在鶴): 1848-1881. 자는 문숙(聞叔), 본관은 남양(南陽)이다. 이항로(李恒老)에게 배웠다. 1880년 일본에서 돌아온 수신사 김홍집(金弘集)이 청나라 황준헌(黃遵憲)의 저서 『조선책략』을 왕에게 올려 개혁을 적극 주장하자, 이에 격분하여 관동대표로서 척외(斥外)를 상소하였다.

12 독수리처럼……서서: 과감하게 직언을 하는 강직한 면모를 보였다는 말이다. 후한 때 공융(孔融)이 예형(禰衡)을 추천하면서 "사나운 새가 수백 마리 있어도 한 마리의 독수리보다 못하니, 예형을 조정에 세우면 필시 볼 만한 점이 있을 것입니다.[鷙鳥累百 不如一鶚 使衡立朝 必有可觀]"라고 말하였다. (『後漢書』 卷80下 「文苑列傳 禰衡」)

간언이 버려져 쓰이질 못해서	棄言不售
금수가 사람을 잡아먹는 세상 되었으니	禽獸食人
이 나라를 어찌한단 말인가	柰何乎國也
심진동의 산기슭에	尋眞之麓
세 자 높이 우뚝한 봉분	封崇三尺
지나는 사람들의 본보기가 되리	宜過者之式也

진산(晉山) 하겸진(河謙鎭)이 지음.

墓誌銘

河謙鎭 撰

安義治北, 尋眞之山有背庚而罣如者, 故咸陽郡諫議許公之葬也。其子容斗氏, 袖郭徵君所爲阡表來, 辱徵余以幽堂之銘, 余不敢辭。

公諱元栻, 字舜弼, 系出河陽。國朝名臣, 文敬公 稠之後也。文敬子貞簡公 詡, 孫凝川公 慥, 端廟遜位寧越, 父子俱有大節, 配享忠臣壇。累傳至僉中樞諱進, 娶豐川士人盧錫忠女, 公之考妣也。

公少以文詞名。旣而, 拜許文憲先生于漢師, 聞爲學大方。我太皇帝卽位元年, 庭試策士, 擢公狀元, 時甲子上元也。上命重臣, 大書三元字於其背。公感激圖報, 仍自號"三元堂"。其年例授成均館典籍, 又歷司憲府持平, 司諫院正言, 轉銓曹郎。間求便養, 爲自如丞。辛未, 擢重試乙科。

癸酉, 言事忤旨, 謫西土, 未幾宥還。庚辰, 入都, 上疏請懋聖德、崇正學、納諫諍、抑奢侈。又極言外交失策, 疏入不報。癸未, 拜掌令。翌年, 有朝令衣制皆窄袖, 公曰: "其伊川之兆乎。", 卽日棄官還山。以校理召, 不赴。

辛卯卒于家, 得年六十四。配晉陽 姜氏 鍑之女, 生容斗、璿斗、文斗。長季俱中司馬。女爲林東圭妻。容斗二男, 鳳憲、肇憲。璿斗三男, 國憲、載憲, 常憲。文斗二男, 璣憲、鐄憲。

關東烈士 厲志堂 洪君 在鶴, 常論公疏曰: "從其言, 邦域爲衣裳之舊; 棄其言, 人類陷禽獸之醜。", 蓋傷之也。

銘曰: "天褒二字, 榮於華袞, 爛雲墨也。鶚立秋天, 瀝血叫閽, 古遺直也。棄言不售, 禽獸食人, 柰何乎國也。尋眞之麓, 封崇三尺, 宜過者之式也。"

晉山 河謙鎭 撰。

❖ 원문출전

許元栻, 『三元堂集』 卷4 墓誌銘, 河謙鎭 撰, 「墓誌銘」(경상대학교 문천각 古(기타) D3B 허66ㅅ)

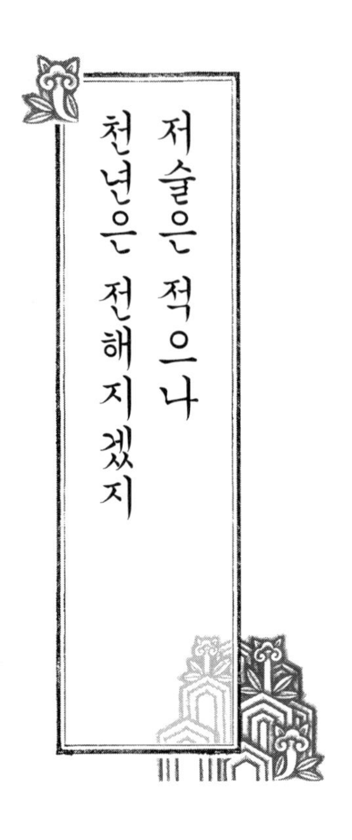

저술은 적으나 천년은 전해지겠지

박동혁(朴東奕) : 1829-1889. 자는 순중(舜仲), 호는 병와(病窩), 본관은 밀양이다. 현 경상남도 산청군 신안면 진태리에서 태어났다. 일생동안 경상남도 함양(咸陽), 전라남도 운봉(雲峰) 등 여러 곳에 우거했다. 과거공부에 힘쓰지 않고 경전의 이치에 대해 깊이 연구하였으며, 천문·지리 등 다양한 분야에도 관심을 기울였다. 「대학경일장도(大學經一章圖)」·「대학차의(大學箚義)」·「중용수장도(中庸首章圖)」·「중용차의(中庸箚義)」·「병와수록(病窩隨錄)」의 글이 있다.
저술로 2권 1책의 『병와유고』가 있다.

병와(病窩) 박동혁(朴東奕)의 묘갈명 병서

이교우(李敎宇)[1] 지음

나는 전에 족제 교면(敎冕)[2]의 부탁으로 그의 장인 병와(病窩) 박공(朴公)의 유고를 교정하고 유고의 첫머리에 서문을 썼다.[3] 8년이 지나 공의 아들 휴곤(烋坤)이 행장을 가지고 와서 말하기를 "선친의 유고를 바야흐로 간행하려 하는데, 산소에는 아직도 비석에 새길 글이 없습니다. 그대께서 이미 서문을 써 주셨는데, 묘갈명도 지어주시면 안 되겠습니까? 또한 교면이 세상을 떠났지만 그의 영혼이 이 일을 함께 걱정하지 않으리라고 어찌 알겠습니까?"라고 하였다. 나는 사양할 만한 말이 없었다. 행장을 살펴보고 다음과 같이 서술한다.

공은 진실한 유학자였다. 성품이 지극히 효성스러워 부모를 섬길 때 조금도 어김이 없었고, 삼년상을 치를 적에는 한결같이 『주자가례』를 준수했다. 집안이 가난하고 세상 또한 혼란하여 전라도 운봉(雲峰)에 은거하였다. 몸소 밭을 갈고 글을 지으며 잡념을 완전히 끊었다. 그러나 호남의 어진 사류들 중 공의 명성을 들은 자들이 간간이 찾아왔다.

지극 정성으로 종족들을 보살폈는데, 공이 그들을 권면하여 잃어버렸

1 이교우(李敎宇) : 1881-1940. 자는 치선(致善), 호는 과재(果齋), 본관은 전의(全義)이다. 정재규(鄭載圭)의 문인이며, 현 경상남도 산청군 단성(丹城)에 거주했다. 저술로 28권 14책의 『과재집』이 있다.

2 교면(敎冕) : 이교면(李敎冕, 1882-1940)이다. 자는 주여(周汝), 호는 내산(內山)이다. 저술로 2권 1책의 『내산유고』가 있다.

3 나는……썼다 : 『과재집』 권19에 「병와유고서(病窩遺稿序)」가 실려 있다. 그러나 현전하는 박동혁의 문집 『병와유고』에는 하겸진(河謙鎭)의 서문만 실려 있다.

던 토지를 찾아 가문을 일으키게 하였다. 사람을 대할 적에는 한결같이 온화하고 공경했으며, 그 사람의 착한 점을 드러내고 나쁜 점은 변화시켰다. 부엌에서 불을 때지 못할 정도로 가난했으나 주고받는 것을 삼가서 털끝만한 것일지라도 구차하게 취하지 않았다.

공은 어려서부터 총명하고 부지런했다. 용모는 옥설(玉雪)과 같았으며 해서(楷書)를 잘 썼다. 조금 자라서는 문리가 순선하고 완숙해서, 비록 어렵고 까다로운 문장을 대하더라도 전에 외운 글을 보는 듯했다. 세상 사람들은 과거공부에 힘썼으나, 공은 유독 고인의 학문에 마음을 두었다. 학문 연구에 침잠하여 터득하지 않고서는 그만두지 않았다. 천문(天文)·지리(地理)·병형(兵刑)·산수(算數)·의복(醫卜)·종수(種樹) 등의 서적도 통달하지 않은 것이 거의 없었다.

공은 저술하기를 좋아하지 않았으나, 『용학의연(庸學疑衍)』[4]은 독서할 때 떠오르는 생각을 기록한 저술이다. 31장의 『병와수록(病窩隨錄)』[5]은 책을 읽다가 묘하게 마음에 와 닿는 점을 빨리 기록한 것으로, 간략하고 정밀하며 깊고 오묘하여 고경(古經)의 지취가 있었다. 이른바 "그 실질을 독실히 하고서 아름다운 문장으로 기록한다."[6]는 것이 아니겠는가.

공의 휘는 동혁(東奕), 자는 순중(舜仲)이며, 병와(病窩)라고 자호하였다. 박씨는 신라에서 유래했는데, 밀성대군(密城大君)에 이르러 책봉을 받아 밀양을 관향으로 삼았다. 이후 대대로 가문이 혁혁했으며, 충숙공

4 용학의연(庸學疑衍) : 『병와유고』 권1 잡저에 「대학경일장도(大學經一章圖)」·「대학차의(大學箚義)」·「중용수장도(中庸首章圖)」·「중용차의(中庸箚義)」가 실려 있다. 그러나 『용학의연』은 찾을 수 없다. 박동혁의 행장에도 『용학의연』에 대한 언급이 없다.

5 병와수록(病窩隨錄) : 『병와유고』 권1 잡저에 수록된 34개의 조목으로 이루어진 글이다.

6 그 실질을…… 기록한다 : 주돈이(周敦頤)의 『통서(通書)』에 "문장은 기예이고, 도덕은 알맹이이다. 그 알맹이를 독실히 하여 문장으로 쓴다. 아름다우면 사랑스럽고, 사랑스러우면 전해지게 된다.[文辭 藝也 道德 實也 篤其實 而藝者書之 美則愛 愛則傳焉]"고 하였는데, 여기서는 이 뜻을 취해 약간 변형해서 표현했다.

(忠肅公) 익(翊)은 우리 태조가 혁명할 적에 협조하지 않았는데, 세상 사람들이 '송은 선생(松隱先生)'이라고 부르는 이가 이분이다. 충숙공의 아들 졸당(拙堂) 총(聰)은 정포은(鄭圃隱:鄭夢周)의 문하에 출입했고, 천거로 정랑을 지냈다.

4대를 내려와 만수당(萬樹堂) 인량(寅亮)은 곽망우당(郭忘憂堂:郭再祐)을 따라 창의하여 녹훈되었다. 이분이 공에게 10세조가 된다. 증조부는 치원(致元), 조부는 상진(尙珍)이다. 부친은 홍(泓)이고, 모친은 풍천 노씨(豊川盧氏) 광헌(光獻)의 따님이다.

순조 기축년(1829) 9월 25일에 태어나 고종 기축년(1889) 7월 2일에 돌아가셨다. 초취 부인은 성주 이씨(星州李氏) 진사 응범(應範)의 따님이고, 재취 부인은 진양 정씨(晉陽鄭氏) 사인 경빈(敬贇)의 따님이다. 공은 1남 1녀를 두었다. 아들은 휴곤(烋坤)이고 딸은 이교면(李教冕)에게 시집갔는데, 모두 정씨 부인의 소생이다. 종락(鍾洛)·종륜(鍾侖)은 휴곤의 아들이고, 도형규(都衡圭)는 휴곤의 사위이다. 한석(澣錫)·철석(轍錫)은 교면의 아들이고, 손병섭(孫秉燮)은 교면의 사위이다. 단성현 북쪽 안곡(安谷)의 간좌(艮坐) 언덕이 공의 유택이다.

공이 돌아가시던 해의 초봄에 말씀하기를 "오동나무 한 잎이 나와 함께 떨어질 것이다."라고 하였는데, 듣고 있던 사람들은 무슨 말인지 알지 못했다. 그러나 돌아가실 때에 과연 그 말씀이 징험되었으니, 어찌 맑게 수양하여 사리에 밝게 통해 처음에 근원하여 마침을 안 분이 아니겠는가.

명은 다음과 같다.

세인들은 다투어 과거공부에 매달렸으나	世競乾沒于功令
공은 홀로 위기지학 좋아해 경서를 탐구하였네	獨好爲己究陳經

병와수록 이 한 책은 천년토록 전해질 터	隨錄一篇堪千齡
썩지 않을 학덕 거기 있으니 어찌 묘갈명 필요하랴	不朽在玆何待銘

무인년(1938) 11월 전의(全義) 이교우(李敎宇)가 삼가 지음.

墓碣銘 幷序

李敎宇 撰

不佞嘗因族弟敎冕託, 洗其外舅病窩 朴公藁, 而序諸端矣。後八年, 公子烋坤, 以狀來曰："先君之藁, 方付剞氏, 而墓尙無刻。子旣惠序, 不可又惠銘耶? 且敎冕死矣, 如在者, 安知不共煩之耶。" 不佞無辭可辭。按狀而敍之曰：

公實儒也。性至孝, 無毫違, 喪三年, 一遵《家禮》。家貧世且亂, 移隱于雲峯。躬耒手書, 頓絶外念。而湖中賢士, 聞其名者, 間來相尋。

至誠護宗族, 使之復土。待人一以和敬, 揚其善, 而化其惡。竈間不煬, 而謹於授受, 一毫不苟。

自幼聰勤。貌玉雪, 善楷畫。稍長, 文理純熟, 雖對艱棘, 如曾誦得者。世務功令, 而獨留心古人學。沈潛硏究, 弗得弗措。以之於天文、地理、兵刑、算數、醫卜、種樹之書, 殆無不通。

不喜著述, 而《庸學疑衍》是讀書箚記者。至若《隨錄》三十一章, 妙契疾書者, 而簡精淵奧, 有古經趣。所謂"篤其實而美者書之者", 非耶。

公諱東奕, 字舜仲, 病窩自號也。朴氏系出新羅, 至密城大君, 始受封爲貫。自後世赫赫, 而忠肅公 翊, 罔僕於我太祖革命之際, 世所稱"松隱先生"是已。子拙堂 聰, 遊鄭圃隱門, 薦爲正郎。四傳而有萬樹堂 寅亮, 從郭忘憂倡義錄勳。於公爲十世。曾祖致元。祖尙珍。考泓, 豊川 盧光獻女, 妣也。

純廟己丑九月二十五日, 高宗己丑七月二日, 公生卒年月日。前後夫人, 進士星州 李應範女、士人晉陽 鄭敬贇女。生一男一女。卽烋坤, 李教冕妻, 皆鄭氏出。曰鍾洛、鍾侖, 曰都衡圭, 烋坤子若壻。曰瀚錫、轍錫, 曰孫秉燮, 教冕子若壻。縣北安谷艮原, 卽公幽宅也。

己丑孟春, 公言曰 : "梧桐一葉, 與吾同落。", 聽者莫省何謂。及卒果驗, 豈其淸修炯通, 原始以知終者歟。

銘曰: "世競乾沒于功令, 獨好爲己究陳經。《隨錄》一篇堪千齡, 不朽在玆何待銘。"

戊寅至月, 全義 李教宇 謹撰。

❖ **원문출전**

朴東奕, 『病窩遺稿』 卷2 附錄, 李教宇 撰, 「墓碣銘并序」(경상대학교 문천각 古(우당) D3B 박225ㅂ)

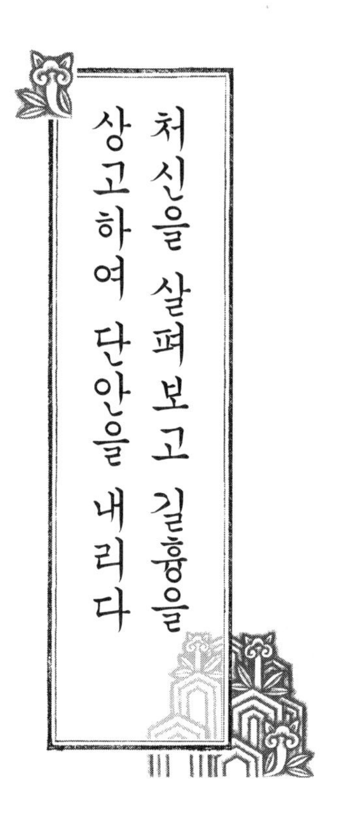

권장환(權章煥) : 1830-1892. 자는 문수(文叟), 호는 서주(西洲), 본관은 안동이며, 현 경상남도 산청군 단성면 강누리 교촌(校村)에 거주하였다. 향시에 합격하고 회시에 나아갔다가, 당시 과거제도의 폐단을 보고 과거시험을 단념한 뒤 위기지학에 힘썼다. 만년에 의령원(懿寧園) 수봉관(守奉官)에 제수되었다.
저술로 2권 1책의 『서주유고』가 있다.

서주(西洲) 권장환(權章煥)의 묘갈명 병서

최익현(崔益鉉)[1] 지음

사인(士人) 중에는 수십 권의 책을 읽고, 수만 자의 글을 저술한 사람이 있다. 그러나 성인의 교학(敎學)의 대지와 본령을 명료하게 아는 자는 대체로 또한 드물다. 영남의 단성(丹城)에 근래 서주옹(西洲翁)이라는 분이 있었는데, 경서를 부지런히 읽고 실천을 신중히 하여 늙어서도 더욱 근면하였다. 매번 「단서(丹書)」의 공경과 태만에 대한 교훈[2]을 두세 번 반복하면서 말씀하기를 "일상의 평범한 일이지만 조금이라도 힘을 쓰지 않으면 바로 전도되고 어긋나서 화란과 근심이 따라 생기게 될 것이다."라고 하였다. 훌륭하도다, 이 말씀이여. 참으로 앎이 요약되고 자신을 지킴이 간약(簡約)하도다.

노옹의 휘는 장환(章煥), 자는 문수(文叟)이다. 서주(西洲)를 호로 삼은 것은 적벽강(赤壁江)[3] 서쪽에 살았기 때문이다. 권씨(權氏)는 고려 태사 행(幸)을 시조로 공훈과 업적을 이룬 장수와 재상이 대대로 이어져 우리나라의 명문 벌열가가 되었다. 증조부의 휘는 사찬(思璨), 조부의 휘는

1 최익현(崔益鉉): 1833-1906. 자는 찬겸(贊謙), 호는 면암(勉菴), 본관은 경주(慶州)이며, 경기도 포천 출신이다. 이항로(李恒老)에게 수학하였다. 1855년 명경과에 급제하였고, 승정원 동부승지 등을 역임하였다. 저술로 48권 24책의 『면암집』이 있다.

2 단서의……교훈: 주 무왕(周武王)이 즉위할 때 여상(呂尙)이 올린 경계의 말씀인 「단서(丹書)」에 "공경이 태만을 이기는 자는 길하고, 태만이 공경을 이기는 자는 멸망한다. 의리가 욕심을 이기는 자는 순하고, 욕심이 의리를 이기는 자는 흉하다."라고 하였다.(『小學』「敬身」)

3 적벽강(赤壁江): 현 경상남도 산청군 단성면 원지의 적벽 아래로 흐르는 경호강을 가리킨다.

서하(叙夏)이며, 부친의 휘는 병천(秉天)으로 호는 유와(幽窩)인데, 모두 현인을 존경하고 도(道)를 보위하는 것으로써 사우들을 창도하였다. 모친 분성 허씨(盆城許氏)는 통덕랑 조(祚)의 따님이다.

공은 조상의 덕을 크게 입어 총명하고 영특하며 재주가 출중하였다. 4세 때 능히 문자를 깨우쳤다. 장성해서는 스스로 학문을 할 줄 알아서 번거롭게 과정을 정해주지 않았으며, 연구를 잘해서 터득하지 못하면 그냥 넘어가지 않았다. 육경·사서 및 한(漢)·당(唐) 제가의 설에 이르기까지 마치 자기의 말처럼 외웠다. 과거공부를 두루 할 적에는 정교하고 치밀하고 민첩하여 동료들이 공을 앞지를 수 없었다.

부친 유와공은 성품이 엄격하고 법도가 있어서, 자제들의 작은 허물이 있으면 문득 밥상을 대하고서 음식을 들지 않았다. 공은 공경하고 효도하여 부친을 기쁘게 해 드리는 데 힘썼다. 일찍이 부친의 몸에 종기가 나서 해를 넘기도록 자리에만 누워 계셨는데, 공이 마음을 졸이고 두려워하며 곁에서 시중을 들었다. 몸소 침소와 이부자리를 정돈하고 손수 대소변을 받아내었는데, 아무리 어렵고 급할지라도 털끝만큼도 안색과 말투에 기미를 드러낸 적이 없었다. 그래서 부친 유와공이 매우 편안히 여겼다. 부친께서 돌아가시자 공은 몸이 상하도록 매우 슬퍼하였고, 장례와 제례에 올리는 음식은 한결같이 예제를 따랐다.

공은 형제간에는 우애를 극진히 하였고, 집안사람에게는 화목을 지극히 하였다. 엄정함으로써 집안을 다스리고, 관용으로써 아랫사람을 다스렸다. 이웃에 초상이 나거나 벗에게 급한 어려움이 있을 경우, 자신의 힘이 닿을 수 있다면 마치 물이 흐르듯 부응하였다. 스스로 검약을 실천하여 몸에는 화려한 옷을 입지 않았고, 집안에 특이한 물건을 쌓아두지 않았다. 외모를 치장하는 것을 몸에 걸치지 않고, 남들과 거리를 두는 말을 입 밖으로 내지 않았다.

향시에 합격하고 예조에서 시행하는 회시에 나아갔다. 당시 과거시험 폐단의 원인은 정의(正義)로써 구하지 않고 정도(正道)로써 얻지 않는 것이었는데, 도둑질보다 심한 폐해가 온 세상에 만연하였다. 관인(館人)들이 또한 시속을 따라 아부하는 것을 권장하였다. 공이 정색하고 배척하며 말씀하기를 "득실이 미리 정해졌을지라도 나의 의지는 변할 수 없다."라고 하였다. 이는 대개 '어릴 적에 배운 것을 장성해서 실천한다는 가르침'[4]처럼 공의 의지가 곧 그러했기 때문이다.

그러나 병자년(1876) 서양 열강이 들어오면서부터 한 차례 변하여 임오군란(1882)이 일어났고, 다시 변하여 갑신정변(1884)이 일어났다. 이에 공은 세상에 할 일이 없음을 알고서는, 문득 물러나 스스로 절개를 지키며 위기지학에 마음을 쏟았다. 『주역』의 '분노를 극복하고 정욕을 틀어막는다[懲忿窒慾]'[5]는 훈계에 대해서는 처음부터 생각을 극진히 하지 않음이 없었다. 총괄하여 말하자면, 공이 긴요하게 득력한 점은 특별히 어떤 일이 있을 때 처신을 살펴보고 길흉을 상고하여[6] 단안(斷案)을 내리는 것이었으니, 이점은 속일 수 없는 것이다.

만년에 의령원(懿寧園)[7] 수봉관(守奉官)에 제수되었다. 향년 63세로 금상 임진년(1892)에 세상을 떠나니, 원근의 사람들이 애도하였다. 장사지낼 적에 상여를 끌며 전송한 사람이 1백여 명이었다. 교촌(校村)[8] 동쪽

---

4 어릴……가르침 : 『맹자』「양혜왕 하」 제9장에 "사람이 어려서 배움은 장성해서 그것을 실천하고자 함이다.[夫人 幼而學之 壯而欲行之]"라고 하였다.

5 분노를……틀어막는다 : 『주역』 손괘(損卦)에 나온다.

6 처신을……상고하여 : 『주역』「이괘(履卦)」 상구(上九)에 "행동을 살펴보아 길흉을 상고하되, 주선한 것이 완벽하면 크게 길하리라.[視履考祥 其旋元吉]"라는 말이 있다.

7 의령원(懿寧園) : 영조의 손자인 의소세손(懿昭世孫)의 원(園). 영조 27년(1751년) 왕세손으로 책봉되었으나 이듬해 3월 3세로 세상을 떠나자 양주군 안현(鞍峴) 남쪽 산기슭에 초장(初葬)하고 의령원(懿寧園)이라 하였다. 현 경기도 고양시 서삼릉 내에 있다.

8 교촌(校村) : 현 경상남도 산청군 단성면 강누리에 있는 마을이다.

산기슭 감좌(坎座) 언덕에 장사지냈다.

부인 진양 하씨(晉陽河氏)는 경진(慶縉)의 따님이며, 부녀자의 덕을 능히 갖추었다. 아들은 재두(載斗)·재규(載奎) 둘인데, 능히 가학을 이었다. 딸 둘은 심의기(沈宜璣)·이용근(李龍根)에게 시집갔다. 재두의 두 아들은 봉현(鳳鉉)·용현(龍鉉)이다.

명은 다음과 같다.

사람들 모두 마음을 가지고 있지만	人皆有心
그것을 주관하는 것은 경(敬)이라네	其職也敬
감정이 불타오르고 욕심에 이끌리면	情熾欲牽
병을 얻지 않는 사람이 드무네	鮮不受病
서주옹은 스스로 자신을 수양하여	翁乃自修
성인의 말씀에 묘하게 합하였네	玅契厥旨
친척을 친히 하고 어진 이를 좋아하며	親親好賢
남들을 대접하고 자신을 처신한 것	接物處己
한결같이 그것으로 준칙을 삼았으니	一是爲準
진실하구나 어진 선비였도다	允矣吉士
지금 세상에는 이런 분 없고	在今則無
고인 중에도 견줄 이 드무네	古亦罕比
내가 공의 사적을 모아	我撮其蹟
후세 사람들에게 고하노라	以諗來禩

權西洲翁 墓碣銘 幷序

崔益鉉 撰

士有讀數十卷書、著書屢萬言。其能瞭然於聖人敎學之大旨本領者, 蓋亦鮮焉。嶺之丹城, 近有西洲翁, 劬經飭躬, 到老彌勤。每三復《丹書》敬怠之訓而曰: “雖日用尋常事, 少不著力, 便顚倒錯誤, 禍患隨起。” 旨哉言。眞知要而守約矣。

翁諱章煥, 字文叟。號西洲者, 以其在赤壁江西也。權氏, 自高麗太師幸始, 勳業將相, 奕葉相承, 爲左海名閥。曾祖思璨, 祖叙夏, 考秉天, 號幽窩, 俱以尊賢衛道, 爲士友倡。妣盆城 許氏, 通德郎祚女。

公丕襲前光, 聰穎異倫。四歲, 能解文字。及長, 自知爲學, 不煩課條, 善於硏索, 不得不措。六經、四子以及漢、唐諸家, 如誦己言。旁治公車, 精緻敏速, 輩行莫能先。幽窩公, 性嚴有法度, 子弟有微過, 輒對案不食。公起敬起孝, 務得其歡。嘗患腫, 跨年牀笫, 公小心洞屬, 左右扶將。躬整床褥, 手浣厠牏, 雖造次急遽, 未嘗有絲毫幾微見於色辭。幽窩公甚安之。及喪, 哀毁踰度, 饋奠葬祭, 一遵經制。

兄弟盡友愛、宗族致敦睦。治家以嚴、御下以寬。隣里死喪、朋友急難, 力苟所及, 副應如流。自奉儉約, 身不著華靡、居不畜異物。邊幅之餙, 不設於體; 畦畛之言, 不出於口。發解鄕試, 赴會南省。時科弊濫觴, 求不以義, 得不以道, 甚於穿窬者, 滔滔也。館人輩, 亦勸其隨時俯仰。公正色折之曰: “得失前定, 吾志不可變。” 蓋幼學壯行, 公志卽然。而自丙子納洋, 一變爲壬午, 再變爲甲申。知世事之不可有爲, 則輒退然自守, 用心爲己。至於《大易》懲窒之戒, 又未始不三致意焉。總而言之, 其喫緊得力, 別有事在而爲視履考祥之斷案, 不可誣也。

晩授懿寧園守奉官。享年六十三, 而卒於當宁壬辰, 遠近悼焉。及葬, 引而送者百餘人。葬在校村東麓負坎原。配晉陽 河氏, 慶縉女, 婦德克備。二男, 載斗、載奎, 克紹家學。二女, 沈宜璣、李龍根。載斗二子, 鳳鉉、龍鉉。

銘曰: "人皆有心, 其職也敬。情熾欲牽, 鮮不受病。翁乃自修, 竗契厥旨。親親好賢, 接物處己, 一是爲準, 允矣吉士。在今則無, 古亦罕比。我撮其蹟, 以諗來禩。"

❖ **원문출전**

崔益鉉, 『勉菴集』 卷29 墓碣, 「權西洲翁墓碣銘幷序」(한국문집총간 제326책)

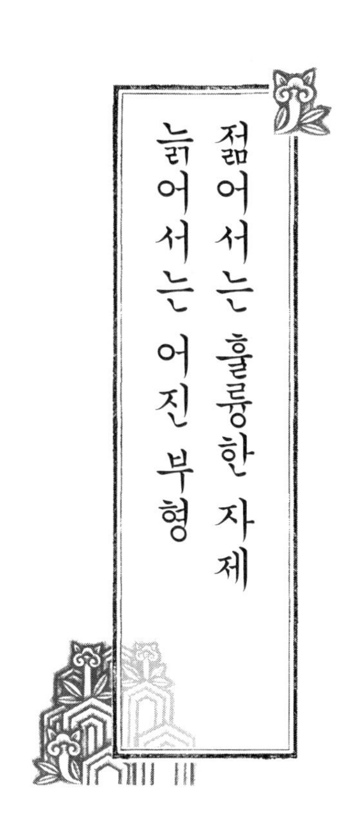

젊어서는 훌륭한 자제 늙어서는 어진 부형

하재문(河載文) : 1830-1894. 자는 희윤(羲允), 호는 동료(東寮), 본관은 진양(晉陽)이며, 현 경상남도 진주시 수곡면에 거주하였다. 하세응(河世應)의 후손이다. 이진상(李震相)과 하달홍(河達弘)에게 수학하였다. 조성가(趙性家)·박치복(朴致馥)·김인섭(金麟燮)·허유(許愈) 등과 교유하였다. 조성가와 함께 진주 향교에서 향음주례를 행하고 『대학』 등을 강론했으며, 박치복 등과 산천재에서 『남명집』을 수정하였다. 저술로 2권 1책의 『동료집』이 있다.

동료(東寮) 하재문(河載文)의 갈명 병서

조성가(趙性家)[1] 지음

군의 휘는 재문(載文), 자는 희윤(羲允), 호는 동료(東寮)이다. 하씨(河氏)의 여러 대에 걸친 덕은 이미 선정신 정포은(鄭圃隱:鄭夢周)의 시에 "진양의 세 성씨는 강(姜)·하(河)·정(鄭)이니, 그 명성 남강과 함께 만고토록 흐르리."[2]라고 한 것에서 이미 드러났고, 온 나라 사람들이 그 시구를 외우고 있다.

본조 중엽에 송정(松亭)[3]이란 분이 당숙 각재(覺齋)[4]에게 수학하였는데, 각재는 남명 선생의 뛰어난 제자였다. 송정은 고을에서는 선생이었고, 종중에서는 이름난 선조였는데, 관직은 도사(都事)에 그쳤다. 4대를 내려와 진사 지명당(知命堂)[5]은 문장과 행의(行義)로 드러났다. 그의 아들

---

1 조성가(趙性家) : 1824-1904. 자는 직교(直敎), 호는 월고(月皐), 본관은 함안(咸安)이며, 현 경상남도 하동 출신이다. 기정진에게 수학하였다. 저술로 20권 10책의 『월고집』이 있다.

2 진양의……흐르리 : 이 시구는 『포은집』에는 보이지 않고, 주세붕(周世鵬)의 『무릉잡고(武陵雜稿)』「봉명루(鳳鳴樓)」에 "飛鳳山前鳴鳳樓, 樓中宿客夢淸幽. 地靈人傑姜河鄭, 名與南江萬古流."라고 하였다.

3 송정(松亭) : 하수일(河受一, 1553-1612)의 호이다. 자는 태이(太易), 본관은 진양이며, 현 경상남도 진주시 수곡(水谷) 출신이다. 하항(河沆)에게 수학하였으며, 저술로 8권 4책의 『송정집』이 있다.

4 각재(覺齋) : 하항(河沆, 1538-1590)의 호이다. 자는 호원(灝源), 본관은 진주이다. 조식에게 수학하였다. 저술로 3권 1책의 『각재집』이 있다.

5 지명당(知命堂) : 하세응(河世應, 1671-1727)의 호이다. 자는 응서(應瑞), 본관은 진양(晉陽)이고, 현 경상남도 진주시 수곡 출신이다. 이만부(李萬敷)·이광정(李光庭)과 교유하였다. 조지서(趙之瑞)를 모신 신당서원(新塘書院)의 편액을 청하여, 사액 되었다. 1610년 조식의 문인 손천우(孫天佑)·하응도(河應圖)·김대명(金大鳴)·이정(李瀞)·유종지(柳宗智)·하수일(河受一)을 진주의 대각서원(大覺書院)에 배향하는 데 앞장섰다. 1699년

태와(台窩)는 문과에 급제하여 찰방을 지냈는데, 관직이 덕에 걸맞지 않아 당시의 여론이 안타깝게 여겼다. 태와의 증손 부용담(芙蓉潭)도 큰 유학자였다. 송정의 휘는 수일(受一), 지명당의 휘는 세응(世應), 태와의 휘는 필청(必淸), 부용담의 휘는 필룡(弼龍)이다.

부용담은 아들이 없어서 단문(袒免)의 친족[6]인 용와공(容窩公) 진현(晉賢)의 셋째 아들 경운(慶運)을 후사로 삼았으니, 바로 군의 부친이다. 일찍 세상을 떠났다. 군은 8세에 부친을 여의었는데, 슬픔을 극진히 하였다. 대부인의 의로운 방향으로의 가르침은 아버지가 가르치는 도리를 겸하였다.

소년 시절에 승중손(承重孫)으로 조부 부용담의 승중복(承重服)을 입었는데, 상주로서의 슬픈 모습을 잘 지녔다. 스스로 독서하며 자신을 잘 책려하여 학문과 행실이 모두 진보하였다. 장성해서는 우뚝하게 선사(善士)가 되었다. 40세를 지나 모친상을 당했는데, 예제보다도 지나치게 애통해 하니 고을사람들이 '옛날의 효자'라고 칭송하였다. 선조를 잘 받들며 종족 간에 돈독하였고, 경서를 부지런히 읽어 가업을 이었으며, 집안을 다스리고 인척을 돌보는 등 뚜렷하게 드러난 몇 가지 행실이 현격하게 남들보다 뛰어났다. 그리고 빈객을 좋아하고 산수를 사랑하였으니 가슴 속의 운치가 쇄락한 점을 모두 알 수 있다.

공은 성격이 조심스럽고 순박하며 온유돈후하여 오만하거나 박절한 행적이 전혀 없었다. 그러나 능히 방정함을 지니고 원만한 데 들어가 몸가짐을 단속하는 것이 확고하여 감복할 만하였다. '젊어서는 훌륭한 자제요, 늙어서는 어진 부형이다.'라는 말이 바로 군을 두고 한 말이리라.

갑오년(1894) 12월 26일 세상을 떠났으니, 향년 65세였다. 구태산(九台

생원에 합격하였다.

6 단문(袒免)의 친족 : 동 고조 8촌 밖의 상복이 없는 친족을 말한다.

山)[7]의 선영 곁에 임시로 장사를 지냈다. 상자 속에 약간 권의 시문이 있는데, 글이 담박하고 전아하였다. 모친 임씨(林氏)는 찬원(纘源)의 따님으로, 첨모당(瞻慕堂) 임운(林芸)[8]의 후손이다.

부인은 진양 정씨(晉陽鄭氏) 정주빈(鄭周贇)의 따님이다. 시어머니를 섬길 적에 효성을 다하였고, 가산을 운용하여 제사를 잘 지냈고, 선물을 준비해 문안하기도 하였으니, 그녀의 어짊을 알 수 있다. 군보다 9년 먼저 세상을 떠났다. 자식이 없어서 또 용와공의 장손 재도(載圖)의 둘째 헌진(憲鎭)을 후사로 삼았는데, 헌진은 선조의 훌륭한 덕을 잘 이었다. 아들은 영두(永斗)인데 어리고, 딸이 셋이다. 장녀는 조용건(趙鏞建)에게 시집갔으니, 내 아우 횡구(橫溝) 성택(性宅)[9]의 맏손자이다. 차녀는 권태선(權泰宣)에게, 삼녀는 정연준(鄭然準)에게 시집갔다.

헌진이 군의 가장(家狀)을 가지고 와 나에게 묘갈명을 요청하였다. 나와 횡구는 군에 대해 사마광(司馬光)과 범진(范鎭) 같은 우정[10]이 있었으니, 눈물을 흘리며 그를 위해 명을 짓는다.

세상의 기운 흐려져서	二五漓
아아 말세가 되었구나	唉季葉
문장은 여기저기서 따오고	文骫骳

7 구태산(九台山) : 현 경상남도 진주시 수곡면에 있다.

8 임운(林芸) : 1517-1572. 자는 언성(彦成), 호는 첨모당, 본관은 은진이다. 이황에게 수학하였다. 저술로 3권 1책의 『첨모당집』이 있다.

9 성택(性宅) : 조성택(趙性宅, 1887-1950). 자는 인수(仁受), 호는 횡구, 본관은 함안(咸安)이다. 저술로 4권 2책의 『횡구집』이 있다.

10 사마광(司馬光)과……우정 : 송(宋)나라 범진(范鎭)과 사마광(司馬光) 두 사람은 의기가 투합하여 의논이 한 입에서 나온 것처럼 똑같았고, 정의가 친형제 이상으로 두터웠다. 서로 지기(知己)가 된 뒤에, "우리가 살아서는 뜻을 같이하고 죽어서도 같은 전(傳)에 수록될 것이니, 천하 사람들이 감히 우열을 가리지 못할 것이다."라고 하였다. (『宋元學案』 卷81 「西山眞氏學案」)

행실은 거짓으로 꾸미네	行梔蠟
순후한 풍속은 어찌하며	奈淳風
큰 학자 떠나감을 어찌하리	庸鵠逝
박실한 덕 거짓을 물리치니	樸去僞
누가 그에 가까울까	疇殆庶
내 안목으로 보건대	以余觀
오직 그대 밖에 없나니	顧惟君
아름다운 내면의 덕에	紛內美
문체가 더해졌네	重以文
효성을 근본으로 하여	基于孝
행실이 깨끗하기도 하네	行潔乎
아, 아름답기도 하여라	吁倩倩
흰 꽃의 꽃받침이구나	白華跗
집안의 대들보이자	棟于宗
고을의 으뜸이로다	拇于鄉
단금지교 그 누구던가	金誰斷
못난 나를 끌어 당겼네	謬引卬
검은 머리 희어져도	黟而皤
조금도 변치 않았네	毫不渝
시를 즐겨 지으면서	嫺聲病
초삽[11]에서 노닐었네	苕霅娛
세상의 글 짓는 유자들	世文儒
누가 공보다 나으랴만	誰與京
글 짓는 것을 명예로 여겨	是以譽

11 초삽 : 중국 절강성 호주시(湖州市) 경내에 있는 초수(苕水)와 삽수(霅水)로, 당나라 때 장지화(張志和)가 은거한 곳이다. 여기서는 은거지를 가리킨다. 안진경(顏眞卿)이 호주자사(湖州刺史)가 되었을 때 장지화가 타고 다니는 배가 낡은 것을 보고 새것으로 바꿔주겠다고 하자, 사양하며 말하기를 "나는 이 배를 물 위에 뜬 집으로 삼아 초수와 삽수 사이를 오가며 지내기를 바랄 뿐입니다." 하였다고 한다. (『新唐書』 卷196 隱逸列傳 「張志和」)

헛된 명성 횡행하네	行浮名
구태산에 만든 묘소	台之窆
옛 마을과 지척이네	舊閈咫
내 명문 부끄러움 없으니	銘無愧
후세에 보여주리라	視無止

파산(巴山:咸安) 조성가(趙性家)가 지음.

碣銘 幷序

趙性家 撰

君諱載文, 字義允, 東寮其號也。河氏之世德, 已著於先正鄭圃隱之詩, "晉陽三姓姜、河、鄭, 名與長江萬古流", 通國誦之矣。

我朝中葉, 有曰: "松亭", 學於從祖叔父覺齋, 覺齋, 南冥高弟也。松亭, 於鄕爲先生、於宗爲聞祖, 官止都事。四傳而曰: "進士知命堂", 以文章行義著。子曰: "台窩", 文科察訪, 官不稱德, 時論惜之。曾孫曰: "芙蓉潭", 亦鴻儒也。受一、世應、必淸、弼龍, 松、命、台、蓉諱也。

蓉潭無子, 系以袒免親容窩公晉賢第三子慶運, 君之考也。早坋。君八歲而孤, 能致哀。而大夫人義方之敎, 兼父道焉。

成童, 承重蓉潭憂, 克持繭梅容。自讀書, 能自策勵, 文與行俱進。旣長, 鬱爲善士。踰四十, 丁內艱, 哀過於禮, 鄰里稱以"古之孝"。奉先敦宗、飭經紹業、理家恤姻, 焯焯群行, 夐然邁人。而喜賓客、愛山水, 襟韻之飄灑, 皆可挹也。

愿樸溫厚, 截無崖岸斬絶之跡。然能持方入圓, 而檢操確然, 可服。少而爲良子弟、老而爲賢父兄, 君之謂乎。

甲午十二月二十六日卒, 享六十五。權厝九台先塋側。巾衍若干卷詩若文, 澹而雅。妣林氏, 父纘源, 瞻慕堂 芸, 其先也。

配三姓中鄭周贇女。事姑極孝, 理産支伏臘, 亦於雜珮, 知其賢。先君九年歿。無子, 又以容窩長孫載圖第二子憲鎭系, 克趾先美。男永斗幼, 女三。長適趙鏞建, 吾弟横溝 性宅冢孫也。次權泰宣, 三鄭然準。憲鎭奉家狀謁隧銘。余與横溝於君有馬·范之契, 涕出而爲之銘。

二五濟, 吷季葉。文骯骸, 行梔蠟。奈淳風, 庸鴰逝。樸去僞, 疇殆庶。以余觀, 顧惟君。紛內美, 重以文。基于孝, 行潔乎。吁蒨蒨, 白華跌。棟于宗, 拇于鄉。金誰斷, 謬引卬。夥而皤, 毫不渝。嫺聲病, 茗、雪娛。世文儒, 誰與京。是以譽, 行浮名。台之窆, 舊閈咫。銘無愧, 視無止。

巴山 趙性家 撰。

❖ **원문출전**

河載文, 『東寮遺稿』 附錄, 趙性家 撰, 「碣銘幷序」(경상대학교 문천각 古 D3B H하72ㄷ)

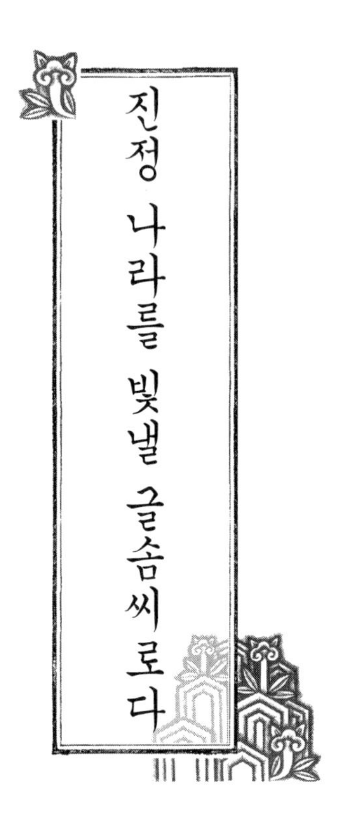

하인수(河仁壽) : 1830-1904. 자는 천지(千之), 호는 이곡(梨谷), 본관은 진양(晉陽)이며, 현 경상남도 하동군 옥종면 월횡리 출신이다. 부친은 하달홍(河達弘)이다. 기정진(奇正鎭)에게 수학하였으며, 조성가(趙性家) 등과 교유하였다.
『남명집』의 「신명사도」 및 『학기유편』 등의 교정을 반대하며, 선현의 글을 후학들이 함부로 수정해서는 안 된다고 주장하였다. 만년에 산천재(山天齋)에 머물면서 후학을 가르쳤다.
저술로 5권 2책의 『이곡집』이 있다.

이곡(梨谷) 하인수(河仁壽)의 묘갈명 병서

송준필(宋浚弼)[1] 지음

하동(河東) 해령(蟹嶺)[2] 산속 건좌(乾坐)에 있는 우뚝한 봉분이 바로 휘 인수(仁壽), 자는 천지(千之)인 처사 하공(河公)의 묘소[3]이다. 그의 손자 종헌(琮憲)이 공의 행장을 받들고 내게 와서 말하기를 "제 조부의 묘소에 나무가 벌써 한 아름이나 되었지만 아직까지 묘갈명이 없으니 감히 써 주시기를 청합니다."라고 하였다. 내가 일찍이 공의 부친 월촌 선생(月村先生)[4]의 행장을 지은 적이 있었다. 다만 적임자가 아니면서 한 번 쓴 것도 오히려 역량을 넘어서는 것이라서 두려운데, 두 번씩이나 지을 수 있겠는가? 절을 하며 사양한 것이 여러 번이었지만 그의 간청은 더욱 그치지 않았다. 드디어 행장을 살펴보고 다음과 같이 서술하였다.

공은 7세 때 모친을 여의었는데, 슬피 곡하며 울어서 사람들이 차마 듣지 못할 정도였다. 스승에게 나아가 공부할 적에 처음에는 재주가 둔한 것 같았지만 곧바로 문리를 환하게 깨우쳤다. 글씨를 써 보게 하자 자획이 저절로 이루어졌다. 부친이 공에게 한석봉(韓石峯)의 서법을 배우도록 하였는데 마침내 필체로 세상에 이름을 떨쳤다. 사부(詞賦)에 뛰

---

1 송준필(宋浚弼) : 1869-1943. 자는 순좌(舜佐), 호는 공산(恭山), 본관은 야로(冶爐)이며, 현 경상북도 성주 출신이다. 장복추(張福樞)와 김흥락(金興洛)에게 수학하였다. 저술로 32권 17책의 『공산집』이 있다.

2 해령(蟹嶺) : 현 경상남도 하동군 고전면 성천리이다.

3 하공(河公)의 묘소 : 경상남도 산청군 단성면 남사리 남사 마을 뒷산으로 이장하였다.

4 월촌 선생(月村先生) : 월촌은 하달홍(河達弘, 1809-1877)의 호이다. 자는 윤여(潤汝), 본관은 진양이고, 현 경상남도 하동군 옥종면 종화리(宗化里)에 거주하였다. 저술로 11권 5책의 『월촌집』이 있다. 『월촌집』 권9에 송준필이 지은 「행장략」이 실려 있다.

어나서 젊은 시절부터 이미 과장에서 명성이 났다. 노사(蘆沙) 기 문간공(奇文簡公)[5]이 일찍이 공이 지은 글을 보고 "진정 나라를 빛낼 솜씨로다." 라고 하였다.

그러나 여러 번 과거시험에 응시하였지만 합격하지 못하자, 집으로 돌아와 아뢰기를 "명성과 이익을 다투는 세파 속은 사람을 미혹시키기 쉬우니, 심신을 수렴하여 근본으로 돌아가는 것을 계책으로 삼는 것만 못합니다."라고 하니, 부친이 허락하였다. 이때부터 문을 닫고 교제를 끊고는 날마다 강론을 일삼았다. 『소학』을 몸가짐의 절도로 여기고, 『대학』을 학문하는 계단으로 생각하여, 정신을 집중해 간절하고 독실하게 하면서 공력을 쏟기를 멈추지 않았다.

일찍이 부친의 마음에 근심이 있는 것[6]을 걱정하여 조심조심 부친의 마음과 기분을 순조롭게 해드리자, 마침내 부친의 근심이 모두 없어지게 되었다. 계모를 섬길 적에 신중함을 더욱 극진히 하였다. 부모의 상에 삼년상을 지냈으며, 상을 지내는 동안 맛난 음식을 입에 대지 않았다.

세 아우와 뜻을 함께 하고 학업을 같이 하여 명성과 행실이 서로 이어졌다. 그러나 불행하게도 둘째 아우[文壽]와 셋째 아우[龜壽]가 먼저 세상을 떠나자 매우 슬퍼하면서 제수를 올리는 일을 반드시 직접 하였다. 과부가 된 누이가 가난하게 살고 있었는데, 그 가솔들을 데리고 와서 함께 살았고, 누이가 죽자 후하게 장사지내고, 그 어린 아이들을 어루만져주며 생업을 도와 성취시켜 주었다. 고조부의 승중손(承重孫)이 복사

---

5 기 문간공(奇文簡公) : 기정진(奇正鎭, 1798-1879)이다. 자는 대중(大中), 호는 노사(蘆沙), 문간은 시호이다. 본관은 행주(幸州)이고, 현 전라북도 순창군 출신이다. 저술로 30권 17책의 『노사집』이 있다.

6 마음에……것 : 정희균(鄭皜均)이 지은 하달홍의 「행장」을 살펴보면 1847년 하달홍이 모친상을 당한 뒤 지하에 묻힌 모친이 불편할까 근심하다가 마음에 병을 얻었다고 하였다.

뼈에 종기를 앓자 친히 그를 위해 쑥뜸을 떠서 완치시켰다. 부친의 유문을 미처 간행하지 못했는데, 당시 세상에 험악한 형상이 있어서 손수 꼼꼼하게 베껴서 두방산(斗芳山)[7] 석실 속에 고이 간직해 두었다.[8] 그 윤리에 독실하고 앞일을 걱정하는 주밀함이 이와 같았다.

늘그막에 반천(反川)[9]의 이곡(梨谷)에 우거하였는데, 이로 인해 '이곡(梨谷)'이라 자호하였다. 방 한 칸에 단정하게 앉아서는 집안일을 마음에 두지 않고 경서·역사서·제자백가로부터 정자(程子)·주자(朱子)의 책에 이르기까지 손에서 놓지 않고 두루 읽었으며, 그 뜻을 더욱 궁구하여 완상하고 즐기며 늙는 것을 잊었다. 고을의 수재들 가운데 와서 배우는 자들이 있으면 정성스러운 마음으로 이끌어 주면서 그들로 하여금 일상생활의 실제에 종사하도록 하고, 허위에 마음을 두고 이름을 팔아 알아주기를 바라는 것을 깊이 경계시켰다. 이 때문에 문하의 사류들은 대부분 돈독한 행실로 칭송받았다.

제생들 가운데 선배들의 병폐를 말하는 이가 있었는데, 공이 말하기를 "당의(黨議)가 있은 이래로 세상에 온전한 사람이 없었으니, 이는 쇠퇴한 시대의 풍조이다. 사람을 논할 적에는 그의 장점을 먼저 논해야지 옳지 못한 점을 성토하려고 해서는 안 된다."라고 하였다.

『남명집』의 「신명사도(神明舍圖)」 및 『학기류편(學記類編)』 등 여러 편에 대해 제유들이 이정(釐正)해야 한다고 생각하여 공에게 편지를 보내 질정하였는데, 공이 말씀하기를 "남명 선생께서 리기(理氣)의 근원을 드러내 밝히시고 심학(心學)의 오묘한 점을 열어 보여주시면서, 도표를 그

7 두방산(斗芳山) : 현 경상남도 하동군 옥종에 있다.

8 당시……두었다 : 하겸진(河謙鎭)이 지은 「월촌선생문집서(月村先生文集序)」에 의하면 하인수는 부친의 유고가 1894년 동학란에 소실될 것을 우려하여 두방산 석실에 유고를 보관했다는 내용이 있다.

9 반천(反川) : 현 경상남도 진주시 산청군 시천면 반천리이다.

리고 학설을 세운 데는 모두 정밀한 의리가 있습니다. 지금 후인들이 의심스럽다고 해서 함부로 손을 댄다면 아마도 선생을 존모하고 경외하는 도리가 아닐 것입니다."라고 하니, 제유들이 그 때문에 태도를 바꾸고 사죄하였다.

대개 공은 은거하여 학문을 닦으면서 여러 해를 보냈다. 식견은 광박해지고 온축한 것은 순수하고 깊어졌으며, 덕이 몸에 드러나고 행실이 남들에게 인정을 받았으니, 옛날의 일민(逸民)에게도 부끄러움이 없고 오늘날 유가의 원로 스승이었다. 그러니 공을 단지 산속에 숨어서 자기만 지키려고 했던 선비로만 안다면 진실로 공을 아는 것이 얕은 것이다.

하씨는 진주를 관향으로 삼고 진주에 살면서 산남(山南)[10]의 거족(巨族)이 되었다. 그 선조의 휘와 작위와 행적은 부친 월촌 선생의 행장에 모두 실려 있다. 월촌 선생은 문장과 행의(行誼)로써 사림에게 중망을 받았다. 모친 파평 윤씨(坡平尹氏)는 처사 택귀(宅龜)의 따님이다. 공은 경인년(1830, 순조30)에 태어나서 갑진년(1904) 11월 8일 세상을 떠났으니, 향년 75세였다.

부인 해주 정씨(海州鄭氏)는 사인 광익(匡翼)의 따님으로, 유순하고 아름다우며 효성스럽고 순종하여 부녀자의 도리를 잘 실천하였다. 이분이 1남 2녀를 낳았다. 아들은 상열(相烈)이고, 딸은 정붕석(鄭朋錫)·정종호(鄭宗鎬)에게 시집갔다. 상열의 아들이 바로 종헌(琮憲)이다. 정붕석의 아들은 태순(泰淳)이고, 딸은 이모(李某)에게 시집갔다. 정종호의 아들은 태훈(泰勳)·태주(泰宙)·태수(泰秀)·태희(泰喜)·태혁(泰赫)이고, 딸은 정종현(鄭宗鉉)·김장환(金章煥)에게 시집갔다. 종헌의 아들은 치복(致復)·치홍(致洪)·치락(致洛)·치우(致禹)이고, 딸은 어리다.

10 산남(山南) : 고려 성종(995) 때 전국을 10개 권역으로 나누면서 진주를 중심으로 하는 지역을 산남도라고 불렀다.

명은 다음과 같다.

내면과 행실은 진실하고 아름다웠으며	內行洵美
묻고 배움을 통해 완성되었네	濟以問學
현자를 초빙하는 길이 막혀서	招賢路阻
초야에 묻혀서 알려지지 않았네	澗槃不告
뚜렷하게 남아 있는 공의 풍모를	宛宛遺風
사람들은 어제의 일처럼 말하네	輿誦如昨
내가 공의 행실을 기록하여	我摭其實
아득한 후세에 말해주노라	用詔遐邈

야성(冶城) 송준필(宋浚弼)이 지음.

墓碣銘 幷序

宋浚弼 撰

河東之蟹嶺山中, 有負乾而睪如者, 卽處士河公諱仁壽字千之之藏也。其孫琮憲, 奉公狀行, 造余而言曰: "吾祖墓木已拱, 而尙闕顯刻, 敢以請。" 浚弼嘗爲公先君子月村先生行狀矣。顧以非人一之, 惟懼不量, 其可再乎? 拜而辭焉者累, 而其懇益不已。遂按本而敍之曰。

公生七歲, 喪母夫人, 哭泣之哀, 使人不忍聞。及就學, 始若才鈍, 而旋卽通曉。試之筆, 字劃天成。先公使之效韓石峯書法, 卒以名於世。長於詞賦, 自後生時, 已有聲場屋間。蘆沙 奇文簡公, 嘗見其所著曰: "眞華國手也。"

及累擧不中, 則歸而告曰: "聲利海中, 易以溺人, 不如收躬反本之爲得計也。", 先公許之。自是, 杜門却掃, 日事講討。以≪小學≫爲持身節度、≪大學≫爲爲學階級, 一意懇篤, 不住用功。

嘗患先公有心恙, 夔夔然順適其志氣, 卒得良已。事繼母, 尤致謹。前後居喪, 終三年, 不近草木之滋。與三弟, 同志共業, 名行相次。不幸仲叔先亡, 則哀戚甚, 饋奠必躬親。有妹寡而貧, 挈與同居, 及沒厚葬之, 撫其孤幼, 資生業而成就之。繼高祖宗子患踝瘡, 親爲之艾灸得完。先公遺文, 未及壽梓, 而時世有岌嶪之象, 手自精寫, 奉藏于斗芳山石龕中。其篤倫理、慮事周詳, 如此。

晩寓反川之梨谷, 因以梨谷自號。端居一室, 不以家事經心, 經史百家, 以及洛、閩之書, 手不停披, 益究以玩樂而忘老。鄕秀才來學者, 誠心誘掖, 使之從事於日用行事之實, 而以立心虛僞沽名要知爲深戒。是以, 及門之士, 率以篤行稱焉。諸生有言先輩病處, 公曰: "黨議以來, 世無全人, 是衰世之風也。論人當先論其長處, 不要討不是處也。"

≪南冥集·神明舍圖≫及≪學記≫諸篇, 諸儒謂之當釐正, 以書質之公, 公曰: "先生闡明理氣之源、開示心學之奧, 建圖立說, 皆有精義。今以後人之疑, 妄加點綴, 恐非尊畏之道。", 諸儒爲之改容稱謝焉。

蓋公隱居潛修, 許多年歲。識廣博而養純深、德著於身而行孚於人, 無愧爲古之逸民, 而今日儒門之老師矣。若徒知爲巌巖自守之士, 則誠淺之知公矣。

河氏, 貫晉州, 居晉州, 爲山南大族。其上世諱爵事行, 具在月村行狀。月村以文章行誼, 見重於士林。夫人坡平 尹氏, 處士宅龜之女。公以純祖三十年庚寅生, 甲辰十一月八日終, 壽七十五。

配鄭氏 海州, 士人匡翼之女, 柔嘉孝順, 甚得婦道。是生一男二女。男相烈, 女歸鄭朋錫、鄭宗鎬。相烈男, 卽琮憲。鄭朋錫男泰淳, 女李某。鄭宗鎬男泰勳、泰宙、泰秀、泰喜、泰赫, 女鄭宗鉉、金章煥。琮憲男致復、致洪、致洛、致禹, 女幼。

銘曰: "內行洵美, 濟以問學。招賢路阻, 澗槃不告。宛宛遺風, 輿誦如昨。我摭其實, 用詔遐邈。"

治城 宋浚弼 撰。

❖ 원문출전

河仁壽,『梨谷集』卷5 附錄, 宋浚弼 撰,「墓碣銘幷序」(경상대학교 문천각 古(농포) D3B 하69ㅇ)

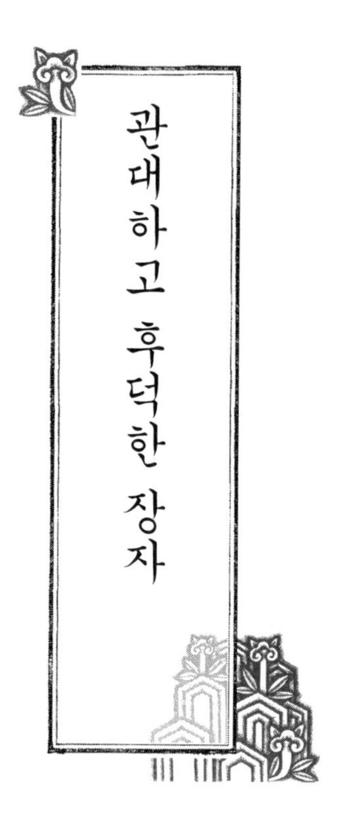

관대하고 후덕한 장자

최식민(崔植民) : 1831-1891. 자는 순호(舜皥), 호는 귤하(橘下)·성와(省窩)이며, 본관은 전주이다. 효성이 지극하였으며, 아우 최숙민(崔琡民)이 학문에 전념할 수 있도록 집안일을 도맡았다. 만년에 단성(丹城)으로 이주하여 학문에 침잠하였다. 저술로 5권 1책의 『귤하유고』가 있다.

귤하(橘下) 최식민(崔植民)의 가장

최숙민(崔琡民)[1] 지음

공의 휘는 식민(植民), 자는 순호(舜皞)이다. 최씨의 선조는 중국으로부터 왔는데, 세거하여 완산(完山)[2]을 본관으로 삼았다. 고려 시대 대대로 높은 벼슬자리에 올라 가문이 혁혁했는데, 세월이 오래되어 상세히 알기가 어렵다.

고려 시대 시중(侍中)을 지낸 문성공(文成公) 휘 아(阿)가 실로 족보에 등재된 시조이다. 이분의 맏아들 휘 용생(龍生)은 고려 충정왕(忠定王) 때 조정에서 지평을 지내다가 경상도 안렴사로 나갔는데, 곧바로 원나라 어향사(御香使) 첩목아(帖木兒)에게 미움을 받아 체직되었다. 그러자 수도로 돌아가지 않고 경상도에 눌러 살았다. 영남에 우리 최씨가 살게 된 것은 이로부터 비롯되었다.

본조에 들어와서 휘 득경(得涇)은 문과에 합격해 군수를 지냈으며 판서에 추증되었다. 이분이 휘 효량(孝良)을 낳았는데, 세조 때 함경도와 평안도의 난을 평정한 공으로 정난공신(靖難功臣)에 책록되었으며, 참판에 추증되었다.

이분으로부터 4대를 내려와 휘 기필(琦弼)은 호가 모산(茅山)인데, 학행으로 천거되어 참봉에 제수되었고 사옹원 봉사(司饔寺奉事)를 지냈다. 선조 계사년(1593) 왜구가 진주를 침범하였을 적에 가솔 60명을 이끌고

1 최숙민(崔琡民) : 1837-1905. 자는 원칙(元則), 호는 계남(溪南), 본관은 전주이다. 최식민의 아우이다. 기정진(奇正鎭)에게 수학하였다. 저술로 30권 10책의 『계남집』이 있다.
2 완산(完山) : 전주(全州)의 옛 이름이다.

진주성으로 들어갔다. 경상우도 병마절도사 최경회(崔慶會)가 조정에 아뢰어 공을 진주 판관(晉州判官)으로 삼았다. 모산공은 최경회 공과 함께 촉석루에서 순절하였다. 창열사(彰烈祠)에 제향되었으며, 참의에 추증되었다. 이분이 공의 8대조이다.

7대조 휘 익(瀷)은 장사랑(將仕郎)을 지냈다. 병자호란이 일어난 뒤 벼슬길에 나가는 것을 달가워하지 않고, 자호를 '대명 처사(大明處士)'라 하고 대명의리를 지키다 별세하였다. 우리 최씨는 이로부터 은거해 검소하게 살며 의리를 지향하는 삶을 추구하였다.

고조부는 휘가 재악(載岳)이고, 증조부는 휘가 주진(柱震)이며, 조부의 휘는 운섭(運燮)이다. 부친의 휘는 중길(重吉)이며, 모친 진양 하씨(晉陽河氏)는 학생 일성(一聖)의 따님이자 양정재(養正齋) 덕망(德望)의 증손녀이다.

공은 숭정(崇禎) 기원 후 네 번째 신묘년(1831) 11월 1일 진주 인천리(仁川里)[3] 집에서 태어났다. 어려서부터 효성스럽고 온순하였다. 부모님 말씀을 들으면 문득 마음에 새겨 잊지 않았다. 하루는 이웃집 아이에게 맞아 울면서 돌아와 어머니에게 하소연을 하였다. 그러자 어머니께서 타이르시기를 "네가 남을 욕보이지 않았으니 다행한 일이다. 남에게 모욕을 받는다고 무슨 해로움이 있겠느냐. 삼가서 남을 이기려고 하지 말거라. 남을 이기면 남에게 더 모욕을 當하게 된다."고 하였다. 이로부터 공은 감히 남의 위에 올라서려는 마음을 먹지 않았다.

공은 어른이 된 뒤 과거공부를 하였는데, 과거시험장에 나아가 명성이 있었으며, 글씨의 획이 정밀하고 민첩하였다. 일찍이 과거시험을 보기 위해 한양에 갔다. 생질 정식(鄭植)이 마침 침랑(寢郎:陵參奉)으로 한

3 인천리(仁川里) : 현 경상남도 하동군 북천면 중촌 마을을 가리킨다.

양에 살고 있었는데, 그의 인척이 요직에 있었다. 어떤 사람이 공에게 하례하며 말하기를 "과거에 합격하여 벼슬길에 나가는 것은 그대에게 매우 쉬운 일일 것입니다."라고 하자, 공은 웃으면서 응답하지 않았다.

서양 오랑캐와 왜인들에게 개화를 한 뒤로는, 개탄하는 마음으로 과거에 응시하는 것을 폐지하고 오로지 위기지학(爲己之學)에 뜻을 두었다. 조용한 방안에 도서를 좌우에 두고 공부하였다.

만년에는 단성(丹城)으로 이주하였는데, 뜰에 오래된 귤나무가 있었다. 그 밑에서 술을 마시며 즐겨 '귤하옹(橘下翁)'이라고 스스로 호를 지었다. 내가 공의 집 뒤에다 별도로 작은 서재를 지었는데, 공은 아우인 나와 날마다 기쁘게 서로 마주하고 경전을 강론하였다. 후생을 인도해 진취시키는 것으로 일을 삼고, 세속에서 분화하게 수식하는 것에 대해서는 담박하였다.

회갑이 되던 해(1891) 12월 29일(기미) 집에서 돌아가셨다. 돌아가시기 3일 전 나와 함께 다른 곳에 사는 자제들 및 인근에 사는 딸들의 집을 찾아보았다. 그리고 돌아오는 길에 말씀하기를 "내 일찍이 『이정전서(二程全書)』를 보니 '내 명이 여기서 저 집 사이만큼 남았다'는 말이 있더라. 지금 내 목숨이 그와 같구나."라고 하였다. 다음 날 나의 작은 서재에 와서 주자의 편지 몇 판을 보시더니, 문득 불편한 표정으로 일어나셨다. 내가 마음속으로 기이하게 여겨 집으로 따라갔다.

공은 다시 『이정전서』의 구절을 암송하면서 "내 명이 여기서 저 창의 창호지까지 만큼 남았다."고 하셨다. 내가 "형님은 어찌하여 그런 말씀을 하십니까?"라고 하자, 공은 말씀하기를 "몸소 이 경지를 경험하지 못한 사람은 알 수 없을 것이다."라고 하였다. 내가 다시 "신체와 머리카락과 피부는 부모로부터 받은 것으로, 목숨이 남아 있는 한 깊은 연못가에 임한 듯이 얇은 얼음을 밟는 듯이 조심스럽게 보전하고 길러야 합니다. 그러다 때가 되면 문득 돌아가 천명에 순응하면 되니, 어찌 이를 의심하겠습니까?"라고 하자, 공이 미소를 지으며 말씀하기를 "그것이 바로 나의 바람이다."라고 하였다. 그러나 행동거지는 평상시와 같아서 집안사람들은 전혀 염려를 하지 않았다.

다음 날 아침 내가 공을 뵈러 갔더니 안석에서 가늘게 신음을 하셨다. 잠시 후 조반이 나오자 부축을 받고 일어나 앉아 조금 잡수셨다. 그리고 아이들을 시켜 방안과 마루를 깨끗이 청소하게 하였다. 다시 침석에 편안히 누우시더니 약을 들이지 말게 하시며 "썩은 등걸을 북돋운다고 어찌 소생할 수 있겠는가."라고 하였다. 그리고서 마침내 편안히 떠나셨다.

아! 공은 돌아가시기 몇 년 전부터 어버이의 묘소에 가면 반드시 곡을 하였다. 항상 도를 듣지 못하고 죽는 것을 한스러워 하였다. 나는 일찍이 지극한 경지에 이른 사람은 죽을 시기를 미리 안다고 들은 적이 있다. 아! 참으로 그런가 보다.

공은 진양 하씨 형범(瑩範)의 따님에게 장가를 들어 3남 2녀를 두었다. 아들은 제태(濟泰)·제겸(濟謙)·제욱(濟勗)이다. 함안 조씨 조영래(趙瓔來)와 연일 정씨 정삼용(鄭三鎔)이 사위이다. 재취 부인 성산 이씨는 이은상(李殷相)의 따님이며, 흥안군(興安君) 이제(李濟)의 후손이다. 4남 2녀를 낳았다. 아들은 제황(濟榥)이고, 나머지는 아직 관례와 계례를 치르지 않았다. 제태의 아들은 연병(淵秉)이다. 손자와 증손자가 많으나 어려서 기록하지 않는다.

공은 성품이 혼후(渾厚)하고 도량이 깊었다. 한 번 보아도 관대한 장자임을 알 수 있었다. 부모님을 좌우에서 섬길 적에는 부모님의 뜻을 어기는 일이 없었다. 혹 사람으로서 감당하기 어려운 지극히 난처한 일이 있어도 난색을 표함이 없이 분주히 주선해 스스로 해결하였다. 그래서 부모님이 미덥게 여겨 오직 질병 외에는 걱정이 없었다. 모친이 병이

나셨을 때, 잉어를 구해 드리려다 뜻대로 하지 못한 것을 돌아가실 때까지 한스럽게 여겼다. 그래서 잉어를 보면 문득 눈물을 흘렸으며, 차마 잉어를 입에 대지 못하였다. 제사를 지낼 적에는 재계를 신중히 하였다. 초하루와 보름날 출입할 적에는 반드시 가묘에 배알하였다.

아우를 자신을 사랑하듯 사랑하였다. 그래서 근심과 기쁨, 잘하고 잘못한 것에 대해 대략 너와 나를 따지지 않았다. 늘그막에 이르러 흰 머리가 되도록 하루의 일처럼 한결같았다. 나는 일찍이 어려서부터 공을 따라 산방에서 독서를 했다. 공은 당시 관례를 막 치렀을 때인데, 옥으로 된 거울을 새로 구입하여 매우 보배롭게 여겼다. 어느 날 저녁 책상에 두고서 선잠이 들었는데, 내가 가지고 놀다 그만 깨뜨리고 말았다. 공이 깨어난 뒤 그 사실을 고하자, 공은 못 들은 체하고서 태연히 독서를 하였다. 그래서 보는 사람들이 탄복을 하였다.

나는 성품이 조급하였는데, 공이 관대함으로써 고쳐주었다. 공은 일찍이 '성와(省窩)'라 자호를 하고서, 나에게는 '존와(存窩)'라고 호를 지어주며 말씀하기를 "나는 성찰(省察)하는 점이 부족하고, 너는 존양(存養)하는 점이 부족하니, 이로써 조절하자."고 하였다. 또 학문을 할 적에는 스승과 벗이 없어서는 안 된다고 생각하여, 나를 사방으로 찾아다니며 공부하게 하였다. 그리고 집안의 사소한 일에 대해서는 혹 관여하거나 알지 못하게 하였다.

집안을 다스림은 화목하면서도 엄격하였다. 세세한 일을 묻지 않았다. 자식들을 사랑하는 것이 심하였지만, 어루만지며 귀여워하는 기색은 없었다. 죄가 있더라도 가혹한 질책은 없었고, 단지 몇 마디 말로 경고하는 정도였다. 그러나 모두 두려워하고 공경하며 삼가서 점차 법도가 있게 되었다.

평상시에는 갓을 쓰고 띠를 두르고 계셨는데, 행동거지에 떳떳한 법도가 있었다. 항상 말씀하기를 "나의 독서는 몸으로 실천하는 바가 없으니 오직 허튼 지식일 뿐이다. 예컨대 문을 나설 적에 큰 손님을 만난 듯이 하는 점이 있다면 거의 진정한 독서에 가까울 것이다."라고 하였다.

굶주리거나 헐벗은 사람들을 보면, 측은히 여겨 마치 자기가 그런 듯이 여겼다. 사람들 중에 정성껏 도와주고 힘껏 구제해 주는 이가 있더라도 베풀어주는 것이 항상 부족한 듯이 여겨 마음에 부합하지 않는 듯이 하였다. 병자년(1876) 큰 가뭄이 들어 가을 수확이 없었다. 그러나 토지를 팔아 돈을 마련해서 친척이나 친구들 중에 궁핍한 사람을 보면 적절하게 헤아려 도와주었다.

흉년이 든 뒤에 전염병이 크게 돌아 사망자가 속출했다. 친척 중에 고아가 되어 의탁할 데 없는 사람이 있자 데려다 집에서 기숙하게 했는데, 그가 갑자기 병에 걸렸다. 그러자 공이 협실에 거처하게 한 뒤, 몸소 죽을 쑤고 약을 달여 주었다. 집안사람들이 쓴 소리를 하자, 공이 말씀하기를 "이 사람은 내가 아니면 죽는다. 또한 나는 병을 두려워하지 않으니, 걱정하지 말라."고 하였다. 돌림병에 걸린 사람이 끝내 낫자, 공도 근심을 덜었다. 공이 남의 곤궁함을 가엽게 여김이 대체로 이와 같았다.

처세가 관대하고 공평하여 용서하듯 하였다. 남들이 싫어하는 것을 베풀지 않았고, 남들이 원하는 것을 독차지하지 않았다. 재물을 주어도 받는 자가 감히 사양하지 않았으며, 꾸지람을 하여도 듣는 자가 일찍이 노여워하지 않았다. 너그러이 규각을 드러내지 않았다. 선을 좋아하고 악을 미워하였고 분별을 엄격히 하였다. 그러나 진실로 아는 것이 없는 듯이 하였고, 슬그머니 능한 것이 없는 듯이 하였다. 정세에 따라 일을 판결하고, 미미한 조짐에 결정을 내려 정도를 지키며 바꾸지 않았다. 헐뜯고 칭찬하거나 화복(禍福) 때문에 마음을 움직이지 않았다.

병인년(1866) 서양 오랑캐가 국가를 침범하자 의병을 소집하였다. 그

려자 마을의 백성들이 서로 모여 말하기를 "아무개 공께서 장군이 되시면 우리들이 당연히 응모할 것이다."라고 하였다. 마을 사람들이 믿고 복종하는 것이 이와 같았다.

음주를 좋아하여 혹 많이 취할 때도 있었다. 자제들이 조금만 드시라고 말씀을 드리면 서서히 대꾸하기를 "너희들이 알 바가 아니다."라고 하였다. 취한 뒤에는 운치가 소탈하고 넓었으며 말씀하는 기상이 넓게 드러났다. 주자의 「재거감흥(齋居感興)」[4]과 도연명(陶淵明)의 「의고(擬古)」[5] 등을 나지막이 읊조렸다. 또 고요한 밤 달이 밝게 뜨면, 안석에 기대 하늘을 우러르며 「수공주차(垂拱奏箚)」[6] 전편이나 혹 반편을 읊조렸다. 그리고 다시 술 몇 잔을 드셨다.

세속에서는 학문을 꺼려하여 강학으로 명예를 삼는 사람들을 다투어 조소하였다. 그러나 공은 홀로 강학하기를 즐겼다. 그리고 그런 소문을 들으면 "지금 사교(邪教)가 마구 유행하여 온 세상에 바른 도가 막혔다. 다행히 한두 명 재야에서 은거하며 도를 구하려는 선비가 있으니, 박괘(剝卦)의 밑에서 미미한 양(陽)이 생겨나는 것[7]이라고 할 수 있다. 그러니 어찌 중요하지 않겠는가?"라고 하였다.

영평(永平)[8]에 살던 중암(重菴) 김평묵(金平默) 공은 오랑캐를 배척하는

4 재거감흥(齋居感興) : 『주자대전(朱子大全)』 권4에 보이는 시로, 모두 20편으로 된 장편 시이다.

5 의고(擬古) : 진(晉)나라 때 도연명이 지은 시로 『고문진보』 전집에 수록되어 있다.

6 수공주차(垂拱奏箚) : 주자가 수공전(垂拱殿)에 입대하여 남송 효종(孝宗)에게 올린 3편의 차자(箚子)로, 그 주요한 내용은 불공대천의 원수인 금나라에 반드시 복수해 잃어버린 국토를 회복해야 한다는 것이다.

7 박괘(剝卦)의……것 : 『주역』 박괘(剝卦)는 위는 간(艮), 아래는 곤(坤)이 합한 괘로 음이 아래서부터 갉아먹어 맨 위의 상구효(上九爻)만 양이 남아 있는 괘이다. 그래서 박괘 다음에 맨 밑에서 양효가 다시 생긴 복괘(復卦)가 배열되어 있다. 여기서는 박괘가 다하면 다시 양이 생겨나듯이, 시운이 변하면 다시 정도가 회복될 것이라는 의미로 쓰였다.

8 영평(永平) : 현 경기도 포천이다.

주장을 하다가 시의(時議)에 미움을 받았다. 그분이 어떤 사람에게 답한 편지에 "지금의 일은 통곡하기에는 부족하니, 사람으로 하여금 미쳐서 죽고 싶게 하는구나."는 말이 있었다. 공은 이 말을 두세 번 반복하고서 탄식하기를 "뱃속의 피가 뜨겁게 솟구치니 어찌 그렇지 않을 수 있으랴. 어찌 그렇지 않을 수 있으랴."라고 하였다. 이 말씀을 보면 공의 마음을 알 수 있다.

향리에서 종유하는 사람들에 대해서는 명성·지위·나이 등을 묻지 않았으며, 진실로 세속에서 벗어나 의지를 스스로 세우고서 이론(異論)과 사설(邪說)을 펴지 않고 속설에 흔들리고 미혹한 자가 아니라면, 반드시 공경하게 대하였다. 때론 후생을 위해 선(善)을 말씀하여서 그들로 하여금 인(仁)을 북돋아 바른 데로 나아가게 하여, 만에 하나라도 세교(世敎)에 보탬이 되게 하였다.

책을 볼 적에는 마음과 눈으로 함께 읽어 정력을 허비하지 않고 집중하였다. 마음에 합하는 구절에 대해서는 한 번 보고서 암송하여 오래도록 잊지 않았다. 어려서부터 손에서 책을 놓지 않아, 보지 않은 책이 없었다. 그러나 독실히 좋아하여 자득한 것은 대부분 정자(程子)와 주자(朱子)의 책에 있었다.

만년에 노사(蘆沙) 기 선생(奇先生)의 문집을 구해 읽으며 음미하였는데, 처음에는 "근세에 있지 않은 설이다."라고 하더니, 나중에는 "스승으로부터 배우지 않았는데, 도를 본 것이 탁월하다. 내 소견으로 말하자면, 이분은 옛날 성현의 부류이다."라고 하였다. 그리고 그 문하에 나아가지 못한 것을 한스럽게 여겼다.

다음 해(1892) 3월 22일 단성현 향교 남쪽 사자봉(獅子峯) 아래 신좌(辛坐)의 언덕에 장사지냈다. 【이해 12월 16일(경자) 단성현 동쪽 30리 생비량면(生比良面) 하릉촌(下菱村) 법평(法坪) 마을 관모봉(冠帽峯) 아래 묘향

(卯向)의 언덕에 다시 장사지냈다.】

아! 공은 이미 빼어난 자질을 받고 태어난 데다 또 능히 선을 좋아하는 마음이 돈독하였고, 의지를 지키는 것이 확고하였으니, 세상을 위해 크게 쓰일 분이셨다. 그런데 초야에 자취를 감추고 은거하여 자신만을 선하게 하길 구하였다. 단지 효도와 우애의 가르침으로 한 가문을 다스리는 데 그쳤으니, 안타까움을 금할 수 있겠는가. 아! 나와 같은 불초한 사람이 대략 향할 바를 알아 지금에 이를 수 있었던 것은 털끝만한 것도 모두 공이 베풀어주신 것이다. 남들은 우리를 '형제'라고 말하지만, 나는 '나의 스승'이라고 말한다.

형제가 책상을 마주할 날이 이제 어느 때가 있겠는가? 붓을 들고 배회하니, 이제 형제가 없음이 애통하여 옛날 일을 떠올려 본다. 인간의 일이 어긋나는 것이 이렇단 말인가. 애통함은 한이 없고 말은 부족하니, 어찌 다 표현할 수 있으랴.

생각건대, 우리 형님은 관대하고 넓고 간결하고 장중하여 세상 사람들이 참으로 '후덕한 장자(長者)'라고 지목하였다. 만년에 이르러서는 도에 뜻을 두어 '아침에 도를 들으면 저녁에 죽더라도 괜찮다'는 마음을 구하였다. 그것을 알 사람이 누구일까?

여러 조카들이 애산(艾山) 정재규(鄭載圭)에게 묘지명을 받아 묘역에 쓰려고 하였다. 그러므로 내 감히 우리 형님의 평소 뜻하신 바와 행실의 대략을 엮은 것이 이와 같다.

아우 숙민(琡民)이 삼가 지음.

家狀

崔琡民 撰

公諱植民, 字舜皞。崔氏之先, 來自中華, 世爲完山人。勝國時, 冠冕赫世, 世遠難詳。侍中文成公諱阿, 實爲登譜之祖。長子諱龍生, 忠定王朝, 以持平, 出爲慶尙道按廉使, 以直見忤於元御香使帖木兒, 遞官。不歸。嶺之有崔, 始此。

入我朝, 有諱得涇, 文科郡守, 贈判書。生諱孝良, 世祖廟, 平兩北亂, 參靖難功臣, 贈參判。四傳, 至諱琦弼, 號茅山, 以學行, 除參奉, 遷司饔奉事。宣祖癸巳, 倭寇之犯晉陽也, 率家丁六十, 入城。兵使崔公 慶會啓判本州。與崔公殉節矗石。享彰烈祠, 贈參議。是公八世祖。七世祖諱瀷, 將仕郞。丙子以後, 不樂仕進, 自號大明處士, 以終。崔氏自此隱約求志。高祖諱載岳, 曾祖諱柱震, 祖諱運燮。考諱重吉, 妣晉陽 河氏, 學生一聖女, 養正齋 德望之曾孫也。

公以崇禎四辛卯十一月一日, 生于晉州之仁川里第。自幼孝順。聞父母言, 輒心珮不忘。一日, 被隣兒侵侮, 泣歸, 訴慈夫人。諭之曰: "汝不侮人, 幸也。受人侮, 何傷。愼勿求勝。勝人, 滋受人侮。" 自是, 不敢萌欲上人之心。

及長, 治擧業, 有聲場屋, 書畫精敏。嘗赴擧入京。甥姪鄭植, 時以寢郞在京第, 戚聯于要路。或賀之曰: "取科筮仕, 於子爲捷徑。", 公笑而不應。自洋倭開和, 慨然廢趍營, 專意於爲己之學。蕭然一室, 左右圖書。

晩家于丹城, 庭有老橘樹。飮酒其下而樂之, 自號橘下翁。就家後, 別構小齋, 與弟琡民, 日怡怡相對, 討論典訓。以引進後生爲事, 於世俗紛華塗澤, 泊如也。

以周甲之歲, 十二月二十九日己未, 考終于家。前三日, 與琡民, 行視子弟異居及隣近諸女家。歸語曰: "嘗見《二程全書》, 有'吾命如隔彼屋子'之語。今吾如此。" 翌日, 至小齋, 看朱子書幾板, 忽蹷然而起。琡民心異之, 隨至家。公又誦《全書》曰: "吾命如隔窓紙。" 琡民曰: "兄何出此言。", 公曰: "不身履此地者, 宜不知也。" 琡民曰: "身體髮膚, 受之父母, 一息尙存, 當臨履保養。時至, 則便歸樂天, 奚疑?", 公笑曰: "正吾志也。" 然動止如常, 家人殊不爲慮。翌朝見公, 隱几微呻。少頃飯至, 扶起坐少嘗。使兒輩掃室堂。更安枕席, 不許進藥曰: "朽査, 豈培壅所可春也。" 遂恬然而逝。嗚呼! 公自數年來, 上親壟, 必哭。常恨不聞道以死。曾聞至人豫知死期。嗚呼! 良然也歟。

公娶晉陽 河氏, 瑩範女, 生三男二女。男濟泰、濟謙、濟勗。咸安 趙瓔來、延日 鄭三鎔, 壻也。再娶星山 李氏, 殷相女, 興安君 濟之後生。四男二女。男濟榥, 餘未冠笄。濟泰男淵秉。孫曾男女衆多, 幼不錄。

公性度渾厚, 器局沈深。一望知其爲寬大長者。事親左右, 無違事。或有人所極難處者, 無難色而劇紛自解。父母信之, 惟疾之外, 無憂焉。母病, 求鯉魚不得, 爲沒身恨。見鯉輒泣, 不忍近口。祭祀愼齊戒。朔望出入必拜廟。

愛弟若自愛。憂樂得失, 畧無爾我。至老白首, 如一日。琡民嘗以髫髮從公, 讀書山房。公時纔冠, 新買玉鏡, 甚寶之。一夕, 置案假寐, 琡民弄觸破鏡。及覺告之, 公爲不聞讀書自如。觀者歎服焉。琡民性躁, 公濟之以寬。嘗以"省窩"自號, 號琡民"存窩"謂曰: "吾省察邊短、汝存養邊短, 用此作弦韋。" 以爲學不可無師友, 俾遊四方。而家間什佰, 無或與知焉。

御家, 和而嚴。不問細事。愛子甚, 未嘗有呴呴色。有罪, 無苛責, 只數語警告之。而皆畏敬謹飭, 漸就規矩。平居, 整冠束帶, 動止有常。常曰: "吾讀書, 無所體行, 而惟入虛。如有人出門, 如見大賓, 或庶幾焉。"

見人飢寒, 惻然若在己。人有懇力施之, 施之常歉然, 若未副其意然。丙子歲大旱, 未秋。賣庄藏千緡錢, 待親戚知舊貧乏, 量宜周給。荒餘大疫, 死亡相續。有戚生孤露無依, 寄食於家, 忽遘疾。公使處夾房, 躬爲粥藥。家人苦諫, 公曰: "此人非我則死。且吾不畏病, 勿慮。" 病者竟得差,公亦無恙。其悶人困厄, 蓋類此。

處世由由, 公平善恕。所惡不施、所欲不專。與之財而受者不敢辭、責之言而聽者不曾怒。渾然不見圭角。而好善疾惡, 嚴於分別。恂然若無所知、退然若無所能。而隨機判事, 決於幾微, 守正不回。不以毁譽、禍福動其心。丙寅, 洋訌國家, 召義旅。里中庶民相聚語曰: "某公爲將, 吾輩當應募。" 其信服如此。

喜飮酒, 或至醉。子弟諫之, 徐應曰: "非爾所知。" 旣醉, 韻致疏廣、辭氣弘暢。微吟朱夫子《齋居感興》及陶靖節《擬古》等篇。靜夜月明, 憑几仰天, 誦《垂拱奏箚》一遍、或半遍。更進數酌。

世俗諱學, 有以講學爲名者, 爭嘲笑之。公獨樂。聞之, 每曰: "今邪教橫流, 九野閉塞。幸有一二巖穴求志之士, 可謂剝底之微陽。豈不重乎?" 永平 重庵 金公平默, 以斥洋, 忤時議。其答人書有"時事痛哭之不足, 令人發狂欲死"之語。公輒三復, 喟然曰: "腔血熱沸, 烏得不然, 烏得不然。" 此可以見公矣。其於鄕里從游, 不問名位年齒, 苟有拔俗自立, 不爲異論邪說搖惑者, 必加敬焉。時爲後生, 道其善, 使之輔仁就正, 萬一有補於世敎也。

看書, 心眼俱下, 不費穿鑿。其會意處, 過眼成誦, 久而不忘。自少, 手不釋卷, 蓋無書不觀。而其篤好自得, 多在程、朱書。晩年, 得蘆沙 奇先生文集讀而味之, 始而曰: "近世所未有。", 旣而曰: "不由師承, 見道卓然。以吾所見, 其古聖賢者流歟。" 常以不及門爲恨。粤明年三月二十二日, 葬于縣校南獅子峯下負辛之原。【是年十二月十六日庚子, 改葬于縣東三十里生比良面 下菱 法坪 冠帽峯下向卯之原】

嗚呼! 公旣得生質之粹, 而又能篤於好善, 確乎守志, 可以爲世大需。而斂跡丘樊, 隱求獨善。只以孝友之政政于一家, 而止可勝惜哉。嗚呼! 以若琡民不肖, 粗知趨向, 得至今日, 一毫皆公之賜也。人曰"兄弟"、我曰"吾師"。袞隰對床, 更復那時? 攬筆徘徊, 痛此終鮮, 追惟疇昔。人事差池, 乃至是耶。哀溢辭蹙, 何以狀。

爲念吾兄寬洪簡重, 世固目之以厚德長者。而至於晚, 而志道以求“夕可”之意。知者何人？諸孤將責銘於艾山 鄭友載圭, 用表阡隧。故敢綴平日志行之大概如此云爾

家弟琡民 謹狀。

❖ **원문출전**

崔植民, 『橘下遺稿』 卷5 附錄, 崔琡民 撰, 「家狀」(경상대학교 문천각 古(우천) D3B 최59ㄱ)

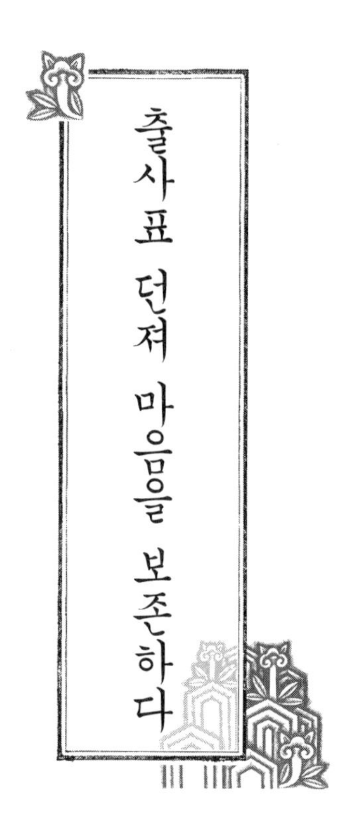

출사표 던져 마음을 보존하다

허유(許愈) : 1833-1904. 자는 퇴이(退而), 호는 후산(后山) · 남려(南黎), 본관은 김해(金海)이며, 현 경상남도 합천군 삼가(三嘉)에서 태어나 그곳에 거주하였다. 38세에 이진상(李震相)에게 심즉리설(心卽理說)을 배웠다. 박치복(朴致馥) · 김인섭(金麟燮) · 정재규(鄭載圭) · 곽종석(郭鍾錫) · 이승희(李承熙) · 하겸락(河兼洛) · 조성가(趙性家) 등과 교유하였다.

허유는 1885년 뇌룡정(雷龍亭) 중건을 주관하였으며, 1899년 진주 청곡사(青谷寺)에서 『남명집(南冥集)』 교정에 참여하였다.

저술로 21권 10책의 『후산집』이 있다.

후산(后山) 허유(許愈)의 묘갈명 병서

곽종석(郭鍾錫)[1] 지음

우리 한주(寒洲)[2] 선생은 성현이 남긴 경전에서 전해지지 못한 학문을 터득하셨다. 이에 감히 글을 지어 세상 사람들을 깨우치기를 "성현의 심법은 오직 리(理)를 위주로 할 뿐이다."라고 하였으나, 세인들은 믿지 못하고 떠들썩하게 모여 비난하였다. 그때 후산(后山) 선생 허공(許公)이 먼저 선생의 문하에 나아가 그 설을 듣고 깨우치고서 말하기를 "이분을 만나지 않았다면 일생을 헛되이 보냈을 것이다."라고 하였다. 이에 기뻐하면서 그 뜻을 연역하였고, 완미하면서 그 설을 즐거워하였으며, 오랫동안 체험할수록 믿음이 더욱 두터워졌다. 한주 선생이 시를 지어 은근한 뜻을 전하기를 "우리의 도가 남쪽으로 내려가 성대해지기를 바라니, 백 근을 짊어진 사람 어깨가 붉어지겠지."라고 하였으니, 대개 공에게 도를 위촉하는 뜻이 깊었던 것이다.

한주 선생이 돌아가시자, 공은 도를 자임하고 사양하지 않으면서 말하기를 "배우는 자가 사욕을 물리치고 심지를 세울 적에 마땅히 무후(武侯:諸葛亮)가 역적을 토벌하여 한나라를 부흥하려 했던 마음가짐을 자신

---

1 곽종석(郭鍾錫) : 1846-1919. 자는 명원(鳴遠), 호는 면우(俛宇), 본관은 현풍(玄風)이다. 경상남도 단성(丹城) 출신이다. 1919년 3·1운동이 일어나자 전국 유림들의 궐기를 호소하고, 파리의 만국평화회의에 독립호소문을 보내고 옥고를 치렀다. 저술로 177권 63책의 『면우집』이 있다.

2 한주(寒洲) : 이진상(李震相, 1818-1886). 자는 여뢰(汝雷), 호는 한주, 본관은 성산(星山)이다. 경상북도 성주 출신이다. 숙부 이원조(李源祚)에게 수학하였으며, 1849년 사마시에 합격하였다. 저술로 45권 22책의 『한주집』 및 『이학종요(理學綜要)』·『사례집요(四禮輯要)』 등이 있다.

의 임무로 삼았던 것처럼 해야지, 구차하거나 편안해지려는 생각을 싹트게 해서는 안 된다."라고 하였다. 이에 「속출사표(續出師表)」를 지어 스스로 맹세하였으니, 그 대략은 다음과 같다.

> 선사께서는 천리와 인욕은 양립할 수 없으며, 심체(心體)는 한쪽에서 편안할 수 없다고 염려하셨다. 그러므로 나에게 극기복례의 일을 당부하셨던 것이다. 선사의 밝은 식견으로 내가 극기복례의 일을 감당하기에는 재주가 모자라고 적이 강하다는 것을 참으로 알고 계셨을 것이다. 그러나 사욕을 이기지 못하면 심체 또한 망하게 되니, 가만히 앉아서 망하기만을 기다리는 것과 사욕을 물리치는 것 중 어느 것이 더 낫겠는가. 그래서 선사께서는 나에게 이 일을 맡기고 의심하지 않으셨던 것이다. 나는 명을 받은 뒤로 잠자리에 누워도 편안하지 않았으며, 음식을 먹어도 입에 달지 않았다. 이에 사력을 다해 명을 받들었다. <중략> 마음을 지킬 군사를 일으키는 것이 바로 지금의 급무이다. 나는 의당 몸을 굽혀 모든 힘을 다하여 죽은 뒤에 그만둘 것이니, 성공과 실패, 유리함과 불리함에 대해서는 내가 미리 의논할 것이 아니다.

아! 후세 사람들이 무후의 일생을 알고자 한다면 「출사표」만 읽어보아도 충분할 것이며, 후산 선생이 어떤 분인지 알고자 한다면 역시 이 「속출사표」만 읽고 번거롭게 다른 것을 찾지 않아도 될 것이다. 이에 공의 묘갈을 쓰면서, 어찌 굳이 장황하고 세세하게 설명하는 것으로 공을 품평하겠는가.

공의 휘는 유(愈), 자는 퇴이(退而)이며, 처음 호는 남려(南黎)이다. 만년에 후산(后山)[3]에 집을 지었는데, 배우는 자들이 일컬어 '후산 선생'이라 하였다. 삼가(三嘉)에 세거하였으며, 그 선조의 본관은 김해이다. 고려말 중랑장 기(麒)는 소를 올려 간신(諫臣) 이존오(李存吾)[4]를 구원하려다

3 후산(后山) : 현 경상남도 합천군 가회면 오도리 뒷매산이다.

좌천되었으며, 본조가 개국해서는 의리를 지키며 나아가지 않았다.

7대[5]를 내려와 정랑 휘 돈(燉)은 광해군이 인륜을 해치는 것을 보고 벼슬을 버리고 남쪽으로 낙향하였으며, 인조조에 여러 번 부름을 받았으나 나아가지 않았다. 이분의 호는 창주(滄洲)이며, 공에게는 7대[6]조이다. 증조부의 휘는 익(榏), 조부의 휘는 국리(國履)이며, 부친의 휘는 정(積)이다. 대대로 유행(儒行)이 있었으나 현달하지 못하였다. 모친은 벽진 이씨(碧珍李氏) 옥(鈺)의 따님과 해주 정씨(海州鄭氏) 산의(山毅)의 따님인데, 공은 정씨의 소생이다.

공은 순조 계사년(1833)에 태어나 광무(光武) 갑진년(1904)에 졸하였으니, 향년 72세였다. 공은 체구가 훤칠하고 얼굴이 풍만하였으며, 덕스러운 용모가 온몸에 드러났다. 멀리서 바라보면 우뚝한 산악처럼 위엄이 있었으며, 가까이 다가서면 무르익은 봄처럼 따뜻하였다. 가슴에 품은 생각이 광활하여 세간에서 벌어지는 일들은 그 회포를 얽어매기에 부족하였다. 측은하게 여기며 남을 사랑하는 마음이 안색과 언사 사이에 넘쳐흘렀다. 남에게 선함이 있으면 자신이 지닌 듯 기뻐하였으며, 잘못이 있으면 거듭 간곡하게 충고하여 한 번에 그치지 않았고, 간혹 그들에게 노여움을 사더라도 후회하지 않았다. 집에 거처할 적에는 효도하고 우애하며 사랑하고 공경하는 행실을 극진히 하였고, 지나친 엄정함으로 은혜로운 모습을 가리지 않았다.

집안이 가난하여 쓸쓸했지만 걱정하는 모습이 없었다. 몸은 초야에

4 이존오(李存吾) : 1341-1371. 자는 순경(順卿), 호는 석탄(石灘)·고산(孤山), 본관은 경주이다. 우정언으로 신돈(辛旽)의 횡포를 탄핵하다 왕의 노여움을 사 좌천되었다.

5 7대 : 원문에는 '八世'로 되어 있으나 『면우집』과 기왕의 연구 성과에 의하면 '七世'의 잘못인 듯하다.

6 7대 : 원문에는 '八世'로 되어 있으나 『면우집』과 기왕의 연구 성과에 의하면 '七世'의 잘못인 듯하다.

문혀 지냈으나, 나라를 걱정하고 시대를 슬퍼함은 충정에서 근원한 것이었다. 시사에 대해 말이 미치면 종종 탄식하고 비분강개하여 사람들로 하여금 눈물을 쏟게 하였다. 중화[華]와 이적[夷], 사람[人]과 짐승[獸]을 구분할 적에는 칼로 자르듯이 확연하게 하고, 철문처럼 엄격하게 하면서도 판별이 과감하지 못할까 걱정하였다.

공이 항상 하시던 말씀은 "사람이 금수와 다른 까닭은 의리지심(義理之心)이 있기 때문이다.", "사람이 학문을 할 것으로는 심(心)과 리(理)일 뿐이다.", "성현이 서로 전해온 것은 오직 리일(理一)과 분수(分殊)일 뿐이다.", "지(知)와 경(敬)이 서로 발하는 것은 물과 불이 서로 만나 만물이 이루어지는 것과 같다." 등이었다. 이러한 말씀은 공이 스승이 전한 것에서 터득하여, 평생 부지런히 힘써 죽을 때까지 쉬지 않아서 얻은 것이리라.

공이 돌아가시기 한 해 전 조정에서 유일(遺逸)을 구하여, 경기전 참봉(慶基殿參奉)에 제수되었으나, 병 때문에 나아갈 수 없었다.

공은 처음 밀양 박씨(密陽朴氏) 진번(晉蕃)의 따님과 혼인하여 2남 1녀를 두었다. 장남 필(弼)은 요절하였고, 차남은 규(珪)이다. 딸은 최영언(崔永彦)에게 시집갔다. 재취 부인은 초계 정씨(草溪鄭氏) 광섭(光燮)의 따님으로, 2녀를 두었다. 첫째는 진사 권상와(權相禹)에게 시집갔으며, 둘째는 심학환(沈鶴煥)에게 시집갔다.

규는 5남을 두었는데, 첫째 전(銓)은 장남 필의 후사가 되었고, 둘째는 장(鏘), 셋째는 용(鏞)이며, 나머지는 어리다. 공의 묘소는 후산의 북쪽 산기슭 정좌(丁坐) 언덕에 있다.

명은 다음과 같다.

영롱하게 상서로운 햇살 비추고　　瓏瓏瑞日

무성히 향기로운 난초 피어나니	郁郁猗蘭
한 떨기 따사로운 기운 퍼져	一團之和
그 진면모를 환히 드러냈네	徹皮其眞
우리가 지닌 하늘의 밝은 도는	念我天明
사람마다 온전히 지니고 있으나	人得之全
도도히 흐르는 형기의 찌꺼기는	滔滔氣滓
우리가 지닌 본원을 어지럽히네	亂我本原
삼가 우리 한주 선생 생각하니	恭惟寒水
은밀히 공에게 심법을 전했네	密付心傳
공은 출사표 지어 마음 보존해	出師有表
죽을 때까지 지키기를 기약했네	期之蓋棺
공의 묘비는 백세가 지나더라도	刻石俟百
후산의 언덕에 길이 남으리라	后山之阡

포산(苞山) 곽종석(郭鍾錫)이 지음.

墓碣銘 幷序

郭鍾錫 撰

我寒洲先生得不傳之學於遺經。乃敢立言以曉世曰: "聖賢心法, 惟主理而已。", 世人莫之信也, 且譁然以群非之。時則有后山先生 許公首登門, 聞其說而渙然曰: "不遇此, 虛過一生矣。" 於是, 悅而繹之、玩而樂之、體驗之久, 而信之益篤。先生有詩寄意曰: "吾道將南望蔚然, 百斤擔負想頳肩。" 蓋屬之深也。

先生沒, 公益自任不辭, 以爲"學者之於克己立心, 當如武侯之以討賊興復爲己任, 而不可萌苟且偸安之念。" 述≪續出師表≫以自誓, 其略曰: "先師慮理欲不兩立、心體不偏安。故托愚以克己復禮之事。以先師之明, 固知愚者之於克己, 才弱敵强。然不克己, 心體亦亡, 惟坐而待亡, 孰與伐之。故託愚而不疑也。愚受敎之日, 寢不安席, 食不甘味。攀死力以奉之。” 末曰: “方寸出師, 正今日之急務也。愚當鞠躬盡瘁, 死而後已, 至於成敗利鈍, 非愚之所豫議也。” 嗚呼! 後之人欲識武侯一生, 只讀≪出師表≫, 足矣, 欲識后山先生何狀, 亦只可讀此表, 而不煩他求也。玆於題公之墓也, 又何必張皇纖瑣, 以多寡於公也。

公諱愈, 字退而, 始號南黎。晩而築室於后山, 學者稱爲“后山先生”。世居三嘉, 其先金海人。麗季有中郎將麒, 疏救諫臣李存吾坐貶, 及聖朝興, 秉義自靖。八世而有正郎燉, 見光海主斁倫, 掛冠南歸, 仁廟屢徵, 不起。號滄洲, 是於公, 亦八世也。曾王父慍, 王父國履, 父稹。世有儒行, 不顯。母碧珍人李鈺之女, 海州人鄭山毅之女, 公鄭出也。

以純廟癸巳生, 卒于光武甲辰, 享年七十二。公頎幹豊頰, 德容粹盎。望之嶽峙、卽之春融。胸次曠然, 世間外至, 無足以嬰其懷者。惟惻怛愛人之誠, 灌溢於色辭之間。人有善, 喜若己有, 其有過也, 苦口忠告, 而不遽止, 至或逢彼之怒, 而不悔也。居家, 盡孝弟愛敬之實, 而不嗃嗃以掩恩。環堵蕭然, 無戚戚之容。身居草萊, 而憂國傷時, 根於赤衷。其發於言議, 往往唏嘘慨慷, 令人涙下。其於華夷、人獸之界分, 截然劈判, 嚴若鐵限, 惟恐辨之不猛也。其恒言曰: “人之所以異於禽獸者, 以其有義理之心也。”, 曰: “人之爲學, 心與理而已。”, 曰: “聖賢相傳, 惟理一分殊而已。”, 曰: “知與敬互相發, 猶水火之交濟也。” 此其得之於師傳者, 而一生矻矻, 至死而不休者, 然也。

公卒之前歲, 朝廷搜遺逸, 授慶基殿參奉, 病不克赴。公始娶密陽 朴氏晉蕃女, 有二男一女。男長弼, 早夭, 次珪。女適崔永彦。繼娶草溪 鄭氏光燮女, 有二女。適權相卨進士, 沈鶴煥。珪五男曰銓, 爲弼后, 曰鏘、曰鏞, 餘幼。公之墓在后山北麓坐丁之原。

銘曰: “曨曨瑞日, 郁郁猗蘭, 一團之和, 徹皮其眞。念我天明, 人得之全, 滔滔氣滓, 亂我本原。恭惟寒水, 密付心傳。出師有表, 期之蓋棺。刻石俟百, 后山之阡。"

苞山 郭鍾錫 撰。

❖ **원문출전**

許愈, 『后山集續集』 附錄上, 郭鍾錫 撰, 「墓碣銘幷序」(경상대학교 문천각 古 D3B H허67ㅎ)

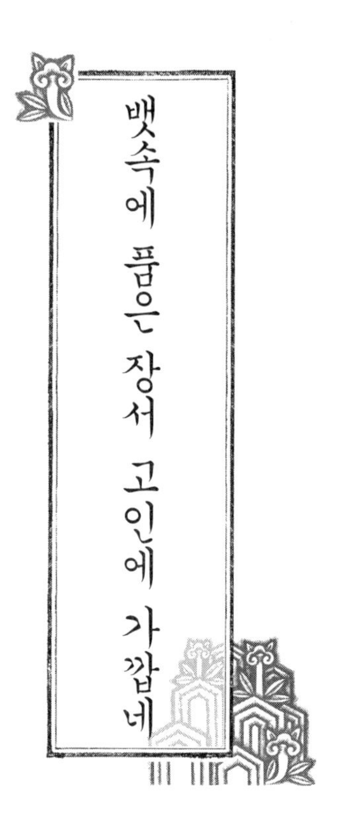

뱃속에 품은 장서 고인에 가깝네

권헌기(權憲璣) : 1835-1893. 자는 여순(汝舜), 호는 석범(石帆), 본관은 안동이며, 현 경상남도 산청에 거주하였다. 류도기(柳道夔) · 하우석(河禹錫) · 조성가(趙性家) · 박치복(朴致馥) · 하겸락(河兼洛) · 하재문(河載文) 등과 백운동칠현(白雲洞七賢)으로 불렸다.

저술로 3권 1책의 『석범유고』가 있다.

석범(石帆) 권헌기(權憲璣)의 행장

권규집(權奎集)[1] 지음

영가(永嘉:安東) 권씨(權氏)는 태사공(太師公) 휘 행(幸)을 시조로 한다. 문탄공(文坦公) 휘 한공(漢功), 충헌공(忠憲公) 휘 중달(仲達)에 이르러 고려 말에 크게 현달하였다. 충헌공이 휘 사종(嗣宗)을 낳았는데, 국초에 이조 판서를 지냈다.

삼대를 내려와 휘 계우(繼祐)가 진사로서 품계가 사용(司勇)에 이르렀는데, 삼가(三嘉)로부터 단성(丹城)으로 들어왔다. 또 삼대를 내려와 안분당(安分堂) 선생 휘 규(逵)가 명종조에 유일로 참봉에 제수되었으나 나아가지 않았으며, 퇴계와 남명 두 선생과 도의지교를 맺었다. 안분당 선생이 휘 문임(文任)을 낳았는데 호는 원당(源塘)으로, 문과에 급제하고 검열에 천거되었다. 문장과 덕행으로 남명 문하의 고제가 되었다. 부자가 모두 문산서원(文山書院)[2]의 존현사(尊賢祠)에 제향되었다. 양자 휘 홍(洚)[3]은 효성으로 천거되어 금정도 찰방(金井道察訪)을 지냈는데, 갈암 이 선생이 '독행군자(篤行君子)'라고 일컬었다. 원당 선생이 휘 극형(克亨)을 낳았는데, 호조 좌랑에 추증되었다. 이분이 공의 7대조이다.

고조부의 휘는 중후(重垕)로 무과에 급제하여 권관(權管)을 지냈다. 증조부의 휘는 집(偮)으로 호는 계옹(溪翁)이고, 조부의 휘는 성락(成洛)으

1 권규집(權奎集) : 1850-1916. 자는 학규(學揆), 호는 겸산(兼山), 본관은 안동(安東)이다. 현 경상남도 산청군 단성에 거주하였다. 저술로 4권 2책의 『겸산집』이 있다.
2 문산서원(文山書院) : 현 경상남도 산청군 단성면 입석리에 있는 서당이다.
3 홍(洚) : 권문임의 아우 권문언(權文彥)의 둘째 아들이다.

로 호는 석고(石皐)인데, 모두 문학과 행의로 명성을 떨쳤다. 부친의 휘는 여추(輿樞)이며, 호는 와실(蝸室)이다. 모친 진양 정씨(晉陽鄭氏)는 재환(載煥)의 따님이다. 공은 헌종(憲宗) 원년 을미년(1835) 윤 6월 24일 입석리(立石里) 집에서 태어났다.

공의 용모는 단정하고 기국은 숙성하여 공을 보는 사람들은 안색을 바꾸며 경탄하지 않음이 없었고, 훗날 큰 재목이 될 줄 알았다. 스승에게 나아가서는 송독을 게을리하지 않았는데, 동학들이 모두 미칠 수 없다고 여겼다. 부친의 명으로 과문(科文)을 겸하여 공부하였는데 세도가 점점 무너져가자 다시는 마음을 기울이지 않고, 마침내 사서(四書), 『심경』·『근사록』, 성리서 등에 힘을 쏟았다.

아침저녁으로 부지런히 공부하다가 중요한 부분이나 난해한 곳이 있으면, 고개 숙여 글을 반복해 읽기도 하고 우러러 사색하기도 하여 자득하고 난 뒤에야 그만두려 하였다. 『소학』「경신(敬身)」 첫 장을 침실의 병풍에 써놓고, 침실의 벽에는 주자의 백록동학규(白鹿洞學規)와 여씨(呂氏)의 남전향약(藍田鄉約)[4]을 써두고서 자신을 단속하고 세상에 대처하는 방도로 삼았다. 인근 고을에서 배우러 오는 자들이 있으면 그들의 재주에 따라 가르쳐주지 않음이 없었다.

매번 훈계하시기를 "악한 사람과 거처할 적엔 비록 그 악을 징계하여 고치려 하지만, 자품이 조금 뛰어난 자가 아니라면 악한 생각에 물들지 않음이 없을 것이다. 선한 사람과 거처할 적엔 비록 기질이 용렬한 사람

4 남전향약(藍田鄉約) : 남전은 중국 섬서성(陝西省)의 고을 이름이다. 여씨 향약은 송나라 때 남전에 살던 여대충(呂大忠)·여대방(呂大防)·여대균(呂大鈞)·여대림(呂大臨) 등 형제 네 사람이 그 고을 사람들과 서로 지키기로 약속한 자치 규범이다. "덕과 업을 서로 권하고[德業相勸], 허물과 그른 일을 서로 경계하고[過失相規], 예의 바른 풍속으로 서로 사귀고[禮俗相交], 환란을 서로 구휼한다.[患難相恤]"는 등 네 조목인데, 후세 향약의 기준이 되었다. (『小學』 卷6 「善行」)

일지라도 견문을 익숙히 하면 스스로 선에 나아가는 단계가 있을 것이다."라고 하였다. 공자께서 이른바 "인후한 곳을 택해 살지 않는다면 어찌 지혜롭다 하겠는가."[5]라고 하신 말씀이 대개 이 때문이다.

부모를 섬기는 절도에 있어서는 일반적 심정으로 쉽게 시들해지는 경우에도 해이하지 않아 마치 자신의 손발과 같이 좌우에서 받들어 모셨다. 부모가 혹 음식을 드시지 않으면 또한 감히 먹지 않았다. 부모가 질병이 있으면 마음으로 걱정하여 얼굴빛이 초췌해졌고, 반드시 의약의 처방을 극진히 하였다. 무릇 몸에 맞는 옷이나 입에 맞는 음식은 비록 유가에서 마련하기 어려운 것일지라도 그 지극함을 다하지 않음이 없었다.

병자년(1876) 모친상을 당하여 상례·장례·상제·담제에 조문한 사람들의 마음을 흡족히 할 정도로 극진히 하였다. 이듬해 맏형이 일찍 세상을 떠났고, 계미년(1883) 겨울에 큰 조카 상찬(相纘)이 안음(安陰)의 각산(角山)에서 우거하였다. 그래서 부친께서 공의 집에 거처하였는데, 이때부터 공은 부친을 섬기는 일에 더욱 힘을 쏟았다. 음식과 의복 등에 대해서는 남기신 음식은 잘 보관했다가 드리고, 옷이 얇으면 두꺼운 옷으로 바꾸어 올렸다. 날마다 곁에서 모시며 비록 추위와 더위 및 장마가 심하더라도 일찍이 조금도 게을리하지 않았다. 혹 부득이하여 출타할 경우에는 기약한 날이 되기 전에 돌아와 뵈었다.

무자년(1888) 공의 부친이 몇 달 동안 병을 심하게 앓았는데, 공은 부친이 눕거나 일어날 때 부축하고 탕약을 달이는 등의 일을 자신이 늙었다는 이유로 아랫사람들에게 맡기지 않고 몸소 직접 하였다. 이해 8월 부친상을 당하였는데, 슬퍼하여 몸을 상한 나머지 거의 죽을 지경에 이

5 인후한……하겠는가: 『논어』 「이인」에 "공자께서 말씀하기를 '마을에 인후한 풍속 있는 것이 아름다우니 인후한 마을을 가려 살지 않는다면 어찌 지혜롭다 하리오.'라고 하셨다. [子曰 里仁爲美 擇不處仁 焉得知]"라는 말을 가리킨다.

르렀다. 상중에는 술과 고기를 입에 대지 않고, 부인의 얼굴도 보지 않았다. 장지가 집에서 몇 리 떨어진 곳이었는데 험하고 길이 좁았다. 매일같이 그 길을 따라 성묘하였는데, 비바람이 몰아쳐도 상관하지 않았다.

제삿날에는 검은 두건을 쓰고 흰 띠를 매고서 치제(致齊)를 하며 정성을 다하였다. 일찍이 말씀하기를 "제사를 지내는 데 정성이 없으면 제사를 지내지 않은 것만 못하다."라고 하였다. 형제가 3명이었는데 공은 둘째였다. 맏형이 일찍 세상을 떠난 것을 매우 슬퍼하였으며, 그런 말이 들리면 문득 오열하며 그치지 않았다.

아우는 공보다 15세 아래였는데, 이끌고 보호하며 돌보는 도리를 극진히 하였다. 조금 자라서는 어릴 때 배우는 서적들을 직접 가르쳤다. 만약 아우가 과정을 어길 경우에는 단지 타이를 뿐 회초리를 들어 위엄을 가한 적이 없었다. 일을 처리할 적에는 서로 화목하게 지내며 사욕을 도모하지 않았으니,[6] 사람들은 형제가 서로 싸우는 것을 본 적이 없었다. 자식과 조카들은 마복파(馬伏波)의 호곡(虎鵠)의 깨우침[7]과 범노공(范魯公) 화송(花松)의 시[8]로 가르쳤는데 매번 마음을 극진히 하였다.

또 말씀하기를 "효자는 말 한마디 할 적에도 감히 부모를 잊지 않고,

---

6 서로……않았으니 : 원문의 '式好無猶'는 『시경』 소아(小雅) 「사간(斯干)」의 "짙푸른 대나무가 우거지듯이 늘푸른 소나무가 무성하듯이 형과 아우들이 서로를 좋아하고 서로 도모함은 없으리라.[如竹苞矣 如松茂矣 兄及弟矣 式相好矣 無相猶矣]"라고 한 구절에서 인용한 것이다.

7 마복파(馬伏波)의……깨우침 : 마복파는 후한(後漢) 때의 명장 마원(馬援)으로, 남을 비평하길 좋아하고 경박한 유협(遊俠)들과 사귀던 그의 조카 엄돈(嚴敦)을 경계한 편지에, "남의 과실을 말하지 말고 남의 장단점이나 정치의 시비를 논하지 말라."고 하면서, 돈후하고 신중한 용백고(龍伯高)란 사람을 전범으로 제시하며 본받으라고 하였다. (『小學』「嘉言」)

8 범노공(范魯公)의……시 : 범노공은 북송의 명재상인 노국공(魯國公) 범질(范質)이다. 범질은 조카 범고(范杲)가 자신을 천거해 주기를 바라자 "너에게 술을 즐기지 말기를 경계하니, 술은 사람을 미치게 만드는 약이지 맛난 음식이 아니다.[戒爾勿嗜酒 狂藥非佳味]"라는 내용의 시를 지어주었다. (『小學』「嘉言」)

한 발자국 뗄 때에도 감히 부모를 잊지 않는다. 혹 망령된 행실로 가문에 수치가 됨이 없게 하라."라고 하였다. 화목으로 가족들에게 처신하고 관대함으로 사람들을 대하였으며, 고을에서 비록 무도한 짓을 하는 자가 있더라도 보복하지 않았다.

세상을 떠나기 며칠 전 두 아들에게 이르기를 "내 병이 비록 미미하나 아마도 세상에 오래 머물지 못할 듯하구나."라고 하였다. 그리고서 억지로 일어나 집 근처의 선산에 두루 성묘하고 돌아왔다. 병이 점점 심해지자 아우와 자질들을 불러 수신과 제가의 도리로 깨우쳐 주려고 하였다.

또 여러 부녀자에게 이르기를 "형제간에 화합되지 못하는 것은 항상 부인들의 사소한 말에서 연유한다. 장단을 헤아리고 비교하여 천륜을 상하게 하는 말은 절대로 하지 말아라."라고 하셨다. 말을 마치고 편안하게 돌아가셨으니, 금상[고종] 계사년(1893) 정월 18일이었다. 부고를 들은 원근의 사우들은 탄식하고 애석해하며 모두 "철인(哲人)이 떠나셨구나."라고 하였다. 진주의 단속리(斷俗里) 대우곡(大牛谷)[9] 태좌(兌坐) 언덕에 장사지냈다.

부인 해주 정씨(海州鄭氏)는 광찬(匡贊)의 따님으로 충의공(忠毅公) 휘 문부(文孚)의 9대손이다. 시부모를 섬기고, 빈객을 접대함에 능히 순종하고 잘 준비하였다. 오직 공의 뜻에 순종하여 집안의 법도를 이룩하는 데 부인의 도움이 많았다. 아들 둘을 두었는데 장남은 상직(相直), 차남은 상정(相政)이다. 딸은 사인 최철모(崔喆模)에게 시집갔다.

공의 휘는 헌기(憲璣), 자는 여순(汝舜)이다. 처음의 자는 천익(天翊)인데, 당시 명인들의 문집 중에는 처음의 자가 많이 실려 있다. 호는 석범(石帆)이다. 일찍이 단계(端磎) 김인섭(金麟燮)과 친하게 벗하였는데, 공에

9 대우곡(大牛谷) : 현 경상남도 산청군 단성면 운리이다.

게 준 시에 "뱃속에 품은 장서 옛날 고인에 가깝네."라는 구절이 있다.

소계(小溪) 류도기(柳道夔)[10]가 단성 현감(丹城縣監)이 되었을 때, 공을 초청하여 향교에서 제생들과 강론하였다. 그때 지은 시에 "자리를 마련하여 학생들 깨우치니 그 말씀 아름답네."라는 구절이 있다. 또 만성(晩醒) 박치복(朴致馥)과 함께 이백(李白)의 시를 논하였는데, 만성이 경탄하며 말하기를 "나는 그대의 박학함이 이런 경지에까지 이르렀을 줄은 생각지도 못하였습니다."라고 하였다. 그 외 이름난 석학으로 회산(悔山) 성채규(成采奎),[11] 해려(海閭) 권상적(權相迪),[12] 쌍강(雙岡) 하홍운(河洪運),[13] 동료(東寮) 하재문(河載文),[14] 직암(直菴) 권재규(權在奎),[15] 학산(鶴山) 박상태(朴尙台)[16] 같은 분들이 모두 공을 추중하였다.

맹자께서 이르시기를 "요·순의 도는 효제(孝悌)일 뿐이다."[17]라고 하였고, 또 "곤궁하면 홀로 자신을 닦아 선하게 하고, 현달하면 천하 사람들과 선을 함께한다."[18]라고 하였다. 만일 공이 일찍 세상에 현달하였다면, 평소 효제의 행실은 백성을 인도하고 풍속을 이룩한 공적에 있어 천하 사람들과 함께 선을 하는 데에 가까웠을 것이다. 그런데 불행하게

---

10 류도기(柳道夔) : 1830-?. 자는 장일(章一), 본관은 풍산(豊山), 안동(安東)에 거주하였다.

11 성채규(成采奎) : 1812-1891. 자는 천거(天擧), 호는 회산, 본관은 성주(星州)이다. 저술로 5권 2책의 『회산집』이 있다.

12 권상적(權相迪) : 1822-1900. 자는 율원(聿元), 호는 해려, 본관은 안동이다. 허전에게 수학하였다. 저술로 6권 3책의 『해려집』이 있다.

13 하홍운(河洪運) : 1822-1895. 자는 우서(禹瑞), 호는 쌍강, 본관은 진양(晉陽)이다.

14 하재문(河載文) : 1830-1894. 자는 희윤(羲允), 호는 동료, 본관은 진양이다. 박치복, 허유, 조성가 등과 교유하였다. 저술로 2권 1책의 『동료유고』가 있다.

15 권재규(權在奎) : 1835-1893. 자는 남거(南擧), 호는 직암, 본관은 안동이다. 허전에게 수학하였다. 저술로 5권 2책의 『직암집』이 있다.

16 박상태(朴尙台) : 1838-1900. 자는 광원(光遠), 호는 학산, 본관은 밀양(密陽)이다. 저술로 6권 3책의 『학산집』이 있다.

17 요·순의……뿐이다 : 『맹자』「고자」에 보인다.

18 곤궁하면……한다 : 『맹자』「진심」에 보인다.

도 산림에서 늙어 미관말직도 얻지 못하고서 홀로 자신을 닦아 선하게 하는 데에서 그쳤으니, 애석할 만한 일이다.

공의 성품은 저술을 좋아하지 않았고, 약간의 지은 글 또한 초고를 모으지도 못하였다. 공의 맏아들과 형제들은 공이 늘그막에 지은 시문을 수록하고, 또 제현들과 주고받은 시편 등을 두루 찾아 합하여 한 권의 책을 만들었다. 이것으로는 공의 덕을 논평하기에는 부족하다. 그러나 공의 행적을 알려는 자가 이것을 가지고 구해 본다면, 오히려 한 점의 고기 맛으로 솥 안의 고기 맛을 전부 알 수 있는 것과 같을 것이다.

어느 날 장남 상직(相直) 씨가 내가 공을 안다고 말을 하며 언행을 기록한 한 편의 글을 지어서, 자신으로 하여금 선조에게 선행이 있는데도 알지 못하는 것은 사리에 밝지 못하다는 꾸지람[19]을 면하게 해달라고 청하였다. 나는 어려서부터 공의 가르침을 받들었기에 감히 글재주가 없다는 이유로 끝내 사양하지 못하였다. 마침내 가장을 근거로 하고 보고 들은 것을 참고하여 위와 같이 서술하고 훌륭한 글을 남길 군자를 기다린다.

무술년(1898) 윤 삼월 모일 족손 규집(奎集)이 삼가 지음.

行狀

權奎集 撰

永嘉之權, 肇基於太師公諱幸。至文坦公諱漢功, 忠憲公諱仲達, 大顯

19 선행이……꾸지람 : 『예기』 「제통」에 “선조에게 아름다운 점이 없는데도 이것을 찬양하는 것은 속이는 것이고, 선행이 있는데도 이를 알지 못하는 것은 밝지 못한 것이고, 알고도 전하지 않는 것은 불인한 것이다. 이 세 가지는 군자가 부끄럽게 여기는 것이다.[先祖無美而稱之是誣也 有善而不知不明也 知而不傳不仁也 此三者君子之所恥也]”라는 구절이 있다.

于麗季。忠憲生諱嗣宗, 吏曹判書, 乃國初也。三世而諱繼祐, 進士, 階司勇, 自三嘉入丹城。又三傳至, 安分堂先生, 諱逵, 明廟朝以遺逸, 除參奉, 不就, 與退陶、南冥兩先生, 爲道義交。生諱文任, 號源塘, 文科, 薦檢閱。文章德行, 爲冥門高弟。父子幷享于文山 尊賢祠。系子諱洚, 以孝薦, 行金井道察訪, 葛菴 李先生稱之以篤行君子。生諱克亨, 贈戶曹佐郞。於公爲七代祖也。

高祖諱重垕, 武科, 行權管。曾祖諱倡, 號溪翁, 祖諱成洛, 號石皐, 皆以文學行誼聞。考諱輿樞, 號蝸室。妣晉陽 鄭氏, 載煥之女。公以憲宗元年乙未閏六月二十四日生于立石里第。

顔範端凝, 器度夙成, 見之者, 無不動色驚歎, 知其爲異日有爲材也。及就傅, 不怠誦讀, 同學者, 皆以爲不及。以庭命兼治時文, 及世道漸壞, 不復用意, 遂專力於四子、《心經》·《近思錄》、性理等書。昕夕孜孜, 如有肯綮難解處, 俯讀仰思, 期於有得而後已。書《小學·敬身篇》首章於寢屛, 而室壁則書白鹿洞規, 呂藍田鄕約, 以爲律己處世之方。鄕隣有從學者, 莫不隨材敎導之。

每戒之曰: “與惡人居, 雖懲其惡而改之, 然若非資稟之稍異者, 不無染惡之慮; 與善人居, 雖氣質庸下者, 習熟見聞, 自有進善之階。” 夫子所謂擇不處仁, 焉得智者, 蓋以此也。

至其事親之節, 不哀於常情易衰之境, 左右承將, 如手如足。親或不食, 亦不敢食。親有疾病, 心憂色焦, 必盡醫藥之方。凡可以適體悅口之物, 雖儒家所難辦者, 靡不用其極。

丙子, 丁母夫人憂, 喪葬祥禫, 以致弔悅。翌年, 伯氏早世至, 癸未冬, 伯姪相纘, 僑居安陰之角山。先公居于公家, 自此公事之尤竭其力。至於食飮衣服, 餘則藏以待之、薄則厚以易之。日侍坐側, 雖祁寒暑雨, 未嘗少懈。如或不得已而出, 則前期返面。

戊子, 先公沈疾數旬, 公臥起扶持湯藥等節, 不以衰疾委之於卑幼, 躬自親之。是年八月, 當大故, 哀毁幾滅性。不御酒肉, 不見婦面。葬山距家數里, 崎嶇狹路。逐日展省, 不有風雨。及當祭日, 黲巾素帶, 致齊以盡誠。嘗曰: "祭而無誠, 不如不祭。" 兄弟三人, 公居其中, 傷痛先兄夭逝, 語到輒鳴咽不已。

季氏公少公十五歲, 携抱扶護, 克盡保幼之道。稍長, 親授訓蒙諸書。如或違犯課程, 但勉勵而已, 未嘗以夏楚加威。及處事, 式好無猶, 人未見鬩墻之失。教子姪以馬伏波虎鵠之喩、范魯公花松之詩, 每每致意。

又曰: "孝子, 一出言而不敢忘父母 ; 一擧足而不敢忘父母。無或妄動爲門戶羞也。" 睦以處族、寬以待人, 鄕黨雖有橫逆, 不相報。

屬纊前數日, 謂二子曰: "吾病雖微, 恐不能久留陽界。" 遂强作, 遍省家近先山而歸。病漸, 欲呼弟及子姪, 諭以修身御家之道。又謂諸婦曰: "兄弟間失和, 常由於婦人之細說。切勿較短量長, 以傷天倫。" 言終, 恬然而逝, 當宁癸巳正月十八日也。訃聞, 遠近士友, 莫不嗟惜, 咸曰: "哲人萎矣。" 葬於晉州 斷俗 大牛谷兌坐之原。

配海州 鄭氏, 匡贊之女, 忠毅公諱文孚之九世孫。事舅姑, 供賓客, 克從克辦。惟公意是順, 家道之成, 蓋多助焉。擧二男, 長相直, 次相政。一女, 適士人崔喆模。

公諱憲璣, 字汝舜。初字天翊, 當時名人集中, 多載以初字。石帆其號也。嘗與金端磎 麟燮友善, 贈公之詩有云: "肚裏藏書千古近。"

柳小溪 道夔爲本縣縣監, 延公講諸生于校宮。亦有"開筵悍學說休休"之句。又與朴晩醒 致馥, 論李白詩, 晩醒驚曰: "吾不意君博洽之至此。" 其佗名碩, 如成悔山 采奎、權海閻 相迪、河雙岡 洪運、河東寮 載文、權直菴 在奎、朴鶴山 尙台, 咸推重之。

孟子曰: "堯、舜之道, 孝悌而已。", 又曰: "窮則獨善其身、達則兼善天下。" 若使公早見達於世, 則平日孝悌之行, 其於導民成俗之功, 庶幾乎兼善。不幸, 白首林樊, 未沾一命, 而止於獨善其身, 其可惜也已。

公雅性, 不喜著述, 如干所著, 亦不起稿。胤子兄弟, 收錄其暮境詩文, 又旁搜唱酬等, 什於諸賢家, 合爲一冊。此不足爲加損於公。而觀公者,以是求之, 則猶可爲全鼎之一臠矣。

日相直氏謂余以知公, 請撰言行一篇, 俾免不知不明之責。余自髫齡, 承公謦欬, 不敢以不文終辭。遂就本狀, 參以耳目所到, 敍次如右, 以竢立言之君子云。

戊戌閏三月日, 族孫奎集 謹書。

❖ **원문출전**

權憲璣,『石帆遺稿』卷3 附錄, 權奎集 撰,「行狀」(경상대학교 문천각 古(우산) D3B 권94ㅅ)

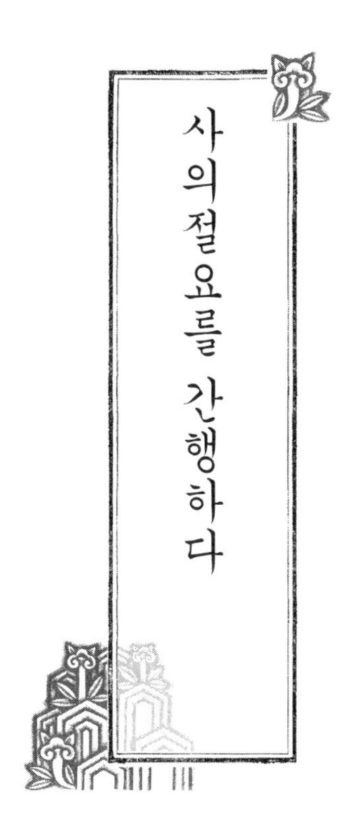

사의절요를 간행하다

조성렴(趙性濂) : 1836-1886. 자는 낙언(洛彦), 호는 심재(心齋), 본관은 함안(咸安)이다. 현 경상남도 함안군 산인면 모곡리 수동(壽洞) 마을에 살았다. 1864년 허전(許傳)의 제자가 되었으며, 허전의 『사의(士儀)』를 줄인 『사의절요(士儀節要)』의 간행을 주도하였다.

저술로 4권 2책의 『심재집』이 있다.

심재(心齋) 조성렴(趙性濂)의 묘갈명 병서

이훈호(李熏浩)[1] 지음

심재(心齋) 조공(趙公)은 내가 어렸을 적 이웃 마을에 대대로 살고 있었다. 그의 풍모를 바라보니 형형하게 빛이 나서 다른 사람에게까지 비치었다. 공의 높은 행실과 깊은 학문은, 아직 내가 어리고 우매하여 알지 못했다. 그뒤 공이 닦은 조예의 일단을 대략 알고는 더욱 마음을 기울여 경모하였다. 지금 공이 세상을 떠난 지 28년이 되었는데, 공의 손자 용뢰(鏞雷)가 묘소에 묘갈명이 아직 없다는 이유로 내게 부탁하여 묘갈명을 짓는다.

공의 휘는 성렴(性濂), 자는 낙언(洛彦)이다. 본관은 함안으로, 어계(漁溪) 선생 려(旅)의 후손이다. 판관 탄(坦)은 임진왜란 때 창의하여 공훈을 세워 병조 참판에 추증되었으며, 호는 도암(韜巖)이다. 덕기(德基)는 이조 참의에 추증되었고 호가 계산(桂山)인데, 이분이 공의 고조부이다. 증조부의 호는 신묵재(愼默齋)이고, 휘는 복현(復鉉)이다. 조부의 휘는 식(湜)이다. 부친의 휘는 맹식(孟植)이고, 호는 담와(澹窩)이다. 모친 은진 송씨(恩津宋氏)는 유선(有璿)의 따님이다.

공은 헌종 병신년(1836)에 태어났다. 나면서부터 단정하고 수려한 모습이 드러났다. 12, 3세 때에 스스로 발분하여 배움에 힘썼는데, 경의(經義)에 통했고 문장을 지어 사람들을 놀라게 했다. 19세 때 향시에 합격했

---

1 이훈호(李熏浩) : 1859-1932. 자는 태규(泰規), 호는 우산(芋山), 본관은 재령(載寧)이다. 현 경상남도 함안군 산인면에서 태어나 그곳에서 거주했다. 저술로 9권 5책의 『우산집』이 있다.

으나 끝내 회시에는 낙방하였다. 공은 탄식하며 스스로 큰 뜻을 세우고자 하면서 작은 포부를 가졌던 것에 대해 부끄러워했다.

갑자년(1864) 허성재(許性齋)[2] 선생이 김해 부사로 부임했을 적에, 공은 제일 먼저 선생을 사사했다. 난해한 점에 대해 논변하고 의심나는 점을 질의하니, 성재 선생이 깊이 탄복하였다. 성재 선생은 근래의 예학(禮學)이 문란한 것을 걱정하여 『사의(士儀)』 10책을 편정해 저술하였고, 다시 요약하여 『사의절요(士儀節要)』 2책을 만들었다. 『사의절요』는 공이 유독 힘을 들여 간행해 반포했는데, 세상에 널리 성행하였다.[3]

공은 예로써 부모를 섬겼고, 아우 조성원(趙性源)[4]과 우애가 매우 돈독했다. 무진년(1868) 모친이 병석에 눕자, 공은 밤낮으로 옷을 입고 허리띠를 풀지 않았으며, 탕약은 반드시 몸소 달여 올렸다. 운명하시려 하자 손가락을 잘라 피를 내어 모친의 입에 흘려 넣었다. 초상을 치를 적에는 묘 곁에 여막을 짓고 하루에 소량의 거친 밥을 먹으면서 상을 마쳤다.

병자년(1876) 대흉년이 들었는데, 공은 전답을 내다 팔아 곡식과 바꾸었다. 죽 쑤는 곳을 설치해 친척과 이웃을 구제하였고, 그들이 미처 내지 못한 세금을 대신 납부했다. 이에 앞서 조정에서는 공의 행의(行義)를 가상히 여겨 통덕랑에 제수하였는데, 이는 유신의 천거가 있었기 때문이었다. 임오년(1882) 부친 담와공의 상을 당하자, 모친상을 당했을 때처럼 여묘살이를 하였다.

병술년(1886) 51세의 나이로 자택에서 돌아가셨다. 함안 문암산성(門巖山城)[5] 감좌(坎坐) 언덕에 장사지냈다. 공은 영산 신씨(靈山辛氏)에게 장가

---

2 허성재(許性齋) : 허전(許傳, 1797-1886)이다.

3 사의절요는……성행하였다 : 『사의절요』는 1873년 함안(咸安) 수동(壽洞)의 심와(心窩)에서 간행되었다.

4 조성원(趙性源) : 1838-1891. 자는 효언(孝彦), 호는 자암(紫岩), 허전에게 수학하였다.

5 문암산성(門巖山城) : 현 경상남도 함안군 산인면 모곡리 일대의 문암산에 있는 산성으로,

들었는데, 이분은 지평 석림(碩林)의 손자 영성(泳成)의 따님이다. 공보다 20년 먼저 돌아가셨다. 아들 세 명을 두었는데, 찬규(燦奎)·병규(炳奎)·경규(慶奎)이다. 경규는 양자로 갔다. 딸은 한 명인데, 사인 송호문(宋鎬文)[6]에게 시집갔다. 찬규는 일찍 세상을 떠났는데, 그의 처 광릉 이씨(廣陵李氏)는 참판 상선(相善)의 따님으로 매우 어질어 가업을 일으켰다. 경규의 아들 용뢰(鏞雷)를 양자로 들였다.

공은 온화하고 단아했으며, 문장과 덕행이 있었고, 개결하면서도 배려심이 있었다. 성품이 어질고 효성스러웠으며 남에게 베풀기를 좋아했다. 친족과 이웃 및 벗들이 모두 공을 사랑하고 존모하여 공과 화합했다. 공의 학문은 경서(經書)와 사서(史書)에 두루 박학했는데, 마음을 다스리는 공부에 더욱 힘을 쏟았다. 책상에는 항상 『심경(心經)』 한 책이 있었는데, 성재 선생이 그점을 가상히 여겨 문인 정헌시(鄭憲時)[7]에게 특별히 '심(心)' 자를 써서 주도록 했다.

당세의 명현 중 계당(溪堂) 류주목(柳疇睦),[8] 긍암(肯庵) 이돈우(李敦禹),[9] 정헌(定軒) 이종상(李鍾祥),[10] 석림(石林) 이용기(李用基) 등은 모두 공을 한 번 보고는 뛰어남에 감탄하여 마음을 다해 허여했다. 저술로 『함주삼강록(咸州三綱錄)』과 시문 약간 권이 있는데, 집안에 소장되어 있다.

가야 시대에 축조되었다고 한다.

6 송호문(宋鎬文) : 1862-1907. 자는 자삼(子三), 호는 고헌(觚軒)·수재(受齋), 본관은 은진(恩津)이다. 존양재(存養齋) 송정렴(宋挺濂)의 후손이다.

7 정헌시(鄭憲時) : 1847-?. 자는 성장(聖章), 호는 강재(康齋), 본관은 초계(草溪)이다.

8 류주목(柳疇睦) : 1813-1872. 자는 숙빈(叔斌), 호는 계당, 본관은 풍산(豊山)이다. 류성룡(柳成龍)의 후손이고, 류후조(柳厚祚)의 아들이다. 저술로 16권 8책의 『계당집』이 있다.

9 이돈우(李敦禹) : 1807-1884. 자는 시능(始能), 호는 긍암, 본관은 한산(韓山)이다. 이상정(李象靖)의 현손이고, 류치명(柳致明)의 문인이다. 저술로 19권 10책의 『긍암집』이 있다.

10 이종상(李鍾祥) : 1799-1870. 자는 섭여(涉汝), 호는 정헌, 본관은 여주(驪州)이다. 경주 명곡(明谷)에서 태어났다. 저술로 18권 9책의 『정헌집』이 있다.

명은 다음과 같다.

효제는 항상 행해야 하는 것인데	孝悌常行
순응할 때도 있고 그렇지 못할 때도 있으며	有順有不順
스승의 가르침은 냉엄하고 담박한 것인데	師道冷澹
믿는 사람도 있고 믿지 않은 사람도 있다	或信或不信
그런데 공은 사욕을 이겨내	惟公克戡
학문을 통해 진보하였네	由學以進
상제의 명은 정성스러운 사람을 돕는 법인데	上帝棐忱
어찌하여 그 명이 어긋났단 말인가	胡命之乖
천명을 편히 따르다 돌아가셨으니	安而沒地
그분이 바로 심재(心齋)로구나	寔曰心齋

心齋 趙公 墓碣銘 幷序

李熏浩 撰

心齋 趙公, 余幼少時, 以接隣閈而世數。望見其風姿, 炯炯照人。惟制行之高、學問之邃, 尙蒙騃未敢知。向後, 略識公造詣之端倪, 益傾心嚮慕焉。今距公歿, 二十有八載, 公之孫鏞雷, 以墓尙無刻文屬余, 銘之。

公諱性濂, 字洛彦。姓出咸安, 漁溪先生 旅之世也。判官坦, 壬辰亂, 倡義樹勳, 贈兵曹參判, 號韜巖。曰德基, 贈吏曹參議, 號桂山, 則公之高祖。曾祖愼默齋, 諱復鉉。祖諱湜。考諱孟植, 號澹窩。妣恩津 宋氏, 有璿之女。

公以憲宗丙申生。生而端秀則見。十二三, 始自奮力學, 通經義, 屬文, 已驚人。十九, 捷鄕解, 竟不利有司。公喟然欲自樹立, 恥於小售。

甲子, 許性齋先生, 官金陵, 公首師事之。辨難質疑, 先生深歎服之。先生患近世禮學紊壞, 定著《士儀》十冊, 復撮之爲《節要》二冊。其《節要》, 公獨出力刊布, 最盛行于世。

公事親以禮, 與弟性源, 友于甚篤。戊辰, 母夫人疾病, 公晝夜衣不解帶, 湯藥必躬自煎。臨絶, 又血指灌口。及喪, 廬墓側, 日食數溢糲米, 以終制。

歲丙子, 大荒殺, 公斥賣田土, 貿峙穀。設饘粥, 濟活族戚隣里, 代納其逋租緡錢。先是, 朝廷嘉公行義, 命授通德郎, 蓋用儒薦也。壬午, 遭澹窩公喪, 廬墓亦如初。

丙戌, 年五十一, 考終于第。葬門巖山 城山負坎原。公娶靈山 辛氏, 持平碩林孫, 泳成之女。先公二十年卒。子男三人, 燦奎、炳奎、慶奎出后。女一人, 適士人宋鎬文。燦奎早卒, 其妻廣陵 李氏, 參判相善之女, 克賢振先業。取慶奎之子鏞雷, 子之。

公溫雅有文行, 介而恕。性仁孝, 好施與。族隣友朋, 皆愛慕翕翕焉。其爲學博洽經史, 而尤用力於治心。案上常有《心經》一部, 性齋先生嘉之, 命門人鄭憲時, 特書心字, 贈之。

當世名賢, 如柳溪堂 疇睦、李肯庵 敦禹、李定軒 鍾祥、李石林 用基, 皆一見嗟異, 推心詡之。所著有《咸州三綱錄》, 幷詩文若干卷, 藏于家。

銘曰 : "孝悌常行, 有順有不順, 師道冷澹, 或信或不信。惟公克戡, 由學以進。上帝棐忱, 胡命之乖。安而沒地, 寔曰心齋。"

❖ 원문출전

李熏浩, 『芋山集』 卷7 墓碣銘, 「心齋趙公墓碣銘幷序」(경상대학교 문천각 古(면우) D3B 이97ㅇ)

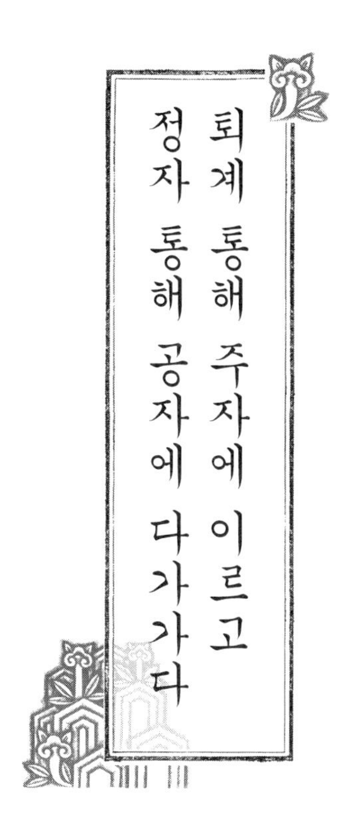

퇴계 통해 주자에 이르고 정자 통해 공자에 다가가다

허훈(許薰) : 1836-1907. 초명은 도문(道文), 자는 순가(舜歌), 호는 방산(舫山)이며, 본관은 김해이다. 현 경상북도 구미시 임은동(林隱洞)에서 태어났다. 어릴 적에는 조부 허임(許恁)에게 수학하였고 29세(1864) 때 허전(許傳)에게 집지하였다. 32세(1867) 때 선영이 있는 개령(開寧:김천) 지천동(芝泉洞)으로 이주하였다. 59세(1894) 때 현 경상북도 청송군 진보면 홍구리(興丘里)로 옮겨와 강학하였다. 만년에 도산서원과 병산서원의 원장을 지냈다.
저술로 22권 12책의 『방산집』이 있다.

방산(舫山) 허훈(許薰)의 묘갈명

김도화(金道和)[1] 지음

정미년(1907) 8월 23일 방산(舫山) 허공이 진성(眞城:眞寶)의 우거지에서 세상을 떠나 읍치 서쪽 흥구리(興丘里) 산기슭에 장사지냈다. 그로부터 4년 뒤 경술년(1910) 공의 장남 숙(𦙫)이 가장을 가져와 나에게 묘갈명을 청하였다. 내가 늙어 정신이 없지만 정의상 차마 사양할 수 없는 점이 있어서, 마침내 가장을 살펴보고 그에 의거하여 아래와 같이 서술한다.

공의 휘는 훈(薰), 자는 순가(舜歌), 호는 방산(舫山)이다. 허씨의 세계는 수로왕(首露王)으로부터 시작되었다. 그리하여 고려 때 휘 염(琰)은 가락군(駕洛君)에 봉해졌고, 휘 징(澄)은 시빈재 상경(侍賓齋上卿)이었다. 국조에 들어와 휘 언룡(彦龍)은 예조 판서를 지냈고, 청백리에 녹권되었다. 휘 국정(國禎)은 진사였고, 정암(靜菴)[2] 선생을 스승으로 섬겼다. 기묘사화가 일어나자 대궐에 엎드려 통곡하였다. 휘 경윤(景胤)[3]은 직장을

1 김도화(金道和) : 1825-1912. 자는 달민(達民), 호는 척암(拓庵), 본관은 의성이다. 현 경상북도 안동시 일직면 귀미리에서 태어났다. 류치명(柳致明)에게 수학하였다. 유일로 천거되어 의금부 도사를 역임하였다. 곽종석(郭鍾錫)·김흥락(金興洛)·류지호(柳止鎬) 등과 교유하였고, 한말 안동지역 의병장으로 활약하였다. 저술로 26권 14책의 『척암집』이 있다.

2 정암(靜庵) : 조광조(趙光祖, 1482-1519)의 호이다. 자는 효직(孝直), 시호는 문정(文正)이며, 본관은 한양이다. 김굉필(金宏弼)에게 수학하였다. 부제학, 대사헌 등을 역임하였다. 중종 때 개혁정치를 단행하다가 기묘사화로 인해 사사되었다.

3 경윤(景胤) : 허경윤(許景胤, 1573-1646)이다. 자는 사술(士述), 호는 죽암(竹庵), 본관은 김해(金海)이다. 이후경(李厚慶)·한몽삼(韓夢參)과 교유하였다. 인조 때 예빈시 직장에 제수되었지만 사양하였다. 조식(曺植)을 배향한 신산서원(新山書院)이 임진왜란 때 소실되자 중건하였다.

지냈는데 병자년 창의하였을 때 아들을 보내 참여하였다. 구천사(龜川祠)[4]에 제향되었는데, 이분이 공의 9대조이다.

고조부 박(璞)은 직각(直閣)에 추증되었다. 증조부 돈(暾)은 부제학에 추증되었고, 호는 불고헌(不孤軒)이며, 일선(一善:善山) 임은리(林隱里)[5]에 처음으로 이거하였다. 조부 임(恁)은 진사였는데 호는 태초당(太初堂)이며, 문장과 행의가 있었다. 둘째 아우 비서승 운(傊)의 아들 정(証)을 후사로 삼았지만 일찍 생을 마쳐 자식이 없게 되었다. 그래서 또 본생가의 아우이자 참찬에 추증된 청추헌(聽秋軒) 조(祚)의 아들을 후사로 삼았으니, 이분이 곧 공이다.

모친 여강 이씨(驪江李氏)는 회재(晦齋) 선생의 후손인 가상(家祥)의 따님이다. 본생가의 모친 진성 이씨(眞城李氏)는 참판에 추증된 휘수(彙壽)의 따님인데, 퇴계 선생의 10세손이다. 그 대대로 드러난 덕의 성대함이 이와 같았다.

공은 헌종(憲宗) 병신년(1836)에 태어났다. 어려서부터 특이한 자품이 있어서 총명하고 영특함이 남들보다 뛰어났다. 5세 때 이미 글귀를 지어 사람들을 놀라게 했다. 조부 태초공이 매화를 보고 시를 짓게 하였는데, 공이 바로 읊조리기를 "너는 온갖 꽃들의 종주로다."라고 하니, 식자들은 공이 원대하게 성취하리라 기대하였다. 하루는 서고에 들어가 이 책 저 책을 뽑아보며 읽는 데 빠져있어서, 집안사람들이 어디 있는지도 모를 정도였다. 10세 때 『시경』과 『서경』을 두루 읽어 능히 대의를 이해하였다. 12세 때 부친의 명으로 대대(大對)[6]를 지었는데, 문장가의 법도가

4 구천사(龜川祠) : 현 경상남도 김해시 상동면 우계리에 있는 구천서원이다.

5 임은리(林隱里) : 현 경상북도 구미시 임은동이다.

6 대대(大對) : 어떤 문제를 제시해서 그에 대한 답을 구하는 시험의 일종으로, 대책(對策)이라고도 한다.

있었다. 16세 때 해련(海蓮) 이봉기(李鳳基) 공의 따님에게 장가들었다. 이공은 당시 큰 학자였는데, 공을 여러 차례 칭찬하며 큰일을 담당할 그릇으로 여겼다. 공의 재주와 성품의 아름다움이 이와 같았다.

공은 일찍이 성재(性齋) 허공(許公)[7]을 찾아뵙고 집지하여 천덕(天德)과 인도(人道)의 요점을 듣고 심의제도(深衣制度) 및 사칠변설(四七辨說)을 강론하고 질정하였는데, 격려와 칭찬을 자주 받았다. 또 계당(溪堂) 류공(柳公)[8]을 찾아뵈었다. 류공은 자신이 찬집한 예설(禮說)[9]을 가지고 논변을 반복하였는데, 공에게 절충한 것이 많았다. 공이 돌아 간 뒤에, 류공이 편지를 보내 사례를 하고 말하기를 "그대는 마음을 붙잡고 공부를 하여 이미 학문을 성취하고 득력을 하는 경지에 이르렀다."라고 하였다.

얼마 뒤 개령(開寧:金泉)의 방암(舫巖) 아래에 집을 짓고, 방산(舫山)이라 자호하였다. 그곳에서 조용히 거처하며 하루종일 책상을 마주하고서 통금을 알리는[10] 깊은 밤까지 학문을 게을리하지 않았다. 『상서』·『논어』·『예기』 등과 같은 책은 번갈아 익숙해질 때까지 반복해서 읽어 마치 자기의 말을 외는 것 같았다. 제자백가의 말은 정수를 파악하지 않음이 없어서 마치 자기 주머니 속에서 물건을 찾는 것 같았다. 그 학문에 대한 근면함이 이와 같았다.

---

7 허공(許公) : 허전(許傳, 1797-1886)이다. 자는 이로(而老), 호는 성재(性齋), 본관은 양천이다. 기호 남인학자로 퇴계학파를 계승한 류치명과 학문적으로 쌍벽을 이루었다. 1864년 김해 부사에 부임하여 영남 지역의 학풍을 진작시켰다. 저술로 45권 23책의 『성재집』과 『사의(士儀)』 등이 있다.

8 류공(柳公) : 류주목(柳疇睦, 1813-1872)이다. 자는 숙빈(叔斌), 호는 계당(溪堂), 본관은 풍산이며, 현 경상북도 상주(尙州) 출신이다. 저술로 4책의 『사칠논변』, 5책의 『조야약전(朝野約全)』 등이 있다.

9 찬집한 예설(禮說) : 류주목은 사례(四禮)·오례(五禮)·사상례(士相禮)·거가잡의(居家雜儀)를 두루 참고하여 『전례유집(全禮類輯)』을 저술하였다.

10 통금을 알리는 : 조선 시대 치안 유지를 위해 매일 밤 10시경 28번의 종을 쳐서 성문을 닫고 통행금지를 알렸다.

공은 약관에 조부의 상을 당하자 공경과 슬픔을 모두 극진히 하였다. 당시 조모 장씨(張氏)는 나이 70이 넘도록 살아계셨고, 모친의 연세도 60이 다 되었다. 공은 아침저녁으로 모시면서 나들이를 하지 않은 채 힘을 다해 봉양하였다. 제철 음식을 얻게 되면 반드시 싸가지고 와서 올렸다. 모친이 병에 걸려 위독해지자, 공은 몸소 약과 미음을 올리며 허리띠를 풀지 않고 눈도 붙이지 않았다. 그러다 상을 당하게 되자 매우 슬퍼하여 몸을 가누지 못했다.

장사를 지낸 뒤, 어떤 무지한 촌사람이 묘가 자기의 선영과 가깝다는 이유로 무리들을 거느리고 와 길을 막고 좌우에서 공을 협박하였다. 공이 말씀하기를 "어버이를 장사지내는 도리를 어찌 힘으로써 제압할 수 있겠는가."라고 하였다. 드디어 공이 정성을 다하고 애달프게 간청하여 그들을 감복시켰다.

매달 초하루와 보름에 성묘하였는데, 비바람이 불어도 그만두지 않았다. 기제(忌祭)가 되면 몸소 제수를 장만하고, 초상 때와 같이 단문괄발(袒免括髮)[11]하여 울부짖으며 통곡하였다. 선조의 숨은 훌륭한 덕을 추모하여 각각 묘지(墓誌)를 지어 밝혔고, 친척들의 가난함을 걱정하여 길흉사 때마다 구제해 주었다. 그 인륜에 독실한 것이 이와 같았다.

스승의 문하에 나아간 뒤로부터 과거공부를 그만두고 위기지학에 의지를 더욱 전념하여, 날마다 정자(程子)와 주자(朱子)[12]의 여러 책을 취해 잠심하여 연구하였다. 염계(濂溪) 주돈이(周敦頤)의 「태극도설」에 대해서는 음과 양이 동(動)하고 정(靜)하는 묘리와 인(仁)·의(義)·중(中)·정(正)

11 단문괄발(袒免括髮): 소렴(小斂)을 마치고 상제가 왼쪽 어깨를 드러내고 풀었던 머리를 묶는 일을 가리킨다.

12 정자(程子)와 주자(朱子): 원문의 낙(洛)은 낙양(洛陽)에 살았던 정호(程顥)·정이(程頤)를 가리키고, 건(建)은 복건성(福建省)의 주희(朱熹)를 가리킨다.

의 본지를 분변하여 밝혔다. 주자의 『주자어류』에 대해서는 리기(理氣)·성명(性命)의 설과 중화(中和)·혈구(絜矩)의 의미를 추구하여 홀로 터득한 견해가 있었다.

일찍이 말씀하기를 "퇴계 선생은 우리나라의 주자이다. 선생의 사단칠정(四端七情)의 리발·기발에 대한 논의는 진실로 주자의 가르침과 부절처럼 합치되는데, 세상의 학자들 중에는 혹 칠정을 리발이라 말하는 이가 있으니, 주자와 퇴계의 본지를 크게 잃은 것이다."라고 하였다. 이에 「사칠관견(四七管見)」[13]을 지어서 그점을 분변하였다. 왕양명(王陽明)의 심즉리설(心卽理說)은 이미 퇴계 선생에게 배척을 받은 것인데, 근세 한 지방의 의론[14]이 쇠를 일러 은이라 하듯 억지주장을 하면서 왕씨의 심즉리설을 가지고 그의 설을 공격하는 것이라고 말을 하지만, 실제로는 왕씨의 여파인 것이다. 이에 공은 「심설(心說)」[15]을 지어 그들을 배척하였다. 일찍이 말씀하기를 "사단에는 미루어 넓히는 공부가 있고, 칠정에는 절제하여 단속하는 공부가 있다. 만약 칠정 또한 리발이 된다고 한다면 마침내 기를 리로 여기는 병통에 떨어질 것이다."라고 하였다. 그 학문의 길이 단정하고 적확한 것에 이와 같은 점이 있었다.

일찍이 말씀하기를 "학문을 하는 방법은 지경(持敬)에 달려있는데, 밖으로는 정재엄숙(整齋嚴肅)하고 안으로는 주일무적(主一無適)하는 것이 그것이다."라고 하였다. 앉아 공부하는 좌우에 손으로 '경(敬)은 천 가지 삿된 생각을 물리치고, 성(誠)은 만 가지 거짓을 사라지게 한다.[敬敵千邪誠消萬僞]'는 여덟 글자를 써서 걸어 두고, 항상 주시하는 바탕으로 삼았다. 게으른 기색을 몸에 배지 않게 하고, 비루한 말은 입 밖으로 내지

13 사칠관견(四七管見) : 『방산집』 권12 잡저(雜著)에 실려 있다.
14 한 지방의 의론 : 이진상(李震相)의 심즉리설로 추정되는 의론을 가리키는 듯하다.
15 심설(心說) : 『방산집』 권11 잡저(雜著)에 실려 있다.

않았다. 집안을 다스리는 데 법도가 있어서 내외가 가지런하고 엄숙하였다. 자제들을 가르칠 적에는 반드시 말씀하기를 "말은 충성스럽고 믿음직해야 하며, 행실은 독실하고 공경스러워야 한다.[言忠信 行篤敬]"라고 하여 혼란을 대처하는 방법으로 삼게 하였다. 매양 '평소 비바람 치는 밤이면, 누워서 명분과 절의의 어려움을 생각하네.[平生風雨夜 臥念名節難]'[16]라는 구절을 외면서 거듭 경계하였다. 그 몸을 단속하고 집안을 다스리는 법도에 이와 같은 점이 있었다.

공은 후진들을 권면하고 인도할 적에는 재주에 따라 가르쳐 주었고, 친애하거나 소원한 것으로써 간격을 두지 않았다. 혹 학비가 없어 배우지 못하는 자가 있으면 반드시 거두어 문하에 두었다. 남의 선행을 보면 자신이 이르지 못한 경지처럼 권장해 주었고, 남의 악행을 들을 경우에는 말로 드러낸 적이 없었다. 그 사람들을 가르치고 대접하는 법도에 이와 같은 점이 있었다.

또 서적을 연구하여 살펴볼 적에는 삼왕·오제 이후의 예악과 형정(刑政)의 적용, 세금과 군사의 제도에 이르기까지 궁구하여 그 궁극에 이르지 않음이 없었다. 천지·일월·성신의 궤도와 산천·초목·조수의 이름 또한 모두 섭렵하여 빠뜨리지 않았다. 또 충의(忠義)·효열(孝烈)의 행실, 여항·농사의 어려움 같은 것들에 대해서도 알려지지 않은 행실을 드러내주기도 하고 더러는 그 편의를 논하기도 하여 시골에 살았지만 천하에 대한 걱정을 잊지 않았다. 그 경륜과 세상을 구제하려는 의지에 이와 같은 점이 있었다.

공은 젊었을 적부터 문장에 뜻을 두어 『춘추좌씨전』과 『국어』, 『한서』

16 평소……생각하네 : 중국 남송(南宋)의 장식(張栻)이 지은 「송양정수(送楊廷秀)」의 1구와 2구에서 따온 말로, 원문은 "平生風雨夕 每念名節難 窮冬百草歇 手自種瑯玕 吾子三十策 字字起三歎 豈欲求人知 正自方寸殫 請哦碩人詩 匪爲樂考槃"이다.

와 『사기』 등의 책에 심취하였고, 동중서(董仲舒)[17] · 가의(賈誼)[18] · 한유(韓愈)[19] · 유종원(柳宗元)[20] 등의 문장을 두루 섭렵하였다. 그리하여 풍격과 법도를 취하기도 하고, 결구와 수사를 탐구하기도 하였다. 그러나 결국에는 사서삼경으로 돌아와 글자마다 궁구하고 구절마다 탐색하여 무미한 문장 속에서 그 맛을 터득하였다. 처음에 웅건하던 것이 점차 순정해지고, 처음에 기굴(奇崛)하던 것이 점점 평이해져 혼연히 일가의 계보를 이루었다. 공이 지은 시는, 의미는 충담(沖淡)하고 운격은 맑고 심원하여, 사람들이 건안(建安)[21] · 천보(天寶)[22]의 유풍에 견주었다. 그 문사(文辭)의 해박함에 이와 같은 점이 있었다.

또 저서와 논술로 일을 삼았다. 『대학』에 대해서는 「대학강의(大學講義)」[23]가 있고, 『논어』에 대해서는 「논어차기(論語箚記)」[24]가 있고, 『주역』에 대해서는 「선천도총론(先天圖總論)」[25]을 지었고, 『예기』에 대해서는 「심의변설(深衣辨說)」·「옥조변설(玉條辨說)」[26]이 있다. 증거를 든 것이 적당하고 의리가 분명하여 모두 사문에 도움이 되기에 충분하였다.

---

17 동중서(董仲舒) : 중국 전한(前漢) 때의 유학자로, 하북성(河北省) 광천현(廣川縣) 출신이다. 『춘추번로(春秋繁露)』 등을 저술하였다.

18 가의(賈誼) : BC 201-169. 서한(西漢) 때 낙양(洛陽) 사람으로 시문에 뛰어나고 제자백가에 정통하였다.

19 한유(韓愈) : 768-824. 당(唐)대의 문장가로, 자는 퇴지(退之), 호는 창려(昌黎), 시호는 문(文)이다. 고문운동을 제창하여 복고명도(復古明道)를 주장하였다.

20 유종원(柳宗元) : 773-819. 당(唐)대의 문학가로, 자는 자후(子厚)이다. 한유와 함께 고문운동의 쌍벽을 이루었다.

21 건안(建安) : 동한(東漢) 헌제(獻帝)의 연호이다. 196-220년까지 사용되었다.

22 천보(天寶) : 당(唐)나라 현종(玄宗)의 연호이다. 741-756년까지 사용되었다.

23 대학강의 : 현재 『방산집』에서는 '대학강의'를 가리키는 작품이 없다.

24 논어차기(論語箚記) : 「논어차기」라는 제목의 작품은 없는데, 유사한 것으로 『방산집』 권13 잡저의 「이한주논어차의변(李寒洲論語箚義辨)」이 있다.

25 선천도총론(先天圖總論) : 『방산집』 권11 잡저에 실려 있다.

26 심의변설·옥조변설 : 「심의변설」, 「옥조변설」이란 작품은 없다. 유사한 작품으로 『방산집』 권12 「변이한주심의설(辨李寒洲深衣說)」은 있다.

그 편수하고 저술한 공에 이와 같은 점이 있었다.

평소 산수벽(山水癖)이 있었는데, 동쪽으로는 장산(萇山)[27]과 시림(始林)[28]을 유람하고, 동해바다의 일출을 보았다. 서쪽으로는 속리산(俗離山)과 계룡산(鷄龍山)을 유람하고서 백제(百濟)의 옛 도읍지까지 이르렀다. 북쪽으로는 금강산에 들어가 신선이 사는 곳을 둘러보고, 다시 영월(寧越)에 들러 사육신[29]의 영령에 조문하였다. 돌아올 적에 도산(陶山)에 이르러 상덕사(尙德祠)[30]에 참배하고 천연대(天淵臺)[31]에서 노닐었는데, 개연히 '증점(曾點)이 늦은 봄날 동자들과 함께 기수(沂水)에서 목욕하고 무우(舞雩)의 들에서 바람 쐬고 시를 읊조리며 돌아오겠다'[32]고 한 소원을 떠올리고서 이에 유람을 끝마쳤다. 그 맑고 넓은 흉금의 운치에 이와 같은 점이 있었다.

공은 여러 차례 문학과 행의로 조정에 천거되었다. 갑진년(1904)에 이르러 경기전 참봉(慶基殿參奉)에 제수되었지만 병을 핑계로 나아가지 않았으니, 공의 은미한 의지를 알 수 있다. 부인 연안 이씨(延安李氏)는 곧 해련(海蓮) 이봉기(李鳳基)의 따님이다. 공의 배필이 되어 부덕을 어김이 없었는데 공보다 먼저 세상을 떠났다. 아들 셋을 두었다. 장남은 숙(塾), 차남 용(墉)은 진사, 막내 병(㻫)은 주사인데, 모두 문예가 있었다. 장남 숙의 아들은 종(鍾)과 원(鋺)이고, 사위는 유민우(柳旻佑), 참봉 신완식(辛

27 장산(萇山) : 현 부산시 해운대구에 소재한 산이다.

28 시림(始林) : 계림(鷄林)이라고도 한다. 현 경상북도 경주이다.

29 사육신 : 단종의 복위를 꾀하다 사전에 발각되어 순사한 성삼문(成三問)·박팽년(朴彭年)·하위지(河緯地)·이개(李塏)·유응부(兪應孚)·김문기(金文起) 등 6명의 충신을 가리킨다. 현 강원도 영월군 영월읍 영흥리에 이들을 모신 창절사(彰節祠)가 있다.

30 상덕사(尙德祠) : 현 경상북도 안동의 도산서원에 있는 사당으로, 이황과 조목(趙穆)의 위패가 함께 모셔져 있다.

31 천연대(天淵臺) : 도산서원 동편 산기슭 절벽을 가리킨다.

32 증점(曾點)이…… 돌아오겠다 : 『논어』「선진」 제25장에 나온다.

完植), 신두희(申斗熙), 이원달(李源達)이다. 차남 용의 아들은 감(鑑)이고, 사위는 유충우(柳忠佑)이다. 막내 병의 맏아들 윤(鈗)은 요절하였고, 둘째는 순(錞), 셋째는 완(鋺)이다. 사위는 이원영(李源榮)이다. 유민우의 아들은 시태(時泰)이고, 나머지는 모두 어리다. 그 자식과 조카들이 빼어나 모두 이와 같은 점이 있었으니, 이는 참으로 기록할 만하다.

또 나는 비록 공과 자주 정답게 이야기를 나눈 교분도 없지만, 성기(聲氣)가 서로 교감하고 지취가 서로 맞아 속세를 벗어나 있는 듯하였다. 늙어서도 서로 그리워하며 세한의 송백[33]처럼 변치 않기를 기약했는데, 인사(人事)가 갑자기 어긋나고 말았다. 그러니 천고의 지기를 잃은[34] 슬픔을 스스로 그칠 수 없다. 또 어찌 그런 점을 알면서도 아무 말도 하지 않아 지하에 묻힌 어진 벗을 저버릴 수 있겠는가. 이에 명을 짓는다.

명은 다음과 같다.

불고헌(不孤軒)의 유풍과	不孤遺韻
태초당(太初堂)의 미덕이	太初徽謨
독실히 우리 공을 낳았으니	篤生我公
참으로 대유(大儒)가 되셨도다	展也大儒
일찍이 스스로 꼿꼿하게 앉이	早自竪脊
서재에서 부지런히 힘썼네	矻矻書幮
육예(六藝)를 익히고	六藝肄習
제자백가의 책을 널리 읽었네	百家佃漁

33 세한의 송백 : 『논어』 「자한」 "歲寒然後 知松柏之後凋"에서 따온 말이다.

34 지기를 잃은 : 원문의 '撤斤之悲'는 『한서(漢書)』 권87 「양웅전 하(揚雄傳下)」의 "종자기가 죽자 백아는 줄을 끊고 거문고를 부수어 대중에게 연주하려 하지 않았다. 도개(塗墍)를 잘하는 요인(獶人)이 죽자 장석은 도끼를 거두고 감히 망령되이 깎지 못했다.[鍾期死 伯牙絶絃破琴 而不肯與衆鼓 獶人亡則匠石輟斤 而不敢妄斲]"라는 데에서 인용한 것이다. 이는 지기(知己)를 잃은 후의 슬픔을 표현한 것이다. 원문의 撤은 轍과 통용된다.

절차탁마 하는 그 모습 琢之礱之
대장(大匠)의 풀무질 같았네 大匠韝鑪
퇴계를 말미암아 주자에 이르고 由陶達建
정자를 거슬러 공자에 이르렀네 溯洛至洙
경(敬)과 성(誠)의 여덟 자 좌우명 八字規箴
선현들이 본보기로 삼은 것이네 先哲楷模
재주는 학업을 통해 넓어지고 才須業廣
행실은 덕과 함께 부합하였네 行與德符
뜻한 바를 발휘해 지은 문장 發爲文章
고인과 더불어 동류가 되었네 與古爲徒
패도를 축출하고 이단을 물리치니 黜覇闢異
사류의 추향을 바르게 했네 俾正士趨
만약 그 재주를 시험하였다면 如其有試
넉넉하지 않음이 없었을 것이네 靡不綽餘
경연에서 논사를 펼치거나 經幄論思
조정에서 정사를 도모했을 것이네 廊廟謨訏
임금의 명 무슨 소용 있으랴 一命何有
세도가 떨어져서이네 世道之汚
궁벽한 고향 땅에 은거한 채[35] 窈窕東岡
거문고 타고 글 읽기를 즐겼네 樂我琴書
온화한 덕이 안으로 쌓여 沖和內積
아름다운 빛 밖으로 드러났네 英華外敷
보는 사람마다 심취하게 하니 覿者心醉
충만하게 도가 넉넉해서라네 充然道腴
이 때문에 세상을 마칠 때까지 以是歸終
천리에 순응하며 삶을 편히 했네 順吾寧吾

35 고향 땅에 은거한 채 : 『후한서』 「주섭전(周燮傳)」에 "선세 이후로 공훈과 은총이 대대로 이어졌는데, 어찌 그대 혼자 동강(東岡)의 언덕을 지키려고 하는가.[自先世以來 勳寵相承 君獨何爲 守東岡之陂乎]"라고 하였다. 이는 세상을 마다하고 고향에 은둔하는 것을 말한다.

이 비석에 공의 행적 새기니　　刻玆貞珉
나의 말은 거짓이 없다네　　我言非誣

문소(聞韶:義城) 김도화(金道和)가 지음.

墓碣銘

金道和 撰

歲丁未八月, 舫山 許公, 卒于眞城寓舍, 葬在治西里村之麓。後四年庚戌, 公之胤壚, 持遺狀, 請銘於余。余雖耄荒, 誼有不忍辭者, 遂按據而叙之曰。

公諱薰, 字舜歌, 舫山其號也。許氏之世, 出自首露王。而麗時有諱琰, 封駕洛君, 有諱澄, 侍賓齋上卿。國朝有諱彦龍, 禮曹判書, 錄淸白吏。有諱國禎, 進士, 師事靜庵先生。己卯禍作, 守闕號哭。有諱景胤, 直長, 柔兆翟難, 倡義送子。享龜川祠, 於公爲九世也。高祖曰:璞, 贈直閣。曾祖曰:暾, 贈副提學, 號不孤軒, 始移居于一善之林隱。祖曰:恁, 進士, 號太初堂, 有文章行誼。以仲弟秘書丞儓之子祉爲嗣, 早歿無育。又以本生弟贈參贊聽秋軒 祚之子, 子之, 卽公也。妣驪江 李氏, 晦齋先生後家祥之女。本生妣眞城 李氏, 贈參判彙壽之女, 退溪先生十世孫也。其世德之盛, 有如此者。

公以憲廟丙申生。幼有異姿, 聰穎絶人。五歲已屬句驚人。太初公命賦梅, 應口曰: "爾爲百花宗。", 識者以遠大期之。一日在書庋中, 亂抽卷帙, 潛心玩閱, 家人不知所在。十歲, 遍讀≪詩≫、≪書≫, 能領會大義。十二歲, 以親命作大對, 有作者軌範。十六歲, 聘于海蓮 李公鳳基之門。李公當世鴻儒也, 屢加稱賞, 器以大受。其才性之美, 有如此者。

嘗贄拜于性齋 許公, 得聞天德、人道之要, 講質深衣制度及四七辨說, 亟蒙奬詡。又往拜溪堂 柳公。柳公以所輯禮說, 反復論辯, 多折衷於公。歸後, 柳公以書謝之曰: "操心下功, 已得到成就得力處。" 旣而卜築于開寧 舫巖之下, 而自號曰: "舫山"。靜處其中, 終日對案, 至夜深定鍾而不卷。如《尙書》、《論語》、《禮記》等書, 循環熟複, 如誦己言。諸子百家之言, 靡不咀英而嚼華, 如探囊中物。其勤於問學, 有如此者。

弱冠遭王考喪, 敬戚俱盡。時王母張夫人, 以七耋在堂, 慈夫人亦年滿六旬。晨夕趨侍, 未嘗作閒出入, 極力就養。遇時物, 必袖而進之。慈夫人遇疾沈革, 公躬執湯餌, 不解帶不交睫。及遭故, 哀毁幾不支。旣卜襄, 有一氓, 以其塚近, 率徒作梗, 左右欲脅之。公曰: "葬親之道, 何可以力制乎。" 遂竭誠哀懇, 使之感服。每朝望哀省, 不以風雨廢。値喪餘, 躬眡封爛, 號哭如袒括。追慕先世之潛徽, 各述竁誌而表之; 軫念親戚之貧乏, 時其吉凶而濟之。其篤於彛倫, 有如此者。

自登師門, 謝絶公車, 益專意於向裏, 日取洛、建諸書, 沈潛翫究。於濂溪《太極圖》, 則辨明陰陽動靜之妙、仁義中正之旨。於朱夫子《語類》, 則推究理氣性命之說、中和絜矩之義, 自有獨得之見。嘗曰: "退陶夫子, 我東之朱子也。四七理發氣發之論, 實與朱訓, 若合符契, 而世之學者, 或有七情理發之言, 大失朱、退本旨也。" 於是作《四七管見》以辨之。王陽明心卽理之說, 固已見斥於溪門, 而近世一方議論, 喚鐵作銀, 自謂操戈於王氏, 而實王氏之餘派也。於是復著《心說》, 以斥之。嘗曰: "四端有推而擴之之功、七情有節而約之之工。若謂七情亦爲理發, 則卒墮於認氣爲理之病矣。" 其門路之端的, 有如此者。

嘗曰: "爲學之方, 在於持敬, 外而整齊嚴肅, 內而主一無適, 是也。" 手揭"敬敵千邪誠消萬僞"八字於座右, 以資常目。惰慢之氣, 不設於身; 鄙倍之言, 不出於口。治家有法, 內外斬然。敎子弟必曰: "言忠信、行篤敬", 爲處亂之方。每誦"平生風雨夜, 臥念名節難"之句, 以申戒焉。其律身刑家之道, 有如此者。

獎率後進, 隨才施敎, 不以親疎有間。或有無資而不能學者, 必收置門下。見人之善, 獎之如不及; 聞人之惡, 未嘗形於言。其敎人接物之則, 有如此者。又嘗究觀載籍, 帝·王以來禮樂刑政之用、田賦甲兵之制, 靡不窮到其極。天地日月星辰之躔度、山川草木鳥獸之名, 亦皆涉獵而不遺。又如忠義孝烈之行、閭巷稼穡之艱, 或闡其幽隱、或論其便宜, 不以畎畝而忘天下之憂。其經綸濟世之志, 有如此者。

少嘗留意於文章, 馳騁乎《左》·《國》、班·馬之書, 泛濫乎董、賈、韓、柳之文。或取其風神矩矱、或探其結構機軸。而卒乃反之於四子、三經, 字究句索, 得其無味之味。始之雄健者, 漸至醇正; 奇崛者, 漸就平易, 渾然成一家之譜。其爲詩也, 意味沖淡、韻格淸遠, 人以建安、天寶之遺響擬之。其文辭之淹博, 有如此者。

又以著書論述爲事。《大學》則有講義, 《論語》則有箚疑, 於《易》著《先天圖總論》, 於《禮》有深衣、玉藻辨說。援證的當, 義理昭晣, 皆足以羽翼斯文。其修述之功, 有如此者。雅有山水癖, 東遊蓑山、始林, 觀扶桑之出日。西出俗離、鷄龍, 至百濟之故墟。北入金剛, 訪仙眞之窟宅, 復過越州弔六臣之英靈。還至陶山, 寓慕於尙德之祠, 彷徨於天淵之臺, 慨然有浴沂童子之願, 而於是乎觀止矣。其襟韻之爽豁, 有如此者。

屢以文學行誼, 薦于朝。至甲辰, 除慶基殿參奉, 病不就, 其微意可見也。配延安 李氏, 卽海蓮之女。配君子無違, 先公歿。有三男。長墉, 次墉進士, 次埭主事, 皆有文藝。墉男鍾、鈧, 女柳旻佑、辛完植參奉、申斗熙、李源達。墉男鑑, 女柳忠佑。埭男鋭早妖, 次錞、鋺。女李源榮。柳旻佑男時泰, 餘皆幼。其子姪之秀, 而都有如此者, 是固可銘也。且不佞於公, 雖未得傾蓋源源, 而聲氣之相交、志趣之相胞, 有在於色相之外。白首相望, 歲寒爲期, 而人事遽謬矣。千古撤斤之悲, 不能自已。又安得知而不言, 以負地中之良友哉。於是乎銘。

銘曰: "不孤遺韻, 太初徽謨, 篤生我公, 展也大儒。早自竪脊, 矻矻書幮。六藝肄習, 百家佃漁。琢之礱之, 大匠韛鑪。由陶達建, 泝洛至洙。八字規箴, 先哲楷模。才須業廣, 行與德符。發爲文章, 與古爲徒。黜覇闢異, 俾正士趨。如其有試, 靡不綽餘。經幄論思, 廊廟謨訏。一命何有, 世道之汚。窈窕東岡, 樂我琴書。沖和內積, 英華外敷。覿者心醉, 充然道腴。以是歸終, 順吾寧吾。刻玆貞珉, 我言非誣。"

聞韶 金道和 撰。

❖ **원문출전**

許薰, 『舫山文集』 卷23 附錄, 金道和 撰, 「墓碣銘」(한국문집총간 제328책)

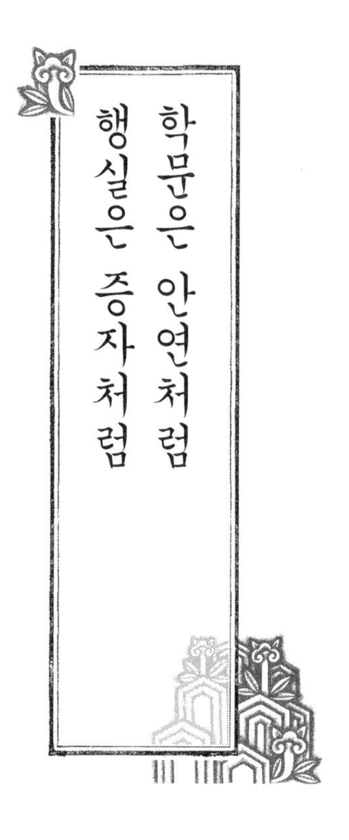

학문은 안연처럼 행실은 증자처럼

최숙민(崔琡民) : 1837-1905. 자는 원칙(元則), 호는 계남(溪南), 본관은 전주(全州)이며, 현 경상남도 하동군 옥종면에 거주하였다.
하달홍(河達弘) · 기정진(奇正鎭)에게 수학하였다. 허유(許愈) · 곽종석(郭鍾錫) · 조성가(趙性家) · 정재규(鄭載圭) · 김평묵(金平默) · 최익현(崔益鉉) 등 당파와 관계없이 많은 인사들과 교유하였다.
조식이 강학했던 산천재(山天齋)와 뇌룡정(雷龍亭)을 오가며 학문을 연마하고, 후생을 가르쳤다.
저술로 30권 10책의 『계남집』이 있다.

계남(溪南) 최숙민(崔琡民)의 묘지명 병서

기우만(奇宇萬)[1] 지음

계남 선생 최공을 장차 장사지내려 할 때, 공의 아들 제효(濟斅)가 나에게 급히 편지를 보내 묘지명을 지어달라고 하며 말하기를 "선고는 노사(蘆沙)[2] 선생의 문하에 일찍 나아가 배운 고제(高弟)로서 동문들의 추중을 받던 분이었습니다. 그러니 영원히 없어지지 않고 전할 묘지명을 다른 현자에게 부탁하는 것이 어찌 선생 댁의 집안사람들이 그 실사를 아는 것만 하겠습니까."라고 하였다.

나는 당시 국가적 화란(禍亂)에 한창 분주하여 글을 지을 만한 여가가 없었다. 징사(徵士) 노백헌(老柏軒)[3]은 동문 중에서 가장 공과 친한 사이인데, 그에게 공의 「행장」을 맡겼다. 내가 그 「행장」을 살펴보니, 그 말이 곧 내가 말하려는 것과 같았다. 대체로 「행장」은 자세해야 하지만, 돌에 새겨 파묻는 묘지명은 간결해야 한다. 이에 삼가 「행장」의 내용을 산삭하고 간추려 그 대강을 적는다.

공의 휘는 숙민(琡民), 자는 원칙(元則), 호는 계남이다. 또 호를 '존와

1 기우만(奇宇萬) : 1846-1916. 자는 회일(會一), 호는 송사(松沙), 본관은 행주(幸州)이며, 현 전라남도 화순 출신이다. 기정진(奇正鎭)의 손자이다. 의병을 일으켰다. 저술로 54권 26책의 『송사집』이 있다.

2 노사(蘆沙) : 기정진(奇正鎭, 1798-1879)의 호이다. 자는 대중(大中), 본관은 행주(幸州)이다. 1831년 진사에 합격하였다. 조정에서 내린 벼슬을 모두 사양하였다. 저술로 30권 17책의 『노사집』이 있다.

3 노백헌(老柏軒) : 정재규(鄭載圭, 1843-1911)의 호이다. 자는 영오(英五)·후윤(厚允), 별호는 애산(艾山), 본관은 초계(草溪)이다. 기정진의 문하에서 수학하였다. 위정척사론을 주장하였다. 저술로 49권 25책의 『노백헌집』이 있다.

(存窩)'라고 하는데, 형 최식민(崔植民)[4]이 지은 것이다. 이는 자기의 호를 '성와(省窩)'라 하고 동생의 호를 '존와'라 하여, 형제가 함께 진보하자는 뜻을 붙인 것이다.

완산 최씨(完山崔氏)는 고려 문하시중 문성공(文成公) 아(阿)가 그 시조이다. 경상도 안찰사 용생(龍生)이 원나라 사신의 비위를 거슬러 벼슬에서 물러나 사천(泗川)에 살았다. 군수 득경(得涇)이 처음으로 본조에서 벼슬하였고, 판서에 추증되었다. 사옹원 봉사(司饔院奉事) 기필(琦弼)은 임진왜란 때 집안의 장정들을 거느리고 진주성에 들어갔다. 경상우도 병마절도사 최경회(崔慶會)[5]가 조정에 아뢰어 진주 판관으로 삼았다. 진주성이 함락될 때 최경회 공과 함께 촉석루(矗石樓)에서 순국하였다. 참의에 추증되었으며, 창렬사(彰烈祠)에 제향되었다. 이분이 공의 8대조이다.

장사랑(將仕郎)을 지낸 익(瀷)은 병자호란 이후 스스로 '대명 처사(大明處士)'라 자호하고서 세상에 나오지 않고, 은둔하여 의리를 지키다 생을 마감하였다. 고조부의 휘는 재악(載岳)이고, 증조부의 휘는 주진(柱震)이며, 조부의 휘는 운섭(運燮)이다. 부친 중길(重吉)은 일찍 부모를 여의고 빈한하여 배우질 못하였지만, 자식 교육에는 힘을 다하였다. 모친 진양하씨(晉陽河氏)는 일성(一聖)의 따님인데, 부녀자의 덕행이 많았다. 공은 순조(純祖)[6] 정유년(1837)에 태어났다. 공을 낳기 전 하씨 부인은 신인(神人)이 자식을 내려주는 꿈을 꾸었다.

---

4 최식민(崔植民) : 1831-1891. 자는 순호(舜皥), 호는 귤하(橘下)·성와(省窩), 본관은 전주이며, 현 경상남도 하동군 옥종면 출신이다.

5 최경회(崔慶會) : 1532-1593. 자는 선우(善遇), 호는 삼계(三溪)·일휴당(日休堂), 시호는 충의(忠毅), 본관은 해주이며, 전라도 능주(綾州) 출신이다. 1567년 문과에 급제하여 영해 군수(寧海郡守)를 역임하였다. 1592년 임진왜란 때 의병장으로 금산(錦山)·무주(茂州) 등지에서 전공을 세웠다. 1593년 경상우도 병마절도사가 되었고, 이해 6월 제2차 진주성 싸움에서 전사했다.

6 순조(純祖) : 최숙민이 태어난 1837년은 헌종(憲宗) 3년이다.

공은 태어나면서 남달랐는데, 글을 배우기 시작하면서부터는 스스로 알아서 공부에 힘썼다. 15세 전후에 경서와 역사서를 두루 섭렵하였다. 20세 때 과거시험을 보러 갔는데, 사류들이 청탁하기 위해 권세가에게 분주히 내통하는 것을 보고서 시를 지어 자신의 뜻을 보였다. 그리고 고인의 학문에 뜻을 두고서 시류를 좇는 사류들과 상종하기를 즐거워하지 않았다. 책상 앞에서 떠나지 않고 침식을 잊으며 공부한 것이 여러 해가 되었다.

노사 선생이 호남에서 도를 창도한다는 소문을 듣고서, 문하에 나아가 질의하였다. 공이 집으로 돌아올 적에 노사 선생이 『논어』를 읽으라고 권하였다. 그래서 4년 동안 『논어』만 읽고 사색하며 다른 경서를 보지 않았다. 그 독실함에 이와 같은 점이 있었다.

중년에 단성(丹城)으로 옮겨 살면서, 집 뒤에 별도로 서재를 한 채 짓고 매화와 국화를 주위에 심고서 날마다 학자들과 예서(禮書)와 경서를 강론하였다. 산수가 아름답다고 소문난 곳은 두루 찾아다녔다. 서쪽으로는 화양동(華陽洞)[7]을 유람했고, 동쪽으로는 도산서원(陶山書院)에 배알하였다. 중암(重菴) 김평묵(金平默),[8] 면암(勉菴) 최익현(崔益鉉)[9]을 차례로 방문하였으며, 가는 곳마다 감흥을 노래한 작품을 남겼다.

집으로 돌아와서는 깊이 탄식하며 말하기를 "도는 성현이 남긴 경서에 있구나."라고 하였다. 이에 옛날 배운 학문을 익숙히 하고 스승에게

---

7 화양동(華陽洞) : 충청북도 괴산군 화양리 화양구곡을 말한다. 만동묘(萬東廟)가 있다.

8 김평묵(金平默) : 1819-1891. 자는 치장(稺章), 호는 중암(重菴), 시호는 문의(文懿), 본관은 청풍(淸風)이며, 경기도 포천에 세거하였다. 이항로(李恒老)에게 수학하였다. 저술로 65권 33책의 『중암집』이 있다.

9 최익현(崔益鉉) : 1833-1906. 자는 찬겸(贊謙), 호는 면암, 본관은 경주(慶州)이다. 현 경기도 포천 출신이며, 이항로에게 수학하였다. 조선 말기의 애국지사이다. 저술로 48권 24책의 『면암집』이 있다.

배운 지결(旨訣)을 이어서 서술하여, 후학들에게 길을 열어 보였다. 그리고 그것을 늘그막의 사업으로 삼았다. 어지러운 세상사에는 마음을 두지 않았다. 원근의 학자들이 경전을 들고 찾아와 이해하기 어려운 곳을 질문하였는데, 서실에 학생들을 다 수용할 수 없었다.

일제의 침략으로 삭발령이 내리는 화가 일어나자, 하늘을 우러러 탄식하는 시 다섯 수[10]를 지어 동지들에게 보였다. 또 세속 사람들을 깨우치는 글을 지어 동네마다 게시하였다. 동지들과 주도면밀하게 일을 계획하려고 했는데, 의로운 목소리가 사방에서 일어나 삭발령이 수그러들었다. 공은 마침내 문을 닫고 사람들과 교유를 끊었다.

내가 일찍이 자옥산(紫玉山)[11]의 서당으로 공을 찾아뵈었는데, 나이가 들수록 병이 더욱 심하였다. 그런데도 오히려 담박하게 식사를 하며 괴로움을 참고서 후생을 가르치는 일을 그만두지 않았다. 평소 수양한 바가 있어서 그러한 것이 아니겠는가.

을사년(1905) 11월 28일 향년 69세로 세상을 떠났다. 상복을 입은 문인들이 많았다. 뒤에 양천(陽泉) 마을 동쪽 간좌(艮坐)로 이장하였다. 부인 안동 권씨(安東權氏)는 사길(思吉)의 따님으로, 내조를 잘하였다. 아들 하나를 두었는데, 제효(濟斅)이다. 그는 가정의 교육을 받아 가학을 계승하였다. 권재순(權載純)·박해봉(朴海奉)·권태용(權泰容)·정홍규(鄭洪圭)가 공의 사위이다.

공은 후덕하고 장중하고 단정하고 정성스러워 진실하고 순박한 기운이 말과 얼굴빛에 넘쳤다. 일찍 세속의 학문이 그릇된 것을 알고서 고인의 도를 구하였는데, 반드시 안회(顏回)·증자(曾子)를 사표로 삼았다.

---

10 하늘을……다섯 수 : 『계남집』 권3 「문흑의령정불능정신(聞黑衣令情不能定信……)」에 보인다.

11 자옥산(紫玉山) : 현 경상남도 하동군 옥종면에 있다.

평소 말씀하기를 "배우지 않으면 그만이겠지만, 배운다면 안회를 버리고 그 누구를 목표로 삼겠는가."라고 하였다. 또 말씀하기를 "증자는 무엇 때문에 전전긍긍하며 깊은 연못에 임한 듯이 얇은 얼음을 밟는 듯이 하며 죽을 때까지 그렇게 하였겠는가. 한 걸음이라도 어긋나면 구렁텅이에 빠지기 때문이다."라고 하였다. 스승의 학설을 독실하게 믿었지만, 감히 말씀하시자마자 '예, 알겠습니다.'라고 대답하지 않고, 그 말씀을 반복해서 체인하여 명료하게 깨닫고서 확고하게 지켰다.

벗들과 강론하고 토론할 적에는, 항상 그 주장이 나와 같아도 갑자기 옳다고 하지 않고, 그 주장이 나와 다르더라도 문득 배척하지 않았다. 그리고 반드시 그 같고 다른 까닭을 궁구하였다. 일찍이 말씀하기를 "지각은 남을 따르는 경우가 많지만, 나와 견해를 달리하는 점에서 길이 진보한다."고 하였다.

리(理)를 논할 적에는 반드시 리의 본모습을 구하였고, 성(性)을 논할 적에는 반드시 성의 본분을 구하였다. 심(心)을 논할 경우에는 "심은 기(氣)의 정상(精爽)인데 그 속에 성정(性情)과 체용(體用)이 있다."고 하였으며, 명덕(明德)을 논할 적에는 "천리(天理)가 주재하는 묘용(妙用)에 어찌 한 점의 기(氣)만 있겠는가?"라고 하였다. 또 말씀하기를 "리는 형체가 없지만 기로 형(形)을 삼으며, 기는 신(神)이 없지만 리로 신을 삼는다."라고 하였다. 대개 도를 본 것이 분명하기 때문에 그것들을 말씀하실 적에 의심하거나 어렵게 여기는 것이 없었던 것이다.

공은 평소 일찍 일어나 형님을 따라 가묘에 배알하고서는, 물러나 책을 읽었는데 용모를 단정히 하고 정신을 집중하여 밤이 깊어서야 잠자리에 들었다. 함부로 말하거나 웃지 않았고, 경솔히 기뻐하거나 노여워하지 않았다. 앉거나 눕는 것에도 때가 있었고, 걸음걸이에도 절도가 있어서 반드시 법도를 따르며 조금도 흐트러짐이 없었다. 음식과 의복은 한결같이 집안사람들이 해 주는 대로 맡겼는데, 좋건 나쁘건 거칠건 곱건 모두 살피지 않았다. 그러나 다른 나라에서 생산된 것은 절대로 가까이 하지 않았다.

공은 어려서부터 지극한 성품을 타고나, 겨울에는 부모님의 이부자리를 따뜻하게 해드렸고, 부모님께서 편찮으시면 팔다리를 주물러 드렸다. 그리하여 부모님의 몸과 마음을 아울러 봉양하였다. 상을 당했을 때는 슬픔을 극진히 하였으며, 정성스럽고 신실한 태도를 반드시 지녔다. 제사를 지낼 적에는 청결하고 경건함을 다하였다. 90리나 멀리 떨어진 부친의 묘소를 매달 찾아가 성묘하였다.

부부간에는 서로 손님을 대하듯 예우하였고, 형제간에는 날로 진보하기를 서로 권면하였으며, 빈객을 대접할 적에는 예로써 하였고, 친척들을 구휼할 적에는 법도가 있었다. 후배들을 대하며 이끌어줄 적에는 양단(兩端)의 실마리를 잡고 충심을 다하여 겸손하고 공경하게 하였다. 일찍이 현명하고 지혜로움을 남들보다 앞세우려 하지 않았다.

세상이 변한 뒤로는 도를 자임하여 중화(中華)와 이적(夷狄), 인륜(人倫)과 금수(禽獸)의 분변에 대해 능동적으로 말했는데, 그럴 적에는 안색과 언사가 모두 엄중하였다. 그 말씀에 "우(禹)임금이 홍수를 막고, 주공(周公)이 이적을 겸병하고, 공자가 주나라 왕실을 존중하고, 맹자가 양주(楊朱)·묵적(墨翟)을 물리친 것은 모두 그 당시의 급선무였다. 성인은 뭇사람의 법이 된다. 뭇사람이 성인을 본받지 않으면 오랑캐나 금수가 될 뿐이니, 어찌 '나는 뭇사람을 위하여 이점을 힘쓰지 않겠다'라고 말할 수 있겠는가."라고 하였다.

이는 모두 세교(世教)에 깊이 관계되는 것이라 생략할 수 없는 것들이다. 공의 자세한 행적을 알고자 하면, 어찌 「행장」에서 모두 고찰할 수 있지 않겠는가.

명은 다음과 같다.

배고프고 목마른 듯이	若飢若渴
오직 배움을 즐거워하였네	所嗜惟學
터득하지 못하면 넘어가지 않고	弗得弗措
있는 힘을 다해 이치를 궁구했네	靡遺者力
우러르고 뚫으려 하고 바라보기를	仰鑽瞻忽
안연처럼 하여 그를 본받고자 했네[12]	有顔是則
연못에 임한 듯 얼음을 밟듯 전전긍긍	戰兢臨履
증자가 먼저 얻은 것 본받으려 했네[13]	有曾先獲
오직 현인을 스승으로 삼을 뿐	惟賢是師
당색에는 전혀 얽매이지 않았네	不囿色目
공은 높은 경지에 올라서도	是公高處
지키는 것이 더욱 확고했네	所守彌確
동문들이 공을 추중하는 바는	同門所推
진리를 알고 실지를 실천한 것	知眞踐實
남들의 선에까지 덕화가 미치자	及人之善
벗들은 즐거워하는 바가 있었네	朋來有樂
올 땐 빈손이지만 갈 땐 가득하니	虛往實歸
강물 함께 마시며[14] 배를 채웠네	河飮充腹

12 우러르고……했네 : 안연이 위연히 탄식하며 말하기를 "우리 선생님은 우러러볼수록 더욱 높으시며, 그를 뚫으려 해도 더욱 견고하며, 그를 볼 때 앞에 있다가도 문득 뒤에 계시도다[顔淵 喟然歎曰 仰之彌高 鑽之彌堅 瞻之在前 忽焉在後]."라고 하였다.(『論語』「子罕」)

13 연못에……했네 : 증자가 질병이 있어서 문하의 제자들을 불러 말하기를 "내 발을 열어보며, 내 손을 열어보아라. 『시경』에 '전전긍긍하여 마치 깊은 연못에 다다른 듯하며, 얇은 얼음을 밟듯이 하라.'고 하였는데, 지금인 뒤에야 내가 몸을 훼상하는 것을 면한 줄을 알겠노라, 애들아! [曾子有疾 召門弟子曰 啓予足 啓予手 詩云 戰戰兢兢 如臨深淵 如履薄氷 而今而後 吾知免夫 小子]"라고 하였다. (『論語』「泰伯」)

14 강물……마시며 : 『삼략(三略)』「상략(上略)」에 의하면, 옛날 훌륭한 장수가 용병(用兵)할 적에, 어떤 이가 호리병 막걸리를 선사하자 이를 혼자 먹을 수 없다 하여 강물에 쏟게 한 후 여러 사졸들과 함께 강물을 마셨다고 한다. 여기서는 도와 덕을 함께 나누었

세상의 도가 변한 뒤로부터는	粤自世變
이단을 물리치는 것을 자임하여	自任辟闢
중화와 이적, 인륜과 금수에 대해	華夷人獸
그것을 분변하길 분명하게 했네	之辨有截
한 노성한 분이 떠나니	不憖一老
후생들은 복이 없구나	後生無祿
이제 모든 후생들은	凡厥後生
공의 말씀을 추술하여	遺言是述
그로써 자신을 갈고 닦아	以自濯磨
공의 덕에 보답해야 하리	是爲報佛

溪南 崔公 墓誌銘 幷序

奇宇萬 撰

溪南先生 崔公將卽幽, 遺孤濟斅馳書徵壙銘曰: "先人於先先生之門, 爲先進高弟, 同門之所推。不朽之託, 求之他人賢者, 不若先生家人, 得其實事。" 宇萬方奔走時禍, 無暇可及。老柏徵士, 同門最相善, 委之狀德。及考其狀, 其言卽吾言。蓋狀宜詳, 而蓋底之刻宜簡。謹删略而擧其槩。

公諱琡民, 字元則, 溪南號也。又稱存窩, 長公植民所命。自省窩而存窩其季方, 以寓征邁。完山之崔, 高麗侍中文成公 阿, 其肇祖。按使龍生, 忤元使, 退居泗川。郡守得涇, 始仕國朝, 贈判書。奉事琦弼, 龍蛇燹, 率家丁, 赴晉州。啓判本州。同殉矗石。贈參議, 享彰烈祠。寔公八世。

將仕郞瀷, 丙子後, 自號"大明處士", 以終厥世。高祖載岳、曾祖柱震、祖運燮。考重吉, 孤貧失學, 敎子甚力。妣晉陽 河氏, 父一聖, 甚有婦

다는 뜻이다.

德。公生純祖丁酉。河夫人夢, 神人錫之胤。

生而有殊表, 旣上學, 自知劬書。成童前後, 已博涉經史。年二十赴擧, 見士趨奔競, 作詩見志。志古人之學, 不樂與時儒從逐。肘不離案, 忘寢食, 殆數年。聞蘆沙先生倡道南服, 踵門質疑。及歸, 勸讀≪論語≫。遂仰思俯讀四年, 不易他書。其篤實, 有如此者。

中歲寓丹丘, 別築一區, 蒔梅種菊, 日與學者講禮論經。聞有佳山水, 輒屨及。西入華陽、東拜陶山。歷訪金重菴、崔勉菴, 所至皆有感興之作。旣歸, 喟然嘆曰: "道在遺經。" 於是, 溫理舊學, 紹述師旨, 開示後輩。爲晩暮事業。世間芬華, 不入於心。遠近學者, 執經問難, 黌舍不容。

及海寇至, 有薙髮之禍, 作仰天五闋, 以示同志。又作諭俗文, 揭之坊曲。方與同志密勿計事, 義聲起, 剃令寢。遂杜門息交。余嘗拜公於紫玉山齋, 見其年益至病益深。而猶食淡耐苦, 訓誨不輟。非有素養然爾乎。

享年六十九, 卒於乙巳十一月二十八日。門人加麻者多。葬再遷於陽泉東艮坐。夫人安東權氏, 思吉女, 克有內助。一男卽濟斅。擩染克家。權載純、朴海奉、權泰容、鄭洪圭, 婿也。

公厚重端慤, 眞淳之氣, 溢於色辭。早知俗學之非, 求之古人, 必以顔、曾爲師法。雅言曰: "不學則已, 學則舍顔子, 其誰準的。" 又曰: "曾子緣何而戰兢臨履, 直到死了。一步差了, 便是坑塹。" 雖篤信師說, 而不敢言下卽唯, 反覆體認, 直到瞭悟, 守之確如。每朋友講討, 同我而不遽唯、異我而不遽斥。必求其所以異同者。嘗曰: "知覺多從, 異見處, 長進。"

論理則必求理之本相、論性則必求性之本分。論心則曰: "氣之精爽, 裏面, 有性情體用。"; 論明德則"天理主宰之妙, 何嘗有一點子氣也。" 又曰: "理無形而以氣爲形、氣無神而以理爲神。" 蓋其見道分明, 故說之也, 無所疑難。

平居早起, 隨長公拜廟, 退而開卷, 整容凝神, 夜久斯寢。言笑不妄、喜怒不輕。坐臥有時、行步有節, 必循規矩, 不失錙銖。至於飮食衣服, 一任家人供具, 不省其美惡粗細。絶不近異國之產。

自幼有至性, 冬則以身溫被、病則撫摩肢體。志體兼養。喪致哀, 誠信必摯。祭致潔敬。三舍親塋, 課月展省。夫妻相對如賓、兄弟征邁交勉、賓客延遇以禮、族戚周恤有常。接引後輩, 竭其兩端, 謙恭逡巡。未嘗以賢知先人。而自世變來, 自任, 能言華夷、人獸之辨, 色辭俱嚴。其言曰: "禹之抑洪水、周公之兼夷狄, 孔子之尊周室、孟子之闢楊·墨, 皆當時之急務。聖人之爲衆人之法。不法聖人, 則夷耳獸耳, 豈可曰: '吾爲衆人而不勉於是也'。" 此皆關重世敎, 有不可略者。欲求其詳, 盍於其狀而攷諸。

銘曰: "若飢若渴, 所嗜惟學。弗得弗措, 靡遺者力。仰鑽瞻忽, 有顏是則。戰兢臨履, 有曾先獲。惟賢是師, 不囿色目。是公高處, 所守彌確。同門所推, 知眞踐實。及人之善, 朋來有樂。虛往實歸, 河飮充腹。粤自世變, 自任辭闢。華夷、人獸, 之辨有截。不憖一老, 後生無祿。凡厥後生, 遺言是述。以自濯磨, 是爲報佛。"

❖ **원문출전**

奇宇萬, 『松沙集』 卷40 墓誌銘, 「溪南崔公墓誌銘幷序」(한국문집총간 제346책)

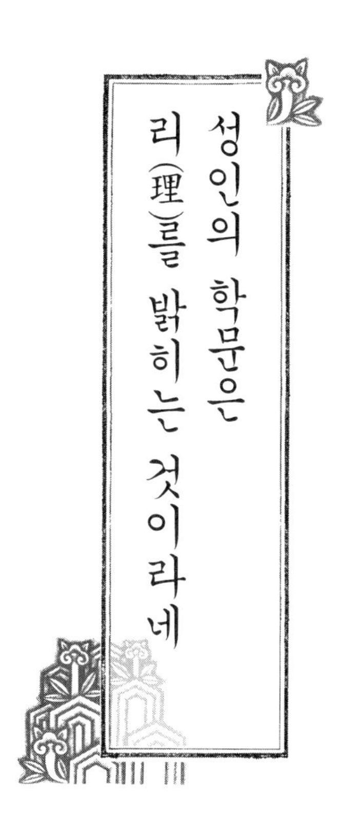

박상태(朴尙台) : 1838-1900. 자는 광원(光遠), 호는 학산(鶴山), 본관은 밀양(密陽)이다. 여말선초에 활동했던 박익(朴翊)의 후손이다. 현 경상남도 산청군 신등면 단계리에서 태어났다. 허전(許傳)의 문인이다. 이진상(李震相)의 주리설을 지지하였다. 성리학 관련 저술이 다소 있다.
저술로 6권 3책의 『학산집』이 있다.

학산(鶴山) 박상태(朴尙台)의 행장

허유(許愈)[1] 지음

금상 37년 경자년(1900) 3월 3일(을사) 학산(鶴山) 박광원(朴光遠)이 자택에서 향년 63세로 졸했다. 원근에서 소식을 들은 사람들은 놀라고 애도하지 않음이 없었다. 다음 달에 사림들이 본 현의 방동(榜洞)[2] 뒷산 기슭 임좌(壬坐) 언덕에 모여 장사지냈다.

다음 해 신축년(1901)에 공의 아들 기화(基和)가 상복을 입고, 나에게 찾아와 행장을 청하며 말하기를 "지금 세상에 제 아버지의 심사(心事)를 아시는 분으로는 오직 선생이 살아 계실 뿐입니다. 선생은 연세가 또한 많으니 저는 선생이 행장을 쓰시지 못할까 두렵습니다. 그래서 이렇게 급히 찾아와 청하는 것입니다."라고 하였다.

나는 늙어서도 명성이 없는 데다가 병이 들고 혼미하여 이 일을 감당할 길이 없었다. 나는 평소 남들과 말을 할 경우 남들이 믿고 따르지 않을 뿐만 아니라 시기 질투하는 자들까지 있었다. 그런데 공은 그렇지 않아서 내가 말하면 수긍하며 의심하는 모습을 보이지 않았다. 나는 공에게 실로 지기의 정감이 있으니, 어찌 감히 사양하겠는가?

공의 휘는 상태(尙台), 자는 광원(光遠), 호는 학산(鶴山)이다. 본관은 밀양인데, 신라 시조왕 박혁거세로부터 유래하였다. 고려 도평의사 밀성

---

1 허유(許愈) : 1833-1904. 자는 퇴이(退而), 호는 후산(后山)·남려(南黎)이다. 본관은 김해이고, 현 경상남도 합천군 가회면 오도리에서 태어났다. 이진상의 문인이다. 저술로 21권 10책의 『후산집』이 있다.

2 방동(榜洞) : 현 경상남도 산청군 신안면 외고리 방동 마을이다.

부원군 휘 언부(彦孚)는 처음으로 책봉받은 조상이다. 그 뒤 7대 동안 장수와 재상을 배출하였다. 휘 익(翊)은 공민왕 때 예부시랑 겸 중서령을 지냈으며, 고려가 망하자 은거하여 망복(罔僕)[3]의 충절을 지켰다. 우리 태종대왕이 여러 번 벼슬을 내렸으나 나아가지 않았는데, 끝내 좌의정에 추증되었다. 시호는 충숙(忠肅)이다. 이분의 아들 휘 총(聰)은 호가 졸당(拙堂)인데, 포은(圃隱) 정 선생(鄭先生)[4]을 스승으로 섬겼다. 효성으로 천거되어 정랑에 제수되었고, 이조 참판에 추증되었다.

3대를 내려와 휘 진(蓁)은 장례원 판결사에 추증되었는데, 처음으로 단성(丹城)에 이거하였다. 이분의 아들 인량(寅亮)은 선조 임진년(1592)에 곽망우당(郭忘憂堂)[5]과 창의하여 왜적을 무찔렀다. 원종공신에 녹훈되었으며, 관작이 자헌대부 지중추부사에 이르렀다. 이분의 아들은 휘 로(櫓)인데, 호가 경암(敬菴)이다. 이분의 아들 휘 문형(文炯)은 사재감 참봉을 지냈다. 이분의 아들 휘 원태(元泰)는 공의 5대조이다.

고조부의 휘는 진구(震球), 증조부의 휘는 사찬(思燦), 조부의 휘는 계삼(啓三)인데, 모두 은덕이 있었다. 부친의 휘는 치광(致光)인데, 빈천을 편안히 여기고 의로운 행실이 있었다. 사람들이 은군자(隱君子)라 불렀다. 모친은 진양 류씨(晉陽柳氏) 도사 유택(有澤)의 따님인데, 일찍 세상을 떠났다. 계모는 진양 정씨(晉陽鄭氏) 사권(思權)의 따님인데, 여사(女士)의 행실이 있었으며 정숙하고 유순했다. 헌종 무술년(1838) 12월 16일 술시에 단계리(丹溪里)[6]에서 공을 낳았다.

---

3 망복(罔僕) : 망국의 신하로서 의리를 지켜 새 왕조의 신하가 되지 않으려는 절개를 말한다. 은나라가 망할 무렵 기자(箕子)가 "은나라가 망하더라도 나는 남의 신복이 되지 않으리라.[商其淪喪 我罔爲臣僕]"라고 한 말에서 유래하였다. (『書經』「微子」)

4 포은(圃隱) 정 선생(鄭先生) : 정몽주(鄭夢周, 1337-1392)를 말한다.

5 곽망우당(郭忘憂堂) : 곽재우(郭再祐, 1552-1617)를 말한다.

6 단계리(丹溪里) : 현 경상남도 산청군 신등면 단계리이다.

공은 태어나면서부터 영특했으며 재주와 기량이 남보다 뛰어났다. 4, 5세 때부터 스스로 책을 읽을 줄 알았다. 부친은 『중용』과 『대학』 공부에 힘을 기울여 새벽부터 저녁까지 송독하였다. 공은 곁에서 묵묵히 듣고 다 외었는데, 틀리지 않았다.

여러 아이들과 함께 놀기를 좋아하지 않았고, 항상 부모님 곁에 있으면서 훌륭한 분의 말씀을 듣기 좋아했다. 가문의 계보, 나라의 사적, 선현들의 성함 등에 대해 익숙히 알지 못함이 없었다. 이에 『통감절요』를 받아 독서하였는데, 날마다 수백 줄씩 읽어나가니 문리가 절로 트였다. 비록 평범한 문자라도 마음에 와 닿는 점이 있으면 반드시 그때마다 차록해 두었다.

14세에 부친상을 당했다. 백씨 우계공(愚溪公)의 뒤에 서서 상례를 거행하였는데, 의젓하기가 성인과 같았다. 비록 매우 가난했지만 모친을 봉양할 적에는 반드시 맛난 음식을 준비하였다. 그리고서 남은 힘으로 독서하였는데, 사서삼경을 근본으로 삼았으며 방대한 제자백가서에도 통달하지 않음이 없었다. 부모님의 바람으로 과거공부에 종사하여 과거시험의 육체(六體)[7]에도 각각 조예가 깊었다.

경오년(1870) 봄, 한양으로 가서 성재(性齋) 허 선생(許先生)[8]을 뵈었다. 선생은 공의 학문을 시험해 보고는 크게 경탄했다. 시랑(侍郎) 이건창(李建昌)[9] 공은 당대에 명망이 높았는데, 공을 보면 거장으로 추켜세우지

7 육체(六體) : 과거에서 시험하던 시(詩), 부(賦), 표(表), 책(策), 의(義), 의(疑) 등 여섯 가지 문체(文體)이다.

8 허 선생(許先生) : 허전(許傳, 1797-1886)이다.

9 이건창(李建昌) : 1852-1898. 자는 봉조(鳳朝) 또는 봉조(鳳藻), 호는 명미당(明美堂)·영재(寧齋) 등이며, 본관은 전주이다. 강화도에서 양명학을 가학으로 하는 집안 출신이다. 저술로 20권 8책의 『명미당집』이 있다. 『명미당집』과 『학산집』에는 이건창과 박상태 사이에 오갔던 시와 서간이 실려 있다.

않은 적이 없었다. 향시에는 여러 번 장원을 하였으나 끝내 회시에는 합격하지 못하니, 당시의 여론이 그점을 안타깝게 여겼다. 그러나 공은 태연하여 당락에 마음을 쓰지 않았다.

신미년(1871) 모친상을 당했다. 매우 슬퍼하여 가슴을 치고 발을 동동 구르며 거의 실성할 지경에 이르렀다. 집안의 살림에 걸맞게 상을 치르니, 인정과 예제가 모두 잘 갖추어졌다. 천성이 우애가 있어 두 형을 독실히 섬겼고, 아우들을 잘 보살폈으며, 자신의 재산을 챙기지 않았다. 일찍이 노모가 집안에 계실 때에는 분가할 수 없다고 생각하여, 형제들이 한 집에 살며 부모님을 편안하고 기쁘게 해드리기를 극진히 하였다. 40년을 하루같이 실천하니 사람들은 이간하는 말이 없었다.

선조의 사적에 대해 부단한 관심을 쏟았는데, 늙어서도 게을리하지 않았다. 사람에게 조상이 있는 것은 나무에 뿌리가 있는 것과 같으니, 사람이 되어 조상을 잊는 것은 근본을 잊는 것과 같다고 생각하였다. 서원이 훼철된 뒤로, 충숙공(忠肅公:朴翊)의 영정을 임시로 사실(私室)에 봉안하여 마음이 항상 편안하지 못했다. 이에 여러 종족들과 의논하여 제각을 지어서 봉안하고, 봄 3월과 가을 9월에 향사를 거행하였다.

여러 선대의 묘소 중, 세월이 꽤 오래되거나 혹은 병란을 겪으면서 비석이 없어진 곳에는 반드시 글을 짓고 돌을 다듬어 묘소에 세웠다. 각지의 제전(祭田)은 힘을 다해 운영하여 매해 제사 때 쓸 물품을 마련했다. 비록 작은 일이라도 시행할 적에는 주밀하였다. 종족과 관계된 모든 일에는 비록 혹한이나 혹서라도 반드시 몸소 가서 돌보았다. 사람들이 혹 병이 난다고 충고했지만 또한 걱정하지 않았다.

병술년(1886) 성재 선생이 돌아가시자, 공은 선생을 위해 사복(師服)[10]

10 사복(師服) : 정현(鄭玄)은 '스승의 상에는 조복(弔服)에 마(麻)를 더한다.'고 하였다.

을 입고 천리를 달려가서 조문하였다. 동문의 여러 공들과 선생이 남긴 글을 간행하고 법물(法勿)에 문집 목판을 소장하였다.[11] 또 이택당(麗澤堂)을 건립하여 제생이 강학할 수 있는 장소를 마련하였는데, 봄가을 강학할 적에는 자못 권면하는 노력을 기울였다.

고을에 노산정사(蘆山精舍)[12]가 있었는데 문 충선공(文忠宣公)[13]을 제사지내던 곳이다. 공은 집을 짓기 시작하면서 글을 지어 그 일을 기록하였다. 공이 사문에 대해 정성을 쏟은 일을 들자면 이와 같다.

공은 일찍이 신안(新安)[14]의 이한주(李寒洲)[15] 선생이 주자와 퇴계의 종지를 깊이 터득하였다는 말을 들었다. 그러나 문하에 나아가 배우지 못한 것을 매우 한스럽게 여겼다. 한주 선생이 남긴 전집을 만년에 얻어 보고 침잠하여 연구하며 의미를 되새겼는데, 어느 날 황홀하게 깨닫고 놀란 듯 자신하며 말하기를 "도가 여기에 있다."라고 하였다. 그리고 「객문(客問)」[16] 한 편을 저술하여, 천인(天人)·성명(性命)의 온축된 뜻과 성현들이 전해온 심법의 은미한 뜻을 극론하였다.

그 글에 "몸[身]은 만물의 근본이 되지만 주재하는 것은 리(理)이다. 그러나 리는 형상이 없어 보기 어렵고, 기(氣)는 형상이 있어 보기 쉽다. 세상에서 리기를 말하는 사람들은 다만 기의 작용만을 볼 뿐, 기의 작용

---

11 동문의……소장하였다 : 『성재집』 원집은 1890년 봄부터 단성 법물리 상산 김씨 재사(齋舍)에서 판각을 시작하여 1891년 판각을 끝마친 다음 법물리 이택당(麗澤堂)에서 33권 17책으로 문집을 간행하고, 판각을 장판각에 보관하였다

12 노산정사(蘆山精舍) : 현 경상남도 산청군 신안면 신안리에 있는 문익점의 사당이다. 1461년 처음 세워졌고, 임진왜란 때 소실되었다가 1612년에 중건되었다. 1787년 도천서원(道川書院)이라 사액되었고, 서원철폐령 때 단성의 사림들이 노산정사라고 이름을 고쳤다.

13 문 충선공(文忠宣公) : 문익점(文益漸, 1329-1398)을 말한다. 현 경상남도 산청군 출신이다.

14 신안(新安) : 경상북도 성주의 옛 이름이다.

15 이한주(李寒洲) : 이진상(李震相, 1818-1886)을 말한다.

16 객문(客問) : 『학산집』 권5 잡저에 실려 있다.

이 실제로는 리가 시킨 것임을 모른다. 그러므로 의론이 천만 가지로 나뉘어 정론이 결정될 날이 전혀 없다. 리학과 기학, 두 가지가 서로 대립하여 세상의 도가 이 지경에 이르렀으니, 성학은 밝혀지기 어려웠던 것이다."라고 하였다.

또 그 글에 "성인의 학문은 리를 밝히는 것일 뿐이다. 군자가 이점에 대해 터득함이 분명하면, 만사 만물에는 각각 주재하는 것이 있고, 각각 마땅히 행해야하는 것이 있을 것이다. 리를 버리고서 도를 논하는 것은 지극한 도가 아니고, 리를 버리고 선을 논하는 것은 순수한 선이 아니다."라고 하였으며, 또 그 글에 "마음을 보존하는 요체는 다만 경(敬)에 있다. 대개 사람이 겪는 대부분의 좋은 일은 모두 경에서부터 생겨나고, 대부분의 좋지 않은 일은 모두 불경(不敬)으로부터 생겨나니, 신중하지 않을 수 있겠는가?"라고 하였다.

항상 자제들에게 경계하여 말씀하기를 "부귀는 외부에서 오는 것이니, 인력으로 미칠 수 있는 바가 아니다. 오직 효성스럽고 공손하며 부지런하고 검약함으로써 사람의 도리를 닦을 뿐이다."라고 하였다.

공의 부인은 파평 윤씨(坡平尹氏) 좌참찬 선(銑)[17]의 후손 이정(頤鼎)의 따님으로, 부덕이 있었다. 아들 둘을 낳았는데, 장남은 기화(基和)이고, 차남은 승화(承和)이다. 측실에서 낳은 아들은 삼화(三和)이고, 딸은 어리다. 기화의 아들은 도흥(道興)인데 어리다. 공은 약간의 문집을 남겼는데, 후세에 전할 만하다.

아! 세상의 도가 쇠미하여 이설이 다투어 일어났다. 사람들이 제각각 학문을 하였지만 아무도 종주로 삼을 곳을 몰랐다. 공은 능히 그런 분위기에서 벗어나 주리(主理)의 종지를 묵묵히 체득하였다. 자신의 득실에

17 선(銑) : 윤선(尹銑, 1559-1639). 자는 택원(澤遠), 호는 추담(秋潭), 삼가에 거주했다. 정인홍의 문인이다. 저술로 2권 2책의 『추담집』이 있다.

연연하지 않았고 다른 사람의 시비에 개의치 않았다. 논리를 세워 저술하였는데 확고하여 다름이 없었다. 진실로 심지가 공평하고 식견이 탁월하지 않았다면 어찌 여기에 미칠 수 있었겠는가? 아쉽구나! 하늘이 만약 몇 년을 더 허락하여 끝내 대업을 이루도록 하였다면, 공이 발명한 정도가 어찌 여기에서 그쳤겠는가?

공은 평생 빈천하게 살면서도 남에게 굽히지 않았고, 문학이 뛰어났지만 남에게 교만하지도 않았다. 남들과 함께 있을 때에는 담소를 잘 했다. 어떤 사람이 이치가 아닌 것으로써 우기면, 문득 한 차례 웃고서 넘어갔다. 사람들은 '학산의 웃는 방법에는 묘한 이치가 있다'고 생각했다.

나는 공을 오랫동안 종유하였다. 나는 공이 재주가 있었으나 천명은 없었음을 안타깝게 여긴다. 또한 공의 만년 정학(正學)은 후세에 전할 만한데, 세상에 아는 자가 없다. 그래서 간략하게 위와 같이 찬술하여, 효자의 요청에 부응하고 뒷날에 훌륭한 글을 지을 군자를 기다린다.

금주(金州:金海) 허유가 지음.

行狀

許愈 撰

上之三十七年庚子三月三日乙巳, 鶴山 朴光遠甫, 沒于私第, 年六十三。遠近聞者, 莫不驚悼。踰月而士林會葬于本縣榜洞後麓負壬原。越明年辛丑, 其子基和曳衰, 請狀行之文於后山 許愈曰: "今世知吾父心事者, 惟先生在焉。先生年又高, 小子惟恐不及。故亟請於門下。"

愈老而無聞, 病且昏, 無以供斯役。然余平日與人言, 非惟人莫之信從,而娼嫉者有之。公則不然, 言下肯諾, 未見疑貳。愈於公, 實有知己之感, 其敢辭諸。

公諱尙台, 光遠其字也, 鶴山號也。密陽人也, 系出新羅始祖王。高麗都評議事, 密城府院君諱彦孚, 始受封之祖也。

其後, 七世爲將相。至諱翊, 恭愍朝, 禮部侍郎兼中書令, 麗社屋, 自靖罔僕。我太宗大王, 累徵不起, 卒贈左議政。諡忠肅。子諱聰, 號拙堂, 師事圃隱 鄭先生。孝薦正郎, 贈吏曹參判。

三傳至諱蓁, 贈掌隷院判決事, 始居丹城。子諱寅亮, 宣廟壬辰, 與郭忘憂堂, 倡義討賊。錄原從功, 官至資憲、知中樞。子諱櫓, 號敬菴。子諱文烔, 司宰監參奉。子諱元泰, 於公爲五世祖。

高祖諱震球, 曾祖諱思燦, 祖諱啓三, 皆有潛德。考諱致光, 安貧有行義。人稱之爲隱君子。妣晉陽 柳氏, 都事有澤女, 早世。繼妣晉陽 鄭氏, 思權女, 有女士行, 貞靜柔順。憲廟戊戌十二月十六日戌時, 生公于丹溪里。

公生而穎悟, 才器過人。自四五歲, 自知讀書。大人公用力於≪庸≫、≪學≫, 晨夕誦之。公從傍潛聽成誦, 不差。不喜與群兒遊戱, 常侍父母之側, 樂聞長者之言。於人家世系、國朝事蹟、先賢諱銜, 無不習知。先受讀≪通鑑≫, 日數百行, 文理自達。雖尋常文字有契心處, 必隨手箚記。

十四, 丁外憂。從伯氏愚溪公後, 執喪守制, 儼若成人。雖極貧寠, 養母夫人, 甘旨必具。餘力讀書, 以四子、三經爲根本, 汎濫百家, 無所不通。以親志從事擧業, 六體文字, 各極歸趣。

庚午春, 拜性齋 許先生于漢師。先生叩其所存, 大加驚嘆。李侍郎 建昌, 名望傾一世, 而見公未嘗不以巨匠推之。累魁鄕解, 而竟屈禮圍, 時議惜之。公曠然不以得失爲心也。

辛未, 遭母喪。哀毁擗踊, 幾至滅性。稱家有無, 情文備至。友愛天性, 篤事兩兄, 撫養季弟, 不營已財。嘗以爲老母在堂, 不可分炊, 同居一室, 極盡湛樂之道。如是者, 四十年, 如一日, 人無間言。

勤於先事, 老而不懈。以爲人之有祖, 如木之有根, 人而忘祖, 是忘本。

自撤院後, 忠肅公影幀, 權安私室, 心常未安。於是, 謀諸宗族, 尊閣而奉安之, 以春三秋九, 行焚香之禮。累代先墓, 年紀頗遠, 或經兵燹, 隧刻有闕, 必攻文治石以表之。各處祭田, 極力營辦, 爲歲一祭之具。雖微細事, 施爲周密。凡宗事所係, 雖祁寒盛暑, 必躬自往檢。人或戒之以致疾, 而亦不恤也。

丙戌, 性齋先生沒, 公爲之服師之服, 千里致奠。與同門諸公, 刊行遺文, 藏板于法勿之坊。又建麗澤堂, 爲諸生講學之所, 春秋臨講, 頗有勸勉之力。縣有蘆山精舍, 文忠宣俎豆遺墟也。公爲之經始, 而作文以記之。其眷眷於斯文, 類如此。

嘗聞新安有李寒洲先生, 深得朱、李宗旨。慨然以未及請業爲恨。晚年得遺文全帙, 潛究玩味, 悅然自信曰: "道在是矣。" 著《客問》一篇, 極論天人性命之蘊、聖賢心法之微。其言曰: "身爲萬物之本, 而所主者理也。然理無形而難見、氣有形而易見。世之論理氣者, 徒見氣之作用, 而不知氣之作用, 實理之使也。故議論分裂, 千岐萬轍, 了無決案之日。理學、氣學, 雙峙對立, 世道至此, 聖學難明。", 又曰: "聖人之學, 明理而已。君子於此, 看得分明, 則萬事萬物, 各有主宰、各有攸當。捨理而論道者, 非至道也; 捨理而論善者, 非純善也。" 又曰: "存心之要, 特在於敬。大凡人之許多好事, 皆從敬底做出來; 許多不好事, 皆從不敬底做出來, 可不愼哉。"

常戒子弟曰: "富貴外至也, 非人力所及也。惟孝悌勤儉以修人道而已。"

公配坡平 尹氏, 左參贊銑后, 頤鼎女, 有婦德。生二男, 長基和, 次承和。側室子三和, 女幼。基和男道興幼。文集略干, 可傳於後。

嗚呼! 世衰道微, 異說朋起。人各爲學, 莫知所宗。公能超然默契於主理宗旨。不恤自己得失、不顧傍人是非。立言著書, 斷斷無他。苟非心地公平, 見識卓然, 安能及此。惜乎! 天若假之以數年, 卒究大業, 其所發明, 豈止於是哉。

公平生, 不以貧賤而屈於人、不以文學而驕於人。與人處, 善談笑。人或加之以非理, 輒一笑以解之。人以爲鶴山笑法有妙理。

愈於公, 從遊之久。竊悲公有才而無命。又其晩學之正, 足以傳後, 而世無知者。略爲撰次如右, 以塞孝子之請, 俟後之立言君子云。

金州 許愈 撰。

❖ **원문출전**

朴尙台, 『鶴山集』 附錄, 許愈 撰, 「行狀」(경상대학교 문천각 古(오림) D3B 박51ㅎ)

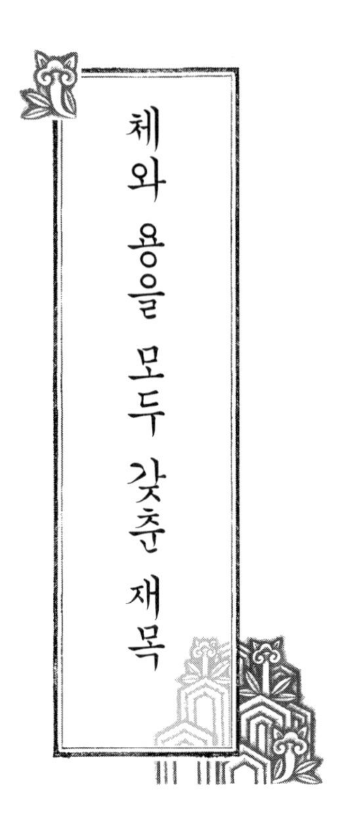

체와 용을 모두 갖춘 재목

장승택(張升澤) : 1838-1916. 자는 희백(羲伯), 호는 농산(農山), 본관은 인동이다. 현 경상북도 칠곡군 기산면 각산리에 거주하였다. 장복추(張福樞)에게 수학하였다. 1912년 칠곡에 뇌양정사(磊陽精舍)를 건립하여 후학을 양성하였다. 저술로 15권 8책의 『농산집』이 있다.

농산(農山) 장승택(張升澤)의 묘갈명

이만규(李晩煃)[1] 지음

도가 쇠퇴하려 할 적에는 학술이 먼저 무너진다. 호걸스런 선비가 그 사이에 나와 몸소 인도함이 없으면 사류들은 덕행을 보고 풍도를 들어 추향을 바르게 하고 진덕(進德)·수업(修業)에 힘쓸 길이 없게 된다. 그 때문에 근래 남쪽 고을의 선비들이 한결같은 목소리로 '농산(農山) 선생 장공(張公)은 우리들의 스승이다'라고 하는 것이다.

어느 날 공의 조카 상학(相學)이 공의 여러 아들들의 뜻을 모아 나에게 찾아와 묘갈명을 부탁하였다. 두세 번 사양하였지만 더욱 힘써 간청하기에 마지못해 다음과 같이 서술한다.

삼가 살펴보건대, 공의 휘는 승택(升澤), 자는 희백(羲伯), 본관은 옥산(玉山)[2]으로, 고려 때 삼중대광(三重大匡) 상장군 휘 금용(金用)의 후손이다. 몇 대 내려와 부윤 휘 안세(安世)는 두문동(杜門洞)으로 들어가 고려에 대해 신하의 의리를 지켰는데, 시호가 충정(忠貞)이다. 본조에 들어와 진사 휘 잠(潛)은 호가 죽정(竹亭)으로, 정암(靜庵) 조 선생(趙先生)[3]에게

1 이만규(李晩煃) : 1845-1921. 자는 순칙(順則), 호는 유천(柳川), 본관은 진성이다. 현 경상북도 안동시 도산면 토계리 하계 마을에서 태어났다. 향산(響山) 이만도(李晩燾)의 아우이다. 1883년 문과에 급제하여 여러 관직을 역임하였다. 1896년 예안 군수가 되었으나, 각지에서 의병이 일어나자 사직하였다. 파리장서 사건 때 조카인 이중업(李中業)과 함께 유림 대표로 서명하였다.

2 옥산(玉山) : 현 경상북도 구미시 인동동의 고호이다. 조선 말 옥산이 인동으로 개칭되자 관향을 인동으로 바꾸었는데, 일부는 그대로 옥산을 본관으로 한다.

3 조 선생(趙先生) : 조광조(趙光祖, 1482-1519)이다. 자는 효직(孝直), 호는 정암, 본관은 한양이다. 김굉필(金宏弼)에게 수학하였다. 1515년 문과에 급제하였고, 1518년 홍문관

배웠는데, 기묘사화 후 은거하며 출사하지 않았다. 이분이 공의 12대조이다.

병조 참판에 추증된 부사 휘 성한(成漢), 현감 휘 언극(彦極), 현감 휘 두빈(斗斌), 주부 휘 유량(有良)이 공의 고조부·증조부·조부·부친이다. 모친 밀양 손씨(密陽孫氏)는 승교(承敎)의 따님으로, 정숙한 행실이 있었다. 아들 셋을 두었는데, 공은 그 중 둘째이다. 헌종 무술년(1838) 6월 14일에 공을 낳았다. 공을 낳을 적에 조부의 꿈에 신인(神人)이 나타나 "태어나는 아이는 반드시 귀하고 현달할 것이다."라고 하였다.

9세 때 향선생에게 나아가 배웠다. 선생이 '병(兵)' 자 운으로 눈[雪]에 대해 시를 짓게 하자, 공은 즉시 "소무(蘇武)는 눈과 담요의 가죽을 먹었지만,[4] 선우의 병사를 두려워하지 않았네.[蘇武喫雪氈 不畏單于兵]"라고 읊었다.

『서경』의 「우공(禹貢)」을 세 번 읽고 돌아앉아 외는데 틀리는 부분이 없었다. 이윽고 과거공부를 하였는데, 잠깐 사이에 답안을 작성하여도 문장이 여유롭고 잘 다듬어져 사람들이 전하여 암송하였다.

신유년(1861) 향시에 합격하였으나 끝내 회시에는 낙방하였다. 을축년(1865) 부친이 경저(京邸)에서 <병환으로> 돌아가셨다. 영구를 모시고 돌아오는 길에 통곡을 하였는데, 거의 목숨을 잃을 뻔한 것이 여러 번이었다. 상례를 치르는 것이 매우 엄격하여 날마다 묘소에 가서 곡을 하였

부제학을 거쳐 대사헌이 되었다. 사림파의 절대적 지지를 바탕으로 도학정치의 실현을 위해 힘을 쏟았지만 훈구파와의 갈등으로 인해 기묘사화 때 사사되었다. 저술로 17권 5책의 『정암집』이 있다.

4 소무(蘇武)는……먹었지만 : 한 무제 때 소무가 흉노에 사신으로 갔는데, 흉노의 임금 선우(單于)가 그를 억류하고서 갖은 방법으로 항복을 권하였다. 그러나 소무가 끝내 절개를 굽히지 않자, 선우는 그를 큰 움막에 가두고서 음식도 주지 않았다. 마침 눈이 내리자 소무는 누워서 솜털로 짠 담요를 씹어 눈과 함께 삼키며 끝내 절개를 잃지 않았다. (『漢書』 卷54 「蘇建傳 蘇武」)

는데, 눈물이 떨어진 곳에는 풀이 말라 죽었다.

백형이 세상을 뜨자 모친께서 음식을 물리고 상심하였는데, 공이 유순한 태도로 곁에서 모시며 온갖 방법으로 위로해 드렸다. 그 뒤 모친상을 당하자 슬퍼하여 몸을 상한 것이 부친상 때와 같았다.

삼년상을 마치자 곧장 과거공부를 그만두고 내면 공부에 마음을 쏟았다. 그리고서 사미헌(四未軒) 장 선생(張先生)[5]에게 나아가 배알하고 날마다 강론하고 질의하였는데, 칭찬과 인정을 자주 받았다.

공은 일찍이 말씀하기를 "천덕(天德)과 왕도(王道)의 요체는 다만 경(敬)에 있을 뿐이다. 경의 단서는 의관을 정제하고 시선을 존엄하게 하는 것에서 시작된다."라고 하였다. 이에 「경재잠(敬齋箴)」·「숙흥야매잠(夙興夜寐箴)」 등 여러 잠언을 손수 써서 벽에 붙이고 항상 바라보았다.

공은 매일 새벽에 일어나 세수하고 머리를 빗은 뒤 종일토록 꼿꼿하게 앉아있었다. 날마다 『중용』·『대학』·『주역』 및 『예기』 가운데 공부에 절실한 부분을 암송하였다. 『주자서절요』를 더욱 좋아하여 깊이 이해하고 환히 꿰뚫었다. 사람들이 학문을 논할 때 도호(陶湖)[6]의 법문에 어긋나는 점이 있는 것을 보면 반드시 환하게 열어주었다. 이에 한 지방의 학자들이 한마음으로 귀의하니, 문하에 나아가 배우기를 청하는 자들이 날마다 더욱 많아졌다.

임오년(1882) 이후 세상의 변화가 날로 심해져 도적의 무리가 경내(境內)를 점거하였다.[7] 공은 일찍이 그 우두머리에게 화복(禍福)으로써 깨우

---

5 장 선생(張先生) : 장복추(張福樞, 1815-1900)이다. 자는 경하(景遐), 호는 사미헌, 본관은 인동이다. 1881년 조정에서 특별히 선공감 가감역, 장원서 별제, 경상도 도사 등의 벼슬을 내렸으나 사양하고 1890년 향리에 녹리서당(甪里書堂)을 세워 학문과 후진 양성에 전념하였다. 저술로 11권 6책의 『사미헌집』이 있다.

6 도호(陶湖) : 이황(李滉, 1501-1570)과 이상정(李象靖, 1711-1781)이다. 도(陶)는 이황이 강학한 도산(陶山)을 말하며, 호(湖)는 이상정이 살았던 소호리(蘇湖里)를 말한다.

쳐 주었는데, 오래지 않아 모두 해산하며 말하기를 "장 선생의 말씀은 두려워할 만하다."라고 하였다.

갑오년(1894) 동학의 무리들이 일어나자 공은 화곡(華谷)[8]으로 피신하여 지냈다. 고을 수령이 공을 찾아와 계책을 묻자 공은 다섯 가지의 방략을 알려주었다. 수령은 그 계책을 써서 마침내 공적을 거둘 수 있었고, 고을 사람들 모두 그 일을 일컬었다.

을미년(1895) 단발령이 시행되자, 공은 목숨을 바쳐 의리를 지킬 것을 맹서하였다. 화산(花山)의 의병[9]이 패하자, 혹자가 의병을 다시 일으키는 것에 대해 물었다. 공이 말씀하기를 "적을 토벌하여 원수를 갚는 것은 진실로 주자(朱子)께서 지니셨던 일생의 큰 의리입니다. 그러나 당시 그 문인들이 스스로 의병을 일으켰다는 말을 듣지 못했습니다. 대개 의리상으로는 그것이 옳지만, 현실적으로는 불가한 점이 있었기 때문입니다."라고 하였다.

경술년(1910) 나랏일이 말할 수 없는 지경이 되었다.[10] 공은 눈물을 흘리면서 말씀하기를 "늙어도 죽지 않아서 오늘의 일을 차마 보게 되었는

---

7 임오년……점거하였다 : 1882년 이후 농민들의 봉기가 빈번하게 일어났는데, 남의 무덤을 도굴하거나 인질을 잡이 재물을 약탈하는 일이 있었다.

8 화곡(華谷) : 「행장」에는 화곡(花谷)으로 되어 있다. 장승택의 「가장」및 「행장」에 '군(郡)의 동쪽 화곡'이라 하였는데, 자세하지 않다.

9 화산(花山)의 의병 : 1895년 말 명성황후 시해사건과 단발령 공포 소식을 들은 안동의 유림들이 의병을 일으켰다. 안동부의 안동의진과 예안의 선성의진 두 개의 의병 부대가 조직되어, 1896년 3월 경상북도 북부 지역의 의병 및 제천의병과 연합 의진을 형성하였다. 연합 의진은 곧 상주 태봉에 주둔하던 일본군과 전투를 벌였으나 일본군의 총공격에 밀려 퇴각하였다. 이들은 의진을 정비하고 다시 싸울 준비를 하였으나 태봉 전투 패전 이후 인적·물적 자원의 부족으로 혹독한 시련을 겪었다. 또한 고종이 거듭 암행효유사를 파견하여 의병의 해산을 종용하였다. 결국 9월에 을미년·병신년 항전의 막을 내리게 되었다.

10 경술년……되었다 : 1910년 8월 29일 일본의 강압에 의해 대한제국의 통치권을 일본에 양여하는 조약을 맺은 일을 가리킨다.

가!"라고 하며, 마침내 문을 닫고 출입을 끊었다. 그해에 명분 없는 돈[11]을 노인들에게 두루 나누어 주었는데, 공은 편지를 보내 엄하게 물리쳤다. 그들 또한 공의 의리를 존중해 더 이상 강요하지 않았다. 후에 고을 사람들을 만나면 반드시 공의 안부를 물었다.

공은 병진년(1916) 10월 25일 졸하였으니, 향년 79세였다. 길마현(吉馬峴)[12] 해좌(亥坐) 언덕에 장사지냈다. 원근에서 곡하러 모인 자들이 수천 명이며, 상복을 입은 문인들이 50여 명이었다.

아! 선생의 기품은 강직하고 청명하며, 재주는 빼어나고 특출했다. 어려서부터 뜻을 세워, 암기하여 외고 문장이나 짓는 것을 달가워하지 않았다. 한두 번 과거시험에 응시했지만, 대개 부모님을 위해 뜻을 굽힌 것이었다. 바른 학문에 나아가 제자리를 얻은 후에는 견문이 넓어지고 실천함이 독실하여 80년을 하루 같이 성실하였다. 함양(涵養)하는 공부가 깊어져서 덕이 이루어지고 행동이 존엄해지면, 호걸스러운 자가 변화하여 순숙해지고 강직한 자가 점차 화순해짐을 공의 행적을 통해 알 수 있다.

공은 부모를 섬길 적에 살아계실 때나 돌아가셔서 장사 지내고 제사 지낼 때나 한결같이 예제를 따라 구차함이 없었다. 형제와는 우애와 공경을 지극히 하였고, 친척과는 도타움과 화목함을 극진히 하였다. 벗들과는 공경하였으나 의리의 큰 요체에 대해서는 또한 구차하게 따르지 않았다. 사람들을 가르칠 적에는 차례차례 순서가 있어 각각 터득함이 있게 하였다.

공의 문장은 호박(浩博)하였는데, 힘을 얻은 곳은 진실로 『주자서절

11 명분 없는 돈 : 일제가 유림을 회유하기 위해 주었던 은사금을 말한다.

12 길마현(吉馬峴) : 현 경상북도 칠곡군 기산면 각산리 찰밭[察田] 마을 남쪽에서 성주군 월항면 수죽리로 넘어가는 질매재이다.

요』였다. 천문 · 지리 · 의약 · 복서(卜筮) · 전진(戰陣)에 이르러서도 또한 그 오묘함을 깊이 궁구하였다. 공은 이른바 '체(體)와 용(用)을 모두 갖춘 재목'에 해당하니, 몸가짐을 삼가고 자신이나 지키는 오활한 유자나 속된 사류와는 비교할 바가 아니다. 그러나 애석하게도 깊은 산속에서 노년을 마쳐 한두 가지도 세상에 시험해보지 못하였다.

공의 저술로는 『입농문답(笠農問答)』 · 『발민사의(撥憫私議)』 · 『농재강설(農齋講說)』 · 『역대당평(歷代黨評)』 · 『취송고증(聚訟考證)』 · 『사유편(四惟篇)』 및 문집 약간 권이 있다.

공의 초취 부인 여산 송씨(礪山宋氏)는 진기(鎭璣)의 따님으로, 공보다 47년 먼저 졸하였는데 공과 합장하였다. 재취 부인 청주 양씨(淸州楊氏)는 지규(之奎)의 따님으로, 공보다 31년 먼저 졸하였는데 공과 같은 언덕 해좌(亥坐)에 장사지냈다.

공은 3남 2녀를 두었다. 상필(相弼) · 상비(相飛)는 송씨가 낳았고, 상정(相貞)은 양씨가 낳았다. 두 딸은 정인두(鄭寅斗) · 노정술(盧正述)에게 시집갔다. 상필의 아들은 도희(道熙)이고, 딸은 윤의식(尹宜植) · 이수홍(李壽鴻)에게 시집갔다. 상비의 양자는 달희(達熙)이고, 딸은 이우익(李愚翊)에게 시집갔다. 상정의 아들 달희는 출계했다. 도희의 아들은 재삼(在參) · 재관(在寬)이다. 나머지는 기록하지 않는다.

명은 다음과 같다.

믿음은 독실하고	信之篤兮
행동은 과감했으니	行之果
어찌 게으름이 있었으랴	何有乎惰
체와 용을 갖추고서	具體用兮
부드러움과 강함을 알았으니	知柔剛
문장으로 드러났네	乃發乎章

등용되고 버려짐은	用舍兮
공과 상관이 없었지만	無與己
치우치고 지나친 설이	詖淫兮
퍼질 것을 두려워하였네	懼或肆
오호라	嗚乎
질매재 저 언덕에	吉馬峙兮
나그네들 수레를 멈추네	客停駟
공의 아름다운 행적을 모아	摭厥美兮
글로 써서 기록하노라	書用識

통훈대부 홍문관부교리 지제교 겸 경연시독관 춘추관기주관 진성(眞城) 이만규(李晚煃)가 삼가 지음.

墓碣銘

李晚煃 撰

道之將廢, 學術先壞。不有豪傑之士, 出乎其間, 躬率以導之, 則爲士者, 將無由覿德而聞風, 正趣向而勉進修。所以近世南州之士, 咸一辭農山先生 張公吾師也。日公之從子相學, 以諸孤胤之意, 來謁余顯刻文。辭之再三, 請益勤, 乃强而舒之如左。

謹按, 公諱升澤, 字羲伯, 玉山人, 高麗三重大匡上將軍諱金用之後也。至府尹諱安世, 入杜門洞, 守義罔僕, 謚忠貞。入本朝, 進士諱潛, 號竹亭, 從靜庵 趙先生學, 己卯後, 隱不仕。於公十二世也。府使贈兵參諱成漢, 縣監諱彦極, 縣監諱斗斌, 主簿諱有良, 其四世。妣密陽 孫氏, 承教女, 有淑行。擧三男, 公其仲也。生以憲宗戊戌六月十四日。娩也, 王考公夢, 神人告: "生子必貴顯。"

九歲, 就塾師。師命咏雪押兵字, 卽應口曰: "蘇武喫雪氈, 不畏單于兵"。讀《禹貢》三回, 能背誦無錯。旣而, 治擧業, 頃刻篇就, 紆餘精鍊, 爲人傳誦。辛酉, 捷鄕解, 竟屈禮圍。乙丑, 先公歿于京邸。奉櫬在道號泣, 幾絶者屢。執喪甚嚴, 逐日哭墓, 淚着處, 草爲之枯。伯公卒, 母夫人却食傷懷, 公愉婉侍側, 百方慰解。及後遭故, 哀毁一如前喪。

服闋, 卽廢擧, 專心向裏。因贄謁四未軒 張先生, 朝夕講質, 亟蒙奬許。嘗曰: "天德王道, 其要只在敬。敬造端乎整衣冠尊瞻視。" 手書《敬齋》、《夙夜》諸箴, 貼壁常目。每晨興盥櫛, 危坐終日。日誦《庸》、《學》、《易》及《禮記》中切於用工者。尤好《節要書》, 融會貫通。見人之論學有乖於陶、湖法門者, 必闢之廓如也。於是, 一方學者, 翕然歸心, 造門請業者, 日益衆焉。

壬午後, 世變日甚, 賊徒盤據境內。公嘗對渠魁, 喩以禍福, 未幾皆解散曰: "張先生之言, 可畏也。" 甲午, 東徒作, 公避居華谷。邑倅來問計, 公告以五條方略。倅用之, 卒能收功, 邑人皆誦之。乙未, 髡剃令下, 以舍生取義自誓。花山義陣敗, 或以繼起爲問。公曰: "討賊復讐, 固子朱子一生大義。然當時門人, 未聞自倡起兵。蓋義則可, 而時有所不可也。" 庚戌, 國事無可言者。公垂淚曰: "老而不死, 忍見今日耶", 遂閉戶, 斷出入。是年, 有無名金遍及於耆年, 公以書嚴斥。彼亦義之不復强。後對鄕人, 必問公起居也。丙辰, 十月二十五日卒, 享年七十九。葬吉馬峴向巳原。遠近會哭者, 數千, 門人加麻者, 五十餘。

嗚乎! 先生氣稟剛明, 才諝穎拔。自小立志, 已不屑於記誦詞章之倫。而一再應擧, 蓋爲親屈也。旣就正得所, 聞見博、踐履篤, 慥慥乎八十年如一日。迨涵養工深, 德成行尊, 則豪爽者, 化爲純熟; 剛毅者, 漸就和順, 夷考可見。事親, 生死葬祭, 一於禮, 不苟。兄弟極友敬, 族戚盡敦睦。朋友而敬, 至於義理大關, 亦不苟從。敎人, 循循有序, 使各有得。爲文浩博, 得力亶在《節要》。至天文、地理、醫藥、卜筮、戰陣, 亦究索其妙。所謂"有體有用之材", 非迂儒俗士謹拙自守者比。而惜乎終老嵌岩, 不得一二施也。所著有≪笠農問答≫、≪撥惘私議≫、≪農齋講說≫、≪歷代黨評≫、≪聚訟考證≫、≪四惟篇≫幷文集若干卷。

配礪山 宋氏, 鎭璣女, 先公四十七年歿, 墓同封。配清州 楊氏, 之奎女, 先公三十一年歿, 墓同麓負亥原。三男:相弼、相飛, 宋氏出, 相貞, 楊氏出。二女:鄭寅斗、盧正述。相弼男:道熙, 女:尹宜植、李壽鴻。相飛嗣男:達熙, 女:李愚翊。相貞男:達熙, 出。道熙男:在參、在寬。餘不錄。

銘曰: "信之篤兮, 行之果, 何有乎惰。具體用兮, 知柔剛, 乃發乎章。用舍兮, 無與己, 詖淫兮, 懼或肆。嗚乎, 吉馬峙兮, 客停駟。摭厥美兮, 書用識。"

通訓大夫 弘文館副校理 知制敎 兼 經筵侍講官 春秋館記注官 眞城 李晩煃 謹撰。

❖ **원문출전**

張升澤,『農山集』卷15 附錄, 李晩煃 撰,「墓碣銘」(국립중앙도서관 古朝46-가1140)

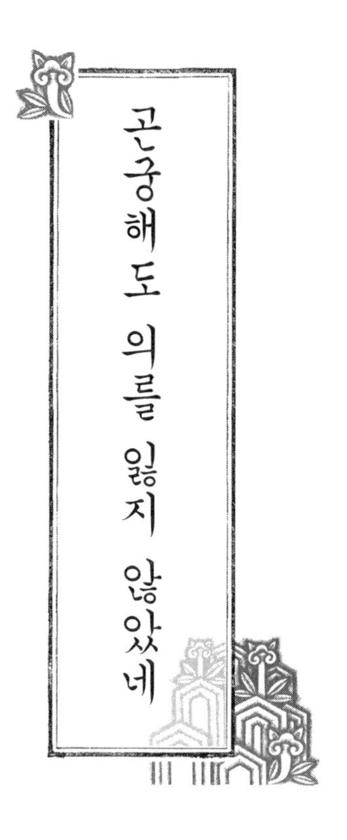

곤궁해도 의를 잃지 않았네

강병주(姜柄周) : 1839-1909. 자는 학수(學叟), 호는 옥촌(玉村) · 두산(斗山)이며, 본관은 진주이다. 현 경상남도 사천시 곤명면 은사리 옥동 마을에서 태어났다. 어려서 하달홍(河達弘)에게 배웠고, 19세 때 허전(許傳)을 찾아가 수학하였다. 1881년 김홍집(金弘集)이 일본에 다녀와서 서양의 학문을 배우도록 건의하자 영남의 유생들이 만인소(萬人疏)를 올려 규탄하였는데, 그때 적극적으로 참여하였다. 1902년 위정척사 관한 상소를 올려 나라의 기강을 바로잡으려 하였다.
저술로 7권 2책의 『두산집』이 있다.

두산(斗山) 강병주(姜柄周)의 묘갈명

곽종석(郭鍾錫)[1] 지음

두산 거사(斗山居士) 강학수(姜學叟)는 곤궁해도 의(義)를 잃지 않았다. 향년 71세로 돌아가시니, 봉산(鳳山)[2] 동쪽 기슭 정좌(丁坐) 언덕에 장사 지냈다. 고을의 사우들은 그분의 지취를 애석해 하며 명운이 없음을 슬퍼하지 않는 이가 없었다. 거사의 조카 주섭(冑燮)이 나의 집을 찾아와 묘소의 묘갈을 부탁하였다. 대개 내가 거사와 교분을 맺은 지 오래되어, 능히 거사의 사적에 대해 말할 수 있을 것이라 생각했기 때문이다. 그러니 내가 어찌 감히 사양할 수 있으랴.

거사의 본관은 진주(晉州), 휘는 병주(柄周), 자는 학수(學叟)이다. 부친 지준(之濬), 조부 석좌(錫佐), 증조부 득후(得垕)는 대대로 이름난 행의(行誼)가 있었다. 8세조 렴(濂)은 호가 만송(晩松)으로, 남명 조 선생의 문하에서 수학하였다. 예조 판서 원량(元亮)은 거사의 12세조이다. 고려 때 병부 상서를 지낸 은열공(殷烈公) 민첨(民瞻)이 거사의 시조이다. 같은 고을의 사인 하시원(河始元)이 그의 외조부이다.

헌종 기해년(1839) 거사는 곤산(昆山) 옥동(玉洞)[3]에서 태어났다. 어려서는 단정하고 영리하여 겨우 『효경』·『소학』을 배울 나이에 이미 법도

1 곽종석(郭鍾錫) : 1846-1919. 자는 명원(鳴遠), 호는 면우(俛宇), 본관은 현풍(玄風)이며, 단성(丹城) 출신이다. 이진상(李震相)의 문하에서 수학하였다. 저술로 177권 63책의 『면우집』이 있다.

2 봉산(鳳山) : 현 경상남도 하동군 옥종면 두양리 대봉산(大鳳山)이다.

3 옥동(玉洞) : 현 경상남도 사천시 곤명면 은사리 옥동 마을이다.

를 잘 따라서 행동이 마치 노성한 사람 같았다. 자라서는 부모를 섬길 적에 지극히 효성스러웠다. 일찍이 부모의 병을 시중들 때 제단을 설치하여 하늘에 기도하며 자신이 대신하기를 빌었는데, 4년을 하루같이 하였다. 부친상과 모친상을 지낼 때는 3일 동안 음식을 먹지 않았고, 빈소를 차리고서야 죽을 먹었으며, 장례를 지내고서야 거친 음식을 먹었는데, 반드시 예제대로 하였다. 날마다 묘소에 올라 성묘하였는데, 비바람이 몰아쳐도 그만두지 않았다. 제사를 지낼 때는 부모님이 살아계신 것처럼 하였으며, 제수는 반드시 풍성하고 정결하게 장만하였다.

거사는 임종 때 아들과 조카들에게 말씀하기를 "'두려워하고 삼가서, 깊은 못에 임한 듯이 하고 얇은 얼음을 밟는 듯이 하라'고 한 '전긍임리(戰兢臨履)' 네 자는 내가 증자(曾子)에게 가르침을 받은 것이다. 이제서야 내가 잘못을 면한 줄 알겠다."라고 하였으니, 이는 거사의 행동이 대체를 먼저 확립하여 한 숨이라도 남아 있는 동안은 조금의 게으름도 용납하지 않았던 것이다.

약관이 되기 전 성재(性齋) 허 문헌 선생(許文憲先生)[4]을 찾아뵙고 열복하였다. 마침내 사사하기를 청하고자 마음먹고 천 리 길을 걸어서 찾아갔다. 의문점을 질문하고 덕을 상고하였는데, 한 해도 서신 왕래를 빠뜨린 적이 없었다. 고을에서는 월고(月皐) 조성가(趙性家),[5] 계남(溪南) 최숙민(崔琡民)[6]과 강습하고 절차탁마하여 서로 얻은 것이 매우 지극하였다.

---

4 허 문헌 선생(許文憲先生) : 허전(許傳, 1797-1886)이다. 자는 이로(而老), 호는 성재, 본관은 양천(陽川), 시호는 문헌이며, 경기도 포천에서 태어났다. 1864년 김해 부사로 부임해 향음주례를 행하고 향약을 강론하는 한편, 선비들을 모아 학문을 가르쳤다. 이익(李瀷)·안정복(安鼎福)·황덕길(黃德吉)을 이은 기호(畿湖)의 남인학자로서 당대 유림의 종장이 되어, 영남 퇴계학파를 계승한 류치명(柳致明)과 쌍벽을 이루었다. 저술로 45권 23책의 『성재집』이 있다.

5 조성가(趙性家) : 1824-1904. 자는 직교(直敎), 호는 월고, 본관은 함안이다. 기정진(奇正鎭)에게 수학하였다. 저술로 20권 10책의 『월고집』이 있다.

일찍이 『중용』·『대학』·「계사전(繫辭傳)」·「동명(東銘)」 등에 관한 10개의 도(圖)와 경(敬)·의(義)·예(禮)에 관한 3편의 잠(箴)을 지어 자신을 성찰하였다. 만년에는 『근사록』의 체례를 본떠 『주자대전』에서 유별로 분류하여 초록하였는데, 완성하지는 못하였다. 거사는 일찍이 말씀하시기를 "우리 유가의 학문은 주경(主敬)과 명리(明理) 이외에 별도의 다른 일은 없다."라고 하였다. 이는 거사가 학문을 좋아한 자취이며, 거사의 학술이 정도를 벗어나지 않았던 면모이다.

거사는 일찍이 부모님의 뜻으로 여러 번 과거시험에 나아갔지만, 연줄을 대어 합격하려 하지는 않았다. 집안이 가난하여 거친 음식마저 제대로 먹지 못했지만 거사의 정신과 기상은 여유로웠다. 성긴 도포와 낡은 갓을 쓰고서 대중들 속에서 일을 주선하였지만 논의는 우뚝하여 굽히는 바가 없었다. 이는 거사의 절개와 지조가 확고했던 면모이다.

자신의 처지가 곤궁하였지만 집안일을 근심하듯 나랏일을 우려하였다. 임인년(1902) 정월 목욕재계하고 만언소(萬言疏)를 지어, 이단을 물리치고 폐단을 구제하며, 인륜을 부지하며 조정의 기강을 진작할 방도를 극론하였다. 대궐에 나아가 소를 올리고자 하였으나, 문득 그럴 만한 지위에 있지 않음을 생각하고서 그만두었다. 이를 통해 거사가 간절하게 세상일을 잊지 못한 것을 알 수 있다. 아! 이분을 이제 다시는 볼 수가 없구나. 나는 장차 누구와 함께 돌아가리오.

거사의 부인은 진주 정씨(晉州鄭氏)로, 부친은 충환(忠煥)이다. 돌아가시자 거사와 합장하였다. 2남을 두었는데, 장섭(章燮)·규섭(奎燮)이다. 손자는 6명으로, 요절한 재륵(在扐)과 재망(在望)·재우(在愚)는 장섭의 소생이고, 재구(在球)·재정(在珽)·재현(在現)은 규섭의 소생이다.

---

6 최숙민(崔琡民) : 1837-1905. 자는 원칙(元則), 호는 계남, 본관은 전주이다. 최식민(崔植民)의 아우이다. 기정진에게 나아가 수학하였다. 저술로 30권 10책의 『계남집』이 있다.

명은 다음과 같다.

행실은 천성으로 타고난 것 말미암고	行由天植
학문은 마음으로 터득하는 데 있었네	學在心得
굶주려도 내 몸 걱정하지 않고	飢不憂身
미천해도 임금을 잊지 않았네	賤不忘君
거사의 운명 곤궁하였네	命之窮矣
누가 그 길을 따르리	誰其適從
거사는 삼베 이불에 싸여	裹之布衾
깊은 구천으로 가셨네	九原于深
그 영령 혼매하지 않아	其靈不昧
봉산 언덕이 푸르구나	鳳山蒼翠

신해년(1911) 늦겨울 포산(苞山)[7] 곽종석(郭鍾錫)이 지음.

墓碣銘

郭鍾錫 撰

斗山居士 姜學叟, 窮不失義。七十一年而歿, 葬于鳳山東麓負丁之原。鄕之士友莫不惜其志, 而悲其無命也。其從子青燮踵余門, 乞銘于其塋。蓋謂余託交居士有年, 能言居士事也。余其敢辭。居士, 晉州人也, 諱柄周, 學叟字也。父之濬, 大父錫佐, 曾大父得垕, 世有名行。八世祖濂, 號晚松, 遊南冥曺先生門。禮曹判書元亮, 十二世祖也。麗朝兵部尙書殷烈公 民瞻, 其上祖也。同州士人河始元, 其外祖也。

7 포산(苞山) : 현 대구광역시 달성군 현풍면의 고호이다.

憲廟己亥, 居士生于昆山之玉洞。幼而端嶷, 甫受《孝經》、《小學》, 已能循蹈規矩, 動如老成。長而事親至孝。嘗侍疾, 設壇禱天, 願以身代, 四載如一日。前後居喪, 三日不食, 殯而粥, 葬而疏食, 必如禮。日省于墓, 風雨不廢。祭致如在, 具必豐潔。臨歿語子姪曰: "戰兢臨履四字, 吾有所受於曾子矣。今而後, 乃知免夫。", 此則其行之先立乎大, 而一息之存, 不容小懈者也。

未弱冠, 謁性齋 許文憲先生而悅之。遂委心請事, 千里徒步。質疑考德, 往來無虛歲。在鄉, 則與趙月皐 性家、崔溪南 琡民, 講貫劘厲, 相得最至。嘗著《庸》、《學》、《繫辭》、《東銘》等十圖、敬·義·禮三箴, 以自觀省。晩就《朱子大全》, 彙分抄輯, 倣《近思》之例, 而未克卒業。嘗曰: "吾儒之學, 除主敬明理外, 更別無事。" 此則其嗜學之蹟, 而學術之不畔于正也。

嘗以親意, 累赴公車, 而不肯通關節以求倖售。家貧, 蔬糲不續, 而神氣腴泰。踈袍弊冠, 周旋衆中, 而論議崢嶸, 無所撓却。此則其節操之確然也。

窮而憂國, 如憂家。歲壬寅月正, 沐浴齊戒, 製萬言疏, 極論闢邪、捄弊、扶人紀、振朝綱之方。欲叩閽呈上, 旋謂其不在位而罷。此可以見惓惓不忘於斯世者也。嗚呼! 斯人也, 今不可得以復見矣。吾將誰與爲歸哉。

居士之配, 曰同貫鄭孺人, 父忠煥。歿而同塋。有二男:章燮、奎燮。孫男:在抆夭、在望、在愚, 長房出, 在球、在珽、在現, 次房出。

銘曰: "行由天植, 學在心得。飢不憂身, 賤不忘君。命之窮矣, 誰其適從。褁之布衾, 九原于深。其靈不昧, 鳳山蒼翠。"

辛亥季冬, 苞山 郭鍾錫 撰。

❖ **원문출전**

姜柄周, 『斗山集』 卷7 附錄, 郭鍾錫 撰, 「墓碣銘」(경상대학교 문천각 古(오림) D3B 강44ㄷ)

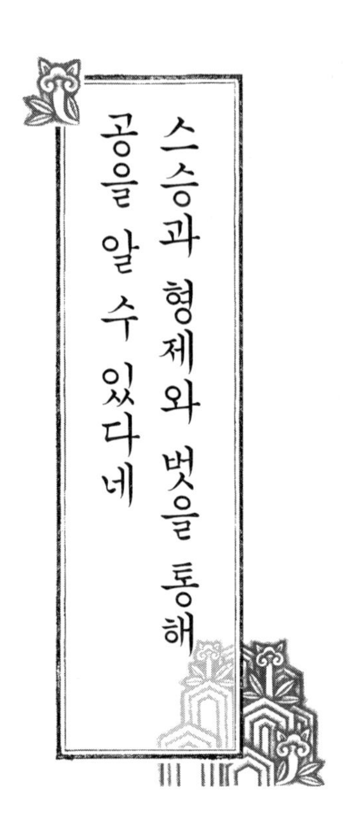

스승과 형제와 벗을 통해 공을 알 수 있다네

조성주(趙性宙) : 1841-1919. 자는 계호(季豪), 호는 월산(月山), 본관은 함안(咸安)이다. 현 경상남도 하동군 옥종면 월횡리(月橫里)에 거주하였다. 맏형 조성가(趙性家)를 따라 기정진(奇正鎭)의 문하에서 수학하였다.
저술로 5권 3책의 『월산유고』가 있다.

월산(月山) 조성주(趙性宙)의 행장

하겸진(河謙鎭)[1] 지음

남주 처사(南洲處士) 조공(趙公)의 휘는 성주(性宙), 자는 계호(季豪)이다. 동몽교관에 추증된 광식(匡植)의 아들로, 장작감(將作監) 월고(月皐) 조성가(趙性家) 선생의 막내 동생이다. 그 선대는 본래 함주(咸州:咸安)의 명문거족으로, 휘 려(旅)는 이조 판서에 추증되었으며 시호는 정절(貞節)인데, 이분은 단종 때 생육신 가운데 한 분이다. 5대를 내려와 휘 익도(益道)는 인조조에 선전관으로서 역적 이괄(李适)을 토벌하여, 특별히 『악왕정충록(岳王精忠錄)』[2]을 하사받았으며, 그 뒤 참의로 추증되었다. 이분은 공의 9대조이다.

증조 휘 경진(經鎭)은 하씨(河氏)를 부인으로 맞아 진주로 이거하여 월횡(月橫) 사람이 되었다. 하씨 부인은 불행하게 일찍 세상을 떠났다. 재취 부인 문씨(文氏)는 절개를 지킨 행실로 정려가 내려졌다.

공은 헌종 신축년(1841) 7월 7일에 태어났다. 겨우 말을 할 무렵부터 단정하고 아름다웠으며 재지(才智)가 있었다. 처음 중형 횡구옹(橫溝翁)[3]에게서 글을 배웠는데, 문리가 일취월장하였다. 조금 장성해서는 여러

1 하겸진(河謙鎭) : 1870-1946. 자는 숙형(叔亨), 호는 회봉(晦峯)·외재(畏齋), 본관은 진양(晉陽)이다. 27세 때 곽종석(郭鍾錫)의 제자가 되었다. 1919년에는 파리장서사건에, 1926년에는 제2차 유림단사건에 각각 연루되어 옥고를 치렀다. 저술로 『동유학안(東儒學案)』·『해동명장열전(海東名將列傳)』 등이 있다.

2 악왕정충록(岳王精忠錄) : 중국 남송의 장군 악비(岳飛)의 충절을 기술한 책이다.

3 횡구옹(橫溝翁) : 조성택(趙性宅, 1827-1890)이다. 자는 인녕(仁寧), 호는 횡구이다. 현 경상남도 하동군 옥종면 회신리(檜信里) 출신이다. 저술로 4권 2책의 『횡구집』이 있다.

서적을 두루 익히며, 과거시험을 위한 공부도 겸하여 통달하였다. 그 재능으로 두 번 향시에 합격하였으나, 결국 회시에서는 낙방하였다. 이에 공이 말하기를 "이것이 어찌 내 심신의 일에 관여함이 있겠는가."라고 하며, 과거공부를 그만두고 다시는 일삼지 않았다. 이에 앞서 월고공은 노사(蘆沙) 기 선생(奇先生)을 찾아가 가르침을 받았다. 기 선생은 「외필(猥筆)」을 지어 월고공에게 주었는데, 이는 대개 의발을 전하는 뜻이었다.

임신년(1872) 공이 32세 되는 해에 월고공을 따라 속수(束脩)의 예를 갖추어 기 선생에게 배알하고서, 뜻을 세우고 마음을 보존하는 요체를 얻어 들었다. 물러난 뒤 형제는 학문에 매진하였으며, 처음부터 끝까지 게을리하지 않았다. 그래서 사람들이 '노사 문하의 한 쌍의 옥이구나.'라고 칭송하였다.

10년 후 신사년(1881)에 영남과 호남의 인사들이 영광(靈光)의 황산(凰山)[4]에 모여 기 선생을 장사지냈다. 공은 당시 부친의 삼년상을 지내고 있었지만, 선유(先儒) 김문원(金文元)의 고사[5]를 따라 스승을 위한 심상복(心喪服)을 지어 입고 장례에 참석하였다. 이로부터 한 해 걸러 한 번씩 호남으로 가서 선생의 손자 송사(松沙) 기우만(奇宇萬)[6] 및 동문의 여러 벗들과 함께 사문(師門)의 뒷일을 처리하였는데, 혹 한 달을 보내거나 여름 한 철을 지내고서 돌아오곤 하였다.

신축년(1901) 가을 강성(江城:丹城) 신안재(新安齋)에서 『노사전집(蘆沙

---

4 황산(凰山) : 현 전라남도 장성군 동화면 남산리 황산 마을이다.

5 김문원(金文元)의 고사 : 문원은 사계(沙溪) 김장생(金長生)의 시호이다. 김장생은 스승 율곡 이이가 세상을 떠났을 때 상중에 있었는데, 심상복을 지어 입고 스승의 장례에 참석하였다.

6 기우만(奇宇萬) : 1846-1916. 자는 회일(會一), 호는 송사(松沙), 본관은 행주(幸州)이다. 기정진의 손자로 위정척사론에 입각하여 의병을 이끌었다. 저술로 54권 26책의 『송사집』이 있다.

全集)』을 중간하려 할 때, 애산(艾山) 정재규(鄭載圭),[7] 계남(溪南) 최숙민(崔琡民)[8]이 그 논의를 주장하였는데, 공도 실제로 참여하여 힘을 쏟았다. 이윽고 한편의 사람들이 문집 중 「외필」의 논의는 율곡 선생의 설과 어긋남이 있다는 이유로 통문을 돌려 책판을 훼손하려는 논의를 일으켰다. 공은 그들과 더불어 변론하지 않고 말하기를 "사문(斯文)이 화를 당하는 일은 예로부터 있어왔으니 유독 우리 선생만 피해가겠는가. 나는 백세 뒤의 공론을 기다릴 뿐이다."라고 하였다.

임인년(1902) 공은 면암(勉菴) 최익현(崔益鉉)[9]을 따라 산음(山陰:山淸) 방장산(方丈山)의 여러 곳을 다니며 유람하였다. 모두 열흘 남짓 되는 기간이었으며, 서로 주고받은 시편이 남아있다.

경술년(1910)의 변란[10] 후 공은 너무 늙어 세상을 잊고 지내려고 결심하였다. 집안에 거처하기를 즐겁게 여기지 않아, 이웃 고을의 노숙한 인사들을 간혹 불러 산을 오르거나 물가를 찾아다니며 자취를 감추었고, 시를 읊고 담소함으로써 비분한 심정을 쏟아내었다. 사림산(士林山)[11]의

7 정재규(鄭載圭): 1843-1911. 자는 영오(英五)·후윤(厚允), 호는 노백헌(老柏軒)·애산, 본관은 초계(草溪)이다. 기정진의 문하에 나아가 배웠으며, 「외필변변(猥筆辨辨)」 등을 지어 스승 기정진의 학설을 반박하던 논의에 대해 변론하였다. 저술로 49권 25책의 『노백헌집』이 있다.

8 최숙민(崔琡民): 1837-1905. 자는 원칙(元則), 호는 계남, 본관은 전주이다. 기정진의 문인이다. 단발령에 저항하여 반대운동을 일으키려 하였으나, 사방에서 의병이 일어나고 단발령이 취소되자 이 일을 그만두고 스승의 학문을 계승하여 후학들에게 전수하려 노력하였다. 저술로 30권 10책의 『계남집』이 있다.

9 최익현(崔益鉉): 1833-1906. 자는 찬겸(贊謙), 호는 면암, 본관은 경주이다. 1855년 명경과에 급제하여 사헌부 지평, 사간원 정언 등의 관직을 역임하였다. 1876년 소를 올려 일본과 맺은 병자수호조약을 반대하였으며, 이로 인해 흑산도로 유배되었다. 1895년 을미사변의 발발과 단발령을 계기로 항일척사운동에 앞장섰다. 저술로 48권 24책의 『면암집』이 있다.

10 경술년(1910)의 변란: 1910년 8월 29일 일본의 강압 아래 대한제국의 통치권을 일본에 양여함을 규정한 한일병합조약을 가리킨다. 이 조약으로 조선왕조는 멸망하고 일본의 식민지가 되었다.

산재, 장성(長城) 백양산(白羊山)의 절간, 남해 금산(錦山), 방장산 일월대(日月臺) 등은 모두 공이 잠시 기거하거나 등산하여 완상하던 곳이다.

공은 기미년(1919) 5월 모일에 질병으로 돌아가셨으니, 향년 79세였다. 부인 하씨(河氏)는 각주 처사(覺洲處士) 일운(一運)의 따님으로, 부녀자의 법도가 있었다. 공보다 14년 앞서 돌아가셨는데, 공이 돌아가시고 회신산(檜信山)[12] 모 언덕에 합장하였다.

공은 타고난 자질이 강직하고 방정하며 목소리가 우렁찼다. 미목이 시원시원하게 생겼으며, 수염이 길어 배꼽까지 닿았다. 평소 거처할 적에 헛된 명성을 기르지 않았으며, 남보다 특이한 행동을 하려고 하지 않았지만, 사람들이 바라보고서 세속을 벗어난 인물임을 자연스레 알았다.

양친과 세 형을 섬김에 성심으로 받들며 화락하게 대하여, 일찍이 자제로서의 과실을 보인 적이 없었다. 백형이 만년에 지리산 중산리(中山里) 깊은 골짜기로 떠나 있었는데, 집에서 50리 정도 떨어진 곳으로 산길이 매우 험하였다. 공은 매번 봄가을 좋은 계절이 되면 걸어가 문안을 올렸으며, 한 해에 반드시 서너 번씩 찾아뵈었다. 백형이 세상을 떠나서도 선조의 기일이 되면 역시 찾아갔는데, 쇠약함이 심해져 힘을 쓰지 못하게 되어서는, 평소 한밤중에 대청으로 나와 한동안 곡읍하며 슬퍼하고 그리워하는 정을 드러냈다. 그리고 매년 봄가을로[13] 어버이 묘소를 찾아가 성묘할 때는 반드시 곡을 하였다.

공은 부부사이에 서로 공경하기가 마치 빈객을 맞이하는 것과 같았으며, 종신토록 친압하는 모습이 없었다. 집안 사람들을 대할 때는 화목하

---

11 사림산(士林山) : 경상남도 하동군 옥종면 월횡리와 안계리에 걸쳐 있는 산이다.

12 회신산(檜信山) : 경상남도 하동군 옥종면 회신리에 있는 산이다.

13 매년 봄가을로 : 원문에는 '歲時'로 되어 있는데, 가장(家狀)에는 '歲時春秋'로 되어 있어 가장을 따라 번역하였다.

고 신실하였으며, 노비를 부릴 때는 너그러우면서도 위엄이 있었다. 무당을 불러들이지 않고 부적을 사용하지 않는 것, 한량이나 잡객과 접하지 않는 것으로써 집안에서 거처할 때의 규범으로 삼았다. 의관은 검소하면서도 더럽지 않았으며, 집은 소박하였으나 한 몸 거처할 공간은 되었다. 돈이나 물건을 빌려줄 때 이자를 받지 않았으며, 벗들과 교제할 때 당색을 가리지 않았다.

국조의 제현 가운데 퇴계 선생을 가장 존신하였는데, 항상 말씀하기를 "마음을 잡아 몸가짐을 삼가는 것은 의당 이 어른을 법도로 삼아야 한다."라고 하였다. 거처하는 서실을 '월산(月山)'이라 편액하고, 손수 고인의 격언을 적어 벽에 붙여두고서 바라보며 성찰하였다. 공이 여러 자제들에게 경계한 말로는 "사람이 어질거나 어리석은 것은 단지 성실하거나 성실하지 못한가를 비교해 볼 따름이다. 말하되 성실함이 없으면 광대들이 지껄이는 말일 뿐이며, 행동하되 성실함이 없으면 좀도둑과 같은 짓일 뿐이다."라고 한 것과 또 "덕행과 문예는 근본과 말단의 일이다. 지금 사람들이 문예를 중히 여기고 그 덕행을 스스로 무너뜨리니, 슬퍼할 만한 일이다."라고 한 것 등이 있다.

공은 아들 둘을 두었는데, 장남은 찬규(纘奎)이며 차남은 진규(縉奎)이다. 두 사위는 한유(韓愉)와 이재하(李載夏)이다. 찬규의 아들은 용인(鏞仁)이며, 딸은 정화영(鄭驊永)에게 시집갔다. 진규의 아들은 용원(鏞元)·용선(鏞先)·용완(鏞完)·용관(鏞寬)이며, 딸은 정민용(鄭珉鎔)·노익영(盧益泳)·하경균(河慶均)에게 시집갔다. 한유의 두 아들은 승(昇)과 황(晃)이며, 이재하의 아들은 은춘(殷春)이다. 나머지는 기록하지 않는다.

찬규 군이 공의 사적을 기술하고 진규 군을 보내어 행장을 부탁하였으나, 나는 노쇠하여 글 짓는 일을 그만두었다는 이유로 사양하였다. 그러자 진규 군이 말하기를 "사양하지 마십시오. 대대로 내려온 집안의 우의를 잊어서는 안 됩니다."라고 하였다. 나는 이에 두려운 마음으로 일어나 말하기를 "옛날 인물을 논하는 자는 반드시 그 부형과 사우를 일컬었으니, 충후(忠厚)한 도리이다. 공은 노사 선생을 스승으로 삼았으며, 형으로 월고·횡구가 있었으며, 벗으로 애산·송사가 있었다. 공은 비록 타고난 자질이 분명히 남보다 뛰어난 점이 있었지만, 형들의 행실을 본받고 사우들과 절차탁마하여 성취한 힘이 또한 어찌 미미하겠는가. 대개 공은 학문의 조예가 애산의 정심함보다는 모자랐고, 문장의 화려함은 송사의 넉넉하고 민첩함에 미치지 못하였다. 하지만 그 후덕하고 고명함은 월고에게서 받았으며, 효성스럽고 우애 있는 참된 성품은 횡구에게서 얻었다. 요컨대 이분들은 모두 일시에 노사 선생의 문하에서 나와 각각 한 분야에 성취를 한 분들이니, 논하는 자들은 이에 대해 다른 말이 없을 것이다. 내가 어찌 감히 거짓을 말하겠는가, 내가 어찌 감히 거짓을 말하겠는가."라고 하였다.

무인년(1938) 7월 진산(晉山) 하겸진(河謙鎭)이 지음.

行狀

河謙鎭 撰

南洲處士 趙公, 諱性宙, 字季豪。贈童蒙教官匡植之子, 將作監月皐先生 性家之季弟。其先本咸州大族, 有諱旅, 贈吏判, 謚貞節, 是爲端廟生六臣之一。五傳, 至諱益道, 仁廟朝以宣傳官討逆适, 特賜《岳王精忠錄》, 後贈參議。公九世祖也。曾祖經鎭, 娶河氏, 移居晉州, 遂爲晉州 月橫人。不幸早世。繼配文氏, 有烈行旌閭。

公以憲宗辛丑七月七日生。甫能言, 端好有才諝。始受讀仲兄橫溝翁, 文理日就。稍長, 博習羣書, 傍通擧子業。以其能再參鄕解, 竟屈於南省。乃曰: “是何與於身心事哉。” 棄不復事。先是, 月皐公從蘆沙 奇先生受業。奇先生作《猥筆》文與之, 蓋傳鉢之意也。

壬申, 公年三十二, 隨月皐公, 執束脩謁焉, 得聞立志存心之要。旣退, 昆季征邁, 終始不懈。人稱“蘆門聯璧”。後十年辛巳, 嶺、湖人士, 會葬奇先生 靈光之凰山。公方持父服, 依先儒金文元故事, 製師服赴之。自是, 間歲一至湖南, 與先生之孫松沙 宇萬, 及同門諸友, 經紀師門後事, 或閱月, 或盡夏方歸。

及辛丑秋, 重刊《蘆沙全集》江城 新安齋。鄭艾山 載圭、崔溪南 琡民, 主其議, 而公實與有力焉。已而一邊人, 以集中《猥筆》之論, 有違於栗谷, 飛章欲毁其板。公不爲與辯曰: “斯文之厄, 從古有之, 獨吾師也哉。吾以俟百世公議而已。”

壬寅, 從崔勉菴 益鉉, 遊歷山陰 方丈諸處。首尾一旬有餘, 有唱酬詩什。庚戌變後, 公已老, 決意與世相忘。不樂家居, 間要隣里老宿, 往來滅跡於山顚水涯, 賦詩談諧, 以泄悲憤。如士林之山齋, 長城 白羊之僧舍, 南海之錦山, 方丈之日月臺, 皆其所棲息登賞也。

已未五月日, 以疾終, 享年七十九。配河氏 覺洲處士 一運女, 有壼範。先公十四年而坳, 至是合葬檜信山某原。公稟資剛方, 聲音洪暢。疎眉目, 鬚長過臍。平居, 不自養望, 不求甚異於人, 而人望之, 自然知其爲塵表人物。事二親及伯仲叔三兄, 洞屬怡怡, 未嘗見其有子弟之過。伯兄晩, 避地中山深峽, 距家爲五十里, 山路險甚。每春秋令節, 徒步省親, 歲必四三往焉。伯兄旣卽世, 而値先忌, 亦往, 及衰甚無以爲力, 則其日用夜半, 出廳事, 哭泣少頃, 伸哀慕之情。歲時上親墓, 必哭。

夫婦之間, 相敬如賓客, 終身不設狎容。待宗族, 睦而信 ; 御婢僕, 寬而嚴。以不用巫覡符章、不接閒徒雜客, 爲居家之規。冠衣儉而不垢、居室樸而有容。貸與錢物, 不以子母 ; 交際朋友, 不關黨色。於國朝諸賢, 最尊信退陶先生, 常曰: "操心飭躬, 當以此老爲法。" 所居書室, 扁以"月山", 手書故人格言, 貼壁觀省。其戒諸子則曰: "人之賢否, 只爭實與不實耳。言而無實, 則俳優耳; 行而無實, 則穿窬耳。" 又曰: "德行文藝, 本末事也。今之人以文藝爲重, 而自壞其德行, 可哀也已。"

公有二子, 長纘奎、次縉奎。二壻韓愉、李載夏。纘奎男, 鏞仁, 女適鄭驊永。縉奎男, 鏞元、鏞先、鏞完、鏞寬, 女適鄭珉鎔、盧益泳、河慶均。韓愉二男, 昇、晃, 李載夏一男, 殷春。餘不錄。纘奎君述公事, 遣縉奎君, 責以狀行之文, 余以老廢筆硯辭。君曰: "毋。世好不可忘也。" 余乃瞿然作而言曰: "古之論人者, 必稱其父兄師友。厚之道也。公以蘆沙先生爲師, 以月皐、橫溝爲兄, 以艾山、松沙爲友。雖天資固有過人者, 而其所以擩染切磨成就之力, 亦豈微哉。蓋公造詣, 或遜於艾山之精深, 文華不及松沙之贍敏。而其厚德高明, 受於月皐, 孝友眞性得於橫溝。要之, 幷皆一時出於蘆翁之門, 而各具其一體, 則論者無異辭焉。余敢誣哉。余敢誣哉。

歲戊寅流火節, 晉山 河謙鎭 狀。

❖ 원문출전

趙性宙,『月山遺稿』附錄, 河謙鎭 撰,「行狀」(경상대학교 문천각 古 D3B H조53ㅇ)

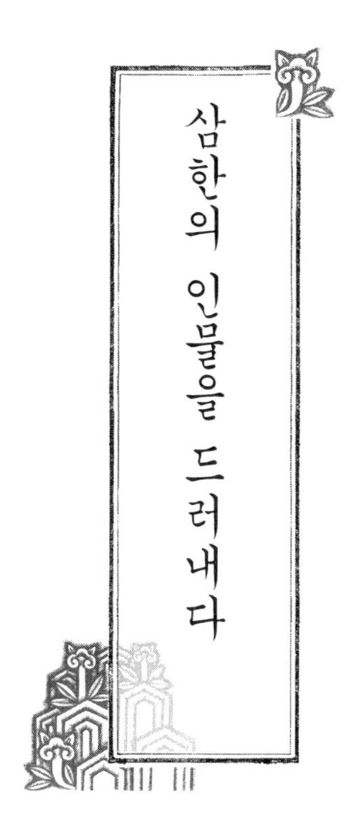

삼한의 인물을 드러내다

장석신(張錫藎) : 1841-1923. 자는 순명(舜鳴), 호는 과재(果齋) 또는 일범(一帆), 본관은 인동(仁同)이며, 현 경상북도 성주(星州)에 거주하였다. 장복추(張福樞)의 문하에서 수학하였다.
1894년 문과에 급제한 뒤 홍문관 수찬, 사헌부 정언, 중추원 의관(中樞院議官), 비서원승(秘書院丞) 등을 역임했다. 1905년 을사늑약이 체결되자 늑약을 철회하고 을사오적을 처형할 것을 상소하였다. 나라를 빼앗기게 되자 가야산(伽倻山)으로 들어가 두문불출한 채 후진양성에 전념하였다.
저술로 28권 14책의 『과재집』이 있다.

과재(果齋) 장석신(張錫藎)의 묘표

장석영(張錫英)[1] 지음

조선의 태상황(太上皇)이 승하한 지 5년이 지난 계해년(1923) 6월 13일 은대(銀臺 : 承政院)의 옛 신하 장석신(張錫藎)-순명(舜鳴)-이 세상을 떠났다. 사림들이 묘비에 새기기를 “과재(果齋) 선생은 신안(新安)[2] 읍치 서쪽 40리에 있는 묵방산(墨坊山)[3] 인좌(寅坐) 언덕에 장사지냈는데, 숙부인 여강 이씨(驪江李氏)와 합장하였다.”라고 하였다.

공의 본관은 옥산(玉山)[4]이다. 고려조 망복의 신하 충정공(忠貞公) 안세(安世)의 후손으로, 문강공(文康公) 여헌(旅軒) 장현광(張顯光)[5] 선생의 9대손이다. 고조부는 사복시 정(司僕寺正)에 추증된 지형(趾馨)이고, 증조부는 진사로 이조 참의에 추증된 주(鑄)이며, 조부는 이조 참판에 추증된 보(濆)이고, 부친은 형조 참판 시표(時杓)이다. 모친 정부인 청주 정씨(淸州鄭氏)는 한강(寒岡) 정구(鄭逑)[6] 선생의 후손인 완(垸)의 따님이다. 정부인의 꿈에 한 노인이 나타나 벽 사이에 붉은 옥, 흰 옥을 놓으며 말하기를 “그대의 아들이다.”라고 하였다. 철효왕(哲孝王:憲宗) 신축년

1 장석영(張錫英) : 1851-1929. 호는 회당(晦堂), 본관은 인동(仁同)이며, 현 경상북도 칠곡에서 태어났다. 장석신의 아우이다. 저술로 『회당집』이 있다.

2 신안(新安) : 현 경상북도 성주의 옛 이름이다.

3 묵방산(墨坊山) : 현 경상북도 성주군 금수면 무학리에 있다.

4 옥산(玉山) : 현 경상북도 구미시 인동동의 고호이다.

5 장현광(張顯光) : 1554-1637. 자는 덕회(德晦), 본관은 인동이다. 정구(鄭逑)에게 수학하였다. 저술로 21권 10책의 『여헌집』이 있다.

6 정구(鄭逑) : 1543-1620. 자는 도가(道可), 호는 한강, 본관은 청주(淸州)이다. 이황과 조식에게 수학하였다. 저술로 27권 11책의 『한강집』 등이 있다.

(1841) 10월 13일 공이 태어났다.

공은 재기가 남보다 뛰어났다. 5세 때 어른들이 사복(射覆)[7]을 시험하자 모두 알아 맞혔다. 14, 5세 때 문장으로 고을 문인들의 모임에서 인정을 받았다. 임술년(1862) 부친이 암행어사 임승준(任承準)의 무고[8]로 조정에 나아가 심문을 받았다. 공은 상국(相國) 조두순(趙斗淳)[9]을 뵙고 부친의 원통함을 호소하였다. 조 상국은 공의 몸가짐과 용모가 청수(淸秀)하고, 행동거지가 온화하고 점잖으며, 언어에 절도가 있음을 가상히 여겨 마침내 임금에게 아뢰어 곧 방면시켰다. 사람들은 공의 효성에 감복한 것이라고 하였다.

18세 때부터 향시의 복시(覆試)에 여러 번 합격하였다. 임오년(1882) 진사시에 합격하였다. 계사년(1893) 월과(月課)에 뽑혀 전시(殿試)에서 급제하여 특별히 홍문관 수찬에 제수되었다. 부친은 관례에 따라 가선대부에 승진되었다. 가선대부에 승진되어 임금의 은혜로 3대가 추존되는 영광을 입었다. 공은 교리·정언을 역임하고, 통정대부에 올라 승지가 되었다. 당시 조정에 일이 많아 여러 차례 봉사(封事)를 올렸는데, 언사가 매우 절실하고 곧았다.

을사년(1905) 이완용(李完用) 등이 왜병을 끌어들여 대궐로 침입하여 5조약을 체결하였다. 변란을 듣고 나서 공은 밤낮 없이 서둘러 상경하였지만 이미 할 수 있는 일이 없었다. 공이 소를 올려 '위협하여 체결한 조약은 허락해서는 안 되고, 조약을 맺은 적신들은 마땅히 죽여야 한다.'는 내용으로 논핵하였는데, 받아들여지지 않았다.

7 사복(射覆) : 엎어놓은 그릇 밑에 물건을 두고 알아맞히게 하는 놀이이다.

8 임승준의 무고 : 임승준의 별단(別單)에 인동 장씨들이 관장을 공갈협박하여 완문을 받아내었다고 하였는데, 이를 빌미로 부친인 장시표(張時杓)가 삭직당한 일을 말한다.

9 조두순(趙斗淳) : 1796-1870. 자는 원칠(元七), 호는 심암(心菴), 본관은 양주(楊州)이다. 저술로 30권 30책의 『심암유고』가 있다.

경술년(1910) 종묘사직이 망하자 가야산(伽倻山) 남쪽으로 들어가 작은 집을 빌려서 두문불출하며 폐인으로 자처하였다. 일본 사람이 화폐로 연로한 사대부들을 꾀었는데, '은사금(恩賜金)'이라고 명목을 붙였다. 은사금이 두 번이나 내렸지만 공은 두 번 다 물리쳤다. 몇 년 동안 그렇게 지낸 뒤 말씀하기를 "죽지 못한 내가 죽고자 하지만 묻힐 땅이 없다. 비록 죽어서 묻힐 땅이 없지만 장사는 지낼 수 있을 것이다. 내 차라리 산수 속에서 거리낌 없이 지내다가 생을 마칠 것이니, 죽어서 까마귀와 솔개의 뱃속에 장사 지내는 것이 분수에 마땅함을 얻을 것이다."라고 하였다.

그리고서 공은 정처 없이 지팡이를 짚고서 마음이 가는 대로 자적하였다. 서쪽으로는 계룡산(鷄龍山)을 유람하고, 백마강에서 배를 타고 노닐었다. 남쪽으로는 금산(錦山)에 오르고, 천왕봉의 정상에 이르렀다. 국내의 명산을 두루 찾아다니면서 그 비분한 의지를 녹여 내었다.

공은 당시 일흔 남짓한 나이로 자력으로는 떠돌아다닐 수가 없어서 금릉(金陵)[10]의 진흥산(眞興山) 속으로 들어가 거처하였다. 아홉 구비 산수를 품평하고 운림(雲林)과 천석(泉石) 사이에서 소요하며, 글을 짓고 시를 읊으면서 세상사를 잊었다. 금릉의 사류들이 그 풍모를 듣고 말하기를 "어질도다! 대부여."라고 하였다. 그들과 계모임을 하였는데, 모두가 공을 존모하였고 그 일을 읊조려 찬미하였다.

계해년(1923) 봄 공은 개연히 탄식하며 말씀하기를 "내 나이 여든 셋이니 죽을 날이 이르렀구나."라고 하였다. 고향을 그리워하는 마음으로 마침내 온 가족을 데리고 고향의 옛집으로 돌아와 거처하였다. 5개월 뒤 정침에서 돌아가셨다.

---

10 금릉(金陵) : 현 경상북도 김천(金泉)의 옛 이름이다.

공은 총명하고 빼어난 자질로 효성스럽고 우애하며 공손하고 검소한 행실을 더했으며, 문학과 글씨에 아름다운 재주를 겸하였다. 앞에 나아가 보면 깨끗한 금과 좋은 옥 같았고, 멀리서 바라보면 훌륭한 신선이 속세로 내려온 것 같았다.

집안은 본래 청빈하여 보잘것없는 끼니도 잇기가 어려웠다. 그러나 일찍이 의(義)가 아니면 리(利)를 취하지 않았고, 또 부귀를 흠모하지 않아 힘들게 농사를 지어서 조달하였다. 이 때문에 미천한 신분으로 과거에 응시할 때부터 지위가 삼품의 벼슬에 오르기까지 모두 하늘이 내린 것이었다. 그래서 남들이 벼슬을 구하는 것과는 달랐다.

젊은 시절 영락하여 세상사를 두루 맛보았고, 만년에는 산림으로 물러나 고요한 마음으로 자신을 지키고 살았다. 예로써 자신을 단속하였으며, 집안을 다스리고 사람들을 대할 적에는 모두 절도가 있었다. 날마다 반드시 일찍 일어나 의관을 갖추고서 이른 아침 사당을 배알하는 예를 행하였다. 물러나서는 몸을 바로 세우고 앉아 하루 종일 서책을 대하였는데, 심한 병이 아니면 일찍이 기대거나 눕지 않았다.

당대의 사대부로서 공의 집에 찾아와 묘소의 금석문을 받은 사람들은 그것을 영광스럽게 여겼다. 평생 손수 베껴 쓴 고금의 글이 모두 수백 권이었다. 저술로는 시문·잡저 30여 권이 있으며, 군자·소인을 함께 기록한 『나려국조명신록(羅麗國朝名臣錄)』 전집·후집·별집 22권, 개국 이래로부터 나라가 망할 때까지의 역사를 기록한 『동화세기(東華世紀)』 9권, 『두문동칠십이현사(杜門洞七十二賢史)』 1권이 있다.

아! 세상이 어지럽고 도가 상실되었으니 누가 이분의 공을 알겠는가? 이분이 아니었다면 삼한의 인물은 모두 드러나지 않았을 것이며, 백세의 사필(史筆)도 공정하지 않았을 것이다. 세상에 왕도 정치를 펼 임금이 나타난다면 조정에서 그런 일을 진술할 것이다. 그러니 동경(東京)의 법도는 공손술(公孫術)의 가신을 기다리지 않아도 될 것이다.[11] 묘 옆의 비석에 새겨 후인들에게 고한다.

공은 아들 셋을 두었는데 장남은 희원(憙遠), 차남 길원(吉遠)은 요절하였고, 삼남은 시원(始遠)이다. 장녀는 안영제(安英濟)에게 시집갔고, 차녀는 정휘영(鄭彙永)에게 시집갔다. 서자는 혜원(惠遠)이다. 희원의 아들은 백상(百相)·하상(夏相)·직상(直相)·기상(夔相)이다. 시원의 딸은 김영택(金榮澤)에게 시집갔다. 백상은 병기(炳驥)를 양자로 들였다. 하상의 아들은 병준(炳駿)·병기(炳驥)이다.

공이 세상을 떠난 이듬해 갑자년(1924) 11월 공의 아우 석영(錫英)이 비석에 행적을 쓴다.

墓表

張錫英 撰

有朝鮮 太上陟, 方越五年, 癸亥六月十三日, 銀臺舊臣張錫藎 舜鳴卒。士林銘其物曰: "果齋先生送葬于新安治西四十里墨坊山負寅之阡, 淑夫人驪江 李氏合葬也。"

本貫玉山。麗朝罔僕臣, 忠貞公 安世後, 文康公 旅軒先生 顯光九世孫。高祖, 贈司僕寺正, 趾馨, 曾祖, 進士, 贈吏曹參議, 鑄, 祖, 贈吏曹參判, 濆, 父, 刑曹參判, 時杓。母貞夫人, 淸州 鄭氏, 寒岡先生 逑后垸女。貞夫人夢有一老人, 從壁間遺紅白二璧曰: "而子也。" 哲孝王辛丑十月十三日, 公生。

才氣絶人。五歲, 長者試射覆, 皆中。十四五歲, 以文藻, 鉢鄕人文會。

11 동경의……것이다: 광무제는 공손술의 가신을 통해 악률을 정리하였다. 여기서는 장석신이 지은 『나려명신록』에서 공정한 사필을 충분히 징험할 수 있음을 말하는 듯하다.

壬戌, 先公被直指任承準誣, 就大理。公見趙相國 斗淳, 鳴其冤。相公愛其儀狀淸秀、擧止雍容、言語有節, 遂上聞卽放。人謂之孝感。

自十八歲, 屢中鄕解覆試。壬午, 中進士。癸巳, 登月課, 殿前及第, 特除弘文修撰。父公例陞嘉善。以嘉善恩追三世榮。歷官校理正言, 陞通政承旨。時朝廷多事, 屢上封事, 言甚切直。

乙巳, 完用等引外兵入大內, 五約成。旣聞變, 罔夜上京, 已無可爲者。上疏論"脅約之不可許, 賊臣之當誅。", 不報。

庚戌, 宗社屋, 入伽倻山南, 傚斗屋, 杜門自廢。日人有以金幣, 誘士大夫之年老者, 名曰"恩賜"。再至而再却之。居數年曰: "未亡之人, 求死無地。雖死而無地, 可葬。吾寧自放於山水間, 以終吾生, 死葬烏鳶之腹, 分所得宜。" 飄然一笻, 隨意自適。西遊鷄龍, 浮于白馬。南登錦嶽, 窮天王之頂。域內名山, 足跡殆遍, 以銷其悲憤之志。

時年七十餘, 無以自力於行役, 入金陵之眞興山中居焉。品題九曲溪山, 逍遙於雲林泉石間, 著書哦詩以忘世。金陵士子聞其風曰: "賢哉! 大夫。" 修契而共尊之, 哦詠其事以美之。癸亥春, 慨然嘆曰: "吾年八十三, 死期至矣。" 狐死首邱, 遂挈家, 還故里故第。居五月, 正簀。

公以聰明穎悟之姿, 加孝友恭儉之行, 兼文學筆翰之美。卽之而精金良玉也, 望之而一表仙官下降於塵世也。家素淸貧, 菽水難繼。而未嘗以非義而取利, 又未嘗歆慕富貴, 病畦而求之。是以自席帽應擧, 位躋三品, 皆其隕自天。而異乎人之求之也。

早年潦倒, 經歷世故, 晩退山林, 恬靜自守。律已以禮, 治家接人, 皆有節度。日必夙興冠帶, 行晨謁之禮。退對方冊, 生腰坐終日, 非甚病, 未嘗偃臥。

當世士大夫, 丘墓金石之文, 踵門來謁而得之者, 其有榮焉。平生手寫古今文, 凡數百卷。所著有詩文雜著三十餘卷, 《羅麗國朝名臣錄》前後集別集幷載君子小人二十二卷, 《東華世紀》自開國以來至亡國史九卷, 《杜門洞七十二賢史》一卷。

嗚乎! 世亂道喪, 孰知斯人之爲功。微斯人, 三韓人物, 未或盡闡, 百世史筆, 亦或不公。一王有作, 陳之廊廟之上。東京制作, 庶不待乎公孫述之家臣。勒石墓傍, 以詔後人。

公有子:憙遠, 吉遠夭, 始遠。女安英濟、鄭彙永。男惠遠。憙遠男:百相、夏相、直相、夔相。始遠女:金榮澤。百相嗣男炳驥。夏相男:炳駿、炳驥。

公沒之明年, 甲子仲冬, 其弟錫英, 序其所以刻之石。

❖ 원문출전

張錫藎,『果齋集』卷11 附錄, 張錫英 撰,「墓表」(경상대학교 문천각 古(오림) D3B 장225ㄱ)

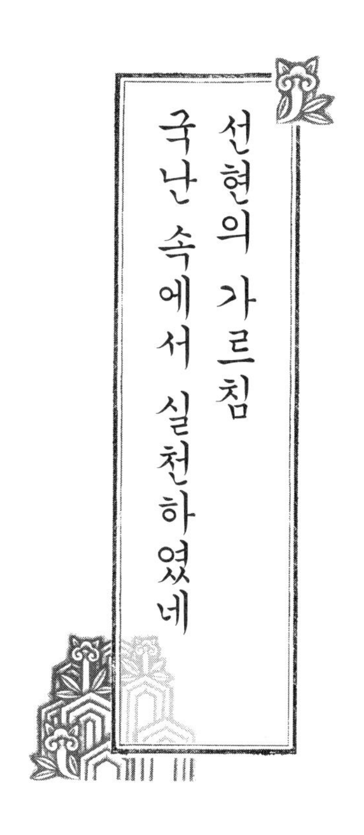

선현의 가르침

국난 속에서 실천하였네

정재규(鄭載圭) : 1843-1911. 자는 후윤(厚允), 호는 노백헌(老柏軒)·애산(艾山), 본관은 초계(草溪)이다. 삼가(三嘉: 현 경상남도 합천군 삼가면과 초계면 일대)에서 태어나고 거주하였다. 1864년 기정진(奇正鎭)을 찾아가 문인이 되었고, 기정진의 학설에 대한 비판에 적극적으로 대응했다. 을사늑약이 체결되자 최익현(崔益鉉) 등과 함께 거의하기로 했지만 뜻을 이루지는 못했다.
저술로 49권 25책의 『노백헌집』이 있다.

노백헌(老柏軒) 정재규(鄭載圭)의 묘갈명 병서

기우만(奇宇萬)[1] 지음

선조 노사(蘆沙)[2] 선생의 묘소에 세운 문인 정재규(鄭載圭)-후윤(厚允)-이 지은 묘갈명에 "도는 하늘에서 나와 사람에게서 확립된다. 적임자가 있으면 그 도는 밝아지고, 그런 사람이 없으면 그 도는 어두워진다. 한 번 밝아졌다가 한 번 어두워지는데, 오늘날에 와서는 지극히 어두워져서 중화[華]와 이적[夷]이 뒤섞였고 유술(儒術)이 나누어졌다. 그래서 천하 사람들은 혼란스러워하며 지향할 곳을 몰랐다. 그때 선생이 일어나셔서 '도는 하늘에서 나와 사람에게서 확립된다'는 진리를 다시 세상에 밝히셨다. 선생이 오늘날에 태어나신 것은 하늘의 뜻이 어찌 우연히 그러한 것이겠는가?"[3]라고 하였다.

노사 선생의 문하에 공이 있고 없느냐에 따라 선생의 학문이 전해지느냐 마느냐가 달려 있으며, 노사 선생의 학문이 전해지느냐 마느냐에 따라 도가 밝혀지느냐 어두워지느냐 하는 점이 판가름난다고 나는 생각한다. 그러니 공이 태어난 것이 어찌 하늘의 의도가 아니겠는가?

초계 정씨(草溪鄭氏)는 고려 시중 광유후(光儒侯) 배걸(倍傑)이 시조이

1 기우만(奇宇萬) : 1846-1916. 자는 회일(會一), 호는 송사(松沙), 본관은 행주(幸州)이다. 기정진의 손자로 위정척사론에 입각하여 의병을 이끌었다. 저술로 54권 26책의 『송사집』이 있다.

2 노사(蘆沙) : 기정진(奇正鎭, 1798-1879)의 호이다. 자는 대중(大中), 본관은 행주(幸州)이다. 1831년 진사에 합격하였다. 조정에서 내린 벼슬을 모두 사양하였다. 저술로 30권 17책의 『노사집』이 있다.

3 도는……것이겠는가? : 정재규가 지은 「노사기선생묘갈명병서(蘆沙奇先生墓碣銘幷書)」의 일부이다.

다. 정당문학 문(文)은 기자사(箕子祠) 건립을 주청하였다. 도승지 사중(師仲)은 처음으로 본조에서 벼슬했다. 서정 선생(西亭先生) 옥윤(玉潤)은 천거되어 현감을 지냈다. 그 뒤 여러 대 동안 음직으로 벼슬했다. 부사 진철(震哲)은 임진왜란 때 의로운 행적이 있었는데, 혼조(昏朝:光海君) 때 벼슬을 그만두었다. 이분이 사과를 지낸 홍눌(弘訥)을 낳았는데, 뒷날 진선(震善)에게 양자로 갔다. 임연정(臨淵亭) 종인(宗仁)은 당쟁을 경계하고 걱정하여, 자취를 감추고 은거하였다. 이분이 공의 6대조이다.

고조부 광익(光翼)은 통덕랑을 지냈다. 증조부는 이구(履九)이며, 본생가의 증조부는 이헌(履獻)이다. 조부 언민(彦民)은 호가 구이헌(懼而軒)으로 당대에 덕망이 있었다. 부친 방훈(邦勳)은 효행이 드러났고 예학에 밝았다. 모친 교하 노씨(交河盧氏)는 위진(緯鎭)의 따님이다.

공은 헌종 계묘년(1843)에 태어났다. 골상이 청수하고 신비로운 광채가 응집되어 있었으며, 성품이 경박하지 않아 말과 웃음이 적었다. 조부 구이공이 '구(口)'·'이(耳)' 등의 글자를 가르치면 문득 대답하기를 "일마다 사물마다 그에 해당되는 글자가 있네요."라고 하였으며, 사물을 볼 때마다 문득 질문하였다. 지적 수준이 아직 서당에 나아갈 때가 아닌데도 글자에 대한 식견이 이미 넉넉했다. 그리고 조부에게 들은 격언·지론을 막힘없이 외웠는데, 자연스러워 노성한 기미가 있었다.

『소학』을 읽을 적에 구이공이 "『소학』과 사서(四書)는 모두 너의 스승이다."라고 하니, 밖으로 나가서 기뻐하며 "나에게는 다섯 명의 스승이 있어 나를 가르친다."라고 말하였다. 어느 정도 성취가 있자, 동향 선배 몽관(夢關) 최공(崔公)[4]의 문하에 나아가 가르침을 청하였다. 그러자 최

4 최공(崔公) : 최유윤(崔惟允, 1809-1877)이다. 자는 성진(誠進), 호는 몽관, 본관은 경주이다. 현 경상남도 합천군 삼가에 거주했다. 정재규가 행장을 지었다. 저술로 7권 2책의 『몽관집』이 있다.

공이 말하기를 “나는 너의 스승이 될 수 없으니, 당세 유림의 종장을 구하는 것이 좋을 것이다. 어찌 노사(蘆沙) 선생의 문하에 나아가지 않는가?”라고 하였다.

즉시 사상(沙上)[5]으로 노사 선생을 찾아가 배알하였다.[6] 노사 선생은 공과 말씀을 나누어 보고는 큰 그릇이 될 수 있을 것이라고 생각했다. 그래서 위기지학(爲己之學)과 위인지학(爲人之學)을 분별하는 것으로 공의 지향을 정하게 하고, 생과 사에는 천명이 있다는 것으로 공의 심지를 굳건하게 하였다. 또 독서법으로 ‘이면을 조명해 보고, 눈앞의 욕심을 절실히 금하라.[照顧後面 切忌貪前]’라는 여덟 자를 써 주었다.

집으로 돌아와서는 고요한 곳에 처하면서 『소학』부터 사서를 차례대로 읽었는데, 처음 공부할 때의 자세를 취하여 공부하였다. 각고의 노력으로 긴밀히 공부하여, 침식을 잊었다. 손님이 오면 입으로는 응답을 하지만 마음으로는 공부에 집중하여 때로는 대답할 말을 잊어버리기도 했다. 질병이 있으면 침구를 정돈하고 생각에 잠겨 있다가 마음에 합치되는 점이 있으면 곧바로 기록하였다. 이렇게 수십 년을 보내자 황홀하게 터득함이 있는 듯했다.

스승을 찾아뵙고 질정을 구하는 날, 노사 선생은 공의 학문이 완전하고 공고함을 자주 칭찬했다. 이로부터 편지를 올리거나 직접 찾아뵙고 질문하였는데, 한 해도 거른 적이 없었다. 태극이 변화하는 오묘함, 인성(人性)과 물성(物性)의 같고 다른 대체, 인심(人心)과 도심(道心)의 위태롭고 은미한 기미, 시사와 존망에 대한 이해 등에 정신과 마음이 합치되었

5 사상(沙上) : 노사 기정진이 거주했던 하사(下沙) 마을로, 현 전라남도 장성군 황룡면 장산리이다. 기정진은 1853년부터 1875년 겨울까지 하사에 거주하였다. 노산(蘆山)은 하사에 있는 산인데, 이 노산과 하사를 합쳐 노사(蘆沙)라고 호를 지었다.

6 즉시……배알하였다. : 정재규는 1864년 봄에 기정진을 찾아갔다.

다. 그러면서 학문의 차례가 기쁘고 순조로운 경지에 이르러 당시 사람들의 중망을 성대히 받았다.

일찍이 향시에 합격하여 회시에 나아갔다. 당시 재상이 공의 명성을 듣고 만나기를 청했지만, '사(士)는 재상의 문전에 발걸음을 할 수 없다'고 답했다. 과거에 합격하지 못하고 집으로 돌아와서는 마침내 세상에 나아가려는 마음을 접고, 학업을 연마하는 것으로 일생을 마칠 계책을 삼았다.

서양 서적이 성행하여 국론이 날로 그릇되어 가는 것을 보고, 도내의 유생들과 소장(疏章)을 올려 이단을 배척하기로 약속하였다. 소장이 이미 완성되었으나 여러 사람의 의논이 소를 올리는 것을 저지했다. 조정의 의논이 왜인을 불러들여 동비(東匪:東學黨)를 토벌하기로 정해졌다는 소식을 듣고 처량하게 말씀하기를 "동비들이 비록 무지하여 범죄를 저질렀지만, 그들 또한 우리의 백성들이다. 원수를 불러들여 제 자식을 잡아먹게 하니, 장차 온 나라가 그들의 영역에 들어가겠구나."라고 하였다.

1년도 채 되지 않아 을미년(1895) 8월 변고[7]가 있었고, 또 단발령[8]이 내려졌다. 그러자 곧바로 경상 감사에게 서신을 보내고 아울러 동지들에게도 편지를 보내 외세를 토벌하고 국권을 회복할 방법을 모의했다. 그러자 저들은 왕명을 빙자하여 체포하려 하면서 공을 주모자로 지목하니, 마침내 몸을 피해 추이를 지켜보면서 일을 도모할 만한 기회가 오기를 기다렸다.

계묘년(1903) 조정에서 유신(儒臣)의 천거로 조경묘 참봉(肇慶廟參奉)에 제수되었다. 세 번 체직되고 세 번 임명되었으나, 모두 나아가지 않았다. 을사년(1905) 적신들이 나라를 팔아 5개 조약을 강제로 맺으려 하자, 통

7 을미년 8월 변고 : 을미사변을 말한다. 명성황후는 1895년 8월 20일에 살해당했다.
8 단발령 : 1896년 1월 1일부터 단발이 강요되었다.

곡하며 산속으로 들어갔다. 그해 10월 변고[9]가 일어나자 분연히 산에서 내려왔다. 글을 지어 동지와 제자 몇 명에게 고하여, 살아서 나갔다가 죽어서 올 계책을 세웠다. 곧바로 최면암(崔勉菴:崔益鉉)이 있는 곳으로 가서 면암과 함께 영남과 호남의 지사들에게 포고하였는데, 궐리(闕里)에서 모여 의거를 도모하려 하였으나 일이 또한 여의치 않았다.[10] 남쪽으로 내려와 노사 선생의 묘에 곡하였다. 울분을 머금고 집으로 돌아와 죽을 날만을 기다렸다. 그리고 『주자어류』를 줄여 몇 권으로 만들어서 참고하는 데 쓰고자 하였다.

나라가 망했다는 소식을 듣고서 말씀하기를 "죽을 때가 닥쳤구나."라고 하였다. 얼마 뒤 일제의 은사금이 이르자, 크게 꾸짖어 물리치며 말하기를 "'은금(恩金)'이란 이름은 명칭도 통탄스럽고 가증스러운데, 이것으로 나를 억지로 굴복시키려 하느냐?"라고 하였다. 선성(先聖)·선사(先師)·선조에게 고하는 사판문(祀板文)을 이때 지었으니, 신변을 정리하며 죽음을 기다리는 듯한 점이 있었다.

이듬해 신해년(1911) 2월 13일(임오) 노백헌(老柏軒)[11]에서 돌아가셨다. 문인들이 흰 수건을 쓰고 요질(腰絰)을 두르고서, 물계(勿溪)[12] 마을 언덕에 장사지냈다. 만사를 지은 사람이 수천여 명이나 되었다. 다시 합천(陜川)의 삼학동(三鶴洞) 안산(案山) 손좌(巽坐) 언덕으로 이장하였다. 【3년 뒤 갑인년(1914) 5월 노백서사(老柏書舍) 동쪽 기슭 세인동(世仁洞)으로

---

9 10월 변고 : 1905년 10월 21일(양력 11월 17일)에 체결된 을사늑약을 말한다.

10 곧바로……않았다 : 궐리는 궐리사를 말한다. 현 충청남도 논산시 노성면 교촌리에 있으며 공자의 영정이 봉안되어 있다. 1905년 12월 25일 궐리사에서 최익현 주도의 강회가 있었다. 이 자리에 모인 많은 이들과 왜적을 성토하고 다음 달 22일에 평택에서 모여 궐기하기로 약속했으나, 왜적의 방해로 성사되지 못했다.

11 노백헌(老柏軒) : 현 경상남도 합천군 초계면 육리 묵동에 있는 노백서사(老柏書舍)인 듯하다.

12 물계(勿溪) : 정재규가 태어나고 죽은 곳이다. 현재 노백서사가 있는 마을을 말한다.

이장했다. 이곳은 증조모 최씨의 묘에서 아래로 10보 정도 거리에 있는 경좌(庚坐) 언덕이다.】

부인은 두 분으로, 초취 부인 여양 진씨(驪陽陳氏)는 정범(正範)의 따님이다. 현의 서쪽 둔내면(屯內面) 감암촌(紺巖村)[13] 뒤쪽 임좌(壬坐)에 따로 장사지냈다. 세 딸을 길렀다. 재취 부인 밀양 박씨(密陽朴氏)는 재순(在淳)의 따님이다. 3남 1녀를 길렀다. 아들은 현춘(鉉春)·현판(鉉昄)·현욱(鉉昱)이고, 사위는 이기상(李基相)·전용환(田龍煥)·권재표(權載豹)·이우영(李宇榮)이다.

공의 처음 호는 애산(艾山)이었는데 뒤에 노백헌(老柏軒)으로 고쳤다. 이는 대개 경오년(1870) 생일날(11월 11일) 저녁 꿈에 나왔던 시어에서 따온 것이다. 그 시에 "온갖 꽃들 예뻤지만 아름다운 모습 사라졌고, 늙은 잣나무 꼿꼿하니 본래 모습이 새롭구나.[衆芳濯濯佳容失 老柏亭亭本色新]"라고 하였는데, 오늘날의 세태와 만년까지 지킬 절개를 아련하게 그려내었다. 묘령의 나이에 이미 그 조짐이 드러났으니, 사람들이 공의 천명을 드러낸 시구라고 생각한 것이 이것이다.

어릴 적부터 부모님 곁에서 기쁘게 해 드렸고, 부모님의 마음과 몸을 아울러 봉양했다. 봄가을로 산소에 올라가 통곡하며 눈물을 흘렸다. 부모님이 편찮으셨을 적에 우연히 참외를 드시고 싶어 했는데, 제철이 아니라 구해 드릴 수가 없었다. 공은 이때부터 종신토록 참외를 입에 대지 않았다. 일찍이 공이 나에게 말씀하기를 "그대가 거울 보기를 좋아하지 않으니, 돌아가신 부모님의 모습을 어찌 그처럼 무심히 대하는가."라고 하였는데, 이 말이 비록 지나치는 우스갯소리였지만, 평생토록 부모님을

13 감암촌(紺巖村) : 현 경상남도 합천군 가회면 둔내리 검암 마을인 듯하다. 정재규는 1876년 12월부터 1877년 겨울까지 황매산 아래 감암촌에 거주하였다. 첫째 부인 진씨는 1876년 5월에 세상을 떠났는데, 당시 거주했던 지역 근처에 장사 지낸 것이다.

그리워하는 지극한 심정을 또한 알 수 있다.

집안을 다스릴 적에는 말을 많이 하지 않고 몸소 실천했다. 손님이나 벗을 맞을 적에는 차린 음식이 변변치 못했지만 인정은 돈후하게 하였다. 물건을 사양하고 받는 도리나 출처에 있어서는, 오직 의(義)에 의거하여 판단했다. 학생을 가르칠 적에는 다음과 같은 고아한 말씀을 하였는데 "물건을 사양하고 받는 도리와 세상에 나가거나 물러나는 도리는 몸을 바르게 세우는 대절이다. 한 가지라도 그릇되면 그 나머지는 볼 것도 없다. 대장부의 심사는 마땅히 청천백일과 같아야 하며, 조금의 어두운 그늘도 마음 한 구석에 자리하게 해서는 안 된다. 하나라도 불의한 행동을 할 경우가 생기면 천하를 얻을지라도 하지 말아야 한다."라고 하였다.

또 말씀하기를 "학문하는 것은 모름지기 책을 읽는 것이지만, 그 득실은 책을 펴기 전에 결정된다. 세상의 수많은 일을 가지고서 어떤 것이 내 직분상 제일 먼저 해야 하는 일인지를 크게 생각하고 헤아려, 그런 마음으로 분발하여 나아가야 한다. 이것이 바로 의지가 확립되어 학문에 근본이 있게 되는 것이다."라고 하였다.

또 말씀하기를 "극도의 어려움이 있어야 바야흐로 지극한 쾌락이 있으며, 큰 의문이 있어야 바야흐로 큰 깨달음이 있게 된다. 마음은 잠시라도 한가해서는 안 되며, 또한 잠시라도 분주해서도 안 된다. 잠시라도 한가하거나 분주하면 바로 천리와 단절된다. 어떤 사물이 여기에 있다고 할 경우, 그것을 움켜쥐면 깨지고 그것을 내버려두면 잃게 된다. 움켜쥐지도 않고 내버려두지도 않는 사이에 저절로 한 가지 수법이 있게 된다."라고 하였다.

또 말씀하기를 "지금 시대상은 마치 진시황 때 육경(六經)이 모두 함양(咸陽)에서 재가 되었던 것과 같은 형국이다. 그러니 이러한 세상에 태어난 유생들은 경전 하나 하나에 대해 마땅히 복생(伏生)처럼[14] 하기를 스스로 기약해야 할 것이다. 사람 중에 죽지 않는 사람은 없고, 나라 중에 망하지 않는 나라는 없다. 오직 성인의 도가 없어져 훗날 종자(種子)가 없게 되는 것이 나의 무한한 근심거리이다. 지금 이른바 '신학(新學)'이란 온 세상 사람을 몰아 금수의 경지로 들어가게 하는 것인데도 사람들은 피할 줄을 모르니, 이 무슨 시대란 말인가."라고 하였다. 이러한 발언들은 모두 인욕을 막고 천리를 보존하며 체험하고 실천한 데에서 나온 말씀이지, 갑작스레 말솜씨를 부린 것은 아니다.

대개 공은 품성이 이미 순수했고 노력 또한 지극하였다. 신사(愼思)하고 명변(明辯)할 적에는 털끝만한 점이라도 분석해서 명확하지 않으면 그만두지 않았다. 지조를 지킬 적에는 고요할 때에 존양(存養)하고, 움직일 때에 성찰(省察)하여 독실하지 않으면 그만두지 않았다. 「납량사의(納凉私議)」·「외필(猥筆)」[15] 같은 글은 이른바 '성(性)과 천도(天道)는 얻어들을 수 없었다'[16]고 한 내용에 해당되지만, 공은 얻어들을 수 있었다. 스승과 문답할 적에는 온화한 얼굴로 겸손히 말하였는데, '예'라고 대답하는 뜻[17]이 말 밖에 흘러 넘쳤다.

---

14 복생(伏生)처럼 : 복생은 한나라 때 『서경』을 복원한 인물이다. 진시황 때 진나라의 수도 함양에서 경전을 불태우는 일이 발생했는데, 복생은 그 와중에서도 『서경』를 후대에 전하였다.

15 납량사의(納凉私議)·외필(猥筆) : 모두 기정진의 저작이다. 정재규는 1875년 10월, 1879년 1월에 각각 두 책을 스승 기정진으로부터 수독(受讀)했다. 이 두 책에는 이기에 관한 기정진의 독자적 관점이 드러나 있다.

16 성(性)과……없었다 : 『논어』「공야장」에 있는 자공의 말 중에, "부자의 문장을 들을 수 있었지만, 부자께서 성과 천도를 말씀하신 것을 들을 수가 없었다.[子貢曰 夫子之文章可得而聞也 夫子之言性與天道 不可得而聞也]"라고 한 것이 있다.

17 예라고 대답하는 뜻 : 『논어』「이인」에 공자가 증삼에게, "삼아! 내 도는 하나로 꿰어져 있다.[參乎 吾道一以貫之]"라고 말하였는데, 증삼은 다만 "예.[唯]"라고만 간단히 말하였다. 그렇지만 증삼은 공자의 의도를 정확히 이해하고 있었다.

당시 학자들이 스승의 설을 반박하는 의론이 분분하자, 조목조목 변론하며 스승의 논지를 드러내 밝혀서 도를 지키고 이단을 물리치려는 정성을 담았다.[18] 공이 논한 태극(太極), 심성(心性), 명덕(明德), 사단칠정(四端七情), 본연지성(本然之性)·기질지성(氣質之性) 등에 관한 학설은 모두 옛 성현들이 전한 뜻을 확장하고 제가의 실수를 바로잡아 옛날의 도를 회복하려는 것이었다. 그리고 음양의 선악에 대한 분변과 또 그것이 심법(心法)에 관계됨을 극구 설파하여 경계를 엄정히 하였다. 스승의 도를 전하는 일이 이때에 이르러 절로 사양할 수 없는 점이 있었다.

명은 다음과 같다.

노사 선생 문하에서	蘆沙之門
학문하길 좋아한 자 누구인가	孰爲好學
내가 아부하는 것이 아니라	非余阿私
대중들이 노백헌을 꼽는다네	衆推老柏
주렴계의 문하에 「태극도설」 있었는데	濂門有圖
맡길 만한 이 오직 정자였고	惟程可託
주자의 문하에서 「홍범」 서술할 적에	滄舍敍範
채침(蔡忱)[19] 아니면 누가 기록하리	非蔡誰識
듣기도 하고 못 듣기도 했지만	聞不得聞
예로부터 지금까지 이어졌네	曠古一轍
저와 같이 이 세상 혼란스러워	彼哉紛紜
도가 전도된 것이 망극하다	顚倒罔極

18 당시……담았다: 전우(田愚, 1841-1922)가 기정진의 학설을 비판하는 「납량사의의목(納凉私議疑目)」·「외필변(猥筆辨)」을 발표하자, 정재규는 「납량사의기의변(納凉私議記疑辨)」을 지어 반박했다.

19 채침(蔡忱): 1167-1230. 자는 중묵(仲默), 호는 구봉(九峯), 주자의 문인이다. 주자의 뜻을 받들어 『서경집전』을 완성했으며, 부친 채원정(蔡元定)이 『서경』「홍범」의 수(數)에 관해 연구한 것을 계승·발전시켰다.

적을 아들이라 잘못 인식하고	認賊爲子
주인을 끌어내려 종으로 삼네	降主作僕
공이 태어나 환히 밝히시니	公起闢廓
도가 이에 하나로 안정되었네	道乃定一
도를 보존한 공적 우익과 같으니	功存羽翼
거의 백세 뒤 군자를 기다릴 만하네	庶幾俟百
믿고 따르는 자들 많았으니	信從者衆
군자삼락 중 하나는 누렸네	居一三樂
타고난 자질이 높으나 낮으나	誰高誰下
재목에 따라 독실히 지도했네	因材而篤
한가하지도 분주하지도 않는 것이	不閒不忙
마음을 쓰는 법칙이었네	用心之則
잠시라도 한가하거나 조급하면	一刻閒忙
바로 천리와 단절된다 하였네	與天隔絶
공과 사, 선과 이익을	公私善利
세밀히 변석하기를 반복했네	反復剖說
성인과 광인은 생각하기에 달렸다는 말씀[20]처럼	聖狂罔克
참되고 긴절하게 훈계하고 신칙했네	眞切誡飭
또한 북돋우거나 억제할 적에는	又是扶抑
심법과 관련된 것이 가장 많았네	最關心法
사람으로서 금수의 삶을 견뎌야 하는	人而忍獸
새로운 시국에 매우 애통해 하였네	痛切新局
내 마음을 미루어 남을 대할 적에	推心置腹
충심을 드러냄이 있었네	有赤其血
여러 영웅들이 귀 기울여 듣고서	群英竦聽
그 마음 변치 않으리라 맹세하네	矢以靡忒
"나라의 원수에 복수하지 못하면	邦讐未復

20 성인과……말씀 : 『서경』의 주서(周書) 「다방(多方)」에 "성인이라도 생각하지 않으면 광인이 되고, 광인이라도 생각할 수 있으면 성인이 된다.[惟聖罔念作狂 惟狂克念作聖]"라는 구절이 있는데, 이것을 변용한 것이다.

죽어도 눈을 감지 못하겠다　　死不瞑目
산하는 제 빛을 잃었으니　　山河改色
우리들은 돌아가 머물 곳 없네　　我無歸泊
스승에 고하고 조상에 고하니　　告師告祖
신령들은 똑똑히 보소서　　神鑑有赫
하늘이 왜적 없애지 않으면　　天不亡胡
차라리 우리가 죽고 말리라”　　寧我斯溘
삼학동(三鶴洞) 언덕에　　三鶴之阡
높이 솟은 봉분이 있네　　有崇四尺
백세 뒤의 사람들　　百世在後
이 길에서 예를 표하리　　是程是式

숭정(崇禎) 기원후 다섯 번째 임자년(1912) 11월 어느 날 행주(幸州) 기우만(奇宇萬)이 지음.

墓碣銘 并序

奇宇萬 撰

先子蘆沙先生之墓, 門人鄭載圭 厚允序之曰: “道出於天, 而立於人。其人存則其道明、其人亡則其道晦。一明一晦, 至于今, 晦極而華夷混、儒術分。天下貿貿焉, 莫知所之。先生作, 而道之出於天而立於人者, 復明於世。生先生於今日, 天意豈偶然。” 余謂先生之門, 公之有無而師學之傳否繫焉, 師學之傳否而道之明晦判焉。其生亦何嘗非天意。

草溪氏, 高麗侍中光儒侯 倍傑, 其肇祖。政堂文學文, 請立箕子祠。都承旨師仲, 始仕國朝。西亭先生 玉潤被薦, 官縣監。連世官蔭。府使震哲,有壬辰義蹟, 昏朝掛冠。生司果弘訥, 後世父震善。臨淵亭 宗仁, 懲毖黨議, 棲跡天山。寔其六世。高祖光益通德。曾祖履九, 本生履獻。祖彦民, 號懼而軒, 德望在世。考邦勳, 著孝行習禮學。妣交河 盧氏, 父緯鎭。

公生憲宗癸卯。骨相淸秀, 神采凝人, 遲重寡言笑。懼而公敎口、耳等字, 輒對曰: "事事物物, 宜各有字。", 隨見輒問。知未上學, 字學已富。而格言、至論所聞於祖者, 誦說如流, 天然有老成氣味。方讀≪小學≫, 懼而公謂"≪小學≫與四子皆汝師。" 出而喜曰: "吾有五師敎余。" 當有成, 夢關 崔公同鄕先輩, 造門請益。崔公曰: "吾不可爲若師, 可求當世宗儒, 盍就於蘆門。"

卽行拜先生於沙上。先生與之語, 意其爲致遠器。以爲己爲人, 定其趨向; 死生有命, 固其心志。又書"照顧後面, 切忌貪前"八字, 以贈之。歸則處靜, 自≪小學≫次第四子, 作初上學工夫。刻勵緊密, 忘食忘寢。客至則口酬心念, 言或忘答。有疾則整枕潛思, 有契卽書。積數十年, 恍然如有得。就正之日, 先生亟稱完固。自是笥質面稟, 殆無虛歲。太極造化之妙、人物同異之體。此心危微之機、時事存亡之會, 神會心契。次第怡順而菀然負時重矣。

嘗選解赴禮部。時相聞名要見, 答以'士不可跡相門'。不利而歸, 遂斷當世意, 溫焞舊業, 爲畢生計。及見洋書肆行, 國論日非, 約與道儒, 抗章斥異。疏旣成, 衆議尼之。及聞朝議招倭剿東匪, 悽然曰: "彼雖無知犯法, 亦吾赤子。驅讐食子, 將擧國而入其溪壑。" 未年而有八月之變, 又有毁髮之擧。乃致書道伯, 兼簡同志, 謀所以討復。彼挾天逮捕, 目公爲坐主, 遂避身觀變, 以待可爲之機。

癸卯, 朝廷以儒臣薦, 授肇慶廟參奉。三遞三付, 皆不就。及賊臣賣國, 勒約五條, 痛哭入山。十月變起, 奮然出山。文告同志與門下若干人, 爲生行死歸計。直向崔勉菴所, 與之布告嶺、湖志士, 約會闕里, 以圖義擧, 事又不諧。南下哭先師墓。含痛還山，以待死期。乃將《朱語類》節略，爲若干卷，以便考閱。

及聞無國之報曰："死期迫矣。"已而，讐金至，大罵却之曰："恩金之名，名亦痛憎，是欲勒降我耶？" 擬告先聖、先師、先世祀板文，作於此時，有若束裝以俟死。以翌年辛亥二月壬午，考終于老柏軒。門人以白巾環絰，葬于勿溪之阡。奠誄者以千數。再遷陜川之三鶴洞 案山巽原。【後三年甲寅五月，又遷兆於老柏書舍東麓世仁洞。曾祖妣崔氏墓下十步許庚坐。】

二夫人，驪陽 陳正範女。別葬縣西屯內面 紺巖村後壬坐。育三女。密陽 朴在淳女，育三男一女。男鉉春、鉉昄、鉉昱，李基相、田龍煥、權載豹、李宇榮，壻也。

公始號艾山，晩改老柏。蓋用庚午晬夕夢中詩語也。詩曰："衆芳濯濯佳容失，老柏亭亭本色新。" 恍然寫出今日景色，而晩節秉執。已兆於妙齡，人以爲命詞者，是耳。

自幼，親側愉婉，養兼志體。春秋上塚，涕淚迸地。嘗親癠，偶思話瓜，非時莫供。自是，終身不瓜。嘗謂余曰："子不喜窺鏡，先父母典型，若是愬然。" 此雖過去善謔，而亦見終身孺慕之至情也。

治家，不言躬行。接賓朋，物薄而情厚。辭受出處，惟義是視。訓學者，有雅言曰："辭受出處，立身大節。此而一錯，餘無足觀。大丈夫心事，當如青天白日，不使一毫幽暗，藏在一邊。方辦得行一不義，得天下不爲底。" 又曰："爲學須讀書，而得失在開卷前。須把世間許多事，一番大思量何者是吾分第一等事，奮然向上。是爲志立而學有根基。"

又曰："有極辛苦，方有極快活；有大疑晦，方有大通透。心不可一刻閒，亦不可一刻忙。一刻閒忙，便與天隔絶。有物於此，握之則破，舍之則失。不握不舍之間，自有一副下手法。"

又曰："以今時象，六籍擧爲咸陽之灰。士生斯世，一經一書，當以伏生自期。人無有不死、國無有不亡。惟聖道滅絶, 來世無種子, 是無疆大憂。今之所謂“新學”, 驅一世納之禽獸而不知避, 此何時也。” 是皆出於遏欲存理、體驗踐覆之餘, 而非倉卒口辦者也。

蓋公天稟旣粹, 人功又至。發諸思辨者, 毫分縷析, 不明不措；見諸持守者, 靜存動察, 不篤不措。如《凉議》、《猥筆》, 蓋所謂“性與天道之不可得以聞”者, 而公則得聞。問對之間, 雍容辭遜, 曰唯之意, 約綽於言外。

及時儒之駁議紛紜, 逐條論辨, 發明師旨, 以寓衛闢之誠。其論太極、心性、明德、四七、本然·氣質等說, 亦皆所以擴前聖之餘蘊、正諸家之末失, 以復斯道之舊。而陰陽淑慝之辨, 又是心法所繫, 極口說破, 以嚴大防。師道之傳, 至於是, 自有不得以辭者矣.

銘曰: “蘆沙之門, 孰爲好學。非余阿私, 衆推老柏。濂門有《圖》, 惟程可託, 滄舍敍《範》, 非蔡誰識。聞不得聞, 曠古一轍。彼哉紛紜, 顚倒罔極。認賊爲子, 降主作僕。公起闢廓, 道乃定一。功存羽翼, 庶幾俟百。信從者衆, 居一三樂。誰高誰下, 因材而篤。不閒不忙, 用心之則。一刻閒忙, 與天隔絶。公私善利, 反復剖說。聖狂罔克, 眞切誠飭。又是扶抑, 最關心法。人而忍獸, 痛切新局。推心置腹, 有赤其血。群英竦聽, 矢以靡忒。‘邦讐未復, 死不瞑目。山河改色, 我無歸泊。告師告祖, 神鑑有赫。天不亡胡, 寧我斯溘。’ 三鶴之阡, 有崇四尺。百世在後, 是程是式。”

崇禎後五周壬子陽復日, 幸州 奇宇萬 撰。

❖ 원문출전

鄭載奎,『老柏軒集』附錄 卷3, 奇宇萬 撰,「墓碣銘幷序」(경상대학교 문천각 古(우천) D3B 정72ㄴ)

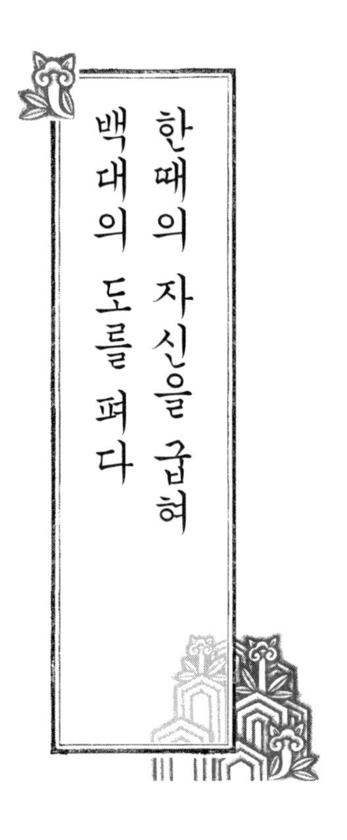

한때의 자신을 굽혀 백대의 도를 펴다

이도묵(李道默) : 1843-1916. 자는 치유(致維), 호는 남천(南川), 본관은 성주(星州)이다. 현 경상남도 산청군 단성면 사월리 남사(南沙)에 거주하였다. 재종조부 이우빈(李佑贇)에게 수학하였다. 이진상(李震相)·장복추(張福樞)·박치복(朴致馥)·김인섭(金麟燮)·허유(許愈)·곽종석(郭鍾錫) 등과 교유하였다.

진양의 연산(硯山:현 진주시 대평면 하촌리)에 도통사(道統祠)를 창건하여 공자·주자·안향(安珦)의 영정을 봉안하고 유학의 부흥을 꾀하였다.

저술로 8권 4책의 『남천집』이 있다.

남천(南川) 이도묵(李道默)의 묘갈명 병서

장동한(張東翰)[1] 지음

나는 일찍이 진양(晉陽)의 고사(高士) 남천(南川) 이도묵(李道默)이 늙어서도 배우기를 부지런히 하여 고을 사람들이 덕망으로써 공을 추앙한다고 들었다. 그러나 나는 공이 사는 곳과 멀어서 만나볼 수 없음을 매양 안타깝게 여겼다. 내가 남쪽으로 방장산(方丈山)을 유람할 적에 지나가다 공을 만날 수 있을 것이라 생각하니 절로 기뻤다.

내가 산천재(山天齋)[2]에 도착하니, 마침 공이 와서 이틀밤을 유숙하고 있었다. 이는 대개 내가 온다는 기별을 듣고서 먼저 와 기다린 것이니, 아마 옛날의 이른바 '신교(神交)'라는 것이 이런 경우일 것이다. 드디어 함께 손을 잡고 동행하여 소상강(瀟湘江),[3] 동정호(洞庭湖),[4] 아미산(峨嵋山),[5] 적벽강(赤壁江)[6]을 두루 둘러보며 6, 7백 리를 유람하고 돌아왔는데, 공은 한 번도 농담이나 흐트러진 태도를 보인 적이 없었다.

등불 아래서 시를 짓고 책상을 마주하여 경전을 읽으면서 평생의 회

1 장동한(張東翰) : 일명 장석신(張錫藎, 1841-1923)이다. 자는 순명(舜鳴), 호는 과재(果齋)·일범(一帆)이며, 본관은 인동(仁同)이다. 장복추(張福樞)에게 수학하였다. 1894년 문과에 급제한 뒤 사간원 정언, 비서원 승(祕書院丞), 중추원 의관을 역임하였다. 저술로 11권 5책의 『과재집』이 있다.

2 산천재(山天齋) : 현 경상남도 산청군 시천면 덕산에 있다. 조식이 지리산 천왕봉이 상제와 가까운 것을 흠모하여 만년에 이곳에서 은거하며 강학하였다.

3 소상강(瀟湘江) : 현 경상남도 하동군 악양면에 있다.

4 동정호(洞庭湖) : 현 경상남도 하동군 악양면에 있다.

5 아미산(峨嵋山) : 현 경상남도 하동군 악양면에 있다.

6 적벽강(赤壁江) : 현 경상남도 산청군 단성면 원지의 적벽 아래로 흐르는 경호강을 가리킨다.

포를 다 말하고, 규찰하고 경계할 만한 내용을 토론하였는데 도움을 받은 것이 한 둘이 아니었다. 이후로 끊이지 않고 소식을 주고받은 지 십여 년 만에 공이 세상을 떠나, 만시를 지어 통곡하였다. 이로부터 또 6년이 지난 뒤 공의 맏아들 안수(顔洙)가 묘갈명을 청하고자 찾아 왔다. 아! 인간세상의 일이 참으로 꿈만 같도다. 내 늙어 정신이 없고 글 솜씨도 졸렬하지만 어찌 고인의 자식이 고인의 묘갈명을 청하는 것을 사양할 수 있겠는가.

고인의 자는 치유(致維)이다. 헌종(憲宗) 계묘년(1843)에 태어나 대한제국 병진년(1916) 10월 12일에 세상을 떠나, 도평(道坪)[7] 천마산(天馬山) 간좌(艮坐) 언덕에 장사지냈다. 사우들이 역할을 분담하여 장례를 치르며 말하기를 "공의 가문은 대대로 현달하여 국사에 이름이 났다. 근세에는 또 문학으로 명성을 이어 성대하게 한 지방 사람들의 높은 추앙을 받았는데, 공도 능히 선조의 아름다움을 이었다."라고 하였다.

공은 어려서부터 항상 어버이 곁에 거처하였고, 아이들과 어울려 다니면서 장난친 적이 없었다. 공은 종조조부(從祖祖父:再從祖) 월포공(月浦公)[8]에게 수학하였다. 동학들이 매우 많았는데 갓을 쓴 어른들도 공을 어린아이로 대하지 않았다.

공은 18세 때 남평 문씨(南平文氏)에게 장가들었는데, 처가가 자못 부유하였다. 장인 병구(炳九) 옹이 공에게 처가에서 학업을 하도록 하였는데, 공이 문득 사양하였다. 이는 공이 부유한 집 자식의 생활에 익숙해질까 두려워해서였다. 공은 과거 문장을 일찍 성취하여 동학들 사이에 명

7 도평(道坪) : 현 경상남도 산청군 단성면 사월리에 있다. 되뜨리라고 불린다.

8 월포공(月浦公) : 이우빈(李佑贇, 1792-1855)이다. 자는 우이(禹爾), 호는 월포, 본관은 성주(星州)이며, 현 경상남도 산청군 단성면 남사리 남사 마을에 거주하였다. 남고(南皐) 이지용(李志容)에게 수학하였다. 저술로 5권 2책의 『월포집』이 있다.

성이 자자하였다. 공보다 나이는 적지만 재주가 높은 징군(徵君) 곽종석(郭鍾錫)[9]과 같은 이도 때론 어느 한쪽의 수석 자리를 양보해야 했다. 성재(性齋) 허전(許傳)[10] 선생이 경매헌(景梅軒)[11]을 찾아왔을 적[12]에 공의 행동거지가 남다른 것을 보고 가까이 불러 배운 바를 질문하고서 원대하게 성취할 것을 권면하였다.

공은 비록 시속을 따라 과거시험에 응시하였지만 합격여부에 대해서는 연연해하지 않았다. 부모님께서 세상을 떠나신 뒤로는 과거공부를 그만두고, 오로지 『주자전서(朱子全書)』·『심경』·『근사록』 등의 책을 쌓아두고 날마다 정신을 가다듬고 생각을 깊이 하는 일에 전력하였다. 혹 한밤중에도 일어나 앉아 자신에게 절실하고 긴요한 잠(箴)과 명(銘)을 암송하였다. 걸음걸이와 언사는 한결같이 옛 군자의 법도를 따랐다.

경오년(1870) 모친 진양 강씨가 유행병에 걸려 돌아가시고, 계부(季父) 및 공의 부인[文氏]이 잇따라 세상을 떠났다. 역질의 기세가 마을에 성대하자, 공은 감히 부친의 명을 어기지 못해 노비의 거처로 피신하였다. 그러나 상복을 입고 맨땅에 자면서 날마다 빈소를 지키는 것처럼 슬퍼하며 울부짖었다. 소상(小祥) 뒤에 시묘살이할 것을 부친에게 청하여 삼년상을 치르고자 하였다. 부친이 공에게 병이 생길까 염려하여 "그것은

9 곽종석(郭鍾錫) : 1846-1919. 자는 명원(鳴遠), 호는 면우(俛宇)이며, 본관은 현풍이다. 현 경상남도 산청군 단성(丹城) 출신이다. 이진상(李震相)에게 수학하였다. 저술로 177권 63책의 『면우집』이 있다.

10 허전(許傳) : 1797-1886. 자는 이로(而老), 호는 성재, 본관은 양천이다. 기호 남인학자로 퇴계학파를 계승한 류치명(柳致明)과 학문적 쌍벽을 이루었다. 1864년 김해 부사에 부임하여 영남 지역의 학풍을 진작시켰다. 저술로 45권 23책의 『성재집』 및 『사의(士儀)』 등이 있다.

11 경매헌(景梅軒) : 이도연(李道淵)이다. 자는 희안(希顔)이다. 이제(李濟)의 후손이며, 매월당(梅月堂) 이하생(李賀生)의 9세손이다. 이도묵의 종형(從兄)으로 종손이었다.

12 성재(性齋)……적 : 허전이 1866년 김해 부사로 있을 때 덕천서원에 참배하러 왔다가 남사 마을의 경매헌을 찾아왔다. 이때 이도묵은 허전을 만나게 되었다.

예(禮)가 아니다."라고 하자, 공은 그 일을 그만두었다.

공은 아우[13]와 우애가 좋았다. 혹 잘못이 있으면 경책하였지만 기쁘게 화합하기를 힘썼다. 종족을 대할 적에는 화목하여 시비를 따지지 않았고, 남들과 교제할 적에는 충신(忠信)으로 대하며 당파를 묻지 않았다. 학업을 청하는 사람들이 문하에 가득 찼지만, 그들을 가르치는 데 게으르지 않아 사람마다 성취함이 있었다.

세교가 점점 혼탁해져감에 따라 젊고 경박한 자들이 신학[14]으로 달려가는 경우가 많았다. 공이 개탄하며 말씀하기를 "정학(正學)을 부지한 연후에 사설(邪說)을 없앨 수 있다."라고 하고서, 도를 추구하고 뜻을 같이하는 선비들과 의논하여 정성을 다하고 의리를 바쳐 능히 큰일을 돈독히 하였다. 예컨대 『주자어류(朱子語類)』의 중간,[15] 미수(眉叟)의 편지를 이정(釐正)한 것,[16] 도통사(道統祠)를 새로 창건한 것[17] 등과 같은 것들은 모두 공이 정신을 쏟아 조처하고 계획한 일이다.

---

13 아우 : 이도추(李道樞, 1848-1925)이다. 자는 경유(敬維), 호는 월연(月淵)이다. 현 경상남도 산청군 단성면 남사리 남사 마을에 거주하였다. 허유(許愈)·김진호(金鎭祜)·곽종석(郭鍾錫) 등과 교유하였다. 저술로 9권 5책의 『월연집』이 있다.

14 신학 : 『남천집』 부록 「행록」에 의하면 원문의 '지름길[斜徑]'은 신학(新學)을 가리킨다.

15 주자어류(朱子語類)의 중간 : 경상남도 감영에서 소장하던 『주자어류』 판본이 불에 타버린 지 오래되었기 때문에 1904년 봄 대원암(大源庵)에서 중간하였다.

16 미수의……것 : 『기언(記言)』 별집 권6 「학자에게 답하다[答學者]」란 글에서 조식과 관련된 부분 중 "민약 조식이 지금 세상에 살이 있다면 나는 또한 만나 뵙고서 그의 됨됨이를 알기를 원한다. 그러나 그와 더불어 벗을 삼으라면 나는 그렇게 하지 않겠다.[若其人在世 吾亦願見而一識其爲人也 然與之友則吾不爲也]"라는 구절이 있다. 이에 대해 조식을 존숭하는 경상우도 학자들은 허목(許穆)이 직접 쓴 글로 보지 않고, 누군가 두찬해 넣은 것으로 이해하여 산삭을 요구하였다. 이도묵이 1905년 의령의 이의정(二宜亭)에서 『기언』의 중간 교정 때 이정한 부분이 바로 이 구절이다.

17 도통사(道統祠)를……것 : 1914년 진양의 연산(硯山) 아래에 이상규(李祥奎)·조호래(趙鎬來)·안효진(安孝鎭) 등과 힘을 합쳐 도통사를 창건하고, 공자(孔子)·주자(朱子)·안향(安珦)의 영정을 모셨다. 이는 원래 경상남도 진주시 대평면 하촌리에 있었는데, 남강댐 공사로 인해 현 경상남도 진주시 내동면 유수리로 옮겼다.

아! 사인(士人)이 도를 배우는 것은 장차 큰일을 하기 위함이다. 그런데 조정에서 재능을 드러낼 수 없고 백성의 어려움을 구제할 수 없다면, 물러나 성현의 서책을 읽고 후학들을 진작시켜 유가의 도가 망하여 암흑 속에 묻히지 않게[18] 해야 한다. 곧 한때의 자신을 굽혀 백대의 도를 펴게 하는 것이니, 이것이 바로 공의 지향이었다. 공이 현인을 보위하고 성인을 존숭한 일은 옛사람에 부끄러울 것이 없다. 그렇다면 공의 불우함은 또한 후학의 다행인 것이다.

공의 선조는 성산 이씨(星山李氏) 농서군공(隴西郡公) 장경(長庚)이 큰 혈통을 처음으로 일으켰다. 그 후 문열공(文烈公) 이조년(李兆年)과 경무공(景武公) 이제(李濟)에 이르러 더욱 창대하였다. 공의 6세조 윤현(胤玄)은 효성으로써 정려가 내려졌다. 증조부 백렬(伯烈), 조부 우진(佑震), 부친 성범(聖範)은 모두 문학으로 명성이 났다.

모친 진양 강씨(晉陽姜氏)는 기영(基榮)의 따님으로, 부녀자의 행실이 있었다. 공의 재취 부인 창녕 성씨(昌寧成氏)는 덕로(德魯)의 따님이다. 공의 장남은 안수(顏洙)이고, 차남 증수(曾洙)는 출계하여 계부(季父)의 후사가 되었다. 진상(珍相)과 봉상(鳳相)은 안수의 아들이고, 익상(翊相)과 정상(靖相)은 증수의 아들이다.

명은 다음과 같다.

너그러우면서도 확고한 것은	寬而确
공의 지행이 신실해서라네	志行之恂

---

18 유가의……않게 : 『주역』 박괘(剝卦) 상구효(上九爻) 효사에 "상구 효는 큰 과일이 먹히지 않음이니, 군자는 수레를 얻고 소인은 집을 허물게 될 것이다.[上九 碩果不食 君子得輿 小人剝廬]"라고 하였다. 이를 풀이한 전(傳)에 "성인(聖人)이 이 이치를 발명하여 망할 수 없음을 드러내었다."라고 하였다. 여기서는 유가의 도가 망하여 암흑 속에 묻히지 않게 한다는 의미로 쓰였다.

굉박하면서도 분방한 것은	閎而肆
공의 학식이 깊어서라네	學識之灝
온축한 학문을 시행해야 하고	有蘊斯施
숨겨둔 경륜을 펼쳐야 하는데	有蟄斯伸
벼슬[19]을 즐거워하지 않았으니	不耆駿奔
하늘이 무엇 때문에 그렇게 했을까	顥蒼曷因
세교(世教)가 어지럽게 변하니	世敎踳駁
누가 참된 도로써 이끌어 갈까	孰駕以眞
거친 주먹[20]을 한 번 휘두르니	麤拳一奮
대중들이 도모하여 함께 따랐네	衆謀同循
동지를 모아 『주자어류』를 중간하고[21]	滄社剞梓
도통사에서 공자에게 제사를 지냈네	尼宮薦禋
80세를 넘긴 이 얼마나 되나	八旬幾何
성현들 모두 티끌 되고[22] 말았네	賢聖俱塵
높다란 저 공의 무덤	睪然堂斧
악와(渥洼)의 물가[23]에 있네	渥洼之瀕

19 벼슬 : 『시경』 주송(周頌) 「청묘(淸廟)」에 주공(周公)이 낙읍(洛邑)을 이룬 뒤 제후들로 하여금 성왕(成王)에게 조회하게 한 뒤, 문왕(文王)의 사당에 제사를 지낼 때 "사당의 신주 위해 바삐 총총걸음[駿奔] 치니, 어이 정성에 나타나지 않으며 받들지 않으리."라고 하였다. 그러므로 '준분(駿奔)'은 조회하는 것을 뜻하는데, 여기서는 조정에 벼슬한다는 의미로 쓰였다.

20 거친 주먹……휘두르니 : 이 말은 주희(朱熹)가 진량(陳亮)에게 "공자가 어찌 지극히 공정하고 지극히 정성스럽지 않았으며, 맹자가 어찌 거친 주먹을 휘두르고 크게 발길질 하지 않았겠는가.[孔子豈不是至公至誠 孟子豈不是麤拳大踢]"라고 한 데서 나온 말(『회암집(晦庵集)』 권28 「답진동부서(答陳同夫書)」)로, 이단을 배척하고 유학을 진흥시키려고 힘썼다는 뜻이다. 여기서는 이도묵이 『주자어류』를 중간하고, 허목의 편지를 이정(釐正)하고, 도통사를 창건한 것을 가리킨다.

21 동지를……중간하고 : 원문의 '창사(滄社)'는 주자의 유적지인 창주정사(滄洲精舍)를 가리키는 듯하다. 여기서는 주자와 관련한 『주자어류』를 의미하는 듯하다.

22 티끌 되고 : 두보가 「취시가(醉時歌)」에서 "유술이 나에게 무슨 소용이 있으랴. 공자와 도척 모두 티끌이 되고 말았는걸.[儒術於我何有哉 孔丘盜跖俱塵埃]"이라고 하였는데, 이를 인용하여 이도묵이 80세를 넘기지 못하고 별세한 것을 가리켜 말한 것이다.

23 악와(渥洼)의 물가 : 한(漢)나라 무제(武帝)가 이 악와에서 용마(龍馬)를 얻었는데, 이도

백세토록 아름다울 이름	百世令名
돌에 새겨 없어지지 않으리	瑑石不磷

살아있는 벗이자 수동(壽同)[24]을 본관으로 하는 후인 구구수(九九叟)[25] 장동한(張東翰)이 지음.

墓碣銘 幷序

張東翰 撰

余嘗聞晉陽高士李南川 道默, 老而勤學, 鄕人推以德望。每恨居遠而不可接。及南遊方丈, 自喜歷瞻芝宇。至山天齋, 適公行來留宿宿。蓋聞吾行奇而先到也, 豈古所云“神交”者, 是歟。遂携手同行, 遍瀟湘、洞庭、峨嵋山、赤壁江, 往返六七百里, 一未見戲語褻容。詩燈經榻, 道盡生平, 講討規警, 所資者, 不一二。旣而, 落落十餘年, 公沒, 詩以哭之。又六年而公之胤顔洙謁表隧以來。嗟乎! 人世事誠夢也。余雖耄且拙, 安能辭故人子之請銘故人乎。

故人之字曰“致維”。生哲孝王癸卯, 卒光武皇丙辰十月十二日, 葬道坪 天馬山負艮之原。士友分榜行禮云: “公之家, 世襲簪組, 蜚英國乘。近世又以文學相承, 蔚然爲一方斗仰, 公克趾其美。” 自幼常居親側, 未嘗逐隊遊戲。受學於從祖祖月浦公。同學甚衆, 而冠者不以童稚待之。十八娶南平 文氏, 其家頗贍足。舅炳九令做業於東牀, 公輒辭之。恐狃習豪富子也。程文早就, 聲譽藉甚同硯。如郭徵君 鍾錫之年少高才, 時或讓佗

묵의 무덤이 천마산(天馬山)에 있었기 때문에 이 고사를 인용한 듯하다.

24 수동(壽同) : 인동(仁同)의 옛 지명으로, 현 경상북도 구미시 인동동을 가리킨다.

25 구구수(九九叟) : 81세의 늙은이라는 말이다. 이 글을 쓴 장동한은 83세로 세상을 떠났다.

一頭。許性齋 傳尋景梅軒, 見公擧止異凡, 引問所業, 勉以遠大。公雖隨俗應擧, 而不屑屑於得失。父母旣沒, 遂廢之, 專力於此事, 儲《朱書》、《心》、《近》諸書, 日勵精覃思。或中夜起坐, 誦箴、銘之切己肯綮者。步履言語, 一遵古君子規矱。

庚午, 先夫人沒於染疾, 季父公及夫人喪相繼。癘氣熾閭巷, 公不敢違庭責, 避居奴幕。而枕塊持衰, 日哀號如守殯。練後請廬墓, 以伸三年之哀。先公慮其生病曰: "非禮也。", 公乃止。友其弟。或有過警責, 而務從怡翕。處族雍睦, 不較是非 ; 交人忠信, 不問色目。盈門請業者, 誨之不倦, 各有成就。及夫世敎漸混, 妙齡浮薄者, 多走斜徑。公慨然曰: "扶正學然後, 可以熄邪說。", 議鄕道同志士, 竭誠捐義, 克敦大學。如《語類》之重刊、漣上書之釐正、道統祠之新建, 皆公費神措畫也。

噫! 士之學道, 將以有爲也。旣不得揚于王朝、濟其民艱, 則退而讀古書、振後學, 使剝九之陽不至長夜者。卽一時之屈, 百世之伸, 此公之志。而其衛賢尊聖之術, 無愧乎前人。然則公之不遇, 亦來學之幸也。

其先氏星山 隴西郡公 長庚, 肇興洪緖。其後文烈公 兆年、景武公 濟, 益大焉。公六世祖胤玄, 以孝旌。曾祖伯烈, 祖佑震, 考聖範, 俱以文學鳴。妣晉陽 姜基榮女, 有女士行。系配昌寧 成德魯女。男長卽顔洙, 次曾洙, 出爲季父后。珍相、鳳相, 顔洙男, 翊相、靖相, 曾洙男。

銘曰: "寬而确, 志行之恂。閎而肆, 學識之淵。有蘊斯施, 有蟄斯伸, 不耆駿奔, 顥蒼曷因。世敎踳駁, 孰駕以眞。巋拳一奮, 衆謀同循。滄社剞梓, 尼宮薦禋。八旬幾何, 賢聖俱塵。罣然堂斧, 渥洼之瀕。百世令名, 瑑石不磷。"

地上友 壽同後人 張東翰 九九叟 撰。

❖ 원문출전

李道默, 『南川集』 附錄, 張東翰 撰, 「墓碣銘幷序」(경상대학교 문천각 古(기타) D3B 이225ㄷ)

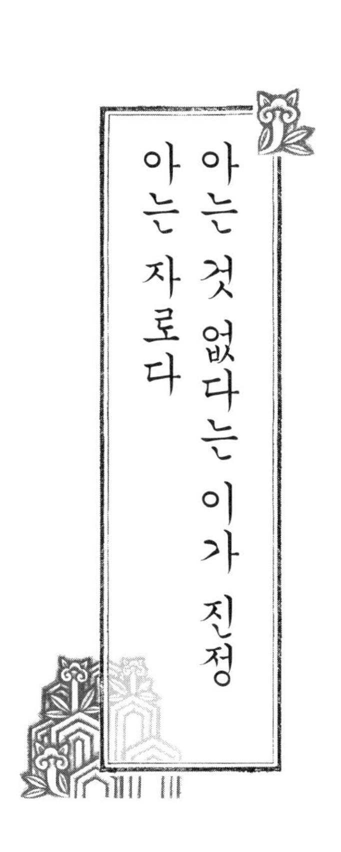

아는 것 없다는 이가 진정 아는 자로다

강영지(姜永墀) : 1844-1915. 자는 내형(乃亨), 호는 수재(睡齋), 본관은 진양(晉陽)이고, 분상촌(汾上村)에서 태어났다. 만년에 현 경상남도 하동군 북천면 사평리(沙坪里)에 지암서소(止巖書巢)를 지어, 수양하고 후진을 양성하는 곳으로 삼았다. 저술로 4권 1책의 『수재집』이 있다.

수재(睡齋) 강영지(姜永墀)의 묘지명

이택환(李宅煥)[1] 지음

공의 성은 강씨(姜氏)이고, 휘는 영지(永墀), 자는 내형(乃亨), 수재(睡齋)라고 자호하였다. 선계는 진양(晉陽)에서 나왔다. 고구려 상장군 휘 이식(以式)이 시조이다. 본조에 들어와 휘 회백(淮伯)은 찬성을 지냈는데, 호는 통정(通亭)이다. 대대로 명성과 덕행이 있어서 역사서에 끊이지 않고 기록되었다. 고조부의 휘는 성운(聖運), 증조부의 휘는 담중(聃中), 조부의 휘는 상국(尙國)이다. 부친 휘 두황(斗璜)은 호가 회양재(晦養齋)이고, 모친 경주 김씨(慶州金氏)는 지용(志溶)의 따님이다.

공은 헌종 갑진년(1844)에 태어났다. 체격은 풍만하고 건장했으며, 기품은 침착하고 중후하였다. 어릴 적부터 부모님이 경계하여 금한 것을 다시는 하지 않았다. 배우기 시작해서는 능히 마음을 수고로이 해서 외고 읽어 부형들이 번거롭게 감독하지 않았다. 약관이 되기도 전에 경서와 역사서의 뜻을 다 깨우쳤다. 과거문장을 공부하여 과장에 명성이 있었지만 시험에 합격하지 못하였다. 드디어 몸소 농사지어 양친을 봉양하기로 결심하였다. 집안이 몹시 가난하였지만, 뜻을 받들고 몸을 돌보는 봉양을 모두 갖추었다. 양친의 상을 당해서는 예제에 지나치도록 슬퍼하여 수척해졌으며, 삼 년 동안 술과 고기를 먹지 않았다. 늙어서도

1 이택환(李宅煥) : 1854-1924. 자는 형락(亨洛), 호는 회산(晦山), 본관은 성주(星州)이며, 현 경상남도 하동군 북천면 화정 마을에 거주하였다. 1882년 문과에 급제하여 사헌부 지평, 사간원 정원 등을 지냈다. 최익현에게 수학하였고, 저술로 5권 2책의 『회산집』이 있다.

부모님의 기일이 되면 역시 이처럼 하였다.

부친 회양공(晦養公)의 저술은 척박한 땅을 팔아서 간행하였다. 맏아들 채수(宋秀)가 제법 총명하여 부친의 뜻을 이을 수 있었는데, 갑자기 병으로 요절하였다. 공은 능히 운명으로 돌리고 사리로 이해하면서, 고아가 된 손자들을 어루만져 기르고 각자 학업을 전수하였다. 만년에 고을 북쪽 대숲 속에 한 칸 집을 지어 아침저녁으로 잠자고 지내면서 손자들에게 매일같이 글공부를 시켰다. 찾아와 묻는 서생이 있으면 부지런하고 간절하게 효제의 도리로써 힘쓰게 하였다.

책상 위에 거문고를 두고 매번 청명한 밤에 달빛이 밝으면, 거문고를 뜯어 소리를 내며 속된 생각을 씻어내 담박하게 외물에 마음을 둠이 없었다. 을묘년(1915) 병으로 침소에서 돌아가셨으니, 향년 72세였다. 북천(北川) 응봉(鷹峯) 기슭에 장사지냈다.

부인 진양 정씨(晉陽鄭氏)는 익문(益文)의 따님이다. 4남 1녀를 낳았다. 장남 채수(宋秀)는 공보다 먼저 세상을 떠났고, 나머지는 정수(貞秀)·장수(章秀)·선수(善秀)이다. 딸은 연일 정씨(延日鄭氏) 주용(周鎔)에게 시집갔다. 채수의 세 아들은 임섭(壬燮)·을섭(乙燮)·경섭(庚燮)이다. 정수는 3남을 두었고, 장수는 1남을 두었으며, 선수는 3남을 두었는데, 모두 기록하지 않는다.

공의 손자 윤섭(允燮)이 벗 권천후(權川后)[2]가 지은 행장을 가지고 나를 찾아와서 묘지명을 써주기를 청하였으니, 내가 공에 대해 익숙하게 알고 있다고 생각하였기 때문이다. 아! 행장의 말 가운데 "타고난 자품이 순수하고 조심스럽고 겸손하였으며, 한 가지 일이라도 스스로 안다

2 권천후(權川后) : 권상빈(權相彬, 1853-1889)이다. 자는 주약(周若), 호는 천후, 본관은 안동이며, 현 경상남도 산청군 단계(丹溪)에 거주하였다. 허전(許傳)에게 수학하였다. 저술로 2권 1책의 『천후유집』이 있다. 권상빈이 지은 행장은 『수재집』 권4에 실려 있다.

고 여기는 것이 없었다."고 한 것은 이미 실제를 말한 것이다. 나는 일찍이 스스로 안다고 여기는 자를 보았지만, 그가 참으로 알고 있는 것을 아직까지 보지 못하였다. 공은 항상 스스로 아는 것이 없다고 여겼다. 그러나 늙어서 머리가 세도록 경서와 역사서를 손에서 놓지 않았으니, 아는 것이 없다고 말할 수 있겠는가. 몸소 고기 잡고 땔나무를 해서 부모를 봉양하였으니, 아는 것이 없다고 말할 수 있겠는가. 친족들과 화목하고 벗들에게 신의가 있었으니, 아는 것이 없다고 말할 수 있겠는가. 이런 점에 나아가 궁구해보면 공이 이른바 '알지 못한다'라고 한 말뜻을 또한 알 수 있을 것이다. 내가 어찌 후세에 영원토록 공을 전할 수 있겠는가. 그래서 굳이 사양했지만 받아들여지지 않아서 그 실상을 대략 서술하였다.

명은 다음과 같다.

한 평생이 담박하여	一生淡泊
기심을 일으키지 않았네	不作機心
맑고 깨끗한 대숲 집에	竹館蕭灑
책과 거문고를 두었네	有書有琴
아, 수재공이시여	嗟嗟睡齋
살아서 명예를 사모하지 않았네	生不慕名
조화옹과 함께 떠나셨으니	與化俱往
이 묘갈명 어디에 쓰리	焉用幽銘

숭정(崇禎) 기원후 다섯 번째 기미년(1919) 9월 통정대부 전 행 사간원 정언 성산(星山) 이택환(李宅煥)이 지음.

墓誌銘

李宅煥 撰

公姓姜, 諱永墀, 字乃亨, 自號睡齋。系出晉陽。高句麗上將軍諱以式爲鼻祖。我朝有諱淮伯, 官贊成, 號通亭。世有名德, 史不絶書。高祖諱聖運, 曾祖諱聃中, 祖諱尙國。考諱斗璜, 號晦養齋, 妣慶州 金氏, 志溶女。

公以憲廟甲辰生。體幹豊偉, 器宇凝重。自幼時, 凡父母所戒止者, 不復爲也。及就學, 能�心誦讀, 不煩課督。年未弱冠, 盡通經史。業功令, 有場屋聲, 不利於有司。遂決意躬耕奉親。家甚貧而志體之養兼備。前後喪, 哀毁踰禮, 三年不酒肉。老而遇忌日, 亦如之。

晦養公所著述, 捐瘠土, 付剞劂。長子宋秀, 頗聰悟, 能繼志, 遽以疾夭。公能委命理遣, 撫育諸孤, 各授其業。晩年築一室於村北竹林園中, 朝夕寢處, 課督諸孫。有書生問業來者, 勤勤懇懇, 勉之以孝悌之道。案上置一琴, 每淸夜月明, 叩發其聲, 以消散塵慮, 淡然無慕於外也。乙卯以疾沒于正寢, 享年七十二。葬于北川 鷹峯之麓。

配晉陽 鄭氏, 益文女。男長宋秀, 先公夭, 次貞秀、章秀、善秀。女延日 鄭周鎔。宋秀三男, 壬燮、乙燮、庚燮。貞秀三男, 章秀一男, 善秀三男, 不盡錄。

公之孫允燮, 以川后 權友狀謁余爲墓誌, 以余爲知公熟矣。嗚呼! 狀辭中“天資醇謹謙讓, 無一事自以爲知者”已道得實際。吾嘗見自以爲知者, 未見其知也。公常自以爲無所知。然老白首, 經史不釋手, 可謂無知乎; 躬執漁樵, 以養其親, 可謂無知乎; 睦於族而信於友, 可謂無知乎。卽此而求之, 公之所謂“不知”者, 亦可知也夫。余豈不朽公哉。固辭未得, 略敍其狀。

銘曰: “一生淡泊, 不作機心。竹館蕭灑, 有書有琴。嗟嗟睡齋, 生不慕名, 與化俱往, 焉用幽銘。”

崇禎記元後五己未季秋, 通訓大夫 前行 司諫院正言 星山 李宅煥 撰。

❖ **원문출전**

姜永墀,『睡齋集』卷4 附錄, 李宅煥 撰,「墓誌銘」(경상대학교 문천각 古(오림) D3B 강64ㅅ)

그 학문 정밀하고 심오하였네

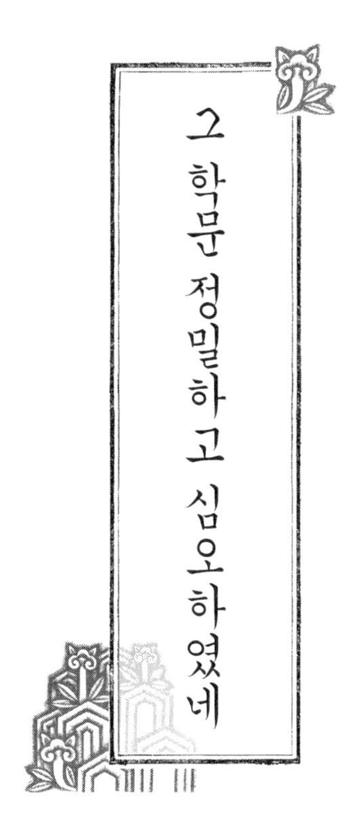

김진호(金鎭祜) : 1845-1908. 자는 치수(致受), 호는 물천(勿川), 본관은 상산(商山)이다. 현 경상남도 산청군 신등면 평지리 법물 마을에서 태어나 그곳에 거주하였다. 18세 때 박치복(朴致馥)에게 배웠으며, 21세 때 허전(許傳)에게 나아가 예학을 전수받았다. 34세 때 이진상(李震相)에게 수학하였다. 허유(許愈)·곽종석(郭鍾錫) 등과 교유하였다. 1905년 을사늑약이 체결되자 두문불출하며 후학을 양성하는 일에만 전념하였다. 저술로 16권 9책의 『물천집』이 있다.

물천(勿川) 김진호(金鎭祜)의 묘갈명 병서

하가진(河謙鎭)[1] 지음

물천(勿川) 선생 김공(金公)이 융희(隆熙) 2년 무신년(1908) 2월 20일 병으로 강성현(江城縣) 법물리(法勿里)[2] 자택 정침에서 세상을 떠나시니, 향년 64세였다. 그해 4월 분도곡(分道谷)[3] 해좌(亥坐) 언덕에 장사지냈다. 33년 뒤 경진년(1940) 진산(晉山) 하겸진(河謙鎭)이 삼가 공의 종제 진문(鎭文) 군이 지은 행록을 보고 다음과 같이 묘갈명 병서를 짓는다.

천지의 기운이 닫히면, 현인은 숨는다. 숨어서 곤궁하게 지내는 것은 현인도 어찌 할 수 없는 일이다. 그의 행실이 시대에 적합하지 않아 사업은 일컬을 만한 것이 없다. 그러나 천하 사람들과 함께 선을 행하건 홀로 선을 행하건 그 도는 하나이며, 현재를 변화시키거나 후세에 전하거나 그 공은 똑같으니, 어느 것인들 사업 아닌 것이 없다. 맹자께서 "사(士)는 무엇을 일삼아야 하는가?"라는 왕자 점(墊)의 질문에 답하시기를 "사는 뜻을 고상히 합니다."라고 하였다.[4] 진실로 뜻을 고상히 하면 대인의 일이 갖추어진다. 이 때문에 곤궁하더라도 군자는 근심하지 않는 것이다.

---

1 하겸진(河謙鎭) : 1870-1946. 자는 숙형(叔亨), 호는 회봉(晦峯)·외재(畏齋), 본관은 진양(晉陽)이며, 진주 출신이다. 곽종석에게 수학하였고, 이승희·장석영·송준필 등과 교유하였다. 저술로 50권 26책의 『회봉집』과 『동유학안(東儒學案)』이 있다.

2 강성현(江城縣) 법물리(法勿里) : 현 경상남도 산청군 신등면 평지리 법물 마을이다. 강성은 산청군 단성면의 고호이다.

3 분도곡(分道谷) : 현 경상남도 산청군 신등면 장천리에 김진호의 묘소가 있으므로, 그 일대의 지명인 듯하다.

4 맹자께서……하였다 : 『맹자』 「진심 상」에 보인다. 점(墊)은 제(齊)나라 왕의 아들이다.

선생은 천지의 기운이 닫히려 할 때를 만나, 평생토록 초야에서 곤궁한 생활을 하면서도 도를 굳게 지켰다. 그러나 문을 열어 생도를 가르치고 글을 지어 후인들에게 남겼으니, 사도(斯道)를 부지하고 수호함에 있어 그 공이 성대하다. 아, 선생이 어찌 이른바 '은거하여 뜻을 고상히 했으니, 무위도식하지 않은 군자다운 사람'이라고 한 경우가 아니겠는가?

선생은 헌종 을사년(1845) 6월 23일에 태어났다. 태어난 지 13일 만에 모친 유인(孺人) 권씨(權氏)를 잃어, 조모 정경부인 류씨(柳氏)가 선생을 거두어 길렀다. 스승에게 나아갈 나이가 되자, 장중하고 단아하여 성인의 거동과 법도가 있었다. 18세 때 박만성(朴晩醒)[5] 선생에게 수학하여 백련재(百鍊齋)[6]에서 독서하였다. 동학 중에는 빼어나고 이름난 이가 많았는데, 자동(紫東) 이정모(李正模)[7]와 가장 뜻이 맞아 세한(歲寒)의 의리로써 변치 않는 소나무와 바위 같기를 맹세하였다.

22세 때 성재(性齋) 허 문헌공(許文憲公)[8]을 배알하고 예학에 대해 가르침을 받았다. 성주(星州)에 다녀온 뒤로는 이한주(李寒洲)[9] 선생을 사사하

5 박만성(朴晩醒) : 박치복(朴致馥, 1824-1894)이다. 자는 훈경(薰卿), 호는 만성, 본관은 밀양이며, 현 경상남도 함안에 거주하였다. 류치명(柳致明)과 허전에게 수학하였으며, 저술로 16권 9책의 『만성집』이 있다.

6 백련재(百鍊齋) : 박치복이 현 경상남도 합천군 황매산에 지은 정사이다. 이곳에서 학문에 정진하며 후학을 양성하였다.

7 이정모(李正模) : 1846-1875. 자는 성양(聖養), 호는 자동, 본관은 고성(固城)이며, 경상남도 의령군 석곡리에서 태어났다. 고모부 박치복에게 배우다가 이진상에게 나아가 수학하였다. 저술로 6권 3책의 『자동집』이 있다.

8 허 문헌공(許文憲公) : 허전(許傳, 1797-1886)이다. 자는 이로(而老), 호는 성재, 본관은 양천(陽川)이며, 문헌은 시호이다. 기호의 남인학자로서 당대 유림의 종장이 되어, 영남 퇴계학파를 계승한 류치명과 쌍벽을 이루었다. 저술로 45권 23책의 『성재집』이 있다.

9 이한주(李寒洲) : 이진상(李震相, 1818-1886)이다. 자는 여뢰(汝雷), 호는 한주, 본관은 성산(星山)이며, 현 경상북도 성주군 월항면 대산리 한개 마을에서 출생하였다. 숙부 이원조(李源祚)에게 수학하였다. 이황의 심합이기설(心合理氣說)에 대하여 심즉리설(心卽理說)을 제창함으로써 당시 학계에 큰 파문을 일으켰다. 저술로 45권 22책의 『한주집』이 있다.

였다. 무인년(1878) 한주 선생을 모시고 선석사(禪石寺)[10]를 유람하였다. 이때 장사미헌(張四未軒)[11]·허방산(許舫山)[12]·이만구(李晩求)[13] 등 제현과 모여 『소학』과 『중용』을 강론하였다. 돌아올 때 한주 선생이 송서(送序)[14]를 주며 전별하였는데, 공에 대한 기대가 매우 두터웠다.

처음 한주 선생께서 심즉리설(心卽理說)을 창도하였을 적에 사람들 중에는 간혹 이를 의심하여 '심합리기(心合理氣)는 퇴계 선생이 평소 말씀하신 것이니, 이를 위배하면 잘못이다'라고 하며 거리낌 없이 배척하는 자들이 생겨났다. 이에 공이 말씀하기를 "이는 그렇지 않습니다. 마음을 통합하여 말하면 심은 리와 기를 합한 것이지만, 리와 기를 합한 측면에 나아가 본체를 바로 지적하면 리입니다. 이는 퇴계 선생의 「심통성정도(心統性情圖)」 중도(中圖)의 뜻입니다."라고 하였다. 또한 말씀하기를 "명덕(明德)은 리이지, 기를 겸한 것이 아닙니다."라고 하고, 또 "동정(動靜)은 태극이 아니지만, 태극은 스스로 동정(動靜)할 줄 압니다."라고 하였다. 또한 말씀하기를 "칠정(七情)을 사단(四端)과 상대적으로 말하면 진실로 기발(氣發)이라 할 수 있지만, 수간(竪看)하면 칠정 또한 성발(性發)입니다."라고 하였다. 무릇 이런 주장들은 모두 스승의 학설을 독실히

10 선석사(禪石寺) : 현 경상북도 성주군 월항면 인촌리 서진산 기슭에 있는 절이다.

11 장사미헌(張四未軒) : 장복추(張福樞, 1815-1900)이다. 자는 경하(景遐), 호는 사미헌, 본관은 인동이다. 1881년 조정에서 특별히 선공감 가감역, 장원서 별제, 경상도 도사 등의 벼슬을 내렸으나 사양하였다. 1890년 향리에 녹리서당(甪里書堂)을 세워 학문과 후진 양성에 전념하였다. 저술로 11권 6책의 『사미헌집』이 있다.

12 허방산(許舫山) : 허훈(許薰, 1836-1907)이다. 자는 순가(舜歌), 호는 방산, 본관은 김해로, 현 경상북도 구미시 임은동에서 출생하였다. 허전에게 수학하였다. 저술로 22권 12책의 『방산집』이 있다.

13 이만구(李晩求) : 이종기(李種杞, 1837-1902)이다. 자는 기여(器汝), 호는 만구·다원거사(茶園居士), 본관은 전의(全義)이며, 현 경상북도 고령에 거주하였다. 저술로 25권 14책의 『만구집』이 있다.

14 송서(送序) : 『한주집』 권29의 「송김치수서(送金致受序)」를 말한다.

믿어 정본(定本)으로 삼은 것이다.

당시 참봉 허후산(許后山),[15] 징군(徵君) 곽면우(郭俛宇),[16] 처사 윤교우(尹膠宇),[17] 참봉 이대계(李大溪)[18] 등의 학문은 모두 한주 선생에게서 나온 것인데, 대계는 한주 선생의 아들이다. 공은 그들과 도의지교를 맺어 함께 절차탁마하며 그 학덕을 성취하였다. 논자가 말하길 "후산은 덕성이 뛰어나고, 면우는 굉박하고 통달하였으며, 교우는 조리가 정밀하고, 대계는 준걸스럽고 호쾌하며, 물천은 정밀하고 심오하다."라고 하였는데, 대체로 실상에 가까운 말이다.

공은 만년에 용문(龍門) 골짜기에 정사[19]를 지어 두문불출하며 일을 줄이고서 오로지 배우러 찾아오는 이들을 가르치는 것으로 자신의 임무를 삼았다. 공의 가르침은 모두 『소학』을 근본으로 삼아 여러 경전에 통달하고, 정자·주자의 책을 참고하여 몸으로 징험하고 마음으로 터득하게 하는 것이었다. 한갓 구이지학(口耳之學)만을 일삼아 실천함이 없거나, 신학문에 빠져 참된 도를 잃은 사람을 보면 그와 통렬히 논변하여 말씀이나 안색을 관대하게 하지 않았다.

세태의 변화가 극심해진 이후로 의관이 오랑캐 복장처럼 변하였고,

---

15 허후산(許后山) : 허유(許愈, 1833-1904)이다. 자는 퇴이(退而), 호는 후산·남려(南黎), 본관은 김해이며, 현 경상남도 합천군 삼가에 거주하였다. 허전·이진상에게 수학하였으며, 저술로 21권 10책의 『후산집』이 있다.

16 곽면우(郭俛宇) : 곽종석(郭鍾錫, 1846-1919)이다. 자는 명원(鳴遠), 호는 면우, 본관은 현풍(玄風)이며, 현 경상남도 산청군 단성(丹城) 출신이다. 이진상의 문하에서 수학하였다. 저술로 177권 63책의 『면우집』이 있다.

17 윤교우(尹膠宇) : 윤주하(尹胄夏, 1846-1906)이다. 자는 충여(忠汝), 호는 교우, 본관은 파평이며, 현 경상남도 합천군에 거주하였다. 이진상·장복추에게 수학하였다. 저술로 30권 12책의 『교우집』이 있다.

18 이대계(李大溪) : 이승희(李承熙, 1847-1916)이다. 일명은 대하(大夏), 자는 계도(啓道), 호는 대계·강재(剛齋)·한계(韓溪), 본관은 성산이다. 이진상의 아들이다. 저술로 42권 20책의 『대계집』이 있다.

19 정사 : 법물 마을 동쪽에 있는 물천서당을 가리킨다.

세상일은 위태로워 말할 수 없을 지경이었다. 오직 남쪽 고을 한 지역만 옛 기풍이 쇠퇴하지 않아 마을마다 높은 갓과 넓은 띠를 맨 글 배우는 유생들이 많았는데, 법물리에 더욱 문채가 성대하였던 것은 공이 인도하고 교화한 힘에 근본한 것이다.

선생의 휘는 진호(鎭祜), 자는 치수(致受)이며, 상산 김씨(商山金氏)이다. 선조 가운데 휘 후(後)는 관직이 직제학에 이르렀는데, 고려의 국운이 다하자 물러나 강성(江城)에 거주하여 세상 사람들이 '단구 선생(丹邱先生)'이라 불렀다. 휘 준(浚)은 진사로, 호는 삼족재(三足齋)이다. 당시 종형제 팔군자(八君子)[20]가 모두 문학으로 이름이 났다.

증조부 국명(國鳴)은 참판에 추증되었다. 조부 덕룡(德龍)은 수직(壽職)으로 지중추부사에 제수되었다. 부친 성일(聲佾)은 현달하지 못하였다. 초취 부인 함안 조씨(咸安趙氏)는 자식 둘을 두었는데, 아들은 대순(大洵)이며 딸은 노영만(盧永萬)에게 시집갔다. 재취 부인 전주 이씨(全州李氏)는 아들 둘을 두었는데, 영순(永洵)과 영달(永達)이다. 대순의 아들은 상익(相益)·상규(相奎)·상갑(相甲)이며, 사위는 노규원(盧奎遠)·정한민(鄭漢民)이다. 영순의 아들은 상락(相洛)이다. 영달의 아들은 상복(相福)·상훈(相勳)이다.

선생의 처음 호는 간헌(艮軒)이며, 또한 약천(約泉)이라고도 한다. 당호는 '물천(勿川)'인데, 지명을 따른 것이다.

명은 다음과 같다.

---

20 팔군자(八君子) : 삼족재(三足齋) 김준(金浚, 1524-?), 삼청당(三淸堂) 김징(金澂), 급고재(汲古齋) 김담(金湛, 1500-1566), 삼휴당(三休堂) 김렴(金濂), 삼매당(三梅堂) 김하(金濆), 눌민재(訥敏齋) 김람(金灠, 1515-?), 만각재(晩覺齋) 김숙(金潚), 양한재(養閒齋) 김곤(金滾)을 가리킨다.

해가 서쪽으로 저물 때	日之西矣
그 빛이 도리어 밝고	其照旋明
나무가 시들어 갈 적에	木之枯矣
그 열매가 먼저 여물듯	其實先盈
나라가 망하려 할 즈음	國之將淪
훌륭한 선비들이 태어났네	多士乃生
이 훌륭한 선비들	維此多士
비록 일신은 비색했지만	雖則身否
오직 지향은 고상히 하여	惟志是尙
도가 끝내 추락하지 않았네	道終不墜
이 또한 어찌 알리	是又安知
하늘의 뜻이 있지 않은 줄	不有天意
아 선생께서는	於惟先生
망극한 세상을 만나	値世罔極
시세를 돌아보지 않고	不顧于時
수고로움 따지지 않았으니	不量于力
서쪽 남쪽으로 벗을 얻어	西南得朋
모두 덕을 함께 하였네	俱是同德
충정을 함께 부지하여	血心共扶
늙어서도 더욱 면려하였고	至老愈勵
오랑캐 깨끗이 쓸어 내는 일	摧陷廓淸
완수하지는 못하였지만	雖未有濟
일맥의 도를 전수하였으니	一脈之傳
후세를 기약할 수 있었네	足期來世
용문 골짜기 아래에는	龍門之下
물천이 맑게 흘러가고	勿水湛湛
울창한 저 강단의 나무	鬱彼講樹
여전히 남은 그늘이 있네	尙有餘陰
완연한 스승의 자리	宛宛皐比
조석으로 임하신 듯하네	朝夕如臨

나는 실로 광간한 자이니	余實狂簡
그 미덕을 어찌 형용하랴	曷形德美
공정한 평론 서술하길 청해	請述公評
정심(精深) 두 자를 들어 보네	精深二字
이를 비석에 새긴다면	用揭于石
거의 부끄러움 없으리라	庶幾無愧

후학 진산(晉山) 하겸진(河謙鎭)이 삼가 지음.

墓碣銘 幷序

河謙鎭 撰

勿川先生 金公, 隆熙二年戊申二月二十日, 以疾觀化于江城縣 法勿里所居之正寢, 壽六十四。其年四月, 葬分道谷亥坐之原。後三十三年庚辰, 晉山 河謙鎭, 謹因公從弟鎭文君所爲狀, 而書于石

曰:天地閉, 賢人隱。隱而窮者, 賢人之所不得已也。其行不適於時, 而事業無可稱。然兼善、獨善, 其爲道則一; 化今、傳後, 其爲功則均, 無非事也。孟子答王子墊"士何事?"之問曰: "士尙志。"

夫苟尙志, 大人之事, 備矣。是以, 雖窮而君子不患焉。先生値天地將閉之日, 一生固窮林下。開門授徒, 著書以遺其後人, 扶護斯道, 其功懋焉。嗚呼, 先生豈非所謂"隱居尙志, 不爲無事之君子人。"也哉。

先生以憲廟乙巳六月二十三日生。生十三日, 喪母權孺人, 祖母貞敬夫人柳氏收育之。及年就傅, 莊重端雅, 有成人儀度。十八, 從學朴先生 晩醒, 讀書百鍊齋。同學多俊髦知名, 李紫東 正模, 最與相得, 託以歲寒爲松石之盟。二十二, 贄拜性齋 許文憲公, 得禮學之傳。旣又往來星州, 師

事李寒洲先生。戊寅, 陪寒洲, 遊禪石寺。會張四未、許舫山、李晩求諸賢, 講《小學》、《中庸》。及還, 洲翁以序贈行, 期待甚重。

初寒洲倡爲心理之說, 人或疑之, 以爲心合理氣退陶所常言, 有違則非也, 至有肆言斥之者。公曰: "是不然。統言, 心則合理氣, 就合理氣中, 直指其本體, 則理也。此退陶《心統性情中圖》之義也。" 又曰: "明德, 理也, 非兼氣。" 又曰: "動靜, 非太極, 太極自會動靜。" 又曰: "七情對四端言, 則固可曰氣發, 竪言, 則七情亦性發。" 凡此盡篤信師說爲定本者然也。同時, 許參奉 后山、郭徵君 俛宇、尹處士 膠宇、李參奉 大溪, 其學皆出於洲翁, 而大溪, 洲翁子也。公悉與爲道義之友, 更共琢磨, 以成其德。論者謂"后山德性勝、俛宇閎而通、膠宇條理密、大溪峻爽、勿川精深。", 蓋庶幾焉。

公晩年築精舍龍門之峽, 杜門省事, 專以訓誨來學爲己任。其敎悉本於《小學》, 以達經傳, 參以洛、閩諸書, 要使之體驗心得。見有人徒事口耳而無其實及, 又有淫於新學而喪其眞者, 則痛與辨之, 不假以辭色。自世變之極, 而冠裳化爲鱗介, 天下事殆哉, 其不可言矣。獨南鄕一隅, 古氣不衰, 閭巷間, 多峨冠大帶文學之士, 而法里尤彬彬盛焉, 本公導化之力也。

先生諱鎭祜, 字致受, 金氏本商山人。有諱後, 官直提學, 麗運訖, 退居江城, 世稱"丹邱先生"。至諱浚, 進士, 號三足齋。當時諸從昆季八君子, 皆以文學名。曾祖曰國鳴, 贈參判。皇祖曰德龍, 以耆壽覃恩, 授知中樞。皇考曰聲佾, 不顯。配咸安 趙氏, 生二子:男大洵, 女適盧永萬。后配全州 李氏, 生二男:永洵、永達。大洵子:相益、相奎、相甲, 女盧奎遠、鄭漢民。永洵子:相洛。永達子:相福、相勳。先生初號"艮軒", 又曰"約泉"。名堂曰"勿川", 因地名也。

銘曰: "日之西矣, 其照旋明, 木之枯矣, 其實先盈, 國之將淪, 多士乃生。維此多士, 雖則身否, 惟志是尙, 道終不墜。是又安知, 不有天意。於惟先生, 値世罔極, 不顧于時, 不量于力, 西南得朋, 俱是同德。血心共扶, 至老愈勵, 摧陷廓淸, 雖未有濟, 一脈之傳, 足期來世。龍門之下, 勿水湛湛, 鬱彼講樹, 尙有餘陰。宛宛皐比, 朝夕如臨。余實狂簡, 曷形德美。請述公評, 精深二字。用揭于石, 庶幾無愧。"

后學 晉山 河謙鎭 謹撰。

❖ **원문출전**

金鎭祜, 『勿川集』 附錄 卷2, 河謙鎭 撰, 「墓碣銘幷序」(경상대학교 문천각 古(물천) D3B 김79ㅁ)

강직하여 아첨함이 없었네

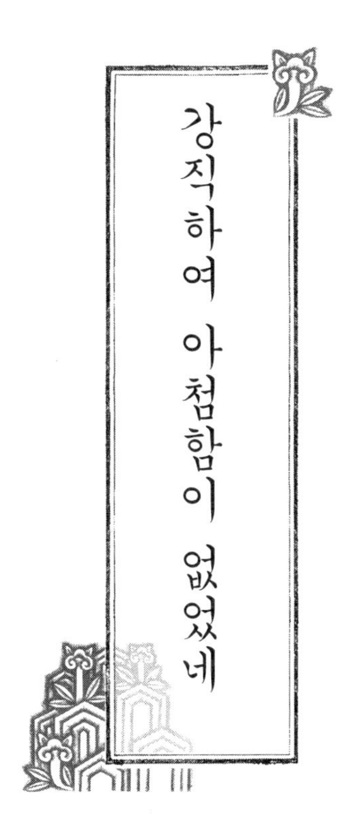

김인락(金麟洛) : 1845-1915. 자는 석희(錫羲), 호는 전천(前川), 본관은 의성(義城)이다. 현 경상남도 진주시 지수면 승산리에서 태어났다. 어려서는 숙부 김두진(金斗鎭)에게 수학하였고, 후에 박치복(朴致馥)·허유(許愈) 등과 교유하며 학문에 정진하였다.

저술로 3권 1책의 『전천유고』가 있다.

전천(前川) 김인락(金麟洛)의 묘갈명

하겸진(河謙鎭)[1] 지음

공의 성은 김씨(金氏), 휘는 인락(麟洛), 자는 석희(錫羲), 본관은 의성(義城)이다. 고려 때 태자첨사(太子詹事)를 지낸 용비(龍庇)의 후손으로, 동강(東岡) 선생 문정공(文貞公) 우옹(宇顒)의 11세손이다. 증조부 휘 휘운(輝運)은 성균관 생원이고, 조부의 휘는 영기(永耆)이다. 부친의 휘는 사진(師鎭)이고, 모친 창녕 성씨(昌寧成氏)는 진사 효긍(孝兢)의 따님이다.

공은 어렸을 때 빼어나고 총명하여 이름이 났으며, 자라서는 더욱 호방하고 얽매임이 없었다. 자신의 능력을 자부하여 공명(功名)을 곧바로 이룰 수 있다고 생각해서 한양으로 가 공경(公卿)들과 분주하게 교유하였다. 여러 공경들은 공이 강직하여 아첨하지 않는 것을 마뜩잖아하고 자기가 부릴 수 없다고 생각하여 발탁해주지 않았다. 공은 이 때문에 곤궁해서 뜻을 펼 수 없었다.

공은 마침내 세상일에 마음을 두지 않고 전심으로 유학에 종사하였다. 당시의 뛰어난 학자들을 사우(師友)로 삼았는데, 만성(晩醒) 박치복(朴致馥), 서산(西山) 김흥락(金興洛), 단계(端磎) 김인섭(金麟燮), 후산(后山) 허유(許愈), 면우(俛宇) 곽종석(郭鍾錫), 물천(勿川) 김진호(金鎭祜), 대계(大溪) 이승희(李承熙), 향산(響山) 이만도(李晩燾)가 모두 공의 사우이다.

남명 선생의 문집은 신(新)·구(舊) 두 판본이 있다. 구본은 대체로 세

---

1 하겸진(河謙鎭) : 1870-1946. 자는 숙형(叔亨), 호는 회봉(晦峯)·외재(畏齋), 본관은 진양(晉陽)이며, 진주 출신이다. 곽종석에게 수학하였고, 이승희·장석영·송준필 등과 교유하였다. 저술로 50권 26책의 『회봉집』과 『동유학안(東儒學案)』 등이 있다.

월이 오래되어 없어진 부분이 없을 수 없었고, 신본은 후세 사람들이 바꾸어 고친 부분이 많았다. 이에 식자들이 진주(晉州) 청곡사(靑谷寺)[2]에 모여 교정과 간행을 논의하면서 그 정본(正本)을 만들고자 하였다. 공을 추대하여 그 일을 주관하게 하였는데, 일이 비록 성사되지는 않았지만 공론이 공에게 있었음을 알 수 있다. 또한 이의정(二宜亭)[3]에서 미수(眉叟)[4]의 『기언(記言)』 및 『동강집(東岡集)』 등 수십 권을 다시 간행하여 세상에 널리 행해지게 한 것은 모두 공이 전후로 힘을 기울인 데에서 근본한다.

공은 학문을 할 적에는 큰 도를 지켜 현묘하고 고원한 것을 탐구하는 데 힘쓰지 않았고, 일을 할 적에는 과단성 있게 하여 뜻을 굽혀 남을 따르기를 좋아하지 않았다. 속마음을 끄집어내어 조탁하지 않아도 공의 문장은 암송할 만한 것이 많았고, 군더더기 말을 끌어 모아 변론하지 않아도 공의 말씀은 이치에 들어맞았으며, 손을 높이 들고 꿇어 앉아 허리를 굽혀 절을 하여 공경하지 않아도 공의 풍도는 엄정하였다.

명나라 학자 소씨(邵氏)[5]가 말하기를 "차라리 진짜 사대부가 될지언정, 거짓 도학자가 되기를 원하지 않는다."[6]라고 하였으니, 이는 대개 도학(道學)을 싫어할 만하다고 여긴 것이 아니라 그 거짓 도학을 싫어했기 때문이다. 공은 평소 널리 알려져 칭송되기를 자처하지 않았고, 저술하

---

2 청곡사(靑谷寺) : 현 경상남도 진주시 금산면 갈전리 월아산에 있는 사찰이다.

3 이의정(二宜亭) : 현 경상남도 의령군 대의면 중촌리 곡소 마을에 있는 누정이다. 인조 때 허목(許穆)이 병자호란을 피하여 자굴산 골짜기에 우거하면서 이 정자를 짓고 10년 동안 은거하였다.

4 미수(眉叟) : 허목(許穆, 1595-1682)의 호이다.

5 소씨(邵氏) : 명나라 때의 학자 소보(邵寶, 1460-1527)로, 자는 국현(國賢), 호는 천재(泉齋)·이천(二泉), 시호는 문장(文莊)이다.

6 차라리……않는다 : 『명사(明史)』 권282 「유림열전(儒林列傳)」 소보 조에 "嘗曰 吾願爲眞士大夫 不願爲假道學"라는 구절이 있다.

기를 일삼지 않았다. 이것이 이른바 '진짜 사대부'라는 것이 아니겠는가. 아니면 태사공(太史公)이 말한 "현인이나 호걸이 아니겠는가."[7]라는 것이리라. 공은 필시 이 가운데 하나일 것이다.

공은 헌종 을사년(1845) 8월 9일에 태어났다. 66세 때인 경술년(1910) 7월, 나라의 변란을 보고서 더 이상 살고 싶지 않은 듯 통곡하고 시[8]를 지어 의지를 드러내었는데, 끝내 을묘년(1915) 7월 3일 세상을 떠났다. 처음에는 합천(陜川)의 운계(雲溪)[9]에 장사지냈다가, 후에 의령(宜寧) 중장(中場)[10] 마두산(馬頭山) 간좌(艮坐) 언덕 백형 정자공(正字公)[11]의 묘소 아래로 이장하였다.

부인은 전주 최씨(全州崔氏)로, 3남 2녀를 두었다. 아들은 병문(秉文)·병후(秉厚)·병엽(秉曄)이고, 사위는 파평 윤씨(坡平尹氏) 석두(錫斗)와 합천 이씨(陜川李氏) 종규(鍾奎)이다. 병문의 아들은 창한(昌漢)·창국(昌國)·창갑(昌甲)이다. 병후의 아들은 창연(昌演)·창두(昌斗)이다. 병엽의 아들은 창완(昌完)이다. 윤석두의 아들은 언수(彦洙)이고, 이종규의 아들은 원호(元鎬)이다.

공의 종질 김황(金榥)[12] 군이 공의 유고를 수습하여 『전천고(前川稿)』라는 이름을 붙였는데, '전천'은 공의 자호이다. 또한 별도로 행장 한 편

---

7 현인이나……아니겠는가 : 사마천의 『사기』 권124 「유협열전(游俠列傳)」에 "故士窮窘而得委命 此豈非人之所謂賢豪間者耶"라는 구절이 있다.

8 시 : 『전천유고』 권1의 「견경술칠월이십오일유서통곡술회(見庚戌七月二十五日諭書慟哭述懷)」이다.

9 운계(雲溪) : 현 경상남도 의령군 궁류면 운계리이다.

10 중장(中場) : 현 경상남도 의령군 유곡면 송산리 중장 마을이다.

11 정자공(正字公) : 김귀락(金龜洛, 1834-1872)이다.

12 김황(金榥) : 1896-1978. 일명 우림(佑林), 자는 이회(而晦), 호는 중재(重齋), 본관은 의성이다. 경상남도 의령 어촌리에서 출생하였다. 곽종석의 문하에서 수학하였고, 그 학통을 계승하였다. 1928년 산청군 내당촌으로 이사하여 강학활동을 하였다. 저술로 『쇄기(鎖記)』·『사례수용(四禮受用)』·『동사략(東史略)』·『익붕당총초(益朋堂叢鈔)』 등이 있다.

을 지어 가지고 병엽(秉曄) 군이 나를 찾아와 묘갈명을 청하였다.

명은 다음과 같다.

맑고 준엄함은	維淸維峻
풍모의 밝음이며	風儀之明
아첨하지 않음은	不脂不韋
처신의 곧음이네	守己之貞
넘치거나 꾸밈없음	無溢無華
이 글에서 징험하리	我銘之徵

병술년(1946) 유화절(榴花節:5월) 진산(晉山) 하겸진(河謙鎭)이 지음.

墓碣銘

河謙鎭 撰

公姓金氏, 諱麟洛, 字錫羲, 系出義城。高麗太子詹事龍庇之後, 東岡先生 文貞公 宇顒十一世孫也。曾祖諱輝運, 成均生員, 祖諱永耆。考諱師鎭, 妣昌寧 成氏, 進士孝兢之女。

公幼時, 以穎慧聞, 長益豪逸不羈。負其能, 謂功名可立致, 至京師, 遨遊公卿間。諸公卿患公棘棘不阿, 度不爲己使, 無有爲汲引。以是困不得志。遂乃不心世故, 屈首從事儒門。師友一時賢宿：朴晩醒 致馥、金西山 興洛、金端磎 麟燮、許后山 愈、郭俛宇 鍾錫、金勿川 鎭祜、李大溪 承熙、李響山 晩燾, 皆其人也。

南冥先生文集, 有新舊二本。舊蓋不能無歲久刓缺, 新則多後人變改。於是, 有識聚謀校正鋟繡於晉州之青谷寺, 要以得其正本。推公主其事,事雖未成, 而公議可見。又於二宜亭, 重刻眉叟《記言》及《東岡集》并累十卷, 以行于世, 皆本公先後之力也。

公爲學蹈大方, 不務徑探玄遠; 臨事要果斷, 不喜曲意循物。不掐擢胃腎以爲工, 而文多可誦; 不累瓦結繩以爲辯, 而言而有中; 不曲拳擎跪以爲敬, 而風度凝遠。明儒邵氏之言曰: "寧爲眞士大夫, 不願爲假道學。" 蓋道學, 非可惡, 惡其假耳。公平生不以標榜自居、不以著述爲事。是其所謂"眞士大夫."者歟。抑史公所謂"賢豪間非耶."者耶。當必居一於此矣。

公生憲廟乙巳八月九日。年六十六, 見庚戌七月國變, 痛泣如不欲生, 爲詩見志, 竟以乙卯七月三日而終。始葬陜川之雲溪, 後遷厝宜寧 中場馬頭山艮坐之原伯氏正字公墓下。配全州 崔氏, 三子：秉文、秉厚、秉曄, 女坡平 尹錫斗、陜川 李鍾奎。秉文男:昌漢、昌國、昌甲。秉厚男 : 昌演、昌斗。秉曄男昌完。尹男彦洙, 李男元鎬。

公從姪槐君收拾公遺草籤之曰：《前川稿》, 前川, 公所自號也。又別爲狀一通而秉曄君來請銘。

銘曰："維淸維峻, 風儀之明, 不脂不韋, 守己之貞。無溢無華, 我銘之徵。"

丙戌榴花節, 晉山 河謙鎭 撰。

❖ **원문출전**

金麟洛,『前川遺藁』卷3 附錄, 河謙鎭 撰,「墓碣銘」(경상대학교 문천각 古(물천) D3B 김69ㅈ)

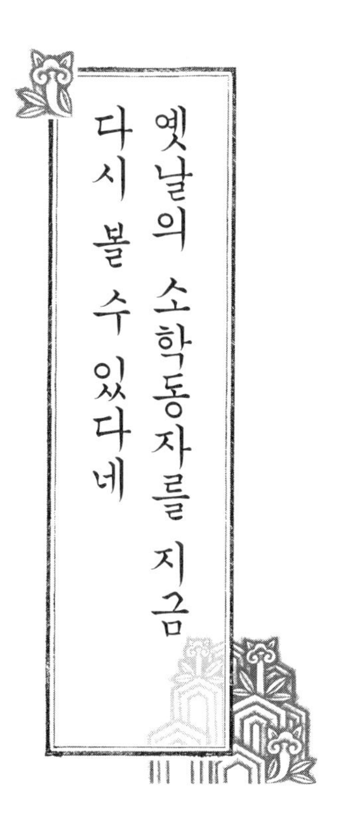

옛날의 소학동자를 지금 다시 볼 수 있다네

이정모(李正模) : 1846-1875. 자는 성양(聖養), 호는 자동(紫東), 본관은 고성(固城)이다. 현 경상남도 의령군 정곡면 석곡리(石谷里)에서 태어났다. 자미산(紫薇山) 아래 자도재(紫陶齋)를 짓고 학문에 정진하였다.
고모부 박치복(朴致馥)에게 수학하다가, 1866년 이진상(李震相)에게 수학하였다. 곽종석(郭鍾錫)·허유(許愈)·윤주하(尹胄夏)·김진호(金鎭祜)·이승희(李承熙)·장석영(張錫英)·이두훈(李斗勳) 등과 함께 주문팔현(洲門八賢)으로 불린다.
저술로 6권 3책의 『자동집』이 있다.

자동(紫東) 이정모(李正模)의 묘갈명 병서

이종기(李種杞)[1] 지음

일찍이 의령 고을에 자동(紫東) 선생 이성양(李聖養) 공이 있었다. 그의 학문은 공자를 배우는 것이었고, 그의 향년은 안회보다 2년 적었다. 그 사람은 다시 볼 수 없고, 그 마음과 행실을 담아 전할 수 있는 것은 몇 권의 초고뿐이다. 아! 애석하다. 그의 아우 형모(衡模)가 나에게 묘갈명을 청하였다. 아! 내가 어찌 내 벗의 묘갈명을 쓸 수 있겠는가.

옛날 공자께서 오나라 계찰(季札)의 묘에 이름을 썼고,[2] 정숙(正叔)이 「명도선생묘표」에 행적을 기술하였으니,[3] 그 덕을 아는 자가 적었기 때문이다. 그러니 내가 어찌 내 벗의 묘갈명을 쓸 수 있겠는가. 대개 사양한 것이 여러 해 되었으나, 형모의 요청은 더욱 정성스러웠다. 아! 묘에 묘갈명은 없을 수 없다. 나는 내 벗에 대하여 진실로 묘갈명을 지을 수 없지만 또한 묘갈명이 없을 수 없기에, 짐짓 아는 바를 거론하여 후세의 양자운(揚子雲)[4] 같은 이를 기다리는 것이 또한 옳을 것이다.

1 이종기(李種杞) : 1837-1902년. 자는 기여(器汝), 호는 만구(晩求), 본관은 전의(全義)이다. 저술로 25권 14책의 『만구집』이 있다.

2 오나라……썼고 : 춘추 시대 오(吳)나라 계찰(季札)의 무덤에 세워진 비석에 공자가 전서(篆書)로 "아! 오나라 연릉 계자의 무덤이다.[嗚呼有吳延陵季子之墓]"라고만 적었다 한다.

3 정숙(正叔)이……기술하였으니 : 정숙은 정이(程頤)의 자이다. 정이천이 형 정호(程顥)의 묘표를 쓴 것을 말한다.

4 양자운(揚子雲) : 자운은 전한(前漢) 때의 학자인 양웅(揚雄)의 자이다. 양웅이 『태현경(太玄經)』을 짓자 사람들이 "이처럼 어려운 글을 누가 읽겠는가." 하니, 양웅이 "나는 후세의 자운을 기다린다."라고 하였다. (『漢書』 卷87 「揚雄傳」) 이는 후대의 현인을 기다린다는 뜻이다.

삼가 살펴보건대, 공의 휘는 정모(正模), 본관은 고성(固城), 자는 성양(聖養)이다. 선조 휘 황(璜)은 고려조에 현달하였다. 본조에 들어와 휘 을현(乙賢)은 전중 소감(殿中少監)으로 부름을 받았으나, 나아가지 않았다. 휘 효범(孝範)은 통례원 인의(通禮院引儀)를 지냈다. 휘 지(旨)는 판관을 지냈는데, 임진왜란 때 만형 정의공(貞義公) 휘 로(魯)[5]와 함께 진양성(晉陽城)에서 학봉(鶴峯)[6] 김 선생의 휘하에 들어갔다. 조부의 휘는 현빈(賢賓)이고, 부친의 휘는 운규(雲逵)인데 모두 은덕이 있었다. 모친 진양 강씨(晉陽姜氏)는 이흠(理欽)의 따님이다. 헌종 병오년(1846) 공은 석곡리(石谷里)[7]에서 태어나 금상[고종] 을해년(1875) 세상을 떠났다. 부인 창녕 성씨(昌寧成氏)는 재목(載穆)의 따님으로 부녀자의 도리를 잘 갖추었다. 아들은 없고, 딸 하나를 두었는데 시집갔다.

명은 다음과 같다.

자미산(紫薇山) 아래 도당곡(陶唐谷)	紫薇山下陶唐谷
그곳에 살던 옥같은 사람 드날리지 않았네	中有玉人貌不揚
이분의 자품은 하늘이 내리셨으니	是人姿才天所生
뿔 하나 달린 기린이나 오색 봉황 같았네	一角祥麟五色凰
유년 시절부터 견해가 샘물처럼 솟아나서	幼年見解如泉達
말마다 사람들 경동시키고 학문이 두루 통했네	出語驚人學通旁
선배들도 예우하며 사표(師表)라 칭하였고	先進斂手謂師表
동료들은 땀 흘리며 좇아가다 넘어지곤 했네	朋儕汗流走且僵
옛날의 소학동자[8]를 지금 다시 보게 되니	小學童子復見今

5 로(魯) : 이로(李魯, 1544-1598)이다. 자는 여유(汝唯), 호는 송암(松巖), 본관은 고성(固城)이다. 조식에게 수학하였으며, 저술로 『송암집』·『용사일기(龍蛇日記)』 등이 있다.

6 학봉(鶴峯) : 김성일(金誠一, 1538-1593)이다. 자는 사순(士純), 호는 학봉, 본관은 의성(義城)이다. 이황에게 수학하였다. 저술로 『학봉집』·『해사록(海槎錄)』 등이 있다.

7 석곡리(石谷里) : 현 경상남도 의령군 정곡면 석곡리이다.

8 소학동자 : 평생 『소학』의 가르침을 실천하며 소학동자라 자칭한 김굉필(金宏弼)을 가리

얼른 답하고 공경히 응대해 부모를 기쁘게 했네 應唯敬對怡尊堂
계모를 받들어 모실 적에는 생모처럼 섬겨 奉事繼母如所生
이른 문안에 꾸지람 청하자 모친께서 웃으셨네 晨幃請撻慈顏康
두 아우 및 여러 형제들과 우애가 있어 友于二弟及群從
은근하게 가르쳐서 모두 훌륭히 길렀네 恩勤誨養皆瑾瑭
어려서 장가들었지만 손님 대하듯 공경했으니 早歲親迎敬如賓
근독(謹獨) 공부가 규방으로부터 비롯되었네 謹獨工夫自閨房
춘사[9]는 이남(二南)[10]에 짝될 만하여 春詞一帖配二南
훈훈한 화기가 집안에 성대하게 흘러 넘쳤네 藹然薰和庭戶洋
어버이의 명을 받아 과장으로 나아갔으나 受命庭幃赴試圍
어찌 아이들처럼 화려하게 수식하는 것 배우랴 肯學兒曹梔粉粧
고아한 뜻, 담박한 흉금 가는 곳마다 드러나 雅志沖襟隨處露
호서와 한양 사람들 물밀듯 모여 들었네 湖儇洛佻來趨蹌
한양의 저자거리에서 농서(農書)를 구입하여 長安市上買農書
돌아와 농사지으며 살기로 하니 본마음 장대했네 歸耕操閼素心長
“나에게는 고당(高堂)에 양친이 계시며 我有高堂雙親在
나에게는 은거지에 만 권의 장서 있다네 我有幽棲萬卷藏
나는 부지런히 그 터전에 살고자 하니 我且俛焉從事于其中
허물 살피고 과실 적게 하길 날마다 겨를 없네 省愆寡過日不遑
위로는 공자로부터 아래로 주렴계·주자까지 배워 上窺洙泗下閩溪
하나하나 참된 이치 옥구슬처럼 받들리라 一一眞詮奉如瑺
세주까지 정독하며 묘한 생각 기록하니 蛾頭細字妙契書
벼슬길에 나아가듯 뛸 듯이 기쁘다네 躍如從之官路莊
박문·약례 모두 지극히 하고 경·의 함께 지니면 博約兩至敬義夾持

킨다.

9 춘사 : 춘사는 『자동집』에 실린 「규미춘첩명(閨楣春帖銘)」을 가리킨다. 그 글에 “집안을 다스리는 것과 부부 금실은 옛날부터 어렵다고 말하였네. 무엇으로 살피랴.[齊家造端古云其難不有閨門吾何以觀]”라는 구절이 있다.

10 이남(二南) : 『시경』 주남(周南)과 소남(召南)을 말함. 이남의 시는 주로 남녀가 혼인을 하여 인륜의 도리를 펼쳐서 화목한 가정을 이룩하는 내용으로 구성되어 있다.

죽는 날까지 날로 진보함이 있으리라	不死則日有進兮
우리들 어찌 감히 훨훨 날아오르길 바라겠는가	我輩何敢望翶翔
세상이 말세로 접어들어 기상이 장대하지 않은데	世叔季兮氣不長
우연히 온 것 아닌데 가는 것 어찌 그리 급한가	來不偶兮去何忙
모친상 마치지 못하고 봉양 다하지 못하는구나."	喪不勝兮養不終
임종시 하시던 말씀 어찌 그리도 낭랑하던가	臨絶之語何琅琅
구방심(求放心)을 외는 소리 방안에 가득했으니	誦求放兮聲滿室
바른 도리 얻고서 떠나심에 무슨 상심 있으랴	得正而斃更何傷
지산(芝山)의 언덕에 공은 잠들었지만	芝山之原體魄旣臧兮
그 마음 형형하여 끝내 없어지지 않으리	其心炯炯終不亡
이 글 지은 나는 적임자가 아니라 부끄럽지만	我作詞兮媿匪人
후인들로 하여금 의령에 공이 살았음을 알게 하리	但使後世知有某人起宜春鄉

벗 전의(全義)[11] 이종기(李種杞)가 삼가 지음.

墓碣銘 幷序

李種杞 撰

往宜之鄉, 有紫東先生 李公聖養者。其學則孔子, 其年則不及顏二歲。其人不可復見, 而其心與行之可托以傳者, 只數卷稿耳。嗚乎! 惜哉。其弟衡模請墓道之銘於李種杞。嗚乎! 種杞尙可以銘吾友乎哉。

昔夫子書吳季子, 正叔序明道先生, 知德者鮮矣。種杞尙可以銘吾友乎哉。蓋辭之有年, 而衡模之請益勤。噫! 銘不可闕也。吾於吾友固不敢銘,

11 전의(全義) : 현 충청남도 연기군 전의면이다.

亦不忍無也, 姑擧所知, 以待後世之子雲, 其亦可乎。

謹按公諱正模, 固城人, 聖養其字也。上祖諱璜, 顯於麗。入本朝諱乙賢, 徵少監不起。諱孝範, 通禮院引儀。諱旨判官, 壬辰亂, 與伯氏貞義公諱魯從鶴峯 金先生于晉陽。大父諱賢賓, 考諱雲逵, 俱有隱德。妣晉陽姜氏, 理欽女。憲廟丙午, 公生于石谷里, 今上乙亥卒。配昌寧 成氏, 載穆女, 甚得婦道。無子, 有一女適人。

銘曰: "紫薇山下陶唐谷, 中有玉人貌不揚。是人姿才天所生, 一角祥麟五色凰。幼年見解如泉達, 出語驚人學通旁。先進斂手謂師表, 朋儕汗流走且僵。小學童子復見今, 應唯敬對怡尊堂。奉事繼母如所生, 晨幃請撻慈顔康。友于二弟及群從, 恩勤誨養皆瑾瑭。早藏親迎敬如賓, 謹獨工夫自閨房。春詞一帖配二南, 藹然薰和庭戶洋。受命庭幃赴試圍, 肯學兒曹梔粉粧。雅志沖襟隨處露, 湖儇洛佻來趨蹌。長安市上買農書, 歸耕操闋素心長。'我有高堂雙親在, 我有幽棲萬卷藏。我且俛焉從事于其中, 省愆寡過日不遑。上窺洙泗下閩、溪, 一一眞詮奉如瑺。蛾頭細字妙契書, 躍如從之官路莊。博約兩至敬義夾持, 不死則日有進兮。我輩何敢望翺翔, 世叔季兮氣不長。來不偶兮去何忙, 喪不勝兮養不終。' 臨絶之語何琅琅, 誦求放兮聲滿室。得正而斃更何傷, 芝山之原體魄旣藏兮, 其心炯炯終不亡。我作詞兮媿匪人, 但使後世知有某人起宜春鄕。"

友人全義 李種杞 謹撰。

❖ **원문출전**

李正模, 『紫東集』 卷6 附錄, 李種杞 撰, 「墓碣銘幷序」(경상대학교 문천각 古(면우) D3B 이73ㅈ)

정도(正道)를 부지하고 사도(邪道)를 물리치다

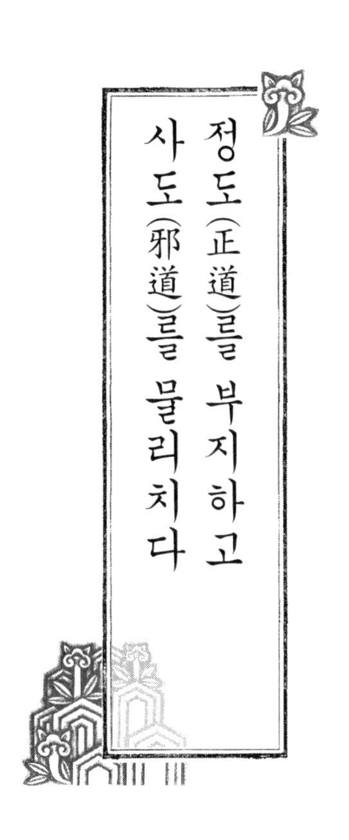

윤주하(尹胄夏) : 1846-1906. 자는 충여(忠汝), 호는 교우(膠宇), 본관은 파평(坡平)이다. 현 경상남도 거창군 남하면에서 태어나 합천에 거주하였다. 허전(許傳)·이진상(李震相)·장복추(張福樞)에게 수학하였고, 곽종석(郭鍾錫)·권도용(權道溶) 등과 교유하였다.

저술로 20권 10책의 『교우집』이 있다.

교우(膠宇) 윤주하(尹冑夏)의 광지

곽종석(郭鍾錫)[1] 지음

대한제국 거창군(居昌郡)의 처사 교우 선생(膠宇先生) 윤군(尹君)의 휘는 주하(冑夏)이고, 자는 충여(忠汝)이다. 헌종(憲宗) 병오년(1846) 4월 8일에 태어나 1906년 12월 12일 61세로 세상을 떠났다. 이듬해 2월 3일 거창군 동월곡(東月谷) 사좌(巳坐) 언덕에 장사지냈는데, 부인 임씨(林氏)의 무덤이 있는 곳이다.

군의 가문은 대대로 문학과 행의로 유림의 추앙을 받았다. 고조부 휘 동형(東炯), 증조부 호은공(壺隱公) 휘 목(楘), 조부 단포공(丹圃公) 휘 진옥(振玉), 부친 죽석공(竹石公) 휘 흠도(欽道)는 모두 은덕과 아름다운 행적이 있었다. 죽석의 아우 휘 문도(文道)는 군의 생부로 지절이 있었는데, 군은 이미 이런 풍도에 훈도됨을 배태하고 있었다.

군의 천성은 온화하고 순수하였으며, 재주는 민첩하며 총명하였다. 또 인륜에 독실하여 어렸을 때부터 능히 효도하고 우애가 있었으니, 지극한 성품에서 드러난 것이었다. 5세 때 『소학』을 외웠는데, 전체를 한 글자도 틀리지 않았다. 18세 때 이미 사서오경 및 역사서와 제자백가를 통독하여 대의를 환히 깨달았다. 과거공부에 전력할 때는 거침없이 글을 짓고 문장이 웅건하여 동학들이 자기보다 낫다고 경시하지 않았다.

군은 사미헌(四未軒)[2] 장공(張公)을 스승으로 섬겨 위기지학의 학문 방

---

1 곽종석(郭鍾錫) : 1846-1919. 자는 명원(鳴遠), 호는 면우(俛宇), 본관은 현풍(玄風)이다. 이진상(李震相)에게 수학하였다. 저술로 177권 63책의 『면우집』 등이 있다.

2 사미헌(四未軒) : 장복추(張福樞, 1815-1900)이다. 자는 경하(景遐), 본관은 인동(仁同)이

법을 들었고, 한양에서 성재(性齋)[3] 허 문헌공(許文憲公)을 배알하여 예학을 배웠다. 얼마 뒤 또 한주(寒洲)[4] 이 선생의 문하에 나아가 심즉리(心卽理)의 지결을 전수 받아 매우 기뻐하며 독실히 그것을 믿었다. 당시 고헌(顧軒) 정래석(鄭來錫),[5] 이재(頤齋) 권연하(權璉夏),[6] 중암(重庵) 김평묵(金平默),[7] 서산(西山) 김흥락(金興洛)[8] 등 제현들이 편지를 보내 모두 안부를 묻고 질정하여 견문이 더욱 넓어졌다.

군은 평소 치포관을 쓰고 심의를 입고 조용히 단정하게 앉아 있었다. 행동은 예에 맞지 않음이 없었고, 생각은 허망하게 치달림이 없었다. 기쁨과 노여움을 사사롭게 드러내지 않았으며, 아침저녁으로 끼니를 잇지 못하여도 항상 태연한 듯하였다. 손으로는 쉴 새 없이 주자와 퇴계의 글을 펼쳐 체인하며 힘써 궁구하고, 즐기면서 피곤함도 잊었다. 긴요하고 절실한 부분을 간추리고 유별(類別)로 나누어 베껴서 고찰하고 살피는 바탕으로 삼았다.

무릇 관혼상제 및 향음주례(鄕飮酒禮)·향사례(鄕射禮)·향약(鄕約)·석

다. 저술로 11권 6책의 『사미헌집』이 있다.

3 성재(性齋) : 허전(許傳, 1797-1886)의 호이다. 자는 이로(而老), 시호는 문헌(文憲), 본관은 양천(陽川)이며, 현 경기도 포천 출신이다. 저술로 45권 23책 『성재집』 등이 있다.

4 한주(寒洲) : 이진상(李震相, 1818-1886)의 호이다. 자는 여뢰(汝雷), 본관은 성산(星山)이다. 현 경상북도 성주군 월항면 대산리 한개[大浦] 출신이다. 문인으로 곽종석·허유 등 주문팔현(洲門八賢)이 있다. 저술로 45권 22책의 『한주집』과 22편 10책의 『이학종요(理學綜要)』가 있다.

5 정래석(鄭來錫) : 1808-1893. 자는 치인(致仁), 호는 고헌, 본관은 청주(淸州)이며, 현 경상북도 성주 출신이다. 정구(鄭逑)의 후손이다. 저술로 4권 2책의 『고헌집』이 있다.

6 권연하(權璉夏) : 1813-1896. 자는 가기(可器), 호는 이재, 본관은 안동(安東)이다. 류치명(柳致明)의 문하에서 수학하였다. 저술로 17권 9책의 『이재집』이 있다.

7 김평묵(金平默) : 1819-1891. 자는 치장(穉章), 호는 중암, 본관은 청풍(淸風)이다. 이항로(李恒老)의 문하에서 수학하였다. 저술로 『중암집』이 있다.

8 김흥락(金興洛) : 1827-1899. 자는 계맹(繼孟), 호는 서산, 본관은 의성(義城), 현 경상북도 안동 출신이다. 류치명의 문인이다. 저술로 24권 12책의 『서산집』이 있다

채례(釋菜禮)·족회(族會) 등 여러 의식은 예경(禮經)에 의거하고 참작하여 홀기를 짓지 않음이 없었는데, 집안과 고을 사람들로 하여금 본보기가 되게 하였다. 강규(講規)를 지어 후생들을 이끌었고, 배우기를 청하는 자가 있으면 문득 기뻐하며 장려하고 인도하여 정성스럽게 가르치며 게을리하지 않았다.

벗과 더불어 사귈 적에는 정직하고 진실함으로 서로 도와 도의로써 교유하였다. 종족 간에는 은의(恩義)로 따뜻하게 대하여 그들의 선함을 기뻐하고 과실을 긍휼히 여겼다. 아래로 종들을 대할 적에는 자식처럼 자애하며 일찍이 위엄과 노여움을 가한 적이 없었다. 남들을 만날 경우에는 겸허하고 화평하여 경계를 두지 않았다. 혹 이치가 아닌 것으로 따져들면 문득 겸손히 사양하고 용납하였다. 그러나 의리상 불가한 점이 있으면 곧 굳세게 자신의 지조를 지켜 맹분(孟賁)과 하육(夏育) 같은 힘센 자라도 그의 의지를 빼앗을 수가 없었다. 사소한 것을 다투어 이익을 독차지하거나 어두운 밤을 틈타 낮은 벼슬자리를 훔치는 자들을 보면 오물처럼 여길 뿐 아니라, 입으로 말하는 것조차도 부끄럽게 여겼다.

군은 비록 평생 초야에 살아 군신의 연분이 없었지만, 나라를 걱정하고 시대를 상심함이 충정에 근본하여 격앙강개한 마음으로 울분을 안색에 드러내었다. 일찍이 글을 지어 동지들을 깨우쳐 속발(束髮)과 치발(薙髮)이 인간과 귀신처럼 판별됨을 밝혔고, 섬 오랑캐의 죄를 헤아려 온 세상에 포고하였다. 지난 해 협약(脅約)[9]이 체결되었을 때 병을 무릅쓰고 소를 지어 한 고을 사람들을 창도하여 대궐에 나아가 아뢸 계획이었으나, 병이 심해져 돌아오고 말았다.

정도(正道)를 부지하고 사도(邪道)를 물리치는 데 엄격하여 남의 집 자

9 협약(脅約) : 을사늑약을 말한다.

제들이 점점 시국에 물들어 가거나 섬 오랑캐 말을 배우고 법도에 맞지 않는 기예를 익히는 자를 보면 심히 미워하고 힘써 방지하였는데, 마치 맹수를 몰아내고 홍수를 막는 것[10] 같을 뿐만이 아니었다.

아! 지금 우리는 그런 군의 모든 행실을 볼 수가 없다. 남보다 월등한 식견을 가지고 있었지만 적자(赤子)의 마음으로 자신을 지켰으며, 만 명의 장부 같은 용기를 지니고서도 처녀의 행실로써 자신을 닦았으며, 이치를 살핌이 고명하여 털끝만큼의 혼탁한 기질이 이치를 어지럽히는 것을 용납하지 않았으며, 일을 절제함이 주밀하고 상세하여 조금의 사사로운 생각이라도 개입됨을 달갑게 여기지 않았다. 아무리 으슥한 곳일지라도 자신을 속이지 않았고, 아무리 곤궁하더라도 행하지 않는 바가 있었다. 오늘날의 세상에 구해 보면, 어찌 다시 교우 선생 같은 분이 있겠는가? 동갑의 벗이 눈물을 흘리며 그 대략을 기록하여 무덤 속에 넣고서 후세의 군자를 기다리노라. 아! 슬프다.

군의 본관은 파평(坡平)이다. 고려 태사 휘 신달(莘達)이 시조이다. 그 후 문숙공(文肅公) 휘 관(瓘), 문강공(文康公) 휘 언이(彦頤)가 훈업과 사행(事行)으로 치적이 있어 역사서에 실려 있다. 본조에 이르러 현감 휘 자선(孜善)이 처음으로 거창군 남하면 양항리에 거주하였는데, 대대로 현달한 벼슬아치가 나왔다. 4대를 내려와 영호(瀯湖) 휘 경남(景男)은 유일로 천거되어 익위사 좌익찬(翊衛司左翊贊)에 제수되었고, 성균관 좨주에 추증되어 학문과 충성스러운 공적이 드러났으니, 바로 군의 10세조이다.

외조부는 상산 김씨(商山金氏) 사인 귀찬(龜燦)이다. 하동 정씨(河東鄭

---

10 맹수를……것: 옛날에 우왕이 홍수를 막자 천하가 태평해졌고, 주공이 이적을 겸병하고 맹수를 몰아내자 백성이 편안해졌으며, 공자가 『춘추』를 짓자 난신적자가 두려워하였다.[昔者 禹抑洪水而天下平 周公兼夷狄驅猛獸而百姓寧 孔子成春秋而亂臣賊子懼](『맹자』「등문공 하」)

氏) 사인 동직(東直)의 따님이 군의 생모이다. 군의 부인 은진 임씨(恩津林氏)는 성원(成源)의 따님이다. 자식 둘을 두었는데 아들은 정수(正洙)이고, 딸은 이헌창(李憲昌)에게 시집갔다. 손자는 긍식(兢植)이고 외손자는 승혁(昇爀)이며, 나머지는 어리다.

尹忠汝 壙誌

郭鍾錫 撰

有韓 居昌郡處士膠宇先生 尹君, 諱胄夏, 字忠汝。以我景陵丙午四月八日生, 至六十一歲之臘月十二日而沒。越翼年二月癸未, 葬于郡東月谷巳坐之原, 就林孺人之塋也。君之家, 世以文學行誼, 見推於儒林。其高大父諱東炯, 曾大父壺隱諱榮, 大父丹圃諱振玉, 父竹石諱欽道, 幷隱德趾美。竹石之弟諱文道, 君本生也, 有志節, 君旣胚胎擩染於是。

天姿溫粹, 才諝敏悟。又篤於人倫, 自幼克孝友, 發於至性。五歲誦《小學》, 盡篇不錯一字。十八歲已通讀四子、五經、諸史百家, 曉大義。攻公車業, 馳驟雄健, 輩流莫能前己而不屑也。師事四未軒 張公, 聞爲己之方, 拜性齋 許文憲公于京師, 得禮學之傳。旣又登寒洲 李先生門, 領心理之訣, 深悅而篤信之。一時如鄭顧軒 來錫, 權頤齋 璉夏, 金重庵 平默, 金西山 興洛諸賢, 皆造候講質, 聞見益博。

平居緇冠深衣, 穆然端坐。動無非禮、思無妄走。喜怒不以私, 朝晡不自給, 常晏如也。手不停披於紫陽、陶山之書, 體認力究, 樂而忘疲。採摭要切, 分門抄繕, 以資考省。凡冠昏喪祭, 及鄕飮·射、鄕約、釋菜、族會諸儀, 莫不據禮參酌, 撰次笏記, 俾家門鄕里, 有所程式。述講規以迪後生,厥有請學, 輒欣然獎引, 諄諄敎詔而不倦也。

與朋友處, 直諒相益, 以道而交。宗族恩義煦煦, 喜其善而矜其有過。下逮婢僕, 慈之若子, 未嘗以威怒相加。接人謙虛和易, 不設畦畛。其或以非理相干, 輒遜謝而涵容之。至義有不可, 便毅然自守, 有賁、育不可奪之志。視人之競錐刀以罔利, 乞昏夜以竊半級者, 不啻若糞穢, 口道之猶恥也。

雖畢生邱壑, 無分於君臣, 而憂國傷時, 根於衷赤, 激昻慷慨, 憤形于色。嘗爲文諭同志, 以明束髻薙髮之判於人鬼, 數島虜之罪, 布告于天下。往年脅約之成也, 力疾治疏, 倡一鄕爲伏閤計, 疾谻而還。嚴於扶正闢邪, 見人家子弟之稍稍染跡於時局, 學侏儷而習淫巧者, 則深惡而力防之, 不啻若驅猛獸而抑洪水也。

嗚乎! 今皆不可見矣。有兼人之識, 而守之以赤子之心 ; 有萬夫之勇, 而修之以處女之行 ; 玩理高明, 而不容以一毫氣滓攪汨之 ; 制事綜詳, 而不肯以一分私意操縱之。幽暗而有不欺也、窮困而有不爲也。求之今世, 其復有膠宇先生耶? 有友同庚泣而誌其略, 納之于壙, 以俟來世。嗚呼! 悲夫。

君之系出坡平, 高麗太師諱莘達爲鼻祖。其後有文肅公諱瓘, 文康公諱彦頤, 勳業事行, 著于史乘。至我朝, 有縣監諱孜善, 始居于昌, 歷世有簪組。四傳而有諱景男, 號灊湖, 逸翊贊, 贈祭酒, 以學問忠績著, 君之十世祖也。外祖商山士人金龜燦也。河東 鄭氏士人東直之女, 君之本生母也。君之配林孺人 恩津之世也, 父曰成源。擧二子男正洙, 女歸李憲昌。孫兢植, 外孫昇爀, 餘幼。

❖ 원문출전

郭鍾錫, 『俛宇集』 卷151, 「尹忠汝壙誌」(한국문집총간 제344책)

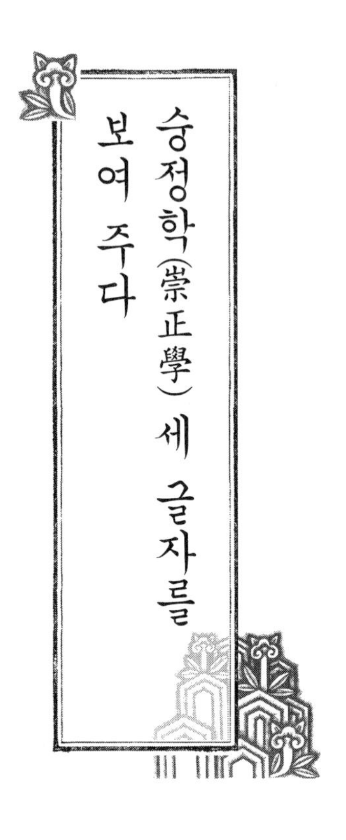

승정학(崇正學) 세 글자를 보여 주다

이상규(李祥奎) : 1846-1921. 자는 명뢰(明賚), 호는 혜산(惠山), 본관은 함안(咸安)이며, 경상남도 고성군 무양리(武陽里)에서 태어났다. 36세 때(1880) 현 경상남도 산청군 단성면 묵곡리 묵곡 마을로 이주하였다.
27세(1878) 때 허전(許傳)에게 수학하였으며, 이도묵(李道默)·조호래(趙鎬來) 등과 교유하였다. 도통사(道統祠)를 창건하여 공자·주자·안향(安珦)의 영정을 봉안하는 일에 참여하였다.
저술로 15권 7책의 『혜산집』이 있다.

혜산(惠山) 이상규(李祥奎)의 묘갈명 병서

노상직(盧相稷)[1] 지음

공의 휘는 상규(祥奎), 자는 명뢰(明賚)이다. 집이 단성(丹城)의 엄혜산(嚴惠山)[2] 아래에 있어서 혜산(惠山)이라 자호하였다. 파산(巴山:咸安) 이씨(李氏) 가문은 파산군(巴山君) 문정공(文貞公) 상(尙)이 시조이다. 본조에 들어와 사헌부 대사헌 매헌(梅軒) 선생 인형(仁亨)과 기묘년(1519) 현량과에 선발된 성재(惺齋) 선생 영(翎)은 모두 명성과 덕망이 있었는데, 공의 13대조와 12대조이다. 증조부는 사복시 정에 추증된 죽와공(竹窩公) 광호(光浩)이고, 조부는 이조 참의에 추증된 지헌공(止軒公) 기덕(基德)이고, 부친은 이조 참판에 추증된 각포공(覺圃公) 제권(濟權)이고, 외조부는 호군을 지낸 김녕 김씨(金寧金氏) 정은(廷誾)이다.

공은 헌종(憲宗) 병오년(1846)에 태어났다.[3] 어릴 적에 향교에 가서 석전례(釋奠禮)를 보고, 나와서 여러 아이들과 향교 내에서 행한 여러 의례를 본떠 절하고 읍하였다. 8세 때 『소학』을 배웠는데, 의문이 있으면 백공(伯公)[4]에게 질문하였고, 물러나 여러 아우들[5]과 학문에 매진하였다.

갑자년(1864) 과거에 응시하고자 한양에 갔다. 경오년(1870) 향시에는

1 노상직(盧相稷) : 1855-1931. 자는 치팔(致八), 호는 소눌(小訥), 본관은 광주(光州)이며, 현 경상남도 창녕군에 거주하였다. 저술로 48권 25책의 『소눌집』이 있다.

2 엄혜산(嚴惠山) : 현 경상남도 산청군 단성면 묵곡리 묵곡 마을에 있다. 강 위로 절벽이 둘러 있는 산이다.

3 공은……태어났다 : 경상남도 고성군 무양리(武陽里)에서 태어났다.

4 백공(伯公) : 이철규(李哲奎)이다. 이상규는 3형제 중 둘째이다.

5 아우들 : 『혜산집』 「행장」에 의하면 이상규는 형 이철규와 동생 이형규(李瑩奎) 및 종형제들과 현 산청군 단성면 원당리에 있던 봉산재(鳳山齋)에서 학업을 하였다.

합격하였지만 회시에는 낙방하여, 고향으로 돌아와 학업에 더욱 힘을 쏟았다.

임신년(1872) 부친의 명을 받들어 아우 구산(九山) 형규(瑩奎)와 함께 성재(性齋)[6] 선생을 찾아뵙고 스승의 예를 올리고서 『대학』을 배웠다.

신사년(1881) 부친상을 당하였다. 삼년상을 마친 뒤 과거를 위한 학문을 버리고 위기지학에 전심하였다. 을유년(1885) 의금부 도사에 제수되었는데, 이조 판서 이세재(李世宰)의 천거 때문이었다.[7] 병술년(1886) 성재 선생이 세상을 떠나자, 공은 심상(心喪) 3년의 예를 다하였다. 경인년(1890) 모친상을 당했다.

무술년(1898) 도성에 들어갔는데,[8] 국시(國是)가 날로 문란해지는 것을 보고서 발걸음을 재촉해 고향으로 돌아와 「난필(讕筆)」[9]을 지었다. 을사년(1905) 협박에 의한 협약[10]이 체결되었다는 소식을 듣고, 비통함을 견디지 못해 술을 마시고 길게 탄식하며 시를 지어 회한을 드러내었다. 탁청대(濯淸臺)를 지어 놓고 물가의 갈매기를 부르며 날마다 그곳에서 소요하며 세상의 소식을 단절하였다. 경술년(1910) 국운이 단절되자 「일초헌기(一初軒記)」[11]를 지었는데, 그 내용은 나라는 망했지만 마음은 망

6 성재(性齋) : 허전(許傳, 1797-1886)이다. 자는 이로(而老), 호는 성재, 본관은 양천이다. 기호 남인학자로 퇴계학파를 계승한 류치명(柳致明)과 학문적 쌍벽을 이루었다. 1864년 김해 부사에 부임하여 영남 지역의 학풍을 진작시켰다. 저술로 45권 23책의 『성재집』과 『사의(士儀)』 등이 있다.

7 의금부……때문이었다 : 『혜산집』 「행장」에 의하면 이세재의 추천으로 의금부 도사에 제수되었으나, 취임하지 않았다.

8 도성에 들어갔는데 : 『혜산집』 「행장」에 의하면 이상규는 13대조 이인형(李仁亨)의 시호를 청하기 위해 도성에 들어갔다.

9 난필(讕筆) : 『혜산집』 권10에 실려 있다. 당쟁의 역사와 폐단을 설명한 뒤, 무오・기묘사화 때 화를 입은 선조 이인형과 이영을 애통해하며 자질들에게 당쟁 속에 빠지지 말도록 경계하는 내용이다.

10 협박에 의한 협약 : 일본이 대한제국을 강압하여 체결한 조약으로, 외교권 박탈과 통감부 설치 등을 주요 내용으로 한 을사늑약(乙巳勒約)을 가리킨다.

할 수 없다는 것이었다.

신유년(1921) 1월 18일 공이 세상을 떠났다. 병세가 위독하여 말을 하지 못하게 되자 손가락으로 '숭정학(崇正學)' 세 글자를 써서 벗들과 자질(子姪)들에게 보여 주었다. 이해 3월 22일 묵곡(默谷) 유좌(酉坐) 언덕에 장사지냈다. 제문을 지어 조문하고 곡하는 사람들이 길에 이어졌다. 초취 부인 의성 김씨(義城金氏)는 우진(佑鎭)의 따님으로, 슬하에 2녀를 두었다. 재취 부인 분성[12] 허씨(盆城許氏)는 승(陞)의 따님으로, 슬하에 1남 2녀를 두었다. 아들은 진걸(鎭杰)이고, 사위는 진사 권상설(權相卨), 사인 박규동(朴珪東)·박희종(朴禧鍾)·한경우(韓敬愚)이다. 손자는 문락(文洛)이고, 외손자는 모(某), 모(某)이다.

공의 천성은 지극히 효성스러워 부친의 명이 있으면 감히 어김이 없었다. 몇 리 떨어진 곳에 분가하여 살았지만 혼정신성을 게을리하지 않았고, 천 리 길을 유람하더라도 돌아오는 것은 기약대로 하였다. 부친께서 돌아가셨을 때는 상례를 잘 치른다는 칭찬이 있었다. 공은 부친의 생신날[13]이 되면 묘소에 가서 슬피 울부짖었는데, 종신토록 그렇게 하기를 폐하지 않았다. 묘소 앞에 재실을 지을 적에는 몸소 토목공사를 감독하고, 남에게 맡기지 않았다.

형과 형수가 효자·열부였는데, 공이 힘껏 노력해서 추증과 정려를 받게 되었다. 아우들과 우애하여 기거하고, 식사하고, 시를 읊고, 학문을 강론하기를 더불어 함께하지 않음이 없었다. 아우들이 세상을 떠난 것을 슬퍼하여, 이야기를 하다가도 문득 눈물을 줄줄 흘렸다. 세 명의 조카

---

11 일초헌기(一初軒記): 『혜산집』 권11에 실려 있다.

12 분성: 분성(盆城)은 김해(金海)의 옛 지명이다.

13 생신날: 원문의 호신(弧辰)은 남자의 생일을 가리킨다. 옛 풍습에 아들이 태어나면 세상에 큰 뜻을 펴도록 뽕나무로 활을 만들고 봉초(蓬草)로 화살을 만들어 천지 사방에 쏘았다고 한다.(『禮記』「內則」)

들을 위무하고 길러 주었는데 하루에도 수십 번 돌아보았다.

공은 추원(追遠)의 예(禮)[14]를 돈독히 하여, 매헌(梅軒) 이인형(李仁亨)과 성재(惺齋) 이영(李翎) 두 분 선조의 문적이 흩어진 것을 모았다. 종족 간에 화목하여 가산이 있고 없음을 통틀어 함께 하였다. 사문(師門)에 일이 있으면 반드시 자신의 임무로 여겼는데, 사람들이 애를 쓰는 공의 마음에 탄복하지 않음이 없었다. 또 도내 선유들의 유적지나 제사를 받드는 곳에 마음을 다해 종사하는 것이 남들에게 뒤지지 않았다. 연산(硯山)에서 성현을 봉안하는 일[15]을 할 적에는 남천(南川) 이도묵(李道默),[16] 하봉(霞峯) 조호래(趙鎬來)[17]와 처음부터 끝까지 계획을 세워 마무리하였다.

공은 명현이 계신 세상에 태어나 좋은 행실을 본받아 바탕으로 삼았다. 또 유현(儒賢)의 문하에 귀의하여 경서와 예를 질문하였는데, 배운 것을 준수하며 잃어버리지 않았다. 또 그 친절하게 가르쳐주신 분과 서로 벗하며 도움을 주고받은 사람들은 모두 한때의 연로하고 덕이 높은 숙유(宿儒)였다. 공이 저술한 것은 「독서수차(讀書隨箚)」[18]와 「역대천자문(歷代千字文)」 및 시문・기(記)・서(序) 등이 있는데, 집안에 소장되어 있다.

---

14 추원(追遠)의 예(禮) : 『논어』 「학이」 제9장 "曾子曰 愼終追遠 民德 歸厚矣"에서 나온 말이다. 추원(追遠)은 돌아가신 지 오래된 조상을 추모하여 제사지낼 적에 정성을 극진히 하는 것을 말한다.

15 연산(硯山)에서……일 : 1914년 진양의 연산(硯山:현 진주시 대평면 하촌리)에 이도묵(李道默)・조호래(趙鎬來)・안효진(安孝鎭) 등과 힘을 합쳐 도통사(道統祠)를 창건하고, 공자(孔子)・주자(朱子)・안향(安珦)의 영정을 모신 일을 가리킨다.

16 이도묵(李道默) : 1843-1916. 자는 치유(致維), 호는 남천, 본관은 성주(星州)이다. 현 경상남도 산청군 단성면 사월리 남사(南沙)에 거주하였다. 재종조부 이우빈(李佑贇)에게 수학하였다.

17 조호래(趙鎬來) : 1854-1920. 자는 태긍(泰兢), 호는 하봉・연재(連齋)이다. 현 경상남도 산청군 단성면 소남 마을에서 태어났다. 허전(許傳)에게 수학하였다. 박치복(朴致馥)・곽종석(郭鍾錫) 등과 교유하였다. 저술로 8권 4책의 『하봉집』이 있다.

18 독서수차(讀書隨箚) : 『혜산집』 권9 잡저에 실려 있다.

아! 공은 관대하면서도 엄격하고, 간결하면서도 태창하며, 박통하면서도 범람하지 않고, 개결하면서도 얽매이지 않아서 한 지방의 후진들을 충분히 진정시킬 수 있었는데 갑자기 세상을 떠났으니, 내 어찌 슬프지 않겠는가. 혜산(惠山) 밑에 한 번 가서 동강(桐江)[19]과 적벽(赤壁)[20]의 승경을 구경하고, 풍대(風臺)와 영교(詠橋)에서 공의 손을 잡고 고결한 은둔의 지취를 보고자 했던 생각을 떠올리며, 이에 붓을 잡고 벗의 묘[宿草][21]에 기록한다. 인생은 단지 그러할 뿐이니 그 무엇을 말하겠는가. 공의 아들 진걸(鎭杰)이 당형 상사(上舍) 진훈(鎭薰)이 지은 행장을 가지고 족부(族父) 정규(丁奎)에게 부탁하여 나에게 묘갈명을 구하였는데, 내가 감히 사양하지 못하였다.

명은 다음과 같다.

배운 분은 미성순려[22]를 이은 성재 선생이고	所學眉星順廬之緖
살던 곳은 연하가 드리우고 수죽이 우거진 마을이었네	所居煙霞水竹之閭
벼슬을 사양하였지만 시대를 아파하였으며	旣辭官而傷時
날마다 시를 읊으며 독서한 것 기록했네	日哦詩而箚書
인륜을 돈독히 하여 풍교를 세우고	矧其敦彝而樹風
온갖 일 순리를 따라 넉넉히 처리했네	百爲循理而綽餘
엄혜산은 높고 동강(桐江)은 푸른데	惠岳峨兮桐江碧
그 위에 있는 저 높다란 봉분은	彼睪如於其上者

19 동강(桐江) : 현 경상남도 산청군 단성면 원지에 있는 경호강을 가리키는 듯하다.

20 적벽(赤壁) : 현 경상남도 산청군 단성면 원지의 경호강 가에 있는 절벽을 말한다.

21 벗의 묘[宿草] : 『예기』 「단궁 하」에 "붕우의 묘에 숙초(宿草)가 있으면 곡하지 않는다."고 한 데서 나온 말이다.

22 미성순려 : 미수(眉叟) 허목(許穆), 성호(星湖) 이익(李瀷), 순암(順菴) 안정복(安鼎福), 하려(下廬) 황덕길(黃德吉)을 가리킨다. 이황-정구-허목-이익-안정복-황덕길로 이어지는 학통이다.

현인이 잠들어 계신 곳이라네 賢人之藏歟

갑자년(1924) 3월 하순에 광주(光州) 노상직(盧相稷)이 지음.

墓碣銘 幷序

盧相稷 撰

公諱祥奎, 字明賚。家在丹邱之嚴惠山下, 自號惠山。李氏 巴山世家, 巴山君 文貞公 尙爲上祖。入本朝, 大司憲梅軒先生 仁亨、己卯賢良惺齋先生 翎, 俱有名德, 於公爲十三世、十二世祖也。贈僕正竹窩 光浩, 贈吏議止軒 基德, 贈吏參覺圃濟權, 金寧 金護軍 廷誾, 曾大父、大父、父, 及外王父也。

公以憲廟丙午生。幼入鄕校, 見釋奠禮, 退與群兒, 倣殿內諸儀, 而拜揖之。八歲受《小學》, 有疑則質于伯公, 退與諸弟征邁。甲子, 應試赴京。庚午, 解鄕試, 不利南省, 歸益治業。壬申, 奉庭命, 與弟九山 瑩奎, 贄謁性齋先生, 受《大學》。辛巳, 丁父憂。制闋, 廢棄科擧之文, 專心向裏。乙酉, 拜義禁府都事, 用大家宰李世宰薦也。丙戌, 性齋先生卒, 伸心喪之制。庚寅, 丁母憂。戊戌, 入都下, 見國是日紊, 促駕而歸, 作《讕筆》。乙巳, 聞脅約成, 痛不自勝, 酣飮長嘯, 詩以寫懷。築濯淸臺, 喚鷗汀, 日逍遙其上, 以絶世路消息。庚戌, 國絶, 作《一初軒記》, 其意以爲國雖亡心不可亡。

辛酉, 卒。疾革口噤, 指寫'崇正學'三字, 示朋友及子姪。葬默谷枕西原。操文弔哭者, 續于道。配義城 金氏 佑鎭女, 育二女。繼配盆城 許氏 陞女, 育一男二女。男鎭杰, 女壻進士權相高、士人朴珪東、朴禧鍾、韓敬愚。

孫男文洛, 外孫男某某。

公天性至孝, 親有命, 罔敢或違。雖分門數里之外, 定省不曠, 遊而返千里, 如期。親沒, 有善居喪之譽。值弧辰, 則上墓哀號, 終身不廢。築墳菴, 則躬檢土木, 不委於人。兄孝嫂烈, 而殫力以蒙旌贈。友于弟, 起居飮食, 吟哢講討, 靡不與偕。悼其亡, 話到輒泫然。撫育三姪, 一日十顧。篤於追遠, 輯梅、惺兩世文蹟之散逸者。睦宗族, 有無通共。師門有事, 必以爲己任, 人無不服其苦心。又於省內先儒遺躅之址、俎豆之所, 悉心從事, 不後於人。至於硯山之奉, 與李南川 道默、趙霞峯 鎬來, 經紀而終始之。

公生名賢之世, 擩染有素。又得依歸於儒賢之門, 質經問禮, 遵而勿失。又其承受親切, 麗澤相資者, 皆一時老德宿儒也。所著有《讀書隨箚》、《歷代千字文》, 及詩文、記、序之屬, 藏于家。

噫! 寬而勵、簡而泰, 通不渝、介不滯, 足以鎭一方後進, 而奄忽千古, 余安得不悲。擬欲一造惠山之下, 玩桐江、赤壁之勝, 携手于風臺、詠橋, 覰得高遯之趣, 乃玆攬筆, 以記宿草之墓。人生祇爾, 謂之何哉。鎭杰以堂兄上舍鎭薰之狀, 屬族父丁奎, 謁銘于相稷, 不敢辭。

銘曰: "所學眉、星、順、盧之緖, 所居煙霞水竹之閭。旣辭官而傷時, 日哦詩而箚書。矧其敦彝而樹風, 百爲循理而綽餘。惠岳峨兮桐江碧, 彼罣如於其上者, 賢人之藏歟。"

甲子三月下浣, 光州 盧相稷 撰。

❖ 원문출전

李祥奎, 『惠山集』 卷15 附錄, 盧相稷 撰, 「墓碣銘幷序」(경상대학교 문천각 古(오림) D3B 이51ㅎ)

찾아보기

저자 프로필

최석기(崔錫起)

성균관대학교 한문교육과 졸업. 동 대학교 문학박사
현 경상대학교 한문학과 교수

김현진(金炫鎭)

경상대학교 한문학과 졸업. 동 대학교 박사과정 수료
현 경상대학교 한문학과 외래강사

구경아(丘京阿)

안동대학교 국학부 한문학전공 졸업. 경상대학교 한문학과 박사과정 수료
현 경상대학교 한문학과 외래강사

강현진(姜顯陳)

경상대학교 한문학과 졸업. 동 대학교 박사과정 수료

공광성(孔光星)

경상대학교 세라믹공학과 졸업. 경상대학교 한문학과 박사과정 수료

강지옥(姜志沃)

경상대학교 한문학과 졸업. 동 대학교 박사과정

구진성(具珍成)

경상대학교 한문학과 졸업. 동 대학교 박사과정

19세기 경상우도 학자들 上

2012년 11월 29일 초판 1쇄 펴냄

지은이 최석기 외
펴낸이 김흥국
펴낸곳 도서출판 보고사

책임편집 이경민
표지디자인 윤인희

등록 1990년 12월 13일 제6-0429호
주소 서울특별시 성북구 보문동7가 11번지 2층
전화 922-5120~1(편집), 922-2246(영업)
팩스 922-6990
메일 kanapub3@chol.com
http://www.bogosabooks.co.kr

ISBN 978-89-8433-480-9
978-89-8433-479-3 94810(세트)

정가 27,000원